한민족 문학사 2

– 재외 한인 문학사 –

한민족 문학사 2

— 재외 한인 문학사 —

김종회 외 지음

역락

책머리에

왜, 어떻게 한민족 문학사인가

문학사는 문학 연구의 총체적 결과이다. 작품론, 작가론, 주제론 등의 연구가 작은 물줄기에 해당한다면, 문학사는 그 숱한 물줄기가 모여 이루는 강물의 흐름이라고 할 수 있다. 따라서 문학사는 한 국가, 한 민족의 정신과 사상의 발전 경로를 그대로 응축하고 있는 문화사의 일부이기도 하다. 흔히 사람들은 문학사를 문학의 역사, 즉 특정한 시기에 생산된 문학 작품들을 시간의 흐름에 따라 정리한 것이라고 이해한다. 하지만 문학사는 거대한 시간의 흐름을 분절하는 시각의 특별함이 전제되지 않으면 제대로 쓸 수 없다. 왜냐하면 문학사의 궁극적인 목표가 모든 문학 작품을 포괄하는 것이 아니라, 일정한 가치 기준에 따라 중요하게 평가된 작품들의 경향을 포착하는 데 있기 때문이다. 이것은 문학사 기술이 선택과 집중의 원칙에 근거하며, 때문에 선택되는 작품보다 배제되는 작품이 훨씬 많을 수밖에 없음을 의미한다. 바로 이 원칙 때문에 문학사는 매번 다시 쓰여질 수밖에 없다.

우리 사회에는 이미 다양한 문학사가 존재하고 있다. 5천 년 한국 문학의 역사를 통괄하고 있는 한국문학사, 근대 또는 현대 시기의 문학을 집중적으로 기술한 현대 문학사, '민족문학'의 관점에서 기술된 민족 문학사, '분단시대'라는 문제의식 아래 집필된 남북한 문학사 등이 그것이다. 기존의 문학사들은 그 기술 방향의 차이 때문에 다양한 형태를 띠고 있음에도 불구하고 한 가지 공통점을 지니고 있다. 그것은 문학사의 공간적 대상을 한반도에 한정한다는 점이다. 여기에는 그 나름의 이유가 있다. 해외에서 한글로 출간되는 방만한 자료들이 국내에 연구·소개되기가 어려웠기 때문에 이를 문학사 기술에 직접 활용할 수 없었다. 또한 문학사 기술에 있어 작가·작품의 미학적 성취와 민족문화의 원형이 잘 드러나는 작품을 위주로 하다 보니 한반도 영역 밖의 작품은 상대적으로 주목받기 어려웠다.

문학적 성취를 논외로 할 수는 없지만 문학사는 개별 작품의 성취도보다 한 민족의 문화사와 정신사를 총괄적으로 기술한다는 관점에 의거하는 것이 보다 타당하다. 이 때문에 여기서 새롭게 선보이는 한민족 문학사는 남북한문학은 물론 재외 한인문학 전체를 하나의 문화권으로 바라봄으로써 진정한 의미에서 민족 문학의 역사를 기술하려 한다. 물론 이러한 문제의식이 기존 문학사의 성과와 시각을 전면적으로 부정하는 것은 아니다. 하지만 문학사의 기술 대상을 한반도로 한정하는 것과 중국, 중앙아시아, 일본, 미국 등 재외 4개 지역을 포함하여 6개 지역으로 확장하는 것은 양적인 차이 이상의 중요한 의미를 갖는다. 공간적인 측면에서 살펴보면 과거의 문학사는 정주민 문학의 역사였고, 그런 점에서 외세의 침략과 영토의 보존이 갖는 의미가 상당히 컸다. 이것은 민족 국가(Nation-State) 형성에서 '영토'가 차지하는 중요성을 고스란히 반영한 결과라고 말할 수 있다.

한 민족이 가진 예술의 역사를 고찰함에 있어 영토에 특권적인 지위를 부여하는 방식은 타 문화와의 자연스러운 혼종까지도 부정적인 요소로 간주하는, 배타적 동일성의 늪으로 귀결될 위험이 크다. 반면 한 민족이 오랜 세월을 두고 이루어 온 예술의 역사를 기술함에 있어 다양한 디아스포라적 경험을 포함하여, 다각적인 문화의 굴절과 교섭을 그 민족의 정신사에 포함하는 것은 이와 사뭇 다르다. 그 방향성은 포스트 민족 국가 시대가 요청하는 바람직한 문학사의 관점이라고 평가할 수 있다. 우리는 지금 유사 이래 가장 빈번하고 광범위한 지구적 이동의 시대를 맞고 있으며, 이러한 경험은 머지않아 공간적 동질성에 기초하여 문학사를 기술하는 것이 불가능한 시대가 도래할 것임을 예고한다. 디아스포라는 이주와 생존의 역사이고, 그런 점에서 그것은 한 문화가 타 문화와 접촉하여 새로운 문화를 배태하는 생산의 계기로 작용한다. 이런 까닭에 이 책은 디아스포라적 경험을 부차적인 것으로 간주하는 문학사 기술 태도에 비해 그 시발에서부터 일정한 차별성을 드러내고 있다.

한민족 문학사의 방향과 시기 구분

다시 강조하여 언명하자면 남북한문학과 함께 중국 조선족문학, 중앙아시아 고려인문학, 일본 조선인문학, 미국 한인문학을 하나의 문화권으로 바라보고 그 작가와 작품을 유기적으로 고찰하는 문학사를 새롭게 기술해 보자는 것이 한민족 문학사의 창의적 의도이며 도전적 의욕이다. 이는 우리 문학사가 이미 북한문학과 재외 동포문학을 포함한 한민족 전체의 문학사를 작성해야 할 시기에 이르렀다는 뜻이다. 이 시도는 남북한 문학사의 성과를 이어 받으면서 지금까지 없던 문학사의 새로운 길을 내는 일이므로 향후의 후속 연구와 자료 활용에도 초석이 되어야 한다. 한민족 문학사는 크게 구분하여 남북한과 재외 4개 지역 등 모두 6개 지역이 세항을 이루는 하나의 일관된 문학사로서 통합적 기술의 성격을 가진다. 하지만 각기 세항의 실상에 있어 상이한 대목이 많기 때문에 그러한 상이점들을 어떻게 전체적인 범주 안에 조합할 것인가가 과제가 된다.

한민족 문학사는 궁극적으로 지역별로 독립적 지위와 전개양상을 보이고 있는 한민족 디아스포라 문학을 독자적으로 연구하되, 그 개별성이 수렴되고 통합되어 하나의 문학사론을 이루는 데까지 나아가야 한다. 각기 지역의 연구에 있어서는 각기의 역사성과 문학의 미학적 가치가 결부되는 문학사적 평가가 수행되어야 하고 이 개별적 가치들이 통합적 보편성을 가질 수 있는 공통분모가 한민족 전체의 문학사로 인도되어야 한다. 부분과 전체가 하나의 유기적 관계망으로 연결되어 있으면서 부분은 부분대로 의의를 갖고 전체는 그 의의들의 연합에 의해 공동체적 의미를 발양하는 문학사의 범례가 새롭게 시도되어야 할 것이다. 이는 국경과 지역적 한계를 넘어서고 디아스포라의 개념을 분산에서 통합으로 이끄는 '도전적인 문학운동'에 이르러야 제 값어치를 다할 것으로 본다.

이 문학사 기술의 기초적 설계에 있어 가장 먼저 주목한 것은, 각기 다른 지역의 문학적 성과들에 통합적으로 접근할 시기 구분의 문제였다. 너무 큰 틀로 포괄해서 세부적 특성이 허약해져서는 안 되지만 동시에 너무 분석적으로 접근해서 전체를 아우를 수 있는 구도를 상실해서도 안 되었다. 그런가 하면 선제적으로 제시된 시기 구분이 개별 문학사의 특징적 성격과 충돌하는 부분이 발생할 때, 그 문학사 자체의 논리를 우선적으로 수긍하는 방식도 염두에 두어야 했다. 공동저자들은 이러한 사항을 유념하면서 수차례의 논의를 통하여 한민족 문학사를 관류할 네 시기의 구분을 설정했다. ① **1910년 국권상실 이전** 유이민 문학이 태동하는 **디아스포라 형성기**, ② **1910년에서 1945년까지** 국권상실기 문학의 빛과 그늘을 보여주는 **일제강점 침탈기**, ③ **1945년에서 1980년까지** 분단시대 문학의 꽃과 열매를 볼 수 있는 **민족분단 대립기**, ④ **1980년 이후** 다원주의 문학과 정체성의 확장에 이른 **글로벌시대 확산기**의 분별이 그것이다.

각 시기 문학사의 기술 방향에 있어 지속적인 주안점을 두기로는, 문학사적 가치 평가와 판단에 민족정체성의 개념과 디아스포라적 시각을 전제하는 것이었다. 그러기에 이 방대한 한민족 문학의 사료를 담은 새로운 문학사를, 광복 70주년에 이른 2015년에 발간하는 것이 특별한 의미가 있다고 여겼다. 시기 구분에서 1980년 이후를 글로벌시대 확산기로 설정한 것은, 남북한은 물론 세계사적 조류가 그 이전의 시대적 상황과 현저히

궤를 달리하고 있기 때문이다. 한국에서는 산업화 개발독재로부터 문민정치로 넘어가는 과정의 여러 사건들이 발생하고, 북한에서는 주체사상과 주체문학의 부수적 현상이기는 하나 사회주의현실주제 문학의 첫 걸음이 시작된다. 국제사회에서는 10년 내에 구체화될 동구권 사회주의 정권의 위기와 동서냉전의 종식이 새로운 물결을 형성하는 지점이다. 당연히 문학은 이러한 시대・역사적 상황에 대응하고 반응한다. 이와 같은 국내외 정황의 총체적 변화가 1980년대 초반부터 대두되었다고 보고, 그 이후의 시기를 문학에 있어 글로벌한 소통과 교류의 출발로 평가한 것이다. 이 문학사는 이런 의미들을 적극적으로 반영해서 구성했다.

한민족 문학사의 구성과 미래

총 2권으로 나누어 제1권은 남북한의 문학사, 제2권은 재외 한인 문학사와 그 성과들을 다루었다. 제1권의 제1장에서는 전체적으로 한민족 문학사의 기술방식, 기술방법론, 기술의 주안점, 기술방향 등을 제시하고 있으며, 제2장의 '한국문학 : 시'에서는 개화기 이후부터 1990년대까지의 시사를, 제3장의 '한국문학 : 소설'에서는 마찬가지 시기의 소설사를 디아스포라적 관점에서 통합적인 문학사를 염두에 두고 기술했다. 제4장 '북한문학 : 시'와 제5장 '북한문학 : 소설'은 남북 분단으로 나뉘어 버린 북한문학의 문학사적 가치를 복원하는 방향으로 기술했다. 제1권을 독립해서 보면 그대로 새로운 남북한 문학사가 된다.

이어지는 제2권의 제1장 '중국 조선족문학'에서는 항일 저항운동 시기를 비롯하여 중국의 사회역사적 흐름 속에서 조선족문학이 어떤 방향성을 보여 주었는가를 중점적으로 고찰하였으며, 제2장 '중앙아시아 고려인문학'에서는 강제 이주의 아픈 역사와 중앙아시아라는 특별한 환경 가운데서 고려인문학이 어떻게 형성 발전되어 왔는가를 강조하여 서술했다.

제3장 '일본 조선인문학'에서는 일본 사회에서 민족적 자기정체성을 모색해 온 조선인문학의 역사와 성과를 검토했으며, 제4장 '미국 한인문학'에서는 미국 이민의 역사 속에서 한인의 민족정체성에 대한 문학적 탐색과 그 형상화 과정을 주의 깊게 살펴보았다. 제2권을 독립해서 보면 이 또한 그대로 새로운 재외 한인 문학사가 된다.

제1권과 제2권을 합하여 무려 850쪽에 이르는 방대한 기술을 계획하고 진행하는 동안 여기에 참여한 공동저자들을 포함하여 많은 분들이 노력하고 수고했다. 모두 19명에 달하는 집필진은 대표저자와 함께 오래도록 대학에서 남북한문학과 재외 동포문학을 연구해 온 후배요 제자들이다. 이분들은 각자의 집필 분야에서 박사학위를 받았고 그 전문성을 대학 강의와 연구에 적용하고 있다. 이분들의 참여가 없었더라면 당초 엄두를 낼 수 없는 작업이었다. 가능하다면 앞으로 각자가 담당했던 저술을 창의적으로 확대하여 지역별로 독립된 문학사를 작성해 나갈 수 있기를 바란다. 그와 같은 학문적 미래가 가능하다면, 이는 한국문학과 문학사 발전에 크게 기여하는 결과를 가져올 것이다. 한국문학사에 있어 초유의 일이 된, 이 문학사의 상재를 흔쾌히 맡아준 도서출판 역락의 이대현 대표 그리고 편집실의 오정대 선생에게 깊은 감사의 뜻을 밝혀둔다.

2015. 12.

광복 70주년, 고황산자락 경희대 교수회관에서

대표저자 김종회

/ 차례 /

제2장 중앙아시아 고려인문학 / 이정선 · 문경연_125

제3장 일본 조선인문학 / 윤송아 · 최종환 _ 223

제4장 미국 한인문학 / 신정순 · 채근병 _ 329

차례 / 한민족 문학사 1

제1장 중국 조선족문학

차성연·장은영

1. 유이민 발생기

한민족은 18세기 초엽부터 압록강, 두만강을 건너 현재의 중국 동북지역으로 이주하기 시작하여 현재의 중국조선족의 기원을 이룬다. 초기에는 혹정과 기근을 견디지 못해 살길을 찾아 한반도에서 이주, 그 지역에 정착하였고 조선말·일제 식민지 시기에는 정치적인 탄압을 피하여 이주하는 조선인들도 많았다. 이들 중에는 시인, 작가 등 지식인이 다수 포함되어 있어 이들이 중국 조선족문학의 기반을 형성하게 된다. 이들은 중국의 생활·문화에 동화되면서도 계속해서 조선어를 사용하고 전통의 바탕을 지켜나가 주체적이고 독자적인 문화를 생산·발전시켜 나갔다.

18세기 무렵에는 현재의 동북 3성 지역에 월강금지령이 내려지기도 했으나 간헐적인 이주는 계속되었고 19세기 중엽부터는 대규모 이주가 이루어졌다. 따라서 18세기 초엽부터 19세기 말까지의 시기를 유이민 발생기로 볼 수 있다. 아직 조선족만의 독자적인 문단이 형성되기 이전 시기이므로 이 시기의 문학은 조선족만의 문학으로 따로 논의되기 보다는 한민족 문학의 범주에서 다루어지는 편이다. 조성일, 권철 등이 편찬한 『중국조선족문학통사』에서는 "조선족문학은 19세기 후반기로부터 자기의 활주로를 늘리고 독자적으로 줄기차게 매진한 것은 사실이지만 역사적인 계승성, 지리적 환경, 민족적, 혁명적 유대로 말미암아 때로는 조선 인민과 함께 일부 문학을 창조하기도 하였다."[1]고 서술함으로써 19세기 후반기부터 중국 조선족문학의 독자성이 발아하기 시작했으며 그 이후로도 "조선 인민과 함께" 한민족문학을 공유하였음을 밝히고 있다.

또한 19세기 전반기까지의 문학에 대해서는 "최치원, 이규보, 정철, 권필, 윤선도, 조수삼 등 탁월한 시인들과 김시습, 임제, 허균, 김만중, 박지원 등"의 작가들을 언급함으로써 한국문학사의 서술과 그리 다르지 않은 서술 범위를 보이고 있으며 그렇기 때문에 간략히 작품명만 언급하는 등 이 시기에 대한 서술을 최소화하고 있다("탁월한 시인들에 의해 창작된 주옥같은 시편들과 『청구영언』, 『해동가요』, 『가곡원류』, 『고금가곡』, 『동가선』, 『남훈태평가』, 『여창가요록』 등 시가집, 『금오신화』, 『재판받는 쥐』, 『임진록』, 『박씨부인전』, 『홍길동전』, 『사씨남정기』, 『구운몽』, 『옥루몽』, 『사성기봉』, 『쌍천기봉』, 『옥린몽』, 『춘향전』, 『심청전』, 『흥부전』, 『토끼전』, 『장화홍련전』, 『콩쥐팥쥐』, 『채봉감별곡』, 『양반전』, 『허생전』, 『범의 꾸중』과 같은 훌륭한 소설작품들 그리고 민족의 슬기와 예술적 추구가 안받침된 향가, 경기체가, 시조, 가사 등 민족적 시가 형태들이 조선 민족의 고대, 중세, 근대 문학사를 아름답게 장식하였다."[2]).

---

1) 조성일 · 권철 외, 『중국조선족문학통사』, 이회문화사, 1997, 14쪽. 조성일과 권철 등이 편찬한 『중국조선족문학통사』는 지금까지 발간된 중국조선족 관련 문학사 중에서 가장 방대한 시기를 다루고 있으며 많은 자료를 포괄하고 있어 이 책의 중국 조선족문학사 서술에 큰 도움을 주었다. 현실적으로 중국 조선족문학 사료를 직접 접하기 힘든 경우가 많아 『중국조선족문학통사』를 자주 인용할 수밖에 없었음을 밝혀둔다.

이 시기의 문학적 특징이라면 이주민 대다수가 가난한 농민이었던 까닭에 근대적 의미의 본격적인 문학이 전개되지 못하고 구전가요와 계몽가요 위주의 문학이 성행하였다는 점이다. 그러면서 이후 1910년대에 이르러 본격적으로 전개될 자유시나 신소설 출현의 초석을 다졌다는 점이 이 시기의 의의라 할 수 있다.

중국 조선족문학에 대하여 중국조선족 예술계에서 편집, 출판한 『중국조선족문학사』 또는 『중국조선족문학통사』, 그 밖의 조선족문학사와 관련된 일부 학자들의 논문에서는 20세기 초엽에 일제의 탄압을 견디지 못하고 중국으로 건너가서 활동한 모든 조선 문인들을 중국 조선족문학사에 포함시키고 있다. 따라서 이 시기의 문학에 대해서는 중국 조선족문학의 독자성보다는 한민족 문학사 일반의 특징을 서술할 수밖에 없다. 이 시기의 문학이 중국 조선족문학사의 관점에서 서술되기 위해서는 일련의 작품들에 현재의 중국 동북지역이 어떻게 재현되었는지, 중국 지역으로의 이주에 대한 인식은 어떠하였는지, 중국인들의 조선인 이주에 대한 시각은 어떠한지 등에 대한 연구가 진행될 필요가 있다.

2. 식민지 시기

1) 조선족 문단의 형성과 항일운동

20세기에 접어들면서 동북아시아는 이전 시기의 중심세력이었던 중국 청조의 영향력이 약해지면서 서구 열강과 러시아, 일본이 세력 다툼을 하는 각축장이 되었다. 그중 만주(현재 중국의 동북3성 지역) 지역은 예로부터

2) 조성일·권철 외, 위의 책, 13쪽.

중국의 변방으로서 거란이나 여진 등 다양한 민족이 발흥하던 지역이었고 동북아 질서가 재편될 때마다 다양한 세력들의 힘겨루기로 요동치는 유동적인 지역이었다. 19세기 말 서구 열강의 개입으로 이 지역은 또 한 번 격동기를 겪게 되는데, 아편전쟁과 청일전쟁에서 패배한 중국의 영향력이 약해지면서 봉건 군벌이 난립하게 되었고 1900년대에는 점차 일본의 영향력이 확대되기 시작했다. 1905년 러일전쟁이 일본의 우위로 종결되고 포츠담 회담이 성사되면서 조선과 만주 지역은 일본의 영향력 하에 놓이게 되었다. '선만여일(鮮滿如一)'이라는 표현에서도 알 수 있듯이 조선과 만주를 하나의 권역으로 하여 대륙침략의 교두보로 삼고자 한 것이다.

본격적인 남만주 침략을 위해 1906년 설립된 남만주철도주식회사는 교통로 확보 및 거점간의 연결뿐만이 아니라 만주 지역 정보 수집 및 조사 등 만주침략의 첨병 역할을 수행하였다. 1909년 9월에는 '간도협약'을 통해 남만주철도부설권을 얻어 내기에 이르렀다.[3] 철도부속지에는 일본 관동군이 주둔하였고 이러한 군사력을 기반으로 1908년 시베리아를 침공, 만주 지역을 봉쇄하려는 의도를 드러내기도 했다.

만주 지역은 한반도와 인접하여 조선인들의 이주 및 왕래가 빈번한 지역이었지만 1910년 이후의 식민지 시기에는 보다 정책적인 이주가 이루어졌다. 1920년대에는 경작할 땅을 가지지 못한 소작농이 가난을 이기지 못해 미개척지를 찾아 만주로 이주하는 경우와 일제에 저항하는 지식인들이 정치적인 이유로 이주하게 되는 경우가 대부분이었지만, 1930년대에 접어들어서는 만주가 '동양의 엘도라도'로 선전되면서 이미지화된 만주 유토피아니즘이 유포되었고[4] 이에 따라 대규모 이주가 본격화되기 시작

3) 조원기, 「일제의 만주침략과 간도참변」, 『한국독립운동사연구』 Vol.41, 2012, 205~208쪽.

4) 일제는 1930년대에 적극적인 만주 이주 정책을 실시하였는데 이는 조선 내부의 인

했다. 당시 만주행을 택한 조선인은 한반도 인구 2,500만 명의 1/12에 해당하는 210만 명으로 이는 오늘날 중국조선족 인구수와 비슷한 수치이다.[5)]

이러한 가운데 많은 시인, 작가들이(137명 정도로 추정)[6)] 만주행을 택하여 직접 거주하면서 작품을 남기거나 혹은 유랑 이후 국내로 돌아가 만주를 배경으로 한 작품을 남겼다. 산문문학의 경우 항일 저항의식, 민족계몽의식이 반영된 작품들이 창작되었고 신문과 잡지에 발표된 각종 창의문, 취지서, 성토문도 산문문학의 범주에서 논의될 수 있다. 1910년 남만에서 결성된 반일 민족주의 단체 '경학사'가 창립될 때 살포한 「경학사 취지서」, 1915년에 신정이 '남사'에 올린 「동사 여러분께 드리는 글」, 같은 해에 지룡담과 김정규가 오록정에게 보낸 「관리에게 드리는 글」과 같은 격문과 신정의 장편 정론 『통언』(1920년), 김택영과 신채호의 다채로운 산문들이 그 좋은 실례가 된다.[7)] 또한 조선 신파극의 영향을 받은 극예술, 민요와 설화를 비롯한 구전문학도 활발하였다(1915년 4월 10일부터 17일 사이에 길림시 조선족 중학생들이 기동선전극 <원흉>을 출연하여 일제가 조선을 야만적으로 침략한 죄행을 폭로하기도 했다.[8)]).

1920년 '경신참변' 혹은 '간도참변'이라고 불리는 '경신년 토벌'이 있었고 만주 내 조선인들의 일제에 대한 저항의식은 더욱 첨예화되었다. 그러나 현지 중국인들에게 조선인은 일본 대륙 침략의 첨병으로 인식되어 만주 이주 조선인은 국적은 일본이되 일본의 탄압을 받는 식민지인인 동시

구 문제를 해결하고 만주의 황무지를 개척하기 위해서였다. 이를 위해 만주는 '기회의 땅', '가능성의 공간'이라는 이미지로 표상되었다.

5) 김창호, 「일제강점기 한국과 만주의 문학적 상관성 고찰」, 『만주연구』 Vol.12, 2011, 55쪽.

6) 김창호, 위의 글, 59쪽.

7) 조성일·권철 외, 앞의 책, 31쪽.

8) 위의 책, 33쪽.

에 현지의 중국인들에게도 배척당하는 존재가 되었다. 이러한 가운데 1920년대 초 마르크스주의가 전파되면서 '노동동맹연합회', '사회주의연구회' 등의 단체가 결성되고 '동만청년총연맹', '남만청년총동맹', '북만조선인청년총동맹' 등과 같은 청년단체도 조직되었다. 당시 상해, 북경, 광동, 천진 등지에서는 『천고(天鼓)』, 『진단(震壇)』, 『광명』, 『독립신문』, 『신동방』, 『민성보』, 『기적소리』, 『민중』 등의 진보적 간행물이 발간되었다.[9)]

일본 관동군은 1931년 9월 18일 만선 철로를 폭파하고 이를 중국측 책임으로 돌려 군사행동을 개시하는 만주사변을 일으켰다. 같은 해 11월 동북3성 전역을 장악하고 1932년 3월 1일 만주국을 수립함으로써 만주 지역의 다양한 민족을 통합하여 제국의 신민으로 만드는 통치를 시작하였다. 만주국은 일본인, 중국 한족, 만주족, 조선인, 백계 러시아인 등 오족을 통합하기 위한 '오족협화' 정책을 펼쳤지만 실제로는 모든 관료기구 및 지배층에 일본인이 포진함으로써 일본의 지배하에 놓이게 되었다. 이에 조선 민족은 조선의용군, 동북항일연군 및 광복군 등을 조직하여 유격구를 중심으로 게릴라전을 펼치며 일제에 저항하였고 문인들 또한 이러한 저항에 참여하여 격문과 선전문, 시가를 생산하였다. 유격전의 성격상 산문보다는 시와 극 장르의 창작이 활발하였으나 『만선일보』 등의 지면을 통해 소설 작품도 발표되었다. 그러나 만주국 수립 이후 국책신문으로서의 성격이 강화되고 게재되는 작품 또한 검열을 받게 되면서, 『만선일보』에는 국책적 성격의 친일적 작품들이 주로 게재되었다.

『중국조선족문학통사』는 "이때 태항산 모 부대에서는 행군 노정에서 벽보 활동을 전개하였는데 그 이름을 「곰방대」라 달았다."[10)]고 하면서 당시 항일혁명부대의 활동을 소개하고 있다. 또한 이러한 당시의 수많은 작

9) 조성일 · 권철 외, 앞의 책, 112쪽.

10) 위의 책, 167쪽.

품들은 인쇄되지 못하고 소멸되었기 때문에 전모를 파악할 수 없는 데에 대한 아쉬움을 전하고 있다. 특히 당시 공연되었던 극작품들은 문학사에서 꼭 다루어져야할 소중한 문학 집적물임에도 한국에서는 그 자료를 구하기가 쉽지 않아 아래의 인용으로 대강의 모습을 소개하기로 한다.

> 이 시기에 공연된 극작품들로는 민족의 독립과 해방을 전취하기 위하여 싸움터로 나가는 젊은 일대를 형상화한 단막극 <서광>(김학철, 1941년)과 <두만강변>(집체작, 1944년), 항일 투사들의 피어린 투쟁과 그들의 고귀한 품성을 노래한 <태항산에서>(진동명, 1942년), 일제의 탄압과 약탈에 항거하여 일으킨 농민들의 쟁의와 그들의 열망을 반영한 <조선의 딸>(의용군선전대, 1943년), 국민당과 그 주구들의 매국적인 추악상을 폭로한 <승리>(작자 미상, 1942년)와 <황군의 꿈>(김××, 1943년), 반일 투쟁에 단호히 나선 의용군 용사들을 찬양하고 우경기회주의의 투항 행위를 신랄하게 폭로 규탄한 <북경의 밤>(집체작, 1944년) 등이 있다. 이 중에서도 장막극 <강제징병>, <태항산에서>, 풍자극 <황군의 꿈>이 관중들 속에서 넓은 공명대를 획득하였다.[11]

유격 현장에서 창작된 이러한 시가 및 극 작품, 선전문 등의 산문들은 일제 말기 친일문학으로 일관되었던 국내의 문학적 공백기를 메울 수 있는 소중한 문학적 자산으로 가치를 인정받을 필요가 있다.

한편 만주 지역에 거주하면서 조선 문단에 진출, 공식 지면에 작품을 발표했던 작가들도 상당했다. 강경애, 안수길, 현경준을 비롯하여 박팔양, 신영철, 황건, 김국진, 이학인, 윤영춘 등 30여 명의 작가들이 만주 지역에 거주하며 작품활동을 했다. 이들은 국책적 성격을 지닌 『만선일보』에 작품을 발표하는 등 친일적 성향을 보이기도 했지만 이에 대해서는 좀 더 면밀한 검토가 필요하다. 만주국 당국의 검열을 받는 등 국책적 내용을 가미하지 않고

---

11) 조성일 · 권철 외, 앞의 책, 170～171쪽.

는 아예 작품을 발표할 수 없었던 환경 속에서 우회적으로 작가의 목소리를 담아내는 등 단일한 의미로 해석할 수 없는 측면들이 다분하기 때문이다.

이 외에도 일시적인 거주에 그치지 않고 생활의 근거지를 만주 지역으로 삼아 해방 이후에도 그대로 남아있었던 시인 작가들이 있는데 이들은 이후 조선족 문단 형성에 큰 역할을 하게 된다. 시인 이욱과 윤해영, 소설가 김창걸 등이 이에 속한다. 일시적 거주이든 아니든 당시 만주 지역에 머물며 작품 활동을 하던 문학인들은[12] 공동으로 작품집을 내기도 하였다. 소설집으로 『싹트는 대지』(1942년), 시집으로 『만주 시인집』(1941년), 『재만 조선인 시집』(1942년), 수필집으로 『재만 조선인 수필선』(1939년) 등이 있다.

2) 주요 작가 · 작품 : 시

(1) 문명개화의 꿈과 시가의 발전

20세기에 들어서면서 중국 조선족문학은 그 구체적 실상을 드러내기 시작했다. 20세기 초 조선족 시문학의 대체적인 흐름과 전개 양상을 보면 무엇보다 당대의 시대적 과제와 미래를 향한 열망을 보여주는 창가가 대중적으로 확산되었고, 전통적 시가를 계승하는 시조와 한문시가 활발히 창작되었다는 점이 주목된다. 그리고 새로운 형식과 내용을 통해 근대적 미학을 추구하고자 했던 자유시가 서서히 싹트기 시작했다.

---

12) 이들에 대해 『중국조선족문학통사』에서는 적 점령구 지구의 시인 작가들이라고 소개한다. 여기에는 시인 윤동주도 포함되어 있다(173~174쪽 참조). "이 시기 적 점령구의 대표적 작품들로는 단편소설에서 김창걸의 「암야」(1939년)를 비롯하여 신서야의 「추석」(1941년), 한찬숙의 「초원」(1942년), 김국진의 「설」(1936년) 등과 수필로 『재만 조선인 수필선』에 수록된 작품 외에 『북향』지에 게재된 고적의 「용정의 첫인상」(1936년), 김영일의 「봄 추억의 한토막」(1936년)과 이욱의 기행실기 「동만의 마경, 천험촉도 72정자척파기」(1941년) 등을 들 수 있다."(173쪽)

20세기로 진입하면서 광범위한 계층에 걸쳐 유행한 창가는 계몽적 근대 사상과 민족의 독립을 향한 열망 그리고 반일 항쟁 등 시대적 과제를 주된 내용으로 삼고 있었다. 이 가운데에는 봉건적인 통치 세력을 옹호하거나 독립에 대한 비젼을 제시하지 못한 작품들도 존재했지만 대체로 창가는 당대의 시대적 과제와 염원을 노래하는 민중들의 시가였다. 형태적인 면에서 가사체의 기본 형태인 3·4조, 4·4조를 기초로 삼되 4·5조, 6·5조, 7·5조, 8·5조 등 다양한 형태로 확장된 모습을 보였고, 내용에 있어서는 민중의 구체적인 생활상을 형상화하는 경향을 보여주었다. 이 시기 창가의 확산과 발전은 전통적 형태인 정형시가에서 현대적인 자유시로 이행해나가는 과정에서 교량적 역할을 했다고 평가된다.[13]

대표적인 창가 작품으로는 먼저 사립학교 교가들로 불려지면서 문명 개화에 대한 바람을 노래한 「학도가」, 「수학가」, 「권학가」, 「동심가」 등이 있다. 남녀평등 등 근대적인 문명개화를 노래한 작품으로는 「녀자는 근본」, 「결혼가」, 「리별가」 등이 있고, 인권과 자유, 평등과 같은 근대적 이념과 가치를 노래한 작품으로는 「자유가」, 「세계일주가」, 「륙대주가」 등이 있다. 그리고 일제에 맞서 독립을 쟁취하고자 하는 의지를 노래한 「3월가」, 「독립운동가」, 「복수설치가」, 「독립군가」, 「행보가」, 「소년모험행진가」, 「동원가」 등이 있다.[14]

권리가 없으면 자유가 없고
자유가 없으면 생명도 없다
애닯도다 백의동포 일어나거라
일어나서 네 손으로 자유찾으라.

—「자유가」—

13) 조성일·권철 외, 앞의 책, 44쪽.

14) 임윤덕, 「조선족시가문학개관」, 임범송, 권철 편, 『조선족문학연구』, 흑룡강조선민족출판사, 1989, 84~85쪽 참조.

일제의 통치하에 있었던 조선의 상황과 마찬가지로 중국 동북지역에 살았던 조선인들 역시 일제의 통치와 수탈과 억압에서 자유롭지 못했다. 오히려 중국의 토호 세력과 일제의 이중적 수탈이라는 현실과 맞서야 했던 조선인들에게 자유는 더더욱 절실한 것이었는지도 모른다. 따라서 위 창가에서 나타난 "권리"와 "자유"라는 근대적 이념은 서구에서 온 새로운 사상의 이식물이라기보다는 억압적인 현실을 타개하기 위해 요구된 가치이기도 했다. 시련에 처한 공동체의 현실은 개인적 서정보다는 집단적 경험과 이상을 노래하도록 견인했던 것이다. "백의동포"라는 집합 명사가 보여주듯이 개개인의 현실이 공동체의 운명과 분리될 수 없는 시대적 상황에서 창가는 공동체의 현실에 함께 맞서기 위한 매개 역할을 했던 장르라고 할 수 있다.

창가와 함께 당시 시가 문학에서 성과를 보인 것은 시조와 한시이다. 그런데 시조의 경우 안타깝게도 작품이 많이 소실되었고, 작가가 분명히 밝혀지지 않은 경우도 많다. 「류화절(柳花節)」, 「청년아」, 「단결력」, 「장부사」, 「갑중검」, 「지사음」과 같이 현존하는 작품의 경우 우국지사나 진보적 지식인에 의해 씌어졌을 것으로 짐작될 뿐이다.[15]

간밤에 비오더니 봄소식 완연하다
무령한 화류들도 때를 따라 피였는데
어찌타 2천만의 저 민중은 잠깰 줄을

—「류화절(柳花節)」—

20세기에 들어서면서 조선인이 직면했던 사회 정치적 변화의 거센 조류는 한반도와 중국 동북 지역이 다르지 않았다. 어디에 있건 자유와 독

15) 조성일 · 권철 외, 앞의 책, 45쪽.

립을 쟁취하지 못한 공동체의 현실과 운명은 개개인을 무겁게 짓누르고 있었다. 「류화절」에서 보여주듯이 현존하는 당시의 시조들은 창가와 마찬가지로 개인의 안위와 일상에서 느끼는 서정보다는 민족의 처지와 운명에 대한 우려를 역력히 표출하고 있다.

위 시조에서 의미심장한 점은 시대를 개척해나갈 주체에 대한 인식이다. 시대적 상황을 우려하는 화자는 역사의 주체를 "2천만" 민중으로 상정하고 있다. 화자는 민중의 힘과 저력이 새로운 시대를 개척할 수 있다고 믿기에 민중이 깨어나기를 간절히 기다리고 있는데 여기서 민중이 새로우누 시대의 주인이라는 근대적 인식을 엿볼 수 있다.

작자가 불분명하고 남아있는 작품이 소수에 불과한 시조 장르의 사정과 마찬가지로 20세기 초반에 창작된 한문시 역시 현존하는 작품은 매우 드물다. 그러나 1910년대에 들어서면서 한문시 창작은 괄목할 만한 성과를 보여주었다. 김택영, 신정과 같은 대표적인 조선족 시인들이 작품집을 내놓았고, 리상룡, 김좌진, 리정, 김정규 등 항일투사들도 한문시를 창작하였다.

"조선족 한문학의 최후를 장식한 가장 걸출한 시인"[16]으로 평가되는 김택영(1850-1927)은 사학자이자 독립운동가, 계몽사상가였던 조선족의 대표적인 문호이다. 1905년 상해로 망명한 후 양계초, 엄복, 장건, 정효서 등의 중국 계몽사상가들과 교류하면서 민주주의적 개화사상 및 유물론을 습득했다. 전통적 봉건사상과 유교사상으로부터 벗어나 새로운 민주공화정치체제를 옹호했던 김택영은 1912년 중화민국 임시정부가 건립되자 중국 국적을 얻었다.

이 시기에 쓴 대표적인 시편으로는 「고국의 10월 사변을 회상하여」(1905),

---

16) 앞의 책, 88쪽.

「어허 애달파」(1910), 「안중근이 나라의 원쑤를 갚았다는 소식을 듣고」(1909), 「중국의 의병사 소감」(1911) 등이 있다.

> 야밤중에 광풍이 바다에서 휘몰아쳐와
> 엄동벽력이 서울에 지동치누나
> 혜소의 피 왕의 옷에 튀여 귀신을 곡하게 하였으니
> 갑옷입은 병사 있으나 하늘이 하도 린색하여 범려같은 재능있는 사람 없어라
> 내 마음 난로안 재마냥 싸늘하네
> 하늘가의 방초에 머리 돌리기 어려워라
> 유신이 글을 해서 무슨 소용 있더뇨
> 공연히 「애강남부」를 지어 슬픈 정만 더 하였더라
>
> —김택영, 「고국의 10월 사변을 회상하여」(1905)—

1905년은 김택영이 중국에 망명한 해이기도 하고, 을사조약이 체결된 해이기도 하다. 위 작품에서 김택영은 나라 잃은 처지와 심정을 다양한 비유를 통해 표현하고 있다. "유신이 글을 해서 무슨 소용 이더뇨"라는 부분에서는 서위에 사신으로 갔다가 억류되었던 중국 남북조시대의 시인 유신처럼 중국으로 망명한 자신의 처지가 답답하고, 또한 나라를 구하지 못하는 마당에 글을 쓰는 자신의 상황마저 덧없다는 한탄이 드러난다. 우국(憂國)의 정서는 이후 김택영의 작품에서도 많이 나타나는 것으로 당시에 중국으로 망명한 지식인들이 느꼈을 자괴감과 안타까움을 짐작하게 한다. 그가 남긴 저작은 산문과 역사서, 시집을 포함하여 30여 종에 달하는데, 이 가운데 시집 『정간 소호당집』, 시문집 『청강고』, 시문집 『소호당집』에는 1,000여 수의 시와 500여 편의 산문이 실려 있다고 한다.

독립운동가이자 교육자이며 시인이었던 신정(1879-1922)은 1911년 신해혁명이 일어나기 직전에 중국에 건너와 중국 자산계급 혁명단체 동맹회에 가입하고 신해혁명에 참가하였다. 그는 중국의 민주주의 혁명에 헌신

하는 한편 1912년 조선 망명지사들을 조직하여 반일운동단체 <동제사(同濟師)>를 조직하기도 하는 등 반일운동에도 앞장섰던 인물이다. 1917년 스톡홀름에서 개최된 만국 사회당 대회에 조선 독립을 요청하는 건의서를 보냈고, 이어서 파리강화회의에 조선 독립을 요청하는 전보를 보내기도 했다. 1919년에는 김규식을 민족 대표로 파리에 파견하고 비밀리에 일본, 만주, 서울 등지에 독립운동가들을 파견하여 3·1운동을 도모했다.

이 시기는 신정이 중국의 혁명문예단 <남사>에 가입하여 활발히 창작활동을 한 시기이기도 하다. 1916년부터 1922년에 쓴 한문시 140여 수와 산문시는 신정이 사망한 이후, 그의 탄생 60주년을 기념하여 출간된 시집 『아목루(兒目泪)』(중경출판, 1939)에 실려있다. 『아목루』는 중국 위진 시대의 시가와 유사하게 활달한 필치와 비분강개한 정서, 호방하고 자유분방한 성격을 보여준다고 평가되며, 예술적 미학성뿐만 아니라 사상적 깊이와 가치가 높이 평가되는 작품집이다.[17]

20세기 초반 중국 조선족 시문학의 주된 흐름은 창가의 대중화와 시조, 한문시 창작으로 요약된다. 현존하는 작품들로 미루어 볼 때, 이 시기 시문학은 새로운 형식적 실험이나 모색을 적극적으로 시도한 것은 아니지만 주제와 사상적 측면에서 근대적 자각을 드러내고 있다. 자유와 독립에 대한 갈망이나 민중 주체에 대한 각성은 봉건적 사상을 탈피하고 민중 스스로가 새 시대를 견인해야 한다는 자각을 엿보게 한다. 이 시기의 대표 문인으로 추앙되는 김택영이나 신정과 같은 문인을 통해 나타나듯이 새로운 문명 세계와 정치체제의 가능성을 찾아 중국으로 망명한 조선인들은 정치적으로는 중국의 국민이 되기를 선택했지만 생득적 조국을 부정하지 않고 이를 통합적으로 인식하는 모습을 보여주었다. "아침에는 고국

17) 앞의 책, 101쪽.

을 위해 울고 저녁에는 중국의 희사를 노래"[18]했다는 김택영의 경우나 신해혁명에 직접 가담하는 한편 생의 마지막은 상해임시정부에서 독립운동을 위해 투신한 신정의 경우에서 볼 수 있듯이 그들은 시련에 처한 중국과 조선의 운명 모두를 자신의 국가(nation)라는 근대적 정치 공동체와 종족 공동체(ethnicity)의 간극을 경험했던 조선족은 역사적 시련 속에서 형성된 복수적 정체성을 반영하고 있다고 할 수 있다.

(2) 혁명의 노래 그리고 현대적 서정의 형성

20세기 초 중국 동북 지역으로 이주한 조선인은 1920년대에 이르러 45만 명, 1930년대엔 63만여 명을 넘어섰다.[19] 이 시기는 한글 사용자의 증가와 함께 한글문학의 창작과 유통도 활성화된 시기일 뿐만 아니라 중국의 사회주의 혁명 이후 마르크스주의 문학이 전파되면서 조선족 문인들의 창작에도 직접적 영향을 끼친 때이다. 1920년대 사회주의 혁명의 열기와 무산계급 운동은 혁명 가요를 확산시켰고, 1930년대에 이르러 항일 무장 투쟁과 반제국주의 문화 운동이 전면화되면서 저항시편의 창작도 활성화되었다. 또 다른 한편으로는 개인의 서정이 확장되고 내밀한 정서를 표출하는 자유시도 발전하는 모습을 보였다.

마르크스주의 사상의 확산에 부응하여 계급 문학이 대두된 것은 1920년대 조선족문학의 중요한 특징이다. 그 여파로 반제, 반봉건 사상을 토대로 새로운 사회를 건설하려는 내용을 담은 혁명 가요가 큰 영향력을 발휘했다. 혁명 가요는 대개 집단적으로 창작되었는데, 1926년을 전후로 남만화전 <5 · 1학교>에서 백여 수의 혁명가요가 창작되어 확산된 것으로 전해진다.[20]

18) 앞의 책, 65쪽.

19) 조선족략사편찬조, 『조선족략사』, 연변인민출판사, 1986, 2쪽, 68쪽.

당시의 혁명 가요는 이념적인 확신을 근거로 무산자 계급 혁명을 통해 자유와 평등이 실현되는 사회, 민중이 주인되는 이상적인 사회에 대한 열망을 보여주었다. 러시아 10월 혁명을 노래한 <붉은 봄 돌아왔다>, <10월 혁명가>, <소련옹호가>, <의회주권가>, <마르크스, 레닌에 대한 추억> 등은 사회주의 체제를 옹호하는 대표적인 혁명 가요이다.

또 계급문학의 확산과 혁명적 분위기에 힘입어 여성해방이나 혼인의 자유 등을 주제로 한 혁명 가요도 등장했다. <여성의 노래>, <여성해방가>, <나의 가정>, <이혼가>, <소년아동가> 등에서 나타나는 혁명에 대한 열망 안에는 여성을 억압하는 구시대의 질서와 규범을 타파하려는 여성해방에 대한 요구와 인식이 담겨 있다. 이를 통해 당시의 혁명적 열기가 과거의 구습을 벗어나 사회 개혁을 이루고자 하는 목표로 확장되고 있었음을 짐작해 볼 수 있다.

> 만리장천 반공중에 비행기 뜨고/ 오대양 한복판에 군함이 떴다
> 육대주에 울리는 대포소리에/ 오백년의 깊은 잠에서 속히 깨여라
>
> 집 안쪽 감옥같은 골방에 갇혀/ 세상 형편 구경 못한 우리 여성들
> 어서 빨리 낡은 사회 때려부시고/ 자유평등 활동무대 모두 다 찾자
>
> ―「여성의 노래」―

위 시에서 나타나는 것처럼 새로운 시대에 대한 갈망은 여성에게도 예외는 아니었던 것이다. 유교적 규범에 종속된 문화권에서 가정이라는 사적 영역으로 제한된 삶을 받아들여야 했던 여성들이 가정으로부터 벗어나 자유와 평등의 활동 무대를 스스로 찾고자함은 급진적 각성에서 비롯된 것이다. 여기서 알 수 있는 것은 사회주의 사상의 확산이 정치체제의 변화만이 아니라 문화와 규범 전반의 변화를 야기하고 있었다는 점이다.

---

20) 조성일 · 권철 외, 앞의 책, 114~115쪽.

그러나 새로운 세계에 대한 열망과 달리 1930년대에 들어서면서 일제의 침략은 더욱 가시화되었다. 1932년 중국 동북 지역에 만주국 정부를 건립한 일제는 치밀한 통치 정책을 펼쳤고, 조선족들은 일제와 결탁한 중국인들의 수탈과 일제의 수탈이라는 이중적 고충을 감내해야 했다. 이러한 시대적 상황에 따라 항일 투쟁을 고취하는 항일 가요들이 창작되었다. <인민의 처지>, <항일전가>, <9・18사변가>, <민족해방가>, <일어나라 무산대중>, <동북인민혁명군가> 등은 인민의 항일 투쟁 정신을 고취하는 노래들이다.

그러나 이 당시 시단 전체가 선전적이고 집단적인 경향만을 띤 것은 아니었다. 창가나 시조, 한문시가 가진 정형률에서 벗어나 시적 형식의 실험을 모색하던 시인들은 자유시라는 자율적 형식으로 개개인의 서정을 담아냈다. 『만선일보』, 『북향』, 『카톨릭소년』 등 신문과 잡지를 통해 발표된 작품들은 고향에 대한 그리움이나 역동적 삶의 의지 등을 보여주기도 했다.

만주 사변 이후 일제의 직접적 통치하에 있었던 만주 지역의 조선족 시인들은 『만주시인집』(1942), 『재만조선시인집』(1942)을 출간함으로써 조선의 언어와 문화 그리고 일제에 동화되지 않는 문화정체성을 보여주었다. 이 시집들의 출현은 중국 조선족문학의 실질적 개시를 선언한 하나의 문학사적 사건이며, 특히 위의 두 시집은 향후 중국 조선족 시문학의 역사적 성격을 예단케 해주는 시금석으로 평가된다.[21]

『만주시인집』과 『재만조선시인집』에 실린 시편들에는 다양한 주제와 개인의 서정 및 시대적 상황에 대한 통찰과 더불어 이민자로서 지니는 내면적 갈등과 함께 새로운 삶의 터전을 일구어야 한다는 개척정신이 함의되어 있다. 특히 새로운 국가, 새로운 역사의 주체가 되기 위한 미래지향적 의지 그리고 모국에 대한 그리움과 정체성에 대한 확인 등은 이산의

21) 윤영천, 「중국 조선족 시문학의 형성과 전개」, 『민족문학사연구』, 민족문학사학회, 2000, 210~211쪽.

경험 속에서 성장한 조선족 시문학의 특수성을 잘 드러내기 때문에 우리가 주목해야 할 지점들이다. 이산의 경험이 투영된 조선족문학은 중국문학이나 한국문학과 교집합을 지니면서도 어느 한쪽으로 편입될 수 없는, 그 자체로 고유성을 갖는 문학으로 존재한다.

조선족 문인들은 새로운 장소를 고향으로 수용하려는 의지를 직접적으로 표출하기도 했다.

> 우리가 滿洲를 사랑하는 心情은 이땅이 나라의 大氣를 呼吸하고 살어온 우리가 아니면 想像하기도 어려우리라 남이야 무어라 하거나 滿洲는 우리를 길러준 어버이요 사랑하여 안어준 안해이다. (…중략…) 그럼으로 이땅 이 나라의 自然과 사람은 完全히 愛撫하는 우리 肉體의 한部分이다. (…중략…) 아아 滿洲땅! 꿈에도 못닛는 우리 故鄕 우리 나라가 안인가?

위의 인용문은 박팔양이 『만주시인집』 서문에 쓴 글이다. 이 글에서 만주는 자신의 육체와 한 몸인 땅, 어버이처럼 나를 낳아 길러준 곳, 그리고 나 자신의 근원지인 고향이라는 심상적 공간의 의미를 갖는다. 이렇게 만주에 대한 애정을 구체적으로 드러낸 까닭은 그곳이 "우리"가 삶을 일구어야 하는 터전이자 농경지이기 때문이다. '만주=땅=농경지'라는 의식은 나아가 대자연, 대지의 모(母) 등으로 확장되어 만주는 가난한 이주자에게 생명을 주는 어머니와 같은 존재로 의인화된다. 물질적 땅의 의미가 대지, 대자연, 어머니의 차원으로 확장될 때 만주는 또 하나의 고향으로 수용되는 것이다. 이러한 내용을 보면 조선족 문인들은 만주라는 공관을 일제가 점령한 정치체제라기보다는 생명의 기원인 고향으로 인식하고자 했던 것 같다. 그 이유는 일제의 통치에 포섭되지 않는 문화적 정체성을 고수하려는 의지로 해석해 볼 수 있을 것 같다.

시문학을 통해 나타나는 시대적 응전과 현실 문제도 중요하지만, 조선족 시문학의 근대화라는 점에서는 개인적 서정의 표출 양상 또한 눈여겨

보아야 한다. 윤동주와 리욱은 서정적 언어를 통해 개인의 내밀한 감정과 정서를 드러내면서도 현실의 억압과 식민통치에 대한 저항감을 표출한 작품을 보여준 대표적인 시인이다. 당시에는 개인의 서정보다는 정치 공동체의 당면 과제와 계급적 입장을 강조한 항일 가요나 시 작품이 많이 창작되었지만 윤동주, 리욱 등의 시인들은 엄혹한 현실에 맞서서도 혼탁해지지 않는 순수한 정신을 서정적 언어로 표현하기도 했다.

북간도에서 출생한 윤동주(1917-1945)는 한국 시문학사에서 식민지 후기 저항시를 대표하는 시인인 동시에 조선족문학사에서도 대표적인 시인이다. 윤동주는 식민지 치하에서 겪는 자아의 분열과 죄의식을 드러내기도 했고, 피식민자가 지닌 부끄러움을 현실과 대결하는 정신으로 고양시키기도 했으며, 자기희생적 의지를 표출하기도 했다. 1940년대 초에 그가 발표한 「십자가」, 「또 다른 고향」, 「별 헤는 밤」, 「쉽게 씌어진 시」, 「간」 등의 작품들은 극에 달한 일제의 식민 체제와 날카롭게 대립하는 인간의 정신을 보여주는 작품들이다.

1930년대에 들어서면서 다수의 작품을 발표하며 주목받기 시작한 리욱(1907-1984)은 조선족문학을 대표하는 시인 가운데 한 사람이다. 1930년대 후반부터 1940년대 초반까지 『조광』, 『조선지광』 등의 신문과 잡지에 활발히 시를 발표하여 문단의 주목을 받았고, 1942년에는 시인 김조규와 함께 당시 만주에서 활동하던 시인들의 작품을 모아 『재만조선시인집』을 간행하는 등 조선족 문단의 결집을 도모하는 데 기여한 바 있다. 리욱은 1940년대 초반에 「공원」, 「별」, 「낙엽」, 「모아산(帽兒山)」, 「북두성」 등의 작품을 발표하였는데, 이때 리욱의 시들은 상징적이고 감각적인 언어와 비유를 통해 당대 현실에 대한 심경을 드러냈다.

> 이 땅 어린 生命을 기르는
> 海蘭江과 부르하통하는

너 帽兒山 創世紀의 佳緣이고
이곳 온갖 살림을 담은
룡드레촌과 앤지강은
너 모얼산 지켜 온 작은 花園이다.

憶萬呼吸이 깃드린
大地의 情若을 안고도
푸른 하늘을 이고 默默히 앉았으니
너 모얼산은 偉大한 巨人 같기도 하다.

네 머리 우에 해와 달이 흘러
쌓인 情怒 터지는 날은
自由의 깃발이 날리리니

우리 豆滿江을 건너서
처음 본 모얼산은 푸르러야 할 텐데
백 년을 기다려야 하느냐
천 년을 기다려야 하느냐.

(…중략…)

이제 나는 산에 나려
뭇사람들 속에서 높이 소리쳐
너 산울림 듣는다.
너 산울림을－

－리욱, 「모아산(帽兒山)」 부분－

위 시에서 특징적인 것은 구체적인 지명들이 등장한다는 점이다. 조선족이 거주하는 공간의 이름을 부름으로써 장소에 대한 애착을 드러내고 있다. 이 장소애는 단순한 자연물에 대한 예찬이라기보다는 일제의 침략에 맞서 자신들의 삶과 정체성을 지켜야 한다는 의지적 차원에서 발로하고 있다. 그런 까닭에 리욱은 조선족들이 거주하는 연길 지역의 모아산을 "偉大한 巨人"에 비유하기도 하고, 안개에 쌓인 모아산이 아직은 꿈만 꾸고 있으나 "여태 굴한 일 없"는 "우리의 깃발"이라고 표현한다. 리욱은 모아산과 같이 조선족의 삶의 터전에 있는 자연물을 통해 일제의 식민 탄압과 같은 외부적 상황에 굴하지 않는 정신적 표상을 찾고, 일제의 탄압에 굴하지 않는 의지를 고취하고자 했던 것이다.

1920년대 조선족 시문학은 열악한 환경과 처지에도 불구하고 시대적 각성을 보여주는 작품들을 줄기차게 창작해냈다. 마르크스주의 문학의 확산은 선전적이고 교조적인 혁명 가요들을 양산케 했지만 한편으로는 대중들 스스로 투쟁의 주체가 될 수 있다는 의식을 낳기도 했다. 일제의 통치가 극에 달하던 1930-40년대에도 시문학 창작은 꾸준히 전개되었고, 당대에 활동한 여러 시인들의 목소리는 『만주시인집』, 『재만조선시인집』에 담겨 간행되었다. 이 시집들은 조선족 시문학이 현대적 감각의 서정성을 확보하면서 조선이라는 모국에 대한 그리움을 형상화하는 한편 새로운 고향, 새로운 삶의 터전인 만주에 대한 애정과 사랑으로 조선족의 문화적 정체성을 만들어가고 있었음을 엿보게 한다.

3) 주요 작가 · 작품 : 소설

(1) 항일의식과 산문문학의 전개

이 시기 문학의 근대적 성격을 확인할 수 있는 소설적 형식은 신소설이다. 이인직의 『혈의 누』와 같은 신소설은 설화적 담론과 신화적 상상력에 기반한 고전 소설과는 달리 현실적 세계를 바탕으로 개화와 계몽 담론을 전개한다. 신소설의 기본 사상이라 할 수 있는 개화와 계몽은 일본을 문명의 세계로, 조선을 미개와 야만의 세계로 이미지화한다. 『중국조선족문학통사』는 이 시기의 문학에 대해 한반도 내부의 조선 문단과 그 전개를 같이 한다고 보면서 신소설을 언급하긴 하지만 그다지 중요하게 다루지 않고 있다. 일제에 대한 저항의식을 근대문학 전개의 중요한 근거로 판단하기 때문이다. 또한 이 시기에 중국 지역에서 활동했거나 거주하였던 작가들의 작품을 위주로 문학사를 서술하고 있다. 이러한 이유로 이 시기의 작가로 주로 거론되는 인물이 김택영과 신정이다.

김택영은 구한말(대한제국 시기 : 1897년 10월 12일-1910년 8월 29일)의 한학자로서 17세에 성균시초시에 입격하였고 1891년에는 과거에 합격하여 진사가 되어 벼슬길에 올랐으나 1896년 신기선의 저서 『유학경위』에 서문을 써준 일로 잠시 낙향하기도 했다. 1903년 다시 관직에 나아가 내각의 학부위원에 올랐으나 때는 이미 일제의 정치적 개입이 점차 노골화되던 시기였다. 그리하여 1905년 김택영은 중국 상해로 망명하여 남통시에 자리잡게 되었고 이후 중국 문단 및 학계와 교류하며 자신의 사상적 기반을 넓히고 활발한 문필 활동을 전개하였다. 진화론을 흡수하며 계몽사상을 접하게 된 그는 중국의 정치 판도에도 민감하여 신해혁명 당시에는 「중국의 의병사에 대한 느낌」이란 시를 짓기도 하였다. 이처럼 김택영은 한학에 국한되지 않고 시대적인 변모에 따라 유동적으로 사상의 기반을 확장하는 모습을 보여주었다. 그의 의식세계는 유민의식을 밑바탕에 깔고 있다. 조선에서 관직에 오르기 전까지는 고려 유민의 후손이라는 의식이 강했고 중국 망명 이후에는 조선의 유민이라는 의식 속에서 망국의 한을 작품에 담았으며[22] 중국 정치의 격변에 관심을 쏟으며 근대적 계몽의 실현을 꿈꾸었다. 모국을 그리워하면서도 이주지의 정치 및 학문, 문학세계에 능동적으로 적응해갔던 그의 삶은 디아스포라 지식인의 전형이기도 하다.

22) 곽미선, 「김택영의 한시를 통해 본 망명 전후 의식세계의 변모」, 『洌上古典研究』 제29집, 2009 참고.

김택영은 특히 역사 서술과 전기문학의 생산에 힘을 쏟았다. 안중근의 의거에 감명 받아 시와 문을 짓고 1910년 『안중근전』을 썼으며 이후에도 박은식의 도움을 받아 수정과 개작을 반복하며 심혈을 기울였다. 안중근을 줄기찬 투사의 이미지로 형상화하면서 "천주교 신자임에도 교리에 구애되지 않고 사냥을 좋아했다는 것, 고종의 선위에 크게 노하여 평양의 일인을 쏘아 죽이려고 했다는 것, 강원도에 들어가 의병들을 규합해 일본인 수백 명을 죽였다는 것, 단지(斷指) 동맹을 하면서 과격한 맹사(盟詞)를 낭독한 것, 의병을 이끌고 국내에 진공하여 일본군과 전투를 벌인 것"[23] 등의 일들을 기록하고 있다. 이밖에도 『황진이전』(1884년), 『설승유전』(1887년), 『김리도전』(1887년) 등의 전기문학을 남겼고, 『시진창강실기』(1907년), 『한묵림서국 연못에서 노닐며』(1906년), 『움직이는 정자』(1915년), 『백운정기』(1914년), 『일송정기』(1899년), 『황주 월파루 보수기』(1903년) 등의[24] 수필 및 기행문 창작에서도 성과를 남겼다.

김택영은 1927년 4월 말경 자살한 것으로 알려져 있다. 『통사』는 이를 두고 "장개석의 '4 · 12' 반혁명 정변으로 하여 북벌 전쟁이 좌절당함에 따라 드디어 그는 절망 속에 빠졌다. 그는 고통과 울분을 달랠 길 없어"[25] 자살하게 된 것으로 기록하고 있다. 한편 다른 연구에서는 자살의 "직접적인 원인은 그의 경제 담보인인 장건의 타계 이후 불경기에 처한 한묵림서국의 재정 상황으로 본사 회계가 그의 생활비 지급을 단절했기 때문이"라고 하면서 "그는 망국민으로 22년간 중국에 살면서 조선총독부의 검열에 의해 국내에서는 출판하기 어려웠던 문집과 사서들을 간행하여 국내에 보급하였고, 이 책들은 한문을 통해 지적 삶을 영위하던 국내 지식층의 문

23) 김종철, 「김택영의 <안중근전> 입전(立傳)과 상해」, 『한중인문학연구』, 2013, 34~35쪽.
24) 조성일 · 권철 외, 앞의 책, 83쪽.
25) 위의 책, 66쪽.

화적 갈증을 해소하는 동시에, 한문을 읽을 수 있는 일본 지식인들에게 조선의 역사와 문화를 알게 하는 길을 열어주었다."[26]고 중국에서의 문화 활동의 의의를 설명하고 있다.

신정은 육군 부위로 근무한 경력이 있는 독립운동가로서 1907년 일제의 조선군대 해산령에 의해 군복을 벗고 민족 자강의식을 고취하기 위해 힘썼으며 1911년 봄 신해혁명이 일어나기 직전에 항일 구국을 위해 중국으로 이주하였다.[27] 그의 대표적인 산문으로는 『통언』(일명 『한국혼』)이 있는데 이는 1920년 10월 상해 『진단주간』에 연재되었다. 그 서문을 소개하면 다음과 같다.

> 경술국치 이후, 나는 중국에 망명하여 왔다. 옛 왕터는 곡식 밭이 되었으니 나의 서러움을 그 어디에 비기랴. 『이소』에 담긴 굴원의 읍소, 진정에 올린 신포서의 곡성마냥 계명의 비바람 소리 내 가슴을 후벼 내었다. 이에 『한국혼』이란 글을 지었는 바 그 취지는 가슴 속의 고통을 세인에게 알리어 민족주의와 복수의 큰 의리로써 민중을 환기시켜 보고자 함이었다.[28]

이러한 서문에서 알 수 있듯이 신정은 중국으로 이주한 이후에도 줄곧 민족주의적 관점에서 일제에의 저항의식을 고취해나갔다. 『중국조선족문학통사』는 『통언』에 대해 "신정의 사상과 이론의 결정체"라 평가하면서 "이 글의 중심사상은 조선 민족의 유구한 역사와 빛나는 애국주의 전통을 세계에 선양하고 그 우수한 전통을 발양하여 민족의 자존심과 자신감을 회복하며 자력갱생, 일치단결하여 민족의 자주독립과 해방을 위해 끝까지 몸바쳐 싸울 것을 호소한 것이다."[29]라고 서술하였다. 민족의 우수한 문화적 전통

---

26) 정재철, 「구한말 동아시아 지식인의 문화비전－창강 김택영을 중심으로」, 『한국한문학연구』 Vol.47, 2011, 230～231쪽.

27) 조성일 · 권철 외, 앞의 책, 90쪽.

28) 신정, 「통언 서문」, 앞의 책, 101～102쪽에서 재인용.

을 통해 제국주의에 저항하려 했다는 점에서 그 의의를 찾을 수 있겠다.

김택영과 신정의 산문을 통해 볼 때, 이 시기의 산문문학은 민족문학의 전통 위에서 근대적 계몽의식과 일제에의 저항의식을 전개해 나갔으며 소설적 형식보다는 전기문학이나 정론, 격문의 형식으로 문학정신을 표출하였음을 알 수 있다. 이 시기의 지식인들은 일제에 나라를 빼앗긴 망국의 한을 품고 중국 땅으로 망명, 이주하여 중국인들과 교류하면서 모국의 독립을 위한 문학 활동을 펼쳐 나갔다.

(2) 이주민문학의 형성과 일제에의 저항 / 협력[30]

이 시기 만주 지역에서 펼쳐진 문학은 이주민문학(디아스포라 문학)의 관점에서 살펴볼 필요가 있다. 일제에의 저항의식을 담은 민족문학의 전개는 국내 문단과 중국 망명 문단의 공통적인 성격이지만 중국 망명 문단은 특별히 조국을 떠나와 타지에서 생활하는 유랑의식, 원주민의 핍박을 이겨내며 현지에 적응해나가야 하는 유이민 의식을 명확히 드러냈기 때문이다.

조선족이 대규모로 이주하여 집단을 형성하며 생활하기 시작한 시기는 1910-20년대부터이다. 이 시기는 한반도가 일제의 식민지 치하에 들어간 시기이기 때문에 항일 저항운동과 같은 정치적인 목적으로 이주하는 지식인들이 많았으며 많은 문인들이 만주 지역을 유랑하거나 정착 생활을 하며 작품을 발표하였다. 이들이 재만 조선인문학의 토대를 형성하였다.[31]

---

29) 위의 책, 102쪽.

30) 이 시기 문학을 '이주민문학'으로 바라보는 관점 및 '재만 조선인문학'에 대한 용어와 그 개념 등에 대한 서술은 졸고 「이주문학에 나타난 타자 재현의 문제-「소금」과 「붉은 산」의 재만조선인 재현을 중심으로」(『한민족문화연구』 38, 2011.10)와 겹치는 부분이 있음을 밝혀둔다.

31) 여기에는 많은 논점이 포함되어 있다. 우선 '재만 조선인문학'이라는 용어부터 '재

재만 조선인문학의 성립은 논자에 따라 견해가 다르겠지만 대체로 1930년대 즈음부터로 보는 것이 타당하다고 본다. 재만 조선인문학의 성격이 기본적으로 이주문학이라는 데 있다면 이주민의 규모가 어느 정도 커지고 이주의 경험이 축적되었을 때에야 이주문학으로서의 재만 조선인문학이 성립될 수 있는 것이다. 1910-20년대에 대규모 이주가 이루어짐에 따라 1930년대 즈음에는 만주 지역에 벼농사를 기반으로 한 조선인 공동체가 형성되기 시작했고 이러한 이주 경험을 토대로 한 문학 작품이 생산되기 시작했다. 안수길, 강경애, 현경준 등의 작가가 활발한 작품 활동을 시작한 시기가 바로 1930년대이다. 이 시기는 또 만주국이 수립되어 통치력을 행사한 기간(1932-45년)과 맞물리기 때문에 재만 조선인문학은 일정 부분 만주국의 국책문학으로서의 성격을 띠기도 한다.[32)]

만 한국인문학', '만주 조선인문학', '만주 한국인문학', '동북함락구문학' 등 여러 가지 용어가 사용되고 있으며 '재만 조선인문학'을 한국문학에 포함시킬 수 있는가, '중국 조선족문학'에 포함시킬 것인가 등이 논쟁의 여지를 남긴다. '재만 조선인문학'이나 '재만 한국인문학'은 당시의 '만주'를 한반도의 연장 지역으로 보는 인식이 깔려 있으며 민족이나 국가적 지표를 따라 조선인문학이나 한국인문학으로 칭한 용어이고, '만주 조선인문학'이나 '만주 한국인문학'은 만주 지역의 문학이라는 의미로서 중립적인 시각이 엿보이며 '동북함락구문학'은 중국문학에서 만주국 시기의 문학을 일컫는 용어로 사용되고 있다. 이 책에서는 최근 학계에서 '재만 조선인문학'이라는 용어가 통용되고 있기에 이를 따르기로 한다. 당시 만주로 이주한 조선인들은 만주에 살고 있을 뿐 언어와 문화적 습속 면에서 조선인으로서의 정체성을 유지하고 있었기에 '재만 조선인문학'이라는 용어가 적합한 측면이 있다고 인정할 수 있기 때문이다. 이 책에서는 '재만 조선인문학'을 '이주문학(디아스포라 문학)'적 특성을 중심으로 서술하고자 한다. 1947년 중화인민공화국 창건 이후의 문학은 '중국 조선족문학'이라 칭해지고 있는데, '재만 조선인문학'이 이주문학으로서 '중국 조선족문학'의 토대를 이루고 있기에 연속적인 측면이 있다고 보는 입장이다.

32) 재만 조선인문학에 관한 그간의 연구 경향은 ① 한국문학의 연장으로서 민족주의적 성격을 분석하는 방향, ② 국책문학 혹은 친일문학으로서의 성격을 규명하는 방향과 ③ 이주문학으로서 재만 조선인문학만이 가지고 있는 성격('본토 의식', '북향 의식'으로 표현되는 정주 지향)에 주목하는 방향이 큰 줄기를 이루고 있다.

최서해, 안수길, 강경애, 현경준 등 이 시기에 중국에서 생활하며 문학 활동을 한 작가들의 작품에는 만주 지역이 소설의 중요한 배경으로 등장하면서 '민족의 수난-저항-향수'의 서사적 구조를 보여준다. 서간도 지역을 배경으로 하는 최서해의 「홍염」에는 중국인 지주의 횡포로 딸을 빼앗긴 조선인 소작농이 등장한다. 사경을 헤매는 아내에게 딸을 보여주기 위해 중국인 지주를 찾아갔으나 거절당하고 아내마저 잃고 나자, 문서방은 중국인 지주의 집에 불을 지른다. 이러한 줄거리의 「홍염」은 소작농의 저항을 담은 작품으로서 신경향파의 대표작으로 거론되곤 하는데, 여기에는 지주와 소작농 간의 계급 갈등뿐만 아니라 중국인과 조선인 사이의 민족 간 갈등이 포함되어 있다. 당시의 저항문학이 흔히 일본인과 조선인 사이의 갈등을 다루고 있는데 비해 이 작품은 중국인과 조선인 사이의 갈등을 다루고 있는 점에 주목할 필요가 있다. 당시의 많은 농민들이 경작할 땅을 찾아 간도 지역으로 이주해갔던 역사적인 배경이 작용하고 있는 것이다. 그렇기 때문에 「홍염」에 나타난 지주와 소작농 간의 갈등은 현지인과 이주민 사이의 갈등으로도 해석할 수 있다. 이주민으로서 겪게 되는 갈등과 고난, 그에 대한 저항을 형상화함으로써 고국에 대한 그리움, 민족의식을 표출하게 되는, 이주민문학으로서의 성격을 지닌 작품인 것이다. 1918년부터 1923년까지 만주 지역을 유랑하면서 체험한 하층민의 생활은 최서해 작품의 중요한 자양분이 되었다. 이후 고국으로 돌아가 1932년에 사망하기까지 그때의 경험을 바탕으로 많은 작품을 발표하였다.

최서해의 경우처럼 일시적인 유랑을 거쳐 그 체험을 형상화한 작가가 있는가 하면 안수길의 경우처럼 만주 지역에서 정주하면서 작품을 썼던 작가도 있다. 1930년대에 간도에서 활동했던 작가로는 리욱, 김창걸을 비롯하여 강경애, 안수길, 윤해영, 윤동주, 박팔양, 신영철, 황건, 박계주, 현경준, 김국진, 리학인, 윤영춘, 류치환, 박영준, 신서야, 한찬숙, 신상보, 송

철리, 조학래, 천청송, 김조규, 함형수, 장기선, 채정린, 함석창, 전몽수, 신언룡 등 30여 명이 있다.[33] 이들 중 안수길, 강경애, 이주복, 김국진, 박영준 등이 주축이 되어 문학동인회인 '북향회'(1933)를 결성하였고 동인지 『북향(北鄕)』(1035.10)을 발간하였으며 1936년 1월에는 만주에서는 최초로 문학강연회를 개최하기도 하였다. 이러한 활동들은 재만 조선인문학의 토대가 되었고 『싹트는 대지』, 『만주시인집』, 『재만조선시인집』, 『만주조선시인집』, 『만주조선문예선』과 같은 작품집으로 그 성과를 남겼다.

이들은 주로 『만선일보』에 작품을 발표하였는데 이는 1933년 창간된 『만몽일보』와 1936년 창간된 『간도일보』를 통합하여 1937년부터 간행된 만주국의 국책신문이다. 국책신문이기 때문에 일정한 검열이 이루어질 수밖에 없었지만 발표지면이 하나밖에 없었던 탓에 『만선일보』 문예란은 재만 조선인 작가들의 주요 활동무대가 되었다. 또 검열이 심해 발표지면이 없었던 국내의 작가들도 『만선일보』에 기고하는 사례가 종종 있었다. 이러한 『만선일보』의 성격과 거기에 게재된 작품들의 친일·부일 여부를 놓고 논쟁이 계속되고 있다. 친일문학이나 재만 조선인문학 연구 초기에는, 만주국에 긍정적이며 국책신문에 발표되었다는 점을 들어 친일로 보는 견해[34]가 많았으나 2000년대에 들어 문학의 내적 논리를 살피고 만주국의 특성을 고려해야 한다는 전제 아래 쉽게 친일문학으로 보기 어렵다는 의견[35]이 설득력을 얻고 있다.

대표작 『북간도』로 알려진 작가 안수길은 1911년 함경남도 함흥에서 태어났다. 그의 부친인 안용호는 함남 갑산에서 3·1운동을 주도한 뒤 간

---

33) 김호웅, 『재만조선인문학연구』, 국학자료원, 1998, 32쪽.

34) 김윤식, 『안수길 연구』, 정음사, 1986 ; 채훈, 『재만한국문학연구』, 깊은샘, 1990.

35) 김재용 외, 『재일본 및 재만주 친일문학의 논리』, 역락, 2004 ; 한수영, 『친일문학의 재인식』, 소명출판, 2005.

도 용정으로 이주했으며 간도에서도 민족계 학교인 광명여고의 교감을 지냈다고 알려져 있다. 안수길은 이러한 부친이 있는 간도와 할머니가 계신 홍남의 서호리를 오가며 일제 치하의 유년기를 보냈다.

이를 두고 김윤식은 안수길에게는 두 개의 고향이 있으며 이것이 작가의 내면세계를 이해하는 데 핵심이 된다고 진술한다. 「또다른 고향」을 썼던 윤동주가 간도를 제1고향으로 하고 정신적인 제2의 고향을 한반도 내의 어느 곳으로 둠으로써 그곳을 짙은 그리움으로 내면화한 반면, 안수길은 비록 훼손된 세계의 고향이지만 제1고향을 '서호리'로 하고 간도를 훼손되지 않은 제2의 고향으로 설정하게 되면서 작가로서의 사명감이 제2고향에 기울게 되었다고 본 것이다.[36] 그의 대표작인 『북간도』를 비롯한 만주체험이 담긴 많은 작품들은 제2고향에 대한 작가적 사명감이 낳은 실과이며 그 후의 「통로」와 『성천강』은 마음 속에 남아있던 제1고향을 형상화한 작품이라고 할 수 있겠다.

함흥과 간도, 서울을 옮겨가며 학업을 계속하던 안수길은 1931년 동경유학을 떠났으나 집안 사정으로 중도 귀국하게 되고 결국 간도에서 문학에의 꿈을 키우게 된다. 1935년에 등단[37]하여 만주에 있는 문인들과 동인지 『북향』도 간행하면서 서서히 만주의 대표적인 조선인 작가로 인정받게 된다.[38] 1945년 해방 직전 건강이 악화되어 귀향하게 되기까지 만주에

---

36) 김윤식, 앞의 책, 17~19쪽.

37) 1935년 2월, 단편 「적십자병원장」과 꽁트 「붉은 목도리」가 『조선문단』(5권, 1호) 현상모집에 당선됨. 『조선문단』은 1924년 10월에 이광수 주재로 창간되어 18호까지 『개벽』지와 맞서 민족주의문학의 중심지 몫을 하였으나, 경영 부실로 중단되자 남진우가 경영을 맡아 몇 호를 계속하다 1935년 12월 종간되고 만다. 이 지면을 통한 안수길의 등단도 그다지 빛나는 것이 되지 못했고 정작 등단작 「적십자병원장」은 발표조차 되지 않고 꽁트인 「붉은 목도리」만 발표되었을 뿐이다(김윤식, 앞의 책, 26쪽 참고).

38) 재만주 중국인 작가인 오랑이 주간으로 있는 중국어 잡지 『신천지』에서 특집으로

서 펼친 그의 문학 활동은 해방 이후 한국 현대문학사에 만주체험 문학이라는 특이한 영역을 개척하게 되는 기반이 되었다. 안수길이 활동했던 시기는 최서해나 강경애와 달리 이미 만주국이 세워진 뒤인데 안수길은 이에 대한 정치적 판단보다는 어떻게든 간도에서 일상을 영위하고 문학 활동을 펼쳐야 했던 개인적 욕망 혹은 당위가 앞섰던 것으로 보인다. 이는 개척이민의 전사(前史)를 다룬 「새벽」이나 「벼」를 제외한 「새마을」, 「목축기」 등의 작품이 친일작품으로 논의되는 근거가 된다.[39]

안수길의 「새벽」은 1935년 작가가 등단하던 해에 「호가네 지팡」이란 제목으로 집필한 것을 후에 개제(改題)하여 1941년 『만선일보』에 발표하고 재만 조선인소설집 『싹트는 대지』에도 실은 작품이다. 작가의 등단작이 제목만 밝혀진 채 발표조차 되지 않은 상황에서 독자가 접할 수 있는 안수길의 첫 작품인 셈인데 그것이 만주개척이민의 전사(前史)를 담고 있다는 점에서 안수길 문학의 출발점을 잘 보여준다고 할 수 있다.

함경남도 H읍 S포구에서 두만강상류의 M골 호가네 지팡으로 이주한 한 집안의 비극을 그린 작품 「새벽」은 1920년대 만주 이주민들의 현실을 가감없이 보여준다. 낯선 땅에 이주하여 집과 땅을 모두 빚내어 살아야 하고 평생 그 빚의 굴레에서 벗어날 수 없으며 결국 빚의 담보가 되었던

마련한 재만 각계 민족의 작품란에 조선인 작가로는 안수길을 택하여 청탁을 해왔다고 한다. 이에 안수길의 「부억녀」가 중어로 번역되어 일 · 노(백계) · 만계(滿系)의 작품 한 편씩과 함께 실렸다(안수길, 「신경 · 용정 시대」, 강진호, 『한국문단 이면사』, 247쪽 참고). 이는 안수길이 재만조선인 작가로는 유일하게 창작집 『북원』을 내고 활발하게 작품 활동을 하면서 조선인 작가의 대표격으로 인정받게 되었다는 증거가 될 수 있다.

39) 안수길이 만주에 있는 동안 창작한 작품을 연대별로 보면 「새벽」(1935, 원제 「호가네 지팡」), 「함지쟁이 영감」(1936), 「부억녀」(1937), 「차중에서」(1940), 「4호실」(1940), 「한여름밤」(1941), 「벼」(1941), 「원각촌」(1941), 「토성」(1942), 「새마을」(1942), 「목축기」(1943), 「바람」(1943), 장편 『북향보(北鄕譜)』(1944)가 있다. 이 중 「토성」, 「새마을」, 「목축기」, 『북향보』 등이 친일작품으로 자주 거론되고 있다.

딸이나 아내마저 빼앗길 수밖에 없는 것이 「새벽」에 그려진 그들의 현실이다. 여기서 이주민들과 대립되는 위치에 있는 인물은 박치만이라는 조선인이다. 이주 초기에 해당하는 1910년대에는 현지인인 만주인이나 중국인들의 경계어린 시선과 텃세에 시달려야 했으나 작품의 배경이 되는 1920년대에는 소위 '얼되놈'이라 불리는, 조선인이면서 현지인 행세를 하는 자들의 핍박에 시달려야 했던 것이다. 작품 「새벽」은 만주라는 지역적 특성과 거기에 뿌리내리고 살아가야만 하는 조선 이주민들의 삶을 밀도 있게 그렸다는 점에서 대작 『북간도』로 이어지는 안수길 문학의 뿌리가 되고 있다.

강경애는 1920년대 후반 간도로 건너가 용정 일대의 교육기관에서 임시 교원 등으로 일하면서 그곳 이주민의 실상을 직접 목격하였다. 조선으로 돌아간 후 당시 장연군청의 서기로 있던 장하일과 결혼하여 1931년 6월경 다시 간도로 이주, 이때부터 1940년 2월 병을 얻어 고향으로 돌아오기까지 간도에서 생활하며 작품 활동을 펼쳤다. 작품 활동 시기의 상당 기간을 간도에서 보낸 강경애는 당시 재만 이주민의 고통스러운 현실을 리얼하게 그려냈다. 강경애보다 더 만주에서 오래 거주하였고 많은 작품을 창작했던 안수길과는 또 다른 측면에서 만주의 현실을 핍진하게 포착했던 작가였다. 「소금」·「마약」·「모자」 같은 소설들에는 이주지에서 경험하는 민족문제와 계급문제, 또 그와 더불어 여성이기 때문에 이중 삼중으로 겪어야하는 젠더의 문제까지 복합적이고 사실적으로 형상화되어 있다. 이 작품들에서 여성의 모성은 간난신고의 수난 속에서도 살아가야 하는 삶의 근거가 되고 있다. 강경애는 성의 해방 등 자유주의적 여성 해방 운동을 전개하던 다른 여성 작가들과 달리[40] 치열한 현실 인식을 보였다는

---

40) 1930년대의 조선문단에서 강경애나 박화성, 백신애, 최정희 등은 1920년대 김명순, 나혜석, 김일엽 등에 의해 시작된 여성문학의 계보를 잇고 있는 작가들이다.

점에서 특별하며 남과 북, 모두에서 높이 평가받고 있는 드문 작가 중 한 사람이다.[41]

생의 마지막까지 간도에서 생활했지만 고향으로 돌아가 곧 숨을 거두었던 강경애나 해방 직전 귀국하여 건국 이후 한국문단에서 활동했던 안수길과 달리 해방 이후에도 만주 지역에 남아 조선족 문단 형성에 크게 기여한 1세대 작가로 김창걸과 김학철(해방 이후 본격적인 작품 활동을 시작하였으므로 다음 장에서 다루기로 함)을 들 수 있다.

1917년 여섯 살 되던 해에 용정으로 이주한 김창걸은 명동소학교, 은진중학, 대성중학을 다니며 마르크스주의 사상을 접했다. 대성중학을 중퇴하고 『마르크스주의』와 『선봉』 간행 등 조직 활동을 하던 그는 이후 5~6년간 중국 동북 각지와 소련 블라디보스톡, 연해주와 조선 각지를 다니며 하층 생활을 경험하였다. 1934년 명동에 있는 집으로 돌아온 그는 농사일과 소학교 교원, 점원, 사무원 등을 겸업하면서 문학 창작을 시작하였다. 1936년 「무빈골 전설」을 시작으로 「수난의 한토막」(1937년), 「두번째 고향」(1938년), 「낙제」(1939년), 「암야」(1939년), 「범의 굴」(1941년), 「밀수」(1941년) 등의 작품을 발표하였다. 사실주의적 창작방법론을 기반으로 조선족 이주민의 비참한 생활상과 투쟁을 담은 작품을 쓰던 김창걸은 1943년 『만선일보』 학예면이 일본어판으로 바뀌고 검열이 심해지자 1943년 「절필사」를 쓰고 붓을 꺾게 된다.[42]

지금까지 살펴본 바와 같이 이 시기의 소설문학은 이주민으로서 겪게 되는 민족 갈등과 이주와 정착 과정에서의 고난, 첨예한 계급 갈등으로 인한 빈곤하고 비참한 생활상을 주로 형상화하였으며, 일제의 폭압이 더해감에 따라 강압적인 압력에 의해 일제에 협력하는 작품이 발표되기도

41) 김인환 편, 『강경애, 시대와 문학』, 랜덤하우스코리아, 2006 참고.
42) 조성일·권철 외, 앞의 책, 201~203쪽 참고.

했다. 그러나 작품의 이면적 의미나 내적인 논리를 읽어내면서 좀 더 면밀한 검토를 해야 할 필요가 있으며 김창걸과 같이 절필을 하거나 우회적인 저항을 했던 작가들에 좀 더 주목할 필요가 있다.

3. 분단 시기

1) 건국과 문화대혁명에 따른 사회적 변화 및 문학적 대응

중국 조선족의 역사에서 1945년 해방 이후 시기는 정치적으로 많은 변화가 있었던 때이다. 1949년 중화인민공화국의 창건, 1966년부터 10년 간 지속되었던 문화대혁명 그리고 개혁개방이라는 체제의 변환은 조선족의 정치, 사회 현실만이 아니라 문화 예술 영역에도 변화를 초래하는 계기가 되었다. 중국의 건국 이후 조선족문학사는 다양한 시기에 따른 변화와 발전을 거듭해왔으나 이 글에서는 한민족 문학사라는 보다 포괄적 관점으로 분단 시기라는 틀 안에서 조선족문학사를 조망해보고자 한다. 해방 이후부터 1980년 이전까지의 조선족문학을 살펴보면서 사회 정치적 격변기에 직면한 조선족문학이 급변하는 사회의 이념이나 가치에 대해 어떤 태도를 취하며 문학적 성장을 모색해왔는지 살펴보려고 한다.

일본의 식민통치가 막을 내리자 조선족들이 거주하는 중국 동북 지역에도 해방의 기쁨과 함께 변화의 바람이 불기 시작했다. 일제를 물리치고, 독립된 국가 체제를 꿈꿀 수 있게 된 조선족들은 중국공산당의 슬로건을 따라 민주적이고 독립된 중국을 함께 건설해나가고자 하는 의지를 보여주었다. 무엇보다 해방 이후 조선족문학이 맞이한 가장 큰 변화는 다시금 모국어인 조선어를 사용할 수 있게 되었다는 점이다. 언어의 자유는 문화와 교육에 대한 열망으로 이어졌고, 중국 내의 소수민족으로서 자신들의 민족 문화를 계승하고 발전시켜야 한다는 생각이 구체적으로 나타나기 시작했다. 민족 문화 발전에 대한 열망과 노력은 1949년 4월 연변대학 건립으로 그 성과를 나타내기도 했다.

또한 신문과 잡지 간행도 활발해졌는데 이때 조선어로 된 신문은 『연변일보』(연길), 『인민일보』(목단강), 『민주일보』(하얼빈), 『단결일보』(통화), 『건군』(164사) 등이 있고, 잡지로는 『불꽃』(연길), 『민주』(연길), 『대중』(연길), 『연변문화』(연길), 『문화』(연길), 『건설』(목단강), 『효종』(영안) 등이 간행되었다. 조선어 신문과 잡지의 활성화는 사회적 소통에만 기여한 것이 아니라 문학 창작의 활성화에도 원동력이 되었다. 그리고 이에 발맞추어 다수의 문학 단체가 등장하기 시작했다. <간도문예협회>(연길), <동라문인동맹>(연길), <동북신흥예술협회>(목단강), <중소한문화협회>(연길), <노동예술동맹>(도문) 등이 있었는데, 이들은 작품 합평회만이 아니라 신춘문예 현상모집 등의 활동을 통해 문학 창작 활성화를 도모했다. 또한 조선의 한글문학과 중국의 현대 문학 그리고 세계 문학을 번역하여 소개하는 등의 번역운동에도 힘을 기울였다. 이 외에도 문화운동의 열기 속에서 조선족 공연 단체들도 다수 건립되었다.

해방 이후에는 소설문학보다는 시문학과 극문학이 더욱 활기를 띠었는데 그 이유는 시문학이 급변하는 시대의 조류를 즉각적으로 반영할 수 있는 장르이기 때문인 것으로 보인다. 해방의 감격이나 중화인민공화국 건설에 대한 기대감 등은 사회 구성원이 함께 공유하고 경험하는 감정이었고, 조선족 문인들은 시와 극을 통해 이와 같은 대중의 감정을 표현함으로써 조선족들의 입장을 대변하는 한편 조선족의 국가정체성을 확고히 하려는 내적 욕망을 표출하기도 했다.

중화인민공화국의 건국 이후 조선족 문단은 문학 단체의 결의 속에서 사회주의 문학 노선을 추구했다. 1953년 7월에 열린 <제1차 연변 조선족

자치주 문학예술일군대회>에서는 중국공산당의 지도하에 마르크스주의, 레닌주의, 모택동 사상을 중심으로 한 문예사업을 추동하는 한편 조선족 문예 발전의 지도 방향으로 삼았다. 이어서 1956년에는 중국작가협회의 결정에 따라 중국작가협회 연변분회를 성립했다. 연변분회는 "적극적으로 청년 작가를 배양하며 창작 경쟁과 자유 토론을 전개하면서 당의 '백화만발, 백가쟁명'의 방침을 잘 관철시켜야 한다"[43]는 중심과업을 확정하였다. 이러한 방침은 중국 조선족 당대문학의 출발점인 셈인데, 이로써 중국 조선족문학은 사회주의적 내용과 민족 형식을 갖춘 새로운 민족문학이라는 구체적인 모습을 지니게 되었다.

그러나 중국의 국가 건설에 동참하고자 했던 조선족들의 삶이 그리 순탄했던 것은 아니다. 해방 이후 중화인민공화국의 성립이나 1966년부터 10년 간 지속된 문화대혁명 그리고 뒤이은 개방개혁의 물결은 급격한 삶의 변화를 야기했고, 급변하는 현실에 직면한 조선족은 중국의 일원이면서 소수민족으로서 스스로의 삶을 개척해야 했다. 이러한 처지는 문학의 운명에도 그대로 반영되었다.

중국 조선족문학사에서 가장 어두운 시기로 평가되는 문화대혁명 시기에는 조선어가 공식적으로 인정되지 않으면서 조선족문학은 침체기에 빠지기도 했다. 1966년 5월 문화 대혁명이 시작되면서 권력을 차지한 임표 및 4인 무리(강청, 장춘교, 요문원, 왕홍문)는 문예사업에 대한 대대적인 검열과 탄압을 자행했다. 건국 이후 조선족 사회가 표명했던 민족문화 혈통론을 "자본주의 길로 나아가는 으뜸가는 집권파의 매국투항주의 문예 검은 선의 핵심"[44]이라 비판하면서 중국의 건국 이후 생산된 조선족 문단의 성과물을 짓밟고자 하였다. 4인 무리의 문예 정책은 이전 중국공산당의 입

43) 조성일 · 권철 외, 앞의 책, 254~255쪽.

44) 「'민족문화 혈통론'을 철저히 짓부시자」, 『연변일보』, 1969.7.29.

장과 달리 소수민족에 대해 배타적인 태도를 취하였고, 소수 민족의 언어를 차별하고 공식적으로 승인하지 않기에 이르렀다. 그 결과 문화대혁명 10년 동안 조선어는 정책, 법률 등의 공적 영역에서 승인 되지 않는 언어에 불과했다. 조선족문학의 암흑기를 초래한 4인 무리의 극좌적 노선은 1976년 10월 중국공산당의 승리로 막을 내렸다.

이후 조선족 문단에서는 4인 무리를 규탄하는 목소리가 높았고, 사회 전반에서만이 아니라 문학에서도 극좌적 오류를 바로잡고 조선족문학을 재건하는 기틀인 조선어 발전 방안을 모색하기 시작했다. 1978년 10월에 <중국작가협회 연변분회>는 소설문학, 시문학, 평론문학, 아동문학, 번역문학 등의 위원회를 설치하여 목단강, 할빈, 길림, 통화, 장춘, 심양, 북경 등에 작가소조를 두기도 하였다. 사회적으로는 개혁개방의 물결에 직면한 조선족문학은 변화의 시기에 대응하는 조선족의 삶을 재현하면서 애가문학, 상처문학, 반성문학, 개혁문학 등의 장르로 분화되는 양상을 보였다.[45]

2) 주요 작가・작품 : 시

(1) 국가 건설의 열망과 고향에 대한 향수

해방은 미래에 대한 이상을 실현해 나갈 수 있게 되었다는 점에서 더욱 의미있는 것이었다. 중국 동북 지역에 만주국을 세우고 통치하던 일제의 식민지배가 끝나자 조선족 사회에도 해방의 기쁨이 만연했고, 당시의 분위기는 시문학 작품을 통해서도 표출되었다. 식민지 시기부터 활동했던 리욱, 윤해영, 채택룡, 김례삼을 비롯하여 서서히 두각을 나타내기 시작한 설인(리성휘), 김태희, 김순기, 임효원, 김창석, 장만련 등의 신진 시인들은

---

45) 조성일・권철 외, 앞의 책, 406~407쪽.

해방의 감격을 격정적으로 표출하는 작품들을 발표했다. 해방 직후 첫 종합시집 『태풍』(연길한글연구회 편, 길림일보사, 1947)이 출간되었고, 리욱의 시집 『북두성』(연길시직공인쇄공장인쇄, 1947)과 『북륙의 서정』(민중문화사, 1949) 등의 시집들도 잇달아 출간되었다.

해방 직후의 시문학은 새로운 생활을 꿈꾸는 인민들의 노력과 토지개혁에 대한 열망, 인민해방전쟁에 대한 지지 등 미래에 대한 계획과 건설에 대한 내용을 노래했지만 무엇보다 강렬하게 표출되었던 것은 해방의 기쁨이었다.

> 들린다 만세소리
> 터졌다 환호성이
>
> 일본천황이 떨리는 목소리로
> 두 무릎 꿇었음을 선포하자
> '왜놈은 망하고
> 우리는 해방되었다'
>
> (…중략…)
>
> 만세 소리 울려퍼져 산울림 되고
> 환호성은 메아리로 하늘땅을 뒤흔들 듯
> 실로 땅 속에서 뜬 눈으로 묻힌 순국의 열사들도
> 이 시각 꿈틀 다시 돌아누웠으리라!
>
> 아.
> 아프고 쓰리던 한많던 매듭이
> 영영 풀리던 날
> 잊지 못할 8월 15일이여!

—설인, 「환호성」(1945)—

세기의 감격에
한종일
소용돌이치는 가슴으로
떠들썩하는 골목으로 나갔는데

(…중략…)

이 순간 나는
쏘베트 30년과
왜정 36년의 력사
뚜렷이 보았구나.

이윽고 망국의 설음 속에
조용히 애국가를 부르던
아버지의 영상이
내 머리를 스치였다.

또
니꼬라이 붉은 군대는
아이들처럼
즐거이 노래를 불렀고

나도 창공을 우러러
마음속 해방의 기발을
구름 속에
휘날렸거니.

이제 인민들의 순정은
흘러 흘러
전진만을 륜리로 삼았거늘
이를 막을 자 있으랴!

나는
그날의 감격으로
8·15 세 돐을 맞이하므로
천지도 새로운 오늘
내 마음의 무지개
또다시 그날의 그 감격에
새로와지누나!

1948. 연길

―리욱, 「그날의 감격은 새로워-8·15의 세 돌」(1948)―

설인의 작품은 1945년 작으로 해방 직후의 감격을 그린 것이고, 리욱의 작품은 1948년 작으로 부제에 밝힌 것처럼 해방 3주년을 기념하며 해방 당시의 기억을 현재적 시점에서 돌아본 심회를 그리고 있다. 설인의 작품은 '환호성'이란 제목이 말해주듯이 해방은 "아프고 쓰린 한많던 매듭"이 풀리는 극적인 순간임을 포착하고 있다. 이 작품에는 해방이라는 역사적 사건에 대한 작가의 내면적 의식이나 성찰 또는 문학적 형상화는 거의 전무하다. 이 작품이 드러내고자 하는 것은 억압되었던 감정의 물꼬가 트이면서 분출하는 해방의 환호성이다. 반면에 해방 이후 3년의 시간이 지난 시점에서 해방의 장면을 회상하며 리욱이 쓴 시는 해방의 기쁨 이상의 의미를 담고 있다. 중국 조선족이 맞이한 해방의 순간에는 노래부르는 "니꼬라이 붉은 군대"의 모습이 남아 있는 것이 인상적인데, 소련과의 동맹 관계 속에서 맞이한 해방의 기억은 설인이 노래한 해방 자체에 대한 감격과 달리 사회주의 체제의 인민이라는 연대감과 사회주의 국가 건설의 시작이라는 감격이 표출되고 있다. 해방 이후 3년이 지난 시점에서 쓴 리욱의 시는 해방이라는 역사적 사건을 감성적 차원보다는 사회 정치적 맥락에서 기억하고자 한다.

해방 이후 조선족 사회는 인민정권 건설을 향한 열망을 지니고 중국공산당의 토지개혁운동에 적극 찬성하는 한편 그에 대한 큰 기대감을 지니고 있었다. 조선족에게 토지 개혁은 보다 안정된 삶의 정착을 의미하는 정책이었기 때문에 당시의 문인들은 토지개혁을 문학적 소재로 삼았다. 부연하자면 조선족에게 토지개혁은 단지 사회주의 혁명으로 나아간다는 것만이 아니라 이민자이거나 이등국민으로서의 차별을 종식시키는 기회라는 의미를 갖는다. 땅의 주인이 된다는 것은 자신이 거주하는 곳과 밀착되어 하나가 된다는 것이고, 그것은 곧 땅의 주인이자 사회의 주인으로서 정체성을 획득하는 것이기 때문이다. 김진의 「토지 얻은 이 기쁨 쏟아 쏟아」, 채택룡의 「내 땅에 내 곡식」, 박순영의 「토지얻은 기쁨」, 김창석의 「건설의 혈조」, 리욱의 「석양의 농촌」과 「젊은 내외」 등의 작품은 토지개혁을 주제화한 작품들이다. 특히 리욱의 「젊은 내외」에서는 토지개혁을 통해 땅을 얻은 기쁨, 땅을 얻고 나서 희망찬 삶을 일구는 젊은 내외의 소박하고 아름다운 삶에 대한 시적 형상화가 향토적이고 서정적인 언어로 표현되어 있다.

일곱 살 고아로
빌어먹기 10년,
머슴살이 10년이라면
농회 주석 삼돌인 줄 알리라.

해방 세 돐을 맞아
갓 설혼에 장가들어
옥동이 낳은 해
지난봄에 밭 짓도 탔거니

새벽별을
머리에 이고 나가면
바지 자락에 이슬이
함초롬히 젖어
해살에 푸른 기류
아물아물 떠오르고

밭 지경 황지 뙈기에
더덕을 파헤치면
까만 흙에 기름이 흐르는구나.

로적봉 너머
아침 연기 보얗게 퍼지면
으레 말아 무는 엽초 담배!

맞은켠 오솔길로
총총 걸어 올라오는 다홍치마
차조밥 씀바귀
된장 냄새 구수하다.
(…이하 생략…)

―리욱, 「젊은 내외」부분―

이야기의 주인공인 머슴 "삼돌이"가 토지 개혁으로 땅을 분배 받고 나서 가정을 꾸리고 아이를 낳아 기르며 인간다운 삶을 누리는 모습이 인상적으로 그려진다. 성실히 땅을 일구고 그것으로 가족과 함께 누리는 삶은 화려하거나 특별할 것은 없지만 "더덕을 파헤치면/ 까만 흙에 기름이 흐르는구나"라는 표현처럼 자연이 주는 윤택함 덕분에 만족스러운 생활이다. 밭에 대한 권리를 이르는 "밭 짓"은 말 그대로 자연과 더불어 인간다운 삶을 누리기 위한 가장 기초적인 토대인 것이다. 이 시는 리욱 특유의 서정적인 언어미도 빛나지만 토지개혁이라는 사회체제의 변화를 이념적이거나 사상적인 면에서만 바라보는 것이 아니라 인간다운 삶을 누리기 위한 근본 조건으로 인식하고 있으며, 사회개혁을 통한 내적 행복감을 시적으로 형상화했다는 점에서 높이 평가할 수 있는 작품이다.

해토 무렵 두 영감
지경돌을 뽑는다

물싸움에 삽자루 동강나던
지난 일을 생각하여
얼굴이 붉었는가

아니 지경 없는 이 밭을
임경소 뜨락또르 척척 척척 갈아엎으리니

오늘부터 한집식구 두 영감
오, 행복의 노을이 비꼈노라!

—김철, 「지경돌」 전문(1955)—

위의 작품도 토지개혁을 배경으로 삼고 있다. 중화인민공화국 건국 이후 단행된 여러 가지 개혁 가운데 토지개혁이 주목되는 이유는 전국적인 범위로 진행되었으며, 2천 년 이상 지속되어온 봉건 지주 계급의 토지 소유를 금지하고 농업 합작화를 실행함으로써 중국의 농업 생산력에 큰 변화를 가져왔기 때문이다. 「지경돌」은 짧지만 구체적인 장면을 제시하여 사회주의적 토지 개혁에 대한 기대와 바람을 상징적으로 보여준 작품이다. 이 작품은 서로 경계를 맞대고 있는 밭의 소유자인 두 영감이 그동안 자기 이익을 챙기기 위해 서로 다투고 싸우기까지 하던 것을 그만두고, 오랫동안 자기 소유를 표시하던 지경돌을 뽑는 장면을 보여준다. 경계가 사라진 밭에선 더욱 효율적인 농업이 가능해지고, 자연스레 농업 생산량도 증가하리란 것을 알 수 있다. 또 마지막 연에서는 "한집식구 두 영감"으로 표현된 것처럼 운명공동체가 된 두 사람의 유대가 깊어지고 행복감도 커진다는 걸 표현하고 있다. 이 시는 시대정신을 세련되게 형상화했다는 점에서 두루 높은 평가를 받는 작품이다. 무엇보다 이 시가 돋보이는 것은 당대의 다른 작품에 비해 사회주의 개혁의 단면을 표현함에 있어 선전적이고 단조로운 어조를 피하고 구체적인 형상화를 이루었다는 점이다.

위에서 살펴본 바와 같이 해방 이후 조선족 시문학에서 주목되는 것은 새로운 삶에 대한 개척의지와 이상적 사회 구현을 향한 움직임이다. 이러한 의지는 중화인민공화국 건설을 계기로 더욱 구체화되는 양상을 보인다. 중화인민공화국의 탄생이 "조선족 시문학에 새로운 세계, 새로운 인물, 새로운 사상을 안겨 주었"[46]다는 조선족문학사의 평가처럼 당대문학으로 접어든 조선족문학은 새로운 시대적 조류에 맞는 문학적 노선과 지향을 지니고자 했다.

중국의 성립 이후부터 문화 대혁명이 일어나기 전 17년 동안 문단에서 주로 활동했던 시인으로는 리욱, 김례삼, 채택룡, 현남극, 임효원, 설인 등이 있다. 여기에 새로운 세대들도 가세해서 시문단은 두터운 층을 형성했다. 김철, 김성휘, 리행복, 조룡남, 윤광주, 김태갑 등의 시인들이 등장하여 건국 초기에 10여 명에 불과했던 시단이 50년대 말에 이르러서는 급격히 확대되는 현상을 보였다.[47] 그리고 1960년대에 이르러서는 김경석, 김학, 리상각, 리삼월, 박화, 송정환, 한원국, 허도남, 허흥식, 황상박 등의 시인이 등장하여 건국 이후 역동적인 시단의 목소리를 보여주었다. 이 시기에 출간된 주요 종합시집으로는 『청춘의 노래』(연변인민출판사, 1959), 『들끓는 변강』(연변인민출판사, 1959), 『아침은 찬란하여라』(연변인민출판사, 1961), 『연변시집』(중국작가협회 연변분회편, 연변인민출판사, 1964), 『푸른 잎』(연변인민출판사, 1962), 『변강의 아침』(연변인민출판사, 1964) 등이 있다. 건국 이후의 조선족 시문학은 중화인민공화국의 건립을 환영하고 국가의 발전을 기원하며, 인민과 당에 대한 신뢰와 애정을 드러냈으며, 한편으로는 조선족이라는 민족정체성을 굳건히 다지는 내용을 주축으로 삼았다.

건국 초기에는 조국과 당 그리고 수령에 대한 송가 형식의 서정시들이

46) 조성일 · 권철 외, 앞의 책, 272쪽.
47) 임윤덕, 앞의 책, 97쪽.

개성적이지 못하고 선전적인 구호처럼 보인다는 한계도 나타났다. 그러나 모택동이 주장한 학술과 문예 분야에서의 '백화만발, 백가쟁명'이 확산되면서 조선족 시문학에도 이에 따른 문예 방침이 제기되었다. 백가쟁명의 영향으로 조선족 시문학에도 민주적인 분위기가 감돌면서 소재와 장르가 다양화되는 양상이 나타났고, 그 결과 장르면에서는 서정서사시, 산문시, 벽시, 서정시로 다양화되었다. 소재면에서는 애정시와 철리시(哲理詩), 풍자시, 경물시 등이 나타났다. 김철의 「과민증」(1956), 서헌의 「엄청난 결론」(1956)과 같은 풍자시와 윤광주의 「그때면 알겠지」(1956), 이상각의 「수박밭에서」(1956), 주선우의 「첫사랑」(1957) 등의 애정시는 공감대를 얻기도 했지만 그 열기가 오래가지는 못했다. 왜냐하면 1957년 하반기부터 시작된 반우파 투쟁과 1958년 대약진 운동으로 인해 시문학의 자율성은 억압되고 교조적, 구호적으로 변하기 시작했기 때문이다. 좌경적 분위기는 시문학의 미학성과 자율성을 퇴보하게 만드는 요인으로 작용했다.

그럼에도 서정서사시로 일컬어지는 김철의 「산촌의 어머니」를 비롯해 리욱의 「고향 사람들」이 창작되어 1930년대를 배경으로 한 항일무장투쟁의 생생한 이야기를 형상화하였다. 서정서사시는 주로 농민 계층의 평범한 주인공들이 일제 치하에서 제국주의에 대한 분노와 계급의식의 각성을 통해 항일무장투쟁에 가담하면서 혁명적 영웅으로 거듭나는 과정을 서사의 축으로 삼고 있다. 김철의 「산촌의 어머니」는 "항일 투사에 대한 절절한 칭송의 감정과 원수들에 대한 치솟는 적개심이 시 구절마다에 뜨겁게 맥박치고 있는 것으로 하여 서사성을 보장하면서도 정서적 체험과 운율성이 강한 특성을 보여주고 있으며 시적 표현들이 잘 다듬어지고 정제되어 커다란 표현적 효과를 나타"[48]낸다는 평가를 받고 있다.

48) 조성일・권철 외, 앞의 책, 285쪽.

중국 조선족 시사에서 손에 꼽히는 서정서사시인 리욱의 「고향 사람들」은 시대와 역사에 대한 시적 형상화를 보여준 작품이다. 조선족의 역사와 혁명적 전통을 소재로 다루었다고 평가되는 「고향 사람들」은 조선족의 간도 개척사에서 발생했던 지주와의 투쟁, 만주사변 이후 장백산을 근거지로 벌였던 유격전, 항일 전쟁 이후 승리의 감격 등을 주 내용으로 한다. 이 작품은 조선족의 역사와 영웅적 투쟁사를 형상화함으로써 조선족들의 긍지와 자부심을 고취하고 있다.

1930-40년대에 일어난 항일무장투쟁을 다룬 작품이 한국문학사에서 흔치 않은데 비해 조선족문학사에 남아있는 이 장편서사시들은 매우 구체적이고 기록적으로 항일무장투쟁을 형상화하고 있다. 그러나 더 중요한 것은 이 작품들이 조선족 시문학만의 특질과 정체성을 구체적으로 보여주고 있다는 점이다. 예컨대 리욱의 「고향 사람들」에서 주인공인 삼득이와 고향 사람들이 보여주는 충성심은 "조직과 나라"를 위한 것으로 표현되어 있는데, 여기서 "조직"은 중국공산당이지만 나라의 의미는 조선일 수도, 중국일 수도 있는 중층적 의미로 해석된다. "나라"를 향한 애국심 즉 삼득이를 비롯한 고향 사람들이 지닌 애국심은 유격대의 묘비에 관한 묘사에서 잘 드러난다.

> 무덤에는/ <조선족 영웅의 묘>라는/ 아름드리 생 나무 비가 섰고/ 그 모서리에는/ <중국 사람이 세움>이라고/ 아직도/ 금불환 먹냄새가/ 바람에 풍겨서 향기로왔다.// 아! 그들 정신이/ 천추에 빛나고/ 그들 이름이/ 청사에 날리련만./ 멀리서 옷깃을 여미고/ 묘비를 바라보는 사람마다/ 비분에 울었나니// 놈들은 황겁하여/ 그날 밤도와/ 위만군, 자유대, 경찰을 출동시켜/ 온 동리와/ 부근 삼십리 안팎을/ 샅샅이 뒤지면서/ 묘비 세운 사람을 찾았으나/ 한족 사람,/ 조선족 사람 할 것 없이/ 모두/ <모른다>는/ 한마디 말,/ 한 눈길,/ 한마음이였다.
>
> —리욱, 「고향 사람들」 3장 부분—

일제와 맞서 싸운 조선족 영웅의 무덤은 조선족과 한족을 하나로 단결시키는 희생을 상징하는 매개로 나타난다. 조선족 영웅의 묘비를 중국 사람이 세움으로써 그들은 정치적 공동체로서 유대를 맺는다. 이 사건은 그들이 운명 공동체라는 교감을 형성하는 계기가 된다. 요컨대 죽음을 상징하는 묘비는 조선족과 한족 모두에게 운명 공동체로서의 역사적 경험을 제공하는 기억의 매개체인 것이다. 조선의 후예로서 일제와 맞서 싸운 '우리'는 항일정신과 당에 대한 신뢰를 매개로 새로운 나라를 건설하는 데 동참함으로써 중국 국민이라는 공동체의 일원이 된다.[49]

해방 이후 중화인민공화국 건립 이후부터 문화대혁명 이전까지의 시문학을 통해서 볼 때 중국 조선족들은 자신들의 모국인 조선의 후예라는 정체성을 간직하는 한편 현실적 삶을 개척해야 하는 장소인 중국을 자신들의 나라로 간주하고, 국가 건설 과정에 적극 참여하였다는 것을 알 수 있다. 이는 조선족이 지닌 중화인민공화국의 국민(nation)이라는 자각과 의지를 보여주며, 그로써 조선이라는 모국에서 비롯되는 정체성과는 다른 정치 공동체의 정체성 즉 국가정체성(nationality)을 스스로 획득해나갔음을 보여준다. 1950년대 후반부터 일어난 반우파 투쟁이 개인의 서정과 미적 자율성에 제한을 가져오고 사회주의 이념을 극단적으로 강요함으로써 문학적 다양성을 보장하지 못한 것은 사실이지만, 그러한 사회적 환경 속에서도 자신들의 역사적 삶을 돌아보며 조선족의 정체성을 구축해나가고자 하는 문학 작품들은 문학사적으로나 역사적으로 의의를 지닌다고 평가된다.

(2) 암흑기에 시들지 않은 서정의 언어

극좌적 사회주의 운동으로 평가되는 문화대혁명은 조선족 시문학에도

49) 장은영, 「서사시에 나타난 '민족'형상화에 관한 비교 연구」, 『비교문화연구』 제25집, 2011 참조.

많은 영향을 끼쳤다. 1966년 강청, 임표가 '문예계의 검은 선'을 비판한다는 명목으로 벌인 10년에 걸친 문예 탄압은 연변에 있는 조선족 문예 단체를 해산시키고 문예창작 활동을 중단시키는 결과를 초래했다. 강청, 임표 등이 내세운 '매국투항주의 문예 검은 선'의 핵심은 '민족문화 혈통론'에 대한 비판이었다.[50] 계급을 무시하고 민족문화나 민족정신을 강조하는 것이나 조선어를 교육하는 것이 반당적, 반사회주의적이라 비판함으로써 결과적으로 조선어 말살 정책을 표면화한 것이다. 문화대혁명 시기 문단의 피폐함은 "1966년 5월부터 1971년 9월 임표 반당 집권이 분쇄될 때까지 조선족 문단에는 진정한 문학작품이 한 편도 없었다고 해도 과언이 아닐 것"[51]이라는 조선족문학사의 평가에 고스란히 반영되어 있다. 그러한 까닭에 문화대혁명 직후의 시문학 작품이나 작가들의 문단활동에 관해서는 별로 소개된 것이 없다. 4인 무리의 극좌적인 경향에 대한 인민들의 반발 이후 그나마 문단에서는 좌경적인 태도가 누그러졌고, 1971년에는 『연변일보』 문예부가 회복되었다. 이어서 1974년 4월에 『연변일보』지가 복간되면서 조선족 문단 활동도 서서히 복원되기 시작했다.

문화대혁명 시기의 시문학은 장르적 특성상 당의 수령을 숭배하고 칭송하는 작품들이 많았다. 송가 형식을 빌려 수령을 우상화하는 한편 수령과 같은 영웅을 중심으로 역사를 바라보는 태도가 나타나기도 했다. 문화대혁명 기간에 출간된 종합 시집으로 『장백을 울리는 노래』(흑룡강인민출판사, 1972), 『격전의 노래』(연변인민출판사, 1974), 『조국에 드리는 노래』(연변인민출판사, 1975)와 『공사의 아침』(연변인민출판사, 1976), 『해란강반의 송가』(연변인민출판사, 1976) 등이 있다. 이 시집들에는 모택동 주석을 찬양하고 좌경 노선을 예찬한 노래도 있지만, 좌경적 오류에 빠지지 않고 인민의 감수성과 삶을 노래한 작품들도

50) 정덕준 외, 『중국조선족 문학의 어제와 오늘』, 푸른사상, 2006, 98~99쪽.
51) 조성일 · 권철 외, 앞의 책, 397쪽.

있다. 특히 『공사의 아침』은 농민 시인들의 작품이 수록되어 있는 작품집으로 전원적이고 향토적인 서정성을 구현하고 있다고 평가된다. 여기 실린 작품들을 통해 문학적 암흑기에도 인민 대중의 삶과 생활 감정을 노래한 작품들이 서정성을 꽃피우며 문학의 생명력을 이어왔음을 엿볼 수 있다.

> 좋구나 뙤약볕 내리쬐는 정오가
> 살초제를 치는 좋은 때거니
> 내 공사의 무연한 논벌에서
> 날랜 솜씨로 살초제를 치노라
>
> 밤새 논코도 잘 손질했거니
> 푸른 벼모 날 반겨 인사하누나
> 떡가루같은 흙에 습도 맞춰 섞은 살초제를
> 한배미 두배미 성수나게 쳐가거니
>
> —박상국, 「살초제」—

『공사의 아침』에 실린 이 시는 농부의 입장에서 농사일의 과정을 구체적으로 형상화했고, 농사일을 하는 자신의 기술력이 향상되어 가는 것을 느끼며 신명나게 일하는 농부의 마음을 전하고 있다. 소박한 농부의 일상을 담은 이 작품이 의미 있는 것은 극좌적이고 교조주의적인 문예정책의 감시하에서도 선전 도구로 전락하지 않고 창작 활동을 통해 삶을 그려내려는 노력의 산물이기 때문이다.

조선어 사용을 제한하고 좌경적 노선에 따른 작품을 강요함으로써 창작 활동을 제한했던 문화의 암흑기는 1976년에서야 막을 내렸고, 조선족 시문학도 서서히 활기를 되찾기 시작했다. 그리고 1978년 12월 당중앙위원회에서는 그동안의 좌경적 오류를 해소하기 위한 지도 방침을 내리기에 이른다. 문화대혁명 기간에 제기되어 조선족문학 창작을 위협했던 '조선어문자 무용론'이나 '조선어 문자 사멸론'을 비판하고[52] 민족어를 되찾아야 한다는 논의를 중심으로 현대화를 꾀하고 새로운 시대로 나아가야 한다는 목소리가 등장했으며, 이에 따라 조선족문학도 다시 한 번 새로운 도약기를 맞이하게 되었다.

조선족 문단의 원로시인 리욱, 설인, 임효원, 김창석 등을 비롯하여 김철, 김성휘, 조용남, 이상각, 김태갑, 이삼월, 송정환, 박화, 김응준, 김경석, 김동호 등의 중견 시인들이 활발한 창작 활동을 보였다. 이에 가세한 젊은 시인 한춘, 문창남, 김동진, 남영전 등도 조선족 시문학에 새로운 목소리와 활기를 불어넣었다. 시단이 활발해지면서 작품의 장르나 내용도 점차 다양해졌고 그간 침체되었던 서정시 장르에서 많은 작품들이 창작되었다. 4인 무리를 물리친 승리에 대한 환호와 4인 무리의 악행에 대한 고발, 세상을 떠난 혁명가들에 대한 추모 등에서 나아가 문화대혁명이 발발하게 된 원인에 대한 근본적인 성찰이 이루어졌고, 그로 인한 정신적 상처를 드러내고 반성하고자 하는 움직임도 나타났다.

> 그때 우리는 어찌하여 그렇게도 유치했던가?
> 꽃이란 꽃은 모두 짓뭉개고
> 잠결에도 혹시나 『이교도』의 꿈을 꿀까봐
> 『잡귀신 쓸어내자』 베갯잇에 수놓았던가
>
> 아, 그때 우리는 어찌하여
> 『반란』의 기발 들고 마스고 짓부셨던가
> 잡초 돋은 중화의 빈궁한 땅을 깔고
> 여왕이 용좌에 앉을번하게 하였는가
>
> —한춘, 「그때 우리는 어찌하여」(1979)—

위에 인용된 한춘의 시는 문화대혁명에 참여했던 시인의 참회록과도

52) 정덕준 외, 앞의 책, 100~101쪽.

같은 작품으로 발표되자마자 독자들의 공감을 얻었다고 알려져 있다.[53] 시의 화자는 문화대혁명 시기를 돌아보며 4인 무리의 편향적이고 억압적인 극좌 노선에 대항하지 못하고 오히려 내적인 공포심으로 가득했던 지난 시간을 고백하고 있다. 문화대혁명에 동조하지 않는 자들을 공개 비판하고 처단하는 분위기 속에서 숨죽여 자신의 생각과 표현의 자유를 스스로 억압해야만 했던 작가의 괴로운 심경과 비판적 성찰이 잘 드러나 있다. 여기서 4인 무리의 공포정치는 한글 창작을 통해 조선족의 문화와 정서를 표출하고자 한 조선족 시인으로 하여금 자신의 마음을 억압하게 만드는 시간이었음을 짐작할 수 있다. 따라서 4인 무리가 물러났다고 해서 자동적으로 해방과 승리의 기쁨을 만끽할 수 있는 것은 아니었다. 내면에 각인된 공포를 떨쳐내는 것만이 아니라 공포정치에 대항하지 못한 죄책감을 떨쳐내고 상처를 치유하는 시간이 필요했다.

억압적인 정치나 사회로부터 탈피해 자유로운 개인의 서정을 노래하려는 움직임은 문학의 자율성에서 비롯된 것인지도 모른다. 문화대혁명이 종식된 이후 조선족 시문학이 10여 년 동안 억눌린 자유로운 창작의 열정을 되찾기 위해 노력했다. 물론 개혁개방이라는 사회 경제적 변화도 중요한 계기가 되었겠지만 문화대혁명기의 문학적 억압은 이후 시문학이 나아갈 방향에 대한 진지한 성찰의 시간을 마련한 것이다. 그런 점에서 문화대혁명이 남긴 폐해를 성찰적으로 돌아본 김성휘의 글을 눈여겨 볼 필요가 있다.

> 감정의 주관 표현의 길이 도외시되거나 금지구역으로 되었다. 개인과 집체 관계의 인식에서 집체가 정치 무대에 오르고 개인이 뒷자리로 밀리우게 되었다. 개성을 존중하고 자유를 존중한 로만주의 문학이 '반혁명문학'으로 전락되었으며 주관표현에 이바지된 감정 발로를 관념론적 주관주의의 구현을 낙인하였다. 이로 하여 객관 진실 반영이 지나치게 강조되고 반대로 내심

53) 조성일・권철 외, 앞의 책, 416쪽.

진실 반영이 극단적으로 홀시되었다.[54]

김성휘가 위 글에서 제기하는 바는 문학이 집단적 논리에 의해 주관적 감정 표현이 억압되고 평가절하 되었을 때의 나타나는 문제점이다. 어떤 조류의 문예사조가 되었든 중요한 것은 개인의 주관적인 감정표현과 집단의 논리나 사회적 담론이 적절히 길항 관계를 이루며 삶의 진실을 밝힐 수 있는 길을 찾는 것이다. 그러나 문화대혁명기의 문화적 억압은 개성과 자유를 무시하고 전체의 논리만을 강요함으로써 도리어 문학이 삶의 진실에 다가가지 못하는 결과를 낳았다. 김성휘는 이러한 견해를 시 작품으로도 표현한 바 있다. 그는 「고향의 언덕, 마음의 탑아」와 같은 순수한 서정을 노래하는 시들을 발표하며 보다 근원적인 인간의 감정과 진실을 구하고자 하였다. 그리고 이러한 움직임은 1970년대 말에서 1980년대 조선족 시문학으로 확산되어 향토적이고 서정적인 시집의 출간으로 이어졌다. 극좌적인 문예사조를 냉철히 비판하고 "문학은 인간학이며 인간학으로서의 시는 인간생활의 반영이자 주관감정의 표현이라는"[55] 인식이 확산되었기에 나타났던 결과라고 볼 수 있다.

문화대혁명 이후 시기 조선족 시문학의 경향은 이념과 체제를 넘어 한민족의 정서와 문화적 특징을 드러낸 작품들이 많다는 것이다. 예컨대 리상각의 시에 나오는 "토장국"같은 소재들은 조선족이 가진 고유한 음식문화를 보여주며, 특수한 미각적 심상을 만들어낸다. 문화적 관습이 공통의 기억과 감성을 만들어내는 요소라고 할 때 "토장국"은 한민족에 뿌리를 둔 조선족 고유의 문화 정체성을 드러내는 시적 소재라 할 수 있다.

---

54) 김성휘, 「서정시의 감정결구와 민족색채」, 『연변일보』, 1978.11.1, 정덕준 외, 앞의 책, 102쪽에서 재인용.

55) 김월성, 「중국조선족 시문학 상황」, 『시와 시학』, 1993년 봄호, 190쪽.

아무렴 토장국 그 맛이 향기로운건
어머님의 뜨거운 사랑이 끓기 때문
안해의 살뜰한 정성이 넘치기 때문
고향의 향취가 슴배여 있기 때문

그래서 먼 수도 진수성찬 앞에서도
토장국 생각에 목이 맺거든
고향이 즐거이 돌아오는 길에선
그 맛이 코 끝에 감돌았거든.

—리상각, 「토장국」 부분—

"토장국"이 환기하는 미각적, 후각적 심상은 "어머니→안해→고향"으로 이어진다. 음식은 문화적 특징을 간직한 매개체로 함께 음식을 만들고 나누어 먹었던 가족을 환기시키며, 음식을 둘러싼 가족 공동체는 자연스럽게 고향이라는 근원적 장소와 연결된다. 토장국을 매개로 한 가족과 고향에 대한 그리움을 표현한 이 시는 한민족의 문화정체성을 표출한다는 점에서 주목할 만한 작품이다. 문화대혁명 기간 동안 소수 민족으로서 정체성 위기에 놓이기도 했던 조선족들에게 자신들의 음식 문화와 고향 이미지란 자기 정체성을 되찾기 위한 강력한 상관물로 여겨졌을 것이다. 중국 인민으로서의 정체성도 중요하지만 자신들의 언어와 문화의 근원에 대한 정체성을 기억한다는 것은 조선족이라는 특수한 정체성에 대한 자각과 자긍심의 표현이라 할 수 있다. 「토장국」과 같은 작품은 문화대혁명 기간 동안 억압되고 불안한 상태에 처해 있었던 자기 정체성에 대한 회복을 보여주는 작품의 한 예라 하겠다.

서정성의 회복과 함께 나타난 이 시기의 또 하나의 특징은 새로운 송가의 출현이다. 조선족문학사에서 새로운 송가에 대한 평가는 "개인숭배와 봉건의식에 의하여 강요되던 수령과 당에 대한 신격화를 단호히 배격하고 시적 대상에 대한 시인의 주체의식을 굳히고 보통 인간의 생활과 운명,

감정과 사색을 진실하게 다룬 것"[56]이라고 언급된다. 새로운 송가의 대표적이 작품으로는 김철의 「물소」(1978), 임효원의 「거치른 수림에」(『연변일보』, 1979.3.11), 김성휘의 「조국 나의 영원한 보모」(1981), 김학의 「땀의 노래」(『연변문예』, 1981.1.10), 김태갑의 「황포강의 뱃고동」(1982) 등이 있다. 과거의 송가와 달리 문화대혁명 이후 새로운 시기의 송가들은 개인이나 당에 대한 예찬과 찬양에서 벗어나 미래를 향한 민족의 운명, 민중의 삶과 생명력 등을 노래하고 있다.

조국이란
내 잠들었을 때에도
후둑후둑 뛰는 내 심방가까이에 앉아
맥박을 세여보는 보모입니다

그 이름은
너무나도 친근스러워
나의 산천과 나의 처자와 함께
언제나 내곁에서 숨쉬는 보모입니다

그 누가 선심을 써서
나에게 선사한 이름이 아니오이다
나를 키워준 정든 땅에서
내 힘으로 내 땀 흘려 새겨안은 이름이길래

울어도 그로 하여 울고
웃어도 그로 하여 웃습니다
모든 슬픔 걷어안고 기쁨을 주는 나의 보모
세상에 그처럼 고생많은이 또 어데 있으리까

—김성휘, 「조국 나의 영원한 보모」—

56) 조성일 · 권철 외, 앞의 책, 419쪽.

김성휘의 작품에서 눈여겨보아야 할 점은 "조국"의 의미이다. "보모"에 비유된 조국의 이미지는 친근하고 포근하다. 조국을 근원적인 모태의 상징인 어머니가 아니라 보모에 비유한 것이 흥미롭다. 어머니란 존재는 자기 자신이 바꾸거나 선택할 수도, 인위적으로 만들어낼 수도 없는 존재인데 비해 보모는 아이와 근원적 유대관계를 갖고 있는 존재는 아니지만 희생과 노력을 기울임으로써 또 하나의 어머니가 된 존재이다. 화자에게 자신의 조국은 어머니처럼 생득적으로 맺어진 인연이라기보다는 "내 힘으로 내 땀 흘려 새겨안"을 수 있었기에 보모에 비유된 것인지도 모른다. 그렇다면 보모란 표현은 소수민족으로 살아온 조선족의 역사와 정체성이 응축된 표현이기도 하다.

조선족이 현실적으로 귀속된 곳은 중화인민공화국이라는 국가(nation) 체제이지만, 국적만으로 그들의 삶과 정체성이 설명될 수는 없다. 조선족이 누구인가를 이야기하기 위해서는 그들이 어떤 삶의 양식을 갖고 살아가는지가 드러나야 한다. 그렇게 본다면 위 시에서 말하는 "조국"은 국가와 달리 중국 조선족이라는 민족성(ethnicity)을 담보할 수 있는 집단 정체성을 드러내기 위한 표현이라고 볼 수 있다. 격변의 시대 속에서 중국 조선족은 자신이 누구인가를 기억하고자 노력해왔다. 조선족의 언어와 문화가 사멸될 위기였던 문화대혁명을 겪으면서도 중국 조선족이라는 문화공동체를 지켜왔다. 그렇게 지속되어온 공동체가 바로 위 시의 화자가 말하는 제2의 어머니인 "보모"에 비유된 것으로 볼 수 있다. 새로운 송가로 꼽히는 이 시는 이전의 송가와 다른 점을 보여준다는 점에서도 의미 있지만, 문화대혁명 이후 조선족의 정체성에 관한 함의를 담고 있다는 점에서 의의를 지닌다.

문화대혁명 이후 개혁개방이라는 시대적 전환기를 맞이한 중국 조선족 시문학은 과도한 정치적 억압과 집단주의적 논리로부터 벗어나 개인의 감수성과 문화 정체성을 찾아가기 위해 노력해왔다. 조선족 시문학은 삶과 밀착된 서정을 시적으로 형상화함으로써 자유로운 개성의 표현이라는 문학적 과제를 해결해나갔다. 그리고 삶의 양식에서 나타나는 문화적 특수성을 표출하며 억압되었던 소수민족으로서의 정체성을 회복하고자 했다.

3) 주요 작가 · 작품 : 소설

(1) 해방의 기쁨과 새로운 세계에 대한 전망

중국 조선족문학이라는 용어가 사용되기 시작한 것은 1949년 중화인민공화국이 수립되고 동북3성의 조선족이 하나의 소수민족으로 인정되면서부터이다. 중국 조선족문학은 일본이나 중앙아시아 등 다른 지역의 재외 한민족문학에 비해 거주국 내에서 비교적 안정적인 위치를 점하고 있는 편이다. 중국 내 50여 개 소수민족 중 하나로서 자치주를 가지고 있으며 그 안에서 민족의 언어와 문화적 전통을 유지해올 수 있었기 때문이다. 여기에는 조선인으로서 만주로 이주하여 일제에 저항하였고 국민당보다는 공산당을 지지했던 조선족의 역사가 중요한 배경으로 자리잡고 있다.[57] 이들은 중화인민공화국 수립 과정에서 조선인들에게도 토지를 분배하고 소수민족으로서의 지위를 인정해주었던 공산당을 지지하였으며, 이에 따라 공화국 수립 이후에도 조선족 자치구를 이루어 고유의 언어와 생활 방식을 유지할 수 있었다.[58]

이 시기 중국조선족 소설작품의 전개는 중화인민공화국 수립 이후 1957년 반우파투쟁이 시작되기 전까지 7년간의 대약진 시기와 반우파투쟁으로부

57) 동북아역사재단 편, 『만주 그 땅, 사람 그리고 역사』, 동북아역사재단, 2005 참고.
58) 김경일 외, 『동아시아의 민족이산과 도시 : 20세기 전반 만주의 조선인』, 한국정신문화연구원, 2004 참고.

터 문화 대혁명 이전까지의 시기로 나누어 설명할 수 있다. 대약진 시기에는 새생활에 대한 희열과 감격을 표현하거나 중국공산당 사회주의 건설 사업에 복무하는 내용의 작품들이 주로 창작되었다. 종합단편소설집으로 『뿌리박은 터』(1953년), 『세전이벌』(1954년), 『새집 드는 날』(1954년)이 출간되었으며, 이는 중국이라는 새로운 국가의 일원으로 자리매김하기 위한 과정으로 볼 수 있다. 김창걸의 「새로운 마을」은 건국 후 조선족 문단에서 처음으로 창작된 소설[59]로서 토지개혁과 집단 노동 등 새로운 변화에 대한 긍정적 감흥이 표현되어 있는 작품이다. 또 신형의 사회주의적 농민형상을 창조한 단편소설로 「과일꽃 필 무렵」이 있다. 김학철의 「새집 드는 날」(1950)은 "건국 초기 농촌의 새로운 생활과 농민들의 정신적 욕구의 변화"를[60] 보여주는 작품이다. 주인공이 재래의 농촌 가옥 구조와는 다른 새집에 들게 되면서 벌어지는 일들을 주요 서사로 하는 이 작품은 건국과 더불어 새로운 생활을 영위하게 된 조선족 농민들의 기대감을 표현하고 있다.

1945년 해방이 되자 일본의 감옥에서 풀려나 서울에서 작품 활동을 시작하게 된 김학철은 이듬해 11월 북한으로, 51년 2월에는 중국으로 이동하면서 활발한 창작활동을 하였다. 김학철은 일찍부터 중국에서 항일혁명의 길을 모색한 바 있다. 서울에서 중학시절을 보내고 상해로 건너가 중국 국민당의 중앙육군군관학교를 졸업했지만 장개석의 정책에 동의하지 않아 중국공산당에 가입하고 조선독립동맹 휘하의 조선의용군으로 활동하게 된다. 군인으로서의 자기 인식이 확고했던 김학철은 호가장 전투에서 한 쪽 다리를 잃고 일제의 포로로 잡혀 옥살이를 하면서 문인의 길을 걷고자 결심하게 된다. 그렇기 때문에 그의 작가 생활이란 혁명의 연장선

59) 조성일・권철 외, 앞의 책, 295쪽.
60) 위의 책, 347쪽.

상에 있는 것이었으며 작품세계의 기반 또한 조선의용군으로서의 체험에 붙박여 있다고 볼 수 있다. 그 체험의 원형은 삶의 엄청난 굴곡과 오랜 기간의 작가생활을 거치면서도[61] 거의 변하지 않고 그의 작품에 반복적으로 등장하고 있으며 작가로서의 삶에 핵심적인 지표로 작용하고 있다고 해도 과언이 아니다. 저항성으로 요약해볼 수 있는 이러한 방향성은 작가의 삶과 작품세계에 통일적인 지표가 되지만 그러면서도 작가의 삶이나 작품이 국가나 민족과 같은 일정한 틀에 얽매이지는 않는 개방성을 보인다. 김학철의 삶이 지닌 굴곡은 시대적 배경과 정치적 상황의 특수성에서 기인한 것이기도 하지만 김학철 자신이 어떤 상황에서도 안주하기를 거부하며 저항성을 수행해나가려는 지향을 잃지 않았기 때문이기도 하다.[62]

김학철의 『해란강아 말하라!』는 중화인민공화국 수립 이후 조선족 문단에서 발표된 첫 장편소설이다. 제1부는 1954년 4월, 제2부는 같은 해 8월, 제3부는 12월에 출판되었다.[63] 작가 개인에게는 중국 연변에 자리 잡게 되면서 조선족 작가로서 자리 잡을 수 있었던 첫 작품이라는 의미가 있겠고 중국조선족 소설사에서도 첫 장편소설로서의 큰 의미를 지니고 있는 작품인 것이다. 이러한 작품의 배경이 9·18사변 전후인 1931년부터 1932년까지인 데에는 조선족 사회 형성의 근간을 이루는 1930년대 초반의 일제에

---

61) "「항전별곡」이 쓰여진 시점은 80년대로서 이는 김학철이 태항산에서 싸우던 1940년대로부터 근 40년이란 세월이 흐른 뒤다. 그 사이 김학철은 일본감옥에서의 정치범 생활, 해방 직후 이데올로기 문제로 인한 월북, 조선전쟁 중 중국 피난, 중국에서의 반우파투쟁과 문혁 등 갖은 소용돌이와 풍랑을 겪게 된다. 근 40년이라는 반세기에 가까운 긴 시간과 보통사람으로서는 상상조차 할 수 없는 격렬하고 고되고 아픈 삶이 그의 의식세계에 큰 변수로 작용했음은 미루어 짐작할 수 있다."(이해영, 『청년 김학철과 그의 시대』, 역락, 2006, 91쪽.)

62) 김학철에 대한 서술은 졸고, 「1940년대의 수행적 국가 구상의 양상 연구－「노마만리」와 「항전별곡」에 나타난 공간과 '공동체' 표상을 중심으로」(『인문학연구』 25, 2014.6)과 중복되는 부분이 있음을 밝혀둔다.

63) 조성일·권철 외, 앞의 책, 356쪽.

의 저항을 형상화함으로써 "중국 조선족으로 중국 역사에 원만하게 편입하기 위한 염원"[64]이 작용하고 있다고 볼 수 있다. 이는 조선의용군 출신으로서 남한과 북한 양측 어디에도 정착할 수 없었던 작가 개인의 염원이기도 했겠지만 중국 국민으로서 정착해야했던 조선족 전체의 염원이기도 했을 것이다. '전형적인 사회주의 리얼리즘 소설'로서, 『조선족략사』에 기술되어 있는 역사적 사실 그대로 "1927년 중국공산당 만주성 임시위원회, 1929년 동만구위원회가 성립되고 이어 1930년 '전만농민투쟁강령'이 만들어지면서 동만주 일대에 '붉은 5월 투쟁'이 벌어져 일제와 악질지주들에게 심대한 타격을 입히는 등 강력한 반제반봉건투쟁이 전개되던 일련의 실제 역사의 과정이 소설 속에 형상화되고 있다."[65] 구체적으로는 박승화로 대표되는 지주 계급과 한영수・임장검 등의 농민 계급의 갈등과 투쟁으로 나타나는데, 지주 계급인 박승화가 중국인보다 더 억압적인 존재로 그려지는 점이 특징이라 할 수 있다. 일제강점기의 소설에서 중국인 지주와 조선인 농민들 사이에서 같은 조선인인 마름이 기회주의적인 성격을 지닌 악독한 인물로 그려졌던 점과 연관이 있어 보인다. 또한 김학철 문학의 전반적인 성격인 에피소드식 서사 전개가 이 소설에서도 부분적으로 나타나고 있는 점도 빼놓을 수 없는 특징이라 하겠다. 이는 이해영도 지적하고 있듯이,[66] 김학철 문학이 자전적 체험을 바탕으로 전개되면서 청자에게 이야기하듯 서사를 진행하고 있기 때문이며 이후에 발표되는 김학철의 작품들, 즉 「항전별곡」이나 『격정시대』에도 나타나는 문학적 특징이다.

---

64) 이해영, 「<해란강아 말하라>의 창작방법 연구」, 『한중인문학연구』 11, 2003.12, 210쪽.

65) 연변조선족 자치주개황 집필소조, 『중국의 우리민족』(한울, 1988, 65~66쪽), 이해영, 위의 글, 212~213쪽에서 재인용.

66) 위의 글, 219쪽.

반우파투쟁이 시작되자 중국문학 전반은 극단적으로 좌경화되기 시작하면서 '대약진'과 인민공사화운동, '민족정풍' 확대화, '반우경'투쟁, 계급투쟁 확대화와 절대화[67] 등을 강조하였다. 이러한 역할에 맞게 단편소설이 주로 창작되었고 종합 단편소설집 『병상에 핀 꽃송이』(1959년), 『장화꽃』(1962년), 『봄날 이야기』(1962년) 등이 간행되었다. 또한 단편소설뿐만 아니라 중편 및 장편소설이 발표되기 시작했다는 점도 이 시기 문학의 중요한 특징으로 꼽을 수 있다. 이근전의 장편소설 『범바위』(1962년)는 김학철의 장편소설 『해란강아 말하라!』를 뒤이어 건국 후 조선족 문단에 태어난 두 번째 장편소설[68]로서 큰 의미가 있다.

이근전의 『범바위』(1962)는 일제의 패망 이후 중국 국민당과 공산당 간의 전투인 인민해방전쟁 시기의 이야기로서 여기에는 작가 자신의 체험이 반영되어 있다. 최병우는 "리근전에게 있어서 일제의 패망 이후 동북민주연군으로 참군하고 공산당원이 되는 4년간은 새로운 자아로 태어나는 성장의 체험이었으며, 그 체험은 그가 작가 생활을 하는 동안 창작의 한 원천이 되었다. 실제로 그는 이 시기의 참전 체험을 제재로 한 작품들을 적지 않게 발표하였는 바, 단편 「호랑이」(『연변문학』, 1959년 6월호), 「옥중투쟁」(『연변』, 1961년 10월호), 중편소설 「호랑이」(요녕민족출판부, 1960년), 장편소설 『범바위』(연변인민출판사, 1962) 그리고 1962년 판 『범바위』를 수개하여 출간한 『범바위』(흑룡강조선민족출판사, 1986년) 등이 그 예이다"[69]라고 밝히고 있다. 1962년에 발표된 『범바위』는 조선족 농민과 지주 한몽둥이와의 갈등과 투쟁이 서사의 중심이 되고 있으며 이후 86년 개정판에서는 조선민족 내부의 갈등이 좀 더 강조되었지만 두 편 모두 중국공산당을 지지하

---

67) 조성일 · 권철 외, 앞의 책, 300쪽.

68) 위의 책, 308쪽.

69) 최병우, 「『범바위』의 개작 양상과 그 의미」, 『한중인문학연구』 17, 2006, 140쪽.

는 것이 조선족의 삶을 위한 정당한 선택이었음을 보여주고 있다.

한편 이 시기부터 조선족문학 연구가 본격화되었다. 1958년 7월 17일 소수민족문학사 편찬사업좌담회에서 소수민족문학사를 편찬할 것에 대한 결의를 채택하고 길림성에서 중국 조선족문학사 편찬을 위임 받았으며, 연변에 다시 그 임무가 하달되면서 연변대학을 중심으로 연구가 진행되었다. 단편과 장편, 문학 연구 분야 등 각 분야의 초석이 다져지는 시기였지만 이후 반우파투쟁과 문화대혁명을 거치며 발전·성숙이 더뎌진 데 대한 아쉬움이 남는 시기이다.

(2) 암흑기의 문학, 극단적 좌경화(1966년-1980년)

건국 이후 중국은 사회주의 체제를 안착화하기 위해 농업의 집단화, 대약진 운동과 같은 경제 정책을 펼쳤으나 실제 현실을 파악하지 못한 무리한 진행으로 많은 부작용을 남겼다. 1957년의 반우파 투쟁의 확대화, 1958년의 대약진 운동과 농촌인민공사화운동, 1959년의 반우경 투쟁과 지방 민족주의를 반대하는 정풍운동, 1963년-1965년의 계급투쟁 확대화와 절대화 등 일련의 좌경적 오류를 낳게 되었던 것이다.[70] 이러한 경제정책의 실패와 소련의 수정주의 등장 이후의 정치적 문제를 일거에 극복하기 위한 극좌적인 선택[71]이 바로 1966년-76년까지의 문화대혁명이었다. 홍위병을 중심으로 당에 비판적인 지식인들을 탄압하며 시작된 문화대혁명은 이후 수많은 청년들에게 농촌에서의 집체 생활을 강요하는 등 지식인뿐만 아니라 모든 중국인들에게 엄청난 고통과 상처를 안겨주었다. 특히 집단적이고 억압적인 사회 분위기가 고조됨에 따라 개인적 가치와 사적 공간은 전혀 인정받지 못했고 오직 '이데올로기에 대한 맹신'만이 강요될 뿐이었다.

70) 조성일·권철 외, 앞의 책, 252쪽.

71) 최병우, 「조선족 소설과 문화대혁명의 기억」, 『현대소설연구』 Vol.54, 2013, 492쪽.

문화대혁명은 중국 전역을 무정부상태에 빠뜨린 대혼란이었지만 도시와 농촌 및 각 지역에 따라 조금씩 다른 전개양상을 보였다. 연변조선족자치주에서는 1966년 12월 7일 모원신이 연변대학에서 선동활동을 시작하면서 '주덕해를 타도하고 전 연변을 해방하자'라는 구호를 제시하였고 이에 따라 주덕해 옹호파와 주덕해 비판파로 나뉘어 심각한 갈등을 빚었다. 자치주장으로서 조선족 사회에서 큰 역할을 해왔던 주덕해에 대해 주자파, 반역자, 지방민족주의자 등의 죄목을 씌워 탄압하였다. 이 중 지방민족주의자라는 비판은 중국의 소수민족으로서 조선족이 문혁 기간 동안 이중의 고난을 겪어야 했음을 보여준다.[72] 전 중국에 영향을 미쳤던 문화대혁명에 대해서도 중국조선족만의 특수성이 작용했던 것인데, 이에 대해 최근의 연구들은[73] 당시 중국이 북한과 다소의 외교적 갈등을 겪고 있었다는 점, 아울러 북한과 왕래가 잦았고 국적관이 불투명했던 조선족에 대해 통제할 필요성을 느끼고 있었다는 점을 들어 문혁 시기의 특수한 상황을 설명하고 있다.

따라서 이 시기에는 문학 작품의 창작이 제한될 수밖에 없었다. 그나마 "1971년 이후 '4인무리'의 반동적인 문화정책이 인민들의 강렬한 반대를 받고 좌경적인 오류가 극히 제한된 범위에서나마 촉동을 받게 되자 1971년부터 『연변일보』 문예부간이 회복되었고 1974년 4월부터 『연변문예』지가 복간되고 연변인민출판사의 조선족 문예작품 출판 활동이 회복되었다."[74] 그렇다 하더라도 이 시기의 문학은 '4인무리'의 선전선동책으로서의 역할을 할 수밖에 없었고 이에 따라 그 정책을 선양한 작품, 개인숭배를 찬양

---

72) 위의 글, 499~502쪽 참고.

73) 이해영·陳麗, 「연변의 문혁과 그 문학적 기억」, 『한중인문학연구』 Vol.37, 2012 ; 최병우, 위의 글.

74) 조성일·권철 외, 앞의 책, 397쪽.

한 작품, 인민들의 생활상을 담은 작품[75] 위주로 창작되었다. 단편소설집 『우두봉의 매』(연변인민출판사, 1972년)에 수록된 일부 작품들이 그 예이다.

단편소설집 『우두봉의 매』에는, 당시 '4인무리'가 창작 원칙으로 내세웠던 '3돌출론'을 크게 벗어나지는 못했지만 나름대로 인민의 감정을 반영, 소망을 표출한 작품들이 실려 있다. 「임무」라는 작품에는 생산량을 늘리기 위한 탄광 노동자들의 고투가 담겨있다. 1년간의 생산량을 총화하는 시기를 앞두고 위험한 고굴을 만나게 되자 이를 피해가느냐, 아니면 착암기를 이용해 뚫고 나가느냐를 두고 치열한 논쟁이 벌어진다. 장수복을 비롯한 광부들은 착암기를 대는 쪽으로 뜻을 모아 조금이라도 더 많은 석탄을 캐고자 한다. 생산 증대 정책을 펴는 당국에 부응하는 서사이긴 하지만 탄광 노동자들의 열의와 탄광촌의 실상을 잘 보여준다는 점에서 어느 정도 의미가 있는 작품이라 할 수 있다.

역시 같은 단편소설집에 실린 「여용수 관리원」은 여성 지식 청년 영애의 이야기이다. 영애는 농업에 자신의 청춘을 바친 인물인데, 그 열정이 대단하여 천동 번개가 치는 밤에도 논에서 수문을 조절한다. 이를 바라보는 농민들은 새 세대에 대해 기대를 품게 되고 서로 배려하며 생활해나간다. 농업에 대한 열정은 조선족 소설에서 특징적으로 찾아볼 수 있는 점인데, 문혁 시기의 작품에도 이러한 경향이 이어지면서 기성세대와 청년세대가 상호협력하는 관계를 보여주고 있다는 점에서 주목할 만한 작품이다.

상업 전선의 분투를 보여주는 작품으로 「화수로 가는 길」이 있다. 영업원들이 손님들을 위하여 애쓰는 모습이 독창적인 구성과 서사 전개로 잘 표현되어 있는 작품이다. 이조장과 영순이가 화수 분소점으로 회의하러

---

75) 위의 책, 397~398쪽. 이하 작품에 대한 내용은 이 책 400~401쪽을 참고하여 요약한 것임.

가는 길에 겪는 세 가지 에피소드로 구성되어 있고 두 주인공의 서로 다른 생각과 대처방식을 대비시킴으로써 생동감 있는 전개를 보여준다.

또 「창격표연」이라는 작품은 “젊은 병사와 늙은 병사, 군관과 전사 사이의 날창치기 표연”을 다루고 있다. “적을 소멸하려면 죽음을 두려워하지 않는 정신이 매우 중요하지만 그것만으로는 안 된다. 반드시 멸적의 본령이 있어야 한다.”는 주제를 담고 있는 작품으로서 “짧은 작품을 빌어 정치와 군사의 통일 문제를 제기한 것은 자못 중대한 의의가 있는 것”이라는 평가를 받았다.

그러나 이 시기의 작품들은 모두 ‘4인무리’의 문예정책 및 사상의 영향에서 벗어나기 힘들었기 때문에 일정한 한계를 가지는 것이 사실이다.

4. 글로벌 시기

1) 개혁개방과 문학적 다양성의 확대

1978년 중국공산당 중앙위원회 회의에서 결정된 개혁개방 노선은 중국 사회 전체에 많은 변화를 야기했다. 무엇보다 시장경제체제로의 전환은 경제성장과 함께 물질적 수준의 향상을 가능하게 했고, 대외개방 정책과 함께 서구의 문물이 유입되면서 중국 사회는 대대적인 변화의 물결에 직면하게 되었다.

개혁개방 정책 이후 조선족 사회의 현실적 여건도 급변하기 시작했다. 문학장에서 나타난 변화의 움직임을 중심으로 본다면 무엇보다 주목할 만한 것은 자유로운 창작 방법론의 기반 위에서 개인의 미적 자율성에 대한 욕구가 증대하고 여기에 서구의 문예사조가 유입되면서 다양성에 대한 요구가 높아졌다는 점이다.

조선족문학사의 평가에 따르면 이 시기 조선족문학은 애가문학, 상처문학, 반성문학, 개혁문학 등의 단계를 거쳐 다양한 발전적 양상을 보이면서 개방된 당대 의식을 다각적으로 반영하고자 했다.[76] 시문학에서는 집단주의적 가치관을 탈피하여 개인적인 서정과 미학적 가치를 되찾고자 했고, 여기에 더불어 포스트모더니즘적 문예사조의 영향으로 난해시 등이 등장하기도 했다. 이러한 현상은 주류 담론이나 사회적 가치에 복무하는 문학보다는 자율적이고 개성적인 데서 시문학의 본성을 찾고자 하는 문학적 욕망이 표출되기 시작했음을 보여준다.

개혁개방 시기 조선족 소설문학에서는 사회 정치 체제의 부속물이 아닌 자율적인 문학 장르로 거듭나 인간학을 복구하려는 노력이 나타났다. 역사에 대한 반성, 현실에 대한 투시, 인간의 내면세계에 대한 발굴을 중심으로 다양한 탐구 정신이 표출되었으며, 혁명적 사실주의 전통을 놓지 않으면서도 동시에 비판적으로 외국 문학을 수용하는 태도가 창작 방법의 다양화 추세로 나타났다.[77]

문단이 활기를 되찾으면서 시와 소설뿐만 아니라 극문학과 수필문학, 실화문학, 평론과 이론 연구 역시 비약하기 시작했다. 또 구전문학의 채집과 정리, 출판도 활성화 되었다.[78] 특히 『연변문학』의 전신인 『연변문예』가 1981년부터 1983년까지 3년간 매달 8만 6천 부 발행되는 등 1990년 초반까지의 문학지 판매 현황을 보면 조선족문학의 전망은 밝아보였다. 이러한 추세 속에서 문학적 주제와 형식의 실험이 이루어졌고 사실주의적 창작 전통이 강한 조선족문학에도 많은 다양성이 배태될 수 있었다. 그러나 시장 경제로의 변화 속에서 조선족 문인들은 점차 현실적 문제에 봉착하게 되었다.

---

76) 조성일・권철 외, 앞의 책, 407쪽.

77) 위의 책, 408쪽.

78) 위의 책, 409~410쪽 참조.

시장경제 체제 이후 중국 조선족 문단의 현황을 좀 더 구체적으로 접근해보자. 1989년 천안문 사건 이후 중국의 전반적인 문예 창작이 약화되었다가 다시 회복한 것에 비해 조선족 문단은 1990년대에 들어서서 창작의 위축 상태를 벗어나지 못했다. 이에 대한 원인으로 지적되는 것 중 하나는 "시장경제의 충격으로 변화하고 있는 생활의 위기감과 그에 대처할 수 없는 경제생활구조로 형성되는 일종의 번뇌"[79]이다. 즉 시장경제 체제로의 돌입과 함께 변화한 사회 풍토에서 원활한 창작이 이루어지기 위해서는 작가들에게 그에 응당한 원고료가 주어져야 하는데, 조선족 작가들이 전업 작가로 나서기에는 경제적 보상이 충분치 못했던 것이다. 당의 지원이 전폭적으로 이루어지지 않는 한 소비 시장이 한정된 한글문학은 경쟁력을 갖추기 어려울 수밖에 없었다. 이러한 문제는 조선족 출판 시장의 침체로 이어지게 되는데, 출판 시장의 어려움은 단순히 경제적인 상황의 문제만을 보여주는 것이 아니라 조선족문학의 존립과 관련된 문제라는 점에서 간과할 수 없는 문제였다.

다른 한편으로 1990년대 들어와 중국 조선족 인구 성장이 감소하고[80] 동북 3성 이외의 지역으로 조선족 이주가 늘어난 것[81]도 조선족문학의 침체를 야기한 원인이라 할 수 있다. 조선족의 이주로 인해 한글 독자층이

---

79) 고신일, 「중국 조선족문학과 연변문학(상)」, 『北韓』, 1995.4, 204쪽.

80) 중국의 첫 센서스인 1953년 센서스 보고서에 따르면 중국 조선족의 수는 1,120,000명으로 보고되었다. 그후 조선족 인구는 지속적인 증가를 보여, 1990년에는 1,923,000명으로 늘었다. 그러나 1990-2000년 사이에 인구는 제자리걸음을 하였다. (…중략…) 이미 1990년대 후반기에는 마이너스 성장기에 접어든 것으로 판단된다(권태환 편, 『중국 조선족사회의 변화－1990년 이후를 중심으로』, 서울대학교출판부, 2005, 18쪽).

81) 1980년대에 이미 조선족 인구의 지역적 분산이 시작되었고 1990년대에 이르러 그 추세가 더욱 강화되었다. 최근에 올수록 북경, 상해 등 대도시로 이주가 늘어나고 있으며 동북 3성 이외의 지역으로의 이동이 커지는 현상이 나타나고 있다(위의 책, 24～25쪽).

급격히 감소했으리라는 점을 짐작해 볼 수 있는데, 한글 독자층의 감소는 조선족의 한글문학의 침체로 직결되는 문제이고 조선족의 문화정체성을 약화시키는 문제이기도 했다.

이러한 현실적 변화에 맞서서 조선족 문단은 강구책을 모색해왔다. 중국의 개혁개방 이후 나타난 조선족 문단의 변화 가운데 하나는 문학 교류의 활성화이다. <중국작가협회 연변분회 창립 40주년 기념대회> 보고에서 김학천은 그동안 "연변문화는 이러한 시대의 맥박을 정확하게 진단하고 더 적극적인 자세가 되어 국내의 문단과의 교류를 가강하는 한편 외국에로의 진출에도 노력을 경주하였다"고 평하기도 했다.[82] 외국 문학을 수용하는 한편 세계 곳곳에 퍼져있는 재외 한민족 동포들의 한글 문단과 교류하려는 움직임이 나타나기도 했고 특히 한국문학에 대한 관심도 높아지기 시작했다. 또 1980년대 중기부터 조선족문학이 언론을 통해 한국에 소개되면서 조선족 문단에 대한 한국 문단의 관심도 높아지기 시작했다. 중국 조선족과 한국 문단의 교류가 활성화되면서 한국 연구자들의 연구 성과물도 축적되기 시작했는데, 이러한 문학적 교류를 통해 한민족 공동체의 일원인 중국 조선족 동포사회의 존재를 보다 생생하게 접할 수 있는 기회가 되었을 뿐만 아니라 중국의 폐쇄성 안에서 중시되지 못했던 중국 조선족문학을 본격적으로 세계에 알릴 수 있는 계기가 되었다.[83]

82) 김학천, 「21세기를 향한 우리 문학을 위하여－중국작가협회 연변분회 창립 40돐 기념대회보고」, 『문학과 예술』 99호, 1997, 36쪽.
83) 최삼룡, 「화합과 갈등－한국과 중국 조선족 문학교류 20년 회고」, 『비평문학』 제13호, 1997.7, 521쪽.

2) 주요 작가 · 작품 : 시

(1) 모더니즘 시의 등장과 시단의 다양성

문화대혁명 이후 조선족 시문학에서는 당이나 영수를 찬양하는 구호적인 시들이 사라지고 다양한 문예 사조들이 본격적으로 등장하기 시작했다. 개혁개방 정책이 진행되면서 자연스럽게 중국 사회에도 서구문화가 유입되었고, 1970년대 말 중국시단을 풍미했던 모더니즘 시 이른바 '몽롱시'는 1980년대 중반에 와서 조선족 시문단에 논쟁을 야기한 바 있다. 모더니즘적 경향을 긍정적으로 평가하는 시인들은 난해시만이 시의 유일한 출로라고 주장하면서 구세대인 '50년대파'의 창작성과를 부정하기도 했다. 1986년에는 김정호 시인이 쓴 난해시 「추억」이 치열한 논쟁의 대상이 되었는데[84] 이 논쟁은 그 이전부터 논란이 되고 있던 모더니즘 기법을 표명한 '몽롱시'에 대한 본격적인 논의라고 볼 수 있다. 김월성은 「추억」에 나타난 정서가 "개인의 애상적인 감정의 발로"에 불과하기 때문에 "무익무해한 작품"[85]이라고 평했고, 이에 반해 산천(한천)은 "생신하고 독창적인 동시에 날로 넓어지는 감상자들의 심미 요구에 만족을 주기 위한 탐색의 산물"[86]이라는 평가를 내리기도 했다. 이 논쟁을 통해 산천은 시문학이 예술의 한 방변으로서 기능이나 작용, 가치만을 구비하는 것이 아니라 여러 가지 기능과 작용, 가치를 구비하고 있음을 주장했고, 김월성은 김정호의 시가 마르크스주의 미학원칙에 어긋나며 이러한 몽롱시가 민족 시단의 전통을 해친다는 우려를 표명했다. 또 다른 입장으로는기존의 시 관념을 갱신하려는 실험정신에 무게 중심을 두기도 했다.[87] 모더니즘 시의 등장

---

84) 김월성, 「중국조선족 시문학 상황」, 『시와 시학』, 1993년 봄호, 190쪽.
85) 김월성, 「시 「추억」에 대한 소감」, 『문학과 예술』, 1987.1.
86) 산천, 「'추억'의 예술 성과－겸해서 김월성 선생과 상론」, 『문학과 예술』, 1987.3.
87) 장춘식, 「개혁개방 후 조선족문학의 변화양상－소설을 중심으로」, 2010.1.

을 둘러싸고 조선족 문단은 모더니즘을 무조건 수용하려는 부류, 전통시를 고수하고 모더니즘을 받아들일 수 없다는 부류, 전통을 기반으로 수용하되 난해한 몽롱시는 배제하자는 부류 등으로 입장이 나누어지기도 했다.[88]

오랫동안 외국 문학의 유입이 단절되어 있었던 조선족 문단의 입장에서 볼 때 모더니즘의 물결은 단지 문예 사조로서만이 아니라 서구화된 현대 사회 문명과의 대면이었다. 따라서 급작스러운 변화의 물결은 전통과 새로운 문명을 어떻게 결합시킬 것인가라는 근본적인 문제의식을 제기했던 것으로 보인다. 실제로 조선족 문단은 무작정 새로운 것을 취하기보다는 그들이 지닌 시문학의 전통을 유지하면서 서서히 변화시키는 노선을 취했다. 결과적으로 난해시, 몽롱시 등 서구의 영향을 받은 문예풍조는 잠시 새로운 반향을 일으키기도 했으나 사실주의적 문예 풍조가 강한 조선족 시문학의 풍토를 변화시키지는 못했다. 난해시와 몽롱시 등 새로운 풍조의 작품들은 대중들의 호응을 크게 받지 못했고, 문학적 성취를 거두지도 못했지만 중국 조선족 시단의 폐쇄적인 상태를 타파하고 시문학의 다양화를 추진시켰다는 점에서는 긍정적인 평가가 내려진 바 있다.[89]

> 고요한 샘물우에
> 둥근달이 조용히 선다
> 두줄기 그리움이
> 깊은 뿌리내린 가운데
> 뿔 달린 사슴 하나
> 생동한 꿈이 되여 떠있다
> 성숙한 꿈속에
> 아득한 그의 모양이 몽롱히 비칠 때

(장춘식 블로그 http://www.zoglo.net/blog/zhangchunzhi, 검색일 2014.8.9)

88) 황송문, 『중국조선족 시문학의 변화양상 연구』, 국학자료원, 2003, 148쪽.

89) 김월성, 「중국조선족 시문학 상황」, 『시와 시학』, 1993년 봄호, 191쪽.

락엽 몇잎이 소리없이
지친 생각우에 떨어진다

—김정호, 「추억」 전문—

1980년대 이전 조선족 시문학의 경향에 비추어 볼 때 위의 인용시에서 두드러지는 것은 자기 내면으로의 침잠이다. 이 시의 화자는 사회 현실에 대한 직시나 자각, 계급적 각성이나 혁명적 의지 등은 드러내지 않은 채 자신의 내면세계를 관조하는 듯하다. 고요한 수면 위에 드리운 "뿔 달린 사슴"은 그 모습이 몽롱할 뿐이지만 그것을 향한 화자의 그리움과 갈망은 간절하다. 고요한 샘물은 자신의 의식세계에 대한 비유로 볼 수 있고 잔잔하게 그 표면을 비추는 달빛은 인간의 의식이라고 할 수 있다. 그런데 인간의 의식으로는 샘물의 심연을 간파할 수 없듯이 현재의 의식으로 이미 지나간 과거에 대한 기억을 완전히 파악할 수는 없다. 추억은 지나간 삶의 시간이며 분명 자신이 경험한 과거지만 이미 내면으로 침잠한 시간이어서 "꿈속에/ 아득한 그의 모양이 몽롱히 비칠" 뿐이다. 이 시에서 조선족 시문학이 그동안 강조해온 문학에서의 사상과 철학 등의 관념은 발견하기 어렵지만 김정호는 간결한 언어를 통해 자기 내면세계에 대한 성찰을 보여주었다. 이 시는 1980년대 중반 모더니즘 논쟁을 구체적으로 촉발함으로써 조선족 시문학의 지평을 넓힌 작품으로 볼 수 있다.

1980년대 이후에 활약한 시인으로는 박화, 한춘, 남영전, 최룡관 등이 있다. 이 가운데 한춘은 산춘이란 필명으로 모더니즘 시를 옹호한 비평가이기도 하다.

지난 밤 꿈쪼각을 맞추고
새벽 못가에서 비상한다
부리로 해살을 몰고와
조그만 기발을 흔들며

잔혹했던 겨울을 잊기로 한다
마음 거칠어지는 날에는
시간의 아픔을 재단하며
마당구석 어둠을 방류한다
끝나지 않은 풀의 의문을
결 고운 크레용으로 덧칠한다.

—한춘, 「파랑새」 전문—

문학이 사상적인 것만이 아니라 심미적인 요구를 만족시켜야 한다는 점을 지적하면서 모더니즘 시를 옹호한 비평가답게 한춘의 시는 기존의 조선족 시단에서 찾아보기 어려운 새로운 감수성을 지니고 있다. 위 작품에서 드러나듯이 서사가 배제된 상징적이고 은유적인 서술이 화자의 내면을 보여준다. 자신의 꿈을 찾고자 하는 화자는 자신을 "파랑새"에 비유하고 있는데 자신이 꿈꾸는 것을 향해 날아가려고 하는 파랑새는 "잔혹했던 겨울"에 대한 기억을 안고 있다. 그것이 구체적으로 무엇인가는 드러나지 않지만 파랑새는 "마당구석 어둠을 방류"하고 "결 고운 크레용으로 덧칠"하는 등 과거의 아픔을 스스로 치유하는 행위를 반복한다. 꿈을 향해 날아가기 위해 먼저 자신의 아픔을 치유하는 파랑새의 모습은 조선족 시인으로서 과거의 역사적 시련을 치유하고 비상하고자 하는 시인 자신의 모습과 겹쳐지기도 한다. 그러나 그보다 중요한 점은 이 시의 표현 방식이다. 김정호의 「추억」이 보여주었던 것처럼 이 시에서 표출된 개인의 내면세계는 명확한 의미나 하나의 선명한 이미지로 수렴되지 않는다. 자신이 꿈꾸는 이상 세계로 비상하려는 갈망의 상태가 잘 표현되었지만 현실적 차원으로 환원해서 해석하기는 어렵다. 즉 김정호의 시와 마찬가지로 한춘의 시도 리얼리즘적 요소보다는 개인의 내면세계를 상징성을 보여주고 있으며, 이러한 점들이 당시 조선족 시문학에는 새로운 자극으로 여겨졌던 것이다.[90]

1980년대 시문학에서는 모더니즘 시 외에도 다양한 주제를 담은 작품들이 등장했다. 먼저 개혁개방 이후 도입된 시장경제의 폐해를 다룬 풍자시들이 있다. 김동호의 「시대의 골목에서」(1985)와 「시대의 여울소리ABC」(1986), 이상각의 「관심, 결심, 야심」(1986), 문창남의 「말뚝」(1986) 등이 대표적인 풍자시 작품이다.[91] 이 시기의 풍자시들은 시장경제 체제와 함께 물질문명과 소비주의가 만연하면서 훼손된 인간성을 고발하고 사회적 부정부패에 대한 날카로운 인식을 드러냈다. 풍자시와 더불어 김응준의 「사랑의 애가」(1985)와 같은 애정시의 부상도 1980년대 조선족 시문학의 다양성을 보여주는 사례이다. 남녀 간의 사랑이야말로 사회 체제와 계급, 이념을 넘어서서 존재하는 보편적 감정이기에 애정시는 서정성의 회복을 보여주는 확실한 징표로 볼 수 있다. 또 토테미즘을 보여준 남영전이나 민족 정서를 새롭게 발굴하고자 했던 리성비와 리임원 등도 조선족 시문학에 다양성의 활기를 불어넣은 시인이다.

> 가시넝쿨 우거진 심산밀림 지나
> 갈대버들 음침한 벌방 늪을 건너
> 긴긴 세월 엉기정기 걸어오다가
> 컴컴하고 적막한 동굴 속엔 왜 들었수?
>
> 쓰고 떫은 약쑥 신물 나게 맛보고
> 맵고 알알한 마늘 몸서리나게 씹을 제
> 별을 눈으로
> 달을 볼로
> 이슬을 피로 받아
> 아리답고 날씬한 웅녀로 변해

90) 장은영, 「1980-1990년대 중국 조선족 시문학의 모더니즘적 감수성과 시단의 다양화」, 『국제한인문학연구』 제15호, 2015 참조.

91) 조성일 · 권철 외, 앞의 책, 423쪽.

이 세상 인간들의 시조모 되었니라

도도한 물줄기 현금삼아 튕기고
망망한 태백산 신방 삼아서
신단수 그늘 밑에 천신 모셔 합환하여
수림 속, 들판, 해변가에서
오롱이 조롱이 아들딸 길렀네
사냥질, 고기잡이, 길쌈하면서
춤 절로 노래 절로 웃음도 절로
그때부터 세상은 일월처럼 환하고
금수강산은 어디나 홍성했더라

끓는 피와 담즙을 젖으로
무던한 성미와 도량을 풍채로
끈질긴 의지와 강기를 뼈대로
날카론 발톱마저 도끼와 활촉 삼아
인간의 초행길 떳떳이 헤쳤나니
한숨도 구걸도 없이
길 아닌 길을 찾아
첩첩 천험도 꿰뚫고 나갔더라
해와 달을 휘여 잡는 자유혼으로
신단수 아래서 장고소리 울리던
시조모 시조모여

—남영전, 「곰」 부분 —

1971년 문단에 데뷔한 남영전은 대표적인 조선족 시인이다. 남영전의 토템시는 조선족 문단에서만이 아니라 중국 문단에서도 주목받고 있는 작품으로, 절강성 호주사범대학에서는 '남영전 토템시연구'라는 과목이 개설되기도 했다. 이에 따라 남영전의 토템시에 대한 많은 학술 연구도 이루어졌다. 남영전은 전설, 민담, 신화 등에 기초하여 민족사적인 시를 창작해왔는데, 위에 인용한 「곰」은 그의 대표적인 토템시 가운데 하나이다. 토템을 숭배하는 것이 민족 문화와 전통의 뿌리에 관련되어 있듯이 토템시에 나타난 남영전의 관심도 민족의 기원으로 거슬러간다. 단군 신화를 모티프로 한 이 작품에서 흥미로운 점은 단군이 아닌 곰에 초점을 두고 있다는 것이다. 초자연적이고 신성화된 존재인 단군에 비해 곰은 자연적인 존재이자 지상의 삶을 힘겹게 겪어나가는 인간적 존재로 묘사되어 있다. "무던한 성미와 도량", "끈질긴 의지와 강기"는 곰이 가진 미덕으로 한민족의 민족적 성향을 말해주는 것이기도 하다. 그런 곰의 기질로 "오늘도 내일도/ 엉기적/ 엉기적/ 엉기적" 면면히 이어온 것이 바로 한민족의 모습인 것이다. 남영전의 토템시는 시 창작의 한 장르를 구축했다는 점에서 의미를 지니기도 하지만, 개혁개방 이후 조선족 시단이 모색해온 문화정체성을 가시화했다는 점에서도 유의미하다. 또한 한민족으로서 문화유산을 공유하고 있는 한국의 입장에서도 주목하지 않을 수 없다. 남영전의 작품은 조선족문학과 한국문학이 각각 한 국가에 귀속된 문학으로 구분되기 이전에 공유하고 있는 정신사적 근원을 탐색하며 그것을 형상화하고 있다는 점에서 한민족 문화권의 문학이 무엇인가에 대한 시사점을 제기하고 있다.

서정서사시와 장편서사시 창작의 활성화도 1980년대 이후 조선족 시문학의 한 경향이다. 중국의 개혁개방 이후 조선족 문단에서는 문화대혁명 이전 작가 층을 중심으로 사회주의적 사실주의 창작방법론의 실천 양식으로 장편 서사시가 활발히 창작되었다.[92] 이 장편 서사시들은 대개 일제 강점기의 반제 반봉건 투쟁을 넘어 항일 무장 투쟁으로 나아가는 혁명적 낙관주의를 실현하며, 민담이나 민요 등을 활용하여 민족적 형식을 구현

92) 정덕준 외, 앞의 책, 63~69쪽.

하고 있다.[93] 대표적 작품으로 김철의 「새별전」(1980), 김성휘의 「떡갈나무 아래에서」(1980), 「소나무 한그루」(1982), 「나의 거리」(1985), 이상각의 「만무 과원 설레인다」(1981), 리욱의 「풍운기」(1982), 조룡남의 「아, 청산골」(1985), 김용준의 「개척자의 노래」(1986) 등이 있다. 젊은 세대들이 새로운 문학적 조류를 수용하고 변화에 민감하게 반응했던 것과 달리 다른 한편에서는 조선족문학의 전통과 정체성을 고수하고자 하는 움직임이 나타났고 이것이 장편서사시나 서정서사시의 창작으로 이어졌다고 보인다.

백두산이라는 상징적 매개를 통해 조선족의 정체성 문제를 형상화한 리욱의 「풍운기」는 용정 일대에서 벌어진 항일유격투쟁을 소재로 삼은 서사시로 리욱의 마지막 작품이기도 하다. 「풍운기」 머리말에서 "당의 령도하에 진행된 초기 혁명투쟁의 사실에 근거하고 또 나의 체험에 근거해 이 서사시를 썼다."고 밝히고 있듯이 사회주의 문학의 성격을 분명히 드러내기도 한다. 조직적이고 의식적인 투쟁을 서사화함으로써 항일투쟁의 승리가 새로운 민족 집단의 성과임을 명확히 표출한 「풍운기」는 인물의 형상화나 사건의 전개에서 구체성을 확보하고 있으며 탄탄한 서사 전개를 돋보이는 작품이다. 전체적인 서사의 중심인 장백산을 배경으로 호방한 영웅의 기상이 형상화되었는데, 장백산은 조선이라는 과거의 조국을 상기시키기 위한 배경이 아니라 격렬한 혁명투쟁의 배경이라는 점이 강조된 상징적 장소이다.

① 백발을 휘날려/ 하늘아래 장백이냐/ 천지를 떠이여/ 구름우에 령봉이냐// 하늘과 땅이 맞붙은/ 장백에 올라/ 만리에 날아예는/ 수리개를 보라// 바람과 구름이/ 휘몰아치는 령봉에 서서/ 삼추에 회파람 굴리는/ 수리개를 보라.// 무지개를 타고 올라/ 산천초목을 굽어보고/ 창공에 치솟아/ 일월성진을

93) 윤여탁, 「한국 문학사에서 중국 조선족 시문학의 의미」, 『선청어문』 Vol.35, 서울대학교, 2007, 124쪽.

찾아간다// 우리의 노래속에 나래치는/ 호탕한 수리개는 울부짖고/ 우리의 기발우에 날아예는/ 용맹한 수리개는 혈전을 부른다.

—리욱, 『풍운기』 머리시 전문—

② 오늘 이 승리는 군민이 굳게 뭉친 힘의 승리입니다./ 유격대가 가장 곤난할 때/ 여러분은 식량을 날라다주었고/ 유격대원들을 보호해주었습니다… // 여러분, 보십시오/ 줄줄이 뻗어내린 장백산/ 도도히 굽이치는 강물을,/ 저기 들판에서 황금이 무르익습니다.// 우리의 강산은 얼마나 아름답습니까?/ 이 땅에서 우리는/ 최후로 일제놈을 쫓아내야 합니다.// 우리는 수림처럼 일떠나/ 단결해 싸웁시다/ 자유와 해방을 위하여…/ 최후의 승리는 우리의 것입니다.

—리욱, 『풍운기』 제9장 승전의 례포소리 부분—

인용 부분 ①과 ②는 「풍운기」의 서두와 마지막 부분인데, 여기서 장백산은 항일유격대의 용맹성과 혁명의 의지를 드러내는 격전지인 한편 항일의지로 하나가 된 중국공산당 유격대와 민중들의 단결과 유대를 상징하는 장소이기도 하다. 그리고 단결과 유대는 이 작품의 마지막 부분에 반복적으로 제시된 "우리"라는 공동체가 형성될 수 있는 조건이다. "우리"란 일제와 맞서 항쟁한 사람들이며, 구체적으로는 당의 기치 아래 단결한 "군민"이라는 점에서 정치적인 집단 정체성을 의미한다고 볼 수 있다. 「풍운기」는 장백산을 배경으로 벌어진 항일무장투쟁을 통해 이주자인 조선족들이 중국의 공산당과 유대감을 형성하고 나아가 자유와 해방을 위해 하나가 되는 역사적 기억을 형상화한 작품인 것이다.[94]

문화대혁명이 끝나고 중국의 개혁개방 정책으로 급격한 시대적 변화를 맞이한 조선족 시문학은 모더니즘을 둘러싸고 치열한 논쟁을 벌이면서 새로운 사조들을 실험하고 수용하는 한편 그들의 역사와 정체성을 회복

94) 장은영, 「서사시에 나타난 '민족' 형상화에 관한 비교 연구」, 『비교문화연구』 제25집, 2011, 340~349쪽 참조.

하기 위한 노력을 경주해왔다. 아울러 이 시기는 문화대혁명 기간 동안 억눌렸던 창작의 욕망이 다양한 형상화 방법으로 표출되었다는 점에서 양적으로나 질적으로 조선족 시문학이 한 단계 도약한 때이기도 하다.

(2) 모던에 대한 감수성과 미학적 자율성 추구

조선족 사회에 한국문학이 소개된 것은 1980년대 초반 한국의 일부 기업과 사회단체들이 조선족 사회에 한국의 도서를 보내면서부터였다. 이후 조선족 연구자들을 중심으로 한국문학에 대한 관심이 높아졌고 1980년대 말기에는 한국문학에 대한 연구도 시작되었다. 연변대학 조선언어문학부에서는 한국문학에 대한 강의가 개설되기도 했다. 그러다가 한국과 조선족문학 교류가 본격화된 것은 1992년 한국과 중국이 정식 국교를 수립하게 되면서이다. 두 국가 간의 교류가 활발해지면서 자연스럽게 조선족문학과 한국문학의 교류도 질적으로나 양적으로 늘어났고, 상호 문학장에 관한 관심도 높아졌다. 1992년에는 리해산, 채미화 교수의 『남조선문학개관』이 출간되었고, 한국현대문학사를 포괄한 『조선현대문학사』가 김병민, 위욱승, 문일환 교수 등에 의해 출간되었다. 그리고 연변대학 조선언어문학부에서는 한국현대문학에 대한 논문들이 나오기도 했다.[95]

한글문학이라는 공통분모를 가진 한국문학과 조선족문학의 만남은 서로에게 새로운 문학적 영역을 제공했다. 그리고 민족적 동질성에 대한 자각과 정체성 문제는 한국문학과 조선족문학 모두에게 문학의 범주를 다시금 성찰하게 하는 계기가 되었다.

이 시기 조선족 시문학에서는 내용과 형식면에서 미학적 자율성이 높아졌는데, 변화의 요인이 한국문학과의 접촉 때문만은 아니지만 조선족

95) 최삼룡, 「화합과 갈등-한국과 중국 조선족 문학교류 20년 회고」, 『비평문학』 제13호, 1997.7, 518쪽.

시문학이 새로운 미학적 감수성을 찾아가는 시기에 접하게 된 한국문학은 조선족 시문학과 다른 감성, 다른 표현 양식을 보여줌으로써 조선족 문단에 자극제가 되었다. 이 변화에 대해 정덕준은 조선족 시문학이 "시의 본질적 요소인 '언어' 자체에 관심을 기울이면서" "미적 가치를 추구하는 시적 성숙기"에 접어들었다고 평가한 바 있다.96)

사회주의 리얼리즘 문예 이론이 깊숙이 자리 잡았던 문예창작 풍토에서 출현한 모더니즘적 감수성은 단순한 창작 방법론의 변화를 뜻하는 것은 아니었다. 현실에 대한 긍정적 자세와 미래에 대한 낙관적 전망을 보여주었던 이전 시기 문학과 달리 모더니즘적 감수성은 미래에 대한 불투명한 전망이나 개인의 이해불가한 내면세계까지도 드러낸다는 점에서 생경한 것이었다. 그러한 측면 때문에 모더니즘 문학은 사상이나 철학의 결여라는 비판을 받기도 했지만 1990년대에 들어서면서 보다 자유로운 사회 분위기 속에서 점차 확산되었고, 이를 통해 다양한 문학적 욕구가 표출되었다. 조광명, 장학규, 김혁, 김영한, 윤영애, 김창희, 박화, 박설매, 김영건, 림금산 등의 시인이 모더니즘적 감수성을 보여준 시인들이다.

길은
나아가면 벽
돌아서면 벼랑

벼랑 위에
초인 하나
벽을 허문다

무덤과 구름 사이
초로길

---

96) 정덕준 외, 앞의 책, 114쪽.

새벽을 달리며 달팽이가 난다

—김영건, 「개안」 전문—

끝없이 타는
화염 속을
그냥 걸어간다

낙타의 자국엔
불이 고이고

태양의 입술엔
연기 날린다

알몸으로 드러눕는
열사 속

갈한 목보다
타지는 심장

오아시스는 없어도
욕념은 싱싱해
…

저어기 어디선가
날이 선 파도가 운다

—림금산, 「사막」 전문—

자율적인 개인의 내면을 형상화하는 데 집중하고 있는 인용시들은 인민의 현실이나 계급적 자각 또는 혁명적 낙관 등과는 무관해 보인다. 이러한 시들이 당시 조선족 시문학 전반을 대표하는 것은 아니지만 시문학의 변화와 새로운 경향을 뚜렷이 보여주는 작품인 것은 분명하다.

먼저 김영건의 시는 "개안"이라는 제목이 말해주듯이 내면의 각성을 통해 이 세계와의 관계를 다시 설정하는 시적 자아의 모습을 보여주고 있다. 인상적인 것은 시적 자아의 현실 초월적 태도이다. 화자가 직면한 현실은 "나아가면 벽/ 돌아서면 벼랑"이라는 구절로 다소 추상적으로 제시되어 있다. 피할 수 없는 현실적 어려움이 상징적으로 표현되었는데, 여기서 화자는 갈등의 원인이나 해결 방안을 모색해나가는 것이 아니라 "초인"이 되어 현실을 초월하고 있다. 인간이 살아가는 세계가 "무덤"과 "구름" 사이의 작은 길에 불과하다는 인식은 스스로의 한계를 뛰어넘는 초인의 모습을 여실히 드러낸다. 무덤이 환기하는 인간의 죽음 그리고 구름이 상징하는 인간이 도달할 수 없는 이상향 이 두 가지 사이에서 고민하고 갈등하는 것이 인간의 삶인데, "새벽을 달리며 달팽이가 난다"에서 짐작할 수 있듯이 화자는 현실의 한계, 인간의 한계에 괴로워하기보다는 "달팽이가 난다"라는 표현처럼 할 수 없는 것을 시도함으로써 의연하게 그것을 뛰어넘어 버린다. 이 시는 현실과의 대결 구도를 풀어나가는 태도에 있어 사회에 얽매이지 않는 단독자로서의 개인을 설정했다는 점에서 새로운 시적 자아를 선보이고 있다.

림금산의 작품은 정제된 시어로 욕망의 본질을 탐구하고 있다. 인간의 욕망은 사막에 "알몸으로 드러눕는" 것처럼 뜨거운 열기에 휩싸이는 상태와 유사하다고 말하고 있다. 그런데 극도의 갈증과 열기로 형상화된 욕망이 인간의 몸을 지치게 만들어도 욕망이란 쉽게 사그라들지 않는다. "오아시스"가 없어도 "욕념은 싱싱해"라는 표현은 뜨거운 사막의 열기 속에서 더욱 생생하게 감각되는 내면의 욕동을 날카롭게 포착하고 있다. 욕망의 문제가 이전까지 조선족 시문학에서 거의 등장하지 않았던 낯선 주제라는 점에서 보자면 모더니즘적 감수성은 조선족 시문학의 정서적 측면만이 아니라 주제를 확장시키는 역할도 했음을 알 수 있다.

모더니즘 시 창작이 활성화되면서 조선족 시문학에 신선한 활기를 불어넣은 한편, 그동안 조선족 시문학을 이끌어온 기존의 시인들 역시 꾸준한 창작 활동을 보여주면서 새로운 서정의 길을 모색하기도 하였다.

대장간 모루 위에서
나는 늘 매를 맞아 사람이 된다
벌겋게 달아오른 나의 정열
뜨거울 때 나는 매를 청한다
맞을 때는 미처 몰라도
맞고 나면 나 매 값을 안다
그래서 나 내 몸이 식을 때
노상 주르르 눈물을 흘린다

—김철, 「대장간 모루 위에서」 전문(1998)—

황소는 명절도 생일도 없다
평생에 기쁜 날이 하루도 없다
아픈 채찍 아래 죽는 날까지
고역의 날과 날이 이어졌을 뿐

황소는 언제나 눈물 가득한 눈으로
세상을 바라본다
그래서 황소 눈에 비친 세상은
눈물에 잠긴 세상이다

황소는 울 때 원마같이 호소같이
엄마-하고 부르고는 종시
그 뒷말을 잇지 못한다
그 뒷말은 과연 무엇일까?

나는 형장을 끌려가는 어떤 죄수의 통곡에서
마침내 그 뒷말을 찾아냈다

엄마-
왜 날 낳았소!

—조룡남, 「황소」 전문(1996)—

중국 조선족의 역사와 함께 오랫동안 창작 활동을 해오면서 많은 작품을 써낸 원로 시인 김철의 작품 「대장간 모루 위에서」는 선명하고 간결한 이미지로 삶에 대한 성찰을 드러낸다. 대장간에서 달련되는 쇠와 자기 자신을 유비적으로 보여주고 있는데, 이를 통해 시인은 외부에서 오는 시련이나 고통은 자기 자신을 더 성숙하게 만드는 계기가 된다고 말하고 있다. 시련을 통해 '나'는 자신의 삶에 대한 정열을 되찾기에 스스로 매를 청하기도 한다. "매 값"을 깨달은 시인의 목소리는 자기 성찰을 게을리 하지 않는 시인의 삶의 태도를 엿보게 한다.

조룡남 역시 꾸준한 창작 활동을 선보이며 「황소」, 「옥을 파간 자리」 등의 작품을 쓴 시인이다. 그의 작품은 삶의 성찰을 토대로 인간의 내면에 대한 다양한 감성을 표현하고 있다. 위에 인용한 「황소」에서도 평생 동안 노동에 자신을 바친 황소의 일생과 형장에 끌려가는 죄수에 모습에 빗대어 고통스러운 인간의 삶을 드러내고 있다. 이 세상은 황소의 눈에 비친 것처럼 "눈물에 잠긴 세상"이어서 누구나 한번쯤은 "엄마- / 왜 날 낳았소!"같은 한탄에 빠지기도 한다. 그러나 이 작품이 허무주의적 비관이나 염세적 태도를 보이는 것은 아니다. 오히려 시인은 그런 인간의 삶을 연민의 시선으로 바라보는 듯하다. 인간의 삶이란 누구에게나 고통과 시련이 따르기 마련이기 때문이다. 사회주의 리얼리즘 문학에 천착했던 문학작품이 삶에 대한 낙관과 혁명에 대한 열정을 강조했던 것에 비해 조룡남이 보여준 것은 보편적 인간 삶에 대한 성찰이자 내재한 고통에 대한 연민이라 하겠다. 이러한 시적 감수성은 모더니즘 시 못지않게 조선족 시문학의 지평을 넓히는 요소가 되었다.[97]

1990년대를 지나면서 모더니즘적 감수성과 현대성의 탐구는 지속적으로 이루어졌고, 2000년대 조선족 시문학은 세련된 시어 구사, 다의적 상징 구조, 형식의 내면화, 제재의 다양화, 현대성의 전개, 생태에 대한 관심 등을 내보이며 또 다른 변화와 성숙을 모색하고 있다. 새로운 시대의 경향을 보여주는 작가는 한춘, 리삼월, 남영전, 석화, 김학송, 김일출, 김득만, 김운룡, 김채옥, 김영건, 한영남, 리성비, 리임원, 리순옥, 박경삼, 오설추, 리문호 등을 들 수 있다.[98]

그러나 모더니즘적 감수성을 수용하는 것만이 문학의 성숙이라거나 조선족문학 전체의 방향이라고 말할 수는 없다. 여전히 조선족 시문학은 전통과 정체성에 대한 고민과 모색을 진행하고 있다. 조선족 현대문학의 대표적인 시인 가운데 한 사람인 석화의 작품은 그들의 현재 모습을 성찰적으로 담고 있는 동시에 조선족의 역사와 삶의 기록을 담고 있다.

연변이 연길에 있다는 사람도 있고
구로공단이나 수원쪽에 있다는 사람도 있다
그건 모르고 하는 사람들 말이고 아는 사람은 다 안다
연변은 원래 쪽바가지에 담겨
황소등짝에 실려왔는데
문화혁명때 주아바이[99]랑 한번 덜컥 했다
후에 서시장바닥에서 달래랑 풋배추처럼
파릇파릇 다시 살아났다가
장춘역전 앞골목에서 무짠지랑 함께

97) 장은영, 「1980-1990년대 중국 조선족 시문학의 모더니즘적 감수성과 시단의 다양화」, (앞의 책) 참조.

98) 송명희 · 정봉희, 「2000년대 중국조선족 시의 전개양상과 주제적 특성 연구」, 『한어문교육』 제24집, 한국언어문학교육학회, 2011, 332~333쪽.

99) "주아바이"는 연변조선족자치주 초대주장인 주덕해(朱德海)를 말한다. 문화대혁명 때 그에게 민족주의분자라는 죄명에 '황소 제일, 황소 통수(統帥)를 제창하였다'라는 죄목이 붙었다고 한다.

약간 소문났다
다음에는 북경이고 상해고
랭면발처럼 쫙쫙 뻗어나갔는데
전국적으로 대도시에 없는 곳이 없는게
연변이였다
요즘은 배타고 비행기타고 한국가서
식당이나 공사판에서 기별이 조금 들리지만
그야 소규모이고
동쪽으로 도꾜, 북쪽으로 하바롭스크
그리고 싸이판, 샌프랜씨스코에 빠리, 런던까지
이 지구상 어느 구석엔들 연변이 없을소냐.
그런데 근래 아폴로인지 신주(神舟)인지
뜬다는 소문에
가짜려권이든 위장결혼이든 가릴것 없이
보따리 싸안고 떠날 준비만 단단히 하고 있으니
이젠 달나라나 별나라에 가서 찾을수밖에

연변이 연길인지 연길이 연변인지 헛갈리지만
연길공항 가는 택시료금이
10원에서 15원으로 올랐다는 말만은 확실하다

—석화, 「연변 4」(2004) 전문—

위 시에서 인상적인 것은 "연변"이라는 지명이 실제 공간과 거기에 거주하는 조선족을 의미하는 이중적 함의를 가지고 있다는 점이다. 연길 시가 있는 연변조선족자치구는 1952년에 창립되었고, 1955년에 연변조선족자치주가 되었지만 사실 20세기 전후의 이주기부터 많은 조선족이 살아온 거처였다. 따라서 연변은 조선에서 이주한 조선인들에겐 스스로 개척해온 또 하나의 고향이고, 이주 세대 후대들에겐 소수민족으로서 그들만의 언어와 문화가 남아있는 문화정체성을 간직한 공간이라 할 수 있다. 그런데 개혁개방 이후 현실에 적응하는 과정에서 조선족의 이주가 증가했고 그 결과 이제 조선족은 "연변"에만 거주하는 존재가 아니라 한국에 그리고 중국의 대도시들, 또 세계의 어느 곳에나 존재하게 되었다. 구성원의 이탈 현상에 대해서 시인은 "이젠 달나라나 별나라에 가서 찾을수밖에"없는 지경에 이르렀다고 표현한다. 여기에는 시장 경제 체제로의 전환 이후 직면한 경제적 어려움을 극복하기 위해 연변을 떠나 다른 곳으로 이주하는 조선족 사회의 문제가 나타나는데, 이에 대해 화자는 걱정과 우려를 우회적으로 드러낸다. "연길공항 가는 택시료금이/ 10원에서 15원으로 올랐다"는 진술은 급작스러운 경제적 변화가 가져온 혼란스러움을 말해준다. 이 시에서 나타나듯이 조선족들의 이탈 현상은 불안정한 삶의 환경 변화가 야기한 사회적 문제라고 보인다. 석화의 시는 조선족 사회가 당면한 글로벌시대의 단면을 풍자적으로 보여주고 있는데, 그 이면에는 시장경제의 여파로 생활이 어려워진 조선족 사회 현실에 대한 안타까움 또한 짙게 깔려 있다.

1990년대 이후 조선족 시문학의 특징은 사회주의 리얼리즘이라는 문예사조의 영향 및 전통과 정체성이라는 주제로부터 자유로워졌다는 점이다. 1980년대 이후 서서히 등장하기 시작한 모더니즘적 감수성과 미적 자율성이 본격적으로 시 작품에 구현되면서 시단이 한층 풍요로워졌다는 것도 중요한 사실이지만 개혁개방 이후 도입된 시장경제 체제하에서 출판 시장이 위축되고 조선족 문인들의 창작 환경은 척박해지면서 조선족 사회의 문화정체성 역시 위축될 수밖에 없는 환경에 처하게 되었다는 것을 간과할 수 없다. 그럼에도 조선족 시인들은 날카로운 현실 인식을 잃지 않고 시장경제 체제가 가져온 경제적 변화만이 아니라 사회적, 문화적 변화에 대해서도 관심을 기울였다.

3) 주요 작가 · 작품 : 소설

(1) 암흑기에 대한 반성과 사회 개혁에의 전망(1980-1992년)

중국 문학의 암흑기라 불리는 문화대혁명 시기에는 조선족 작가들 또한 박해를 받고 붓을 꺾거나 작품이 금서가 되는 등 활발한 문학 활동이 이루어지지 못했다. 1976년 문화대혁명이 종결되자 역사를 되돌아보는 상처문학, 반성문학이 등장하고 개혁소설이 발흥한다.

박천수의 「원혼이 된 나」(1979년)는 '문화대혁명'의 비극을 가장 처음 다룬 작품의 하나로 평가받고 있으며[100] 정세봉의 「하고 싶던 말」은 '최초의 반성소설'로[101] 일컬어지고 있다. 반성소설은 중국문학사에서 '문화대혁명'을 배경으로 그것이 불러온 상처에 대한 고발과 치유(상처소설), 과거 역사에 대한 반성과 성찰을(반성소설) 내용으로 하는 소설을 아우른다.[102]

최병우는 문화대혁명을 다루는 소설의 유형을 비정상적 상황 속의 고난을 묘파한 소설, 상황에 부화뇌동한 행위를 반성하는 소설, 문혁 기간의 정책적 오류를 비판하는 소설, 연변 문혁의 특수성을 인식하고 고발하는

---

100) 조성일 · 권철 외, 앞의 책, 437쪽.

101) 최병우, 앞의 글, 513쪽.

102) 반성소설에 대해 "오상순은 '문화대혁명이 빚어낸 사회 비극, 정치 비극, 인생 비극과 육체 · 정신적 상처를 고발한 문학'으로 보고 있으며(오상순, 『개혁개방과 중국 소설문학』, 월인출판사, 2001, 117쪽) 정덕준은 '상처문학의 심화라 할 수 있는 문학사조로 문화대혁명기의 재난을 폭로하고 비극적 역사가 남긴 상처를 고발하여 문화대혁명의 본질에 본격적인 문제를 제기하는 문학'으로 본다(정덕준, 『개혁개방 시기 재중 조선족 소설 연구』, 『한국언어문학』 51, 한국언어문학회, 2003, 661쪽). 이광일은 '문화대혁명이라는 역사의 소용돌이 속에서 인간의 고통과 비극을 보여주고 그 원인을 찾아 반성한 소설'이라고 하였으며(이광일, 『해방 후 조선족 소설문학 연구』, 경인문화사, 2003, 159~161쪽) 『중국조선족문학통사』에서는 '문화대혁명이란 사회적 비극이 생기게 된 원인을 사색하면서 역사에 대하여 반성하는 소설작품'이라고 밝히고 있다(조성일 · 권철, 위의 책, 439쪽)." – 최은수, 「중국 조선족 '반성소설' 연구」, 『현대소설연구』 34, 2007, 257쪽(각주 6).

소설, 문혁을 그리움의 대상이나 소재로 다루는 소설로 분류하였다.[103)]

문혁 시기 반혁명으로 고초를 겪었던 주인공이 원혼이 되어 나타나는 내용이 담긴 박천수의 「원혼이 된 나」는 최초로 문혁 시기를 다루긴 했지만 구체적인 상황을 제시하지 못한 채 관념적인 서술에 그치고 만다. 이후의 작품들은 좀 더 구체적으로 고난의 내용을 제시하면서 역사에 대한 반성으로 나아가게 된다. 특무로 몰려 다리를 잃어야했던 고초를 그린 장지민의 「노랑나비」, 소학교 교원이었던 가장이 반혁명으로 몰려 자살한 후 남은 가족들이 겪는 아픔을 그린 윤림호의 「돌배나무」 등의 작품들이 비정상적 상황 속의 고난을 묘파한 소설 유형에 속한다. 이밖에도 류연산의 「아 쪽박새」, 리성백의 「곰사냥」, 리웅의 「수난자들」, 리상각의 「망각을 위한 O선생의 회상」 등의 작품이 있다.

최초의 반성소설로 평가받는 정세봉의 「하고 싶던 말」에는 부업을 하는 아내를 자본주의적이라고 몰아 이혼까지 하는 남편이 등장한다. 이처럼 문혁 시기의 편협한 사회 분위기에 부화뇌동하여 주위 사람들에게 상처를 주는 내용의 서사가 반성소설의 한 유형을 이룬다. 윤림호의 「념원」에서는 혁명당원으로 인정받으려 하는 아내가 남편을 타도하여 끝내 자살에 이르게 한다. 정기수의 「시대의 그림자」, 리웅의 「참회」, 우광훈의 「복수자의 눈물」, 리여천의 「울고 울어도」와 같은 작품들이 여기에 속한다.

김관웅의 「청명날」은 '억철'이라는 주인공이 특무라는 누명을 쓰게 된 배경을 비교적 자세히 서술함으로써 조선족이 겪어야 했던 이중적 고난을 잘 보여준다. '억철'의 누명은 주덕해 옹호파가 북한과 내통하여 반란을 꾀하려 했다는 죄목과 관련된 것이다. 이에 대해 억철이의 딸을 키워준 한족 내외는 "우리 나라 오성붉은기의 진붉은 바탕에는 수많은 조선족

---

103) 최병우, 앞의 글, 이하 정세봉의 「하고 싶던 말」, 윤림호의 「념원」, 김관웅의 「청명날」에 대한 소개 및 분석은 이 논문을 참고한 것임.

렬사들의 선혈도 물들어 있다고 생각해요. 하여 전 당초부터 연변의 조선족들이 나라를 배반하는 <폭란>을 일으키려 했다는 것을 도무지 믿지 않았어요."라고 말한다.[104] 문화대혁명 이전에는 중국 건국에 기여한 일원으로 받아들여졌지만 시대의 변화에 따라 중국을 배반한 민족으로 비쳐졌던, 조선족에 대한 중국민의 뒤바뀐 인식을 잘 보여주고 있다. 문화대혁명 시기 중국민 일반이 겪었던 고통과는 또 다른 이와 같은 연변 문혁의 특수성을 보여주는 작품으로 리혜선의 『빨간 그림자』가 있다. 또 현용순의 「다시 핀 라이라크」 같은 작품은 문혁 시기 소수민족 문화를 말살하려 했던 점을 비판하고 있다.

문혁 시기의 정책적 오류를 비판하는 작품에는 '대약진운동'기의 무모한 생산력 증대 사업을 비판하는 내용의 작품들이 포함된다. 여기서 당의 무모하고 비합리적인 정책을 비판하는 근거로 제시되는 것이 바로 '농사'에 대한 당위성이며 당 정책으로 인한 갈등을 화해로 이끄는 논리 또한 농민으로서의 윤리의식이라는 점은 조선족 소설의 한 특수성이라 할 수 있다.[105] 대약진운동 시기나 문혁 시기 당시에는 농사에 피해를 주는 정책일지라도 당에 대한 무조건적인 충성 혹은 그에 대한 강요로 인해 받아들일 수밖에 없었지만 이후 반성문학 계열의 작품에서는 농사를 잘 지어

---

104) 최병우, 앞의 글, 523쪽에서 재인용.

105) 반성문학 계열의 작품은 대약진시기나 문화대혁명 시기를 배경으로 하고 있으며 농촌의 현실과 유리되어 전개된 당정책의 불합리성을 비판하는 내용이 주를 이룬다. 박선석의 「재해」(1988년)에도 철강생산량을 늘리기 위해 농기구까지 용광로에 녹이는 장면이 등장한다. 리원길의 「백성의 마음」 또한 그러한 시기를 배경으로 한 작품이며 여기서 당정책의 비현실성을 비판하고 있는 근거가 바로 '농사'이다. 개인의 희생을 감수하고라도 농사를 잘 짓겠다는 의식을 농민으로서의 윤리의식이라 부를 수 있다면, 당의 정책은 개인의 희생을 통해서도 해결되지 않는 근본적인 불합리함을 지니고 있었기 때문에 '농사'가 그에 대한 비판의 근거가 될 수 있다.

야한다는 절대적 과제를 내세워 당시 당정책의 비현실성을 비판할 수 있게 된다. 또한 그러한 당정책의 비현실성으로 인한 공동체 내부의 갈등이 있었지만 그 갈등을 화해로 이끄는 논리 역시 '농사를 잘 짓기 위한 공동체의 단결'이라는 의식에 기반하고 있었다.[106)]

리원길의 「백성의 마음」(1981년)[107)]은 벼종자를 고르는 과정에서 생긴 마을 사람들 간의 갈등을 그리고 있는데 거기에는 당의 정책을 곧이곧대로 따르는 '종수'와 현실과 동떨어진 당의 정책 때문에 피해를 보았던 마을 사람들 간의 오래된 갈등이 배경으로 놓여있다. "종수는 이때까지 그래도 당의 말대로 한다고 한 것이다. (…중략…) 당의 말대로 하는데 일은 자꾸만 비틀어진다." 그리하여 "뜻하지 않은 재황과 량식난이 사람들을 허덕이게 하였"고 그동안 쌓여온 불만이 마을의 대장인 '종수'에게 향하게 된 것이다. 이에 마을의 어른인 석구영감은 마을의 곡식을 조금씩 거두어 종수의 마당에 두게 되고 그 쌀로 인해 오해를 풀고 이듬해 농사를 잘 짓게 되며 잘 간수한 종자 또한 새로 개간할 농지에 요긴하게 쓰인다는 화해의 결말을 맞는다. 당정책에 대한 불만을 종수를 통해 표출했기 때문에 근본적인 비판에 이르지 못했으며 또 그로 인해 갈등의 원인이 실질적으로는 전혀 해결되지 않은 채 마을 공동체의 화해라는 결말에 도달

106) 이하 리원길 소설에 관한 서술 및 중국조선족 소설의 '농민 정체성'과 관련된 내용은 졸고, 「개혁개방기 중국조선족 소설에 나타난 '농민' 정체성」(『현대소설연구』 50, 2013.8)과 중복되는 부분이 있음을 밝혀둔다.

107) 기황이 든 해에 종자 선종을 하는 과정에서 내년 농사를 위해 나라의 종곡을 지키려는 대장 종수와 당장의 기황을 모면하려 멀쩡한 낟알까지 죽정이에 넣어 배고픔을 면해보려는 마을 사람들의 갈등을 그리고 있다. 임신을 한 종수의 아내가 마을 공동으로 떡을 만드는 자리에서 한 움큼씩 빼돌리자 종수에 대한 불만이 폭발하게 된다. 종수가 내년 농사에 쓰일 종곡으로 모아놓은 쌀자루까지 마을 사람들 손에 넘어가지만 석구령감의 중재에 의해 결국 마을 사람들은 종곡 자루도 되돌려주고 종수 아내를 위해 조금씩 거둔 쌀자루까지 건네준다.

하고 말았지만 이 작품을 통해 중국조선족에게 농업이 가지는 의미를 헤아려볼 수 있다.

> "그러니 올해는 이를 악물구라도 농사를 잘 지어야 해. 적지 않은 사람이 자네를 미워하는줄 나도 아네. 작년 겨울 량곡을 실어내갈 때는 나두 자네 귀쌈을 한 대 갈기구 싶었네. 이건 다 지나간 일이지. 그저 올해 농사만 잘 짓기나 하게. 그러면 모든 앙심이 다 풀릴걸세."
>
> 쌀! 그것은 쌀이 아니라 그대로 고마운 석구로인의 마음이였다. 이때까지 자기의 사정을 알아주는 사람은 이 마을에 없다는 괴로움에 모대기던 종수에게 가져다준 믿음이며 따사로운 바람이였다. 종수는 그것이 고마웠다. 그리고 이런 로인의 심정을 헤아리지 못한 자기가 원통하였다. 고마움과 원통함에 종수는 한동안 시원히 울었다.

인용문에서 알 수 있듯이 당 정책에 대한 비판이나 옹호, 혹은 마을 사람들 간의 갈등과 화해에 있어서 명분이 되는 것이 '농사'이다. 갈등의 한 축인 '종수'의 입장에서는 농사를 잘 짓기 위해 당 정책의 비현실성 또한 감내할 수 있으며 농사만 잘 지어지면 모든 갈등 또한 무마될 수 있다는 '농사' 중심의 의식을 보이고 있으며, 또 다른 한 축인 마을 사람들의 입장에서 보면 '농사'를 통해 당정책의 비현실성을 비판할 수 있는 근거를 마련하고 있고 그럼에도 불구하고 농사를 잘 짓기 위해 마을 공동체가 단결해야한다는 농민적 윤리의식을 내면화하고 있는 점을 살펴볼 수 있다. 이는 일제 말기 안수길의 「북향보(北鄕譜)」[108]와 같은 작품에서 이미 제시

108) 1944년 12월부터 『만선일보』에 연재되다가 1945년 4월 7일 중단된 미완의 연재소설이다. "조선 농민은 만주에 덕의 씨를 심은 사람들"(허경진 외편, 『안수길』, 보고사, 2006, 525쪽)이라 하여 왕도적 윤리의식을 바탕으로 만주에 '북향도'를 실현하고자 하는 과정을 서사화하고 있다. 즉 다소 추상적이긴 하나 '농민으로서의 윤리의식'을 바탕으로 만주에 조선인 중심의 유사－국가를 건설하려했던 시도를 엿볼 수 있다.

된 바 있다. 또한 이태준의 「농군」과 같은 작품에서 토착민과 갈등을 빚었던 원인이 '수전개간'이었으며 갈등을 이겨내고 정착에 대한 이민족의 승인을 얻어낼 수 있었던 이유도 벼농사 기술의 우수성이었던 역사적 배경을 이어받고 있는 것이다. 중국조선족에게 '농사'는 이민족(異民族)의 땅에서 소수민족으로서 생존해 나갈 수 있는 토대였으나 문화대혁명 시기 비현실적인 당정책으로 인해 '농사'가 위협받게 된 역사를 그림으로써 반성문학으로서의 비판의식을 표출할 수 있었다.

이처럼 개혁개방기 초기의 중국조선족 소설은 이주 초기 농민으로서의 윤리의식을 이어받으면서 '농민'정체성을 두드러지게 표출하고 있으며 그것이 당 정책에 대한 비판이나 옹호, 혹은 마을 사람들 간의 갈등과 화해에 있어서 중요한 명분으로 제시되는 양상을 보인다. 이어 1990년대에는 본격적인 산업화·도시화가 시작되면서 농촌의 해체와 농민의 몰락이 작품에서 빈번하게 재현되기에 이른다.

이 시기에는 문혁 기간 작품 활동에 제한을 받았던 작가들이 다시 작품을 발표하면서 문학사적으로 의미 있는 작품들을 남기게 되었다. 김학철의 『격정시대』와 김용식의 『규중비사』가 대표적이다.

중국조선족의 대표적인 작가 김학철의 자전적 장편소설인 『격정시대』는 주인공 '서선장'이 1920년대에서 1940년대 초반까지, 한반도에서 중국으로 이동하면서 겪었던 고난과 투쟁사를 담은 대작이다. 사실주의 창작 방법론에 입각하여 민중의 생활상을 세밀하게 서술하면서 민족적 계급적 모순을 깨달아 투쟁에 나서게 되는 과정을 설득력 있게 제시하였다. 『격정시대』의 특징은 주인공뿐만 아니라 주변 인물들의 이야기가 풍성하게 제시된다는 점이다. 여러 인물들의 이야기를 동일한 비중으로 다루는 에피소드식 구성은 작가 김학철의 '사람에 대한 관심과 애정'에서 비롯된 것으로 보인다.[109] 발단과 전개, 결말이라는 선적인 서사 대신 병렬적으로 이어지는 무수한 에피소드들은 다양한 인물 군상이 빚어내는 소소한 이야기들로 채워져 있기 때문이다. 이들은 철저한 이념으로 무장한 강인하고 희생적인 영웅이 아니다. 따스하고 인간미 넘치지만 엉뚱하고 괴팍하기도 하며 실수투성이이기도 한 보통의 인물들이다.

> 나는 입만 열면 설교가 쏟아져 나오고 예언과 장담이 쏟아져 나오는 그런 정치가는 질색이다. 내가 좋아하는 것은 김학무같은 사람이다. 나는 그를 존경하고 사랑한다. 기꺼이 그에게 복종하고 기꺼이 그의 지도를 받는다.[110]

> 매개 사람들이 다 자기의 개성, 특질, 특징을 갖고 있습니다. 개념적 인간이란 존재하지 않습니다. 선인형, 악인형, 당일군형, 선진분자형, 락후분자형, 인테리형, 기술자형, 로동자형… 이러한 판에 박은 『형』으로 산 인물을 대체한다면 그것은 문학작품이 아니라 간부과 인사과의 앙케드입니다. 작가협회 계통이 아니라 조직부, 인사국 계통입니다.[111]

이와 같은 김학철의 인간관은 그가 구상하는 공동체가 어떠한 모습인지를 짐작케 한다. 중국공산당에 가입하고 항일전선에서 끝까지 싸웠으며 해방 이후에도 그 어떠한 세력과도 타협하지 않은 그이지만 그가 추구하는 인간형은 단일한 이념으로 무장한 개념적 인간형이 아니라 현실에 살아있는 생동하는 인간형이었다. 그렇기 때문에 그들이 형성하는 공동체

---

109) 이해영은 이러한 특징이 중국혁명문학의 거봉인 여류작가 정령의 영향이 있었을 것이라고 추측한다. 정령 문하에서 작가수업을 받았던 김학철은 정령이 "인물을 써야 해. 인물을. 이야기를 엮지 말구 (…중략…) 인물들의 성격을 부각하잖은 소설은……실패작밖에 더 될게 없어"라고 강조한 정령의 말을 기록하고 있다(김학철, 『김학철 작품집』, 연변인민출판사, 1987, 358쪽). – 이해영, 앞의 책, 124~125쪽 참고.

110) 김학철, 「항전별곡」, 이정식 · 한홍구 엮음, 『조선독립동맹 자료 Ⅰ』, 거름출판사, 1986, 155쪽.

111) 김학철, 「문학도끼리」, 『김학철론』, 흑룡강조선민족출판사, 1990, 276쪽 ; 이해영, 위의 책, 125쪽에서 재인용.

또한 하나의 유기체처럼 끊임없이 변화하며 생동하는 모습인 것이다. 자신이 지향하는 이념에 대한 해설보다는 옆에서 살아 숨쉬는 인물을 그리는 것이 곧 이념의 실천이며 작가적 태도라 생각했던 것이다. 실현된 이념체에 대한 동경과 이념적 구상에 골몰하기보다는 실천하는 과정 자체에 더 주목하는 서술태도를 볼 수 있다.[112)]

『규중비사』는 구전설화를 바탕으로 여러 편의 장편 역사소설을 발표한 김용식의 대표작이다. 봉건 사대부 가문의 규방에서 일어난 살인 사건의 범인을 찾아가는 구성을 가진 이 작품은 신분상의 차이로 사랑을 이루지 못한 두 남녀의 비극을 다루고 있다. 인물 설정에 있어서 다양한 계층을 설정하고 그들 간의 갈등과 대립을 통해 조선시대 생활을 실감나게 묘사하고 있으며 또한 언어적 부분에 있어서도 토속적인 느낌을 주는 묘사나 어법이 자주 등장하면서 민족적인 색채가 강하게 표현되어 있다.[113)] 이 작품은 "언어감각과 묘사, 추리적 구성, 비판적 서술로 대중성과 문학성을 모두 확보한 탁월성을 보여주었다"고 평가받고 있다.[114)]

이 시기에 빼놓을 수 없는 장편 역사소설로 『고난의 연대』가 있다. 『범바위』의 작가 이근전이 문혁 시기의 박해를 이기고 새 시기에 진입하여 1982년과 1984년에 걸쳐 발표한 이 작품은 조선의 고향을 떠나 두만강변 천수동에 정착하면서 온갖 간난신고를 겪어온 조선족의 역사를 형상화하고 있다. 『중국조선족문학통사』는 『고난의 연대』를 아래와 같이 평가한다.

---

112) 차성연, 「1940년대의 수행적 국가 구상의 양상 연구 - 「노마만리」와 「항전별곡」에 나타난 공간과 '공동체' 표상을 중심으로」, 『인문학연구』 25, 2014.6, 266~267쪽.

113) 한명환, 「중국 조선족 역사 소설의 탈식민주의 특성 연구」, 『한중인문학연구』 Vol.18, 2006, 106~107쪽.

114) 위의 글, 103쪽.

> 장편소설 『고난의 연대』는 이렇게 천수동을 전형적 환경으로 삼고 박천수, 오영길, 최영세 세 가정 두 세대의 복잡한 모순과 충돌을 재현하였으며 조선족 인민들이 조선에서 중국 동북에 이주하여 뿌리를 내리게 된 연유와 과정 및 조선족 인민들의 비참한 생활 상황을 반영하였으며 점차 자기의 처지를 인식하고 자기의 힘을 키우면서 중국 공산당의 정확한 영도 밑에서 형제민족 인민들과 단결하여 반일 투쟁에로 궐기된 피어린 역사를 사실주의적으로 재현하였다.[115]

이와 같이 『고난의 연대』가 문학사적으로 중요한 작품으로 평가받고 있음은 물론이지만 작품에 나타난 민족적 성격에 대해서는 상반된 평가가 제출되어 있다. 민족적 성향을 강하게 드러내면서도 당 중심의 주류지향성을 함께 지니고 있기 때문이다. 특히 한글에 능숙하지 못해 중국어로 창작하고 이를 한글로 번역하는 등의 언어적 한계는 이근전 문학이 지닌 민족적 성격에 의문을 제기할 수 있는 부분이다. 그러나 대표작 『범바위』는 조선어 창작이 제한받던 시대적 상황의 어려움을 무릅쓰고 조선어로 발표했었다는 점 등을 들어 그의 민족지향성을 왜곡하거나 과소평가할 필요는 없다는 입장도 있다.[116] 특히 민족성을 말살하려는 문혁 시기의 정책으로 인해 이근전 또한 고초를 겪었다는 점을 생각하면 민족문학으로서의 이근전 문학의 의미는 계속해서 기록될 필요가 있다.

중국 조선족문학의 민족적 성격을 논할 때 반드시 거론되는 작품이 림원춘의 「몽당치마」이다. 김학철, 김창걸 등을 조선족 1세대 작가라 한다면, 림원춘은 그 계보를 잇는 2세대 작가라 할 수 있는데, 그의 대표작 「몽당치마」는 1983년 '전국우수단편소설상'을 수상하면서 중국 교과서에도 실린 작품이다. 이 작품에는 조선족의 민족적 생활상, 특히 혼례나 회갑 잔

---

115) 조성일 · 권철 외, 앞의 책, 547쪽.

116) 이해영, 「60년대 초반 중국 조선족 장편소설에 나타난 민족의식의 내면화」, 『국어국문학』, No.157, 2011.

치 같은 관혼상제 및 인정세태가 세밀하게 묘사되어 있다. 어려운 형편으로 퇴색한 몽당치마를 입고 빈손으로 다니며 친척들의 멸시를 받는 '동불사댁'은 품성만은 착하여 예의 바르고 부지런하며 인정미가 넘친다. '나'의 남편이 '우경 기회주의 분자'로 몰려 어려움을 겪을 때에도 위로하며 도움을 아끼지 않는다. 이러한 인물과 대비되는 '조양천댁'을 등장시킴으로써 생동감을 더하며, 섬세한 묘사를 통해 민족적인 색채를 잘 표현한 작품이다.

이와 같은 작품들은 문화대혁명기의 억압적인 분위기에서 벗어나 다양성을 띠고 있으며, 문학사적으로도 의미 있는 대작들이 이 시기에 상당수 발표되었다.

(2) 다양한 생활상, 역이주로 인한 난맥상[117)]

1990년대에는 본격적인 산업화·도시화가 시작되면서 작품을 통해 농촌의 해체와 농민의 몰락이 빈번하게 재현되기에 이른다. 또 1992년 한중수교를 계기로 한국과의 왕래가 잦아지고 중국 전반에 걸쳐 개혁개방의 물결이 일면서 중국 조선족 사회는 큰 변화를 겪게 되고 이러한 양상은 조선족 작품에 지대한 영향을 미치게 된다.

리원길의 「리향」(1995년)은 한 마을에 사는 선우돌석과 방철 에미의 신산한 삶을 통해 몰락해가는 농민의 삶을 대변하고 있다. 옆집 과부인 방철 에미를 마음에 두고 있는 홀애비 선우돌석은 땅을 더 많이 일구어 방

---

117) 이 부분은 필자의 선행연구를 재구성하여 서술하였다. 농민소설과 관련해서는 「개혁개방기 중국조선족 소설에 나타난 '농민' 정체성」(『현대소설연구』 50, 2013.8), 『연변문학』 게재 작품 및 허련순 작품에 대해서는 「중국조선족 문학에 재현된 '한국'과 '디아스포라' 정체성 —허련순의 작품을 중심으로」(『한중인문학연구』 31, 2010.12), 최근의 동향 및 앞으로의 방향성과 관련해서는 「중국조선족문학 연구의 의의 및 문학사 기술의 방향성 모색」(『국제한인문학연구』, 2014.8)의 서술이 반영되었다.

철 에미를 데려올 생각을 하지만 자식들의 생각은 다르다. 그들에게 농업은 이미 한물 간 "봉건"적 산업이며 어떻게든 도시로 나가 돈을 벌 생각밖에 없는 것이다. 선우돌석의 아들은 '할빈'에 가서 과부와 결혼하고, 방철은 이런 저런 사업을 벌이다 빚만 지게 되며 결국 방철 에미는 병이 들어 허망한 생 을 마감하게 된다.

> "이따위 농사 한뉘 짓겠어요? 우리도 다 집어치우고 형님 있는데 가자요. 신문에 못 봤어요? 농민출로는 '제3산업'이란데… 아버진 그저 봉건이야. 아버진 그저…"
> "이 가시나야, 너도 나도 다 농사질 안하면 농사는 누가 지어?"

> 사토덕대는 이전의 사토덕대가 아니다. 이전 같으면 벌써 두엄더미들이 울멍줄멍하겠지만 요 몇 년에 점차 줄어들다가 없어지고 지금은 엄적선이네와 선우로인네를 내놓고는 논밭도 없다. (…중략…) 85년 큰물에 큰 강의 물길이 돌아서는 통에 봄에 건너오는 물이 메기 느침 같아서 그렇게 된 것만이 아니다. 농사군들 마음이 갈라헤지였기 때문이다. 대경, 대련에 온 집안을 떠이고 짠지장사를 간다. 창원시가지에 개장집을 한다, 북안이나 자가다치에 막벌이를 간다, 지어는 왜정 때처럼 북지(화북) 어디에 약장사를 간다… 가서는 돈을 버는 사람도 있고 빚을 지는 사람도 있다. 그러나 사람들은 간다. 도거리땅도 못다 부치는 판에 그까짓 사토땅이야… 그래서 사토덕대는 묵밭이 되어간다. 해토 무렵 지금엔 쑥대 여뀌대 그리고 해묵은 띠풀들만 거밋거밋 서 있다.
> 하기야 지금 농사만 져서야 뭐하노? 숫배기로 농사만 지어 돈 버는 놈이 누구고? 천도가 이렇다면 나도 이 지랄농사 끝마무리 하루라도 일찍 했어야 하는건데…[118]

118) 이처럼 농민의식이 후퇴하고 돈을 벌기 위해 도시로 빠져나가는 세태를 비판하는 진술은 앞서 언급한 안수길의 「북향보」에서도 나타난다. "만주에 덕의 씨를" 심었던 초기의 농민 이주에 비해 후기의 도시 중심의 이주는 윤리적으로 타락했다고 보는 '양복선인'에 대한 비판이 길게 서술된다(허경진 외편, 『안수길』, 보고사, 2006, 525～526쪽). 「북향보」를 비롯한 만주의 농촌/농민문학은 농촌을 묵묵

「백성의 마음」에 비해 통속적 요소가 강한 작품이긴 하지만 이 소설의 핵심은 이처럼 갈수록 황폐해져 가는 농토와 농촌, 농민의 삶을 보여주는 데 있다. "그래도 농민은 제 땅이 있어야 한다. 땅만 있으면 밥이 나오고 밥이 있으면 살기는 산다. 아니 밥이 있어야 산다"며 자식들이 모두 떠나간 뒤에도 남아서 농사를 짓던 선우돌석은 방철 에미마저 잃고 결국 "고향"을 떠난다. "이 땅에 들어와서 수십 년 고생도 하고 웃기도 하고 아들딸을 기르기도 하고 죽이기도 하고 사랑하던 안해를 묻기도 하고 정분난 녀인과 남몰래 살기도 한 이 고향 아닌 "고향"을 로인은 등지고 떠나기로 하였다." 이주로 시작된 조선족의 삶은 농민으로서 정주하지 못하고 또다시 이주의 길을 떠나게 되는 것이다. 농사 지을 땅을 찾아 만주로 이주해 왔고 농업을 기반으로 정주에 성공하였으나 산업화·도시화에 의해 농촌이 해체되면서 또다시 도시로, 혹은 한국으로 이주의 역사를 반복할 수밖에 없는 중국조선족의 운명을 보여주고 있다.

이렇게 중국 조선족문학의 전개과정을 살펴보면, 민족정체성과 더불어 농민으로서의 정체성이 늘 강조되어 왔으며 이는 조선족 이주의 배경이자 정착의 토대였기 때문에 중국 사회주의 당정책에 대해 비판하거나 옹호하는 근거가 되기도 했다. 그러나 1990년대 이후 농촌의 해체가 가속화되면서 조선족 공동체가 와해되고 생존이 위협받는 비정한 현실이 소설작품에 등장하게 된다.

한편 한민족 공동체로서의 민족의식은 오히려 동족과의 만남을 통해 흔들리게 된다. 1992년 한·중수교 이후 중국 조선족문학은 같은 민족에게 배신당한 경험을 통해 민족적 정체성에 대해 의문을 제기하게 된다. '그리운 고국'인 한국을 방문하게 되었지만 한국인들은 같은 민족으로서

히 지키고 있는 구세대의 금욕적·윤리적 인물을 통해 모든 세대가 스스로 감화되고 '갱생'되는 서사를 보인다.

의 '환대' 대신 적대적인 태도만을 보여주었을 뿐이다. 이로써 중국 조선족문학작품에서도 한국은 자본주의적 가치관에 물들어 타락한 땅이면서 조선족 사회 또한 타락시키는 갈등의 진원지로 재현되게 되었다. 실제로 한국과의 왕래가 활발해지면서 여성들의 한국 이주로 인한 이혼, 이산가족의 양산, 가치관의 혼란 등으로 인해 조선족 사회의 혼란이 가중되고 있으며 최근에는 조선족 자치구의 존립조차 위태로운 지경에 이르렀다.[119]

이는 물론 전적으로 한국과의 왕래로 인한 결과는 아니다. 중국 사회의 개혁 개방 정책에 따라 이촌향도 현상이 심화되었으며 기존의 가치관이 붕괴되어 가는 현상의 한 일면이기도 하다. 그러나 중국조선족 소설 작품에서 이러한 현상은 중국 사회의 전체적이고 구조적인 변화에 대한 인식 속에서 그려지는 것이 아니라 한국과의 밀접한 관련하에서 파악되고 있으며 이에 따라 한국이 모든 현실적 갈등의 진원지로 지목되고 있다. 급격한 현실 변화에 대한 객관적인 거리감을 상실한 채 감정적인 대응을 하고 있는 것인데, 여기에는 변화의 중요한 배경이 된 한국이 같은 민족으로서 한민족 정체성의 한 부분이었던 점도 큰 원인으로 작용하고 있는 것으로 볼 수 있다. 민족 의식을 통해 공동체로서의 강한 결속감을 지니고 있었던 중국조선족의 입장에서 '한국'은 자기동일성의 일부이면서도 낯선(unheimlich) 타자[120]였던 것이다. 친밀하고도 낯선 타자의 등장 앞에서 중국

119) 지난 9일 한겨레신문사를 찾은 조선족 여성 소설가 허련순(52)씨는 이런저런 얘기 끝에 길림성 연변 조선족 자치주가 조선족 인구 감소로 자치주로서의 지위를 위협받고 있다고 말했다. "조선족이 전체 인구의 30% 이상이 돼야 하는데, 조선족은 한국 등지로 많이 빠져나가고 그 자리를 한족이 메우고 있다. 연용도는 연변, 용정, 도문의 머리글자를 따서 합친 것이다. 길림성 정부의 5개년 계획 가운데 하나로 들어 있다."(한승동, 「이사람 : "우리말 소설 근원은 소수민족 슬픔"」, 『한겨레』, 2007.3.13.)

120) 정신분석학에서 사용하는 'unheimlich' 개념은 대개 '기괴한, 섬뜩한'이라 번역되

조선족문학의 서사적 주체는 '한국'에 대해 정리되지 못한 감정의 잉여들을 쏟아내며 좌절하고 분노한다.[121)]

중국작가협회 연변분회 기관지 『연변문학』에 게재된 2000년대 초·중반의 작품들을 살펴보면 대체로 연변을 비롯한 조선족 사회의 해체 현상을 다루고 있다.[122)] 김영자의 「합수목의 물소리」[123)]나 손룡호의 「세상은 내 것이면서 아니였다」[124)]와 같은 작품들에서는 아내나 부모님의 한국 출

어 집처럼 편안하고 따스한 의미였던 heimlich가 unheimlich로 전환되어 버리는 기묘한 현상을 지칭하는 것이다(여성문화이론연구소 정신분석세미나 팀, 『페미니즘과 정신분석』, 여이연, 2003, 141쪽 참고). 중국 조선족문학에서 '한국'에 대한 표상이 '고향'(집처럼 편안한 곳)과 등가의 의미였다가 전혀 이질적인 대상으로 전환되고 있고 그러면서 다소 '기묘한' 형상으로 재현되고 있음에 주목하여 여기에 unheimlich 개념을 빌려와 쓰기로 한다.

121) 정신분석학에서는 사랑하는 대상을 잃었을 때 주체는 그 대상에 부과되었던 리비도를 철회하면서 애도의 시간을 갖게 된다고 설명한다. 마찬가지로 '향수'의 대상이었던 같은 민족 '한국'이 이질적인 대상으로 전환되었을 때도 거기에 투사되었던 리비도를 철회할 시간이 필요할 것이다. 1990년대 후반에서 2000년대 초반의 중국조선족 소설들이 재현한 '한국'에 대한 비난과 원망의 감정들은 미처 회수되지 못한 리비도가 남긴 잉여의 감정이라 볼 수 있다.

122) 2000년대 『연변문학』 게재 소설작품 중 한국으로의 출국으로 인한 사회현상을 다루거나 한국 체류자가 등장하는 작품의 목록은 다음과 같다. 물론 이외에도 다수의 작품이 있지만 논의될 만한 몇 가지 작품을 선별한 것이다.
강호원, 「인천부두」(2000년 10월) ; 박성군, 「싹수가 노랗다」(2002년 9월) ; 정형섭, 「황혼고개길」(2003년 7월) ; 허련순, 「하수구에 돌을 던져라」(2004년 5월) ; 김성옥, 「인연」(2005년 1월) ; 리주천, 「렬과(裂果)」(2005년 5월)/박성군, 『서울녀자』(2005년 7월) ; 리주천, 「학비」(2005년 12월) ; 방룡주, 「우리의 아픔은 언제 끝날가!」(2006년 3월) ; 김금희, 「선지해장국」(2007년 3월) ; 허련순, 「가시나무새」(2007년 7월) ; 리창현, 「용팔촌의 봉구」(2007년 7월) ; 오옥련, 「안경맨」(2008년 2월) ; 박옥남, 「내 이름은 개똥네」(2008년 3월) ; 량춘식, 「우물을 파다-상처입은 두 인간이 만든 설화」(2008년 12월)

123) 김영자, 「합수목의 물소리」, 『연변문학』, 2005년 11월.
젊은 시절엔 푸른 공작증을 차고 행세하던 김동수는 아내를 한국에 보내고 마작을 하다 직장에서 쫓겨난 후 생기없는 생활을 하던 중 합수목 물에 빠져 죽고 만다. 동창생 연희에게 마음을 주기도 했으나 아이들을 잘 돌보며 생활하던 그는 아내가 아이들을 한국으로 보내고 이혼증을 만들어보내라는 소식을 보내온 후 더욱 넋이 빠진 생활을 하다 결국 죽고만 것이다.

국으로 인해 가정이 위기를 맞고 나아가 공동체적인 조선족 사회가 위협받고 있는 상황이 재현되어 있다. 그러면서 한국은 조선족 사회 내부에서 발생하는 갈등의 진원지로 형상화된다. 친밀하고도 낯선 타자로 나타난 한국은 이혼이나 가족의 해체 현상과 같은 현실적인 갈등의 원인으로 등장하면서 원망과 적대의 대상이 된다.

그런데 단편적인 현상만이 그려진 『연변문학』 게재 단편소설들에 비해 『바람꽃』에 재현된 '한국'은 그렇게 단순하지만은 않다. 같은 시기 중국 조선족문학 작품들이 한국에 대해 원망과 적대감과 같은 의식적인 차원의 대응을 보이는데 반해, 허련순의 작품은 한국에 대해 모순적이고 복합적인 감정을 드러내며 무의식적인 차원의 대응을 나타내고 있어 좀더 면밀한 분석이 필요하다. 『바람꽃』의 주인공 홍지하의 내면을 자세히 들여다보면 모국에 대한 기대감과 실망감, 부러움과 냉소가 양가적으로 공존하고 있음을 알 수 있다. 그는 "같은 혈통과 동일한 언어 그리고 자기의 역사와 문화를 자랑하며 자기의 땅에서 살아간다는 것은 얼마나 자랑스럽고 긍지가 넘치는 일일까"라며 한국인을 부러워하는 동시에 괴리감을 느끼며, 자본의 축적에 의해 발전한 한국의 모습을 "빛 좋은 개살구"에 불과하다고 냉소한다. 이는 모국인 동시에 중국과 다른 자본주의 사회에 속해 있는 한국에 대한 복합적인 인식을 보여주는 것이라 할 수 있다. 특히

124) 손룡호, 「세상은 내 것이면서 아니였다」, 『연변문학』, 2006년 5・6월.
엄마는 한국으로 돈 벌러 가고 아빠와 생활하고 있는 휘동은 동무들의 부모 중 하나가 한국으로 나갔다가 이혼하게 되는 사례가 늘어나자 불안해진다. 그러던 중 가깝게 지내던 기철이가 부모의 이혼 후 방황하다가 죽게 되는 일이 일어나자 공부도 손놓고 고중 시험에도 떨어져 컴퓨터학교에 진학한다. 거기서 어린 시절 마음에 두었던 춘란이를 만나는데, 춘란의 가정 또한 아버지가 한국에 나갔다가 다른 여자를 사귀어 어머니가 자살한 상태였다. 마음에 비슷한 상처가 있는 두 아이는 함께 집을 나갔다 열흘이나 지내고 돌아온다. 그 사이 한국에서 귀국한 휘동의 어머니는 아들이 여자 아이와 함께 돌아오자 자신의 잘못은 알지 못한 채 춘란이 때문에 아들이 어긋났다고 생각한다.

한국 여인 서은미에 대한 홍지하의 태도를 보면 그의 내면에서 '한국'이 어떠한 자리에 놓여 있는지를 잘 알 수 있다.

『바람꽃』에서 조선족 작가로 등장하는 홍지하는 친구 최인규의 초청장을 받고 할아버지를 찾기 위해 한국에 온다. 대구 달성면이 고향이었던 그의 할아버지는 일제말 전쟁에 동원되어 만주로 갔다가 해방 후 돌아오지 못하고 중국에 남게 되었으며 거기서 지하의 아버지를 낳고 다시 한국으로 들어가 소식이 끊겼다. 하지만 가까스로 찾게 된 할아버지는 만나기 며칠 전 돌아가시고 그 가족들은 유산 상속 문제 때문에 홍지하를 인정하지 않는다. 또 친구 최인규는 작업장에서 다리를 다치고 그의 아내는 치료비 마련을 위해 사장의 씨받이 노릇을 한다. 우여곡절 끝에 인규와 그의 아내는 둘 다 자살하게 된다. 이렇게 비극적이고 열악한 상황이 펼쳐지고 있는 장소가 바로 한국이기에 조선족에게 한국은 더 이상 머물 이유가 없는 땅이 된다. 최인규가 자살하기 전 지하에게 남긴 유서의 내용을 보면 이들에게 '한국'은 고향이 아닌 비정한 타지일 뿐임을 알 수 있다.

> 내 부탁은 너 여기에 더 머물지 말고 어서 널 키워준 고향으로 가라! 고향은 의복과 같은 거야. 비바람과 추위를 막아주면서 너를 보호해 주는 곳이야. 난 죽을 때 고향을 향해 머리를 놓겠다!
> 기억하라. 사람은 재물에 죽고 새는 먹이 때문에 죽는다는 것을……[125]

인규의 유서에서 말하는 '고향'이란 다름 아닌 중국이다. 홍지하는 아버지의 유골을 고향에 모시기 위해 한국에 왔지만, 지하와 인규 세대의 고향은 중국이 된 것이다. 자신들과 같은 언어를 사용하는 한국, 아버지의 고향인 한국은 자신들을 외면하고 죽음으로 몰아가는 비정한 땅일 뿐이

125) 허련순, 『바람꽃』, 범우사, 1996, 270~271쪽(이하 인용면수는 괄호 안에 숫자로 표기함).

다. 그럼에도 불구하고 홍지하의 내면에서 한국은 “영문 모를 그리움과 그 어떤 미련”을 주는 곳이다. 자신과 떨어뜨려 비난만 할 수 있는 대상이 아니라 자신의 일부이기도 한 낯선 타자에 대해 느끼는 불확실하고도 모호한 반응인 것이다. 이러한 감정은 홍지하가 만난 한국 여인 서은미에 대한 태도에서 더욱 구체화된다. 홍지하는 깊은 절망 속에서 누군가에게 위로받고 싶을 때마다 서은미를 찾아간다.[126] 그는 마지막으로 서은미를 찾아가면서 “침중한 변고가 거듭되며 견디기 어려운 지열과 목마름에도 의식을 잃지 않고 용케 버텨왔던 것은 영적으로 머물 수 있었던 후더운 쉼처가 있었기 때문”이었다면서 “바로 서은미의 위로와 보호 안에서만 순수해질 수 있었고 편안무사할 수 있었”(349)다고 회고한다. 그러나 정작 서은미가 자신을 중국으로 데려가 달라고 매달리자 여러 가지 현실적인 문제들을 떠올리며 난처해한다. 결국 홍지하는 서은미가 아닌 조선족 여인 윤미연과 함께 귀국길에 오른다.

> 난 바람꽃 같은 사람이야. 중국으로 돌아가야 해. 나의 인생에 은미가 개입할 수 없는 것처럼 나도 은미의 인생에 개입할 수 없는 거야(114).

> “그건 지나가는 바람결이었어. 머물 수 없는 바람 말이야.”(370)

홍지하에게 서은미가 그러한 것처럼 조선족에게 한국은 영원히 머물 수 있는 곳이 아니라 잠시 스쳐가는 장소로 인식되고 있음을 알 수 있다.

---

126) 『바람꽃』에서 서은미의 존재는 상당히 모호하게 처리되고 있다. 소설의 다른 인물들과의 관련 없이 오직 홍지하의 주변을 맴돌며 정체가 모호한 인물로 등장하면서 홍지하의 마음속에서도 애정의 대상이었다가 돌연 의문투성이의 존재로 변해버린다. 소설의 말미에서 홍지하가 서은미에 대해 혼란스러워하면서 결국 받아들이지 못 하는 것은 ‘한국’에 대한 정리되지 못한 감정을 그대로 보여주는 것으로 볼 수 있다.

물론 혈연적인 모국으로서 '순수'의 장소로 남아 위로받고자 하는 바람도 존재하지만 현실적으로 조선족의 고향은 중국(연변)이며 한국은 타지일 수밖에 없음을 인정하고 있는 것이라 하겠다. 조선족 1세대 소설에서 '향수'의 대상이었던 한국이 이제 이질적인 타자가 되어 등장하고 있다.

제1회 김학철 문학상 대상 수상작인 허련순의 『누가 나비의 집을 보았을까』(이하 『나비의 집』)는 밀항선을 타고 한국으로 가려다 죽음을 맞게 되는 조선족들의 이야기이다. 그러나 그들이 조선족이라는 특수성은 강조되지 않는다. 배 안에서 극한적인 상황을 견디며 소환되는 그들의 과거 기억은 조선족이기 때문에 겪어야했던 고난이라기보다는 인간 보편의 실존적 트라우마에 가깝다. 소설의 화자인 안세희가 중국에 살고 있는 조선족이라는 사실은 문화대혁명 시기에 부모님들이 반혁명으로 몰려 고초를 겪게 되고 이로 인해 당시 어린 아이였던 세희가 상처를 입게 되며 이후 왜곡된 삶의 행로를 걷게 된다는 점에서만 환기될 뿐이다.

안세희와 더불어 소설의 중심 인물인 송유섭은 고아로 자라다가 목사인 윤도림의 양자가 되어 비로소 가정의 울타리 안에서 생활하게 되지만 아버지가 목사라는 이력 때문에 홍위병에 가입할 수 없게 된다. 유섭은 윤도림을 외면하고 고아 출신이 됨으로써 인민해방군 전사가 되지만 곧 신분을 속인 것이 탄로나 사람들에게 지탄을 받게 된다. 이러한 점은 사회주의 국가인 중국의 국민으로서 겪을 수 있는 일이지만 소수민족인 조선족이기 때문에 치러야 했던 곤혹은 아니다. 송유섭은 양아버지를 배신했다는 죄책감으로 인해 자폐적인 인물이 되어 자살까지 결심한다. 양아버지의 용서와 사랑으로 어렵게 시작한 작가로서의 새 삶도 그를 안정된 생활인으로 정착시키진 못한다. 송유섭의 불행은 중국에 살고 있는 조선족이기 때문이 아니라 그의 생래적인 속성, 혹은 태어나자 버려지고 길러준 부모에게도 버림받은 유아기의 트라우마에서 기인한 것으로 보인다.

사회라는 거대한 관념의 괴물, 지배적인 질서에 적응하지도 편입되지도 못하는 생태적으로 비 생산적인 존재인 그는 어쩔 수 없이 부동의 상태 또는 최소한의 행위속에 갇혀 점차 자폐의 언어 속에 함몰되어 버렸다. 그는 그런 자신을 부수고 파괴하고 망가뜨리고 싶었다. 그에게 과연 자신을 파괴할 수 있는 권리는 있었는가?[127)]

이처럼 『나비의 집』의 등장인물들은 외부적 상황보다는 개인적인 상처와 내적인 고뇌에 침윤되어 있다. 작가가 반복해서 사용하고 있는 정신분석학적인 모티프들은 등장인물들의 고뇌를 더욱 내적이고 심리적인 것으로 받아들이게 한다. 안세희나 송유섭의 삶의 이력에는 중국의 역사가 개입되어 있긴 하지만 중국의 국민이면서 동시에 한민족으로서의 정체성을 지니고 있었던 조선족이라는 특수성은 부각되지 않는다. 문화대혁명이나 홍위병 사건 등은 이들의 정신적 트라우마를 형성하는 배경이 될 뿐 중국의 소수민족으로서 겪어야 했던 고난은 아닌 것이다.

『나비의 집』을 비롯한 허련순의 작품들은 주로 경계인, 혹은 '디아스포라'로서의 조선족의 정체성을 탐구하는 소설로 평가받아 왔다. 한민족인 동시에 중국 국민인 경계에 선 존재. 모국을 떠나와 중국의 소수민족으로 자리잡았으나 또다시 조선족 자치주를 떠나야 하는, 반복되는 이산을 경험하고 있는 디아스포라. 그러나 위에서 살펴본 것처럼 『나비의 집』은 인간 보편의 실존을 탐구하는 소설이지 조선족의 정체성을 질문하는 소설이라고 보기는 힘들다.

작가는 실존주의적, 심리학적인 기표를 활용하면서 안세희나 송유섭의 삶을, 세계에 내던져진 존재로서 불가항력적인 운명에 지배당하고 있는 인간 보편의 삶으로 치환한다. '디아스포라'라는 용어가 유대인들의 특수

127) 허련순 외, 『누가 나비의 집을 보았을까』(2007년 제1회 김학철문학상 수상작품집), 온북스, 2007, 223쪽.

한 역사에서 유래되어 전지구적 이산을 가리키는 개념으로, 다시 어머니의 자궁을 떠나 유랑의 삶을 살아야 하는 인간 보편의 존재적 함의를 내포하는 것으로 그 외연을 넓혀온 것처럼,[128] 허련순의 문학 또한 조선족의 특수한 상황에 대한 문제의식에서 출발하여 그것이 함유하고 있는 인간 보편의 실존적 질문으로 작품세계의 확장을 꾀하고 있는 것으로 볼 수 있다. 그러나 인간 보편의 운명에 대한 존재론적인 질문이 반드시 개체적인 특수성을 상쇄시켜야 가능한 것은 아니라는 점에서, 허련순의 『나비의 집』은 문제적이다. 이 작품은 조선족의 특수성과 인간 존재의 보편성 사이 어딘가에 놓여있기 때문이다.

이는 조선족 소설의 방향성과 관련한 문제이며 나아가 중국조선족의 존립 근거와도 연결된 문제이기도 하다. 개혁개방 이후 주제의 폭이 넓어지고 기법적으로 세련되어 지고는 있지만 이는 역으로 조선족문학만의 특수성이 희석되어 간다는 의미이기도 하다. 자본의 거대한 영향력 하에 놓이게 되면서 점점 더 작품의 통속화 경향이 강해지고 있는 점도 문제적이다. 소수민족으로서의 특성으로 인해 중국의 50여 개 소수민족 중 하나로 승인될 수 있었고 이에 따라 한글의 사용 및 민족대학의 설립 유지 등 한민족적 정체성을 이어올 수 있었던 것인데 소수민족으로서의 특수성을 잃고 보편화되어 간다면 존립 근거 자체가 흔들릴 수 있다.

중국조선족은 중국에 귀속되어 있으면서도 한민족으로서의 문화적 정체성을 이어가고 있다는 점에서 '민족/국가'의 개념 및 한민족 문화의 본

128) '디아스포라'란 본래 "바빌론 유수 이후 팔레스타인 밖에서 흩어져 사는 유대인 거류지" 또는 "팔레스타인 또는 근대 이스라엘 밖에 거주하는 유대인"(옥스퍼드 영어사전)을 의미하는 협의의 개념이었지만 초국적 이주 현상이 일반화되고 있는 최근에는 반강제적으로 기존의 거주 지역을 떠날 수밖에 없는 현상 또는 사람들을 의미하는 용어로 그 외연이 확장되고 있다. 이를 더 넓히면 인류 보편의 존재론적 함의를 내포하는 것으로도 볼 수 있다.

질에 대해 끊임없이 질문하게 한다. 이것이 한국에서 중국조선족 및 그 문학에 대한 연구가 계속 이어지고 있는 이유이자 의미일 것이다. 그러나 최근의 중국조선족 소설은 한민족으로서의 문화적 정체성을 드러내기보다는 급격하게 변화하는 조선족 사회의 세태풍속을 스케치하면서 통속화되어가는 경향을 보이고 있다. 이념적 제한이나 전통적 가치관으로 인해 수용되지 못했던 성의 묘사나 일상성의 표현이 개혁개방과 더불어 봇물 터지듯 소설화되고 있는 현상이라 할 수 있다. 이러한 소설적 경향이 조선족 사회의 변화를 충실히 반영하는 한 현상인 한편, 변화의 방향성을 모색하려는 시도 또한 포함해야 하는 것이 문학의 의무이기도 하기에, 중국 조선족문학의 앞날을 주목할 수밖에 없다.

참고문헌

1. 기본자료

김종회 외, 『한민족 문화권의 문학』, 국학자료원, 2003.
________, 『한민족 문화권의 문학2』, 국학자료원, 2006.
박충록, 『김택영 문학연구』, 한국문화사, 1996.
오상순 외, 『중국조선족문학사』, 민족, 2007.
임윤덕, 「조선족시가문학개관」, 임범송 · 권철 편, 『조선족문학연구』, 흑룡강조선민족출판사, 1989.
정덕준 외, 『중국조선족 문학의 어제와 오늘』, 푸른사상, 2006.
조성일 · 권철 외, 『중국조선족문학통사』, 이회문화사, 1997.

2. 단행본

권태환 편, 『중국 조선족사회의 변화-1990년 이후를 중심으로』, 서울대학교출판부, 2005.
김경일 외, 『동아시아의 민족이산과 도시 : 20세기 전반 만주의 조선인』, 한국정신문화연구원, 2004.
김경훈, 『중국 조선족 시문학 연구』, 한국학술정보, 2006.
김승찬 외, 『중국 조선족 문학의 전통과 변혁』, 부산대학교출판부, 1997.
김윤식, 『안수길 연구』, 정음사, 1986.
김재용 외, 『재일본 및 재만주 친일문학의 논리』, 역락, 2004.
김호웅, 『재만조선인문학연구』, 국학자료원, 1998.
동북아역사재단 편, 『만주 그 땅, 사람 그리고 역사』, 동북아역사재단, 2005.
오상순, 『개혁개방과 중국 소설문학』, 월인출판사, 2001.
오정혜, 『중국조선족 시문학 연구』, 인터북스, 2008.
이광일, 『해방 후 중국 조선족 소설문학 연구』, 경인문화사, 2003.
이해영, 『청년 김학철과 그의 시대』, 역락, 2006, 91쪽.
주성화, 『중국 조선족 이주사』, 한국학술정보, 2007.
채 훈, 『재만한국문학연구』, 깊은샘, 1990.
한수영, 『친일문학의 재인식』, 소명출판, 2005.

황송문, 『중국조선족 시문학의 변화양상 연구』, 국학자료원, 2003,

3. 논문

고명철, 「중국의 맹목적 근대주의에 대한 조선족 지식인의 비판적 성찰-중국 조선족 작가 김학철의 <20세기의 신화>의 문제성」, 『한민족문화연구』 Vol.22, 2007.

고신일, 「중국 조선족문학과 연변문학(상)」, 『北韓』, 1995.4.

곽미선, 「김택영의 한시를 통해 본 망명 전후 의식세계의 변모」, 『洌上古典研究』 제29집, 2009.

김월성, 「중국조선족 시문학 상황」, 『시와 시학』, 1993년 봄호.

김종철, 「김택영의 『안중근전』 입전(立傳)과 상해」, 『한중인문학연구』, 2013.

김창호, 「일제강점기 한국과 만주의 문학적 상관성 고찰」, 『만주연구』 Vol.12, 2011.

송명희, 정봉희, 「2000년대 중국조선족 시의 전개양상과 주제적 특성 연구」, 『한어문교육』 제24집, 한국언어문학교육학회, 2011.

양옥희, 「서울의 인구 및 거주지 변화 : 1394-1945」, 이화여자대학교 박사학위논문, 1991.

윤여탁, 「한국 문학사에서 중국 조선족 시문학의 의미」, 『선청어문』 Vol.35, 서울대학교, 2007.

윤영천, 「중국 조선족 시문학의 형성과 전개」, 『민족문학사연구』, 민족문학사학회, 2000.

이해영, 「『해란강아 말하라』의 창작방법 연구」, 『한중인문학연구』 11, 2003.12 ; 「60년대 초반 중국 조선족 장편소설에 나타난 민족의식의 내면화」, 『국어국문학』 No.157, 2011.

이해영 · 陳麗, 「연변의 문혁과 그 문학적 기억」, 『한중인문학연구』 Vol.37, 2012.

장은영, 「서사시에 나타난 '민족' 형상화에 관한 비교 연구」, 『비교문화연구』 제25집, 2011.

정덕준, 「개혁개방 시기 재중 조선족 소설 연구」, 『한국언어문학』 51, 한국언어문학회, 2003.

정재철, 「구한말 동아시아 지식인의 문화비전-창강 김택영을 중심으로」, 『한국한문학연구』 Vol.47, 2011.

조원기, 「일제의 만주침략과 간도참변」, 『한국독립운동사연구』 Vol.41, 2012.
최병우, 「「범바위」의 개작 양상과 그 의미」, 『한중인문학연구』 17, 2006 ; 「조선족 소설과 문화대혁명의 기억」, 『현대소설연구』 Vol.54, 2013.
최삼룡, 「화합과 갈등-한국과 중국 조선족 문학교류 20년 회고」, 『비평문학』 제13호, 1997.7.
최은수, 「중국 조선족 '반성소설' 연구」, 『현대소설연구』 34, 2007.
한명환, 「중국 조선족 역사 소설의 탈식민주의 특성 연구」, 『한중인문학연구』 Vol.18, 2006.

4. 국외자료

중국작가협회 연변분회 기관지 『연변문학』

제2장 중앙아시아 고려인문학

이 정 선 · 문 경 연

1. 디아스포라 형성기

중앙아시아에 거주하고 있는 한민족, 즉 '고려인'이라고 지칭되는 조선인들이 러시아로 이주하게 된 것은 1858년 아이훈조약과 1860년 베이징조약으로 극동 지역이 러시아 영토로 재귀속되면서부터이다. 러시아인들은 두만강 건너 동북 방향으로 전개되는 러시아 영토를 원동 지역 또는 극동지역(極東地域, Russian Far East)이라 부르는데, 조선인들은 이 지역을 흔히 연해주(沿海州)라고 한다. 한반도와 접경을 이루고 있는 이곳은 그 지리적 조건으로 인해 당시 계속되는 국가 기강의 문란과 사회 혼란으로 인한 굶주림으로부터 벗어나고자 하는 조선인들이 두만강을 넘어 이주하던 곳이기도 하다.

초기 고려인들의 극동 지역 이주는 주로 개인 단위로 여름 한철 일을 하고 다시 고향으로 돌아가는 형태였다. 그런데 이것이 1863년부터는 보다 본격화되어 초기 정착지였던 포시에트(Посьег)에는 1년 사이 14가구, 총 65명이 이주하여 이곳에 뿌리를 내렸다. 당시 이주 조선인들의 대부분은 흉년으로 인한 기근에 시달리고 있던 농민들로 이들의 처지는 극심한 노동력 부족으로 어려움을 겪고 있던 러시아 정부의 이해와 맞아떨어졌고, 조선인들은 농작물 재배는 물론 도로 건설, 짐마차 수송 등 국가의 공공사업에도 참여하며 조선에서보다는 나은 삶을 영위할 수 있었다. 여기에 1861년 4월 27일 시베리아위원회가 입안한 '동시베리아 아무르 주와 연해주에서의 러시아인과 외국인 이주 규칙 법안'이 승인되면서 극동 지역으로 이주한 고려인들은 해가 갈수록 증가하여 1864년에는 60가구, 1868년에는 165가구, 1869년에는 766가구로 늘어났다.[1]

'1861년법' 시행을 통해 러시아인을 이주시켜 극동 지역을 개척하고 식민 사업을 펼치려 했던 러시아 정부는 그곳으로 이주해온 고려인들이 이주 1년이 채 안 되는 기간에 기후가 혹독하고 토질이 척박한 땅 위에 텃밭을 일구고, 곡식을 심는 등 지역에 실질적인 이득을 주자 이들에게 호감을 보였다. 그리하여 극동 지역 행정부는 노브고로드스키 초소에서 블라디보스토크 초소까지의 황무지에 고려인들을 정착시킨다는 계획을 구상하였다. 이때 고려인들의 대규모 이주가 시작된 시기는 1869-1870년으로 1869년 가을에는 기근에 시달리던 1,850명의 고려인들이 남우수리 지방으로 몰려들었다. 이후 11월 말에서 12월 초에도 4,500명의 고려인들이 한꺼번에 월경해 러시아 극동 지역 당국자들을 당혹스럽게 했지만, 그렇다고 해서 이들을 막을 길은 없었다.

이렇게 국경 지역에 수많은 고려인들이 정착하자 동시베리아 총독 시넬니코프는 극동 지역의 절박한 노동력을 핑계로 이들을 연해주에서 아

---

1) 이항준, 「제정 러시아의 동아시아 정책과 한인 이주」, 정옥자 편, 『러시아 · 중앙아시아 한인의 역사』(상), 국사편찬위원회, 2008, 1415쪽.

무르 주로 이주시키는 사업을 진행하였다. 그리하여 1871년 봄, 아무르 주에는 500명의 고려인들이 옮겨 가 첫 번째 고려인 마을 블라고슬로벤노예를 형성하였다. 그렇게 1870년대 말까지 연해주와 아무르 주에는 6,766명의 고려인들로 구성된 고려인 마을이 21개나 형성되었다.[2] 여기에 1880년대 초에 남우수리 지방으로 들어온 계절노동자들이 조선으로 돌아가지 않고 영구 정착하게 되면서 이주 고려인의 수는 계속해서 증가하였다. 상황이 이렇게 되자 극동 러시아 지역 당국은 고려인들의 러시아 동화와 러시아 사회로의 편입을 위해 고려인 자녀들에게 러시아어 교육과 러시아 정교 포교를 시행하였다.

1880년대에 들어와 러시아 정부는 극동 지역 개척에 적극적인 관심을 드러냈다. 특히 다양한 혜택을 제공하면서까지 러시아인들을 그곳으로 이주시켜 1883년-1892년 사이에 남우수리 지방으로 1만 9,490명, 아무르 주로 1만 3,449명의 러시아인이 이주하였다. 그 후 1893-1896년 사이에 아무르 주로 2만 9,194명, 연해주로 1만 8,069명의 러시아 농민과 카자크인들이 이주하였다. 연해주의 러시아 주민 수는 1882년 8,385명에서 1902년에는 6만 6,302명으로 늘어났다. 당시 연해주로 이주해간 고려인은 1만 137명에서 3만 2,380명으로 늘어났다. 당시에도 고려인들은 토지를 경작하고, 교통과 통신 수단 건설, 군대와 군수 물자 수송 등 다양한 영역에서 광범위하게 값싼 노동력을 제공하며 이 지역 개척에 크게 기여하였다.

이후 1884년 연흑룡 총독부가 신설되면서 극동 지역에 거주하는 고려인들의 법적 지위 문제가 본격적으로 논의되었다. 독립적인 정치·행정 단위가 되어 보다 본격적으로 극동 지역의 식민과 개척을 추진해나가게 된 연흑룡 총독부는 무시할 수 없는 숫자의 고려인들의 신분을 법적으로

2) 위의 글, 18쪽.

정립해야 할 필요성을 느끼게 된 것이다. 그리하여 1884년 조로수호통상조약(韓露修好通商條約)이 체결되어 두 나라 사이에 정식 국교 관계가 수립되었고, 1888년에는 조로육로통상장정(韓露陸路通商章程)이 체결되었다. 조로수호통상조약이 체결되던 당시 고려인의 법적 지위 문제가 함께 논의되었고 1884년 6월 25일 이전에 이주한 고려인들에게는 러시아 국적이 주어졌다. 즉, 이후에 이주한 고려인들은 일정 기간이 지나면 조선으로 돌아가야 했다. 그러나 이 규정은 고려인들의 거주지 등록과 호적 대장이 작성되기 시작한 1891년 이후에야 시행되었다. 당시 고려인들은 두 개의 범주로 구분되었는데 제1범주에 속하는 고려인들은 1884년 이전에 이주한 약 1만 600명의 사람들로, 이들에게는 한 가구당 15데샤티나까지의 토지 분배는 물론 평생 인두세 면제와 20년간의 토지세 면제 혜택이 주어졌다. 그리고 1884년 이후에 이주한 제2범주의 고려인들은 2년간의 유예 기간 안에 터전을 정리하고 그곳을 떠나야 했다.

1889년과 1891년에 초대 연흑룡 총독 코르프는 보다 효과적인 고려인 관리를 위해 하바로프스크, 블라디보스토크, 니콜스크 주에 고려인 협회 설치를 제안하였다. 연해주에 거주하고 있는 고려인들을 중심으로 구성된 이 협회는 러시아 정부의 법체계 안에서 지역 경찰이나 대체 기관의 관리·감독을 받아야 했다. 이들은 자신들의 관할 내에 있는 고려인들의 명부와 호적 등본을 작성하여 관리하면서 공동 촌회, 공동 간사와 그 보조자, 공동 재판소를 구성하였다. 이와 같은 고려인 협회는 공식적으로 1897년 폐지되었지만, 이들의 활동은 이후에도 계속되었다.

1893년 연흑룡 초대 총독 코르프가 사망하게 되면서 두홉스코이가 총독으로 새롭게 부임하였다. 극동 지역의 식민 사업 정책을 펼치는 데 있어 고려인의 존재가 부정적으로 작용한다고 생각하던 코르프와 달리, 두홉스코이는 고려인들을 긍정적으로 평가하며 이들에 대한 규제를 완화하였다. 그 결과 1895년 연흑룡 지역에 거주한 고려인은 1만 8,400여 명으로 늘었다. 두홉스코이는 특히 수이푼과 포시에트 지역에 거주하는 고려인들에게 러시아 농민과 동일한 조건으로 토지를 이용할 수 있도록 함은 물론 관농(官農)과 똑같은 권리를 부여하였다. 동시에 이들에게 상투를 금지시키는 등 러시아로의 동화책을 강화하였다.

이후 부임한 고로데코프 역시 두홉스코이의 고려인 이주 정책을 이어받아 1898년 제1범주에 있는 모든 고려인들에게 러시아 국적을 부여함은 물론 제2범주에 있는 고려인 가운데 우수리 지역에서 5년 이상 거주한 사람들에게는 러시아 국적 부여를 약속하였다. 또한 제3범주의 고려인들에게도 이만, 호르, 키야, 아무르 강을 따라 정착하는 것을 허락하였다.

이와 같은 고려인 이주 정책으로 극동 지역에 정착한 고려인의 수는 폭발적으로 증가하여 1894년 한 해 동안 해로를 통해서만 연흑룡 지역으로 이주한 고려인의 수가 9,980명에 달했다. 이들 가운데 3,995명은 블라디보스토크로, 5,985명은 아무르 주로 향하였다. 그리하여 1898년 1월 1일 연해주에 거주하는 고려인의 수는 2만 3,000명에 달하였다.

러일전쟁으로 인해 잠시 주춤하던 고려인들의 러시아 이주는 1905년 들어 다시 급증하였다. 그런데 1905년 연흑룡 총독으로 부임한 운테르베르게르는 이주 고려인들에 대해 부정적인 입장이었고 더 이상의 고려인 이주가 확산되지 않도록 하기 위해 이들에 대해 강경하게 대응하였다. 1906년 운테르베르게르의 지시에 따라 조사한 결과, 연해주 남우수리의 한 군에 거주하고 있는 조선 국적 이주 고려인은 약 2만 6,000명이었고, 하바로프스크와 우드스키 군은 7,500명, 아무르 주는 3,500명이었다. 1906년과 1907년 남우수리 지방에서 실시된 인구 조사에 따르면 1907년 이 지역에 거주하는 고려인의 수는 러시아 국적을 획득한 자가 1만 3,676명, 획득하지 못한 자가 2만 2,913명이었다. 연해주에는 여기에 30%가 더 등록되어 있었다. 그 외에도 통행권 없이 거주하는 사람으로 등록된 고려인의 수도 30%에 달하였다.

상황이 이러하자 블라디보스토크에서는 1907년 고려인들의 불법 거주 방지와 이주 제한 조치를 마련하기 위한 회의가 열렸고, 1908년 3월에는 고려인 이주 정책과 관련된 특별 보고서가 운테르베르게르에 의해 내무부에 제출되었다. 여기에는 고려인 마을을 해당 읍의 관리국에서 관리하는 동시에 대표자를 선출하는 등 러시아인들과 동등하게 부역·납세의 의무를 부여하는 조항 등이 포함되어 있었다. 또한 1908년에 러시아 국회에서는 연흑룡 지역으로 고려인과 중국인들이 넘어오는 것을 금지하는 문제가 논의되어 비러시아 국적 고려인과 중국인이 연흑룡 총독령과 자바이칼주를 통과할 때 적용되는 특별 규정과 거주 규정, 감독을 담당한 경찰 기구의 강화 방안 등이 제정되었다.

고려인들이 러시아에서 광범위한 지역에 걸쳐 정착하게 된 데에는 베르흐네-아무르 회사의 채광장의 노동자 문제와 밀접한 관련이 있다. 1891년에서 1892년에 아무르 주에 있던 고려인 노동자 수는 470명이었고, 1892~1893년에는 1,050명으로 해마다 증가해 1906년에는 6,300명에 이르렀다. 고려인 노동자의 수가 증가하자 러시아 당국은 그 수를 제한하여 1902년에 이르러 러시아 노동자 50%, 고려인 노동자 25%로 그 비율을 규정하였다. 또한 1908년에 이르러서는 '고려인 노동자에 대한 의존성을 줄이기 위해서 작업을 제한할 것'이 금광업자들에게 공표되었다. 심지어 1909년에 이르러서는 고려인 고용을 전면 금지시킴은 물론 이들을 추방하였다. 그렇게 채광장을 떠나게 된 고려인들은 연흑룡 전 지역으로 흩어져 정착하였다. 러시아 당국의 이와 같은 조처는 고려인들의 정착성에 대한 우려에서 비롯되었다. 기본적으로 성실한 고려인들은 2~3년만 열심히 채광장에서 일을 하면 돈을 모아 토지를 마련하고 그곳에서 정착할 수 있었다. 그리하여 수많은 고려인들이 이 지역으로 몰려들었다. 이에 러시아 정부는 정작 이곳이 고려인 식민지가 되어 버리면 러시아인들의 이주에 문제가 발생할 수 있다고 판단했던 것이다.

그렇게 포시에트 지구에서 쫓겨난 고려인들은 남우수리 지방으로 이동하였다. 그곳에서도 그들은 부지런히 일했고 마름으로 시작해 금세 소작인이 되었다. 그리고 고려인 소작인의 증가가 문제가 되어 1908년 하바로프스크에서는 연흑룡 지역의 주지사들, 상공업인, 토지 소유자들이 고려인들의 이주 금지 조치와 관련한 회의를 개최하였다. 여기에서는 고려인들의 토지 임대가 바람직하지 않다는 데 모두가 의견을 함께 하였다. 그리하여 1909년 러시아 국가평의회와 국회는 '연흑룡 총독부 산하의 지역들과 이르쿠츠크 총독부 산하 자바이칼 지역에서 외국 국적자들에 대한 몇 가지 제한 조치에 대한 법'을 인준하였고, 1910년 7월 1일에 러시아 황제가 이 법안을 승인하였다. 이 법에 따라 '외국 국적자들에게 국가 청부업과 납품업의 공급'이 금지되었고, '국가 기관이 수행하는 작업에서 외국 국적자들의 고용'이 금지되었으며, 그들에게 '국유지와 소작지 임대'가 금지되었다. 또 1910년 4월 8일에는 러시아에 있는 고려인들의 권리를 제한하는 조치가 각료 회의에서 승인되었다.

하지만 1909년 10월에 러시아 각료 회의에서 결성된 아무르탐사대의 고려인 문제에 관한 보고서가 각료 회의에 제출되면서 이주 고려인에 대한 러시아 정부의 부정적인 입장은 일부 수정되었다. 고려인들이 러시아 극동 지역 식민 정책에 해가 된다는 의견을 기각해야 한다는 의견이 나왔던 것이다. 그 결과 1910년 가을에 러시아의 이주 고려인들과 관련된 엄격한 정책들이 다소 완화되었다. 이렇게 1910년 이전까지 러시아에 이주한 고려인들의 역사를 살펴보았다. 이 시기는 디아스포라 형성의 초기에 해당하는 때로, 유이민 문학 태동의 가능성을 잠재적으로 예상할 수 있을 뿐 구체적인 활동은 아직 시작되지 못한 시기였다.

2. 일제강점 침탈기

1) 신한촌 건설, 강제이주의 유이민사

한일병합 이후 고려인들의 정치적인 망명 증가, 러시아 아무르탐사대의 이주 고려인에 대한 우호적인 입장과 연흑룡 총독 곤다티의 고려인 옹호 정책, 그리고 1911년부터 러시아 정부가 수립한 그들의 경제적·정치적 구상 등에 따라, 고려인 이주 제한 조치를 폐지하면서 러시아로 이주하는 고려인의 수는 더욱 증가하였다. 그러면서 이들의 국적과 관련된 문제가 끊임없이 논란이 되었고 고려인들 역시 러시아 정부에 러시아 국적을 취득할 수 있도록 해줄 것을 요청하였다. 1910년에 실시한 이주 고려인의 국적 검사를 통해 조사된 연해주 거주 러시아 국적 고려인의 수는 1만 7,080명이었고, 러시아 국적을 취득하기를 소망하는 고려인의 수는 3만여 명에 달했다. 고려인에게 우호적이었던 곤다티 총독은 1911년 고려인에 대한 러시아 국적 부여를 허가하여 당시 국적 취득을 신청한 고려인 모두에게 러시아 국적을 부여하였다. 그렇게 해서 1912년에 러시아 국적을 취득한 고려인은 2,861명, 1913년에는 3,846명이었으며 1917년에는 연해주에서만도 그 수가 3만 2,791명에 달했다.

1860년대 러시아로의 고려인 이주가 시작된 이래 1904년까지 남우수리에는 31개의 고려인 마을이 형성되었다. 이들 중 22개 마을은 포시에트 구역에 편성되었고, 연추 마을에 향청(鄕廳)을 갖춘 독립적인 자치 마을이 형성되었다. 수이푼 구역에도 고려인들의 독립적인 자치 마을이 형성되었는데, 향청은 코르사코프카 마을에 있었으며 4개의 고려인 마을이 형성되었다. 이들 마을은 촌장과 서기를 선출하여 이들에게 치안 업무와 사무 처리를 맡겼으며 조선의 관습에 따라 고령의 노인을 뽑아 마을의 도덕이 유지되도록 하였다. 또한 이들은 자치 기구로 색중청(色中聽)을 설치하여 고려인들 간의 분쟁과 시비를 가려 형벌을 내리는 자치 행정 기구이자 친목 단체의 역할을 하도록 하였다. 또한 러시아 정부의 허가 아래 도소(都所)를 설치하여 고려인을 관리하고 부세의 징수를 관할하도록 하였다.

이와 같은 고려인 사회 자치제의 구체적 사례는 블라디보스토크에서 조직된 신한촌 민회로 이는 시가 중심지에 있던 구 개척리(開拓里) 때 시행되어 오던 한민회를 1911년 신 개척리로 옮겨온 것이었다. 러시아 당국은 1911년 봄 돌연 호열자 근절을 이유로 고려인들을 강제로 철거시키고 그곳을 러시아 기병의 병영지로 삼았다.[3] 고려인들이 이주해온 신 개척리는 구 개척리에서 북쪽으로 언덕을 넘어 5정 가량 되는 곳으로 고려인들은 또 다시 피와 땀을 흘려 새로운 시가를 건설하고 이곳을 '신한촌(新韓村, 가레－스기야 스라보도카)이라 명명하였다. 이들은 또한 평의원 기구를 정비하고 임원을 개선하는 한편, 사업과 예산을 심의・집행하였다. 신한촌 민회의 평의원회에서는 신한촌 위생 시설 개선비로 1년간 3,600루블을 책정, 신한촌 내 고려인 313가구를 4등급으로 나누어 차등 징수하였으며, 자치 운영비를 차등 부과하였다. 그리고 신한촌의 질서 유지와 고려인의 지위 향상을 위해 노력하였다.

이처럼 블라디보스토크 신한촌을 비롯해 연해주 전역에 걸쳐 수많은 고려인 마을을 형성하고 고려인의 자치를 신장시켜 갔다. 1912년 6월 일제가 연해주에 있는 고려인의 항일운동을 탄압하기 위해 조사해 작성한 '露領沿海州 移住鮮人의 狀態'라는 보고서에는 이주 조선인의 총수가 15만 명이라고 기록되어 있다. 하지만 이 무렵 고려인촌 기록에는 30만 이상이라고 기록한 것들이 다수를 이룬다. 이들은 주로 기아와 빈곤, 그리고 위정

3) 윤병석, 「沿海州에서의 民族運動과 新韓村」, 『한국민족운동사연구』 제3권, 한국민족운동사학회, 1989, 169쪽.

자의 학정에 시달리다 새로운 세상을 찾아온 사람들이었지만, 1905년 을사조약 이후에는 그에 못지않게 정치적인 항일망명자가 급증하였다. 국내에서 애국계몽을 주도하던 민족 운동자들이 대거 국외독립운동기지화를 위해 망명했던 것이다. 여기에 항일전(抗日戰)을 전개하던 의병이 두만강을 건너 새로운 항전 기지를 마련하기 위해 블라디보스토크의 신한촌을 중심으로 집결해 '獨立戰爭論'의 구현을 위한 구국활동을 벌였다. 이들은 십삼도의군(十三道義軍)·국민회(國民會)·성명회(聲名會)·권업회(勸業會) 등의 항일결사를 조직하고 한민학교(韓民學校)·계동학교(啓東學校) 등의 민족주의 교육기관도 설립하였다. 여기에 '광복군(光復軍)'이라 명명한 독립군을 양성·지휘할 대한광복군정부(大韓光復軍政府)를 건립하여 이곳을 독립운동의 해외 중심기지의 하나로 삼았다.

그러던 가운데 러시아 고려인 사회는 러시아혁명 발발로 인해 새로운 국면에 들어서게 된다. 한편으로는 러시아 고려인 사회의 재편이 이루어지면서 각 방면에서 신분, 직업에 따른 다양한 조직이 출현하게 되었고, 다른 한편으로는 차르 체제에서 잠복되었던 입적 고려인(원호인)과 비입적 고려인(여호인) 간의 정치적·법적·사회 경제적인 차별적 지위에 따른 정치적 노선의 분화가 일어났으며, 고려인 사회 내에 계급 대비의 양상까지 나타났다. 여기에 본격화된 시베리아 내전에 고려인 농민들이 빨치산으로 가담하게 되면서 고려인들은 러시아 정치에까지 영향을 미치게 되었다.

러시아 2월 혁명 이후 고려인 사회 재편과 조직화에는 원호인들이 주도적인 역할을 하였다. 이들은 고려인 사회의 중앙 기관을 조직하고 이를 주도하면서 사회혁명당 등 중간파 또는 백위파를 지지했다. 당시만 해도 친볼셰비키 세력은 고려인 사회에서 소수파의 지위에 머물렀다. 그러나 러시아 극동 지역의 백위파 세력을 일본이 정치적·군사적으로 지원하게 되면서 러시아 사회에서 이들에 대한 지지 기반은 무너지고 혁명적인 볼

셰비키 세력이 지지받기 시작했다. 고려인 농민들이 러시아 빨치산 부대에 가담하게 된 것도 이때로 이들은 백위파와 일본군 철수를 이끌어낸 원동해방전쟁을 승리로 이끄는 데 혁혁한 공을 세웠다.

1922년 10월 25일 일본군이 연해주에서 철수하고 이어 러시아혁명 중 완충 정부로 두었던 극동공화국(Far Eastern Republic)도 해체되는 등 오랫동안 지속되었던 시베리아 내전이 종결되면서 본격적인 소비에트 시대가 도래하였다. 그러나 이 과정에서 고려인들에게 도움의 손길을 요구하며 전쟁 후 밝은 미래를 약속했던 신생 소비에트 정부는 '합법적 신분', '생계유지를 위한 적은 땅과 자유로운 노동', '민족문화와 전통을 유지하고 계승할 수 있는 진정한 자유와 권리가 보장된 해방구'를 바라는 고려인들의 기대를 저버렸다.[4] 결국 고려인들은 여전히 불안정한 법적 신분으로 지주들의 탄압과 횡포로 경제적 안정을 찾을 수 없었음은 물론, 심지어 소비에트 정부의 '강제 이주' 조치로 항상 불안정한 생활 환경에 처해 있을 수밖에 없었다. 그러고는 1937년 러시아 당국이 자국 내 소수민족 지배·동화책의 일환으로 극동 지방에 거주하고 있던 고려인들을 수만리 밖의 황무지 중앙아시아의 우즈베키스탄과 카자크스탄 공화국 등으로 강제 집단 이주시킴으로써 역사적 변동기를 다시금 겪게 되었다.

1937년에 이르면 소위 1930년대 후기 스탈린에 의해 주도된 정치적 억압과 처벌 운동인 '스탈린의 대탄압'이 시작되었다. 그리고 그와 같은 명분 아래 1937년부터 1949년 사이에 소수 민족을 대상으로 하는 강제 이주를 시행했다. 이는 본래 반혁명 세력 숙청이 목적이었지만, 그 대상이 소련과 적대적인 세력이나 국가에 우호적이라고 간주된 소수 민족까지도 포함되어 스탈린 치하의 소련과 국경을 접하고 있던 많은 약소국 출신 소

4) 배은경, 「초기 소비에트 사회 건설과 한인 사회의 재편」, 정옥자 편, 앞의 책, 149~150쪽.

수 민족들이 강제로 이주할 수밖에 없었다. 1937년 고려인 및 폴란드인의 강제 이주, 1941년 핀란드인과 독일인의 이주, 1943년 칼미크인과 카라차이인 추방, 1944년 체첸인, 잉구시인, 발카르인, 크림 타타르인과 크림 그리스인, 그리고 메스케치안 터키인과 쿠르드인, 켐실인 등의 추방이 그것이다. 그 가운데 고려인들을 강제 이주시킨 배경에는 일본 첩자설, 소련 농업 집단화 과정에서의 러시아인과 고려인 간의 갈등, 고려인 자치주 설립 문제 등이 있다.[5]

고려인의 강제 이주는 1937년 8월 21일 소련 정부 및 당 중앙위원회의 결정에 의거한 국경 지역으로부터의 이주와 이로부터 약 1개월 후인 9월 28일에 내려진 극동 전 지역으로부터의 이주로 구분되어 실시되었다. 실제로 1937년 10월 29일 예조프가 스탈린과 몰로토프에게 보낸 고려인 이주 결과 보고서에는 1, 2, 3차에 걸쳐 이주한 고려인의 수가 3만 6,442가구 17만 1,781명이고 이때 사용된 열차 횟수는 무려 124회에 이른다고 기록되어 있다.[6]

강제적으로 집단 이주된 고려인들은 추운 겨울을 중앙아시아와 카자흐스탄의 척박한 사막과 습지대에서 지붕도 없는 움막이나 토굴에서 보내야 했다. 카자흐스탄 및 우즈베키스탄 인민위원회는 정착 지역을 선정하여 고려인 이주자가 낯선 환경에 적응하여 생활할 수 있도록 대책을 수립하고, 필요한 원조를 제공하기로 했던 것이 지켜지지 않았기 때문이다. 여기에 일부는 카자흐스탄의 북부 지역으로 이주한 고려인 이주자가 2만 141가구 9만 5,427명[7]에 달하자 이를 감당하지 못한 현지 기관의 준비 부족으로 또 다시 재이주를 해야 하기도 했다. 이후 고려인들은 타민족의

5) 이채문, 「스탈린의 대탄압과 한인의 강제 이주」, 위의 책, 189~191쪽 참조.

6) 위의 글, 192쪽.

7) 위의 글, 194쪽.

콜호스(집단 농장)에 추가 배치되다 점차 한인들의 생산 활동 특성을 고려한 한인들만의 콜호스를 형성하거나 어업 단지, 광산 지역 등으로 배치되었다. 이들은 '불온 분자'로 낙인찍힌 채 주거 이전의 자유 등 시민권이 박탈된 특별 이주자 신분으로, 스탈린이 사망할 때까지 특별 위수(衛戍) 지역에서만 살아야 했다.

1941년 6월 제2차 세계 대전이 발발하자 대부분의 고려인들은 강제 노동에 동원되었다. 당시 많은 고려인 젊은이들이 자발적으로 전선에 투입되기를 희망하였지만, 당시 고려인들은 적성(敵性) 민족으로 간주되었기에 이들에게는 전선에 참여할 수 있는 권한이 부여되지 않았다. 대신 이들은 구소련 각 지역의 '노력 전선군'으로 징집되어 카자흐스탄과 전 소련의 탄광, 방위 관련 시설 건설 현장, 북극권 삼림 벌채 현장 등에 동원되었다. 의무적인 생산 기준량을 채워야 했던 고려인 노력전선군은 과도한 노동과 열악한 환경으로 인해 사망자가 생겨나기도 했다.[8)]

대부분의 남자들이 노력 동원에 징집되었고 여성들은 각종 세금과 공출로 어려운 생활을 보내야 했다. 그럼에도 불구하고 이들 고려인 콜호스원들은 유례없는 파종 면적과 농산물의 수확량을 급격히 늘려갔다. 때문에 전후에도 고려인들은 집단 농장의 건설과 발전에 주력하여 러시아 정부로부터 사회주의 노력 영웅 칭호를 받게 된다. 즉 이들은 러시아 정부의 들쑥날쑥한 처우에도 불구하고 한민족 특유의 근면성과 성실성을 근간으로 농업 생산성을 증대시켜나감으로써 강제 이주 초기에 직면했던 다양한 어려움을 극복해나갔음은 물론 나름의 삶의 터전을 공고히 해 나

---

8) 이광규 · 전경수 공저, 『재소한인 : 인류학적 접근』, 집문당, 1993, 84~85쪽 ; 강 게오르기 · 김 게르만 · 명 드미트리 공저, 장원창 번역, 『카자흐스탄의 고려인 : 사진으로 보는 고려인사 1937~1997』, 카자흐스탄 고려인협회, 1997, 51쪽 ; 백태현, 「중앙아시아 경제의 산업화와 고려인의 역할」, 정옥자 편, 『러시아 · 중앙아시아 한인의 역사』(상), 국사편찬위원회, 2008, 247쪽 재인용.

갔던 것이다. 여기에 스탈린 사망 이후 정권을 잡은 흐루시초프는 개혁정책을 펴 반혁명 분자로 몰렸거나 강제 이주되어 특별 이주자 신분으로 탄압받던 주민들의 명예를 회복시켜 주었다.[9)]

2) 문화의 구심점 『선봉』, 『레닌기치』, 『고려극장』

이번 절에서는 일제강점기 러시아에서의 신한촌 건설과 강제이주 등의 유이민사를 형성하던 시기에 싹을 틔우기 시작한 고려인 사회의 문화와 문학 활동의 실상을 살펴보고자 한다. 소비에트 정부의 박해 속에서도 고려인들은 각 방면의 문화운동을 강력하게 추진하여 제정 러시아시대와는 비교할 수 없을 정도로 월등한 결과를 이루어냈다. 이는 먼저 고려인들의 교육열에서 확인할 수 있는데 1937년 8월 보고에 따르면 극동 지역에 교육·문화기관은 초등학교 300여 개, 초급중학교 60여 개, 중등학교 및 전문학교가 20여 개에 달했다. 특히 니콜스크-우스리스크에는 1918년 한족회 주도로 중등학교로 설립된 조선인사범학교가 1926년 고려교육전문학교로 정식 격상되어 1936년까지 약 10년간 244명의 교원을 배출하였다. 1931년에 블라디보스토크에 설립된 고려사범학교의 1934년 5월 보고에 따르면 고려사범학교 재학생 158명과 단기 코스의 노동학원에 노동자·농민 출신의 학생 265명이 재학하고 있었다고 한다. 더불어 1935년에는 처음으로 17명의 졸업생을 배출하였다.[10)]

당시 고려인사회에는 『선봉』(1923-1937)이라는 최초의 우리말 신문이 간행되었다. 이는 블라디보스토크현 당간부의 명의로 1923년 3월 『삼월일일』

9) 심헌용, 「중앙아시아 한인의 현지 정착과 사회적 지위」, 정옥자 편, 위의 책, 207~208쪽.
10) 윤병석, 「소비에트 건설기의 고려인 수난과 강제이주」, 『中央史論』 제21권, 한국중앙사학회, 2005, 582쪽.

이란 이름으로 창간되어 발행되다가, 1929년 4월 하바로프스크의 러시아 공산당원동간부의 명의로 1937년 8월까지 발행되었다. 『선봉』은 발행 횟수와 부수가 꾸준히 늘어 1935년 8월 격일간으로 1만 부를 발행하였다.[11] 특히 1928년 즈음해서는 고려인들의 문학 작품을 게재하기 시작하고, 1932년부터는 '문예페-지'란을 신설하여 고려인들이 정기적으로 문학 작품을 실을 수 있도록 하여 고려인 문인들의 등용문 구실을 하였다.[12] 그리하여 문학에 소질이 있는 젊은 고려인 작가들이 이를 중심으로 문단을 형성하여 모여들기 시작하였다. 이 시기에 등장한 문학인들은 조명희, 조기천, 한 아나톨리 등의 시인, 소설가, 극작가 등이었다. 『선봉』은 창작시, 소설, 희곡, 그리고 번역 문학에 이르기까지 다양한 영역의 문학 작품들을 아우르며 중앙아시아 고려인문학의 초석을 이루었다.

당시 고려인 문단이 형성될 수 있었던 데에는 『선봉』의 책임 주필이었던 이백초와 조명희의 역할이 매우 컸다. 이백초는 1921년 만주를 거쳐 연해주로 망명하여 이르쿠츠크 제5군단 군사정치학교를 거쳐 러시아공산당에 입당하였다. 『삼월일일』 창간부터 7년 동안 『선봉』의 책임 주필을 역임한 그는 극동 고려인들에게 계급의식과 공산주의 사상을 고취시키고자 노동통신기자운동을 조직하였다. 또한 그는 노동통신 기자들의 생생한 목소리가 신문 지상에 실릴 수 있게 함과 동시에 1925년에는 '문예페-지'를 신설하여 고려인 문인들의 문학적 열망을 실현할 수 있도록 하였다. 연성용, 전동혁, 조동규, 한 아나톨리, 조기천 등이 이 신문 지면을 통해 본격적인 작품 활동을 펼쳤던 작가들이다. 뿐만 아니라 한문과 동양 문학에도 능통하여 극동 소비에트 정권에 맞는 문학 이념으로 "혁명적·사회주의적 문학의 형식과 내용"을 고려인 문인들에게 제시함으로써 초기 고려인

11) 위의 글, 582쪽.

12) 이정선, 「중앙아시아 고려인 소설 연구」, 경희대학교 박사학위논문, 34쪽.

문학 형성에 크게 이바지하였다.[13)]

『선봉』은 '문예페-지' 신설 임무를 일곱 가지로 밝히고 있는데 이는 앞서 이백초가 이 신문을 통해 이룩하고자 했던 계급의식과 공산주의 사상 고취와 일맥상통한다. 그리하여 『선봉』을 중심으로 이루어진 극동 고려인문학은 자연스럽게 조선 독립이나 조선에서의 혁명 운동을 주제로 한 작품이 많이 창작되었다. 조명희의 시 「짓밟힌 고려」나 연성용의 희곡 「장평동의 횃불」, 김기철의 희곡 「동변빨치산」 등은 모두 사회주의 사상에 입각한 조선 독립을 꿈꾸는 작품들이었다.[14)]

1928년 연해주로 망명한 조명희는 『선봉』의 '문예페-지'를 '독자 문예'로 바꾸어 자유로운 문학 작품 발표의 장이 되게 하였을 뿐 아니라, 문학 강연과 『선봉』의 문예면 편집에 개입하여 신진 작가들을 발굴했다. 일제 강점하에 놓인 조선 민족의 참상과 저항정신을 그린 그의 시 「짓밟힌 고려」와 같은 작품은 고려인들의 삶의 애환을 달래 주었다. 실제로 이 작품은 당시 고려인 대부분이 암송하고 있을 정도였다고 한다. 또한 조명희는 소련작가동맹 원동지도부에서 활동하면서 문인들의 규합에도 힘썼다. 1930년대에는 그의 영향 아래 강태수, 유일용, 김해운, 한 아나톨리, 조기천, 전동혁, 김중송, 주성원, 이기영 등과 같은 시인들의 창작 활동이 본격화되었다. 1935년에는 조명희의 주도 아래 연해주에서 활동하는 고려인 작가와 시인들의 작품을 담은 작품집 『로력자의 고향』이 발간되었다. 그러나 『로력자의 고향』은 2호까지 발간되었고, 조명희는 일제 간첩이라는 누명을 쓰고 처형되었다.

13) 우 블라지미르, 「시월이 낳은 문학」, 공동창작집 『씨르다리야의 곡조』, 알마아따 : 사수싀출판사, 1975, 3쪽 ; 강진구, 「고려인 문학의 전개 과정과 그 특징」, 『러시아·중앙아시아 한인의 역사』 (하), 앞의 책, 222쪽 재인용.

14) 강진구, 앞의 글, 224~225쪽.

1937년 '스탈린의 대탄압'이 시작되면서 고려인 문단의 문학 활동에도 탄압이 시작되었다. 고려인 문인들이 유일하게 작품을 발표할 수 있는 지면이었던 『선봉』의 폐간과 주필 및 기자들의 체포 및 처형은 문인의 자유롭게 창작활동을 제한했다. 이들에게는 당이나 소비에트 사회를 찬양하는 것 이외의 문학적 상상력은 허용되지 않았다. 여기에 검열까지 강화되어 고향이나 조국에 대한 향수를 표현한 작가는 체포되어 처벌받기도 했다. 실제로 시인 강태수는 1938년 크즐오르다사범대학 벽보에 자신이 쓴 시 「밭갈던 아씨에게」를 게재하였다가 단지 시의 내용이 떠나온 원동을 그리워하는 것이라는 이유로 인민의 원수로 몰려 21여 년간을 소련 북극의 강제 수용소에서 격리생활을 했어야 했다.

이렇게 고려인 문단은 형성과 함께 그대로 사라질 위기에 놓이게 되었다. 그도 그럴 것이 이즈음부터는 조선사범대학과 서범전문학교를 비롯한 모든 조선인 학교에서 우리말이 아닌 러시아어로 교육을 실시하게 되면서 우리말의 존재가 고려인 사회 속에서 점점 축소되어갔기 때문이다. 그러나 1938년 『선봉』의 후신이라 할 수 있는 『레닌기치』(1938-1990)가 우리말로 발간되고, 강제 이주의 상황 속에서도 공연을 지속해 나간 '고려극장'을 토대로 고려인 문화가 다시 빛을 찾기 시작했다.

『레닌기치』는 1938년 5월 15일 카자흐스탄의 옛 수도 크즐오르다에서 『레닌의 긔치』라는 이름으로 창간되었다. 이후 1950년 7월 26일부터 그 명칭이 『레닌의 기치』로, 1952년 1월 1일을 기해 『레닌기치』로 다시 수정되었다. 『레닌기치』라는 이름으로 40년 가까이 발간되다가 1990년 12월 31일자로 폐간되었으며 1991년 1월 1일 『고려일보』라는 이름으로 재창간되었다.[15] 소비에트 카자흐스탄 고려인 문인들이 자신의 작품을 발표할 수 있

15) 김필영, 「소비에트 카작스탄 고려인 문학」, 『民族文化論叢』 제34집, 영남대학교 민족문화연구소, 2006, 312쪽.

는 유일한 지면을 제공해 주었던 최초의 『레닌의 긔치』를 시작으로 『레닌기치』까지 62년여 동안 중앙아시아 한인들의 민족정체성 보존과 민족어 유지에 크게 기여했을 뿐만 아니라 중앙아시아 한인들의 문예 창작활동의 모체적 역할을 해 온 유일한 신문이라고 할 수 있다.[16]

그러나 『레닌기치』에 처음부터 문예작품이 실렸던 것은 아니었다. 이는 독자들의 요청에 의해 이루어진 것으로 1939년 5월 24일자 신문에 처음 '문예페지'가 마련되었다. 중앙아시아 한인들의 문예 창작활동의 구심점이 되었던 『레닌기치』는 1941년에는 각본을 현상 모집하기도 하였다. 이는 당시 고려인 문단에서 처음 있었던 문학작품 현상 공모라는 점에서 의의가 있다.[17] 더불어 당시 크즐오리다주 고려극장의 위상을 확인하게 한다.

이 시기의 고려인 문화를 이끈 주요한 흐름 중의 하나가 1937년에 크즐오르다에 설립된 고려극장에서 비롯되었다. 고려인들의 공연예술 문화를 이끌어온 고려극장은 1932년 연해주 블라디보스토크 신한촌에서 '원동변강 조선극장'이라는 이름으로 처음 설립되었다. 당시에는 태장춘, 연성용, 채영, 리길수, 김해운, 김진, 리함덕, 최봉도, 김익수, 정후경, 최길춘, 리경희, 정 블라지미르, 오철암 등과 같이 우수한 아마추어 연극배우, 음악가, 무용가들이 포진되어 있었다.[18] 국내외를 통틀어 가장 오랜 역사를 간직하고 있는 이 극장은 고려인들의 굴곡진 역사와 함께 하며 오늘날까지 카자흐스탄 알마아타에서 현지화 된 민족 문화를 계승・발전시키며 활발한 활동을 하고 있다.

1937년 강제 추방될 당시 고려극장의 배우들은 공연에 쓸 최소의 악기

---

16) Kim, Philip, 「레닌기치에 나타난 쏘베트 한인문학」, 『비교한국학』 제3권, 국제비교한국학회, 1997, 1~2쪽.

17) 김필영, 위의 글, 316~317쪽.

18) 이 애리아, 「중앙아시아 고려인의 고려극장」, 『민족무용』 제32권, 세계민족무용연구소, 2002, 226쪽.

와 소품만을 지닌 채 중앙아시아로 강제 이주해갔다. 이때 이들은 카자흐스탄의 크즐오르다, 우즈베키스탄의 호레즘, 타슈켄트, 이렇게 3개의 극장으로 분리되었지만[19] 크즐오르다를 중심으로 어려운 환경 속에서도 활동을 재개해 나갔다. 제일 먼저 이들은 고려인들이 집단으로 거주하고 있던 지역을 대상으로 순회공연을 펼쳤다. 설립 초기인 1938년까지는 주로 크즐오르다의 고려인 꼴호즈에 한정되었던 것이 1939년에 이르러서는 카자흐스탄 전역을 순회하며 공연하였다. 당시 이들의 공연은 강제 집단 이주 전 원동에서 공연했던 작품들이 다수를 이루었지만, 창작 활동도 멈추지 않았다. 당시 만들어진 작품으로는 고려인 콜호스의 생활상을 다룬 태장춘의 희곡과 코르네이추크 작 <분함대의 파선>, 막심 고리끼의 <원수>, <이고르 블라초프>, 그리고 채영 작 <장한몽> 등이 있다.[20]

1941년 제2차 세계 대전 와중에 독소전쟁이 일어나자 고려극장 단원들은 노동 전선에 동원되었다. 이들은 피난민과 부상병들을 상대로 위문 공연을 펼치는 한편 옷과 담요 등을 모아 전선으로 보내고, 탱크 기금 모금 활동을 벌이기도 했다. 독일군이 소련 영내로 진격함에 따라 전선이 카자흐스탄에 가까운 쪽으로 동진하게 되었고, 독소전쟁의 전환점이 된 스탈린그라드 전투가 한창이던 1942년 1월 13일에는 알마티에서 동북쪽으로 350여 킬로미터 떨어진 고려인들의 강제 이주 최초 정착지였던 우슈토베로 이전하였다.

전쟁으로 인해 급작스럽게 우슈토베로 이전할 수밖에 없었던 고려극장은 전쟁이 끝나고 우즈베크 공화국으로 극장 소재지를 이전할 것을 계획한다. 이후 1959년 5월 30일 카자흐 공화국 정부의 결정에 의해 크즐오르

19) 김보희, 「소비에트시기 고려극장의 역사와 음악 활동 Ⅰ」, 『한국음악연구』 제46집, 한국국악학회, 2009, 16쪽.

20) 이 애리아, 앞의 글, 227쪽.

다로 옮겨 크즐오르다주 주립 고려극장이 되었다. 1964년 1월부터는 '카자흐 공화국 고려음악연극극장'으로 격상되어 소련 전역으로의 순회공연을 펼칠 수 있게 되었다. 1968년에는 주립극장에서 국립극장으로 승격되어 '카자흐 공화국 국립 음악희곡고려극장'이라는 명칭으로 변경하고 카자흐 공화국 수도인 알마티로 옮겨왔다. 이처럼 긴 역사를 가진 고려극장은 전세계적에 걸쳐 퍼져 있는 한민족 공연 단체 가운데 가장 오래된 단체라는 자부심을 가지고 오늘날까지도 민족정체성을 지키려 노력하고 있다.

3) 주요 작가 · 작품 : 시

구소련 지역에서 펼친 한민족의 문학활동은 조명희(1894-1938)의 망명과 더불어 시작되었다고 해도 과언이 아니다. 러시아 땅으로 이주한 한민족이 처음 자리 잡은 연해주에서는 1923년에 이미 '고려말 신문' 『선봉』[21]이 창간되어, 고려인들의 눈과 귀, 그리고 나침반의 역할을 담당하고 있었다. 이 『선봉』이 고려인문학의 산실 역할까지 맡게 된 것은 조명희가 망명한 1928년부터이다. 이때부터 『선봉』에는 고려인들의 문학작품이 실리기 시작했다. 처음 5년여의 기간 동안은 부정기적으로 시와 소설 등을 실다가, 1933년에 이르러서는 정기적으로(월 2회) 문학 작품을 발표할 수 있는 '문예페-지'란을 신설하여 명실공히 고려인 문인의 등용문 역할을 해내게 되었다. 그러나 고려인문학은 이렇게 싹이 트자마자, 강제이주라는 폭력적 정책에 부딪치게 된다. 믿을 수 없는 민족으로 치부되어 비인격적인 이주를 당한 후, 고려인들은 문학작품에서조차 고향에 대한 그리움을

21) 이 신문의 처음 제호는 『三月一日』이었고, 제4호부터 『선봉』으로 제호가 변경되었다(「선봉 신문의 략사와 임무」(『선봉』, 1928.4.20), 우정권 편저, 『조명희와 『선봉』』, 역락, 2005, 115~117쪽 참조).

표현하는 것을 금지 당하게 된다. 따라서 이 시기의 고려인문학은 '강제이주'를 기준으로 그 이전과 이후로 나누어 살펴보아야 한다.

그런데, 어느 시기를 막론하고 유념해야할 고려인문학의 특징이 있다. 고려인문학은 기본적으로 사회주의 이념에서 자유롭지 못하다. 그들이 첫발을 내디뎠던 제정 러시아 땅은 1917년의 혁명을 거친 후 곧 사회주의화되었기 때문이다. 1937년의 강제 이주 이후 『선봉』의 후신으로 발행된 『레닌기치』 신문이 소비에트의 기관지라는 점도, 그 매체를 통해 발표되는 문학작품들의 성격을 엿볼 수 있게 하는 대목이다. 고려인들의 창작활동은 이러한 일정한 한계 안의, 즉 당이 허용하는 범위 안에서의 창작활동이었다. 다음으로 고려인 문인은 한 작가가 다양한 장르의 작품을 창작했다는 특징이 있다. 근대 문학 초창기의 문인들이 오늘날과는 다르게 시, 소설, 평론, 희곡 등 여러 장르에 걸쳐 다양한 창작을 한 것과 마찬가지로, 고려인 문인들의 창작도 한 장르에 국한되지 않았다. 또한 전문적인 문학교육의 장이나 등단의 체계가 마련되어 있지 않았으므로 아마추어적인 수준의 작품도 많다. 이러한 이념적 제약과 비전문가의 창작이라는 한계 속에서 산출된 작품들이기에, 고려인문학에서 예술적인 성취를 논하는 것은 부적절해 보이기도 한다. 고려인문학은 예술적 성취라는 측면보다는 이국땅에서 한민족으로서의 정체성을 지키고자 한 의지의 발현으로서, 민족의 귀중한 유산이라는 측면에서 접근하는 것이 타당할 것이다.

따라서 고려인문학 초창기의 작품들을 살펴보는 방법으로는, 몇 가지 주제로 분류하여 살펴보는 방법이 적절할 것이다. 『선봉』과 『레닌기치』에 작품을 발표한 많은 문인들이 있지만, 특정 문인의 작품 수가 적을 뿐더러, 문인 개개인에 대한 정보가 정리되어 있지 않으므로 작가론적으로 접근할 수가 없기 때문이다.

이러한 점을 염두에 두고 먼저 이 시기 고려인 시문학을 살펴보자. 이 시기 고려인 시문학의 주제 양상을 살펴보면, 고향(한반도)에 대한 그리움, 조국의 독립과 사회주의 건설을 위한 투쟁 독려, 한민족의 곤경 등으로 유형화할 수 있다.

그중 조국의 독립과 사회주의 건설을 위한 투쟁을 독려하는 주제의 작품이 많다. 그것은 그들이 이주한 그때 그 땅에서 사회주의 혁명이 일어났기에 당연한 결과였거니와, 고려인들의 이주 목적에도 부합하는 것이었다. 『선봉』이 창간될 때의 제호가 '삼월일일'이었던 것처럼, 1920-30년대 연해주로 이주한 한민족 중에는 생활고로 인한 이주 외에도 조선의 독립을 도모하기 위한 사람들이 많았기 때문이다. 또한 스탈린 통치 아래에서 정치적으로 불안정한 신분이었던 고려인들은 현지에 적응하기 위해 애쓸 수밖에 없었고, 그것은 작품에도 반영되어 이 시기의 작품들은 주로 소비에트 조국 건설과 애국을 노래하거나 스탈린을 찬양하는 내용이 주를 이루게 되었던 것이다.

고려인들은 이러한 상황 속에서도 민족공동체를 유지하고자 애썼고, 문학 창작 활동을 통해 민족정체성을 고취했는데, 그 한 가운데에 조명희가 있었다. 그의 「짓밟힌 고려」(『선봉』 1928.11.7)는 일제의 수탈과 억압으로 인해 고통 받는 한민족의 삶을 그린 작품으로, 각종 행사 때마다 암송되던 고려인들의 애송시이다. 이 시는 일제강점기 조선의 현실을 그려냈을 뿐만 아니라, "주림의 골짜기, 죽음의 산을 넘어 그러나 굳건한 걸음으로 걸어 나아가는 온 세계 프롤레타리아트의 상하고 피 묻힌 몇 억만의 손과 손들이, / 저-동쪽 하늘에서 붉은 피로 물들인 태양을 떠 받치여 올릴 것을 거룩한 프롤레타리아트의 새날이 올 것을 굳게 믿고 나아간다!"라고 하여, 프롤레타리아 혁명에 의해서 민족이 해방될 것이라는 확신을 가지고 있었음을 보여준다. 그 외에도 조명희의 「시월의 노래」(1931), 「볼쉐비크의 봄」(1931), 「녀자 돌격대」(1931) 등을 이 주제의 작품으로 꼽을 수 있다.

고려인 문단의 초기의 주요한 작가로 조명희와 더불어 조기천(1913-1951)을 들 수 있다. 조기천의 출생지는 함북이라는 설과 연해주라는 설이 있어서 확인이 필요하다. 그는 1931년에 시 「공격대원에게」를 발표하면서 활동을 시작했다. 그는 1937년부터 크즐오르다에 옮겨 온 원동고려사범대학과 이 대학을 개편한 크즐오르다사범대학에서 세계문학과 러시아문학을 강의하였다. 그가 발의를 하여 벽보신문이 창간되기도 하였다. 조기천은 우수한 교원으로 인정받아 1938년에 모스크바대학에 연구생으로 파견되었으나, 모스크바에 내리자마자 경찰의 검문과 질책을 받으며 다시 크즐오르다로 송환되는 사건을 겪었다. 그는 이런 일들을 겪으면서 소비에트 정권에 염증을 느끼게 되었다. 그의 시 「두만강」은 1945년에 조기천이 소련군의 일원으로서 일본군에 대항하여 웅기, 청진, 나진 전투에 참가한 뒤, 일본 식민통치로부터 조국을 되찾은 기쁨을 노래한 작품이다. 1946년에 북한으로 들어가서 한국전쟁 당시에는 조선문예총동맹에서 작가동맹위원장을 역임하기도 했다. 이런 경험을 통해서 「조선의 어머니」(1950), 「불타는 거리에서」(1950), 「조선은 싸운다」(1951)처럼 한국전쟁을 다룬 작품을 내놓기도 하였다. 이 작품들은 인문군의 승리를 고무하는 자극적인 작품으로 평가받는다.

초기 고려인문학에서 중요한 인물로 전동혁(1910-1985)도 빼놓을 수 없다. 그는 1928년에 시 「봄」을 『선봉』지에 발표하면서 창작 활동을 시작하였다. 「벼 베는 처녀」(1938), 「비밀」(1939), 「기다림」(1939), 「목화 따는 처녀들의 노래」(1941), 「벼 파종의 노래」(1941) 등의 작품을 발표했다. 그는 연해주에서 출생하여, 해방 이후에 북한에서 외무성 참사로 근무하기도 했다. 1910년생으로 청년기에 강제 이주를 겪은 인물이기에, 이 시기에 쓰인 그의 작품은 강제이주와 연관되어 해석될 수 있는 여지가 충분하다. 따라서 그의 시 「기다림」(1939)에서의 '님'은 한용운의 '님'처럼, 사랑하는 연인이나 떠나온 고향 원동, 혹은 고려인들의 처지가 회복되는 미래의 그 날 등 다양한 의미로 읽힐 수 있다고 평가된다. 검열을 피하기 위한 방법으로 이렇게 중의적인 표현을 썼다고 보는 것이다.

경직된 사회주의 체제 안에서 작가들은 검열로부터 자유로울 수 없었는데, 특히 일제의 앞잡이로 의심받은 고려인 작가들은 이로 인해 실질적인 억압을 받기도 했다. 강태수의 투옥은 그런 상황을 보여주는 대표적인 사례이다. 강태수(1908-2001)는 블라디보스톡에서 조명희를 만나면서 문학에 관심을 갖게 되었고, 1933년에 시 「나의 가르노」가 『선봉』에 발표되면서 창작 활동을 시작하였다. 그런데 그가 원동고려사범대학을 다닐 때에 스탈린에 의한 고려인 강제이주가 있었고, 이주 후 원동고려사범대학의 후신인 크즐오르다사범대학 2학년에 재학 중, 벽보신문에 「밭 갈던 아씨에게」란 시를 발표하였다가 반동으로 몰리어 20여 년 동안 수용소와 거주지 연금 생활을 했다. 작품 끝에 '1937년 이주 차에서'라고 덧붙이고 있는 이 작품은 이주 열차 안에서 밭 갈던 아가씨를 생각하면서 느낀 그리움을 형상화한 것이다. 강제 이주에 대한 민족적 울분 등을 전혀 찾아볼 수 없음에도 '아씨'가 원동을 의미하는 이미지로 해석되어 국가안전위원회에 보고되었기에 일어난 사건이었다. 이 후 이 시는 1997년에 가서야 『고려일보』에 그 전문이 실릴 수 있었다.

고려인 문화에서 연극이 융성했다는 특징이 있다. 그러므로 희곡문학이 발달했음을 알 수 있다. 희곡문학의 대표적인 작가로 태장춘과 연성용을 꼽을 수 있다. 하지만 그들은 희곡뿐만 아니라 시 작품도 많이 썼는데, 그들의 시 작품은 창가처럼 고려인들 사이에서 많이 불리웠다. 태장춘(1911-1960)의 시로는 데뷔작 「리춘백에게」(『선봉』 1934.3.24.)으로부터 시작하여, 「새해」(1940), 「소원과 실천」(1941), 「진멸된 파시즘」(1941), 「빅이에 나서자」(1941), 「김만삼에 대한 노래」(1944), 「잘 있거라」(1944) 등이 있다. 주로 사회주의를 찬양하고 노력을 독려하는 내용들이다. 「김만삼에 대한 노래」와 「잘 있거라」는 조선극단의 공연에서 불리던 노래라고 한다. 연성용(1909-1995)의 시로는 「씨를 활활 뿌려라」(『선봉』 1935.1.12.), 「끝없는 옥야를 다 갈아내자」(1934), 「사랑의 노래」(1937), 「꾀꼬리」(1938), 「씨르-다리야」(1940), 「모쓰크바」(1941), 「처녀의 손수건」(1944) 등이 있다.

주송원(주가이 알렉쎄이, 1909-1974)는 1940년대부터 시와 소설을 발표하였고, 러시아어로 창작한 시집 『나의 금선』(1952)와 『조선사람의 목소리』(1952)가 있다. 1940년대에는 소련에서 '조국전쟁'이라고 지칭하는 2차대전에서의 독일과의 전쟁을 다룬 시와 소설을 다수 발표하였다. 「민중의 선물」(1943), 「승리의 레포」(1943), 「쓰탈린의 봄」(1944), 「승리의 별」(1944) 등이 이에 해당하는 시 작품들이다.

이 외에도 한 아나똘리(1911-1940)[22]의 「사랑스럽은 사랑」 (『선봉』, 1933·11.3.), 「김만냐」(『선봉』, 1937.5.12.) 등과 리은영(1915-?)의 「누이님」(1941), 「어머니」(1941), 「나의 뜻」(1941), 「따냐」(1942), 「삼 형제」(1946) 등이, 김광현(1915-2001)의 「시인에게」(1941), 「고요한 밤에」(1943), 「승리를 위해」(1944) 등의 작품들이 있다. 한 아나똘리의 「김만냐」의 경우, 기본적으로 사회주의를 찬양하는 시이지만, 김만냐가 어려운 시기를 이겨내고 오늘날 높은 작업 성과로 상을 받는다는 이야기의 흐름 속에, 원동에서의 평온했던 생활과 '불행들만 실어다가 / 우리들의 토굴에 쓸어 넣었다'는 말로 표현된 강제이주 직후의 삶이 대비적으로 그리고 있어서 주목을 요한다. 1950년대에 스탈린이 사망하기 전에는 강제이주에 대한 언급이 금기였기에 이 정도만으로 형상화된 작품도 매우 드물기 때문이다. 김증손(1981-1970)의 「두만강의 아침」은 조선을 떠날 때의 모습과 경술국치 등의 역사적 사실을 거론하면

22) 한글 이름은 한병철이다. 이렇듯 고려인 문인들은 한글 이름과 러시아식 이름, 필명, 호 등 다양한 이름을 사용하므로 동일인물을 혼동할 수 있으므로 주의해야 한다.

서, 한반도에서의 삶을 회상하고 있는 작품이다. 고려인문학에서는 고향이라고 해도 주로 원동이기 때문에 한반도의 모습이 그려지는 경우가 많지 않기 때문에, 특징적인 작품이라고 할 수 있다. 이외에도 김증손은 「거제도」(1953)이란 특이한 작품을 창작하기도 했다. 고려인 문인들이 세계의 여러 지역에서 발생한 전쟁에 대해 시를 짓고, 거기에 미국에 대한 비판을 담는 것은 흔한 모습이다. 이 작품도 그런 분위기의 시들의 일종일 뿐, 한국전쟁도 다른 전쟁과 마찬가지로 다룰 뿐이라고 치부할 수도 있다. 먼 나라의 전쟁이기에 그 내용이 '서투르다'고 평가받기도 한다. 하지만, 고려인문학 중에서 한국전쟁을 다룬 경우가 드물고, 더구나 북한 출신의 고려인이 아닌 경우에는 더욱 드문 일이기에 특이하다고 하겠다.

요약하자면, 이 시기의 고려인 시들은 소비에트에 대한 믿음과 새로운 조국에 대한 충성심 등을 주요 주제로 다루고 있다.

4) 주요 작가 · 작품 : 소설

이 시기에 발표된 소설 작품은 매우 적다. 살던 땅을 떠나 낯선 곳에서의 삶이 녹록치 않았을 텐데, 거기에 강제이주라는 끔찍한 시련까지 겪으면서, 소설을 창작하기에는 여러모로 어려웠으리라는 것은 쉽게 짐작할 수 있다. 거기에 현지의 상황도 불안했다. 즉, 고려인들이 제2의 조국으로 삼은 소련이 2차 대전의 와중에 독일과의 전쟁을 치르게 된 것이다. 그래서 이 시기의 많지 않은 소설 중에서도 이 전쟁[23]을 소재로 다룬 작품들이 눈에 띈다. 이 시기에 많은 작품을 남긴 작가로는 주가이 알렉세이(1909-1974)가 있다. 그의 작품 중에는 「빨찌산 김이완」(1943), 「순회 붉은 긔」(1943), 「편

23) 소련에서는 이 전쟁을 '위대한 조국전쟁' '조국애호전' 등으로 지칭하고, 고려인들도 이러한 명명을 거의 그대로 받아 쓰고 있다.

지 한 장」(1943), 「영웅」(1944), 「훈장 받은 전투사 신명현」(1945), 「용감한 자」(1945)처럼 '조국애호전'을 바탕으로 하고 있는 작품들이 많다. 그는 주로 후방의 노력전선에서 고려인들이 전방에서와 다름없이 애쓰고 있는 모습을 부각시키고 있다. 「순회 붉의긔」(1943.8.22.)는 "남편은 로력전선에서 석탄을, 나는 배후에서 의복을 전선에 주며" 대조국전쟁시기에 한 몫을 하고 있음에 안심하는 주인공의 모습을 그리고 있다. 주인공 마리야는 밤쓰메냐를 조직하여 새벽 2시가 넘도록 일을 하여 주어진 과제를 200%가 넘게 실행하였고, 그가 속한 쩨흐[24]는 '순회붉은긔'를 타고 그는 "조국애호전 시일에 헌신적으로 사업하였음"을 인정받아 표창장을 받는다. 「우수한 분조장」(1943.11.14)에도 '볼셰위크'콜호즈의 분조장은 일할 남자들이 부족한 상황에서 젊은 여자들만을 데리고도 많은 수확을 거두어 주영게시판에 이름이 오르자 축하연을 연다. 「전투적 하로」(1944.1.5)에서도 이미 남편이 전사한 여자들이나 남편을 전선에 내보낸 여자들이나 구분 없이 후방에서 주어진 과제를 200%도 넘게 달성하는 '전투적 하루'를 보내는 모습이 그려져 있다.

남해룡의 「최쎄르게이 비행기」(1944.2.13)는 "원쑤들이 월가에, 깝까스 산정에 이르렀고 수도 쓰딸린그라드를 위혁하던 1942년말"을 배경으로, '세웨르늬 마야크' 콜호즈 회장 최 쎄르게이가 "다년간 로력에서 저축한 금액 한밀리온 루불리를 비행긔 전조금으로" 낸 이야기이다. 전선의 보도를 들으면서 최쎄르게이는 "조국에 대한 열렬한 애호심, 원쑤에게 대한 무한한 증오심이 가득 찼"기 때문에, 어떻게 자신의 힘을 보탤까 궁리하다가 비행기를 헌납하기로 한 것이다.

독소전쟁을 다룬 소설들로는 이 외에도 김병욱의 「사형제」(1941), 최민

24) 쩨흐(tsyekh)는 공장 내의 각 '전문공장'이라는 뜻의 러시아어라고 한다(김필영, 『소비에트 중앙아시아 고려인 문학사』, 강남대출판부, 2004, 161쪽).

의 「강도들」(1941), 조정봉의 「생의 불꽃」(1946) 등이 있다. 고려인들은 일제의 앞잡이로 여겨지면서 직접 총을 들고 이 전쟁에 참전하는 것에서는 배제되었지만, 후원금을 내고 후방의 노력전선에서 전방에서에 못지 않은 성과를 보여줌으로써, 자신들의 소비에트에 대한 충성심을 드러내고자 했음이 이런 작품들에서도 고스란히 드러난다.

이 시기에 발표된 작품 중에 주목을 요하는 것으로 김기철(1907-1991)의 「첫사귐」(1938)이 있다. 주인공 철호와 다사의 사랑 이야기를 통해 카작사람들과 조선사람들 사이의 우호를 확인한다는 내용의 작품이다. 소비에트 다민족주의를 옹호하는 내용의 작품이다. 민족에 대한 의식을 살펴보면, 고려인의 작품들은 러시아 민족에 대해서는 우호를 드러내는 반면, 그 외 타민족에 대해서는 별다른 의식을 드러내고 있지 않다. 오히려 자신들보다 열등한 민족으로 여기는 분위기도 있다. 그러나 이 작품은 그러한 왜곡된 민족의식에서 벗어나, 민족간의 우열을 넘어선 교류를 보여준다. 처음에는 언어의 장벽과 선입견 때문에 서로를 부정적으로 여기다가 점차 갈등이 해소되는 서사를 통해 고려인들이 중앙아시아 지역에 처음 정착하던 시기의 상황을 사실적으로 그려내고 있다.

그밖에 허원룡의 「우승기」(1940), 태장춘의 「할흐 저녁」(1940), 리은영의 「사랑의 마음」(1948), 「기쁜 명절」(1948) 등의 작품들은 소비에트 사회주의 건설을 주제로 열심히 일하는 노력 영웅들의 모습을 형상화하고 있다.

본명을 알 수 없는 '밝은 눈'이라는 필명의 작가는 풍자적인 작품을 몇 편 발표했는데, 그중 「소문난 잔채」(1946)는 당 구역위원회 비서의 무책임하고 부도덕한 행동을 고발하고 있는 작품이고, 「안장코」(1946)은 꼴호즈 안에서 부정과 협잡, 횡령을 일삼는 인물에 대한 이야기이다. 「온흘도 이럭저럭 해는 지고요」(1946)에서는 바쁜 시기에 핑계를 대면서 일하기 싫어하는 여성들을 고발하고 있다. 이런 작품들 역시 목적의식이 두드러진다는 점에서 예술적인 성취는 높지 않지만, 주로 긍정적인 모습만이 부각되는 고려인문학에서 나름대로 다양한 모습을 엿볼 수 있다는 점에서 흥미롭다.

연성용은 주로 시와 희곡, 그중 특히 희곡 분야에서 평가를 받고 있다. 현지에서는 그의 모든 작품이 높은 문학적 재질을 갖추었다고 평가받고 있지만, 그의 시는 정형률에서 벗어나지 못한 창가의 형태가 많아서 본격적인 근대시로서의 본질에 접근하지는 못한 것으로 보인다. 하지만 산문에서는 탁월한 재능을 보인다. 연성용의 작품 중 「영원히 남아있는 마음」은 나무를 재미로 기르는 창세와 낙천 두 노인 친구들의 이야기이다. 그들의 자식들은 도시로 부모를 모시고 싶어 하지만, 그들은 받아들이지 않는다. 그들의 생각은 죽은 아내의 무덤과 친구들이 있는 곳을 떠나지 않으려는 한국적 보수성, 전통적인 한국사상을 견지한다. 하늘과 땅이 무너진다는 비유는 아버지와 아들의 관계가 소멸된다는 사상과 직결되고 있다. 고향땅을 잊지 말아야 한다는 것도 같은 맥락이 된다. 지나치게 작위적인 우연성이 보이는 흠도 있지만, 결국 고향에서 부모를 모시고 살기 위해 도시의 편리와 깨끗함을 포기한다는 내용으로, 구성이 매끄럽고 다양한 기교 때문에 신선하지 못한 소재를 표현기교로 덮고 있다.

이렇듯 고려인문학의 첫 시기의 작품들은 시와 소설에 걸쳐서, 고향에 대한 그리움, 새로운 조국인 소비에트에서의 사회주의 혁명에 대한 칭송, 새 조국이 처한 전쟁에의 헌신 그리고 새로운 터전에서 적응해 가는 과정 등을 담고 있다.

3. 민족분단 대립기

1) 고려인의 지위 복원과 북한 · 사할린으로부터의 유입

소련에서는 전후 복구 사업이 일단락되고 국민 경제가 정상 궤도에 오르자 불순분자나 적성국 국민을 강제 동원하여 노동력을 수탈하였던 강압 조치들이 서서히 약화되기 시작하였다. 즉 사회적 · 민족적 특성에 따라 취해졌던 강압 조치는 그 실효성을 상실해 가고 있었다. 이러한 변화는 1953년 3월 27일 소련 최고회의 간부회의에서 발표된 '사면에 관해서'라는 명령에서 찾아볼 수 있다. 그 후 1920년대 후반에 실시된 부농 퇴치 과정에서 추방된 쿨라크들의 특수 이주와 활동 제한 조치 등이 해제되었으며, 민족 집단에 대한 억압적 조치들도 서서히 제거되기 시작했다.

스탈린 통치 시대의 강압적 조치에 대한 반성과 억압받은 자들에 대한 명예 회복이 촉발된 것은 흐루시초프가 1956년 제20차 당 대회에서 스탈린 격하 운동의 필요성에 대한 연설을 한 이후이다. 그해 7월 소련 최고회의는 '특별 이주자들의 법적 지위상 특별 거주에 따른 제한 조치 해제에 관해서'라는 법령을 채택하였다. 이 문서에는 스탈린 시대에 수행된 개별 시민이나 전체 민족에 대한 탄압이 불법으로 시행되었다고 평가되어 있다. 이에 따라 탄압으로 발생하였던 범죄적 행위의 유산들이 서서히 제거되기 시작했고 흐루시초프의 명예 회복 정책이 진행된 1954-1961년 사이에 '반혁명 분자'로 몰린 사람들을 포함하여 탄압 대상자로 분류되었던 약 70만 명의 정치가, 민족 집단 구성원의 명예가 회복되었다.

강제 이주에 의해 희생된 특정 집단이나 그 구성원에 대한 명예 회복 작업은 이보다 조금 늦게 추진되어 1955년 12월 강제 이주된 독일인과 그 가족들이 특별 이주지에 거주하면서 받았던 제한 조치들이 해제되었다.

이후 체첸인, 잉구시인, 칼미크인, 그리스인, 발카르인, 아르메니아인 등 여러 소수 민족에게로 제한 조치 해제가 확산되었지만 그들은 쉽게 떠나지 못했다. 그럴 수밖에 없었던 것이 이들에게는 강제 이주되어 간 지역으로부터의 이탈은 허용되었으나 이주되기 전 지역으로의 귀환이 공식적으로 허가되지 않았기 때문이다. 또한 이들의 명예 회복 문제는 민족 국가 구성체 복구 차원에서 이루어졌다. 소련 정부는 이들 민족을 강제로 이주시킬 때 폐지시켜 다른 인근 주로 편입시키거나 정치적 지위를 격하시켰던 자치 지역을 되돌려 주어야 했다.

고려인의 명예 회복 문제는 앞선 민족들의 명예 회복보다 상황이 좋지 않았다. 여타 민족들에게는 자신들의 정치적 이익을 대변할 민족 국가 구성체가 있었기에 정치적인 자결뿐 아니라 이를 바탕으로 한 사회·경제적 배상과 경제적 지원 등을 획득할 수 있었지만, 고려인들은 자치 지역이 없는 소수 민족으로서 물질적 배상을 받지 못하였다. 더불어 중앙아시아의 특별 이주지로부터의 감시나 통제에서 벗어날 수 있었지만, 과거에 살던 연해주 지역으로의 귀환에 대해서는 공식적인 허가를 받지 못하였다. 명예 회복의 문제점들은 특히 물질적 보상 문제에서 명확히 드러나는데 1960년 1월 7일 최고회의 간부회의는 "강제 이주자들에게 강제 이주시 박탈한 재산을 반환받을 권리, 강제 이주되었던 옛 지역으로 귀환할 권리" 등을 부여하지 않거나 "민족주의 불법 모의자나 무장 폭군자들로부터 특별 이주에 따른 제한 조치를 해제시킬 근거" 등을 제외함으로써 정권 유지에 위험이 될 만한 요소들은 허가하지 않았던 것이다. 즉 명예 회복 정책은 선언만 무성하였지 실질적인 시행 조치가 마련되지 않은 한계를 지니고 있었다.[25)]

25) 심헌용, 앞의 글, 225~227쪽.

그럼에도 불구하고 거주지 제한령이 철폐되자 1950년대 후반에 이르면 고려인들은 적극적으로 도시 진출을 모색하기에 이른다. 강제 이주 직후인 1939년의 카자흐스탄 지역 한인 인구와 1959년의 수치를 비교하면 약 4분의 1(2만 3,277명) 정도의 감소를 보여 고려인들의 인구 이동이 얼마나 빠른 속도로 진행되었는지 실감하게 한다.[26] 이와 같이 고려인들의 도시 이동이 급증하게 된 데에는 도시가 사회와 개인의 경제적 이익을 추구할 수 있는 유리한 조건들이 형성되어 있었기 때문이다.

1950년대가 해빙의 시대라고 하지만 소련 당국의 민족 정책에 있어서는 스탈린 시대의 구호, 즉 "내용에서는 사회주의, 형식에서는 민족적"이라는 표어가 여전히 유효하였다. 더 나아가 교육 정책에서 민족 간 융합은 가속화되는 방향으로 나타났다. 이는 고려인 사회에도 마찬가지였는데, 이들의 주요 터전이었던 카자흐스탄의 당 제1서기였던 잔딜딘은 민족의 융합이 '자연스러운' 과정이며 이를 방해하고자 하는 시도가 나타난다면 이는 반동적인 민족주의라고 강력히 부정하였다. 그러면서 이들은 소비에트 연방의 모든 민족이 단일체로 묶여야 하며 이를 위해서는 공동의 영토, 공통의 문화, 내용에서 사회주의적 단일 문화의 공동체 속에 있음을 드러내는 공통의 심리적 특성을 공유한 다민족적이지만 단일한 소비에트인이 육성되어야 한다고 주장하였다.

흐루시초프는 이같은 민족 간 융합을 촉진하기 위한 하나의 구체적인 시책으로 다민족이 함께 근무할 수 있는 근로 환경을 조성할 것을 독려하였다. 그리하여 공화국 간에 간부들이 교체되었고 소수 민족 출신의 대학 졸업자들과 젊은 숙련 노동자들이 출신 공화국 이외의 소비에트 연방 공화국들로 배치 명령을 받았다. 이렇게 타 지역으로 파견된 소수 민족 출

26) 방일권, 「20세기 고려인 사회와 교육」, 정옥자 편, 『러시아 중앙아시아 한인의 역사』(상), 앞의 책, 291쪽.

신의 소비에트인들은 스스로 러시아어를 모국어로 삼고 싶어 했다. 이런 현상은 중앙아시아 지역의 콜호스에서도 생겨났고, 우즈베키스탄 교육부는 점차적으로 한국어는 배제하면서 러시아어를 강조하였다.

소련 정부의 민족 간 융합을 통한 소비에트인 만들기라는 민족 정책의 목표를 가장 훌륭히 이행한 소수 민족들 중 하나가 고려인들이었다. 이들은 소련의 교육 체제에 자발적으로 편입했고, 1959-1960학년도에 우즈베키스탄에 살던 고려인의 25%(3만 4,700여 명) 이상이 학생이었다는 사실을 통해서도 알 수 있다. 또한 소련의 고등 교육 체제에 편입하기 위해 중앙아시아를 떠나는 고려인들의 수도 점점 증가하였다. 이처럼 고려인들은 언어 정책을 통해 민족들의 대규모 동화를 추구하던 소련의 민족 및 언어 정책을 모범적으로 수용하였다. 그 결과 고려인들은 '효과적인 노동'을 추구하는 모범 민족으로, 가능한 한 중앙아시아 지역을 떠나 러시아 각지로 진출하는 데 노력을 기울이고 있는 '모범적' 소비에트인이 되어 갔다.[27)]

상황이 이러하다 보니 한국어는 가정에서 입말 형태로 근근이 그 명맥을 유지한 채 글말 생활에서는 멀어지게 되었다. 그런데 이때 한국어 글말 생활의 공백을 메워주고 민족어 보존에 기여한 사람들이 있었다. 이들은 정치적 이유로 망명한 북한 유학생 출신의 한인과 2차 세계대전 당시 일본군에 징용된 후 사할린에 억류되었다가 카자흐스탄으로 이주한 한인들이었다.

6·25전쟁 이후 북조선 정부에서는 별다른 선발 기준 없이 전쟁에 참가했던 청년들 가운데 약 200명을 뽑아 소련 유학의 기회를 제공하였다. 단 국가가 선택한 학교에서 지정한 전공 분야를 공부해야만 했다. 그런데 당시 소련에서는 스탈린의 개인 독재 행적을 비판할 수 있음은 물론 스탈린

27) 위의 글, 298쪽.

의 여러 문제점을 폭로한 비밀문서가 암암리에 유출되어 사람들 사이에서 읽히고 있었다. 북조선 유학생 가운데 일부도 이 문서를 입수해 읽을 수 있었는데 비밀리에 라디오 방송을 통해 조선의 정황에 대해 들어오던 그들 중 일부는 스탈린에 비추어 김일성의 개인숭배와 독재를 비판하였다. 이를 계기로 1957년 모스크바에 유학하고 있던 북조선 유학생들 사이에서는 조선민주주의인민공화국의 정책에 대한 반발이 일어나 급기야 조선노동당 중앙위원회에 김일성 개인숭배를 비판하는 공개서한을 보내는 상황에까지 이르게 되었다. 상황이 이러하자 북조선 정부에서는 이들 유학생들을 본국으로 송환하려고 하였지만, 이들은 소련 중앙위원회 사상과에 정치 망명을 신청하여 무국적자 신분으로 그곳에 머물게 되었다.[28]

앞서 언급한 것과 같이 스탈린 시대 이후 약 30여 년간 소련 정부는 해빙과 정체의 시기를 보내면서 민족들의 융합을 통한 소비에트인 만들기를 당 목표로 삼았다. 고려인들은 이를 새로운 기회로 삼아 특권적 지위를 누리고 있는 러시아인의 문화유산 및 관습을 자신들의 것으로 만들고자 노력했고 다른 민족들보다 월등히 앞서갔다. 그러나 이런 상황은 오래 지속되지 못했고 정권이 바뀌면서 새로운 전환의 시기로 접어들었다.

2) 체제 편입 문학과 주제의 다양화

1937년 시행된 스탈린의 강제 이주 정책으로 인해 고려인 문단은 그가 사망한 1953년까지 암흑기였다. 스탈린 시대에 고려인문학은 스탈린을 찬양하고 소비에트 정권을 옹호하는 작품들이 주를 이루었다. 이는 작품에 대한 정부의 사전 검열이 까다로웠을 뿐만 아니라 고향이나 조국에 대한

28) 김필영, 「소비에트 카작스탄 한인문학과 희곡작가 한 진의 역할」, 『韓國文學論叢』 제27권, 한국문학회, 2000, 215~218쪽 참조.

향수의 표현, 소련의 제도나 정책을 비판하기 위한 문학적 상상력 등은 절대 허용되지 않았기 때문이다. 즉 이 시기 고려인 문단의 이같은 분위기는 당 지도부의 문화 정책에 기인했다. 실제로 1947년 소련작가동맹 총서기인 파제예브는 문학 작품을 창작하는 데 있어 소비에트 제도의 우월성을 작품 속에 드러낼 것을 강조하기도 했다. 그러나 한편으로는 문학 작품을 통해 소비에트를 조국으로 인식하고 조국전쟁에 투신하는 고려인들의 모습을 형상화함으로써 고려인들 스스로 소비에트 사회의 일원으로 적극적으로 편입되고 싶어 하는 소망을 드러냈다. 리은영의 「사랑의 마음」(1948.1), 「갈밭에서」, 김찬수의 「산을 넘고 바다를 건너」(1958.1)와 같은 작품들이 이런 흐름에 놓여있다.

그러나 제2차 세계대전과 6·25전쟁은 스탈린과 사회주의 체제에 대한 찬양으로 가득했던 당시의 고려인 문인들의 시선을 극동과 조선으로 돌리게 했다. 제2차 세계대전 말기인 1945년 당시 소련군은 소련 원동에서 일본군을 몰아내고 한반도 북부를 해방시키는 데 참여했었다. 이때 몇몇 고려인들은 소련군의 일원으로 파병되었다가 김일성이 정권을 수립하는 데 참여하기도 했다. 그러면서 『레닌기치』에는 한반도와 관련된 기사들이 자주 보도되기도 하였다. 이 시기 고려인 문단에는 항일의식을 드러낸 작품들이 다수 창작되었는데 우가이 블라지미르의 「용의 아구리」(1946.9)와 김준의 「해당화」(1958.3), 「지홍련－제일편」(1960.9) 등이 그것이다. 항일의식을 드러낸 이 작품들은 이데올로기 투쟁의 역사를 통해 새로운 정착지에서 이들이 이념적으로 적응하며 소비에트인으로서의 아이덴티티를 수립해나가고 있음을 드러낸 것으로 볼 수 있다.[29)]

1953년 3월 스탈린이 사망하자 러시아 사회를 비롯해 고려인 사회에도

29) 장사선·우정권, 『고려인 디아시포라 문학 연구』, 월인, 2005, 22~23쪽 참조.

크나큰 변화가 찾아왔다. 스탈린의 뒤를 이은 흐루시초프가 스탈린 체제를 비판하며 수용소에 감금된 정치범들을 석방시키는 한편 솔제니친의 단편을 출판 허가하는 등 러시아 사회에 해빙의 물결이 일렁거렸고, 고려인 사회도 변화하기 시작했던 것이다. 당시 러시아의 정치문화적인 변화는 고려인문학에도 영향을 미쳐 민족적 차별과 문화적 억압으로부터 벗어나는 계기가 되었다.

더불어 이 시기에 『레닌기치』가 카자흐스탄 크즐오르다 주 당위원회 기관지에서 카자흐스탄 소비에트사회주의공화국 공산당 중앙위원회 기관지로 승격되었다. 고려인들의 삶도 앞선 시기보다 경제적으로나 사회적으로 안정되어 문학적으로도 다양한 작품들이 창작되었다. 문학인들은 그동안 잊혀져왔던 항일 무장 투쟁의 전과를 의미화하고 척박한 중앙아시아 지역의 토지를 일궈낸 자신들의 공과를 문학적 형상화를 통해 치하함으로써 잃어버린 역사와 '고려인'으로서의 정체성을 찾으려고 했다. 즉 문학을 통해 그들 스스로 간첩으로 오인 받아왔던 억울한 누명을 벗고, 항일 투쟁과 소비에트 혁명 투쟁에 적극적으로 참여한 사회주의 건설의 당당한 일원임을 밝히고자 했던 것이다.

그 대표적인 작품으로 김준의 『십오만원 사건』(카자흐스탄 국영문학예술출판사, 1964)이 있다. 이 작품은 김준이 1919년 간도에서 발생하였던 이른바 '십오만원사건'의 주동자였던 최봉설로부터 사건의 전모를 듣고 1955년 초 집필을 시작해 1960년 말에 완성시켰다. 김준은 이 작품을 통해 그동안 잊혀졌던 사건의 주역들 윤준희, 림국성, 최봉설, 한상호, 박웅세, 김성일 등을 고려인 사회 안으로 불러들이는 역할을 하였다. 더불어 항일 무장 투쟁과 러시아혁명 기간 동안 영웅적으로 투쟁하였던 고려인들의 역사와 고향 의식을 현재적으로 의미화함으로써 그동안 극동의 조선인 거주지를 일본 간첩들의 소굴로 규정한 소련의 공식적인 담론을 정면 부인하였다.

김세일의 『홍범도』(『레닌기치』, 1965-1969) 역시 역사적 사건을 통해 애국주의를 통한 혁명 영웅의 형상화와 민족정체성 부정을 통한 소련에의 동화 등을 보여 주고 있다. 역사적 사건을 상상으로 재구한 이 작품에서는 유독 김 알렉산드라의 활동이 강조되어 나타난다. 이는 정치적으로 러시아 사회에서 소외되어 있던 고려인들이 소비에트 혁명 시기에 혁명정부의 중심에 있었던 고려인 여성 김 알렉산드라의 활동을 자신들에게 투사함으로써 심리적 위안을 얻고자 했던 것으로 해석할 수 있다. 더불어 고려인들이 수많은 영웅을 배출해냈음에도 불구하고 스스로의 힘으로는 러시아 사회에서 제 위치를 보장받을 수 없었기에, 과거의 영웅을 호출하여 위안을 얻을 수밖에 없었던 고려인들의 슬픈 운명을 보여주는 것이기도 하다.[30]

이 시기의 고려인문학은 그 주제 면에서도 다양화되었다. 당대에 발표된 작품들을 주제별로 살펴보면 첫째, 한상욱의 「보통 사람들」과 같이 순수한 인간애, 부모와 자식 간의 사랑과 불화, 청춘남녀의 사랑을 다룬 작품들이 있다. 둘째, 레닌과 시월혁명을 찬양하고 소비에트 사회건설을 위한 헌신을 다룬 작품들이 있다. 원동에 거주하던 조선 소작농들을 해방시킨 적파군의 공적을 통해 시월혁명을 찬양한 김기철의 「복별」이 대표적인 작품이다. 셋째, 항일 독립투쟁과 시월혁명을 묘사한 작품군이 있는데, 김준의 「나그네」가 대표적이다. 넷째, 사회주의 이상의 실현으로 소련 사회주의 생활이념을 부각시킨 작품들인데, 부 뾰뜨르의 「니나의 재산」과 같은 작품이 여기에 속한다.[31] 다섯 번째는 비로소 고향에 대한 그리움을

30) 강진구, 「고려인 문학의 전개 과정과 그 특징」, 정옥자, 『러시아 · 중앙아시아 한인의 역사』 (하), 앞의 책, 232~237쪽 참조.

31) 김필영, 「소비에트 중앙아시아 고려인 소설 연구」, 『民族文化論叢』 제32권, 영남대학교 민족문화연구소, 2005, 65~73쪽 참조.

표출하기 시작한 작품들이다. 여기에 속하는 대표적인 작품으로는 김세일의 「내 고향 원동을 자랑하노라」, 김준의 「나는 조선사람이다」 등이 있다.

1970년대가 되면 고려인 문단은 카자흐스탄 작가 동맹 산하에 고려인 작가 분과가 설치되면서 정치적으로 그 위상이 달라졌다. 그러면서 이들 고려인 문인들의 작품 역시 체제 지향적으로 변해갔다. 1970년 7월 24일부터 25일까지 고려인 문인들은 조선 문학 발전을 위해 '카자흐스탄 조선 문인회의'를 개최하였는데 여기에서 이들은 소련문학의 기본 방향을 공산당과 소련 인민의 혁명적이고 전투적이며 노력적인 전통들을 형상화하는 것이라고 규정했다. 고려인 작가들 역시 "쏘련 인민들과 조국에, 쏘련 공산당에 충성을 다하여 헌신 복무"하는 것은 물론이고 "레닌주의의 승리, 공산주의의 승리"를 위해 노력할 것이라고 공식적으로 다짐한 것이다.

이 시기에 연성용의 「카사흐쓰딴아, 나의 절을 받으라」(1970)와 같이 자신들이 살고 있는 중앙아시아인들과의 연대성을 강조하기 위해 그들과의 만남을 우정으로 형상화한 작품들이 다수 발표되었다. 더불어 '사회주의 조국 쏘련과 당에 충성을 다하여 헌신 복무'할 것을 다짐하는 작품들이 발표되었다. 소련의 각종 기념일에 맞춰 『레닌기치』에 게재되는 '행사시 · 찬양시'가 여기에 해당한다. 김기철의 「김강사와 그의 딸」(1971)이 여기에 속하는 대표적인 작품이라고 할 수 있다.

3) 주요 작가 · 작품 : 시

한반도에서는 1945년의 해방이 새로운 시기를 여는 주요한 사건이었지만, 중앙아시아의 고려인들에게 1945년 해방은 실질적인 변화를 가져다준 계기는 되지 못했다. 1945년의 해방은 조국과 멀고도 멀리 떨어진 이국에서 삶을 이어가고 있는 고려인들에게는 그 물리적 거리만큼이나 머나먼 나라의 일이었을 것이다. 고려인들에게는 그보다는 1941년에 발발한 소련과 독일과의 전쟁, 그리고 1953년 스탈린의 사망이 더욱 더 실질적인 사건이었다. 1944년에 독일과의 전쟁이 끝나고 1953년에 스탈린이 사망하면서, 고려인들의 지위에도 변화가 생겼다. 스탈린 독재에 대한 비판의 분위기 속에서, 스탈린 정권 당시에 억울한 누명을 쓰고 처형된 조명희가 복권된 것을 비롯하여, 1930년대 일본의 침략적 정책에 고려인이 일본의 앞잡이로 몰린 채 계속 의심받아 오던 고려인들의 사회적 지위도 회복되었다. 더불어 한국전쟁 시기에 소련으로 유학 왔던 북한의 유학생들이 북한의 체제에 반대하면서 귀국하지 않고 소련에 망명하였고, 이동의 자유를 얻은 사할린 출신의 고려인들이 중앙아시아의 고려인 문단에 합세하면서 고려인 문단은 더욱 활발한 활동을 보이게 된다. 이러한 고려인들의 상황에 맞게, 창작 활동도 어느 때보다 왕성했기 때문에, 고려인의 지위가 회복된 1954년에서 1969년까지의 시기를 고려인문학의 '발전기'로, 1970년부터 1984년까지를 '성숙기'로 평가하기도 한다.[32] 1970년대에 들어서 고려인 작가들의 한국어 작품이 러시아어로 번역되어 출간[33]되기도 한 것에서도 그 발전상을 엿볼 수 있다.

이 시기의 시 작품은 중앙아시아 고려인 작가들의 최초의 작품집인 『조선시집』(카자흐국영문예출판사, 1958)에 실린 작품들을 비롯하여, 1977년에 출간된 고려인 작가의 첫 개인 시집인 김준의 『그대와 말하노라』와 그 외 공

---

32) 김필영, 『소비에트 중앙아시아 고려인 문학사』, 강남대학교출판부, 2004 참조.

33) 『БАГУЛЬНИК В СТЕПИ(초원의 개나리꽃)』은 1973년 알마아따의 자수싀 출판사에서 출간한 고려인 작가들의 공동작품집이며, 『ЛУНА В РЕКЕ(강에 뜬 달)』은 1975년 알마아따의 자수싀 출판사에서 출판한 다민족 공동 작품집으로, 맹동욱, 리은영, 강태수의 작품이 실려있으며, 『ВЕЧНЫЙ СПУТНИК(영원한 길동무)』는 1980년에 알마아따 자수싀 출판사에서 출간한 맹동욱의 개인작품집이다. 세 권 모두 알렉산드르 죱티스가 번역하였다(김필영, 위의 책, 참고).

동 작품집 『시월의 해빛』(알마아따작가출판사, 1971)과 『씨르다리야의 곡조』(알마아따 자주석출판사, 1975) 등을 통해 살펴볼 수 있다. 1959년에는 쏘련과학원 동방도서출판사에서 발행된 『조명희 선집』을 통해 조명희의 시작품 몇 편을 확인할 수도 있다.

이 시기의 시 작품들의 경향을 간략하게 살펴보면, 사회주의 국가에 대한 칭송이나 당에 대한 충성이라는 주요 테마는 그대로 유지되면서, 이전 시기보다 서정적인 작품들이 좀 더 많이 쓰였다는 것을 알 수 있다. 전쟁 후인 1946년에 제4차 5개년 계획이 채택되면서 사회 발전 과정에서의 노동계급 투쟁, 농촌에서의 노동과 꼴호즈의 농민생활 변화에 대한 주제 등이 주로 다뤄졌다. 당의 인식을 그대로 수용하여 쿠바와 베트남, 콩고 전쟁에 직간접적으로 개입한 미국을 비난하는 작품들과 1960년대에 소련에서 유인 우주선 발사를 성공시킨 업적을 기리는 작품도 많이 발표되었다. 그리고 1970년대에 들어서서는 서정적인 작품들이 많이 창작되었다.

이 시기에 많은 작품을 발표한 작가로는 강태수, 김광현, 김종세, 리은영, 리진, 박현, 우제국, 주영윤 등을 들 수 있다.[34]

(1) 사회주의와 당 칭송의 시

시기와 장르를 불분하고 고려인문학에서는 사회주의와 당에 대한 칭송이 가장 중요한 테마로 다뤄진다. 그러한 국가와 당에 충성을 다짐하고, 사회주의 건설에 복무하는 노동을 찬양하고 있다. 또한 시월 혁명을 칭송하는 것도 함께 논할 수 있다. 1950-60년대에 발표된 조정봉과 김종세, 김

34) 강회진에 따르면, 강태수는 1950-1970년대 사이에 가장 많은 작품을 발표했는데, 1950년대에 7편, 1960년대에 46편, 1970년대에 37편으로 총 90편을 발표했다. 그 뒤로 박현, 주영윤, 김종세 등이 뒤를 잇는다. 특히 박현과 주영윤은 1970년대에 많은 작품을 발표했다(박현이 75편, 주영윤이 69편). 강회진, 『아무다리야의 아리랑』, 문학들, 2010, 56~58쪽 참조.

남석 등의 시는 사회주의 국가 건설이나 당에 대한 충성을 주로 다루고 있다. 김종세의 경우, 러시아어로 창작한 시집 『즐거운 편지』(1961), 『신기한 배』(1966)을 발간하기도 했다.

> 사람에겐 귀중한 것이 / 많고 많아도 / 가장 귀중한 것은 / 하나밖에 없는 어머니조국,/
> 자장가 불러주는 어머니품마냥 / 조국이야, 그대의 품에 안길 때/ 사람들은 안식을 얻으며/ 곤난이 중첩되는 / 역경에 처해도 / 오로지 그대를 믿기 때문에 / 삶의 용기를 얻노라 // 온 인류의 등대인 / 쏘베트조국을 위해서라면 / 둘도없는 생명 바쳐도 / 추호도 아깝지않으리
>
> —주영윤, 「조국」 전문(1979.2.14)—

위의 시에서 볼 수 있듯이 고려인들은 이제 그들이 뿌리내린 땅을 완벽한 조국으로 인식하면서 헌신하고자 한다. 계봉우(1988-1959, 북우, 뒤바보)의 「꼴호스의 밀 가을」(1947), 「할아버지의 눈물」(1948), 「나의 늙김」(1948), 「피어린 교훈」(1968), 「인간향상」(1968) 등과, 김남석의 「애국정신」(1960), 「청춘을 바쳐」(1960), 「쏘베트 헌법」(1960), 「레닌의 기념비 앞에서」(1961), 「새해 념원」(1965) 등도 모두 이런 주제의 작품들이다. 이렇듯 고려인문학에서는 사회주의와 당에 대한 칭송이 가장 중요한 테마로 다뤄진다. 그러한 국가와 당에 충성을 다짐하고, 사회주의 건설에 복무하는 노동을 찬양하고 있다. 또한 시월 혁명을 칭송하는 것도 같은 주제의 작품으로 함께 논할 수 있다.

1950년대에 발표된 조정봉의 시에는 사회주의 국가 건설에 대한 의지와 충성을 주로 드러내고 있는데, 「먼저 가세요」(1954)라는 작품에서 보듯이, 낙타도 목마른 사막과 청초도 말라드는 초원과 북풍의 시베리아도 모두 꽃피는 동산을 만들겠다는 강한 의지를 그리고 있다. 김종세의 「셀레는 마음」(1956)에서도 젊은 여성 화자를 내세워 사랑의 감정을 그린 듯 하지만, 화자가 설렘을 느끼는 대상은 '로력영웅'으로서, 결국 사회주의 건

설에 바친 노동을 칭송하는 것으로 수렴되고 있다. '당이 가리킨 길이라면 / 뛰여드는 청춘들의 정열'을 칭송하고 있는 「수확비기」(1963)와 '청춘도 생명도 바처 싸운 / 조국전쟁의 한 병사'를 향한 연모의 정을 그리고 있는 「허물치 마시라」(1962) 등도 이 주제의 작품들이다.

김남석이 1960년대에 발표한 시들도 레닌과 사회주의 찬양의 시들이 많다. 「새해 염원」(1965)을 통해 '로력이 영웅-거인들이 / 지나온 자랑찬 성과의 자국은 / 제 아무리 거센 풍설이라도 / 가리우지 못하며 뚜렷하게 나타만난다'고 칭송하면서, '공산사회 봉우리를 향하여 / 조국의 행복과 번영을 위하여 / 사람마다 고상한 정신으로 / 증산의 기'발을 높이 쳐들라'고 촉구하고 있다.

차원철의 「귀중한 이름」(1962)은 옥수수를 다량 생산하여 소련 노력영웅이 된 고려인 리 류보피를 칭송하는 시이다. 그녀는 소련 언론에 자주 등장하였고 후에 인민 대의원에 당선되기도 하였다.

그 외에도 카자흐 유목민들의 봉건적 습속을 일소하고 평등을 이룬 사회주의를 칭송하는 리진의 「까라딸 강반에서」(1960), 소비에트 사회를 위해 살아가려는 마음가짐을 그린 리동언의 「공산주의 로동」(1965)나 「목자의 생활」(1966) 등의 작품들이 이 주제에 해당한다.

(2) 각국의 전쟁에 개입하는 미국 비판

1950년의 한국전쟁을 비롯하여 1960년대에는 이집트와 이스라엘 간의 전쟁, 쿠바, 베트남, 콩고전쟁 등 여러 곳에서 전쟁이 벌어졌다. 소련은 이 전쟁들에 직간접적으로 개입한 미국을 강력하게 비판하였고, 고려인 시인들도 그러한 분위기를 반영하여 제각기 작품을 창작하였다.

조정봉의 「피 어린 교훈」(1968)은 이집트와 이스라엘의 전쟁을 소재로 하고 있는데, "뻰따곤을 등에 업은 호전광들은 / 보복의 선풍을 막을 수 없으리."라고 하면서 이스라엘의 뒤에서 그 전쟁에 지대한 영향을 미치고 있는 미국을 비판하고 있다. 김종세의 「고무총 사수」(1969)는 월남전을 소재로 하고 있다. 놀고 있는 아이들의 모습을 그리고 있지만, 그 놀이는 전쟁놀이이고, '미국 철갑모 그린 종이장 / 야자수 가지에 걸어 놓고' 고무총으로 맞춰가며 '만세'를 부르는 모습에서 미국에 대한 적개심을 드러낸다. 김남석의 「평화는 승리하리라」(1958)은 레바논을 침략한 미국과 요르단을 침략한 영국의 행위를 비판하고 있다. 한국전쟁에서 미국과 영국의 침략에 맞섰던 '조선'이, '자유와 독립을 위해 일떠선' '리완'(레바논)과 '이오르다니야'(요르단)과 함께 '평화의 대렬에 뭉치는 정의의 목소리'로 동일화된다. 김광현의 「나의 뜻」(1958)도 같은 배경의 작품으로서, 이스라엘이 '근동에 지른 불타오르면' 그 불은 시적 화자의 '향촌에도 / 내 집에도 / 그을음 내가 풍길 수 있노니'라고 동일화하여 받아들이고 있다. 그리하여 '어서 물러가라' '썩 / 물러가라!'고 강하게 항의하고 있다. 리은영의 「꾸바에서 손을 떼라!」(1961), 「월남시초」(1965), 「꽁고 시초」, 「오늘도 나는 아브로라의 포성을 듣노라」(1967) 등과 차원철의 「손을 떼라」(1958) 등도 같은 주제의 작품들이다. 대포와 군함을 몰고 온 양키들에게 공화국을 선포한 레바논에서 물러날 것을 요구하고 있다. 연성용(1909-1995)의 「양키야 대답하라」(1966), 「싸우는 월남아」(1966) 등도 있다. 이러한 시들은 주로 소련의 언론 매체의 논조에 동조하고 있으며, 별다른 시적 성취를 이루지 못한 채 웅변조로 일관되어 있어서, 고려인 사회 내부에서도 그 나름의 비판적 평가를 받았다.

그런데 전 세계의 곳곳에서 벌어지고 있는 전쟁에 대한 넓은 관심과 그것을 형상화한 작품을 다수 창작하는 것과 비교하면, 한국전쟁을 다룬 작품은 매우 적은 편이다. 우제국(우 보리쓰)의 「제비」(1957)는 '미제가 도발한 조선 전쟁을 회상하면서'란 부제가 달려 있듯이 한국전쟁을 다루고 있다.

이 시기에 발표된 우제국의 시는 한국전쟁을 주제로 창작되었다. 「제비」는 제비의 눈으로 전쟁을 치른 조국땅을 둘러보고 있다. 많은 무덤들과 '피로서 물들엇을' 대동강을 보며 침략자들을 저주하고 있다. 「구름의 목소리」(1959)는 일보노가 한반도 상공에서 구름이 내려다본 전쟁 상황을 묘사하고 있다. 조기천의 「조선의 어머니」(1950), 「불타는 거리에서」(1950), 「조선은 싸운다」(1951) 등도 한국전쟁을 다루고 있는데, '죽음을 원쑤에게!' '야수들을 막아 일어서라!' 등의 선동의 목적이 그대로 드러나 있다. 김광현도 「조선의 형제들이여」(1950) 같은 선동적인 작품을 발표하며 이승만 정권을 비난하였다. 주송원의 「이 원쑤를 갚아주오」(1950)와 주송원의 「겨울 눈」과 「밭에 든 돼지를 잡으라!」 등도 같은 주제의 작품들이다.

(3) 서정적인 작품들

1950년대부터 서정적인 작품이 등장하기 시작하여, 1960년대를 거쳐 1970년대 들어서면서 이념적인 경향에서 탈피하고 서정시 본연의 모습을 추구하는 작품들이 점점 많이 눈에 띄기 시작한다.

김준의 「시를 내 써 보려 했다」(1973), 「알리야」(1970), 「지다나무 꽃이 핀다」(1974) 등과 강태수의 「아리랑」(1971), 「어느 하루」(1978), 「벗을 만나」(1971), 「길을 가면서」(1974), 「에쭈드」(1978) 등을 거론할 수 있다. 특히 김준의 「지다나무 꽃이 핀다」(1974)는 사밀랴라는 카작 여성에 대한 그리움을 노래한 서정시이다.

호를 무산이라고 쓸 정도로 사회주의에 철저한 김광현은 주로 사회주의를 찬양하는 시를 썼지만, 이 시기에는 몇 편의 순수 서정시도 발표하였다. 「노래야 흘러라」(1950), 「간호부」(1952), 「씨르다리야」(1952), 서정서사시 「싹」(1966), 「달노래」(1965), 「그 단풍잎처럼」(1968) 등이 그것이다.

리은영은 1960년대에도 사랑과 자연을 노래한 서정적인 작품을 많이 발표했다. 「기어이 오실 줄을 알면서도」(1963), 「봄웃음」(1967) 등이 그에 해당하는 작품들이다. 「봄웃음」의 경우 혹한 추위에 시달려 입술이 튼 양몰이 처녀의 웃음에서 막 올라오는 갈대의 새순 같은 봄의 정취를 보여준다. “사랑이 어떻더냐 / 둥굴더냐 모나더냐 / 길더냐 짧더냐 / 달더냐 쓰더냐 / 세기를 불어오는 만인의 정든 노래” 같이 민요의 운율을 살려 새로운 감정으로 노래한 「사랑」(1963)도 있다.

김철수의 시는 어머니에 대한 회상과 어린 시절에 대한 추억을 소재로 창작된 것들이 많다. 「집에 계신 어머니시여」(1958), 「우리 엄마」(1963), 「내'가의 오막살이집」(1965) 등이다. 「내'가의 오막살이집」의 경우, 고향을 그리워하는 마음을 드러내는 중에 ‘찢어진 창호지’, ‘흥부네’라는 표현에서 민족적 특성이 엿보이기도 한다.

우제국의 「시인의 마음」(1969)은 창작에 대한 고민을 담은 시로서, 작품이 당의 선전 선동 수단으로 그치지 않고 독자적인 역할을 함을 인식하고 있음을 보여준다. 시인에게 시는 ‘혼자 먹자는 것도 아니고 / 혼자 읊자는 것도 아니’라서 ‘더 잘 쓰어 더 잘 대접하려고’ 애쓰는 마음에서 나온다고 고백하고 있다.

김준도 이 시기에 「시를 내 써 보려 했다」(1973)라는 작품을 통해 시 창작에 대한 의식을 표현했다. 그에 따르면 시는 ‘바람에 굴리는 / 나뭇잎’이나 ‘땅껍질 우으로 달리는 / 소낙비’가 아니라 ‘한 똔 무게의 옥돌’이며 ‘흙에 / 누기를 줘 / 싹을 튀우는 / 잔잔한 봄비’이며 ‘세월이 / 가야 / 알아맞’힐 수 있는 것이다.

맹동욱의 「카사흐촌에서」(1962) 같은 작품은 새로운 땅에 정착하여 그 나름의 삶을 살아가는 고려인의 일상을 따뜻한 시선으로 형상화하고 있다. ‘거부기 잔등 같은 흙집’일망정 ‘그 집 속에 달콤한 생활 / 아름다운 웃음’이 피어나고, 이웃과의 생활 속에서 ‘참다운 인간애’를 느끼며 살기에, '비단 이불'이 없어도 '비단처럼 연하고 / 사막의 꽃처럼 굳고 아름'다운 마음을 나누는 삶이 그려지고 있다.

김두칠의 「봄」(1963)이나 「제비」(1966)은 '도랑물 소리'를 '어린애 웃음'에 비유하고, 제비가 '처녀의 웃음으로 제 집 기둥 세'운다는 등의 표현으로 봄의 모습을 참신하게 그려내고 있다.

(4) 민족정체성에 대한 인식

한민족이 일본의 스파이가 될 수 있다는 의심이 강제 이주의 이유로 꼽힌 것에서 알 수 있듯이, 고려인들은 믿을 수 없는 민족으로 취급받았다. 스탈린이 사망하고 그간의 잘못된 정책에 대한 비판이 소련공산당 내부에서 나오기 전까지, 고려인들은 자신의 출신 민족을 드러낼 수 없었다. 그에 따라 한반도나 연해주를 고향으로서 회상하는 것조차 자유롭지 못했다. 하지만 고려인의 지위가 회복되면서, 이 시기에 와서는 민족정체성을 표면에 드러내는 작품들이 등장하기 시작한다. 김준의 「나는 조선사람이다」 나 김세일의 「고향 원동을 자랑하노라」(1962) 등은 조선인임을 적극적으로 드러내고 있는 작품이다.

위에서 언급한 소련 노력영웅 이 류보피에 대한 칭송의 시들은 민족정체성에 대한 인식으로 해석할 수도 있다. 소련에는 다양한 민족의 다양한 분야에서의 영웅들이 있음에도, 같은 민족인 리 류보피를 선별하여 찬양하고 있기 때문이다. 김종세의 「내 영원히 자랑하리라」(1962), 차원철의 「귀중한 이름」(1962), 박영걸의 「노력 영웅 리 류바」 등이 이에 해당하는 작품들이다.

역사상 자랑스러운 조선인에 대한 칭송은 이 류보피에 그치지 않는다. 김준의 「마흔 아홉」(1962)은 이만전쟁에서 전사한 고려인 마흔아홉 명을 기리는 서사시로, 고려인의 이주와 그 고난상을 일깨우고 새로운 조국으로 삼은 소련의 혁명에 일조한 고려인 빨치산 부대의 활약을 칭송하고 있다. 이다. 이에 대한 독자평에서도 시인과 독자와 작품 속 인물들이 모두 '조선인'이라는 것과 그들의 역사에 대해 명확하게 언급하고 있다. 러시아의 혁명과 조선의 독립을 연계하여 사고하기에 가능한 일이었을 것이다. 김준의 「땅의 향기」(1972)도 러시아 혁명 역사에 남아 있는 고려인을 형상화하고 있다. 하바롭스크시 볼세비크당 단체 비서였으며 하바롭스크시 소비에트 외교위원이었던 김 알렉산드라를 찬양하고 있는 서사시인 것이다. 김 알렉산드라는 고려인들에게 자긍심을 불러 일으키는 인물로서 많은 작가들이 작품을 통해 칭송하고 있는 대상이다. 김광현의 「오늘의 빛나는 자랑이여」(1957), 김세일의 장편서사시 「새'별」(1961) 등이 이에 해당한다.

전동혁의 「박령감」(1967)은 소련 주권을 지키기 위해 기여한 기층 민중으로서 '박영감'을 형상화한다. 특별한 지위를 지니지 않은 일반적인 고려인들도 소비에트의 건설에 기여했음을 드러내고 있다.

박완진의 「한글」(1964)도 민족정체성을 구체적으로 드러낸 작품이다. '6순 할멈 공부한 지 / 달이 못 돼 신문 보고 / 5세 동도 붓을 들면 / "어머니"라 글을 쓰오'라고 하며 한글의 우수성을 예찬하고 있다. 학교 교육에서 한동안 금지되었던 민족어 교육이 1960년대 들어 어느 정도 해소되었는데, 이 시를 통해서도 민족어를 배우는 것이 더 이상 금기가 아님을 알 수 있다.

우제국의 「조선 여자」(1976)은 어떤 여자를 보고 조선 여자라고 착각해서 조선말로 물었다가, 알고보니 '까라깔빠끼야' 사람이었다는 에피소드를 다루고 있다. 낯선 사람을 보고도 익숙한 한민족적 특성을 찾고 조선말로 말을 걸 뿐만 아니라, 민족어를 못 알아듣는 것을 이상하게 여기는 모습에서, 핏줄을 향한 그리움을 엿볼 수 있다. 자신의 실수를 알고 나서도 "조선 여자의 미소를 / 한번만 볼 수 있다면 / 나는 천번이라도 실수를 했겠다"는 구절에서 같은 민족이 여인을 만나고 싶은 간절함을 드러내고 있다.

김두칠도 이 시기에 고향 연해주에 대한 기억을 되살리는 작품이나, 고려인 이주의 역사를 형상화하는 작품들을 남겼다. 「잃어버린 친구」(1971)에서는 어린 시절과 청년기를 보낸 원동의 아름다운 고향 풍경을 되살리면서 소비에트 정권을 세우던 시기의 계급투쟁을 예술화하려고 노력한 작품이다. 「송림동 사람들」(1974)은 서사시로서 한반도에서 힘겨웠던 고려인들의 생활상과 러시아 땅으로의 이주 모습, 소비에트 사회주의 건설에 참여하던 모습, 중앙아시아로 이주 등을 다루고 있다. 고려인들의 역사가 제대로 기록되지 못한 상황에서 이런 작품들은 역사서를 대신한다. 그리하여 후대들에게 선조들의 삶에 대해 설명할 뿐만 아니라, 새로운 세대의 고려인들이 이 땅에서 어떻게 살아가야 할지를 간접적으로 보여 주고 있다.

이렇듯 이전 시기에는 자신들의 민족성이나 민족의 역사를 드러낼 수 없었던 시기를 지나, 이제 고려인들은 그들 선조들의 역사를 다시 복원하는 작품들을 창작해 내었다. 전에는 소련 땅인 원동조차 고향으로 호명하기 어려웠지만, 이제는 김세일의 「고향 원동을 자랑하노라」(1962)처럼 자신들의 고향을 마음껏 부를 수 있게 되었다. 주영윤은 「하바롭쓰크의 밤」(1983)을 통해 원동을 그리고 있기도 하지만, 고려인들의 또 하나의 고향인 사할린도 불러내고 있다. 「어린 시절을 보내던 고향」(1973)은 '소천어를 잡던 시내물'과 '떼놀이를 즐기던 집 뒤의 늪', '나물 캐러 다니던 숲', '썰매 타던 앞산' 등을 통해 고향 사할린을 회상하고 있다.

이 시기에 아리랑을 소재로 쓴 시들이 몇 편 눈에 띄는데, 그중 전동혁의 「아리랑 노래」(1981)을 보면, 누가 지었는지 언제 생겼는지 알 수 없는 이 노래를 슬플 때도 일할 때도 심지어 싸울 때도 불렀다고 적고 있다. 한민족의 대표적인 민요를 고려인들도 즐겨 부르는 것을 통해 민족적 정체성을 확인하고 있다. 김세일의 「치르치크의 아리랑」(1970)의 경우에는 '우스베크 처녀'들이 그들의 전통악기 돔부라로 조선민요 아리랑을 연주하고 부르는 모습을 형상화 하고 있다. 아리랑이 한민족을 넘어 '친선의 멜로지야'가 되었음에 감격하고 있다. 즉 다민족의 친선은 모든 민족성을 지워버리는 것이 아니라, 각 민족의 특성을 이해하고 존중하는 것을 통해서 이뤄짐을 보여준다.

(5) 유인 우주선 발사 성공 칭송

1960년대의 또 다른 중요한 사건은 소련 유인 우주선 발사의 성공이다. 처음으로 우주를 비행한 유리 가가린은 소련의 자랑이었고, 고려인들의 시에서도 이에 대한 감탄과 자부심이 드러난다. 「빛나라 조국 강토여」(1960)를 통해 소련 우주선이 동물을 싣고 우주 공간에서 돌다가 지구로 돌아온 것을 축하하는 시를 썼던 김종세는 「오, 기쁜 소식이여!」(1961)에서 최초의 우주 비행사 유리 가가린을 축하하고 있다. 리은영 「실화의 영웅들」(1963), 김세일의 「우주 비행가의 말」(1962)도 이 사건을 다루고 있다.

4) 주요 작가 · 작품 : 소설

소설 작품의 경우에도 이전 시기에 비해 발전한 모습을 보였다. 작품의 분량면에서도 특기할 만한다. 한글로 쓰인 고려인의 장편소설이 단 두 작품인데, 이 두 작품이 모두 이 시기에 발간되었다. 내용에 있어서도 사회주의 칭송과 당에 대한 충성이라는 기본 주제 외에도, 한민족의 항일투쟁이나 새로운 삶에서 겪는 다양한 일화 등을 다루고 있음을 알 수 있다.

(1) 한민족의 항일투쟁

고려인문학에서 한글로 쓰인 장편소설은 단 두 편밖에 존재하지 않는다. 김세일의 『홍범도』(1965)[35]와 김준의 『십오만원 사건』(1964)이 그것이다. 이 두 작품은 모두 일제강점기를 배경으로 독립운동에 매진하는 사람들에 대한 이야기가 중심 서사를 이룬다. 그런데 일제강점기를 다룬 고려인 문학은 동일한 시기를 다루는 한국문학 작품들과 비교했을 때 유의미한 차이점을 보여준다.

한국문학에서 일제시대를 배경으로 하는 작품들에는 보통 일제나 지주 계급이 자행하는 착취와 횡포 그리고 그에 따른 하층민의 곤고한 삶의 모습이 그려지기 마련이다. 그러나 고려인 소설에 나타난 일제강점기의 모습은 이와는 좀 다르다. 일제나 지주계급의 횡포가 전면에 부각되는 경우는 드물다. 그에 따라 하층민의 곤고한 삶도 구체적으로 드러나지 않는다. 고려인문학에서 일제강점기를 배경으로 하는 작품 중에서 하층민의 곤고한 삶을 형상화하고 있는 작품은 많지 않다. 태장춘의 「어린 수남의 운명」(1959)과 김기철의 「복별」(1969), 박성훈의 「살인귀의 말로」(1973) 정도만이 이에 해당하는 작품들이다. 「어린 수남의 운명」의 수남은 어린 나이에 가족의 생계를 위해 커다란 배의 유조통을 씻으러 들어갔다가 참변을 당하고 만다. 김기철의 「복별」에서는 한반도에서 함께 이주해 온 다섯 가구가 이룬 마을이 러시아인 지주와 일본 제국주의의 군인들에 의해 핍박을 받는 모습을 그리고 있다. 결국 마을 사람들이 사회주의 혁명 대오에 합세하게 되는 모습이 자연스럽게 이어진다. 박성훈의 「살인귀의 말로」는 공간적인 배경이 특이한데, 사할린을 배경으로 하고 있기 때문이다. 사할린 섬은 러시아와 일본 간의 갈등 속에서 러시아령이었다가 일본령이었다가 다시 러시아로 복귀되는 과정을 겪은 곳이다. 그런 혼돈 속에서 자발적으로든 비자발적으로든 그 땅으로 이주해 온 사람들은 제대로 보호 받지를 못하였고, 심지어 일본이 2차 대전에서 패망한 이후 사할린 섬에서 퇴각하면서 그곳의 한민족을 몰살하고 간 사건이 벌어지기도 했다. 「살인귀의 말로」

35) 1965년에 『레닌기치』가 처음으로 문예작품 현상모집을 했고, 여기에서 1등한 작품이다.

는 이 학살에 대해서 증언하고 있는 작품이다. 이 정도가 고려인문학에서 발견되는 일제강점기 하층민의 고달픈 삶을 보여주는 것의 전부이다.

이 시기에 발행된 특이한 작품으로 장윤기의 「삼형제」[36]도 들 수 있다. 이 작품은 사할린에서 발행된 유일한 고려인문학이라는 점에서 특이점이 있다.[37] 이야기의 주요 배경은 사할린인데, 공간적 배경이 여기에 한정되지 않고, 주인공 가족이 한반도에서부터 사할린까지 이주하게 된 과정이 간략하게나마 언급되어 있다. 주인공 '운보'의 가족은 "<동양 척식 회사>의 빈농으로 근근 연명해 오던 중에 설상가상으로 그의 부친이 중환으로 오래 앓다가 순한 빚과 조무레기 5남매를 남기고 세상을 떠"남으로써 말할 수 없는 도탄에 빠져서 어쩔 수 없이 고향을 떠나 원산으로 간다. 그러나 원산의 제련소에서의 일도 고달프긴 마찬가지였다. '아주 힘들고 유해로운 작업'을 '뼈빠지게 일해서 하루 75~90전'을 받을 뿐만 아니라 일본 직공들의 천대를 받는다. 그래도 그 '운보'는 역경을 견디다가 어느 날, 기진해 있는 그를 일본인 직공장 '기시다'가 밟자 더 이상 참지 못하고 쇠몽둥이로 '기시다'를 때리고 공장을 뛰쳐나온다. 그리고는 노동자를 모집하는 '화태'[38]로 떠난다.

이 이야기 역시 중심 내용은 사할린에서 해방을 맞고 소련 체제를 경험하고 이를 칭송하는 것에 놓여있다. 그러나 주인공 형제가 그런 기쁨을 누리기 전에 고향과 원산에서 겪은 힘겨운 삶의 모습을 통해 이주민의 고

36) 장윤기, 『삼형제』, 유즈노싸할린쓰크, 싸할린서적출판사, 1961. 지금까지 발굴된 자료로는 사할린에서 발행된 한글 작품으로 이 작품이 유일하다. 앞으로 사할린에서 발행된 한글 작품에 대한 자료 발굴도 애써야 할 부분이다.

37) 물론 여기서 유일하다는 것은 여러 연구자들에 의해 지금까지 수집된 작품들 중에서 유일하다는 것이다. 이후 발굴 작업을 통해 사할린에서 발행된 더 많은 고려인 한글 작품이 발견되기를 기대한다.

38) '화태'는 사할린섬을 일컫는 일본식 표기이다.

난상을 엿볼 수 있다. 여기서도 그들을 곤경에 빠뜨리는 주체는 주로 일제로 설정되어 있음을 알 수 있다.

고려인문학사상 최초의 장편소설인 김준의 『십오만원 사건』은 1920년 초 용정에서 실제로 있었던 일본은행 돈을 탈취한 사건을 형상화한 작품이다. 이 작품이 제목으로 내세우고 있는 '15만 원 사건'은 실제로 있었던 역사적 사건으로, 고려인 중심의 항일투쟁에 있어서 대표적인 사례로 꼽히는 사건이다. 이 작품은 현지에서 "소비에트 공화국의 사회문화적 토양에 한인의 민족적 정체성을 융화시켜나가는 이행기적 도정에서 발표된 작품"[39]이라는 평가를 받았다. 민족과 관련된 어떠한 언급도 금기시되었던 스탈린 정권 당시에는 이런 작품을 기대할 수 없었지만, 1953년에 스탈린이 사망한 이후에는 상황이 변화한다. 1956년 제20차 소련 공산당 전당대회에서 스탈린의 개인숭배가 폭로되는가 하면 스탈린에 의해 희생되거나 탄압을 받은 자들을 복권시키는 조치가 마련됨에 따라, 누명을 쓰고 처형된 조명희가 복권되는 등 고려인들의 위상이 많이 회복되었다. 이에 따라 고려인들에게 민족주의가 어느 정도 되살아나게 되고 떠나온 연해주에 대한 기억이나, 조국의 독립을 위해 일제에 투쟁하거나 소비에트 건설을 위해 헌신한 고려인 영웅들의 행적이 문학적으로 부각되기 시작한다. 그러나 여전히 국가가 출판사를 장악하고, 소련작가협회 회원들만이 작품 출판 권리를 배타적으로 가지고 있었기 때문에 모든 작품은 당의 직접적인 영향력 아래에 놓여 있었다. 고려인 소설은 이러한 제반 상황을 고려하면서 파악해야 한다. 즉, 스탈린에 대한 비판이 일었다고 해도, 사회주의 체제라는 기본틀이 변화된 것은 아니기 때문에 고려인 소설은 계속해서 사회주의의 자장 안에 놓여 있다. 그러므로 고려인들은 소련 내의

39) 장사선 · 우정권, 『고려인 디아스포라 문학 연구』, 월인, 2005, 233쪽.

소수민족으로서 체제에 편입되고자 하는 기본적인 욕망을 계속해서 지니게 된다. 더구나 1937년의 강제 이주는 벗어나기 힘든 공포스러운 경험이기 때문에, 이후 중앙아시아에서 이뤄낸 고려인들의 성공조차 "긍정적인 자아의 성취나 민족적인 자아 이상에 의한 것이 아니라 소련 사회가 강요하던 이데올로기에 과잉 적응하는 가운데서 나오는 것"[40]이라고 평가되기도 한다. 즉 당시 "고려인 문화의 지향성은 고려인들 자신의 가치보다는 그들이 지향하는 주류 사회, 즉 러시아 사회에 놓여 있"[41]었던 것이다. 따라서 김준의 『십오만원 사건』은 억압되었던 고려인의 기억을 회복하는 소설인 동시에 소비에트의 이념에의 부응이라는 두 가지 의미를 지니게 된다. 이 작품이 "김준 문학의 최고봉으로서, 또 재소 고려인의 집단 무의식의 보고서로도 의의가 있다"[42]는 평가도 이런 맥락에서 가능하다.

고려인 중심의 항일투쟁을 이야기할 때 가장 대표적으로 언급되는 인물은 단연 홍범도이다. 그것은 그가 일제강점기에 활약한 항일무장독립운동사의 전설적인 의병장이었다는 것뿐만 아니라 중앙아시아로 이주해서 말년을 보냈다는 역사적 사실에도 기인할 것이다. 그야말로 그는 고려인들과 함께 지낸 '살아있는 역사'였던 것이다. 고려인들은 그를 존경하며 생전부터 예술의 소재로 삼아 왔기에, 고려인문학에서는 시, 소설, 희곡에 걸쳐 홍범도가 형상화되었다. 연극 「홍범도」(태장춘 작)[43]가 이미 1942년과

40) 권희영 외, 『우즈베키스탄 한인의 정체성』, 한국정신문화연구원, 2001, 41쪽.

41) 이혜승, 「1930년대 중반~1980년대 중반 중앙아시아 고려인의 언론, 공연, 문학 작품에 나타난 문화적 지향성 연구」, 『역사문화연구』, 한국외국어대학교 역사문화연구소, 2007, 127쪽.

42) 김주현, 「국제주의와 유교적 지사 의식의 결합 - 김준의 작품 세계」, 이명재 외, 『억압과 망각, 그리고 디아스포라 - 구소련권 고려인 문학』, 한국문화사, 2004, 143쪽.

43) 희곡 「홍범도」에 대해 윤정헌은 다음과 같이 평가하고 있다(윤정헌, 「중앙아시아 한인문학 연구 - 호주 한인문학과의 대비를 중심으로」, 『Comparative Korean Studies』 제10권 1호, 2002, 220쪽).

1947년에 상연되어서 홍범도가 직접 관람하기도 했다고 한다.

그런데 고려인문학에서 연극이든 소설이든 홍범도를 이야기할 때 중점적으로 묘사되는 것은 홍범도의 위대함이다. 김세일의 장편소설 『홍범도』[44] 도 역시 그렇다. 이 작품에서 홍범도의 형상화는 위대한 인물에 그치지 않고 신화나 설화 등에 등장하는 영웅의 모습으로까지 승화되었기 때문에 고려인 문인들 사이에서도 이 작품을 두고 일정한 논란이 있었다고 한다. 어쨌든 이렇게 훌륭한 홍범도가 러시아 땅으로 옮겨와 봉오동과 청산리에서 위대한 업적을 쌓았다는 사실을 형상화함으로써, 고려인들은 자신들이 일제의 간첩이 아니라 조국 쏘련과 동포를 사랑했던 애국자들이었다는 것을 확인했던 셈이다.

한편 김세일의 『홍범도』는 홍범도의 출신, 즉 머슴의 아들로 태어나 사냥꾼으로 살던 빈한한 계층이었음을 중요하게 거론할 뿐만 아니라 더불

"희곡 <홍범도>는 짓밟힌 민중의 치열한 저항의식을 잘 나타내고 있다. 작가 태장춘의 폐쇄적 안목과 초보적 식견에서 초래된 배타적 민족의식과 서술의 고루함, 영웅 묘사의 과장성, 선악의 도식적 설정 등이 소비에트 철권통치 하에서의 제약과 맞물려 아쉬움을 던져 주기는 하지만, 항일독립투쟁사의 산증인을 주인공으로 한 민족적 소재의 발굴이라는 점에서 『조선시집』의 발간과 함께 그 문학사적 의의를 평가받을 수 있을 것이다."
윤정헌이 지적하고 있는 '배타적 민족의식과 서술의 고루함, 영웅 묘사의 과장성, 선악의 도식적 설정'은 비단 『홍범도』뿐만 아니라 고려인 문학 전반의 특성에 해당된다고 할 수 있다.

44) 김세일의 『홍범도』는 1965년 현상모집에 당선된 후 『레닌기치』에 1965년부터 1969년까지 연재되었던 작품이다. 한국에서는 신학문사(1989, 전3권)와 제3문학사(1990, 전5권)에서 두 차례에 걸쳐 출간되었다. 신학문사판은 『레닌기치』에 실린 것을 출간한 것인데 반해, 제3문학사판은 이를 일부 보완하고 후반부를 완성하여 간행한 것이다. 고려인들이 한국에서 작품을 출간할 때는 현지에서와는 달리 출간하는 곳의 상황에 맞춰 자기 검열이 이뤄지거나 혹은 반대로 현지보다는 좀 더 자유롭게 표현을 하게 된다. 이러한 차이를 검토하면 고려인들의 의식에 좀 더 접근할 수 있을 것이다. 『홍범도』의 경우를 통해서도 이를 엿볼 수 있다. 이에 대해서는 Ⅳ장에서 구체적으로 살펴보겠다. 여기서는 더 많은 내용을 다루고 있는 제3문학사판을 대상으로 한다.

어 궁극적으로 지향했던 국가의 정체(政體)까지도 언급된다는 점에서 다각도로 분석할 여지를 지니고 있다.

(2) 독소전쟁의 형상화

1940년대의 고려인문학에서 가장 많은 비중을 차지하고 있는 주제는 아마도 '조국애호전'과 관련된 것일 것이다.

김기철의 「붉은별들이 보이던 때」(1963.11.17.-12.1)는 작가 개인의 경험을 바탕으로 한 이야기라고 하는데,[45] '위대한 조국전쟁' 발발 직전에 병약한 일곱 살짜리 아들을 국제아동휴양소로 보내었다가, 전쟁으로 인해 아이의 행방을 알 수 없어 여기저기 찾아다니는 어머니의 이야기이다. 휴양소의 아이들에게조차 잔인하게 구는 독일군과 아이들을 살리기 위해 최선을 다하는 러시아 여선생의 모습이 대조적으로 그려진다. 전쟁이 끝나고서 비로소 다시 만난 아들이, 휴양소에서 자신들을 지키려고 애쓴 러시아 여선생님과 붉은군대에게 공을 돌리는 모습 등에서 여전히 소련에 대한 애국심을 드러내고자 애쓰는 모습을 볼 수 있다.

그런데 이 소설은 그런 애국심과 아이를 찾아다니는 어머니의 고통스러운 행보뿐 아니라, 민족성을 강조한다는 점이 한민족 문학사의 측면에서 볼 때 주목을 요하는 대목이다. 남편 "재호는 18세부터 조선 혁명을 위해 몸을 바치고 나"선 사람으로서, "일본 제국주의와 싸우려 조선으로 갈 준비를 갖추고 있었었다." 이에 대해 "이 하늘 아래에서 조선 사람이란 이름을 갖고 다니는 자치고 어느 누가 이 길을 못 마땅하다고 하면서 자신이 그와 길을 같이 가지 못 할지언정 그의 걸음을 막잡을 것인가?"라고 부연하고 있다. 결국 재호는 조선독립을 위해 떠나가고 결국 "1942년에 일제

45) 정상진, 『아무르만에서 부르는 백조의 노래』, 지식산업사, 2005, 230~231쪽 참고.

에 체포되여 서울 서대문 감옥에서 옥사를 하였다는 참보"가 날아온다. 이러한 남편의 형상과 함께 아들 철수도 "죽어도 께레예츠로 죽어야 한다"는 민족적 자긍심으로 독일군에게 자신을 끝까지 조선인이라고 주장하는 모습으로 그려진다. 고려인이라는 이유로 여러 제약과 불이익을 당하면서 민족성을 드러내지 못하던 때를 지나, 이제 적극적으로 자신의 민족성을 드러내고자 하는 태도로 이해할 수 있다.

주동일의 「백양나무」(1970.12.5)는 전시에 남편은 노력전선으로 떠나고, 혼자서 아이를 키우지만, 아이만 키울 수는 없고 주어진 과제를 수행해야 하기 때문에 겪는 어려움을 형상화하고 있다. 그리고 그 속에서도 인간적인 도움을 준 카사흐인에 대한 친선의 모습이 두드러지는 작품이다.

김광현의 「이웃에 살던 사람들」(1970.12.19-12.22)은 딸 '영실'이가 사귀는 남자가 조국전쟁시기에 고락을 나누던 '김신애'의 아들임을 알고 기뻐하는 '인순'이가 과거를 회상하는 내용으로 구성되어 있다. 1943년 겨울, 남편 '춘삼'이 '까라간다탄광' 로력전선에 나가있어서, '인순'은 H구역 소재지에서 어린 '영실'을 홀로 돌보고 있는데, '인순'은 학질에 걸리고 너무 궁색한 살림에 어린 '영실'은 굶어 쓰러진다. 이를 보고는 이웃집 '신애'가 자신들의 먹거리와 땔감을 나눠주어서 위기를 넘기게 되었던 것이다.

장윤기의 「두 할머니」[46](1972.12.30-1973.1.3)는 박련이의 자식들과 러시아 여인 알렉싼드라 쑤워로와의 자식들이 만나 박련이의 회갑잔치를 펼치는 이야기이다. 알렉싼드라와 그 자녀들은 조선말이 능통한데, 그것은 박련이네 가족과의 인연에 근거한다. 위대한 조국전쟁 때에 쓰딸린그라드 근

46) 이 작품은 나중에 종합작품집 『해바라기』(<사수식>출판사, 알마아따, 1982)에 「자매」라는 제목으로 다시 실렸다. 이야기의 구성에는 조금 변화가 있지만, 주제와 큰 줄거리가 상응한다. 처음 발표 때는 두 여인 외에도 그들의 자식들이 형제처럼 지내는 이야기가 중요하게 다뤄지는 데 비해, 「자매」는 두 여인에 초점을 맞추고 있다는 차이점이 있다.

방에서 어린 두 남매를 데리고 피난 가던 러시아 여인을 련이 부부가 보살피고 함께 살았던 것이다. 련이의 남편은 한반도에서 연해주로 넘어올 때 혹한 때문에 가족이 모두 죽을 뻔했지만, 러시아 노인으로부터 도움을 받았던 것을 기억하며 알렉싼드라 가족을 돕는다. 이렇듯 이 작품은 남편 없이 홀로 아이들을 키우는 전쟁 시기 여인들의 고난뿐만 아니라, 고통스러운 전쟁 속에서도 "육친의 정을 초월하는 다민족적 쏘베트나라인민들의 위대한 친선과 숭고한 감정"이 흘러넘쳤음을 강조하고 있다.

김원봉의 「빠르찌산 김안똔과 그의 일가」(실화소설, 1975.5.17-6.5)는 어머니 황예까쩨리나의 생일잔치에서 독일침공 소식을 듣고는 알렉쎄이와 안드레이가 바로 참전하러 가고, 김안똔은 빠르찌산에 들어가 대응한다는 이야기이다. 맏아들 알렉싼드르는 동생들에게 전선에 나가라고 독려한다. 안타까움에 아무 말도 못 하는 어머니의 모습과 그런 어머니의 "공포심을 덜어주려"고 전선에서 동생이 보낸 편지를 어머니께 읽어 드릴 때 '적진지돌격전을 앞두고'란 구절과 '오른쪽 다리에 관통상을 입었습니다'란 구절을 빼고 읽는 인간적인 모습 등이 나타난다. 이 작품은 전쟁에 나간 두 형제가 있음에도 독소전쟁의 격전지 보다는 선전물을 배포하는 공작 방법, 지하 은폐실 마련, 비밀회의, 파시쓰트 앞잡이와의 갈등, 무선 교신과 전파 방해, 검거와 탈출, 앞잡이 제거, 변절자의 밀고로 인한 희생 등 파르티잔의 활동에 중심이 놓여있다. 이런 와중에 어머니도 변한다. 마치 고리끼의 『어머니』를 보는 느낌이다. "처음에는 무서워서 떨기만 하던 어머니도 차츰 부상자들을 위하여 성의를 다하여왔다. 남모르게 밤중에 그들의 옷도 빨아주었으며 자신은 굶으면서까지 흘레브 한쪼각이라도 생기면 그들에게 돌려주군 하였다." 이 어머니는 아들 안똔의 처참한 주검 앞에서도 그와 연관되어 큰아들 내외 및 그 외 빠르찌산들이 소탕 당할 것을 알고 침착하게 아들이 아니라고 부인한다. 그 후 큰 아들 알렉싼드르도 파시쓰트에게 살해 당하고,

전선에 나간 둘째 알렉쎄이와 셋째 안드레이의 전사 소식도 들려온다. 이 소식을 들은 어머니는 며칠 사이에 머리가 백발이 된다. 그러나 그들의 희생으로 "평화가 달성되였으며 평화가 달성됨으로 하여 이제부터 만백성이 전쟁의 공포를 모르고 살수 있다는 것을 똑똑히 알"았다고 한다.

1970년대 들어서 나온 이 작품은 이전의 작품과 차이를 보인다. 즉, 이전의 붉은부대 일원이나 파르티잔병을 그리는 작품들은 그들이 세운 공적과 그것을 통해 알 수 있는 그들의 애국심을 드러내는 데 집중하였다. 그러나 이 작품은 전쟁으로 자식을 잃은 어머니의 고통과 반전(反戰) 의식을 드러낸다. 그런데 이러한 변화는 60년대부터로 볼 수 있다. 다음에서 다루는 '위대한 조국전쟁 시기 여성들의 지난한 삶'의 주제들이 그 때부터 두드러지기 때문이다.

한상욱의 「두 아들」(1977.11.16-11.30)은 '미완성유고'로 이야기가 마무리되지는 못 했다. 석탄 캐는 노력전선으로 갔던 남편이 오랫동안 소식이 끊겼다가 갑자기 돌아왔지만, 그곳에서 새부인을 얻었는데 새부인이 아이를 못 낳는다면서 두 아이 중 한 명을 데리고 간다는 조금 황당한 이야기이다. 그렇게 삼녀는 아들을 남편에게 보내고 딸 경옥을 키우며 살다가 그만 경옥이 병에 걸려 죽고 만다. 남편과 더 이상 연락도 닿지 않는 상황에서 크게 상심한 삼녀는 어느 날 러시아인 고아 니콜라이를 데려다가 키우기 시작하는 부분에서 이야기는 멈춘다. 조국애호전이 각각의 가정에는 또다른 불행의 씨앗이 되기도 했음을 보여준다.

(3) 북한 출신 작가들의 유입

1950년대에 고려인문학사는 새로운 활력소를 얻게 되었다. 한반도에서는 동족간의 전쟁으로 문학이 황폐해진 시기였지만, 소련으로 유학을 떠났다가 귀국하지 않고 망명의 길을 택한 북한 출신의 문인들이 고려인문학의 한 축을 담당했기 때문이다. 북한 출신의 작가들 중, 왕성한 활동을 보인 세 작가를 중심으로 살펴보도록 하자.

한진(1931-1993)[47]은 몇 편의 단편소설을 발표하기도 했지만, 희곡을 전문으로 창작한 작가이다. 주로 역사적 사건이나 민속적인 소재를 다룬 희곡 작품을 써왔으나, 페레스트로이카 이후에 발표한 단편소설에서는 강제이주로 말미암아 문화적으로 억압당하는 소비에트 카자흐스탄 고려 사람들의 민족정체성 문제를 주제로 부각시킨다. 이는 정치적 망명이라는 그의 생애와 밀접한 관계가 있는 것으로서, 소외당한 고독한 작가 정신의 반영이라고 볼 수 있다. 고려사람들이 가슴 속에 간직하여 오던 강제이주와 관계된 비밀들을 뒤늦게나마 문학적으로 형상화한 그의 소설 작품은 당시 역사적 현실을 이해할 수 있는 중요한 실마리를 제공한다.

한진은 1965년에 카자흐스탄 소비에트 사회주의 공화국 국립조선극장 문학부장으로 임명되면서 희곡을 쓰기 시작했다. 첫 작품 「의부 어머니」는 애 딸린 남자와 결혼한 젊은 여인이 남편의 외도에도 불구하고 아이들을 훌륭하게 키워내자, 아이들은 생부보다 의붓어미를 택한다는 이야기로, 가정의 윤리 문제를 본격적으로 다룬 최초의 작품이다. 이 희곡의 소재는 당시 소련 사회에서 흔히 있는 사건이었지만, 이런 사회적 문제를 연극이란 매체를 통해 고발하여 해결의 실마리를 찾으려고 하는 작가의 의도가 반영된 작품으로는 처음 있는 일이다. 1967년 작 「고용병의 운명」은 월남전에 참가한 한국 병사가 겪는 수모를 소재로 한 작품으로서, 굶주림 때문에 월남전에 참전한 주인공과 같은 의용병의 운명은 박정희 정권이 낳은 결과라는 사실을 강조하고 있다는 평가를 받는다. 이후 한진은 틈틈이 타 민족의 희곡 작품을 번역(1972년에 친기즈 아이트마토프의 「모성의 들에」

47) 본명은 한대용.

번역 등)하여 조선극장 무대에 소개하여 민족말 보전에 기여하는 한편, 역사적인 사건이나 민속적인 소재를 바탕으로 창작한 「양반전」(1973), 「봉이 김선달」(1974), 「어머니의 머리는 왜 세였나」(1976), 「산부처」(1979), 「토끼의 모험」(1981), 「너 먹고 나 먹고」(1983), 「폭발」(1985), 「나무를 흔들지 마라」(1987), 「1937년, 통과인 정 블라디미르」(1989) 등 12편의 희곡을 조선극장 무대에 올려 카자흐스탄 고려사람들로 하여금 민족 문화에 대한 인식을 새롭게 한다. 1988년에 첫 희곡 작품 선집 『한진 희곡집』이 출간된다.

소련의 페레스트로이카와 글라스노스트의 영향으로 언론의 통제가 어느 정도 완화되기 시작한 1980년대 말에는 작가의 민족주의적 성향이 반영된 단편소설을 발표하기도 한다. 『레닌기치』에 발표된 한진의 단편소설 작품으로는 「서리와 별」, 「축포」, 「소나무」, 「녀선생」, 「공포」(1989), 「그 곳을 뭐라고 부르는지?」(1988) 등이 있다. 「공포」는 강제이주로 인하여 문화적으로 억압을 당한 카자흐스탄 고려사람들의 과거 역사의 한 면을 형상화한 작품이다. 이 작품을 통하여 소련의 가혹한 정책이나 사회 구조의 모순에도 불구하고, 민족문화의 보존을 위해 물불을 가리지 않은 이주 고려사람들의 민족정신을 후세들에게 보여주고 있다. 「그 곳을 뭐라고 하는지?」는 다시는 돌아갈 수 없는 고향에 대한 작가 자신의 향수를 상징적으로 표현한 작품이다. 민족적인 색채를 바탕에 깔고 있는 이 작품에는 소비에트 카자흐스탄 고려인 사회에서 점점 잊혀지고 사라져 가는 민족말과 민족 문화를 애석해 하는 작가의 민족의식이 잘 나타나 있다. 강제이주로 인하여 고향에 묻힐 수 없는, 임종을 앞둔 한 여인이 내뱉는 "사람이 태어난 곳은 고향이라고 하지만 사람이 죽어서 묻히게 되는 곳은 뭐라고 부르는지?"라는 말 한마디는 고려사람들에게 자신들의 민족정체성에 대하여 생각해 보도록 하고 있다.

한진은 강제 이주로 인하여 민족말과 글을 제대로 배우지 못한 카자흐스탄 이주 고려인 2세대들의 문화적 공백을 메워주고, 문학 작품 창작에 관심을 가진 젊은 고려사람들을 지도하여 후배 작가 양성에 공헌한, 소비에트 카자흐스탄 고려인 문단 발전에 중요한 역할을 한 작가이다. 또한 타 민족 작가들의 희곡 작품을 민족말로 번역하여 고려사람들의 민족말 보전과 발전에 기여하고 한민족의 역사적 사건이나 민담들을 희곡화하여 고려사람들에게 민족의식을 고취시키며 고려사람들의 민족 문화 보존에 크게 기여한 민족주의자이다.

리진, 연성용은 그들의 작품을 다룬 소논문조차 국내에서는 보기 힘든 실정이다. 그러나 이들은 해당지역에서 구소련 지역 고려인문학을 논할 때 꼭 이름이 거론되고 있다. 이는 이들이 현지의 문학현장에서 상당한 비중을 차지하고 있다는 반증이 될 수 있다. 리진과 양원식은 국내에 개인 시집이 소개되기도 하였다. 그런데 리진과 양원식의 작품을 통해서 우리는 새로운 것을 볼 수 있었다. 즉 지금까지 소개된 구소련 지역 고려인들의 문학에서 다루어지는 내용은 강제 이주 후 척박한 곳을 비옥하게 만들어낸 자부심과 그 땅에서의 풍요를 기대하는 내용 그리고 고향에 대한 그리움과 관련된 것이 대부분이었다. 그것은 『레닌기치』에 실린 리진이나 양원식의 작품에서도 다르지 않았다. 그런데 국내에 소개된 개인 시집에서는 두 사람 모두 사뭇 다른 모습을 보여준다. 양원식의 경우에는 개인 시집의 작품을 통해 강제 이주 당시의 힘겹고 참혹했던 체험을 이야기 한다.이전의 작품들에서 희망찬 모습만이 등장했던 데 비해, 그 땅으로 이주하면서 또는 이주하여 터전을 닦으면서 숨져가기도 했던 고달픈 모습을 보여준다.

또한 그렇게 참혹하게 맨몸으로 강제 이주 당한 고려인들에게 호의를 보여준 카자흐스탄 사람들의 인류애를 다룬 작품도 보인다. 이 점은 리진도 다르지 않아서, 중아아시아 지역을 여행하면서 쓴 시들에서 타 민족과의 감정적 교류를 따뜻하게 다루는 시들을 볼 수 있다. 이민족과의 교류는 합동시집에서는 보기 드문 소재여서 이채롭다. 강제 이주의 힘겨움을 이길 수 있도록 돕고, 노독을 풀도록 따뜻하게 대해주는 이민족에게서 시인은 '세월의 슬기'도 배운다. 이러한 깨달음은 한반도의 협소함 속에서 다소 배타적인 정서를 지닌 우리에게 새로운 시각을 열어준다.

소재면에 있어서도 새로운 모습을 볼 수 있는데, 그중 6·25와 분단 현실, 독재에 대한 비판 등은 놀랍기까지 하다. 이것은 그들이 북한에서 온 유학생이라는 신분과도 관련이 있을 것이다. 리진의 경우 북한체제에 대한 비판적 입장에서 망명한 경력에서 알 수 있듯이, 북한 체제에 대한 강도 높은 비판의 시들이 많다. 그런데 이런 작품들의 경우, 초기에는 북한 체제에 대한 직접적인 성토가 주를 이루었지만, 후대로 가면서 그 체제 밑에서 고통 받는 인민에 대한 안타까움과 그들의 각성을 촉구하는 것, 혹은 알레고리적 수법으로 돌려 말하는 것 등 여러 새로운 모습을 보여준다.

두 사람의 개인 시집 전반에 흐르는 감정도 이전의 작품들과 차이를 보인다. 이전의 작품들은 밝고 희망에 찬 것들이 대부분을 차지하고 있었음에 비해, 안타까움, 슬픔, 불안, 냉소 등의 다양한 감정이 드러난다.

리진과 양원식의 개인 시집을 살펴본 바에 의하면, 구소련 지역 고려인들의 문학이 습작수준이라든지 우리나라의 1910년대 작품과 비슷하다든지 하는 논의가 전혀 들어맞지 않게 된다. 따라서 앞으로 이들에 대한 자료 수집과 더불어 심도 있는 논의가 진행되어야 할 것이다. 더욱이 이들은 시간이 지날수록 한글해독률이 낮아지고 있는 현지 상황에 비추어 보건대, 어쩌면 이들이 구소련 지역 고려인문학에서 한글을 매체로 작품 활동한 마지막 세대인지도 모른다.

4. 글로벌시대 확산기

1) 남한과의 교류, 소비에트 해체, 세대교체-외국어로서의 한국어

1984년 2월 고려인들에게 우호적이었던 안드로포프가 사망하고 뒤를 이어 체르넨코가 소련 최고 지도자의 자리에 오르게 되면서 고려인 사회는 다시 전환의 시기로 접어들었다. 체르넨코는 민족 정책에 있어서는 안드로포프의 정책을 답습하고 있었지만, 부패 추방 운동을 강력하게 추진하였고 그 주요 표적을 우즈베키스탄으로 삼았다. 그러자 고려인들이 거주하던 집단 농장들도 의심을 받을 수밖에 없게 되었다. 여기에 각종 환경 문제가 발생하면서 사막화되고 있는 중앙아시아에서 더 이상 농업의 미래를 보장할 수 없는 상황이 되었다. 당시 중앙아시아는 심각한 수질 오염 문제와 더불어 목화 생산을 위한 농약 사용으로 인해 유아 사망률이 연방 평균 2~3배에 달할 정도로 환경 문제가 심각했다. 때문에 생존을 위해 이웃 공화국으로 이주하는 고려인들의 이동이 1970년대 후반 이후에 급속도로 증가하였다.

1985년 3월에 새로운 지도자 고르바초프의 시대가 출범하였다. 기본적으로 그는 오랜 경험을 통해 소수민족들의 애환을 비교적 잘 인지하고 있는 인물이었다. 그럼에도 불구하고 1985년 10월 발표된 당 강령의 초안에서 민족 문제와 관련된 근본적인 변화를 찾아볼 수는 없었다. 단지 모든 문화와 언어의 상호 발전과 자유로운 성장과 평등을 공인한다는 내용이 포함되어 있었고, 고르바초프가 비러시아인들에 대해 실제적이고 유연한 자세를 가지고 있었음을 알리고 있을 뿐이다. 그는 민족 문제에 대한 공화국 특별위원회의 설립을 승인하고, 러시아어뿐만 아니라 모국어 교육을 개선시키기 위한 정책들을 묵인해 주었으며, 유대인과 독일인들이 모국으로 돌아갈 수 있는 기회를 확대시켜 주었다.

그러나 고르바초프의 이와 같은 유연한 정책은 러시아인과 비러시아인 사이에 갈등을 야기했다. 이때 고려인들은 1988년 서울올림픽 방송을 직접 눈으로 목도하면서 민족에 대한 진지한 인식의 기회를 얻게 되었다. 더불어 6월 28일 제19차 당 대회에서는, "무의미한 통일이 아니라 민족적 다양성의 틀 내에서" 소비에트인과 소비에트 다민족 국가의 역동적 통일을 달성한다는 혁신적 원칙이 천명되었다. 그 가운데 자기 공화국 이외의 장소에 거주하거나 영토를 가지고 있지 않은 민족의 '민족 문화적 요구'를 만족시키기 위한 조치를 취한다는 결의가 나왔고, 고려인들 사이에서는 자신들의 정체성에 대해 의혹을 제기하는 목소리들이 나오기 시작하였다.

1989년 9월 고르바초프의 소련 공산당 중앙위원회는 '민족 정책 강령'을 통해 모든 민족은 민족 자치를 향유할 수 있으며, 자신들의 "민족 문화와 민족어의 자유로운 발전을 도모할 수 있도록 최대한 보장한다"고 선언하였다. 마침내 소련 공산당의 민족 정책에 실질적인 대전환이 이루어진 것이다. 이는 고려인들에게도 영향을 미쳐 『레닌기치』 1990년 3월 31일자에는 음력설을 쇠기 시작한 고려인들의 감격어린 편지가 실리기도 했다. 더불어 서울올림픽을 계기로 한국과의 관계가 급속히 개선되었다. 이 와중에 1991년 구소련 체제가 해체되면서 고려인 사회는 또 다시 변혁의 시기를 맞이하게 되었다.

구소련이 해체되고 중앙아시아 국가들이 독립하면서 그들은 잃었던 민족의 언어와 역사를 되찾고 민족정체성을 확립해가고자 했다. 고려인들이 대거 거주하고 있던 카자흐스탄, 우즈베키스탄, 키르기스탄, 타지키스탄, 투르크메니스탄과 같은 중앙아시아의 신생 독립 국가들은 자국어를 공식 언어로 채택하고, 행정 기관의 책임자들 또한 자국 민족 중심으로 교체하였다. 그런데 이들의 민족주의적 정책은 비공식적으로 타민족들을 직장,

교육, 언어 사용 등에서 차별 받을 수밖에 없는 상황으로 몰아넣었다. 상황이 이러하자 독일인, 러시아인, 유대인 등의 여러 민족들은 중앙아시아를 떠나 독일, 러시아, 이스라엘 등지로 이주하였고, 중앙아시아 고려인들의 일부도 러시아 극동으로 이주하였다.

이때 독립국가연합의 여러 도시에 고려인 문화중앙이 설립되었고 민족문화 재생과 고려말(한국어) 교육에 힘쓰기 시작하였다. 더불어 한국과 북조선(북한)에서 고려인들의 민족어 교육을 위해 교사들을 파견하면서, 고려인들의 민족 문화 재생과 한글 보존에 도움을 주었다. 독립국가연합의 고려인 사회가 한국의 문화 단체들과 다양한 교류를 하면서 고려말 자체도 어휘적 측면은 물론 통사적 측면까지 한국 표준어에 동화되기 시작하였고, 음식 문화마저도 한국의 유행을 따라가게 되었다. 경제적으로 어려운 상황 속에서도 지금까지 한국어 신문 『고려일보』가 그 명맥을 이어나가고 있으며, 고려극장 또한 지금까지 한국어로 공연을 해오면서 한글 보존이 이루어지고 있다.

소련의 해체 이후 한국과 독립국가연합 사이의 교류는 더욱더 활발해졌다. 많은 한국 기업들이 독립국가연합으로 진출하면서 한국어를 구사하는 인력의 수요가 갑자기 증가했고, 한국어의 인기는 날이 갈수록 높아졌다. 소련 시절 고려인 사회가 주도해 오던 한국어교육은 한국 정부가 현지에 설립한 한국교육원을 비롯하여 한국어 사설 기관과 종교 단체에 의해 운영되는 한글학교로 점차 대체되었다. 1991년 9월 카자흐스탄과 우즈베키스탄의 대학에 한국어 전공이 신설된 이래 소련 해체 후 독립국가연합의 여러 대학에서 한국어 전공을 개설하거나 제2외국어 과목으로 한국어를 가르치고 있다.

1992년에는 『고려일보』에 젊은 고려인 세대들을 위한 '조선글과 말을 배웁시다'와 '우리말을 배웁시다'라는 한글 교육란이 다시금 마련되었다.

우즈베키스탄에서는 타슈겐트 국립사범대학교에서 한국어 올림픽 대회가 개최되었고, 러시아에는 모스크바 국립대학교에 '국제고려학연구센터'가 설립되었다. 1993년에는 우즈베키스탄의 타슈겐트 독립 동방학대학교에 고려말 전문가 양성을 위해 한국학대학이 개설되었다. 1994년 9월 카자흐스탄 카자흐 국립대학교에 한국어문학 전공이 개설되었고, 1997년 카자흐스탄에서는 최초로 한국어문학과로 승격되어 한국어의 위상을 공고히 하였다. 이후 카자흐스탄 카작 국제관계 및 세계 언어 대학교에는 동방어학과 내에 한국어 전공이 개설되었고, 우즈베키스탄 사마르칸트 국립 외국어대학교에도 한국어과가 설립되었다. 또한 『고려일보』는 1997년과 1998년 '우리 말을 배웁시다'란에 민족 설화를 한글본과 러시아어 번역본으로 함께 게재해 고려인들의 한글 학습에 도움을 주었다. 2002년에는 '고려말'란이 마련되어 고려말 강좌가 러시아어로 연재되었다.[48]

이처럼 소련 해체 후 독립국가연합의 일부 학교와 대학에서 한국어를 가르쳤고 한국교육원에서 한글을 모르는 고려인들을 대상으로 한국어는 물론 민족 문화를 가르쳤다. 이는 소련 해체 이래 고려말이 아닌 비로소 한국어를 외국어로 배우는 계기였다. 이들 젊은 고려인 세대들이 한국어를 배우려는 것이 비록 경제적 이유 때문이며 한국 진출이나 현지에 있는 한국 기업의 취업 기회를 모색하기 위한 것이라고 하기는 하지만, 그럼에도 아직까지 민족어를 배우려는 시도가 있다는 사실은 다행이다. 그 목적이 어찌되었든 고려인들이 한국어와 한국 문화에 자연스럽게 노출되면서 한국인으로서의 민족정체성에 대해 진지하게 고민해 볼 기회를 제공하기 때문이다. 또 이렇게라도 한글이 보존되지 않는다면 가까운 미래에 이 곳에서 고려말이 완전히 자취를 감출 수 있게 될 것이기 때문이다.

---

48) 김필영, 「고려인의 한글 보존 노력」, 정옥자, 『러시아 · 중앙아시아 한인의 역사』(하), 앞의 책, 179~180쪽.

그러나 남한과의 교류가 확대되고 한국 기업의 진출이 확대되었다고 해서 고려인들의 생활을 100% 낙관할 수만은 없었다. 이는 지극히 일부에게만 주어진 기회이기 때문이다. 오히려 다수의 고려인들은 1860년대 시작된 한반도에서 러시아 극동 지역으로의 이주, 1937년 집단 강제 이주를 거쳐 세 번째로 민족 이동을 해야만 했다. 세 번째 민족 이동은 크게 네 가지 방향에서 살펴볼 수 있다. 첫째가 고려인의 역사적 연고지인 연해주로의 이동이다. 주로 중앙아시아, 특히 우즈베키스탄에서 거주하던 고려인들이 이곳으로 이동하였다. 둘째는 사할린으로부터 한국으로의 귀환이다. 한·러 국교가 정상화됨에 따라 사할린으로 강제 동원되었던 세대들이 한국으로 재이주하게 된 것이다. 셋째는 러시아 남부 지역, 즉 볼고그라드 등지로의 이동인데 이는 고본지 등 일자리를 찾아 이주하는 경우이다. 네 번째는 모스크바, 상트페테르부르크 등 대도시로의 이동이다. 그 가운데 첫 번째 연해주로의 재이주가 가장 활발하게 이루어지고 있는데 그 이유는 다음과 같다. 첫째, 한국에 상환해야 할 러시아의 부채 및 상환 방법과 형태에서 기인한 이유, 둘째, 극동 지역에서 군(軍) 시설 민영화, 셋째, 연해주에 주거로 사용 가능한 다수의 군사 도시 상존, 넷째, 연해주 지역에 필요한 농산물 수요 급증, 그리고 마지막으로 중앙아시아의 일부 고려인들이 연해주로 이주하려는 경향 등이다. 1990년대 말에는 고려인 수십 가구가 볼고그라드 주로 이주하면서 그곳에 새 고려인촌이 형성되기도 하였다. 이는 개인 혹은 가족이나 씨족 차원에서 이루어졌으며, 남한의 비정부 기구 및 교회에서 일부 재정적·심적 지원을 해 주었다.[49] 실제로 통계에 의하면 1989년에 53,898명이던 극동 지역의 고려인 수는 1994년에 이르면 69,140명으로 증가하였다. 연해주만 하더라도 1989년에 8,454

49) 김 게르만, 「소련의 붕괴와 포스트소비에트 고려인들」, 위의 책, 317쪽.

명이었던 것이 1994년에는 18,260명으로 9,806명이나 증가하였다.[50]

그런데 구소련의 소비에트 체제가 붕괴되고 독립국가연합 시기가 도래하면서 고려인들은 여러 가지 측면에서 어려움을 겪었다. 그나마 소비에트 체제하에서 고려인들은 러시아인과 원주민족 사이의 교량 역할을 하며 상층 계급으로 진출하지는 못하더라도 러시아인과 원주민의 중간 계층에 머무르며 일정 정도의 지위는 보장받았었다. 그러나 독립국가연합 시기가 도래하면서 중앙아시아의 여러 소수 민족 국가들이 민족주의적 정책들을 시행했고 상당수의 고려인들은 설 자리를 잃고 다시금 떠돌 수밖에 없는 상황에 처하였다. 이들은 주로 고본질을 중요한 경제 수단으로 삼고 있는 이들로 낙후된 환경 속에서 농작물을 경작할 수 있는 토지를 찾아 이곳저곳을 오가며 불안정한 체류를 할 수밖에 없는 신세로 전락하였다. 그리고 이들의 경제적 어려움은 자녀 교육의 소홀로 이어져서 고려인의 빈곤과 저학력 사태가 재생산되는 악순환이 우려되었다.

2) 강제이주 형상화와 민족전통 및 문화

1980년대로 들어서면서 고려인 사회에서 제기된 문제는 고려인으로서의 정체성과 관련된 것들이었다. 이들이 자신들의 정체성 문제를 해결하기 위해 제일 먼저 고민한 것은 그동안 암묵적으로 금기시되어왔던 1937년의 강제 이주의 문제들을 표면화하는 것이었다. 그러면서 고려인 문단에서는 당시의 상황을 문학 작품으로 형상화하는 작업이 이어졌다. 이러한 시도가 1970년대에도 있기는 했다. 1975년에 발행된 종합작품집 『씨르다리야의 곡조』에 실려 있는 연성룡의 시 「카사흐쓰딴아, 나의 절을 받으라」와 전동혁의 장편서사시 「박령감」 등이 그것이다. 그러나 이들 작품은 강제

50) 정옥자, 「고려인의 새로운 정착과 정체성」, 위의 책, 362쪽.

이주의 부당함을 제기하기보다는 열악한 자연환경 속에서도 새 터전을 성공적으로 일구었다는 자부심과 정착 초기 어려움을 이길 수 있도록 도와 준 현지인들의 배려가 중심 모티프가 되었다. 이들 작가들이 내면을 억누른 채 피상적인 이야기에 주력하여 작품을 형상화하고 있는 방식에서, 1970년대까지는 고려인 사회에서 강제 이주의 처참한 실상을 폭로하는 것이 금기시되었음을 짐작할 수 있다.

오랫동안 침묵과 망각 속에 묻혀 있었던 강제 이주의 실상이 본격적으로 드러나는 것은 페레스트로이카와 글라스노스트가 실시된 1980년대 후반 이후이다. 그러나 이때에도 작품들이 강제 이주 직전의 급박한 상황에 대해 약간의 언급이 있을 뿐 본격적으로 당시의 참상과 마주하고 있지는 않다. 폭력적이고 처참한 이주 과정 자체를 형상화하는 문학은 매우 드물었으며 강제 이주의 역사를 언급하더라도 비유적이거나 소략하게 다루고 있다. 기억을 침묵과 망각의 형태로 그려냄으로써 관습적으로 금기시되었던 이야기를 당대에 재현한 작품으로는 김광현의 「호두나무」가 있다. 표면적으로는 꼴호즈에서의 두 남녀의 사랑이야기를 주된 이야기로 내세우고 있는 이 작품에서 김광현은 원동에서 소비에트 주권이 성립된 1925년에 대한 묘사나 작중 현실을 1939년으로 설정함으로써 1937년 고려인 강제 이주의 역사를 오늘날로 불러들였다.

이후 『레닌기치』 1987년 8월 22일자와 8월 29일자 두 차례에 걸쳐 발표된 황유리의 「나의 할머니」는 고려인 소설 가운데 강제 이주의 기억을 고통스럽지만 구체적으로 표현한 최초의 작품이다. 이 작품에서도 '강제 이주'라는 표현이 직접적으로 제시되고 있지는 않지만, '신선의 물'로도 다시 검어질 수 없는 할머니의 흰머리라는 문학적 대체물을 통해 고통스러웠던 당시의 기억을 은유한다. 『오늘의 빛』(알마아따 사수싀출판사, 1990)에 실린 한진의 「그 고장 이름은?」 역시 죽어서도 고향에 돌아갈 수 없는 존재인식을 통해 당시 소비에트 사회 속에서 고려인의 입지를 상기하게 한다.

『레닌기치』에 1990년 2월 28일부터 3월 3일까지 총 4회에 걸쳐 발표된 양원식의 「녹색거주증」에 이르면 강제 이주에 대해 간략하나마 직접적으로 언급하기 시작한다. 이후 『레닌기치』에 1995년 2월 4일부터 3월 4일까지 총 5회에 걸쳐 실린 연성용의 「피로 물든 강제 이주」가 발표되는데, 강제 이주 문제를 본격화하여 제기한 작품이었다. '세계 한민족 이민생활수기 우수 당선작'이기도 한 이 작품은 허구의 성격을 띤 여타의 소설 작품과는 차별화된다. 소설은 강제 집단 이주를 실시하기 이전 김 아파나씨, 조명희, 박내창 등 공산당 간부와 지식인 및 군인 장교들에 대해 대대적으로 시행된 처형을 통해 형성된 극심한 공포에서부터 비롯되었다. 강제 이주와 관련된 고려인들의 공포는 1989년 5월 23일부터 5월 31일까지 총 8회에 걸쳐 발표된 한진의 소설 「공포」 속에도 잘 드러나 있다. 이 작품에서 한진은 고려인들 사이에 불신이 팽배함은 물론 강제 이주와 그 이후의 검거가 민족의 배신자들 때문인 것으로 서사화했다. 즉 강제 이주의 원인을 소련 당국은 물론이고 고려인들 스스로에게서도 찾으려는 시각을 보여주었다.

『고려일보』에 2002년 4월 5일부터 4월 26일까지 총 4회로 발표된 이정희의 「희망은 마지막에 떠난다」 역시 강제 이주의 원인을 고려인에게서 찾고 있는 대목이 나온다. 그러나 이 작품은 이 문제 제기가 고려인 내부가 아닌 타민족에 의해 이루어진다는 점에서 차이를 지닌다. 이 작품을 통해 한편으로는 고려인들을 일본의 간첩으로 취급하고 있었던 당시의 사회적인 분위기와 시각을 짐작할 수도 있다.

또한 비록 유형화되고 다양화되지는 못했지만 2000년대 고려인 소설에는 이주의 과정에 주목한 작품들이 발표되었다. 비인간적으로 이루어진 이주의 과정을 통해 그 이주 과정의 부조리와 스탈린 정책에 대한 비판적 시각을 드러내고자 한 작품들이다. 더불어 고려인 역사의 고통을 정면으로 응시할 힘이 생겼다는 것 자체가 역사적 고통을 극복할 수 있는 첫걸음의 신호로 받아들여졌다. 그러나 이러한 문학작품의 출현이 강제 이주가 자행(恣行)된 지 반세기가 지난 후에 이루어진 까닭에, 체험의 당사자와 주체가 아니라 후속 세대에게서 이루어질 수밖에 없었고 그런 점에서 문학적 재현과 문제의식이 제한적일 수밖에 없었다. 체험 세대들은 여전히 이에 대한 구체적인 언급을 꺼렸고, 고려인의 이주 역사는 여러 문학적 장치가 동원된 채 상상력으로 재구될 수밖에 없었다.

앞서 언급한 한진의 「공포」는 '꿈'이라는 장치를 통해, 1989년 7월 8일부터 7월 13일까지 총 4차례에 걸쳐 『레닌기치』에 발표된 송 라브렌찌의 「삼각형의 면적」은 어머니가 만든 옷을 입은 사람은 병이 낫고 행운이 따르고 마음이 따뜻해진다는 환상적인 이야기에 기대어 강제 이주의 기억을 실재이면서도 실재가 아닌 것으로 위장하여 그려내고 있다. 이에 반해 1990년 4월 11일부터 6월 6일까지 『레닌기치』에 총 18회에 걸쳐 발표된 김기철의 「이주초해」는 이주 당시의 모습을 구체적으로 묘사함으로써 실체적 진실에 접근하려고 했다. 이 작품은 여타의 작품들이 공포스러운 사회적 분위기로 인해 그동안 명확하게 제기되지 못했던 권력자들의 횡포를 정면에서 비판적으로 그려내고 있다는 점에 주목할 필요가 있다.

소설이 은유나 상징을 통해 강제 이주의 처참함을 간접적으로 재현하고 있다면, 시는 조금 더 직접적으로 발화했다. 대표적인 작품은 연성용의 장편 서사시 「오, 수남촌!」(『레닌기치』, 1989.07.15)이다. 앞서 언급했던 것과 같이 그는 이미 1971년 「카자흐쓰딴아, 나의 절을 받으라」라는 작품을 통해 1937년의 기억을 시 문학 안으로 불러들인 적이 있었다. 그러나 시간이 흐르면서 그의 기억은 크게 달라졌고, 앞선 작품에서 그 시절을 '서글픈 그때'로 표현했다면 1989년에 이르러서는 '생지옥'과 '강제 이주'라는 직접적인 표현을 통해 말했다. "어디로, 무엇 때문에,/ 사람들을 잡아가는

지?/ …… 무시무시한 세월/ 그 죄악의 세월은/ 계속되었으며/ 잡혀간 사람들은/ 죽었는지, 살았는지……/ 종적을 감춰버렸다./ 조선학교, 조선대학/ 모두 닫아버렸고/ 다음엔 차츰/ 조선말도 못하게/ 입을 막아치웠다.”와 같이 그는 당시 고려인들에게 가해졌던 직・간접적인 학살 그리고 고려인의 민족전통과 문화를 말살시키기 위한 카자흐스탄 정부의 만행을 시를 통해 고발하였다. 그의 이러한 시 쓰기는 왜곡된 고려인의 역사를 바로세우는 것은 물론 새롭게 도래한 시대 속에서 고려인으로서의 정체성을 다시금 생각하게 하는 계기가 되었다.

고르바초프가 집권하면서 개별 민족들은 각자의 민족 가치를 향유할 수 있도록 자유를 부여했고, 고려인들도 그동안 망각과 침묵을 강요당해왔던 한민족의 정체성에 대해 다시금 생각해 하게 되었다. 그동안 한민족으로서의 정체성을 애써 외면한 채 소비에트 체제 안으로 동화되기 위해 노력해왔던 고려인들에게 있어 갑작스럽게 주어진 민족 가치의 부활 가능성은 자신들의 뿌리에 대한 근본적인 물음을 불러왔던 것이다. 지금껏 고려인들은 소비에트 정부의 강력한 소수민족 통제 정책 안에서 살아남기 위해 주류 언어인 러시아어를 습득했고 동시에 모국어를 상실했다. 또 이민족과 통혼하며 각종 의례와 생활문화가 변했기 때문에 자연스럽게 한민족으로서의 정체성을 잃어가고 있었던 것이다.

이러한 민족정체성의 문제를 가장 심도 있게 다룬 작품은 1990년 공동작품집 『오늘의 빛』에 실린 강 알렉산드르의 단편 「놀음의 법」이라고 할 수 있다. 회상의 형식을 취하고 있는 이 소설의 주된 내용은 1인칭 화자인 어린 소년의 뿌리에 대한 고민이다. 작품의 내용을 간단히 소개하자면 다음과 같다. 소년이 갓난아이 때 어머니가 누이와 그를 데리고 아버지를 떠나왔기에 소년은 아버지에 대한 기억이 없다. 게다가 할머니는 종적을 감춰버린 ‘진짜 할아버지’ 대신 러시아인인 ‘가짜’ 외할아버지와 재혼하였다. 아버지와 할아버지가 있지만 없는 소년은 자신의 뿌리에 대해 궁금해 한다. 하지만 가족들 모두는 그 문제에 대해서는 침묵으로 일관할 뿐 제대로 설명해 주려고 하지 않는다. 나날이 증폭되기만 하는 궁금증으로 인해 정체성의 혼란을 경험하고 있던 소년은 급기야 피 한 방울 섞이지 않은 러시아인 새 할아버지로 인해, 친구들에게 어떤 민족이냐는 질문을 받으며 민족정체성의 문제까지 고민할 수밖에 없게 된다. 친구들은 제 나라 말을 알지 못하는 소년에게 '반편이'라는 별명을 붙여주고 모욕을 주었다. 무기력한 소수민족이 소비에트 정권 아래서 살기 위해서는 어쩔 수 없었던 일이었음에도 불구하고 소년은 저항 한 번 해 보지 못했고 그들 앞에서 무력해질 수밖에 없었다. 심지어는 외할머니의 장례식 날에도 또래 아이들에게 불려나가 도랑 속을 기어가는 수모를 감내해야 했다. 즉 고려인의 역사 속에서 소년의 선조들이 그러했던 것처럼 소년도 그들만의 '놀음의 법칙'을 받아들일 수밖에 없게 된 것이다.[51)]

소설가 한진은 민족정체성의 문제에서 한 발 더 나아가 민족 문화 보존의 문제까지 소설 속에 담고자 했다. 앞서 강제 이주의 과정을 직접적으로 언급한 작품 가운데 하나로 제시했던 소설 「공포」에서 한진은 민족 문화유산을 지키기 위해 고군분투하는 '리 선생'을 주인공으로 설정하였다. 리 선생에게 있어 민족의 문화유산은 공동체적 소속감과 자기 동일성을 갖도록 하는 안식처이다. 그리하여 그에게 있어 자기 존재의 근거이자 민족정신의 매개가 되는 민족 유산을 반드시 되찾아야 하고 지켜져야만 하는 것이다. 이것이야말로 그를 살아가게 하는 유일한 희망이었다. 결국 그는 불구덩이 속으로 들어갈 운명 앞에 놓인 『문헌비고』, 『동국여지승람』, 『천자문』, 『동몽선습』, 『청주 한씨 연보』, 『대전통편』를 보고는 이성을 잃은 채

51) 정덕준・정미애, 「CIS 지역 러시아고려인 소설 연구」, 『한국문학이론과 비평』 제34집, 한국비평이론과 비평학회, 2007, 380~385쪽 참조.

아무것도 모르는 화부의 옆구리를 내찌르게 된다. 리 선생에게 조선의 고전서적들은 멀게는 그와 감정체계를 공유하는 조상들의 세계관과 가치관, 그리고 생활방식과 사고방식이 녹아들어 있는 것이자, 가깝게는 고국으로부터 '신한촌'으로 그리고 다시 강제 이주와 함께 중앙아시아로 건너온 고려인의 역사를 증명하는 산증거였다. 한진은 소설에서 고서를 불사르는 행위로 민족혼의 말살을 그리고 그것을 되살리는 행위로써 민족혼의 부활을 이야기하고자 했던 것이다.

이와 함께 김용택이 1989년 작품집 『쟈밀라, 너는 나의 生命』에 발표한 「그를 어데서 찾는담」 역시 민족문화 유산의 보존을 통한 민족정체성 확보 문제에 대한 문제를 제기한다. 콜호스의 광장에서 우연히 만난 외국인 사진기자를 데리고 사촌형의 혼례 잔치를 찾으면서 벌어진 이야기를 담고 있는 이 소설에서, 작가 김용택은 고려인의 문화가 민족 애착을 가질 만한 정서적 대상임을 분명히 한다. 소설 속에서 고려인 스스로 자신의 문화를 자랑스러워하지 않았지만 타민족이 오히려 고려인의 민족 문화에 대한 찬사를 보냈다. 이런 타민족들의 반응은 생경하면서도 또 다른 한편으로는 고려인들에게 자부심을 불러일으켰다. 김용택은 이 작품을 통해 민족문화의 가치에 대한 재인식은 물론 나아가 민족정체성의 회복 필요성을 제기했다.[52]

이처럼 소비에트 연방 해체 이후, 고려인 사회는 소수민족이라는 불리한 생존 조건을 극복하고 정당한 사회적 지위를 보장 받기 위해 민족주의를 부활시키려는 움직임이 지속적으로 대두되었다. 그러나 이 변화의 중심이 되어 주었던 문학이 1991년 6월 소련 해체와 더불어 급격하게 쇠퇴하기 시작했다. 그동안 고려인 문단이 그나마 명맥을 유지해나갈 수 있도

52) 앞의 글, 395~395쪽.

록 했던 『레닌기치』의 '문예면'도 사라졌다. 『레닌기치』는 신문 제호를 『고려일보』로 변경하고 한글보다 러시아어에 익숙한 새로운 세대들을 위해 한글판과 러시아판을 함께 발간하였다. 발행주기도 한글판을 1주일에 네 차례 발행하던 것에서 1992년에는 주간지 16면 발행 체제로 변경하였다. 그러면서 '문예면'이 폐지되었던 것이다. 더불어 그동안 카자흐스탄에서 근근이 발간되던 고려인문학 작품집들도 출간이 드물어졌다. 카자흐스탄 내의 독자가 감소했고 출판계가 경제적인 불황을 겪게 되면서, 한국에서 출간되고 있는 실정이다.

오늘날 고려인 문단을 이끌고 있는 세대는 러시아의 제도 교육 안에서 러시아어를 의무적으로 배웠고 고려말(한국어)를 습득하지 못한 채 러시아어로 작품 활동을 하고 있는 고려인 3세대들이다. 그들 중에는 고려인들의 굴곡진 역사를 문학작품으로 형상화하고 있는 일군의 작가들이 있다. 특히 Ёнг Тхек의 장편소설 『КИМЫ』(용택, 『김가네』, Ташкент, 2003)는 1911년부터 강제 이주의 시기까지를 배경 삼아 삼대의 이야기를 서사화한 작품으로 알려져 있어 주목을 요한다.

지금까지 재외 한인 동포 문학 연구는 한국어로 쓴 작품들로 제한하는 경향이 있어왔다. 그러나 오랜 이주의 역사로 인해 이제 더 이상 고려인들에게 우리말을 강요할 수 없는 게 현실이다. 특히 고국이라고는 하지만, 타민족들과의 외형적 구별 안에서만 인식되는 고국을 강요할 수도 없다. 이런 현재적 상황에서 고려인들은 자신들이 태어난 그곳에서 이방인 아닌 이방인이 되어 정체성의 혼란을 경험하며 살고 있다. 아마도 이것이 오늘날 재외 한인 동포 사회가 겪고 있는 가장 큰 문제일 것이다. 때문에 이제는 러시아어로 쓴 재외 한인 동포 3세대 작가들의 작품까지 한민족 문학의 범주에 포함시키는 문제를 긍정적으로 검토해야 할 때임이 분명하다.

3) 주요 작가 · 작품 : 시

고려인에게 있어 1980년대는 특별한 의미를 지닌다. 1986년부터 시작된 페레스트로이카와 글라스노스트로 이제와는 전혀 다른 새로운 시기가 시작되었기 때문이다. 소비에트 연방의 해체와 독립국가연합으로의 재결합, 중앙아시아 여러 나라들에서의 민족주의의 발흥이라는 현지의 변화와 더불어, 1988년의 서울올림픽 이후 한국과의 교류로 고려인들은 자신들의 정체성에 대해 다시 고민하게 되었다. 이 교류로 그간의 북한 편향적인 분위기에도 변화가 일어서 『레닌기치』는 『고려일보』로 개명을 하기에 이른다. 또한 이러한 개혁 개방의 분위기 속에서 고려인들은 그간 억압되어 있었던 기억을 꺼내놓기 시작한다. 그것은 바로 강제이주와 관련된 것들이다. 그리하여 1980년대 후반부터 고려인문학에는 강제이주에 대한 증언와 정체성에 대한 고민이 많이 드러나게 되었다. 고려인 문단은 이전의 금기가 거의 해소된 문화적 '해빙기'를 맞게 되어, 반세기가 지나도록 침묵해야 했던 역사인 강제이주에 대해서도 형상화할 수 있게 된 것이다. 그러나 이러한 고려인 문단의 해빙기는 짧았고, 1991년에 소련이 해체하면서 새롭게 떠오른 독립국가들의 자민족중심주의와 고려인 문단의 세대교체가 제대로 이뤄지지 않은 탓에 곧바로 '쇠퇴기'를 겪게 된다. 물론 훌륭한 작품을 창작하는 고려인 출신의 시인, 작가들이 계속 등장하긴 했지만, 그들은 이미 모국어를 잃어버리고 러시아어로만 창작하는 까닭에 '민족문학'을 울타리로 포섭하기에는 문제가 없지 않은 것이다. 한글을 읽고 쓸 수 있는 사람들이 줄어들어서 문학도 러시아어로 쓰이는 것이 많아진 상황에서, 그 내용은 오히려 더욱 민족적인 것을 탐색하게 되는 아이러니한 상황이 되었다.

1980년-1990년대에 가장 많은 시를 발표한 작가는 주영윤(53편)이고, 남철(49편), 김광현(48편), 강태수(44편), 박현(41편) 등이 뒤를 잇는다.[53] 앞 시기에 많은 작품을 발표했던 연성용과 우제국, 리진 등도 꾸준히 작품을 발표했다.

강태수는 이 시기에 옛날을 추억하거나 노년과 관련하여 인생을 마무리하는 마음을 주로 표현하고 있다.

양원식이 이 시기에 쓴 작품 중에서 「홰불」(1985)은 소련영웅 민 알렉싼드르에 대한 칭송의 시이다. 민 알렉싼드르는 독소전쟁의 영웅이지만, 고려인의 문학을 통해서 그 존재를 살펴보기가 어려운 인물이다. 독소전쟁은 소련이 고려인들을 믿을 수 없는 민족이라고 생각하면서 강제이주를 단행한 몇 년 뒤에 발발했다. 그래서 고려인들은 이 전쟁에 참여하는 것도 제한되었다. 결국 고려인들은 후방에서 물자를 만들어 내는 '노력전선'에 투입될 뿐이었고, 독소전쟁에 병사로 참여한 경우는 드물었다. 민 알렉싼드르는 그런 드문 고려인 중의 한 명이었고, 더구나 그는 장교의 지위로 그 전쟁을 이끌었고 공을 세웠지만, 그의 존재는 의도적으로 고려인들에게조차 제대로 알려지지 않았다. 고려인들 사이에서도 잘 알려지지 않은 고려인 영웅에 대한 것을 북한 유학생 출신의 작가가 복원하고 있다는 점에서 주목할 필요가 있는 작품이다.

이 시기에 상대적으로 많은 작품을 남긴 남철 역시, 북한의 벌목공의 통역으로 일하다가 소련으로 망명한 작가이다. 발표한 편수가 적지는 않지만 문학적 긴장감은 없다고 평가된다.

---

53) 강회진, 앞의 책, 56~58쪽 참조. 그런데 강회진은 작가들의 작품 수를 정리하면서 김광현과 무산을 개별 작가로 다루어서 정리했다. 그러나 무산은 김광현의 호이므로 둘은 합산해야 한다. 남철과 남해연도 동일인물이다. 남철의 경우 남 안드레이 또는 남해봉을 필명으로 쓰기도 했다. 여성작가의 경우, 러시아의 풍습을 따라 결혼 후에 남편의 성으로 바꾸어서 쓰기도 한다. 이렇듯 고려인 작가들은 호와 본명, 필명 등 다양한 이름을 쓰므로 주의해야 한다. 작가 개개인에 대한 연보 정리가 미흡하기 때문에 더욱 그렇다.

박현의 「무심한 세월이 남긴」(1989)는 강제이주의 상황을 형상화하고 있는 작품이다. 소련의 해체를 전후하여 그동안 봉인되어 있던 강제이주가 드디어 문학작품 속에서 등장하기 시작했다. '허줄한 짐짝처럼' 실려 '서른 날 서른 밤을 꼬박 졸면서' 도착한 곳은 '갈대만 무성한 / 중아시아의 허허벌판'이었다. "잉기가 어딤둥 / 잉게서 어떻게 살겠음둥?"이란 구절은 중앙아시아 황무지에 버려진 고려인들의 기막힌 심정을 잘 보여준다.

박현의 「무심한 세월이 남긴」(『고려일보』, 1989.12.26.), 연성용의 「오, 수남촌!」(『레닌기치』, 1989.11.25.) 등은 강제이주를 형상화하고 있는 시들이다. 이 시들이 증언하고 있는 강제이주의 상황은 다음과 같다. "허줄한 짐짝처럼 내던진 / 화물차에 실려 왔다 / 어디로 가는지, / 방향도 모르고… / 어째서 가는지, / 알 길이 없었다. / 서론 날 서른 밤을 꼬박 졸면서… / 기차가 멎은 곳은 / 나무 한 대 볼 수 없고 / 갈대만이 무성한 / 중아시아의 허허벌판 / 늙은이는 병들고 / 애들은 더위에 허덕였다."(박현, 「무심한 세월이 남긴」, 『고려일보』, 1989.12.26. 일부) "그 죄악의 세월은 / 계속되었으며 / 잡혀간 사람들은 / 죽었는지, 살았는지… / 종적을 감춰버렸다. / 조선학교, 조선대학 / 모두 닫아버렸고 / 다음엔 차츰 / 조선말도 못하게 입을 막아치웠다. /(…중략…)/ 한밤을 자고나면 / 백령감이 돌아갔고 / 또 한밤 지나고나면 / 나어린 꼴랴가 죽었다."(연성용, 「오, 수남촌!」, 『레닌기치』, 1989.11.25 일부)

한편, 이 시기에 접어들어서 한국과의 교류가 빈번해지고 기존의 사회주의 사실주의에서 탈피하면서 시적 소재와 표현이 다양해졌다. 그동안 금기시 되었던 원동과 한반도에 대한 그리움이 표출되었고, 조국 분단에 대한 안타까움과 비판의 목소리가 높았다. 특히 북한에서 망명한 유학생 출신의 문인들이 북한체제에 대한 비판 시선을 작품으로 형상화했다. 그 외에도 이국에서의 삶이 길어지면서 기억과 경험에서 많은 차이가 나는 세대 간의 갈등, 서로 다른 언어 사용으로 인한 소통의 문제 등도 다뤄졌다.

이 스타니슬라브는 1980년대말에 등단하여 1990년대부터 활발하게 활동을 하였는데, 한국말을 어느 정도 쓸 수는 있지만, 작품은 러시아어로만 창작한다. 그의 시 「무제」(1989) 등에는 이러한 정체성에 대한 고민이 구체적으로 드러나 있다. 자신의 민족성은 남아 있는 '짧막한 성'에서만 알 수 있을 뿐, "우리 음식은 / 여전히 맵기만 하고 / 할아버지는 / 옛 일을 물어도 / 여전히 말이 없"다. 그렇게 자신의 뿌리와 멀어졌음에도 "여기 초원 땅에서 / 두 세대나 자랐어도 / 더 그리운 곳은 없은 듯"하게 느끼는 화자의 목소리를 통해서, 정서적으로 연결되어 이어지는 민족성을 확인할 수 있다.

이 스타니슬라브 시는 중앙아시아 강제이주 이후 고려인의 삶의 모습과 역사적 진실에 대한 천착, 한국과의 접촉 이후 현재 고려인이 겪고 있는 혼란과 갈등의 모습 등을 충실하게 담아 보인다. 그는 한국과의 접촉 이후 고려인이 느꼈던 민족정체성의 모호함에서 비롯하는 당혹감과 부끄러움의 문제를 오히려 창작의 출발선으로 삼고 있다. 그는 이 문제를 직시, 한민족의 혈연적 동질성을 확인함과 동시에 나아가 그 속에서 스스로가 가지고 있는 디아스포라적 정체성을 확인한다. 또한 한때 견고한 침묵으로 회피해 왔던, 그리고 한때 격렬한 분노로 고발해 왔던 '강제이주' 문제가 단순한 역사적 기억으로서의 과거로만 존재하는 것이 아니라 후손에게 이어져 항존하는 트라우마이며, 고려인을 규정짓는 실존적 근원임을 말하고 있다. 이런 점에서 이 스타니슬라브의 시를 통해 본 고려인문학은 한국문학이나 재일 조선인 문학 또는 중국 조선족문학과도 다른 독자적인 문학으로 다뤄져야 할 필요가 있다. 이 스타니슬라브의 이러한 현실인식은 기존의 한국을 중심으로 각국에 산재한 재외 한인의 다양성을 부정해온 논의들에 대한 적극적이며 타당한 문제제기라 할 수 있다. 따라서 고려인의 한글문학이 거의 사장된 지금, 러시아어로 시 쓰기를 통해 민족

정체성을 찾아 나서고 있는 그의 노력은 한민족공동체를 형성하는 데 중요한 출발선이 된다고 할 수 있다.

4) 주요 작가 · 작품 : 소설

개혁 개방의 시기를 맞아 소설에서도 강제이주나 사할린에서의 일제의 만행 등 고려인이 겪은 고난을 드러내는 작품들이 발표되었다. 황유리의 「나의 할머니」(1987)에서는 할머니의 머리가 회색으로 변한 이유를 강제이주에서 찾고 있다. 그러나 그 외에 소설의 중심 내용은 강제이주와는 관련이 없다. 이렇게 에둘러 강제이주를 언급하는 것이 아니라, 직접적으로 강제이주를 전면화하고 있는 작품도 있다. 한진의 「공포」(1989)가 대표적인 작품이다. 이 작품은 리 파벨 박사후보의 체험담을 소설화한 것으로, 강제이주 당시 원동조선사범대학을 크즐오르다로 옮겨오면서 함께 실어온 도서관의 고서적들일 소각될 뻔한 것을 우연히 발견하고는 기지를 발휘하여 구하는 내용을 다루고 있다. 박성훈의 「살인귀의 말로」(1985)는 그 배경이 사할린인데, 1945년에 일본이 패망하면서 사할린에서도 일본인들이 본국으로 돌아가게 되는데, 그냥 사할린을 떠난 것이 아니라 그곳의 한인들을 학살하고 했던 사실을 형상화하고 있다. 이렇듯 고려인들이 겪은 고초에 대해 언급한 작품으로는 송라브렌띠의 「삼각형의 면적」(1989)나 강알렉산드르의 「놀음의 법」(1990) 등이 있다. 이런 작품들은 결국 민족주의적 색채가 농후하게 드러난다. 그 외에도 최초의 이주로부터 거의 100년이라는 세월이 흐름에 따라, 새로운 이주지에서의 삶을 다루는 작품도 많이 나오게 되었다. 주영윤의 실화 「루명」(1989)은 고려인 2세들이 타민족과 결혼하는 것에 대한 고려인 부모들의 편견을 다루고 있다. 한진의 「그 곳을 뭐라고 부르는지?」는 빼앗긴 고향과 조국에 대한 그리움과 서로 다른 언어를 쓰는 세대 간의 소통 부재를 다루고 있다.

이주의 시기가 길어짐에 따라, 고려인 문인들 중에 한글을 구사할 수 있는 문인의 수는 극감하고 대부분은 러시아어로 창작을 하게 되었다. 러시아어로 창작하는 작가들 중 현지 문단에서도 높은 평가를 받고 있는 작가들을 살펴보자.

(1) 정체성의 위기와 철학적 변용-아나톨리 김

아나톨리 김의 작품은 범우주적이면서도 신비한 정신을 담고 있다는 평을 받고 있다. 그는 고려인 이민 3세이면서도 고려인을 상대로만 작품 활동을 하거나 이민과 같은 소재만을 다루지는 않는다. 「다람쥐」에서 6·25 전쟁 때 전사한 북한군 장교의 아들이 주인공으로 등장하고 또 몇몇 단편들이 육체 노동자인 고려인을 다루고 있기는 하지만 아나톨리 김의 소설에서 강제 이주한 소수 민족의 비애가 짙게 드러난다고 보기는 힘들다. 그러나 자연인 아나톨리 김에게는 자신의 뿌리가 한국이라는 자의식이 강하게 자리잡고 있는 것으로 보인다. 91년부터 5년여 동안 한국에 머물며 중앙대와 연세대에서 러시아 문학을 강의할 당시 본관인 강릉 김씨의 족보를 찾아 아버지와 자신, 아들의 이름을 올렸고, 한국에 정착하는 것이 자신의 궁극적인 소망임을 피력한 바 있다. '언어 사용자로서의 한국인이 아닌 혈통으로서의 한국인'임을 자청하는 그의 작품 세계는 그가 동양적 뿌리를 가진 고려인 3세라는 배경에 일정정도 뿌리를 두고 있다. 이 글에서는 그의 작품에 드러나는 세계관과 우주관을 규명하며 가르시아 마르께스 등의 중남미 문학과의 연계선상에서 도출되는 그의 환상문학과의 관계, 그리고 특이한 화법으로 인해 제기되는 서술화법(narration)의 문제를 중심으로 살펴보고자 한다.

플롯이 거의 없는 구성, 서정성, 철학적 깊이, 실험적 형식 등을 특징으로 하는 아나톨리 김의 문학은 기존 소비에트 문학의 주된 흐름과는 분명히 다른 차별성을 갖고 있다. 아나톨리 김의 전기에 나타난 그의 문학 세계에 큰 영향을 미친 요인들로는 어려서부터 갖고 있던 회화를 비롯한 다양한 예술에 대한 깊은 관심, 순수한 한국인의 피를 이어받고 타국 땅 러시아에 살면서 경험한 정체성의 위기, 광활한 러시아 땅 여러 곳을 끊임없이 이동하면서 갖게 된 독특한 시간 및 공간 감각 등을 들 수 있다.

아나톨리 김의 초기 단편 작품들과 중편(Novella)의 일부는 일제 침략의 수탈과 배고픔에서 벗어나려고 조국을 떠났던 우리 선조들의 삶의 모습, 토속 신앙, 사회 관습과 아울러 고려인들이 겪은 고난과 애환을 모티프로, 작가의 유년 시절의 회상을 담고 있다. 우리 민족의 비애의 역사와 전통적 신앙과 설화를 바탕으로 작가의 특수한 경험 세계를 그림으로써, 동양적인 철학적 사고가 텍스트에 투영되어 환상문학의 새로운 장르를 창조했다.

소련 사회주의 리얼리즘에 얽매인 작가들이 정치적, 문화적 속박으로부터 벗어나고자 하는 자유에의 동경이 환상 문학을 가져온 또 하나의 원인이다. 현대의 환상 문학은 환상적이고 유토피아적인 요소의 접합으로 이루어진 복잡한 체계를 가지고 있는 과학, 공상 소설, 초자연적인 이야기, 마법의 동화들이 혼합된 장르이다.

아나톨리 김의 산문에 있어서 환상적인 요소들은 시간 여행, 죽은 자의 부활, 영혼의 이동, 환생, 말하는 동물, 날아다니는 인간, 용, 초자연적인 화자인 켄타우로스, 다람쥐, 방사선 총 등이다. 그의 작품에서 주인공들은 물리적인 사후(死後)에도 동물, 나무, 숲, 별들로 환생되어 계속적으로 이 세계에 현존하고 있다. 더 나아가 그는 세계 여러 나라의 신화, 종교 및 철학 체계를 문학 텍스트에 차용하고 있고, 현대적 서술 기법의 구조와 기교를 가미함으로써 자의식 적인 환상적 작품 세계를 구축하고 있다. 환상 문학을 대표하는 작가인 아나톨리 김의 문학 텍스트는 18세기 말경부터 20세기 초에 이르는 소비에트-러시아 문학에 깊게 뿌리내린 환상적 리얼리즘 토양에 새로운 환상 문학의 요소를 가미함으로써, 작가 고유의 독특한 서술 기법의 구조와 테크닉을 창조했을 뿐만 아니라 초자연적인 화자를 내세움으로써 새로운 형태의 환상 문학의 도래에 중요한 변수가 되었다.

아나톨리 김의 『켄타우로스 마을』은 소비에트 제국의 운명에 관한 이야기라고 작가는 말한다[54] 러시아의 역사적 사건들을 바탕으로 작가 나름의 인식을 표현하고 있는 이 소설은 비단 러시아 민족뿐만 아니라 정도의 차이는 있지만 유사한 상황에 놓여 있는 다른 민족들에게도 보편적 의미를 갖는다고 본다.

전반적으로 아나톨리 김 작품의 커다란 주제는 세계와 우주 그리고 그 속에 끼여 있는 인간의 운명이다. 그의 문학 세계에 있어서 과거와 미래는 현재보다 훨씬 더 중요하다. 그에게 있어 정상적인 삶의 장으로서 현재는 존재하지 않는다. 현재의 존재를 인정한다는 것은, 인간 스스로에 의해 억제할 수 없을 정도로 파괴되어 가고 있는 지금의 현실을 영속화시키는 것인 동시에 지금보다 나은 미래의 가능성을 그만큼 지연시키는 거나 마찬가지이기 때문이다. 그가 보는 현대인들은 자기 스스로가 파놓은 죽음의 구덩이로 떨어질 준비를 하고 있을 뿐이다. 따라서 그들의 운명은 무척이나 암울하다. 「묘꼬의 들장미」의 유순하고 충실하게 남편을 사랑하는 묘꼬, 삶이 자신에게 운명지어 준 다섯 아이를 기르며 비가 오나 눈이 오나 바닷가에 나가 해초를 따는 주인공이 등장하는 「바다 색시」, 순박한 마음을 가진 외로운 노인 등이 형상화되어 있는 그의 작품속에는 배경이

54) 『문학사상』, 2000.8, 40~48쪽.

서정성을 안겨주며 그러면서 작품 전반에는 어린 시절의 추억이 순결하고 맑은 색조로 나타나고, 「복수」나 「아들의 심판」에서는 운명의 극적인 변화에 무력한 인간들의 삶이 비관적 음조를 띠고 있다. 궁극적으로 작가가 그려내는 다양한 인물들의 선과 행복에 대한 열망과 갈등은 보다 나은 삶을 추구하려는 인간의 원초적 모습이라 할 수 있을 것이다.

이어 중편의 시기인 1978-1981년 사이에 발표된 「네 고백」, 「꾀꼬리의 울음소리」, 「옥색 띠」, 「연꽃」의 세계에서는 이전과 달리, 관조적이고 철학적인 분위기가 짙어지고 있다. 거기에는 불교적 사상을 포함한 동양적 분위기가 주류를 이루며 삶과 죽음, 선과 도덕, 영원한 삶과 사후의 세계, 의식과 영혼의 문제를 포함하는 관념적 양상이 두드러지고 있으며, 초기의 단편들에서 시작되는 '영혼의 이야기'를 쓰려는 작가의 노력이 계속 이어지고 있다.

1984년 발표된 최초의 장편 「다람쥐」는 그를 주목받는 작가로 만들어 주었다. 6·25때 부모를 잃고 고아가 된 주인공을 포함한 네 명의 화가 지망생이 등장하는 이 소설은 인간 세계에 대한 동물 세계의 음모라는 기본 골격 속에 전개된다. 인간과 동물의 세계가 둔갑과 변화라는 수단으로 뒤섞이고, 현실과 공상의 세계가 함께 전개된다. 또한 「다람쥐」는 사할린에서 테헤란에 이르기까지 오늘날의 세계를 조망할 수 있는 공간적 배경 속에서 철학적, 도덕적, 사회 비판적 경향을 띠고, 현 세계에 난무하는 폭력과 자연 파괴를 고발하는 기능까지 함축하는 전(全)포괄적 장편이 되고 있다. 작가의 사상이 확대 전개되어 있는 이 장편에서, 다람쥐는 인간이 되기 위해 자기 자신 속의 다람쥐를 죽이길 결심하고 동족 살인을 위한 사냥을 떠난다. 그럼으로써 작가는 인간에게 내재된 집단 자살적 본성을 상징적으로 강하게 암시하고 있다. 다람쥐를 빗댄 인간의 세계는 이미 카인의 시대부터 온갖 중상과 비방과 음모가 팽배해 있었다. 하지만 그 음모는 개인의 힘으로 극복할 수 없는 것이다. 따라서 그 음모를 분쇄하기 위해서는 우리 모두의 동참이 필요하다는 '우리' 사상이 역설되고 있다.

1989년 출판된 「아버지 숲」은 작가의 모든 예술적 기법과 철학이 총체적으로 망라된 진정한 의미에서의 장편소설이다. 여기에서 화자는 수많은 사람들의 목소리와 인토네이션(intonation)을 구사하고 있으며, 작가는 폴리포니(polyphony)[55]적 기법과 화려하게 자신만의 스타일을 펼쳐 나가는 독특한 미학적 접근을 시도하고 있다.

영원한 삶을 구현하고자 하는 『연꽃』의 또 다른 중요한 테마인 '변형'을 이야기 하고자 하는 것이다. 앞서 어머니의 죽음을 통한 로호프의 깨달음은 죽음이란 끝이 아닌 '변형'의 모습이라고 서술한 바 있다. '풀이 곤충으로 변하는 것'과 같은 신비로운 변형과정은 예술 창작의 핵심을 이루는 요소이다. 화가 로호프가 연꽃 모양으로 껍질을 벗겨 어머니 손위에 올려놓은 오렌지는 이같은 신비로운 변형과정을 상징적으로 드러내고 있다.

한국계 러시아 작가 아나톨리 김의 문학사적 평가는 아직 시간을 두고 이루어져야 할 작업이지만, 1973년부터 1980년 사이에 발표된 그의 단편 및 중편들이 당시 소련문단으로 흘러들기 시작한 하나의 새로운 물줄기였음은 분명하다. 그리고 「연꽃」 이후에 발표된 장편들은 그것이 일시적인 현상이 아니었음을 증명하고 있다. 한국인의 피를 이어받았지만, 운명에 의해 러시아 땅에서 태어나 그 곳에서 교육받고 작가가 된 아나톨리 김은 한국인이면서 러시아 국적을 소유한 그리고 일부 국수주의적 러시아 작가들의 견해에 따르면 "러시아어로 글을 쓰는 한 동양 사람"에 불과한 일반적 의미의 조국과 민족을 갖지 못한 방황하는 영혼이었다. 어느 곳에도 속하지 못한 이 외톨이 예술가의 관심이 민족과 국가 그리고 시간

55) '다성악'이라고 하는 독특한 서술기법으로 여러 명의 화자가 등장하는 것을 말한다. 이에 대해서는 다음 장에서 다시 자세히 다루고자 하는 바이다.

과 공간의 경계를 넘어서 보편적, 정신적 존재로서의 인간 내면 세계를 향하고 있는 것은 어쩌면 당연한 일이기도 하다.

(2) 고려인의 방랑자 의식 – 미하일 박

박미하일(1949-)은 고려인 5세이다. 그의 고조부는 다른 이주민들보다 빠른 18세기 중반에 월경하여 연해주에 정착했다. 선조의 정착 시기가 다른 고려인들보다 빨랐던 그는 그만큼 방랑자로서의 뿌리도 꽤 깊다. 그는 이방인으로서의 자기 정체성을 대립이나 투쟁으로보다는 자신이 살고 있는 사회와의 거리 유지를 통해 관찰한다. 그 같은 면은 초기의 그의 작품에 특히 두드러지게 나타난다. 그의 작품에는 이데올로기와 민족적 색 가르기에서 벗어나 있다. 작품의 주인공들은 고려인, 우즈베키스탄인, 러시아인으로서의 사유가 아닌 오로지 한 인간으로서의 사유를 고집한다. 그리고 그들은 언제나 현실적 담론과 일정한 거리를 유지하며 객관적인 입장이기를 고수한다.

하지만 나이가 들면서, 특히 한글로 소설을 집필하면서 그는 서서히 자신의 민족성을 재인식하게 되고, 민족적 정서를 탐구하며 그것을 글에 담기 시작한다. 그에게 있어 민족적 정서는 무엇일까. 그것은 끊임없이 계속되어 온 이주사와 관련된다. 그의 고조부는 배를 타고 두만강을 건너 처음으로 극동 지역으로 이주를 했고, 그의 아버지 역시 강제로 열차를 타고 중앙아시아의 우즈베키스탄으로 이주를 했다. 그리고 자신도 화가라는 직업으로 인해 중앙아시아 및 러시아 전역을 편력하며 다녔다. 그러므로 그는 다른 고려인들에게서 같은 유풍을 물려받은 혈족으로서보다는 '방랑자'로서의 유대감을 느낀다.

미하일 박의 『천사들의 기슭』은 특히 박미하일의 섬세한 관찰미가 잘 반영된 작품이다. 화가의 눈을 한 주인공 아르까지는 주변의 인물들이 만들어 내는 장면들과 자기 주변의 세세한 풍경들을 주시한다. 화가가 스케치를 하기 위해 풍경에서 한 발짝 뒤로 물러나듯 아르까지 역시 늘 한 발짝 뒤로 물러서서 세계를 관찰하고 인식한다. 그렇기에 서술자는 객관적이며 또한 중립적이다. 그 같은 위치에 서술자가 배치되어 있으므로 글 속에는 사회적 문제 인식이 부족하다. 물론 작가의 사회적 문제 인식이 글 속에 아주 결여되어 있다고는 할 수 없다. 박미하일은 이 작품에서 소비에트 연방의 문화정책의 허점과 부조리를 말하며 공산주의 체제의 획일적인 문화정책에 반기를 들고 있기 때문이다. 그들에게 있어 추구하는 지향점은 현실적 삶이 아닌 진정한 예술가로서의 삶이다.

하지만 실제의 화가들이 그와 같이 사회적 문제에 모두 관조적인 입장인 것은 아니다. 특히 아르까지 같은 전위주의 화가들에게는 사회를 전복시키려는 본능이 있다. 그렇다면 아르까지는 왜 그렇게 중립적인 입장인가. 그것은 그가 재러 고려인이고, 사회 속으로 깊숙이 침투되기를 꺼려하는 방랑자 의식을 지니고 있기 때문이다. 아르까지는 방랑자이다. 물론 그가 화가이기 때문에 오브제를 찾아 이곳저곳으로 여행을 다니는 것은 당연하다. 하지만 그것보다 더 뿌리 깊은 곳에 도사리는 '아픔'이 그를 방랑자로 내몰고 있다.

아우깐 노인들의 '무언의 아픔'은 연해주에서 중앙아시아로 강제 이주되면서 형성된 것이다. 고향에 돌아가지 못하는 그들의 아픔을 물려받은 아르까지는 그들처럼 자신의 고향 아우깐에 회귀하지 못한다. 더군다나 그에게는 노인들처럼 내면에 화석화되어 있는 고향의 '풍경'이 존재하지 않기에 그런 아픔을 그림으로 그릴 수도 없다. 아르까지의 방랑은 그런 고향의 '풍경' 부재를 채울 또 다른 '풍경'을 찾기 위한 것이다.

『천사들의 기슭』의 아르까지 모친의 고향은 『해바라기 꽃잎 바람에 날리다』의 윤미가 말하고 있는 고향과 일치한다. 어릴 적에 월경했거나 태어난 극동 지역이 그들에게는 정신적 고향인 것이다. 조선을 고향이라 하기에 그들의 정신적 고향에 대한 향수가 너무나 짙다. 그것이 아랫세대의 민족정체성을 더욱 혼란스럽게 만들었다.

그에게 있어 조상들의 고국인 조선은 '하얀색'이다. 즉 자신이 알지도 못할 뿐더러 어떻게 손댈 수도 없는 색인 것이다. 또한 하얀색은 무(無)의 이미지이다. 그것은 곧 그에게 있어 민족에 대한 이미지이다. 그는 작품에서 자신의 민족성에 대해, 다른 민족성에 대해 언급하지 않는다. 작품 속 인물들은 그저 한 인간일 뿐이다. 고려인 주인공이 등장하지만 주인공은 어느 민족으로서가 아닌 어느 인간으로서 사유한다. 그의 작품에 고아인 주인공(「찌가노츠까」, 「밤의 한계선상에서」, 「해바라기」)이 등장하는 것 역시 민족성을 지우는 작업에서 연유한 것이라 하겠다.

하지만 그것은 고려인의 민족성 상실을 단지 '탈(脫)'이라는 포장지에 씌운 것에 지나지 않는다. 그는 자신이 소수민족이라는 것에서, 구태의연한 민족이란 개념에서 벗어나고자 한다. 하지만 그는 결국 그의 작품 속 주인공들에게 자신의 민족성을 그대로 대물림하고 만다. 즉 탈민족적 의식을 가진 그의 주인공들이 방랑자가 되는 것이다.

『천사들의 기슭』에서 자신이 평생 그린 작품들이 전시회 전날 화재로 인해 모두 잿더미가 된 아르까지는 그 뒤 정처 없이 떠돌아다닌다. 그것에는 어떠한 목적성도 필연성도 담겨 있지 않다.

「밤의 한계선상에서」는 '옥순'이라는 인물을 매개로 여러 인물들의 시점을 교차해가며 그들의 내면 심리를 세밀하게 묘사하고 있는 글이다. 이웃 아낙의 질투심으로 아내 옥순이 살해된 이후 강일배는 자신과 이웃들에게 환멸을 느끼며 마을을 떠나 스텝에 기거한다.

이들 방랑자들이 지친 심신을 쉬어 가는 곳은 '스텝'이다. '어디를 쳐다보아도 삭사울 가지들만이 무성한 스텝'(「밤의 한계선상에서」, 232쪽)은 다른 인간들과의 연계가 끊겨 버린 공간이다. 즉 주인공들에게 자신이 어떤 민족이라는 것을 인식할 필요가 없는 '탈(脫)'공간인 것이다.

'그리고리 로인'과 '까를루사'라는 청년의 축제 밤의 일과를 서술한 「찌가노츠까」는 그의 첫 한글 작품이다. 비록 문법적으로는 매끄럽지 못하지만 이 작품에는 그의 섬세하고도 다채로운 언어 감각이 담겨져 있다.

박미하일 세대에는 '고려인의 소비에트화' 정책으로 한글을 배울 수 있는 고려인 학교가 폐지되었고, 그로 인해 러시아어가 고려인의 모어로 자리를 잡은 시기였다. 그럼에도 그가 한글로 집필된 작품들을 내고 있다는 것은 그의 노력이 얼마나 큰 것이었는지를 가늠케 한다. 그런 수고를 해가며 그가 한글 집필을 한 이유는 무엇일까.

그것은 그가 민족성과 언어의 의미를 정확하게 고찰한 결과라 하겠다. 홍기삼은 재외 동포 문학을 개관하며 문학사적인 기술의 원칙으로 "누가 쓴 작품인가."와 "어떤 언어로 쓴 작품인가."를 대상 선정 기준으로 삼았다. 그는 특히 언어가 가장 논란이 되는 문제라고 지적하고 있다.[56] 그것은 각각의 언어에는 공통으로 해석될 수 없는 독자적인 기호가 잠재돼 있기 때문이다. 기호에는 그 언어를 쓰는 공동체만의 정서가 담겨 있다. 그러므로 언어를 통해서 한 가족이나 민족의 문화를 습득하고 자신의 내적 세계를 형성하게 되는 것이다. 따라서 그는 한글 집필로써 자신의 뿌리인 고려인의 민족성을 좀더 세밀하게 관찰하려 한 것이다.

이 소설은 집시의 춤인 '찌가노츠까'를 소재로 하고 있고, 인물들은 그들이 고려인인지 아닌지가 뚜렷하지 않다. 하지만 이 글은 그의 작품들 중에 가장 한국적인 색채를 띠고 있다. 그것은 분명 언어 때문이다. 한글로 집필한다는 자체가 그 작품에 이미 고려인의 민족성을 내재시키는 것

56) 홍기삼, 「재외 한국인 문학개관」, 『동악어문논집』 30, 동악어문학회, 1995년 2월호, 246쪽.

이다. 또한 "세월은 류수같이"나 "밭이랑같은 주름살", "머리에는 서리발이" 같은 한국의 전통적인 관용어구들은 작품 내에 한민족의 문화를 자연스럽게 내포하고 있다.

그의 또 다른 한글 작품으로 최근작 「해바라기」[57]가 있다. 체첸 그로즈니의 지뢰 폭발 사고로 불구가 된 주인공 이반은 자신이 사는 아파트 단지에서 아이들에게 아기 해바라기 램의 모험담을 그린 인형극을 공연해 주면서 그것에 보람을 얻게 되고 차차 삶에도 희망을 갖게 된다. 불구가 되었음에도 좌절하지 않고 당당히 살아가는 이반은 바로 온갖 고난 속에서도 굳건히 살아남은 고려인의 초상이다. 이전의 작품과 마찬가지로 이 글에서도 역시 작가는 전쟁의 폐해를 직접 말하기보다는 자신이 직접 창조해 낸 해바라기처럼 자유롭게 여행하길 갈망하는 이반의 모습으로 간접 표현하고 있다. 그가 말하고 싶은 것은 전쟁의 비극이 아닌, 따뜻한 인간애이다. 그는 이 작품으로 문체에 장족의 발전을 이루게 됐다. 한글을 세련되게 구사함은 물론, 이전의 작품이 갖고 있던 조잡하고 산만한 문체를 극복하고 대신 간결하고 깔끔한 문체로 거듭나있다. 이 작품은 문체가 발전함으로써 덩달아 소설 구성의 발전까지 얻고 있다.[58]

그는 이 글에서 꽤 대담하게 자신의 민족성으로 회귀한다. 그것은 이반이 동네 아이들에게 '다음에는 한국에 대해서 이야기해 주겠다'는 말로써 표현되고 있다. 그에게 이제 조국은 자신이 이야기해야 할 대상이 된 것이다. 즉 그의 내면에 고향의 '풍경'이 존재할 공간이 생긴 것이다.

---

57) 「해바라기」는 2001년 재외동포재단에서 수여한 '재외동포문학상'을 수상했다. 이 외에도 박미하일은 1997년 BUKER문학상 노미네이트, 1999년 해외동포문학상(미국, LA), 2001년 KATAEV(모스크바)문학상을 각각 수상했다.

58) 그의 작품에 획일적으로 쓰이던 회고적, 추보적 구성에서 벗어나 이 작품은 삽화를 이용한 액자식 구성을 하고 있다.

(3) 라브렌띠 송(1941-)

라브렌띠 송은 1963년에 고려사람으로서는 처음으로 소련 전연방국립 영화학교에 입학하여 1967년에 졸업하였다. 학업을 마친 후 카자흐스탄 영화제작소 “카작필림”에 입사하여 1985년까지 영화 각본 작가와 예술 영화 감독으로 일하였다. 이 시기에 발표된 그의 대표적인 영화 각본으로는 「특별한 날」, 「선택」, 「사랑의 고백」, 「가족 사진첩」, 「추가 질문들」, 「소금」, 「쎄릭꿀의 시간」, 「싸니 산에 오르락 내리락」, 「달의 분화구 가장자리」 등이 있다. 이후 조선극장과 카작필림 배우양성소에서 근무하다가 1989년에 개인 영화사인 “송 씨네마”를 설립하여 현재까지 주로 소수민족을 대상으로 한 기록영화를 주로 제작하고 있다. 그는 카자흐스탄에서 희곡작가, 소설가, 영화감독으로 알려져 있지만, 소설가로서의 평판은 대단하지 않고(단편 「여러 차례 여름을 회상함」과 「삼각형의 면적」이 있다) 주로 희곡작가로 통하는 편이다(초기 희곡작품으로 「봄바람」과 「생일」이 있다).

여기서는 1997년 작 「기억」(미출판)에 반영된, 이주지 카자흐스탄에서 겪은 고려인들의 정착 체험을 통해 강제 이주가 고려사람들에게 어떤 의미를 부여하는가를 살펴볼 것이다. 「기억」은 보기 드물게 고려말로 쓰여진 작품으로 사라져 가는 고려사람들의 글말 보존에 크게 기여하고 있다. 작가는 이 작품에서 소련 원동에서 카자흐스탄으로 강제 이주된 고려인들의 초기 정착 과정을 1937년부터 1942년까지 문학적으로 현실감 있게 묘사하고 있다. 전체 2막 10장의 구성에 지주계층인 김영진 가족과 무산계층인 박뽀트르 가족, 카작인 양모리꾼 오른바이 가족, 성적으로 자유분방한 리자 등이 주요인물로 등장한다. 등장인물들의 성격 설정이 분명하고, 시간과 공간과 행동이 상상적으로 확장되며 전개되는 장면 구성이 치밀한 반면, 무대 배경이나 등장인물의 행동 묘사에 관한 구체적 설명이 불충분한 것이 연극 대본으로서의 흠이라고 할 수 있다. 그러나 한편으로는 바로 이러한 점이 연출가의 상상력을 동원하도록 하여 나름대로의 독창적 예술성을 보탤 수 있는 여건이 되기도 한다. 오히려 문제는 인물 간에 발생하는 갈등이 너무 작위적이고 사건들이 심도 있게 점차적으로 발전되지 못하고 안일하게 급속도로 처리된 것 구성이라고 할 수 있다. 더욱이 갈등의 해결을 의도적으로 마무리하기 위해 불행과 행복을 인위적으로 조합시킨 도식적인 사건 해결로 말미암아 작품의 문학적 긴장을 획득하는 데 실패하고 있다.

강제 이주를 피압박 민족의 정서적 측면에서 묘사한 결과 비사실적 체험이 「기억」에서 자주 언급되고 있다. 역사적 사실성과 예술적 허구성이 적절히 조화되었더라면 한층 더 설득력을 가졌을 것이다.

카자흐스탄 고려사람들에게 민족의 전설처럼 대대로 전해지고 있는 강제 이주의 비극적 상황을 연극으로 형상화한 송 라브렌띠의 선구적 공적이 희곡 구성상의 결점으로 인해 과소평가되어서는 안 된다. 희곡 「기억」은 고려사람들의 민족문학 발전과 고려말의 보존이라는 중요한 역할 외에도 무대 공연을 통하여 고려인 젊은 세대들에게 민족의 뼈저린 역사적 현실을 시각적으로 경험케 하고, 잊혀져 가고 있는 강제 이주 사실을 상기시키는 데 크게 기여하고 있다.

참고문헌

1. 기본자료

김세일, 『홍범도』(전5권), 제3문학사, 1989-1990(신학문사 전3권, 1989).
김 아나톨리, 『푸른섬』, 정음사, 1987.
__________, 『사할린의 방랑자들』, 송명곤 옮김, 남영문화사, 1987.
__________, 『연꽃』, 한마당, 1988.
__________, 『다람쥐』, 권철근 옮김, 문덕사, 1993.
__________, 『폐쟈의 통나무집』, 김현택 옮김, 동쪽나라, 1993.
__________, 『아버지의 숲』, 김근식 옮김, 고려원, 1994.
__________, 『초원, 내푸른 영혼』(에세이), 대륙연구소 출판부, 1995.
__________, 『켄타우로스의 마을』, 심민자 옮김, 문학사상사, 2000.
__________, 『신의 플루트』, 이혜경 옮김, 문학사상사, 2000.
__________, 『해초 따는 사람들』, 심민자 옮김, 한국통신돔닷컴, 2004.
__________, 『꾀꼬리 울음소리』, 심민자 옮김, 한국통신돔닷컴, 2004.
리 진, 『리진 서정시집』, 생각의 바다, 1996.
______, 『하늘은 언제나 나에게 너그러웠다』, 창작과비평사, 1999.
______, 『윤선이』, 장락, 2001.
______, 『싸리섬은 무인도』, 장락, 2001.
박 미하일, 『해바라기 꽃잎 바람에 날리다』, 전성희 옮김, 새터출판사, 1995.
양원식, 『카자흐스탄의 산꽃』, 시와 진실, 2002.
합동소설집, 『쟈밀라, 너는 나의 생명』, 인문당, 1989.
__________, 『아버지』, 백의, 1993.
합동시집, 『캄차카의 가을』, 정신문화연구원, 1983.
________, 『소련식으로 우는 한국아이』, 주류, 1986.
________, 『치르치크의 아리랑』, 인문당, 1988.

2. 단행본

고송무, 『쏘련 중앙아시아의 한인들』, 한국국제문화협회, 1984.
김종회 편, 『한민족문화권의 문학』, 국학자료원, 2003.

________, 『한민족문화권의 문학2』, 국학자료원, 2006.
김필영, 『소비에트 중앙아시아 고려인 문학사』, 강남대출판부, 2004.
김현택, 『러시아 한인 강제 이주사』, 경당, 2000.
김현택 외, 『재외한인작가연구』, 고려대한국학연구소, 2001.
서대숙 엮음, 『소비에트 한인 백년사』, 태암, 1989.
서종택 외, 『재외 한인작가연구』, 고려대 한국학연구소, 2001.
설성경 외, 『세계 속의 한국 문학』, 도서출판 새미, 2002.
우정권, 『조명희와 『선봉』』, 역락, 2005.
윤인진, 『코리안디아스포라』, 고려대출판부, 2004.
이구홍, 『한국이민사』, 중앙신서, 1985.
이명재, 『통일 시대 문학의 길찾기』, 도서출판 새미, 2002.
_____, 『소련 지역의 한국 문학』, 국학자료원, 2002.
이명재 외, 『억압과 망각, 그리고 디아스포라』, 한국문화사, 2004.
이창주, 『유라시아의 고려사람들』, 명지대출판부, 1998.
장사선 · 우정권, 『고려인 디아스포라 문학연구』, 월인, 2005.
정은경, 『디아스포라 문학』, 이룸, 2007.
한국정신문화연구원 편, 『21세기 재외 한인의 역할』, 1998.
블라지미르 김, 『러시아 한인 강제 이주사』, 경당, 2001.
한 세르게일 미하일로비치 · 한 발레리 세르게이비치, 『고려사람, 우리는 누구인가』, 김태학 옮김, 재외동포재단총서, 고담사, 1999.

3. 논문

강진구, 「중앙아시아 고려인 문학에 나타난 기억의 양상 연구」, 이명재 외, 『억압과 망각, 그리고 디아스포라』, 한국문화사, 2004.
_____, 「고려인 문학에 나타난 역사 복원 욕망 연구」, 이명재 외, 『억압과 망각, 그리고디아스포라』, 한국문화사, 2004.
_____, 「제국을 향한 로열 마이너리티(loyal minority)의 자기 고백」, 『한국문학의 쟁점들』, 제이엔씨, 2007.
권철근, 「아나톨리 김의 『다람쥐』 연구 : 다람쥐와 오보로젠」, 『러시아연구』 제5권, 1995.
김낙현, 「고려인 시문학의 현황과 특성」, 이명재 외, 『억압과 망각, 그리고 디아스포라』, 한국문화사, 2004.

김빠월, 「참다운 예술가 연성용」, 『캄차카의 가을』, 정신문화연구원, 1983.

김연수, 「재소 한민족과 시문학」, 『캄차카의 가을』, 한국정신문화연구원, 1983.

______, 「소련 속의 한국문학」, 『시문학』 제210호, 1989.1.

김영무, 「해외동포 문학의 잠재적 창조성」, 『한국문학』, 1996년 겨울호.

김일겸, 「한국과 카자흐스탄 신화에 나타난 남성상·여성상 비교연구」, 『민족문화 논총』 제32집, 영남대 민족문화연구소, 2005.12.

김정훈·정덕준, 「재외한인문학 연구 : CIS지역 한인 시문학을 중심으로」, 『한국문학이론과비평』 10권 2호 제31집, 2006.

김재영, 「연해주 고려인의 위상과 정체성」, 『韓民族共同體』 제14호, 2006.

김주현, 「국제주의와 유교적 지사 의식의 결합」, 이명재 외, 『억압과 망각, 그리고 디아스포라』, 한국문화사, 2004.

김창수, 「중앙아시아 한인의 이주과정 및 생활상」, 『한민족공동체』 4권, 1996.

김필영, 「해삼위 고려사범대학과 한국 도서의 행방」, 『한글새소식』 제299호, 한글학회, 1997.

______, 「송 라브렌띠의 희곡 기억과 가작스탄 고려사람들의 강제이주 체험」, 『비교한국학』 제4호, 국제비교한국학회, 1999.

______, 「소비에트 카작스탄 한인문학과 희곡작가 한 진의 역할」, 『한국문학논총』 제27집, 한국문학회, 2000.

______, 「소비에트 중앙아시아 고려인 소설 연구」, 『민족문화논총』 제32집, 영남대 민족문화연구소, 2005.12.

김필립, 「레닌기치에 나타난 쏘베트 한인문학」, 국제비교한국학회, 『비교한국학』, 1997.

김현택, 「우주를 방황하는 한 예술혼－아나톨리 김론」, 『재외한인작가연구』, 고려대한국학연구소, 2001.

리 진, 「시에 대한 몇가지 고찰 : 작시법의 문제」, 『치르치크의 아리랑』, 인문당, 1988.

______, 「러시아 속의 한국문학과 문학인」－'96문학의 해 기념<한민족문학인대회 심포지엄> 발제문, 『한국문학』, 1996년 겨울호.

박명진, 「고려인 문학에 나타난 민족서사의 특징」, 이명재 외, 『억압과 망각, 그리고 디아스포라』, 한국문화사, 2004.

______, 「고려인 희곡 문학의 정체성과 역사성」, 이명재 외, 『억압과 망각, 그리

고 디아 스포라』, 한국문화사, 2004.

반병률, 「러시아 극동지역 한국학 관련 기관과 한인자료 현황」, 『역사문화연구』 20집, 한국외국어대학교 역사문화연구소, 2004.6.

서종택, 「재외한인작가와 민족의 이중적 지위」, 『한국학연구』 10권, 고려대한국학연구소, 1998.

______, 「민족정체성과 실존적 개인」, 『한국학연구』 11권, 고려대한국학연구소, 1999.

신연자, 「소련 내의 한인과 그들의 문화」, 서대숙 엮음, 『소비에트 한인 백년사』, 태암, 1989.

유의정, 「카자흐스탄의 한국학 및 고려인 기록 보존에 관한 연구」, 『역사문화연구』 20집, 한국외국어대학교 역사문화연구소, 2004.6.

윤인진 외, 「독립국가연합의 정치경제적 상황과 고려인의 당면 과제」, 『아세아연구』 44권 2호. 2001.

이명재, 「북한문학에 끼친 소련문학의 영향」, 한국어문교육연구회, 『어문연구』 제30권 4호, 2002.

______, 「나라 밖 한글문학의 현황과 과제들」, 『통일시대 문학의 길찾기』, 새미, 2002 ; 「고려인 문학의 길찾기」, 『통일시대 문학의 길찾기』, 새미, 2002.

______, 「조명희와 소련지역 한글문단」, 이명재 외, 『억압과 망각, 그리고 디아스포라』, 한국문화사, 2004.

이정희, 「재소 한인 희곡 연구」, 단국대 석사, 1993.

이준규, 「소련의 해체와 중앙아시아 고려인」, 『민족연구』 7권, 한국민족연구원, 2001.

이혜승, 「1930년대 중반~1980년대 중반 중앙아시아 고려인의 언론, 공연, 문학작품에 나타난 문화적 지향성 연구」, 한국외대 역사문화연구소, 『역사문화연구』 제26집, 2007.

이혜승 · 방일권, 「상트 뻬쩨르부르그 한국학 연구와 원자료」, 『역사문화연구』 20집, 한국외국어대학교 역사문화연구소, 2004.6.

이호철, 「남북통일과 재외동포 문학」, 『한국문학』, 1996년 겨울호.

임영상 · 조영관, 「러시아 모스크바 지역의 한국학 연구」, 『역사문화연구』 20집, 한국외국어 대학교 역사문화연구소, 2004.6.

임헌영, 「해외동포문학의 의의」, 『한국문학』, 1991년 7월호.

장사선, 「고려인 시에 나타난 아우라」, 『한국현대문학연구』 제17집, 2005.

장사선 · 김유진, 「CIS문학의 한국문학 인식 및 수용에 관한 연구」, 『국제어문』 30집,

국제어문학회, 2004.4.
장 실, 「러시아에 뿌리 내린 우리 문학」, 『문예중앙』, 1996년 봄호.
장우권・사공복희, 「중앙아시아에서의 한글정보자원 관리」, 『한국도서관정보학회지』 제37권 제2호, 2006.6.
장윤익, 「북방문학의 양상과 수용의 문제」, 『시문학』, 1989.2.
_____, 「사회주의 국가 속의 교민문학」, 『북방문학과 한국문학』, 인문당, 1990.
전형권・Yulia, Yim, 「우즈베키스탄의 민족정책과 고려인 디아스포라 정체성 : 고려인 설문조사 분석을 중심으로」, 『슬라브학보』 제21권 2호, 2006.
정덕준・정미애, 「CIS 지역 러시아고려인 소설 연구 : 민족정체성의 변화 양상을 중심으로」, 『한국문학이론과 비평』 11권 1호, 제34집, 2007.
조재수, 「중국・소련 한인들의 한글 문예 작품론」, 『문학한글』 제4호, 한글학회, 1990.
채수영, 「재소교민문학의 특징」, 『문화예술』, 한국문화예술진흥원, 1990.7.
_____, 「재소교민 소설의 특질」, 『쟈밀라, 너는 나의 생명』, 인문당, 1989.
최강민, 「고려인 디아스포라 문학과 민족정체성의 해체」, 이명재 외, 『억압과 망각, 그리고 디아스포라』, 한국문화사, 2004.
_____, 「중앙아시아 고려인 시에 나타난 조국과 고향 이미지」, 이명재 외, 『억압과 망각, 그리고 디아스포라』, 한국문화사, 2004.
최승진・김석원, 「우크라이나의 한국학 자료와 고려인」, 『역사문화연구』 20집, 한국외국어대학교 역사문화연구소, 2004.6.
한만수, 「러시아 동포 문학에 투영된 한국 여성의 초상」, 『한국문학연구』 19권, 동국대 한국문학연구소, 1997.
한발레리・최소영, 「우즈베키스탄 지역의 한국학 자료 현황」, 『역사문화연구』 20집, 한국외국어대학교 역사문화연구소, 2004.6.
한 진, 「재소련 동포문단」, 8・15 특집 「해외동포 문단연구」, 『한국문학』, 1991.7.
허 진, 「재소고려인의 사상의식의 변화」, 『한민족공동체』 4권, 1996.
홍기삼, 「재외 한국인 문학 개관」, 『문학사와 문학비평』, 해냄, 1996.
황류드밀라, 「중앙아시아 고려사람들의 비극적인 역사단계와 현대의 문제점」, 『민족문화논총』 제32집, 영남대 민족문화연구소, 2005.12.
8・15 특집 「해외동포 문단연구」, 『한국문학』, 1991.7.
특집/좌담 「한민족문학의 오늘과 내일」, 『한국문학』, 1996년 겨울호.
(참석자 : 리진, 권철, 강상구, 가와무라 미나토, 임헌영)

특별 게재, 「세계 속의 한국문학과 문학인」, 『한국문학』, 1996년 겨울호.
－'96문학의 해 기념 <한민족문학인 대회 심포지엄> 발제문
특집 「세계 문학 속의 한국문학」, 『한국학 연구』 10집(1998), 11집(1999)
『중앙아시아 고려인의 사회·문화생활과 민족정체성에 관한 연구－카자흐스탄, 우즈베키스탄, 키르키즈스탄을 중심으로』, 2000년도 한국재외동포재단 연구 지원 과제, 2001.

4. 국외자료(CIS에서 발간된 작품집－발간순, *는 러시아어 출간)

박 일 편, 『조선시집』, 크솔 오르다, 알마타, 카자흐 국영문예서적 출판사, 1958.
황동민 편, 『조명희선집』, 모스크바 쏘련과학원 동방도서출판사, 1959.
김종세, 시집 『즐거운 편지』, 1961.*
김 준, 장편소설 『십오만원 사건』, 알마아따, 1964.
김종세, 시집 『신기한 배』, 1965.*
우제국, 시집 『아침해』, 1965.*
_____, 시집 『한 피 물고 난 형제』, 1970.*
종합작품집, 『시월의 해빛』, 알마아따 작가출판사, 1971.
공동시집, 『스텝지역의 늪차』, 사수싀출판사, 1973.
공동작품집, 『씨르다리야의 곡조』, 1975.
우제국, 『두 순간』, 1975.*
김 준, 시집 『그대와 말하노라』, 알마아따 사수싀 출판사, 1977.
종합작품집, 『해바라기』, 카자흐스탄 사수싀 출판사, 1982.
연성용, 시집 『행복의 노래』, 알마아따 사수싀 출판사, 1983.
김 준, 시집 『숨』, 알마아따 사수싀출판사, 1985.
김광현, 작품집 『싹』, 알마아따 사수싀출판사, 1986.
김기철, 소설집 『붉은 별들이 보이던 때』, 알마아따 사수싀출판사, 1987.
공동작품집, 『행복의 고향』, 알마아따 사수싀출판사, 1988.
종합시집, 『꽃피는 땅』, 카자흐스탄 알마타 사수싀출판사, 1988.
한 진, 『한진 희곡집』, 알마아따 사수싀출판사, 1988.
리 진, 시집 『해돌이』, 알마아따 사수싀출판사, 1989.
종합작품집, 『오늘의 빛』, 알마아따 사수싀출판사, 1990.
_________, 『음력역서장』

제3장 일본 조선인문학

윤 송 아 · 최 종 환

1. 통합적 조선인 문학사 서술

구한말의 격동기와 일제강점 그리고 분단이라는 엄혹한 시대상황을 거치면서 한반도는 이산(離散)과 문화혼용이라는 세계사적 격변에 휩쓸리게 되었다. 식민지 구종주국인 일본을 비롯하여 중국, 러시아, 미주유럽 등지로 삶의 터전을 옮길 수밖에 없었던 한민족 구성원은 산포된 각 지역에서 오랜 세월 정착과 이주를 반복하며, 그들만의 혼종적 문화양상을 산출해 왔다. 민족적 정체성을 담보한 한민족의 전통문화는 현지의 정치적, 문화적 환경과 끊임없이 갈등하고 조우하면서 복합적이고 중층결정된 자신만의 문화현상을 배태시켰다. 또한 가장 직접적으로 현지상황에 노출될 수밖에 없었던 민족의 언어 또한 변용과 재편의 과정을 거쳐 이중언어, 혹은 크레올화된 언어의 형태로 문학창작의 근거가 되었다. 이처럼 한민족이라는 하나의 기원을 내장하면서 세계적 지평으로 확장되어 가는 '한민족문화권의 문학'들은 그 귀속성을 뛰어넘어 한민족의 과거와 현재, 그리고 미래를 조망하는 바로미터이자 귀중한 문화적 자산이라는 점에서 한국문학계 안에서 적극적으로 포용되고 검토되어야 할 문학적 과제이다.

일본 조선인문학, 중앙아시아 고려인문학, 중국 조선족문학, 미국 한인문학 등 세계 각 지역을 중심으로 '한민족문화권의 문학'을 구성해온 디아스포라 문학 중에서, 이 글에서 다룰 일본 조선인문학은 식민지 이후에도 식민과 분단의 역사를 반복적으로 재현해왔다는 점에서 한반도의 가장 첨예한 갈등상황과 역사적 복합성을 내포한 문학이라고 할 만한다. 역사적 타자이자 내부적 식민지 구성원으로서, 자신 안의 교란되고 왜곡된 실존적 경험들을 끊임없이 문학적으로 형상화해내면서 그 마이너리티성을 적극적으로 극복할 내부적 힘들을 배양해왔던 재일조선인 문학자들은 초기의 민족지향 혹은 정주지향이라는 이분법적 길항 관계를 뛰어넘어 탈민족, 탈식민의 시대적 과제를 모색하는 방향으로 그 시야를 확장해나감으로써[1] 탈경계적 사유와 혼종성이 화두로 제기되는 현 한국문학계와도 유효한 접합 지점을 형성한다. 따라서 일본 조선인문학을 정치하게 연구하는 작업은 한국문학의 특수 영역, 혹은 주변적 위치로서의 가치를 셈하는 것이 아닌 한국문학을 통합적, 건설적으로 바라보기 위한 선험적 조건이 된다.

지금까지 일본 조선인문학에 대한 접근은 '재일조선인 조선어문학'(이하 '조선어문학')과 '재일조선인 일본어문학'(이하 '일본어문학')으로 확연히 구분되어 이루어져왔다. 재일조선인 사회와 문학이 내장하고 있는 내부적 격절과 이분화 양상은 일본 조선인문학사 서술에도 관행적으로 반복되어왔으며 이는 일본어문학과 조선어문학으로 나뉜 개별 문학사 산출로 귀결

1) 윤송아, 『재일조선인 문학의 주체 서사 연구－가족·신체·민족의 상관성을 중심으로』, 인문사, 2012, 14쪽 참조.

되었다. 분단 이후 상이한 문학사적 전개를 보여 온 남북한의 행로를 그대로 되비추면서 일본 조선인문학은 이데올로기적 대립과 언어의 단절이라는 이중적 질곡에 내몰려 그 문학사적 행보를 지속해온 것이다. 그러나 통일시대를 바라보는 현 시점에서 이러한 양분된 문학사적 흐름은 통합적 일본 조선인문학사 서술이라는 발전적 경로를 따라 궁극적인 합류지점을 마련해야 할 것이다. 즉 일본어/조선어의 구분이나 서로에 대한 차별적 시선을 배제하고 언어와 이데올로기 혹은 남북한과의 차등적 관계를 극복한 지점에 일본 조선인문학사 서술의 출발점을 두는 것이 무엇보다도 시급한 과제이다.

이 글은 이러한 '통합적 일본 조선인문학사' 서술의 단초로서 해방 이후 서로 단절되어 각각의 변모과정을 지속해온 '조선어문학'과 '일본어문학'을 동시대적 접근 아래 조망하고 그 문학사적 흐름을 통시적으로 일별해보고자 한다. 아직까지 학계에서 두 개별 문학사를 통합하려는 초보적 시도조차 요원한 상태이며 그에 따른 문학사 기술 방법이나 범주 설정 등도 논의의 물꼬가 트이지 않은 상황이다. 해방 이후 역사적, 문화적으로 단절된 남북한 및 재일조선인 사회의 시공간상의 물리적 거리를 담보로 하는 만큼, 그러한 논의의 과정이 결코 단시간에 합의에 이를 수는 없을 것이다. 따라서 이 글은 '그렇기 때문에/그럼에도 불구하고'의 '통합적' 일본 조선인문학사 서술의 당위와 위험성을 동시에 껴안으면서 이러한 시도의 가능성을 타진해보고자 한다.

이 글에서는 가장 일차적인 접근 방법으로 시기별 구분에 따른 통합적 서술 방식을 시도할 것이다. 대체로 일본 조선인문학의 시발점이 되는 작품으로는 1922년 발표된 정연규의 일본어 창작물 「혈전의 전야(血戰の全夜)」(『藝術戰線』, 6月)를 꼽는다. 또한 해방을 전후하여 활발히 활동했던 재일조선인 문학자로 김사량과 장혁주 등을 들 수 있다. 이 글에서는 일제강점기와 해방 이후 재일조선인의 삶을 연속적으로 살펴보는 의미에서 1910년 한일병합을 전후한 시기부터 1945년 해방 이전까지 일본에서 활동한 문학인들을 우선적으로 언급하고자 한다. 다음으로 해방을 기점으로 하여 그 이후의 시기를 문학사적으로 구분하였다. 1945년 해방 이후 1950년 한국전쟁과 1965년 한일협정 체결, 1972년 7·4 남북공동성명 등 남북한, 일본을 중심으로 한 역사적 사건들과 1945년 재일본조선인연맹(조련), 1946년 재일본조선인거류민단(조선민단, 민단의 전신), 1955년 재일본조선인총연합회(총련) 결성 및 1959년부터의 북송사업 등 재일조선인 조직의 발전과정 및 남북한과의 연계, 그리고 일본사회의 차별적 정책에 맞선 각 분야의 투쟁과 일본의 정치·사회·경제적 변모과정에 따른 재일조선인의 인식 변화 등, 재일조선인 사회를 둘러싼 사회, 역사적 맥락들은 그대로 일본 조선인 문학의 시기별 변모 과정의 중요한 근간을 이룬다.

따라서 이 글에서는 이러한 사회, 정치, 역사적 배경을 염두에 두면서 (1) 유이민 형성기에서 일제강점기까지, (2) 해방 이후부터 1970년대까지, (3) 1980년대 이후부터 현재까지로 대략적인 시기를 구분하여 두 개별 문학사의 시대별 통합을 지향하고자 한다. 리은직, 허남기, 김시종, 이회성 등 1세대 혹은 2세대 작가 중에는 일본어와 조선어 창작을 병행하는 작가나 시인들이 다수 있었으며, 민족적 정체성을 지향하면서도 일본 사회에 거주하는 정주자로서 이러한 이중언어적 창작활동은 불가피한 결과였다. 그러나 조선어 창작은 무엇보다 민족교육과의 연계 없이는 불가능한 일이었고 1960년대에 이르러 조선어 창작만을 종용하는 <문예동>과의 갈등으로 인해 조선어 창작자와 일본어 창작자는 분리되는 양상을 띠게 된다. 이후에도 시인들의 경우 일본어시와 조선어시를 병행하여 창작한 경우가 있는바, 어느 한 언어에만 국한하여 창작자의 거취를 확정하는 것은 일견 폭력적 일반화가 될 위험성을 다분히 내포하고 있다.

그러나 개별 작가와 시인들의 창작 경향과 언어를 모두 수합하여 검토할 수 없는 현재의 상황을 감안하여 이 글에서는 집중적으로 사용된 창작언어를 중심으로 작가나 시인들의 범주를 설정하고자 한다. 세부적으로는 각 시기별로 시, 소설 장르로 구분하고, 각 장르를 다시 세부 시기로 나누어 서술하고자 한다. 김석범이나 이회성, 김시종 등에서 볼 수 있듯이 각 시기마다 언급되는 시인과 작가들은 사실상 세대를 아우르며 현 시기에도 계속적으로 작품 활동을 하고 있으므로 해당 시기에만 국한된 문학가들은 아니다. 그럼에도 당대의 시대적 특징들을 반영하면서 변모, 확장되어가고 있다는 점에서 각 문학가들의 생애주기, 등단 및 주요 활동 시기 등을 포괄적으로 반영하여 각 시기 구분에 포함시켜 기술하였다.

'조선어문학'은 기본적으로 북한의 문예정책을 창작원리 및 지침으로 하여 북한문학과의 밀접한 관련하에 산출되었으며, 주제적 변모 양상 또한 북한 사회의 발전과정을 적극적으로 반영하는 형태를 보인다. '일본어문학'의 경우는 재일 1세대의 조국지향과 재일2, 3세대 이후의 정주지향으로 대별되는 문학사적 변모과정을 보이며, 남북한 및 일본사회와의 끊임없는 길항 관계 안에서 독자적인, 혹은 혼종적인 '자이니치' 문학의 형성과정을 보여준다. 이처럼 각 문학사는 창작 배경과 지향성에 있어 상이한 지점을 보이면서도 재일조선인으로서의 주체성과 혼종성, 갈등과 공존, 투쟁과 화합, 보편성과 특수성을 넘나들며 독자적인 '일본 조선인문학'의 영역을 구축하고 있다는 점에서 접합의 지점을 모색할 수 있다.

각 시기별 주제양상과 주요 작가, 시인 및 작품에 대한 상세한 서술은 본론으로 미루되, 문학사적 시기구분과 관련하여 '조선어문학'과 '일본어문학'을 다룬 기존의 논의들을 살펴보는 것이 유익할 것이다. 기존의 연구사를 기반으로 이 글의 시기구분 및 연구대상을 확정짓는 데 시사점을 얻을 수 있다.

먼저 '조선어문학' 전반에 대한 시기구분으로 손지원의 논의를 들 수 있다. 손지원[2]은 (1) 광복 후 조련결성과 국문문학운동(1945-1954), (2) 총련결성 후 문예동의 결성(1955-1959)을 먼저 살피면서 <문예동>을 중심으로 한 '조선어문학' 운동의 계기들을 언급한 후, (3) 1960년대 재일동포국문문학운동, (4) 1970년대 재일동포국문문학운동, (5) 1980년대 재일동포국문문학운동, (6) 1990년대 재일동포국문문학운동, (7) 6·15 공동선언과 재일동포국문문학의 현황으로 나누어 각 시기별 특징과 작품을 개괄하고 있다.

다음으로 '조선어문학'의 '시사(詩史)'와 '소설사(小說史)'를 살펴보면 다음과 같다. 지금까지 '조선어 시사'는 크게 남한 연구자와 재일조선인 연구자의 시각에 입각하여 조명되어온 편이다. 이 중 가장 설득력 있는 시기구분은 남한연구자인 이경수와 총련측 시인인 김학렬이 언급한 시기구분이다.

이경수는 재일조선인 시를 (1) 형성기(1945-1959), (2) 발전기(1960-1989), (3) 전환기(1990년대-현재)로 구분한 바 있다. '형성기'가 망국의 설움과 반일 감정을 표현하고, 고향/조국에 대한 그리움을 형상화하며, 민족적 자부심이나 이방인의 자의식을 드러낸 작품을 생산한 시기라면, '발전기'는 북한 주체문학의 영향하에서 재일조선인 조선어 시의 역량이 강화된 시기라 규정하였다. 때문에 이 시기에는 조국에 대한 그리움을 노래하거나 수령 형상에 대해 예찬한 작품과 통일 염원 및 민족 교육의 열망을 드러낸 작품, 나아가 남한 지배계층을 비판한 작품들이 양산되었다고 보았다. '전환기'는 1990년대 이후 탈냉전의 시대와 발맞춰 남한 사회와 재일조선인 사회의 직접적 관계 개선이 이루어지는 시기이다. 이 시기의 시는 남과 북의 이분법적 대립을 극복하고 통일 의지를 보여준 작품, 소수자의 의식과 차별에 대한 비판의식을 드러낸 작품, 일상을 시화한 여성 시인들의 작품이 주조를 이루었다고 보았다. 무엇보다 전환기의 시가 드러내는 주제의식의

2) 손지원, 「재일동포국문문학운동에 대하여」, 『재일조선인 조선어문학의 현황과 과제(2004년도 제2회 조선문화연구회 학술대회 자료집)』, 2004.12.

핵자가 소수자 의식과 분단 극복 의지라 보았는데, 이경수는 이 측면이 북한문학의 영향권에서 벗어나 재일조선인 시가 독자적인 모습을 형성함으로써 통일 이후의 문학사에서 그 의의를 인정받을 수 있는 부분이라 본 것이다.[3)]

김학렬[4)]은 재일조선인 시사를 (1) 초창기 3인 시기(광복 후-1950년대), (2) 기본 골간 형성기(1960년대), (3) 시문학 역량 확대기(1970년대), (4) 창작의 앙양·발전기(1980년대), (5) 창작의 심화·전환기(1990년대), (6) 종소리 이후기(2000년대)로 보다 세분화하고 있다. 지금까지 국내 연구는 많은 부분 이경수의 삼분법을 간접 참조하며 진행되어온 것으로 판단된다. 이 글에서는 재일조선인 시사의 시기구분에 이경수의 입장을 부분 참조하되, 위에서 언급한 김학렬의 시각도 '적극' 반영함으로써 남측 연구자 시선과 재일조선인 측 시선 간의 균형성을 도모하고자 한다.[5)] 아울러 본 재일조선인 시사는 기왕의 그것과는 다소 차별화된 방향으로 기술할 예정이다.

가령, 북한문학 영향하에 재일조선인 시인들은 '집체작' 형태의 작품집을 적지 않게 생산해 왔다. 그러나 기왕의 연구는 시인론 각론에 기반하여 진행되어왔기 때문에 집체 형식으로 나온 작품집(선집)들에 대한 언급이 미미한 편이다. 일본 조선인문학사를 한민족 문학사 차원에서 '독창적'으로 탐조하기 위해선 이 연구사적 공백을 시사 기술 과정에 반영해야 할

3) 이경수, 「재일동포 한국어 시문학의 전개과정」, 『한중인문학연구』 14, 한중인문학회, 2005 ; 「1990년대 이후 재일동포 한국어 시문학의 변모」, 『민족문화연구』 42호, 2005.
4) 김학렬, 『시지 『종소리』가 나오기까지 - 재일조선시문학이 지향하는 것』, 서지 미상.
5) 김학렬의 시사 기술에서 더욱 주목해야 할 자료는 「재일 조선인 조선어 시문학 개요」(『숭실대 인문과학연구소·숭실어문학회·중국조선·한국 문학연구회 국제학술 대회 발표논문집』, 2005)이다. 아울러 한룡무의 「재일조선 시문학사 (1)-(12)」(『한흙』 1995.4-2000, 봄) 또한 그 중요성이 적지 않다. 문예동 문인인 한룡무는 '재일조선 시문학사'를 '비총련계' 재일한국문인협회의 『한흙』에 연재해 왔는데, 이 자료는 김학렬의 시사에 비해 시각이 냉정하고, 내용도 한결 풍부하다.

필요가 있다. 이 문제의식에 토대하여 이 글은 개별 시인론 외에도, 상기 집체작 형태의 작품집들까지 검토 대상으로 삼고자 한다.

'조선어 소설사'의 경우 구체적으로 시기구분을 행한 논의는 없으며, 주로 1960-70년대 소설,[6] 1960-80년대 소설,[7] 1990년대, 2000년대 소설[8] 등 폭넓은 시기를 아우른 문학잡지나 작품집, 개별 작가의 작품들을 중심으로 주제 연구가 이루어지고 있다. 대체로 '조선어 시사'와 거의 비슷한 시기구분이 행해지고 있다고 판단되며, 따라서 앞으로 통합적인 주제 연구뿐 아니라 각 시기별 구체적인 특징과 변모 양상을 검토할 수 있는 소설사 기술이 이루어져야 할 필요가 있다.

다음으로 '일본어문학'의 시기구분은 이한창, 유숙자, 김환기 등의 논의를 참조할 수 있다. 먼저 이한창은 '재일교포(동포) 문학'의 시대 구분을 (1) 초창기(1881-1920년대 초반), (2) 저항과 전향 문학기(1920년대-1945년), (3) 민족 현실 문학기(1945-1960년대 중반), (4) 사회 고발 문학기(1960년대 후반-1970년대 말), (5) 주체성 탐색 문학기(1980년대-현재)로 나누며,[9] 유숙자[10]는 (1) 재일1세대 문학(1945-1960년대 중반), (2) 재일2세대 문학(1960년대 후반-1970년대), (3) 재일3

6) 김형규, 「조선사람으로서의 자각과 '재일'의 극복」, 김학렬 외, 『재일동포 한국어문학의 전개양상과 특징 연구』, 국학자료원, 2007.

7) 윤송아, 「재일조선인 한글 문학의 주제양상 – '문예동(文藝同)'과의 상관성을 중심으로」, 『Asia Diaspora』 5, 건국대학교 아시아 · 디아스포라 연구소, 2009.

8) 허명숙, 「재일동포 작가 량우직의 장편소설 연구」, 김학렬 외, 앞의 책 ; 허명숙, 「재일 한국어 소설문학의 최근 동향」, 위의 책 ; 허명숙, 「'조선' 국적의 내포와 재일동포 한국어 장편소설의 서사적 특징」, 한승옥 외, 『재일동포 한국어문학의 민족문학적 성격 연구』, 국학자료원, 2007 ; 허명숙, 「1990년대 재일동포 한국어 소설과 민족 정체성」, 위의 책 ; 이상갑 · 정덕준, 「재일 한인문학의 특장(特長)과 균열의 틈새 – '문예동' 소설의 전개 양상과 특성을 중심으로」, 『한국언어문학』 76, 한국언어문학회, 2011.

9) 윤송아, 「재일조선인 한글 문학의 주제양상 – '문예동(文藝同)'과의 상관성을 중심으로」, 앞의 논문.

10) 유숙자, 『재일한국인 문학 연구』, 월인, 2000.

세대 문학(1980년대 이후)으로 나눈다. 김환기[11]는 (1) 1세대 문학(1945년-1960년대 중반), (2) 중간세대 문학(1960년대 후반-1980년대), (3) 신세대 문학(1990년대 이후)으로 구분하고 있으며, 홍기삼[12]은 1930년대부터 대략 10년 단위로 주요 작가를 선별하고 있다. 일본 조선인문학의 본격적 시작을 알리는 김사량, 장혁주, 두 문학자들의 행보는 해방 이후 김달수, 김석범 등으로 이어지면서 조국지향의식과 민족적 정체성 구현이라는 강고한 테제를 중심으로 문학적 과제가 수행되는 기틀을 마련하였다.

그러나 1960・70년대 이후 세대교체 및 조국의 정치현실의 변모, 한일협정, 일본의 고도 경제성장 등 내외적 변수들이 등장하면서 이러한 민족지향, 조국지향적 주제의식은 점차 재일이라는 존재적 근거에 천착하는 정주지향적이고 현실기반적인 주제 양상으로 변모하게 된다. 이회성, 김학영을 중심으로 본격화된 이러한 변모 양상은 이후 1980・90년대에 이르면 이양지, 유미리 등 자신의 역사적 특수성을 인간적 보편성을 희구하는 방향으로 전유하여 일본 조선인문학이라는 경계를 확장, 변용하는 새로운 세대의 등장으로 이어진다. 위의 논자들이 대체로 동의하듯이 재일조선인 일본어문학은 세대별로 뚜렷한 변모 양상을 보이면서 각 시대별 특징을 반영하고 있다. 이 글에서도 기본적으로 10년 단위의 시기구분을 참조하되 각 세대별 추이를 감안하여 유연하게 범위를 넘나들며 아우르는 서술방식을 모색하고자 한다. 연구 대상 또한 기존의 대표적 문학자들을 위시로 다양한 문학세계와 행보를 보여준 작가, 시인들을 선별하여 주목하고자 한다.

지금까지 국내에서 이루어진 '일본어문학' 연구는 김시종 등을 제외하면 거의 작가 연구에 집중되어왔다. 따라서 '일본어 시사'에 대한 집중적

---

11) 김환기, 「재일 코리언 문학의 계보」, 김환기 편, 『재일 디아스포라 문학』, 새미, 2006.

12) 홍기삼, 「재일 한국인 문학론」, 홍기삼 편, 『재일 한국인 문학』, 솔, 2001.

인 연구가 필요하다. 모리타 스스무(森田 進)와 사가와 아키(佐川亞紀)가 엮은 『재일코리안 시선집』은 1916년부터 2004년까지의 재일조선인 시인들의 시를 선별하여 엮은 책으로 재일조선인 시사를 일별할 수 있는 자료로서 가치가 있다. 또한 책 말미의 사가와 아키(佐川亞紀)[13]의 시기구분 또한 참조할 만하다. 사가와 아키는 1916-1945년까지의 시기를 재일조선인 일본어 시의 전사(前史)로 보고, 해방 이후의 시를 확립기(確立期, 1945-1979년), 다양기(多様期, 1980-2004년)로 나누어 각 시기별 특징을 주제별로 고찰하고 있다.[14] 일본어로 창작한 주요 시인으로는 김시종, 최화국, 종추월, 오림준 등을 주목할 필요가 있다.

2. 유이민 형성기 - 일제강점기

1) 유학생과 사회주의자 중심의 초기 문학

『재외동포사 연표』[15]에 의하면 1880년 지석영이 종두 제조법 습득을 위해 수신사 김홍집을 따라 도쿄에 도착한 것을 시작으로 유길준, 윤치호를 비롯한 조선 정부 유학생들이 일본에 건너가기 시작했으며, 1882년 조선인 230명이 광업 습득을 위해 고베 소재 광산에 입산한 것을 계기로 한 일병합 이전까지 수백 명의 조선인 노동자들이 탄광, 철도 건설 현장에

---

13) 佐川亞紀, 「詩史解説」, 森田 進・佐川亞紀 編, 『在日コリアン詩選集 一九一六年～二〇〇四年』, 土曜美術社出版販賣, 2005.

14) 이후 사가와 아키는 재일조선인 시사를 다시 (1) 1945년-1965년(초창기), (2) 1966년-1980년(확립기), (3) 1981년부터 현재(다양기)로 구체화하고 있다(사가와 아키, 「재일 시인의 시세계(1) - 해방부터 1965년까지」, 전북대학교 재일동포연구소 편, 『재일 동포문학과 디아스포라 2』, 제이앤씨, 2008).

15) 국사편찬위원회, 『재외동포사 연표 - 일본』, 국사편찬위원회, 2011.

취업 목적으로 도일하게 된다.

1910년 이후 본격화된 일제의 강점과 수탈 시기에 일본에 건너간 재일 조선인들은 대체로 ① 궁핍한 생계를 해결하기 위해 도일하여 장기 거주했던 조선인 ② 유학 등의 적극적인 의지를 가지고 일본에 건너와 결과적으로 생활기반을 일본에 두게 된 조선인 ③ 1939년 9월부터 해방까지 국가총동원법에 의거한 일본의 전시동원정책과 일본제국의 군인・군속이 되어 일본에 배치된 조선인 ④ 위의 세 경우에 속하는 사람들의 가족과 자손으로 계속해서 일본열도에 거주했거나 거주하고 있는 조선인[16]들로 구성되며 그 수는 해방 당시 230만 명에 이르는 대규모의 집단 이주의 형태를 띤다.

한일병합 이후 1910-20년대의 '토지 조사 사업'과 '산미 증산 계획' 등으로 농업경제가 식민자본 중심으로 재편되고 그로 인해 농민들의 삶이 와해, 피폐화되면서 고향을 떠나 이주하는 사례가 급증했으며, 특히 한반도 남부에 거주했던 조선인들은 주로 일본으로의 도항을 감행했다. 이러한 도일자는 1920-30년대에 걸쳐 가장 많았고 주로 일본의 도시 외곽에서 조선인 집중 거주지를 형성하며 재일조선인 사회의 근간이 되었다. 이들은 일용직 인부 및 토목 노동자, 공장 직공 및 직공 보조, 탄광부 등의 노동자 계급이 절대 다수를 차지했다. 내선일체를 강요하면서도 노골적인 차별과 검열이 일상화되었던 식민지 종주국 일본에서 재일조선인들은 여러 사회 운동과 독립 운동에 관여하거나 이를 적극적으로 주도하면서 피식민지인으로서의 첨예한 민족의식들을 벼려나갔다.

3・1운동의 기폭제가 된 '2・8 일본유학생 독립선언'을 비롯하여 1923년 관동대학살 사건을 기점으로 더욱 가속화된 의열 투쟁과 북성회, 흑우회,

16) 도노무라 마사루, 신유원・김인덕 역, 『재일조선인 사회의 역사학적 연구』, 논형, 2010, 15쪽 참조.

일월회 등의 사상단체 운동, 노동계급 운동, 그리고 반전・반제, 비밀결사 운동 등은 재일조선인 사회가 내장한 민족해방과 독립에의 염원을 조직적으로 보여주는 실천적 예라 하겠다. 이러한 사상적, 계급적 운동의 방향은 일본 사회주의 세력과의 밀접한 연대와 공존이라는 형태를 띠는바, 이는 일차적으로 일제강점기라는 굴절된 스펙트럼을 통해 근대와 대면할 수밖에 없었던 한국문학의 형성과정과도 일견 상통하는 접합과 배제의 지점이라고 할 수 있다.

근대 이후 일제에 의한 식민 강점의 시기를 거치면서 한국문학은 '모방과 굴종, 창조와 저항'[17]이라는 양가적인 속성에 기반하여 그 문학적 전개과정을 꽃피우게 된다. 일차적인 근대문물의 수용지였던 일본으로부터의 문화적 유입과 접합 과정은 창조적 변용과 저항적 갈등이라는 양상을 띠고 한국문학의 배면에 스며들었으며, 이러한 문화적 교류 과정은 그대로 일본 조선인문학의 근간을 이룬다. 한국인으로서 민족적 뿌리를 가지고 외국에 이주해 살면서 디아스포라로서의 삶의 형태를 문학적으로 형상화한 작품들을 한민족 문학이라고 규정할 때, 일시적인 일본 유학이나 단기 이주 기간 동안 산출된 문학적 성과들을 일본 조선인문학에 편입시키기에는 논란의 여지가 있다. 하지만 일본 문단에서 본격적인 창작활동을 했던 장혁주나 김사량 등의 문학이 이러한 임시적이고 단편적인 문학적 흐름들을 발판으로 비로소 그 존재감을 부각시킬 수 있었다는 점에서 이 시기 이루어진 문학적 성과들을 살펴보는 것은 나름의 의의가 있을 것이다.

일본의 강제 수탈로 인해 농민의 빈궁화가 가속화되고 일본으로의 본격적인 유이민이 형성되기 시작한 1910년 한일병합 이전에도 정부 사절단

---

17) 권영민, 『한국현대문학사1』, 민음사, 1993, 31쪽.

이나 유학의 형태로 조선인의 일본에서의 저술 활동이 이루어졌다. 1882년 정부 사절단의 일원으로 일본에 건너가 약 4년 간 머물면서 『조선천주교소사』를 저술한 이수정을 시작으로, 구한말과 한일병합 이후 유학생을 중심으로 『친목회회보』, 『태극학보』 등의 유학생 단체 기관지가 발행되었으며, 1914년 '재일본동경조선유학생학우회'가 발행한 『학지광』에는 이광수, 전영택, 이상익, 최승구 등의 소설과 시가 발표되는 등 한국문학의 토대를 마련하는 선구적 작업들이 이루어지기 시작했다.

1910년대 말 주요한, 이광수, 김억, 김소월, 김동인, 전영택 등이 발간한 『창조』와 1920년대 중반 김진섭, 손우성, 이하윤 등에 의해 발간된 『해외문학』 등은 일본을 근거지로 조선 문단에 서구문학을 소개, 유입하는 중요한 문학적 교두보가 되었다. 이처럼 유학생 중심으로 이루어졌던 초기 재일조선인들의 문학 활동은 1920년대 중반 이후 사회주의 문학을 중심으로 새로운 양상을 보이게 된다. '제3전선사'를 중심으로 결성된 '조선프롤레타리아예술동맹(KAPF)' 동경지부의 『예술운동』, 김두용, 이북만 등의 '무산자사'가 발행한 『무산자』를 거쳐 사회주의자의 문학 활동은 일본어문학 활동으로 나아가게 된다. 일본문학계에 최초로 알려진 일본 조선인문학은 1922년 정연규가 발표한 「혈전의 전야」(『예술전선』)로 이 작품은 항일 의병장의 이야기를 다루고 있다.

이후 정연규는 「방황하는 하늘」(1923), 「생의 번민」(1923), 「광자의 삶」(1924) 등을 발표했으며, 그밖에도 김희명, 한식, 한설야, 김근열, 이북만 등이 1920년대 일본잡지에 프롤레타리아 문학의 일환으로 작품을 발표했다. 1930년대 들어 백철(「다시 봉기에」, 「국경을 넘어서」, 「3월 1일을 위하여」), 김용제(「붉은 별 농민 야학을 지켜라」, 「현해탄」, 「사랑하는 대륙」) 등은 무산 계급의 승리와 노동 해방, 농민의 강렬한 투쟁 의지 등을 고취하는 수준 높은 시들을 발표했으며, 박능, 정우상, 이조명, 김근열, 이북만 등도 식민지 시기의 억압적 현실과 투쟁적 열기들을 문학적으로 형상화해냄으로써 이후 장혁주, 김사량으로 이어지는 재일 조선인문학의 실천적 측면을 선취하고 있다.[18)]

2) 조선인문학의 전사(前史)

재일 조선인문학이 본격적으로 그 기틀을 마련하게 된 계기는 장혁주와 김사량에 의해서이다. 장혁주와 김사량은 일본 문단에 정식으로 진출하여 활발한 작품 활동을 수행함으로써 임시적이고 산발적인 형태로 산출되었던 재일조선인 작가의 작품들을 하나의 문학사적 맥락 안에서 고찰할 수 있는 근거를 마련해주었다.

장혁주는 1905년 대구에서 태어나 대구고보를 졸업하고 수년 간 교원생활을 하다가 도일하여 1932년 『개조』 현상 공모에서 단편 「아귀도」가 2위로 입상하면서 창작활동을 시작했다. 「아귀도」는 한 농촌의 저수지 공사에 모인 빈농들의 궁핍한 환경과 감독의 횡포 등을 그림으로써 기아와 절망 상태에 빠진 농촌의 실정을 고발하고 일제의 제도적인 착취와 수탈에 맞서 저항해야 한다는 사상을 고취하고 있는 작품으로, 식민지기의 구조적 모순과 계급의식을 드러내고 있다.

장혁주는 이밖에도 자신의 초기 소설인 「백양목」, 「하쿠타 농장」, 「쫓기는 사람들」, 「분기하는 자」 등을 통해 일제의 착취상과 식민지 정책을 비판한다. 그러나 일본 문단에서 프로 문학이 쇠퇴하고 일제의 식민지 정책을 비판했던 장혁주의 작품이 실린 잡지가 발행 금지를 당하는 등 일제

18) 구체적인 작가, 작품명은 이한창, 「해방전 재일 조선인의 문학 활동」, 한일민족문제학회 엮음, 『재일조선인 그들은 누구인가』, 삼인, 2003 ; 이한창, 「재일 교포문학의 주제 연구」, 『일본학보』 29, 1992 ; 홍기삼, 「재외 한국인 문학 개관」, 『문학사와 문학비평』, 해냄, 1996 참조.

의 탄압이 강화되자, 장혁주는 점차 「갈보」, 「우수인생」, 「심연의 사람」 등의 상업주의적 경향의 작품을 발표하기 시작한다. 더 나아가 1939년 일본에 의한 중일전쟁 발발 이후 장혁주는 일제의 식민지 정책에 영합하면서 『가등청정』, 「이와모토 일등병」 등의 작품을 통해 임진왜란 때 조선을 침략한 왜장을 영웅으로 미화하는가 하면 조선인 특별지원병을 칭송하는 내용을 부각시키는 등 친일활동에 앞장선다. 일제 말기에는 노구치 미노루로 창씨개명하였으며 해방 후 귀화하여 일본 작가로 살아갔다.

이처럼 일제의 식민지 정책에 부응하면서 친일 작가로 전락한 장혁주와는 대조적으로 김사량의 경우는 상이한 측면에서 재일 작가의 면모를 보여주고 있다. 1914년 평양에서 태어나 평양고보에 입학한 후, 학생 운동에 참가한 명목으로 퇴학당하면서 1931년 도일한 김사량은 동경대 독문과 재학시절 '기항지', '제방' 등의 동인을 결성하고 격월간 『제방』 12호(1936)에 단편 「토성랑」을 발표하면서 주목을 받기 시작한다. 이후 1939년 『문예수도』에 발표한 단편 「빛 속으로」가 1940년 상반기 아쿠타가와상 후보작으로 선정되면서 김사량은 일본 문단에 정식으로 데뷔하게 된다. 평양 변두리의 저지대 빈민촌 이야기를 다루고 있는 「토성랑」은 식민지 시대 극도의 궁핍과 절망적 상황 속에서 몰락해가는 빈민들의 모습을 그리고 있으며, 「빛 속으로」는 일본인 아버지와 조선인 어머니를 둔 혼혈 소년의 심리관찰을 통해 민족적인 차별과 억압 속에서 왜곡되어가는 인간의 내면을 그려낸다.

이후에 발표된 「기자림」, 「천마」, 「풀은 깊다」 등에서도 조선 민족의 비참한 생활과 일제의 식민지 정책을 고발하고, 반민족적 행위를 하는 지식인들을 비판, 풍자하는 등 김사량은 식민지 지배에 저항하는 실천적 작가로서의 면모를 보여준다. 한국과 일본 양쪽에서 활발한 이중언어적 창작 활동을 펼치며 식민지 지식인으로서의 역할을 담당했던 김사량은 해방 직전 일본을 탈출하여 항일운동에 가담했으며 해방 후 북한에서 활동하다가 한국전쟁 당시 종군작가로 참전, 행방불명되었다.

이처럼 장혁주와 김사량은 초기에는 동일하게 일제강점기라는 민족적 수난과 억압의 시대에 맞서 그 문학적 사명을 감당하는 실천적 작가로서의 면모를 보였으나 내외면적 환경에 맞선 개인의 실천양식에 따라 그 이후 전혀 다른 형태의 변모 과정을 거치게 된다. 이는 한 개인이 세계와 대결하는 엄혹한 구도 안에서 어떤 실천적 가치와 문학적 가능성을 추구해야 하는가를 암묵적으로 보여주며, 이후 일본 조선인문학이 내장한 민족적 고난과 성취의 과정을 예견하는 하나의 척도로 작용한다.

장혁주와 김사량 외에도 해방 이전까지 많은 작가, 시인들이 일본에서의 창작활동을 지속했다. 1940년대 초반에 등장하여 해방 이후 재일 1세대 문학의 핵심적 작가로 부상한 김달수는 「위치」, 「잡초처럼」, 「먼지」 등의 작품을 통해 식민지 백성이자 피지배 계급으로서의 조선인의 억압적이고 차별적인 삶을 형상화하였다. 또한 일본대학 예술과에 재학중이던 이은직은 소설 「물결」로 아쿠타가와상 후보에 오르면서 그 문학적 재능을 인정받았다. 이밖에도 홍종우, 김성민, 김래성, 최동일, 김종한, 김기수, 이진규, 조훈 등의 작가, 시인들이 이 시기에 활동하였으며 수필가이자 번역가인 김소운은 이 시기 『조선시집』, 『조선동요선』, 『조선민요선』 등을 일본어로 번역하여 소개하였다.

3. 해방 이후－1970년대

1) 조선인 사회의 형성과 민족정체성 구현

주지되듯 해방 후부터 1960년대 초까지 한반도는 정치적 격랑에 휩싸인다. 민족정체성을 찾으려는 노력이 이데올로기적 섹트성과 결합하고 있었다. 일례로 해방기념시집 『횃불』(1946)과 『지열』(1948)과 같은 정치 시집들이 발간됐다. 시국 상황으로부터 거리를 둔 시인들은 실존성이 물씬 밴 시집들을 냈다. 유치환의 『울릉도』(1947), 『생명의 서』(1955) 같은 시집도 이때 나왔다. 북한에서는 한명천의 장편 서사시 『북간도』(1948)가 간행됐고 『김소월시선집』(1955)이 출간됐다. 1950년대 후반 한반도의 문학 지형이 '민족문학'에서 '국가민족주의문학'으로 이행되고 있었기에 이 시기 민족 개념은 분단 이데올로기 없이는 언급조차 불가능했다.

해방 후 일본에 머문 조선인의 상황도 크게 다르지 않았다. 재일조선인의 법적 지위는 여전히 위태로웠고 설상가상으로 남측으로부터 온 냉대까지 더해져 그들은 사면초가에 몰렸다. 당시 그들의 상황에 깊은 공감을 보인 것이 조선민주주의인민공화국(이하 : 공화국)이었다. 이에 고마움을 느낀 이들이 1955년에 '재일본조선인총연합회'를 결성했다. 그 이전인 1948년에는 좌경화 분위기에 반대하는 동포들이 '재일본대한민국거류민단'에 소속되어 활동하고 있었다. 한국전쟁 후 재일조선인은 북측을 지지하는 '총련'과 대한민국을 지지하는 '민단'이라는 세력으로 좀 더 분명히 양분된 것이다.

1959년의 1차 북송은 총련 주체들에게 조국을 '회복'하는 사건이었다. 그 사건이 '귀국'으로 회자된 것도 그 때문이다.[19] 공화국으로의 귀국은

---

19) 총련계 재일조선인이 공화국으로부터 반복적으로 건네진 조국 담론을 경유하여

'총련계 재일조선인'들에게 새 삶의 활로가 열리는 일이 분명했지만 불안한 일이기도 했다. 일본 정부가 언제까지 공화국 측 배를 입항시켜 줄 지 불분명했기 때문이다. 하여 그 사업을 지속시키기 위한 자구책을 구안해야 했다. 그것은 동포 세계에 심리적 지지대를 만드는 일이었다. 북송 사업을 유지시키기 위한 동포적 결집이 필요한 상황에서 이 상상적 작업의 한 방향은 '글쓰기'에의 동참을 통해 가능해질 수 있었다. 귀국사업과 관련된 것인 만큼 민족통합 작업으로서 글쓰기는 '조선어'를 민족어로 생각했었던 '재일본조선문학예술가동맹'(이하 : 문예동) 문인이 선도했다. 그 과정에서 '통일 조국'의 꿈은 공화국 귀국의 의지와 같은 것이 되었으며, 이때 '조국 찾기'란 공화국의 이데올로기 속으로 들어가는 행위와 다르지 않게 되었다. 1960년에 창간한 총련의 예술 기관지 『문학예술』 1호 지면에 실린 공화국 송가들만 해도 공화국 민족주의 이데올로기의 저본(底本) 격이었다. 이 잡지 안쪽에 간간히 실렸던 김일성의 사진도 당시 총련 문예동의 노선이 공화국 문예의 아류 언어가 될 것임을 예고했다.[20] 공화국의 해외공민이 되는 길은 그러므로 '새로운' 민족적 정체성을 회복하는 길이었고, 그것은 그들에게 다가왔던 수령의 얼굴을 그리는 길이기도 했던 것이다. 이 민족적 정체성은 그러므로 '주체사상'의 거푸집으로부터 나온 것이다. 북송 후 거개의 문예동 주체들에게 민족정체성의 회복은 사라진 국가를 되돌리고, 그럼으로써 민족을 회귀시켜 주는 상상적 영상 속으

공화국을 '고향'으로 수용하게 된 메커니즘과 관련해서는 최종환의 「재일조선인 시의 '이야기 정체성'(narrative-identity) 연구 – '낙원 모티프'를 중심으로」, 『한민족어문학』 70집, 한민족어문학회, 2015, 643, 562쪽 참조.

20) 총련계 시인 손지원은 60년대 초 총련 예술계의 한 행보를 이렇게 말했다. "60년대 초기 중견적역할을 놀던 작가, 예술인들이 귀국실현으로 20여 명이나 공화국으로 귀국을 하였으나 재일조선문학인들은 문예동조직에 뭉쳐 그 대렬을 확대하여 나갔다."(손지원, 「재일동포국문문학운동에 대하여」, 『재일조선인 조선어문학의 현황과 과제』, 2004년도 제2회 조선문화연구회 학술대회 자료집, 2004.12, 4쪽.)

로 들어가는 체험이었던 것이다.

6·25 후 민족 통합에의 열망은 상기의 상상적 현실 속에서 몇 배 증폭했다. 한반도에 상주한 미제를 수령의 광휘를 통해 쫓아낼 때 사라진 민족이 회복될 거라는 상상은 이때 시작되었다. 여기서 '통일'은 '남조선 해방'과 동의어가 되었다. 이 맥락은 해방 후부터 1960년대 초까지 쓰인 『문학예술』 수록 평론들에서도 감지된다. 김하명, 「문학의 민족적 특성과 생활 반영의 진실성」, 림경상, 「창작 운동의 새로운 앙양」, 강능수, 「천리마의 현실과 작가」, 리은직, 「분격을 투쟁에로－최근의 남조선 문학 작품을 읽고」, 리근영, 「주제, 형상－재일 조선 작가들의 작품을 읽고」, 윤학준, 「반항 문학에서 반미 구국의 문학에로－남조선 시인들의 투쟁을 중심으로」, 리철규, 「주제와 성격 창조－「한 곬으로 흘러서」를 읽고」 등이 그것이다.

이 시기에는 주목할 만한 소설들도 나왔다. 일례로 57년에 김석범은 「간수 박서방」, 「까마귀의 죽음」에서 4·3 관련 진실을 다룬바 있고, 김달수는 『태백산맥』(1969)을 내놓았다. 에세이류는 여타 장르와 병행하면서 창작됐다. 일례로 김시종은 「장님과 뱀의 입씨름」(1957)에서 좌경화된 총련을 질타하기도 했다.

2) 현실인식의 심화와 법적 지위 모색

1960년대 중반 후 한민족 문학은 이데올로기의 파고가 높던 동북아시아의 정황 속에서 쓰였다. 주지되듯 이 시기 남한 문학계는 4·19혁명의 여파로 '문학의 현실참여' 문제가 부각되었고, 종전 '순수문학'의 강박으로부터 어느 정도 자유로워지고 있었다. 그러나 이 '순수'야말로 역설적이게도 문학이 우경화되는 이데올로기의 과정이었다. 좌우 문학의 대결 구도는 이 시기 남한의 문학장 속에서도 선명히 나타났다. 내적 순수만 옥조시해 왔던 전 시기 문학에 대한 반발이 거세지면서 김수영과 신동엽, 이성부, 신경림, 최하림, 조태일 시인의 목소리가 새롭게 부각되고 있었다. 아울러 소설 분야에서는 김성한, 장용학, 오상원, 손창섭 등이 크게 '활약' 했다고 보는 그런 시각들이 남측 문학사의 일반적 관점일 것이다.

북한에서는 1960년대 중반 들어 공화국을 건설하기 위한 '천리마 운동'이 고조되고 있었다. 문학은 그러한 당면한 현실을 미래지향적 판타지로 전환시켜가고 있었다. 그런데 이 '현실'이란 것은 라캉적 의미에서 상상계적 사태에 지나지 않았다. 희망을 현실로 전환하는 과정에서 필요했던 것이 '상상'이라는 무리수였고, 그 핵심에 수령이 있었다.[21] 새 현실의 개척 의지는 이데올로기적 가상을 통해 작동했다. 그 가상은 공화국 지지자에게 희망을 선사했고, 반대자에게는 굴욕으로 되돌려졌다. 작품에 공화국 건설의 보람을 내비쳐야 하는 것도 이 시기 주체 문예미학의 애국 원리였다. 당시 남측 위정자와 미제국주의자에 대한 비난이 노골화되던 상황에서 주체 조국 건설에 매진한 공화국 구성원들의 자긍심이 총련 시인들에게 민족적 자긍심으로 나타났다.

이는 1960년대 중반 후부터 총련계 일본 조선인문학이 상기 공화국 문학 장에 대한 응시로부터 자유로울 수 없었음을 뜻했다. '경계인'이라는 수식어를 불식시키기라도 하듯 이 시기 그들 시에는 공화국에 대한 찬사와 수령에 대한 미화로 가득했다. 재일조선인 문단은 이 시기에 나온 『당의 기치 따라』(1970), 『3대혁명 붉은기 휘날리며』(1976), 『인민의 위대한 태양』(1978), 『행복하여라 인민의 나라』(1978), 『인민은 태양을 우러러』(1979) 등과 같은 시집을 자랑하고 있었다. 공화국에 대한 헌사는 전 시기 수령의

21) 총련계 재일조선인시와 '공화국 상상계'의 관련성에 대해서는 최종환, 「재일조선인 문학에 나타난 '빼앗긴 들'의 장소성」, 『한중인문학연구』, 한중인문학회, 43호, 2014, 180쪽 참조.

항일 역정 미화 작업과 연계되면서 민족정체성을 공화국의 정체성으로 전화시키고 있었던 것이다. 이는 총련 사업이 극단적 좌경성을 띠는 데 기름을 붓는 격이었다. 경계적(境界的) 삶의 모색이 의미 없어진 상황이 왔기 때문이다.

그런데 이는 '민족사업'에 문학적 열정을 불태우고자 한 강순과 김시종과 같은 시인을 이내 절망시켰다. 공화국 기치에의 순응만을 '애국'으로 칭송하게 된 상황은 '시인'이고자 했던 그들 눈에는, 민족을 위한 시쓰기를 미학적 영도(零度)로 끌어가는 사태 그것 이상으로 보이지 않았다. 주체사상에 대한 믿음 여부가 그리고 그 신봉 정도가 예술적 성취의 유일한 기준이 돼버린 이 상황은 '민족 사업'의 투철한 명분만 소유한다면 동포들 누구나 문예 창작에 뛰어들어도 무방하도록 만들었다. 이 '창작의 민주화' 현상은 총련계 문단에 '시'가 아닌 '구호'를 생산시켰다.[22] 생존 자체가 절박했던 당시 현실에서 그들이 붙든 것은 언어예술로서 문학이 아닌, 판타지로서 문학이었다. 지젝(S · Zizek)이 말한 것처럼, 이 판타지는 사실보다 원하는 '현실'(reality)을 생산시켰기에 그들에게 무엇보다 절실했던 것이기도 했다. '보고 싶어 하는 현실'이 거기 있었고, 그것은 '수령↔미제국주의자'라는 이분법을 합리화했다. 그렇게 '고취'된 현실이란 사실로서 현실이라기보다 이데올로기적 현실에 더 가까운 것이었다. 1960년대 중반부터 1970년대까지 활동한 총련계 재일조선인 시인들 중 김학렬, 김윤호, 류인성, 오상홍, 허옥녀, 로진용, 최영진, 정화흠 등은 공화국을 위한 글쓰기에 '그 현실'을 입혀놓은 시인들이었다. 그들에게 민족 사업과 시쓰기는 뗄 수 없는 것이었다. 공화국을 위해 써냈던 그들의 시들이 극단적 상투

22) 총련계 재일조선인 시의 '집체성' 및 '구호성' 관련 연구는 최종환의 「재일동포 한국어 시문학의 형식적 특징 연구」, 『한국문학이론과비평』, 10(2-1), 한국문학이론과비평학회, 2006 참조.

성을 드러내 온 이유는, 미학 원리에 대한 무지 때문은 아니었다. 그들은 창작 합평회를 빈번히 가졌고, 어떤 시인은 엘리어트나 푸시킨 등의 텍스트와 관련한 미학 이론에도 능통했다. 갈수록 급박해지는 상황을 해결하기 위한 현실 미학이 필요했고, 그것이 공화국의 판타지를 지향하는 주체 미학이었다. 일례로 1965년 '한일회담'은 당시 긴박했던 시국 상황에 대해 말해준다. 이 회담이 대한민국과 일본 사이에서만 체결되었다는 것 그리고 재일조선인의 법적 지위 향상 문제를 생략했다는 것은 주지의 사실이다. 이 회담의 조약문이 재일조선인들의 분노를 자아낸 이유도 그 때문이다. 이는, 그들이 당면한 현실을 공화국이 제공한 '상상－현실'과 동일시하도록 만들었다. 공화국 기치에 의탁하여 조국을 되찾고자 했던 총련계 재일조선 시인들은 이 이유로 1970년대까지 발표된 문예동 시들에 귀국사업에 대한 그들의 욕망을 몇 배 더 투사시켰다.[23] 알다시피 해방 후 이승만 정부는 '한국' 국적을 선택한 재일조선인에게만 고국 왕래를 허용했기에, 민단과 손잡지 않은 그들에게 주어진 선택지는 공화국을 고국으로 상상한 후 그곳으로 돌아가는 일이었다. 태어나지 않은 국가로 '귀국'하는 이 기이한 논리는 당시 긴박했던 상황적 난경이 구성해 준 환상에 의해서만 가능할 수 있었던 것이다.[24]

고향의 거개가 남측이었음에도 그곳으로 귀환할 수 없었던 1세들은 그렇다 쳐도, 민족정체성이 확고하지 않았던 그들 2세들은 일본에 점차로

---

23) 이소가이 지로는 1965년 한일회담 이후에 공화국으로 귀국하는 사람들이 적어진 이유로 일본의 고도성장, 대중사회화의 영향 등을 들었다. 당시 재일조선인 사회의 생활실태와 가치관에 변화 조짐이 나타나고 있었고, 2세대로의 세대교체 문제도 거기 끼어 있었다고 보았다(전북대학교 재일동포연구소, 『재일동포문학과 디아스포라』, 제이앤씨, 2008, 14쪽).

24) 최종환, 「재일조선인 시의 '이야기 정체성'(narrative-identity) 연구－'낙원 모티프'를 중심으로」, 『한민족어문학』 70집, 2015, 643, 562쪽 참조.

동화될 위이게 놓였다는 사실은 연구계에 널리 알려진 사실이다. 이는 작가들에게도 예외가 아니어서 심지어 일본어를 모어(母語)로 오해하는 상황으로까지 몰리고 있었다고도 한다. 갈 수 없던 대한민국과 헌신하기만 하면 법적 지위를 주는 공화국 사이에서 조국은 '지향'의 문제로 다가왔다. 출생지인가, 거류지인가, 정주지인가, 그도 아니면 한반도 내 타지인가에 따라 조국은 '각자의' 조국이었다. 하지만 상상적인 것이라 하더라도 공화국의 해외 공민의 법적 지위는 시달리던 그들에게는 여전히 생명수와 같은 것이었다. 일본이나 대한민국은 공화국의 공민적(公民籍)을 인정하지 않았으나, 적어도 총련 조직 안에서 만큼은 그 지위가 그들이 결집해야 할 분명한 이유가 되어주었다. 그럼에도 그 지위는 여전히 위태로운 것이었기에 그것을 자신에게 순간순간 확인시켜 주지 않으면 안 되었다. "우리는 법적 주체인가 아닌가?" 이 불안을 봉합하고자 그들은 공화국의 언어공간 속으로 더 빠르게 빨려들었다. 수령 얼굴의 광휘는 그들에게 법열처럼 경험됐다. 그들 시가 그려낸 수령과 그 일가에 대한 극단적 미화도 그 치열한 생존 논리 속에서 나온 것이다. 공화국을 향한 판타지 속에서 조국은 의심할 수 없는 '북조선'일 수밖에 없었고, 급기야 '홈타운'으로 경험됐던 것이다.

문학 평론 영역에서도 공화국 의존성은 전 시기보다 커졌다. 이 시기『문학예술』지면에는 김학렬,「상반년 시작품을 중심으로－김일성동지의 전형성에 대한 교시를 더욱 철저히 관철하기 위하여」(1968.7), 엄호석,「재일조선작가예술인들의 성과－김일성수상님의 주체사상, 문예사상의 빛발아래 조선인민은 세계최고봉의 예술을 창조하고 있다」(1969.12) 등의 평론 표제가 발견된다. 소설 분야에서는 '후세대'의 등장도 새로운 화두로 떠올랐다. 이회성이나 김학영 같은 2세대 작가도 이 시기에 등장했다. 전 세대와의 정신적 단층성이 부각되었고, 그 필요성까지도 얼마간 긍정되면서 문단 세대론이 부추겨지고 있었다는 것이 이 분야 연구계가 주목해 온 또 하나의 지점이다. 그러나 이 세대론 화두는 동포 집단의 '분열'을 부를 수 있었던바—단합을 옥조시해 온—총련 시단에서 수면화되기는 어려웠다. 하여 이 시기에도 문예동 그룹에서는 다만 후세대 시인의 다양한 목소리가 선 세대 시인의 목소리에 조응하고, 그것을 '본받아 쓰는' 모양새가 여전히 이어지고 있었다. 이에 크게 호응하지 않은 시인들의 작품은 『문학예술』 지면에 올라오기 어려웠다.

참고적으로 해방 전부터 일본 지역에서 간행됐던 『漢陽』이라는 잡지도 이 시기에 계속 발행되고 있었다. 이 잡지는 대한민국 문인들에게도 지면을 제공했다. 박두진, 신석정, 류치환, 구상, 이태극, 김남조, 박봉우, 조태일, 박이도, 조병화 등의 시가 거기 실렸다. 아울러 민단 시인 김윤과 황명동의 이름도 발견된다.[25] 이 당시 소설 문단에서 빼어난 작품을 발표한 작가들은 이양지, 김창생, 유미리, 이기승과 같은 비총련계 소설가들이었다.

3) 주요 작가 · 작품 : 시

(1) 1945년-1960년대 초반–민족정체성 탐색과 조국의 이데올로기

1945-1960년대 초반 총련계 재일조선인 시는 디아스포라적인 면모까지는 드러내지는 못했던 것으로 보인다. 그들 자신 '디아스포라'라기보다 해외의 '한반도 주체'에 더 가까웠기 때문이다. 대개가 남측 출신자였던 그들에게 한반도는 분단 후에도 여전한 '미련'의 장소였고, 어떻게든 다시 가야만 했던 땅이었던 것이다. 이 시기 공화국이 그들의 욕망을 깊이 읽어냈다. 1950년 이후 분단 상황 속에 개입한 공화국은 그들을 북측의 국가

---

25) 『漢陽』, 1권 1호(1962) 12권 4호(1973), 漢陽社.

민족주의 담론에 더욱 깊이 침윤시킨다. 주지되듯 이 시기 대한민국보다 부유했던 공화국의 상황은 총련 문인들에게 공화국의 이데올로기를 '사실'로 받아들이게 만들었다. 그들에게 '조국'은 공화국 동지들과 한뜻을 모으기만 하면 회복할 수 있는 그런 장소로 다가온 것이다. 이와 관련하여 1960년 1호부터 1964년 11호까지의 『문학예술』에 수록한 시들은 대체적으로 총련 사업에 대한 의지(강순, 「총련으로 집합」), 남쪽 형제들에 대한 호소(김윤호, 「남조선 형제들에게」), 김일성에 대한 충성(김태경, 「(련시) 투쟁의 나날」), 통일에 대한 호소(김두권,「통일의 문을 열자」), 공화국 공민이 된 자부심(정화수, 「공화국 올림픽대표단을 맞이하여(시초)」) 등의 주제 의식을 드러냈다.[26]

---

26) 이 글의 '재일조선인 시사' 기술과 관련하여 호수(號數)까지 명기한 작품들은 총련 문학기관지 『문학예술』지 목차(또는 내용)에서 가져왔다. 시인-시제목 정도만 연속 기재한 것들은 『문학예술』지 및 한룡무의 「재일조선 시문학사」 (1)에서 '선별'하여서 가져온 것이다. 1955년부터 1965년까지의 시사와 관련하여서 한룡무는 "해방신문에 발표된 것들 중 허남기의 「불사조」, 「물이 흐른다, 남시우의 「일본 기행」, 맥림의 「억압을 뚫고 자라는 새싹」, 「통일의 노래」 「호소문을 받들고」, 김인환의 「호소문이 가는 곳마다」, 리진규의 「조국이여!」 등을 언급하면서 "조선민주주의인민공화국에 대한 다함없는 애국의 정과 조국의 통일의 뜨거운 념원의 정"을 발견된 사례라 말했다. 아울러 1957년도를 총련 문예에서 무엇보다 중요한 시대라 언급하면서 그 근거로 이 시기에 공화국의 '조선작가동맹' 중앙위원회에서 '재일본조선문학회'측에 편지를 보내고 북한 문예성과가 일본에 소개된 점 그리고 공화국 창건 10돌에 즈음한 이 시기에 허남기, 남시우 등이 공화국 방송을 듣게 된 점, 북측 문예 작품과의 연계성을 강화해 갔던 점을 들고 있다. 아울러 1958년 즈음의 시사에서 눈에 띄는 것으로 남시우가 쓴 「학원시초」, 「5월시초」, 「9월시초」에 대해 언급한 후 1959년에는 총련 제 5차 전체대회의 결정에 따른 문예동 결성이 재일조선인 문학의 전환점을 일으키는 중대 사건으로 작용했다고 말한 바 있다. 1차 북송 사업이 시작된 1959년에 문예동 시의 특징이 철저히 귀국문제로 모아지면서 한덕수의 「공화국 대표 환영가」, 허남기의 「황금해안」, 「조국이여」, 남시우의 「신춘서곡」, 「원컨대 타는 심장의 불길아!」, 「우리는 규탄한다」, 「이땅에서 다시 8월을」, 「9월이여!」, 「잘가라 조국의 품안에서 다시 만나자」, 강순의 「나 이날에 살아왔음을 반기여」, 로현옥의 「귀국」, 리석린의 「귀국의 노래」, 박기순의 「귀국의 기쁨」, 박창대의 「동해의 창파여!」 등이 그 관련 주제를 드러냈다고도 보았다(한룡무, 「재일조선 시문학사」 (1), 『한흙』, 1995년 봄호-2000년 봄호 passim).

이 시기 문예동 시인들은 한반도 남측에 대한 관심을 표명하고 있었다. 『문학예술』 1963년 5월자 지면에는 서울 수송초등학교 4학년 강명희 학생의 「오빠와 언니는 왜 총에 맞았나요」라는 4·19 시가 실렸다. 남측에서 발표된 이 시는 문예동의 『문학예술』에 올라오는 과정에서 4·19 정신을 공화국 쪽으로 정향시켰다. 당시 재일조선인의 조국 지향성이 많은 부분 공화국의 시선을 경유함으로써만 가능했다는 주지의 사실은 이 작품을 미제를 증오하기 위한 텍스트로 변환시킨 문예동 주체들의 시선을 통해서도 증명된다.[27)]

알려진 것처럼 총련 결성 후 조선어 시쓰기에 몰두해온 문예동 시인들과는 달리 민단 시인의 거개는 일본어로 창작했다. 해방이 '모어'('조선어') 사용의 당위를 제기했으나, 그들에게는 이전까지 사용해 온 '국어'('일본어')가 편했다. 조선어 사용을 민족정신 회복과 동일시하는 총련 문인들의 믿음도 그들에게는 없었다. 당시 민단 시인 중 우리 연구계에 이름이 알려진 이들은 김희명, 황명동, 김윤, 이승순 등이다. 그중 김윤과 이승순 정도가 한글로 시를 써 왔다. 이 사태는 '민족정신'이라는 화두를 둘러싸면서 재일조선인 사회를 다시 분열시켰다. 하여 이 시기 '민족정체성'의 화두와 관련하여 문예동 집단의 위의가 더욱 부각될 수밖에 없었던 것이다.

이 글에서는 조선어(한글)로 쓰인 문예동 그룹 시를 중심으로 재일조선인 시사를 기술하려 한다. 김학렬이 '3인 시단'이라고 불렀을 정도로 초기 재일조선인 시사에서 중요한 위치를 점했던 1세대 시인 허남기, 남시우, 강순의 시부터 살펴보자.[28)] 허남기, 남시우, 강순은 일본에서 조선의 혼을

---

27) 최종환, 「재일조선인 문학과 4·19－북송과 관련된 정체성 문제를 중심으로－」, 『우리말글』, 우리말글학회, 2010.4, 341～342쪽 참조.

28) 김학렬은 해방 후부터 1960년대까지 "재일 조선인 조선어 시문학"에 허남기, 강순, 남시우를 매우 중요한 위치에 올려놓았다(김학렬, 「재일 조선인 조선어 시문학 개요」, 『재일조선인 조선어문학의 현황과 과제』, 2004년도 제2회 조선문화연구회 학

지키기 위해 우여곡절을 겪었고, 그 경험을 시쓰기 동력으로 치환한 시인들이었다. 해방 후 일본이 동포들에게 쳐 놓은 신분의 올무를 보면서 누구보다 분개했고, 그 분노가 그들을 '민족'에 정도 이상으로 집착하게 만들었다. 그 분노가 다시 주체할 수 없이 되었을 때 그들은 공화국을 '조국'으로 치환하게 된다. 이 과정에서 남시우의 동요집 『봄소식』(1953)과 강순의 『강순시집』(1964)이 먼저 나왔다. 남시우와 강순의 시적 지향은 '민족정체성'의 회복에 있었다. 그러나 '어떤 정체성이 민족의 정체성일 것인가'라는 물음은 두 시인 간에 일치하지만은 않았다. 남시우의 『봄소식』은 동시집임에도 불구하고 강한 좌경화 이데올로기를 드러냈다. 그에 비해 강순의 『강순시집』은 민족정체성을 위해 공화국 정체성을 '간접' 수용해 들였다. 그는 민족적 주체이기 전에 시인이기를 바랐다.[29] 초기부터 그가 생각하던 민족은 극단으로 좌경화된 총련 시인들의 그것이 아니었기 때문이다. 우선 강순의 초기시 세계를 살핀 후, 허남기의 시세계와 남시우의 시세계를 살펴본다.

큰댁과 골무떡을 싸던 솜씨가 어떠 하였든 래년 약속을 아무리 해 본들 오늘 밤이 섣달 그믐에는 다름이 없다.
떡국 갈래도 식혜도 두부 부침도 색동저고리도 공단 댕기도 그렇게 시누이가 잘 뛰더라던 널도 나 모르겠다.
지금 내게는 닥치고 만 이 날 밤이 설고 설을 뿐이다.

술대회 자료집, 2004.12, 1쪽).

29) 알려진 바에 따르면 해방 후 조선신보사 편집국 문화란을 맡았던 강순은 북송 열기가 한창이던 60년대 1세대 시인들의 공화국에 대한 과열된 반응을 목도했다. 급기야 민족정체성을 공화국 언어로 표현할 것을 강요하다시피 하던 그 현실을 경험하면서 1967년 조선신보사를 퇴직한다. 이때부터 본격적인 시 작업에 돌입한다. 『나루나리』(思潮社, 1970), 『강바람』(이화서방, 1984), 『斷章』(書舍카리온, 1986)가 그때 나왔다.

있는 대로 분한 이 밤.
오도 가도 못 하고 일을 얻어 할 수 없는 나라 일본 땅의 심청이 우리에게 있는 한 우리 아버지가 힘을 내여 살 수 없는 한 내 눈섭이 백설 같이 셀 수는 아주 없겠다.

—「대그믐밤」 부분—

주지되듯 강순의 초기 시는, 해방 후 일본에서 표박을 지속한 재일조선인의 얼굴을 매우 구체적으로 그려내면서 시작한다. 민족 주체들의 '서러움'을 '한'의 공간 속으로 투과해 내는 것이다. 유랑에 시달린 그들의 '서러움'을 '분노'로 써내다가 다시 '공화국 열망'으로 증폭시킨 허남기나 남시우와는 달리, 강순은 세밀화로 그려내는 데 성공한다. 이에 동반되는 자기갈등은 동포들이 겪은 비참상과 연계되면서 시적 보편성까지도 끌어냈다.

위 시는 사면초가 상황에 몰린 동포들의 살아가는 현장을 "대그믐" 밤의 어둠으로 묘사하고 있다. 조선 명절의 홍성스러움은 이 시에서 서러움을 넘어 분노로 차오른다. 분노에 못이긴 달은 환하기까지 하다. "칼토막 소리가 자지러지게 나고 참기름 타는 내와 떡 치는 내가 뭉클뭉클 풍겨야 할" 대그믐의 환희는 "기어이 외투를 싸 들고 나간 아버지"가 "어두워도 돌아오시질 않"는 절망으로 뒤집힌다. 이 절망은 이 시의 미인용부에서 "탕탕 빈집이다. 불 죽은 방이다. 미운 아버지다."라는 구절을 통해서도 드러난다. 시인은 '아버지 부재'로부터 '민족 부재'를 끌어내는 것이다. "시누이가 잘 뛰더라던 널"조차 없는 타국 땅에서 대그믐이란 "설고 설을" 순간을 버텨야 하는 자이니치의 서글픈 시간이다. 이 한은 사라진 조선의 그리움을 다시 불러내면서, 선조로부터 면면히 내려온 '피리 소리' 한 자락을 그의 귀로 끌어온다.

이 피리의 원한이
성터에 류랑의 창에 스며 들 때

삶의 아쉬움이 두견인들
어찌 이 울음에 따를 수 있었겠는가

이제 매캐하니 콧등을 씰구려 놓고
젊디나 젊은 후손의 입설에 물리여
한 가닥 새 가락이 잡히는 피리야
흐느끼다 마는 피리야

—강순, 「피리」(1947) 부분—

이 시의 미인용부에서 피리소리는 '두견의 울음'에 비견되고 있다. "할아버지의 할아버지 적부터 / 대대의 감정을 흠뻑 담으며 전해 온" 흐느낌은 해방 후에도 유랑에 시달려야 했던 재일조선인의 속내가 피리소리로 울려나오는 사건이다. 그 흐느낌은 "젊디나 젊은 후손의 입설"에까지 물리어서 이어지는 조국의 목소리였던 것이다.

'민족정체성 찾기'의 맥락에서만 본다면 강순 시의 주제는 여타 재일조선인 시인들의 그것과 큰 차이가 없어 보인다. 그러나 강순 시에 흐르는 슬픔의 진원은 공화국 이념에 대한 추종을 통해서 극복될 수 있는 그런 것이 아니라는데 문제가 놓인다. 작고일까지 그는 타지에서 겪은 조선인 공동체의 삶의 구체적 실상을 그려냄으로써 유랑자의 고통을 넘어서고자 했다. 그리고 그 실상을 공화국의 언어로 재현하려는 무리한 시도들에 저항했다. 재일조선인 시사가 전반적으로 북한 시사와 다를 바 없어진 상황을 감안해 본다면, 강순의 시야말로 남측 시와 북측 시 그리고 재일조선인 시 간의 시사적 연계를 가능케 하는 자료라 판단된다. 이 부분은 연구자들 간에 큰 이견이 없는 부분이고, 문예동의 주요 비평가였던 '김학렬' 조차도 인정한 부분이다.[30]

30) "강순 시인은 공화국에 대해서 총련에 대해서 비판했지만 반공화국, 반총련의 어떤 행동에도 가담하지 않았으며 그리도 가고픈 고향에도 끝끝내 가지를 않고 그대로

허남기 또한 왕성한 창작열을 보인 1세대 시인이었다. 알다시피 민족주의적 지향을 강하게 드러낸 초기 시와 달리, 그의 중후기 시는 수령형상을 연모하는 면모를 보여주었다는 것이 남측 연구계의 중론이다. 북측 '계관시인'이 된 후의 시적 행보는 그의 시의 전모를 이해하는 과정에 적지 않은 장애로 작용해왔다. 그의 시가 공화국 언어를 받아 써냈던 이유는 알량한 권력욕 때문만은 아니었다. 당시 시국의 절박성이 그 단초를 제공했던 것이다. 하루하루가 일촉즉발 상황이었고, 남측 정부가 동포들에게 숨 쉴 공간조차 허용해 주지 않았기에, 공화국에 기대지 않을 경우 상황적 억압으로부터 동포들을 끌어낼 수 있는 대안이 마뜩치 않았다. 그는 죽기 직전까지도 일본에 대한 두려움을 떨쳐버리지 못했다. 그는 민족의 정체성을 찾기 위한 대안을 일본에 대한 증오에서 찾았고, 그 증오를 풀도록 돕는 어떤 '힘'의 공간이 필요했다. 그것이 '공화국'이었다. 이 맥락은 시인이 작고한 후 그의 아내가 남긴 아래 회고에서도 드러난다.

> 의식을 잃고도 ≪왜놈들이 온다!≫고 부르짖으며 일본땅에서 세상을 떠난 그를 이처럼 조국땅의 성스런 장지에 안치하도록 해주셨을뿐아니라 친애하는 지도자선생님께서는 그가 바라던 그 시집을 조국에서 발간해주도록 거듭 육친적인 배려를 돌려주시였습니다.
>
> 그뿐아니라 친애하는 지도자선생님께서는 그가 생존시엔 ≪김일성훈장≫을 비롯한 높은 국가수훈을 여러차례나 받도록 배려해주셨으며 그가 병상에 누워있다는 보고를 받으셨을 때는 그와 저를 조국에서 장기간 병치료와 료양을 하도록 친어버이사랑을 베푸시였습니다.
>
> 그뿐아닙니다. 친애하는 지도자선생님께서는 그가 생을 마칠 때까지 조선민주주의인민공화국 최고인민회의 대의원의 영예로운 직책을 다하도록

투사답게 살려 했던 면에서 그 시인으로서의 진면목과 시의 진가에 대해서 깊이 재인식해야 한다고 생각한다."(김응교, 「재일 디아스포라 시인 계보, 1945~1979 : 허남기, 강순, 김시종 시인」, 영남대학교 인문과학연구소, 인문연구 55, 2008, 345쪽 재인용.)

높은 정치적신임을 안겨주시였으며 우리 유가족들에게 가지가지 따뜻한 사랑과 배려를 돌려주시였습니다.

이러한 하늘보다 높고 바다보다 깊은 사랑의 품이 있기에 시인 허남기는 오늘도 조국의 통일과 주체위업의 종국적 완성을 위해 힘차게 투쟁하고있는 조국동포들속에서 영생하고 있습니다.

1992. 6
일본땅에서
채숙일[31]

위 글은 시인 허남기의 시적 열정이 공화국에 대한 극단적 헌신으로 나아간 배경까지도 짐작하게 한다. 동포의 실상을 슬퍼하던 그들을 도와줄 구원자를 갈망했던 허남기가 붙들 수 있었던 것이 당시로서는 공화국뿐이었다. 공화국으로 나아가던 그의 발걸음은 그러나 부지불식간에 수위를 넘겼고, 이 맥락이 다시 맹신으로 작동하면서 그의 시는 초기 시가 보여주었던 시적 긴장을 놓치게 된 것이다. 해방 후 고통 받던 조선의 모습은, 허남기에게는 그 맹신 속에서 공화국 이데올로기에 입각하여 재현되었던 것이다. 그의 시가 재일조선인의 삶을 사실적으로 그려온 것은 아마도 해방 후 남시우와 강순이 함께 묶은 『조국에 드리는 노래』(1957.12) 이전까지의 시편일 것이다. 그중 『화승총의 노래』(1951) 정도가 참다운 민족주의자로서 허남기의 시적 면모를 드러낸 것이라는 사실에 한일 연구자들은 공감하는 듯하다. 하상일은 허남기 시의 주제를 "반제반봉건 투쟁의식과 서사 정신의 구현", "식민지 잔재의 청산과 민중의식의 실천", "민족 교육에 대한 신념과 총련의 선전선동" 등으로 요약한 바 있다.[32] 허남기 시가 해방 후부터 1980년대 시사에 이르기까지 총련계 재일조선인 시가 언급했던

---

31) 허남기, 『조국에 바치여』 머리말, 평양출판사, 1992.
32) 하상일, 「재일 디아스포라 시인 허남기 연구」, 『비평문학』 34, 한국비평문학회, 2009, 69~391쪽.

대부분의 주제를 선취했던 것으로 느껴지는 이유도 이 때문이다.

그럼에도 허남기의 초기 시에 나타난 '민족 교육' 화두만큼은 눈여겨 볼 필요가 있다. 그에게 있어서 후세 교육이란 민족정체성 탐색과 직결된 것이었기 때문이다. 이는 우리 연구계가 '허남기 시'를 말하며 가장 주목해온 시의 하나가 「아이들아 이것이 우리 학교다」(1948) 같은 작품이었다는 사실에서도 드러난다. 이 시의 내면에 근접하는 다른 작품 한 편도 살펴보자.

아이들아
너희들 굳세게 자라라
어머니 아버지의
이마에 주름살이 잡히고
네 학교 선생이
너희들 눈앞에서
적의 총부리에 맞아죽는 한이 있더라도

아이들아
너희들은
오월훈풍에
해빛을 받아 반짝이는
양버들처럼 꿋꿋이 자라라

우리 조선의
어린
일군들아

—허남기, 「양버들처럼」(1948) 부분—

인용시는 "민족 교육에 대한 신념"이 공화국 선전선동으로 확산하기 전의 작품이다. "우리 조선의 / 어린 / 일군들아"라는 구절에서 엿보이는 "조선"은 한반도 국가 성립 이전의 공간이다. 이때 후세들은 분단 조국 구성원을 넘어 존재해야 할 '민족'이다. 「양버들처럼」이 해방기 즈음에 발표됐음을 한 번 더 감안할 때, 이 시에 나타난 조선인의 정체성이 일제("敵")에 대한 증오를 통해 부각되는 것이 무리는 아니다. "네 학교 선생이 / 너희들 눈앞에서 / 적의 총부리에 맞아죽는 한이 있더라도"의 구절에는 해방 이후에도 그 이전과 유사하게 펼쳐진 상황적 현실에 대한 시적 분노가 엿보인다. 때문에 허남기에게 후세의 민족교육은 무엇보다 필요한 사업이자, 후세가 "양버들처럼 꼿꼿이 자라" 선세대의 슬픔을 재연케 하지 않을 대안으로 다가온 것이다.

그러나 민족의 슬픔을 극복하는 일이 공화국에 대한 헌신을 통해 가능할 것이라 믿어마지 않았기에 그는 공화국 주체로서 자긍심을 후세대의 민족적 자긍심으로 전환시키려 했다. 그 자신 북측 공민의 정체성을 수용함으로써 조선인의 정체성을 발견할 수 있을 것이라 믿었다. 그 믿음은 공화국을 향한 헌신이야말로 "반제반봉건 투쟁의식"을 벼리고, 그래서 "식민지 잔재"를 청산할 수 있다는 확신으로 그에게 다가왔다. "김일성원수님! / 그 성함 / 부를 때마다 / 가슴을 울리는 / 숱한 화폭 있나니 // 그것은 백두의 령봉"(「찬가」)이라는 구절이 이를 보여준다. 그의 중기 이후 시가 보여주는 극단적 공화국 지향성은 초기 시의 미학적 진실성마저도 그렇게 탈색시키고 있었다.

허남기 이상으로 공화국 이데올로기를 맹신한 또 다른 1세대 시인이 남시우였다. 말년에 조선대학 총장을 역임할 정도로 그는 공화국 사업에 대한 무한한 애정을 보여왔던 시인이었다. 아울러 그의 시에는 잠재 독자로서 후세대에 대한 관심을 허남기보다 세심히 보여줬다. 자라나는 신세대를 위해 동요동시집 『봄소식』(1953)을 '도꾜 조고 어머니회련합회' 측과 손잡고 출간할 정도로 후세대에 대한 그의 관심은 유달랐다. 남시우는 1세대 시인들의 좌경성을 가장 관념적인 언어로 써 내려간 시인이라는 점에서 높은 미학적 완성도를 선보인 시인은 아니다. 그렇다고 그만의 독특한 개성이 드러나는 작품이 아예 없는 것은 아니다.

그 동무는
이상만이란 이름입니다.

동무들이
곳잘
이승만이라고 놀려먹습니다.

올여름에
일본학교에서 편입한
동무입니다.

출석을 부를때
지금도
이따금 "★★"하는 바람에
딸따르르—교실은 웃음바탕이 됩니다.

학교에 와선
즐겁게 놀지도 않고
시간만 마치면
쏜살같이 집으로 다름박쳐
우리들이
일본학교에 다닐때와 같은
그런 딱한 모양이었습니다.
책을 읽기는 커녕
자치회때
한마디 말도 하지않었습니다.
그럴수록
우리들은
일본말이라곤 한마디도 쓰지않았습니다.

—여름이 가고
새학기가 되자

그동무는
자치원으로 되었습니다.

인제는
선생님이
이상민동무 이승만이가 되어서는 안
됩니다—하면
모두 걱정없이 웃어버립니다.
이승만이가 되다니요
우리학교에서도
가장 씩씩한 동무입니다.

—남시우, 「편입생」(1959) 전문—

남시우에게 재일동포가 민족적 정체성을 획득하는 기로는 공화국의 주체가 되느냐 안 되느냐 사이의 선택이다. 인용시에서 편입생 "이상만"은 한국 대통령 "이승만"과 어감이 비슷해 은근한 놀림 대상이 된다. 총련계 조선인에게 익숙한 '리상만'이라는 이름보다 한국 분위기 물씬 풍기는 이름이 '민족 학교'의 학적부에 올라왔기 때문이다. 이 시가 풍겨내는 웃음은 바로 이 이름이 드러내는 아이러니다. 이 아이러니는 이내 새로운 슬픔을 유발한다. 국적 선택 문제 앞에서 시달려 온 재일조선인의 내면이 거기 있기 때문이다. 다시 말해 이상만은 대한민국이나 공화국 중 한쪽으로 "편입"되지 않으면 안 되는 존재인 것이다. 그러나 남시우에게 진실한 민족 구성원이란 공화국으로 자신을 귀속한 자이다. 이 의지 속에서만 "이상만"은 "이승만"을 뛰어넘을 수 있기 때문이다.[33] 이상만은 어렵게 결단한다. 이때 급우들의 따스한 우의가 더해지면서 이상만은 "여름이 가고 / 새학기"가 되며 "자치원으로"까지 일하게 된다. 이상만의 이 행위는

33) 이 폭력적 믿음은 당시 대한민국 문학에서도 나타나던 것이다. 남과 북, 민단과 총련 간에 밀고 당기던 저 비극의 역사는 아전인수 격 민족정체성 찾기의 역사이기도 했다.

시인이 어떤 예상 답안을 펼치기 위해 유도한 것이지만, 그럼에도 이 시가 삶-현장의 구체성을 담보하고, 학생들의 천진한 내면을 환기함으로써 민족정체성을 탐색해나가고 있다는 사실만큼은 주목된다. 더 나아가 남시우 시의 저 자리는 공화국을 향한 '종교'에 버금가는 신념을 후세들에게 '주입'하기 위한 전략적 자리로 확대되기도 한다. 이때 그의 시는 여지없이 공화국 주체의 시선을 증폭하는데, 이 맹종성은 북송 찬양 시편들에서는 더더욱 극단화된다. 1959년 니이가다 항으로 들어온 만경봉호의 기억을 되살리는 부분에서 그의 시는 허남기 이상의 미학적 파탄으로 치닫는다.

배가 여기에 닿던 그날
몇번을 우리는 되뇌였다
더워오르는 눈시울 씻으며
이게 정말 꿈이 아니냐고

어머니품에 안기는듯
왈칵 매전에 달려들며
끌어안는 대표들의 량손을 맞잡던
그때도 꿈이 아니냐 다시금 되물었다

그러나 분명 우리는 들었나니
따사롭게 온몸을 쓰다듬는
우리의 대표들의 더운 목소리에
전하여오는 조국의 마음, 조국의 뜻을

아아, 지금 너를 껴안고
우리의 대표는 너의 팔을 이끌고
갑판우에 올라서는데
너의 몸은 벌서 조국의 품안에 있다

오색 아롱진 우리의 마음이런듯

귀국선은 꽃보라로 단장을 하고
행복에 겨워 영광의 조국을 부르며
자애로운 수령님께 뜨거운 감사드린다
—남시우,「잘 가라, 조국의 품에서 다시 만나자!」(1959) 부분—

인용시는 1차 북송선 만경봉호를 보는 격정을 써내고 있다. "갑판우에 올라서는데 / 너의 몸은 벌서 조국의 품안에 있다"라는 고백은 그 자신이 공화국 주체일 때만 조국을 만나며, 그 사건이야말로 궁극적으로 민족과의 만남이라는 암시로 귀결한다. 귀국선 앞에 선 동포들의 "들끓는 환호의 고함소리"를 그는 수령을 향한 충성의 태도로 돌변시킨다. "자애로운 수령님께 뜨거운 감사드린다"라는 헌사는 조국의 신체를 "자애로운 수령"의 신체로 옮겨내고, 그 소리를 다시 동포들 귀에 들리도록 판타지화해 버린다.[34] 재일조선인 시에 나타난 '피안 공간'[35]의 의미에 대해 심원섭이 언급한 것처럼, '수령' 품에 기댈 때 찾아지는 저 조국이란 수령을 성스런 신적 대상으로 설정할 때 가능해지는 자리이다. 때문에 남시우 시는—허남기 시와 함께—문예동 2세 이후의 작시법에 하나의 롤 모델로 자리할 수 있었던 것으로 판단된다.

오늘도 오색 꽃보라
하늘에 바라에 자유히 날리며
번영에로, 행복에로 길을 떠나는
≪니이가다≫— 들끓는 환호성

영광 찬 김 일성 시대에

---

34) 남시우 시가 그리는 '북송' 관련 판타지는 최종환의 「남시우 시 연구–1953년~1960년 시를 중심으로–」, 『한중인문학연구』 27, 한중인문학회, 2009.8이 자세하다.
35) 심원섭, 「재일 조선인 시문학에 나타난 자기정체성의 제양상」, 『한국문학논총』 31호, 한국문학회, 2002, 294~303쪽.

오늘을 사는 영예 드높이 새기며
평양에로 잇닿은 우리의 길은
넓어만 가는데, 넓어만 가는데
—남시우, 「평양에 잇닿은 우리의 길은」(1961) 부분—

인용시에서 한반도에 잇닿은 조국의 길은 "평양에 잇닿은 우리의 길"에 다름 아니다. 여기서 "우리"의 속성이 변하고 있다. "우리"는 민족 주체가 아닌 공화국 주체이고, 더 나아가 수령의 아들딸이다. 1세대 강순이 강조했었던 '조선인-우리'는 이미 없다. 시적 화자가 걷는 저 "길"도 '한반도 주체'의 길이라기보다 '공민의 길'이다. 적어도 1970년대까지 총련계 재일조선인 시는 공화국에 대해 남시우가 보여준 저 이데올로기적 비전을 비후해 나갔던 것이다.

(2) 1960년대 중반-1970년대—공화국 노스탤지어와 수령 찬사

총련 시인 김학렬은 해방 후부터 1950년대까지를 3인 시단을 중심으로 재일조선인 조선어 시문학의 역량이 형성된 시기로 보았다. 이 역량은 1960년대에 들어 강화되고 1970년대로 확대된다. 그리고 1970년대에 문예동 시단은 앞 시기 3인 시단을 넘어설 후세 시인들을 배출한다. 시문학 역량이 확대된 1970년대 나온 주목할 만한 종합시집은 『조국 하늘 우러러』, 『은혜로운 빛발 아래』, 『조국은 언제나 마음속에』가 나왔다. 개인시집으로는 정화수의 『영원한 사랑 조국의 품이여』, 정화흠의 『감격의 이날』, 김두권의 『아침 노을 타오른다』, 김학렬의 『삼지연』 등이 발간됐다.[36]

그러나 총련계 문예동 시인들은 총련 예술기관지에 수록한 작품을 시집으로 묶는 게 관행이어서 이 시기에 간행된 총련 『문학예술』지의 상황

36) 김학렬, 「재일 조선인 조선어 시문학 개요」, 『재일조선인 조선어문학의 현황과 과제』, 2004년도 제2회 조선문화연구회 학술대회 자료집, 2004.12, 1쪽.

을 살펴볼 필요도 있어 보인다. 1960년대 중반부터 1970년대까지 『문학예술』에 실린 시는 12호(1965.5)부터 69호(1979.12) 등의 지면에 나타난다. 이 시들은 귀국 사업의 환희를 드러내거나 민족정체성을 회복하는 과정을 드러낸 경우가 많았다. 앞 시기와 '이렇다' 할 정도로 다른 차이를 드러내지는 않았지만 공화국과 수령에 대한 감사, 공화국 공민으로 살아가는 보람, 귀국 동포를 환송하는 마음, 조국왕래의 기쁨 등과 관련된 앞 시기의 내면을 공화국과 수령에 대한 충성의 언어로 헌사했다.[37)]

무엇보다 1964년 이후 문예동 시는 김일성 주체사상과 만나면서 '공화국'과 '수령'에 급속히 예속된다. 차례로 살펴보자.

> 슬하에 있는 자식보다
> 멀리 떨어져있는 자식을 더 못잊어 하시는
> 그 어버이심정으로
>
> 지극히 보살펴주시는 수령님

---

37) 그간의 문예동 시들이 보여준 일관된 주제 흐름을 감안하고, 이에 대해 보여준 기존 연구의 시각을 다시 염두에 둔다면 상기와 같은 내용상의 분별지가 큰 의미까지는 없어 보인다. 이 시기에도 문예동 시는 앞 시기에 보였던 강한 정론성을 80년대 중반까지는 일관적으로 연장하고 있었기 때문이다. 가령 정화흠의 「이 날 아침도 글소리 들린다」(1965, 16호) ; 「조선대학 창립 10주년을 축하하여(1966, 20호) ; 1967.8, 「모범교원」(1967, 22호) : 1969.2, 「고 최영도선생이시여」(1969, 28호) ; 「그대 ≪청맥≫이여－통일혁명당의 기관지 『청맥』을 읽고－」(1969, 28호) : 「어버이수령님을 우러러」(1972, 44호) ; 「진달래 바라볼 때면」(1973, 46호) ; 「손을 잡는다」(1973, 46호) ; 「그리운 당신이여」(1974, 52호) ; 「해살이 감방에 비쳐듭니다－싸우는 남녘의 애국청년을 대신하여－」(1974, 53호) ; 「그대들의 승리는 우리의 승리」(1975, 57호) ; 「복수의 불이 인다」(1975, 58호) 등에서 발견되는 내면이 그것이다. 그러나 이 내면을 어느 정도 서정적이고 미학적 어법에 담아가면서 표현한 홍윤표의 「수류탄의 노래」(1968, 26호) ; 「그대는 우리 가슴에 길이 살아있으리라」(1969, 28호) ; 「뜻깊은 시각에」(1970, 35호) ; 「눈길」(1971,37호) 등도 이 시기 총련 문예장에서 생산되었다.

많고많은 돈을 보내주시고
조국 향기 그윽한 꽃이며 돌이며
산새와 짐승들의 박제품까지
다 보내주시고도
마음 놓이시지 않아
교과서를 거저 주시고
취학장려금까지 주시는
자애로운 어버이수령님

(…중략…)

웅장하고 아담한 우리 학교에서
김일성원수님의 초상화 우러르며
별빛처럼 빛나는 아동들의 눈동자에
사회주의조국의 청소년된 영예와 긍지
차고넘칩니다

―류계선, 「수령님의 크나큰 은덕으로」(1972) 부분―

총련 시인 류계선에게 수령은 "어버이"이자 "조국"이다. 조국으로 가는 길이란 곧 수령 품에 안기는 길이다. 그 품은 주체의 "사회주의 조국" 그것이다. 민족적 "영예와 긍지"도 "수령님을 노래하며 / 수령님의 가르치심 심장으로 받들고 나갈 때"만 가능해진다는 논리가 여기 나타난다. 이때 그의 조국은 공화국 측으로부터 받은 원조와 그에 대한 재일조선인의 그 '화답' 속에서만 나타난다. 이 감성은 이 당시 『문학예술』에 실린 안우식의 「김일성원수님 고맙습니다」, 「충성의 불길이 타오른다」(정화흠), 「수령님께서 마련해주신 성벽이 있기에」(정백운), 「수령님의 따뜻한 품속에 안기려는 붉은 심장들」(리덕호), 「오직 그이의 부름 따라」(허옥녀), 「수령님께서 펼쳐주신 사랑의 손길」(류인성), 「어버이수령님이시여!」(김두권) 등의 작품들에서도 확인된다.

이 시기에는 '공화국 찬가'도 대거 창작된다. 이 노래들을 통해 총련 조직에 대한 동포들의 신뢰를 북돋우고, 어느덧 타성화된 귀국 사업에 활력을 불어넣고 했던 것이다. 이 중 단연 돋보이는 것은 김학렬의 작품이다. 그는 공화국을 "오각별" 이미지로 드러냈다. 『문학예술』 31호에 실린 "오각별 날린다 / 우리 조선회관 5층집우에 높이 / 오각별기발 펄펄 날린다"(「오각별 날린다」)라는 구절이 그것을 보여주고 있다. "조선회관 5층집"과 "조선대학" 위에서 날리는 "공화국기발"은 "위대한 수령님께서 찾아주신 그 행복의 기치"라는 것이다. 공화국에 대한 이 자긍심은 최설미의 「가고픈 땅 조국이여」, 류인성의 「조국을 방문한 김동포」, 황진성의 「우리의 가슴에도 백두산이 솟았습니다」, 김윤호의 「조국땅에 배닿는 이른 새벽에」, 정춘식의 「떠나는 마음－만수대조선혁명박물관앞에서」, 오순희의 「늙으신 어머님의 조국방문」, 서기화의 「평양에서 울려오는 행복의 노래」 등에서도 발견된다.

이 시기 민단에서는 김윤(金潤)이라는 시인이 한글 시를 쓰고 있었다. 그는 민단 선전부장을 하면서도 이데올로기적 편향성을 가시화하지 않았던 시인으로 연구계에 알려져 왔다. 아울러 다른 재일시인들에 비해 강한 서정성을 드러낸 시인으로도 유명하다. 그에게 '재일'(在日)의 경험은 총련이 말하는 피해 경험보다 좀 더 근원적 상실감을 느끼게 하는 이산의 상처였다. 시집 『멍든 계절』(1968)과 『바람과 구름과 太陽』(1971)의 표제가 보여주듯, 그의 시는 유랑의 상처로 찢긴 재일조선인 공동체의 내면을 따스한 서정으로 그려내고, 그 상처가 극복돼 열릴 다사로운 민족 공간에 대해 말하고 있다.[38] 한반도 문제를 그만의 고독 속에서 써낸 시 한 편을 읽자.

---

38) 이 글에서 언급한 '김윤 시'에 나타난 1인칭적 내면과 디아스포라적 가능성에 대해서는 최종환, 「현대시의 유랑의식 補論－윤동주와 김윤의 시를 중심으로」, 『세계문학비교연구』, 세계문학비교학회, 2009.9 참조.

저 흰구름이 거기로 흘러갈 때
나는 그쪽을 바라보며 눈을 감는다.

눈앞에는 여러해를 두고
그리던 그 마을의 풍경이
살포시 다가오고
피맺힌 조상들의 울찬 고함소리가
서슴없이 귀청을 울린다.

그날에 찾은 환희를
낮도깨비에게 도적맞은 지 오래
멸시와 차별의 눈총들이
틈없이 나를 노리고
애탄 비애와 염원은
꼬린내 나는 골자리 윗간강 구석에서
함께 곰팡이처럼 피었고

가난과 망향이 얄궂게 엉클어져
말마저 고스란히 까먹어버린
숨가쁜 나날이 愁情처을 베풀고

李氏, 金氏, 朴氏가
야마다상 가나이상 가와모도상으로 딩굴어져버린
기맥힌 울안에서
내가 나일 수 있고
네가 너일 수 있고
우리가 우리일 수 있는
그런 이치를 풀이해본다.

허나
그 많은 얼굴들이 거기를 잃고
그 많은 얼굴들이 어머니를 잃고

쓰림한 뱃가죽을 움켜안고
아슬아슬한 세월을 적적히 살아온
역사를 우리는 까먹을 수가 없는 것이었다.

―김윤, 「내가 나일 수 있는」(1968)[39] 전문―

고독의 자리에서 쓰인 김윤 시는 항상 재일조선인들의 트라우마를 내면화하는 것이다. 그 순간에 울려 퍼지는 서정이 그의 시에 '민족 감성'이라는 것을 만들기 때문이다. 그가 언급하는 상처는 상실 체험을 공유해온 조선인 공동체의 질고의 역사이다. 그의 시는 그 고난의 역사를 드러냄으로써, "그리던 그 마을의 풍경이 / 살포시 다가오"는 자리에 동포들을 서 있게 만든다. 동포들이 겪어온 쓰라린 역사가 고스란히 숨 쉬는 그 장소에서 시작하는 그의 시는, 그 아픔의 자리가 역설적으로 통일 열망이 도사린 자리임을 보여주기 때문이다. 이 지점에서 재일문학을 뛰어넘는 김윤 문학의 보편성이 나타난다.

저 벌판에

아무런 부끄러움도 없이
서있다.

누가 세웠는지
그것을

수확이 끝나면
사정없이
송두리째 뽑힐 것이

39) 이 작품은 『멍든 季節』(현대문학사, 1968)에 실린 것으로 첫 발표 연도를 확인할 수 없다. 이 글에 인용한 김윤 작품의 발표 연도는 시집 출판 시점을 기준으로 했다.

저렇게도
늠름히 서있는 것은
제속을 못 가진 만들어진 허수아비이길래

그러나 허수아비는
주인의 깜쪽한 의도를
만족시키고
남음이 있었고

스스로의 운명도 모르고
논판에 버티고 서있는 것이었다.

—김윤, 「허수아비」(1968) 전문—

인용시에서는 의지처조차 없이 살아온 조선인 공동체의 아픈 내면을 성찰적 어법으로 드러내 보인다. "수확이 끝나면 / 사정없이 / 송두리째 뽑"히는 것이 어쩌면 재일동포의 운명일지 모른다. 그렇다면 그 "허수아비" 같은 존재를 뽑아버릴 "주인"은 누구인가? 시인은 그 주체가 반드시 일본인만은 아니라 생각하고 있다. 그는 총련이나 민단일 수도 있기 때문이다. 대한민국을 지지하든 총련을 지지하든, 더 나아가 자이니치 자신으로 살든 간에 서로 반목해 온 자이니치들이야말로 "허수아비"이다. 저마다의 민족 구호를 외치면서 살아온 그들은 뽑혀질 "스스로의 운명도 모르고 / 논판에 버티고 서있는" 존재이자, "부끄러움도 없는" 군상에 지나지 않기 때문이다.

그렇다면 이 비극은 어떻게 극복되어야 하는가. 이에 대한 김윤의 응답은 무력하다. 대답 대신 모종의 상상 공간을 펼치기 때문이다. 그런데 이 상상 자리에는 공동체의 슬픔이 다시 일어난다. 이 슬픔의 "복판에서 / 치솟는 핏방울로 꾸려진" 우리의 노래가 울린다. 그리고 그의 시에서 우리의 노래는 반드시 "나의 노래"처럼 불려진다.

내 노래가 가져다줄
그 어떤 보수라거나 영예도
나는 바라지 않는다.

일찌기 실국의 한을 안고 서른여섯해
비탄의 골짝에서 버티어낸
수많은 어버이들이
철쇄에 묶인 팔목을
아프게 휘저은 것처럼
내 가슴속 복판에서
치솟는 핏방울로 꾸려진 노래

이리하여 노래는
노도와 함게 어울려
때로는 바위를 때리며 울부짖었고
자유를 부르며 형제들과 더불어
어머니땅에 함께 자라고
함께 버티며

따사로운 햇빛으로 하여
메마른 들에서 산비탈에서
봄볕에 센 누이들의 머리카락을
밤이 되도록 어루만졌고

눈보라치는 겨울하늘에
눈망울 초롱초롱한
어린것들과 함께
소리 모아 내일을
부른

노래여
내 다하지 못한

바다는 저렇게 울부짖고
있는데

원커늘
네 모습이 아름다와지기를
네 모습이 더 굳세어지기를
그리하여
내 심장의 모습대로
해처럼 달처럼 있기를
바란다.

－김윤, 「나의 노래」(1971) 전문－

뽑힐 허수아비가 부르는 노래가 늘 무력한 것만은 아니다. 때때로 "노도와 함께 어울려" "바위를 때리"기 때문이다. 더 나아가 그것은 핏방울 섞인 삶을 '버티며' 걸어온 조선 공동체의 시간도 연주한다. 그 노래 속에는 "보수"도 "영예"도 없지만, "눈보라치는 겨울하늘에 / 눈망울 초롱초롱한 / 어린것들과 함께 / 소리 모아 내일을 / 부르"는 의지가 있다. 부를수록 "다하지 못한 / 바다"처럼 "울부짖"는 노래는 시인에게 더 '굳세어져 아름다워질' "심장"을 꿈꾸게 하고 "해처럼 달처럼" 떠오를 어떤 시간성과 마주보게 하는 것이다. 그 시간은 민단이나 총련의 시간이 아니라 "바람과 구름과 太陽" 속으로 흐르는 그런 일상의 시간이다. 이 일상에서 모든 것이 '다시' 시작될 수 있다고 시인은 믿는다. 그 점에서 김윤 시는 또 다른 민족주의적 디아스포라 김시종의 시적 장소성에 다가서는 것처럼 보인다.

김시종은 남과 북, 민단과 총련의 이데올로기를 넘는 '경계성'을 탐색해 온 시인이다. 유숙자는 이 시적 존재성을 "틈새의 실존"이라 언급했다.[40] 특정 단체의 이념에 휘둘리지 않는 그 실존적 삶은 기회주의적인 삶으로 낙인찍히기 십상이다. 그럼에도 김시종 시의 주체성은 이 위험에

도전하는 과정에서 나온 것이다. 그리고 이 용기가 그의 시의 독자성을 부각시켰다. 하상일이 김시종의 시를 가리켜 "재일의 독자성과 주체성을 새롭게 정립하는 길잡이"라 본 것도 그 용기에 대한 헌사로 보인다.[41] '한국인'도 아니고 '북한인'도 아닌 디아스포라가 보여도 보이지 않는 하찮은 존재라면 김시종은 그 유와 무 사이 '간극'을 읽는 자였다. 강순이 「조선부락시초」(『강순시집』, 1964)에 "시궁창"(「시궁창」)으로 비유한 '조선인마을'은 아래 김시종 시에서 "보이지 않는 동네"로 재현된다. 총련과 민단으로 나뉠 수 없는 '재일조선인'의 삶이 거기 있었던 것이다.

어디에 뒤섞여
외면할지라도
행방을 감춘
자신일지라도
시큼하게 고인 채
새어 나오는
아픈 통증은
감추지 못한다
토박이 옛것으로
압도하며

40) 유숙자, 「'틈새'의 실존을 묻는다」, 『경계의 시』(小花, 2008) 해설 176~189쪽 참조.
41) "남과 북의 이데올로기적 대립을 그대로 답습하였던 재일조선인 사회의 이원화를 바라보면서, 항상 그 경계의 지점에서 양쪽 모두를 비판적으로 성찰했던 그의 태도는 디아스포라적 주체의 모습을 분명하게 보여주었다고 평가할 수 있을 것이다. 또한 그의 시는 우리말과 일본어 사이에서, 즉 모국어(母國語)와 모어(母語) 사이에서 대립하고 갈등해온 재일 디아스포라의 이중언어 현실에 가장 실천적으로 맞서 자기정체성을 구현해 나갔다는 점도 높이 평가해야 할 것이다. (…중략…) 그의 시는 여전히 남북이데올로기에 붙잡혀 있는 재일조선인 사회의 민족적 관념성을 넘어 '재일'의 독자성과 주체성을 새롭게 정립하는 길잡이로서 중요한 의의를 지니고 있는 것이다."(하상일, 「재일 디아스포라 시인 김시종 연구」, 『한국언어문학』 71호, 한국언어문학회, 2009, 532쪽.)

유랑의 나날을 뿌리내려 온
바래지 않는 고향을 지우지 못한다
이카이노는
한숨을 토하는 메탄가스
뒤엉켜 휘감는
암반의 뿌리
으스대는 재일(在日)의 얼굴에
길들여지지 않는 야인(野人)의 들녘
거기엔 늘 무언가 넘쳐 나
넘치지 않으면 시들고 마는
일 벌이기 좋아하는 조선 동네
한번 시작했다 하면
사흘 낮밤
징소리 북소리 요란한 동네
지금도 무당이 날뛰는
원색의 동네.
활짝 열려 있고
대범한 만큼
슬픔 따윈 언제나 날려 버리는 동네.
밤눈에도 또렷이 드러나
만나지못한 이에겐 보일 리 없는
머나먼 일본의
조선동네.

—김시종, 「보이지 않는 동네」 부분—

「보이지 않는 동네」는 그의 『이카이노시집』(1978)에 수록된 시이다. 행정 구역 재편으로 사라진 오사카 이카이노 지역의 조선인 거주지를 이야기하는 이 시는 그 시절 유랑하던 조선인들의 기억을 그 동네 골목길들로부터 끌어낸다. 조선인 촌락이었던 이카이노는 지금 "이카이노가 아닌" 곳, 기억 속에 "스쳐 지나는" 곳이 돼버렸다. 그러나 그럴수록 그곳은 시인에게 선명히 떠오른다. 사랑이 후회로 일어나고, 후회가 사랑으로 버무려지던 그 시절의 삶은 지금 대한민국 국민이나 공화국 국민(공민)들의 의식 속으로는 잘 들어오지 않는다. 그곳은 "으스대는 재일(在日)" 동포의 시선 속으로도 들어오지 않는 "야인(野人)의 들녘"이자 그래서 "보일 리 없는" "일본의 조선 동네"였다. "지금도 무당이 날뛰는 / 원색의 동네"는 어떤 것으로도 재현하기 어려운 유랑자들의 동네였던 것이다. 치열한 자이니이의 삶을 견뎌 온 시인의 눈에 저 공간은 그 요란한 삶의 내용 때문에, 대한민국이나 공화국의 공간보다 더 뜨거울 수 있었던 것이다. 좌우의 정황에 집착하지 않고 오로지 자기 내면의 말에 붙들려 온 시력(詩歷)의 힘이 여기 있다. "아무도 봐주지 않을 꽃이 꽃피운다 / 아득한 나의 지조 속에서 피어"(「불면」)나던 그 뜨거운 꽃 속에서 그는 민족과 만나고자 한다. 민족을 찾아 하늘을 나는 김시종이라는 새가 바라보는 곳은 남이나 북 그리고 재일이라는 공간이 아니다. "어둠의 주름을 밀어젖히면서 / 무리 짓지 않는 하나의 의지"(「새」)가 되어 꿈꾸는 이 디아스포라적 공간은 그의 시를 '일본 조선인문학'에서 이른바 '재일문학'의 장 위로 도약시킨다. 일본 조선인문학이 세계문학과 공명이 가능한 지대가 여기서 펼쳐지고 있다. 새가 된 그는 총련 쪽으로도 민단 쪽으로도 "무리 짓지 않는 하나의 의지"가 되고자 했던 것이다.[42)]

42) 이와 관련하여 김시종의 『화석의 여름』(1998)에 실린 「불면(不眠)」이라는 시도 눈에 띈다. 이 시에서 그는 민족단체 간의 "반목(反目)"을 "도깨비불" 같은 것으로 보고 있으며, 그 싸움 자리로부터 이탈함으로써 "아무도 봐주지 않은 꽃"을 피우려 한다. 민단과 총련 어느 곳에도 소속되지 않으려 했던 이 시인에게는 국가민족주의적 판타지가 주어지지 않았기에 그 자신이 어떤 이데올로기적 꿈속으로도 들어갈 수 없었다. 조국 귀속과 관련된 편 가르기 열광에 들뜬 동포의 일상은 그에게 "메마른" 삶 그것이었고 어떤 경우에도 동의할 수 없는 것이었다.

4) 주요 작가 · 작품 : 소설

(1) 1945년-1960년대 초반 - 민족정체성 고취와 조국지향

해방 이후 1960년대 초반에 이르기까지 남북한과 재일조선인 사회는 가장 첨예한 격변의 시기를 맞이하였다. 재일조선인 사회에서는 재일본조선인연맹(조련, 1945.10.15)에서 재일조선민주주의통일전선(민전, 1951.1.9)을 거쳐 재일본조선인총연합회(총련, 1955.5.25)에 이르기까지 숨가쁜 민족조직의 변천 시기를 거쳤으며, 민족학교폐쇄령(한신교육 탄압사건 등) 등에 맞서 민족교육과 민족운동을 앙양하려는 적극적인 움직임을 보였다. 또한 1948년 한반도에서는 남쪽에 대한민국, 북쪽에 조선민주주의인민공화국이 건국되면서 두 개의 조국이 성립되었으며 이는 1950년 6월 25일 한국전쟁을 거치면서 분단고착화로 이어졌다. 이러한 두 조국과의 관계는 1959년 12월부터 시작된 북한의 귀국사업(북송사업) 그리고 1965년 한일조약 체결 등을 거치면서 재일조선인 사회 안에 양극화된 이데올로기적 갈등구조를 생산해내게 된다.

이러한 조국과 재일조선인 사회의 혼란스러운 현실상황 안에서 재일조선인 작가들은 이데올로기적 대립 속에서 갈등하는 지식인들의 모습이나 재일조선인의 차별적 현실을 형상화한 작품들을 주로 창작하게 된다. 『민주조선』, 『조선문예』, 『친화』, 『계림』 등의 잡지들을 통해 작품을 발표하면서 이들은 식민지 상황을 극복하고 민족정체성을 회복하기 위한 문학적 노력들을 경주하였으며, 분열된 조국과 일본 사회에서의 고난을 적극적으로 타개하려는 경향으로 나아갔다. 김사량과 장혁주에 이어 해방 직전 재일조선인 문학계에는 많은 신진작가들이 등장하였는데 이들은 일제말기와 혼란한 해방 정국, 남북대립과 분단이라는 급박한 시대적 상황을 온몸으로 체험하면서 이를 문학작품을 통해 형상화해나갔다.

이 시기 가장 활발한 활동을 펼친 작가는 김달수와 이은직이다. 재일조선인 비평가인 임전혜는 "태평양전쟁 직전의 암담한 시기에 『예술과(藝術科)』에서 활동했던 이은직, 김달수 등은 재일조선인을 둘러싼 현실과 내면을 스스로의 체험에 근거하여 절실하게 그려냈다. 그들은 강제된 일본어를 사용하면서 반일본제국주의의 문학적 영위를 가능케 하는 재일조선인 문학자의 다양한 투쟁의 바탕을 의식적으로 개척한 것이다. 일본의 식민지 지배에 의해 형성된 재일조선인의 손에 의한 문학으로서의 '재일조선인 문학'은, 이 시기에 시작되었다고 할 수 있다."[43]고 언급함으로써 이은직, 김달수에 이르러 실질적인 일본 조선인문학이 발흥되고 있음을 지적하고 있다. 해방 이후에도 식민지 종주국인 일본에서의 삶을 영위할 수밖에 없었던 디아스포라로서의 감각을 내장한 채, 재일 1세대로서의 조국지향성을 강하게 표출하고 있는 김달수, 이은직은 분단된 조국의 상황과 재일조선인의 차별적 현실을 교차시키면서 강고한 문학적 입지점을 산출해내고 있다.

김달수는 1919년 경남에서 태어나 10살 때 도일했으며, 1941년 고학으로 일본대학 예술과를 졸업하고 『가나가와 신문』, 『경성일보』 등에서 기자생활을 하면서 「위치」(1940), 「잡초처럼」 등을 통해 피식민지 백성으로서의 조선인의 암울하고 희망없는 삶의 단면들을 그려냈다. 해방 후 재일조선인연맹 결성에 참여했으며, 1946년 일본어 잡지 『민주조선』을 창간했다. 해방 이후 일본 조선인문학의 선구가 되는 『민주조선』은 '왜곡되었던 조선의 역사, 문화, 전통 등에 대한 일본인의 인식을 바로잡고, 앞으로 전개될 정치, 경제, 사회의 건설에 대한 우리들의 구상을 자료로서 제공'하려는 취지를 바탕으로 소설과 시 등의 문예작품, 조선과 관련된 정치, 경

---

43) 任展慧, 『日本における朝鮮人の文學の歴史－1945年まで-』, 法政大學出版局, 1994, pp.235~240.

제 관계 논문, 기사, 좌담회 등으로 구성되었으며 주요 집필자로는 김달수, 허남기, 이은직 등이 관여하였다. 이후 김달수는 『민주조선』에 첫 장편 『후예의 거리』(1946.4-1947.5)를 연재하면서 정치지향성을 담보한 재일 1세대 문학의 출발을 알렸으며, 장편소설 『현해탄』(1954), 『태백산맥』(1968), 중편소설 「박달의 재판」(1958)을 비롯한 다수의 작품과 평론 등을 발표하였다. 1970년대 이후에는 전10권에 이르는 『일본 속의 한국문화』 등 고대 한일관계사를 연구한 저서를 통해 일본에 전래된 한국문화의 실상을 생생하게 소개하기도 했다. 또한 1975년 『계간 삼천리』 창간에 관여하였다.

김달수의 『후예의 거리』와 『현해탄』은 식민지 시기의 지식인이 겪어야 했던 고뇌와 방황, 자기 각성의 과정을 다루고 있다. 『후예의 거리』는 민족의 해방을 위해 투쟁하는 과정에서 현실의 장벽에 부딪혀 좌절하고 무력화되어 가는 지식인의 내면의식을 그리고 있으며, 『현해탄』은 이에서 한발 더 나아가 현실추수적이고 나약한 식민지 지식인이었던 주인공이 조선의 엄혹한 식민지 현실과 반일운동을 겪으며 자기반성과 민족적 자각에 눈떠가는 과정을 보여주고 있다. 이러한 식민지 지식인의 형상화는 『태백산맥』에 이르러 해방 이후 좌우 이념대립의 혼란 속에서 그들이 민족적 투사로 성장해가는 과정으로 확장되며, 「박달의 재판」에서는 박달이라는 청년의 유머러스하고 우직한 행동을 통해 미군정과 남한정부에 대항하는 민중의 모습을 형상화하고 있다. 이처럼 김달수는 해방 전후 조국을 배경으로 식민지 지식인과 민중의 내면의식과 투쟁과정을 담대한 필치로 그려내면서 재일조선인의 조국지향적인 정치의식을 문학적으로 표출해내었다.

1917년 전북 정읍에서 출생한 이은직은 앞서 언급한 대로 일본대학 재학 시절 「물결」이라는 단편으로 아쿠타가와상 후보에 올랐으며 해방 이후 주로 조련 및 조총련을 중심으로 한 '재일본조선문학예술가동맹'에서

활동하면서 민족교육 사업 등에 매진하였다. 이은직은 『탁류』 3부작(1968)을 통해 해방정국의 혼란한 시대적 상황과 민중항쟁의 과정을 치밀하게 그려냈으며, 1997년 전 5권의 자전적 장편소설 『조선의 여명을 바라며(朝鮮の夜明けを求めて)』를 간행하였다. 이밖에도 『조선명장전』, 『조선명인전』, 『신편 춘향전』 등의 민족적 소재의 저작들과 『'재일' 민족교육의 새벽』, 『'재일' 민족교육·고난의 길』 등의 민족교육 관련 저작들을 저술하였다. 북한의 문학예술출판사에서는 이은직의 단편집 『임무』(1984)와 『한 동포상공인에 대한 이야기』(2002) 등을 출간하기도 하였다.

재일 1세대로서 자신의 개인적 체험을 역사적 도정 안에 담담히 위치시키고 있는 작가로 김태생이 있다. 1924년 제주도에서 출생한 김태생은 아버지의 도일과 연락두절, 어머니의 재혼 등으로 인해 6세 때 홀로 일본으로 건너가 오사카 이카이노에서 삼촌, 숙모의 손에 자랐다. 숙모의 요절 등 불행한 가족사를 겪으며 어릴 때부터 공장노동 등 힘겨운 생활을 영위해온 김태생은 해방 후 숙모와 같은 폐결핵을 얻어 고향으로 돌아가지 못하고 일본의 요양원에서 투병생활을 한다. 1955년 『신조선』에 단편 「가래컵」을 발표하며 문단에 나온 김태생은 『문예수도』의 동인이 되어 활동했으며 1961년부터 10여 년간 통일평론사에 근무하며 조직활동에 매진했다.

그 후 아버지의 죽음과 화해를 다룬 「골편(骨片)」(1972) 등을 발표하면서 문학활동을 재개한 김태생은 『나의 일본지도』(1978), 『나의 인간지도』(1985) 등을 간행하면서 본격적인 작품 창작에 몰두한다. 김태생은 '역사에 의해 강제 연행되었다'는 식민지 민중으로서의 자의식을 견지하면서, 고향의 어머니를 그리워하며 이별의 아픔을 그린 「동화」, 자기존재의 근원이자 재일의 근원으로서의 아버지 찾기를 통해 자기 정체성을 모색하고 있는 「골편」, 숙모의 비참한 삶과 죽음을 통해 재일조선인의 고통받는 현실과 죽음의식을 다룬 「소년」, 「어느 여자의 생애」, 『나의 인간지도』 등을 통해 자신의 절박한 체험을 역사적 사건으로 변모시켜 이 시대 재일조선인의 사회, 역사적 위치를 점검하고 있다.

또한 자신의 투병생활을 배경으로 하여 결핵요양소 환자들의 생사를 그린 「E급 환자」, 「파충류가 있는 풍경」(1985), 「신비로운 사람」 등을 창작함으로써 죽음 앞에서 평등해지는 인간의 형상을 묘파하고 있다. 김태생은 재일 1세대 문학이 보편적으로 보여주고 있는 극단적인 익살스러움이나 강렬함을 지닌 전형적인 민중상에서 벗어나, 신산한 삶의 무게를 견뎌내면서 필사적으로 살아가는 사람들, 그 누구도 돌보지 않는 얌전하고 조용한 세월의 풍화와 더불어 잊혀져 사라져 가는 개인의 삶의 영위를 그림[44]으로써 일본 조선인문학의 다양한 문학적 형상화에 기여하고 있다.

김달수와 더불어 대표적인 재일 1세대 작가로 꼽히는 김석범은 1925년 일본 오사카에서 태어났으나 부모의 고향인 제주도를 자신의 고향으로 삼고, 조국을 대변하는 상징적 존재로서의 제주도의 문제를 끊임없이 천착했다. 13세부터 칫솔공장, 간판점 견습, 철공소 직공, 신문배달 등으로 독학을 하면서 교토대학 문학부 미학과를 졸업했으며, 1957년 『문예수도』에 「간수 박서방」, 「까마귀의 죽음」을 발표하며 문학활동을 시작했다. 김석범은 등단작인 「까마귀의 죽음」이 아쿠타가와상 후보에 오르면서 등단 직후부터 일본 문학계의 주목을 받기 시작했다.

이후 김석범은 「관덕정」(1962), 『화산도』(1976~1997) 등을 통해 제주도 4·3항쟁을 지속적인 문학적 화두로 삼아왔으며, 4·3항쟁의 과정을 집대성하여 혁명적 투쟁과 인간 존재의 갈등을 다룬 대작 『화산도』로 오사라기지로상(1984), 마이니치예술상(1988)을 수상하는 등 문학적으로 높은 평가를 받았다. 김석범의 「까마귀의 죽음」, 「간수 박서방」, 「관덕정」은 4·3항쟁

44) 하야시 고지, 『재일로서 제주도를 이야기한다는 것 : 김태생론』, 김환기 편, 앞의 책, 320쪽.

이 일어난 제주도를 배경으로 정기준, 간수 박서방, 부스럼 영감 등의 문제적 인물을 통해 당시 좌우 대립이 극심하고 혼란한 정세에 빠져있던 해방 정국의 갈등 양상과 지식인의 고뇌를 드러내고 있으며, 민중들의 역설적인 행태를 통해 드러나는 미군정과 지배정권의 횡포 등을 적나라하게 묘파하고 있다. 또한 전 7권으로 완성된 대작『화산도』를 통해 혁명 투쟁의 과정에서 극한의 상황에 처한 인간 존재의 갈등과 고뇌의 양상을 뛰어나게 형상화하고 있다.

『화산도』는 '제주 4·3항쟁'이 발생하기 직전인 1948년 2월 말부터 이듬해인 1949년 6월 제주 빨치산들의 무장봉기가 완전히 진압될 때까지를 시간적 배경으로 하여, 등장인물들의 과거 행적과 당대의 사회정치적 배경의 치밀한 묘사 등을 통해 일제의 식민 통치 기간과 해방직후의 혼란한 정국까지의 시기를 포괄적으로 형상화해내고 있다. 제주도를 비롯한 오사카와 교토, 도쿄, 서울, 목포 등의 활동무대를 중심으로 해방된 조국의 이데올로기적 대립 양상과 재일조선인 사회의 실상을 묘파해내고 있으며, 남승지, 이방근 등의 주요인물들의 행위와 사건 전개를 통해 새로운 조국 건설의 과정에서 권력을 움켜쥐고 민중을 탄압하는 친일파에 대한 저항[45] 의지를 강하게 드러내고 있다. 이처럼『화산도』는 조국의 정치 현실에 대한 비판적 고찰과 실천적 창작 행위를 통해 해방 정국의 난관을 적극적으로 타개하고자 했던 김석범의 치열한 민족의식을 확고히 드러내면서, 민중들의 고난과 혁명의 과정을 집중적으로 궁구해낸 역작이라고 할 수 있다.

이밖에도 1916년 경상남도 창원군에서 출생하여 1923년에 도일한 장두식은 해방 전부터 김달수 등과 비밀리에 회람 동인잡지『계림』을 만들면서 문학활동을 시작했으며,『민주조선』, 재일조선문학회에도 참여하면서

45) 김학동,「金石範의『火山島』론」, 전북대학교 재일동포연구소 편,『재일 동포 문학과 디아스포라』, 제이앤씨, 2008, 147쪽.

해방 후 초창기 재일민족문학운동의 중심에서 중요한 위치를 차지하였다. 저서로 『일본 속의 조선인』, 『운명의 사람들』, 『어느 재일조선인의 기록』 등이 있다. 또한 강위당, 박원준, 정귀문, 윤자원, 김원기 등의 작가가 이 시기 『문예수도』, 『민주조선』, 『조선문예』 등의 잡지와 개인 작품집 등을 통해 활동했다.

해방 이후 재일조선인 한글문학의 양상은 대부분 재일 1세대 문학가들에 의해서 유지되어 왔다고 할 수 있다. 재일조선인의 한글 창작은 총련을 중심으로 한 민족교육과 밀접한 관련이 있다. 일제강점기 일본에서 생활하면서 동화정책으로 인해 민족어를 말살당하고 일본어 상용만이 허락되었던 재일조선인들에게 해방 이후 한국어로 일상생활 및 문학활동을 할 수 있는 주·객관적 여건은 거의 마련되어 있지 않았다. 따라서 해방 이후 조련을 중심으로 귀국사업과 더불어 한국어와 한국 역사·지리를 가르침으로써 민족적 자각을 높이는 교육사업이 중요한 당면과제로 제기되었고 이에 따라 수많은 조선학교들이 세워졌다.

그러나 해방 직후 일본을 관할하던 연합국 총사령부에 의해 재일조선인의 민족교육권을 말살하는 '제1차 조선학교폐쇄령'이 내려졌고 이는 1948년 '한신교육투쟁'으로 이어졌다. 조련 해산 이후 1949년에 강행된 '제2차 조선학교폐쇄령'으로 인해 조선학교는 각종학교로 분류되면서 고난의 길을 걷게 되는데, 1955년 총련 결성 이후 재일조선인의 민족교육은 북한의 전폭적인 지원으로 인해 조직적 기반을 마련하게 된다. 교육 원조비와 장학금 제공, 교사(校舍) 건설, 조선대학교 설립 등을 통해 조선학교는 안정적 기틀을 마련하게 되었고 이러한 총련과 북한의 지원을 통해 복구된 조선학교의 교육방침은 자연스럽게 북한의 사상과 현실을 수용하는 방향으로 전개되었다.[46] 재일조선인 한글문학이 이러한 교육사업과 밀접한 상관성을 지니며 총련과 북한 중심의 문학적 경향을 노정한 것은 일견 필연적인 결과라 할 수 있다.

해방 이후 한국어로 수편 이상의 소설을 발표한 작가로는 김민, 이은직, 박원준, 박영일, 박종상, 소영호, 량우직, 박관범, 서상각, 김춘지, 김송이, 리량호, 남상혁, 박순영, 강태성, 김금녀, 리상민, 고을룡 등이 있으며, 이들 중 김민, 류벽, 윤광영, 이은직, 박원준, 박영일, 박종상, 소영호, 량우직, 박관범, 서상각, 리량호 등은 1세대 작가에 해당하며 2, 3세대 작가들은 모두 조선대학교, 조선고급학교에서 배운 이들이다.[47] 해방 이후 발행된 조련의 한글 기관지 『해방신문』에 이은직이 1948년 첫 한국어 소설 「승냥이」를 발표했으며, 이후 1950년 도쿄조선중고등학교 문학동인지인 『수림』이 발간되면서 박종상, 박동수 등의 한국어 작품이 발표되기 시작했다.

1959년 총련 산하에 재일조선문학예술가동맹(문예동)이 결성되면서 재일조선인 한글문학은 문예동 기관지인 『문학예술』(이후 『겨레문학』)을 중심으로 창작의 기반을 마련하게 된다.[48] 이처럼 재일조선인 한글 작품들은 대부분 문예동 기관지와 기념작품집 등에 실렸으며 개인 작품집이 출간된 것은 1980년대에 이르러서이다.[49] 주로 재일 1세대 작가들에 의해서 출간된 개인 작품집에는 1960년대부터 1980년대에 창작된 작품들이 아울러 실려 있으며 1990년대 이후 활성화된 중·장편소설도 대부분 재일 1세대 작가의 작품들이다.

이들의 대표적인 작품집 및 장편소설로는 이은직의 『임무』(1984), 『한 동

46) 마츠다 토시히코, 「해방 후 민족 교육의 발자취」, 한일민족문제학회 편, 앞의 책 참조.

47) 강태성, 「재일조선인 조선어 소설문학」, 『재일조선인 조선어문학의 현황과 과제』, 2004년도 제2회 조선문화연구회 학술대회 자료집, 2004.12, 1쪽 참조.

48) 강태성, 위의 글, 2~4쪽 참조.

49) 손지원, 「재일동포국문문학운동에 대하여」, 『재일조선인 조선어문학의 현황과 과제』, 앞의 책, 10쪽.

포상공인에 대한 이야기』(2002), 김민의 『이른 새벽』(1986), 서상각의 『동트는 거리』(1994), 박종상의 『원앙유정』(1989), 『봄비』, 소영호의 『고향손님』(1985), 량우직의 『비바람속에서』(1991), 『서곡』(1995), 『봄잔디』(1999) 등이 있다. 이들의 작품은 대체로 '고난의 과거 인식과 민주주의적 민족권리의 옹호, 민족정신 구현의 교두보인 민족교육 사업에의 헌신, 분회조직사업의 강화와 조선사람 찾기 운동, 남한의 민주화 민중투쟁의 형상화와 북한 지향성'[50]이라는 공통된 주제양상을 보이면서 총련 조직과 북한, 재일조선인 사회에 이바지하는 방향으로 문학적 지향점을 설정하고 있다.

위에서 살펴본 바와 같이 김달수, 이은직, 김태생, 김석범 등을 위시하여 박종상, 량우직 등 문예동 소속의 재일 1세대 문학은 무엇보다도 조국이 처한 시대적·정치적 상황을 작품의 배경이나 문학적 소재로 삼아 형상화하고 있는데, 이는 조국의 운명이나 민족의 정치적 상황과 밀접한 상관성을 지닌 작가의 현실 인식과 조국지향성, 민족정체성 추구의 정서를 보여준다. 이는 해방 이후 급박하게 변모해간 남북한, 재일조선인 사회의 정치, 사회상을 그대로 반영하면서 그 안에서 선도적 지식인으로서 자신의 역할을 충실히 수행할 수밖에 없었던 문학자로서의 기본적인 자세이자 현실인식의 태도였다고 할 수 있다.

(2) 1960년대 중반-1970년대 – 재일로서의 현실인식과 정주지향

1959년 '문예동'의 결성과 북송사업 등은 재일조선인 사회 안에서 북한지향의 사상적 노선이 강조되는 발판이 되었으며, 한편 1965년 한일협정은 재일조선인들로 하여금 일본에서의 정주지향성과 실존적 삶을 현실적으로 고민하게 하는 계기를 제공했다. 1960년대와 70년대에는 『한양』, 『문

50) 윤송아, 「재일조선인 한글 문학의 주제양상 – '문예동(文藝同)'과의 상관성을 중심으로」, 앞의 논문 참조.

학예술』, 『계간 마당』, 『계간 삼천리』, 『계간 잔소리』 등의 잡지가 발간되었는데, 시, 소설, 평론, 수필 등의 문학작품과 더불어 조국의 정치현실에 민감하게 반응하면서 통일에 대한 관심을 표명하거나 조국의 문화유산 소개를 통해 민족적 정체성을 회복하기 위한 노력을 경주하는 등의 다양한 내용을 담은 글들을 싣고 있다.

1965년 한일협정 이후 일본사회에서의 본격적인 정착을 모색하기 시작한 1970년대는 무엇보다 재일조선인의 차별 철폐 운동과 인권 투쟁, 실존적 자기정체성의 모색이 이루어졌던 시기이다. 60년대 말부터 시작된 '출입국관리법개악반대투쟁', '히타치취직차별철회투쟁', '재일한국인정치범(양심수) 구원활동' 등 제2세대를 중심으로 발흥된 인권투쟁은 일본에 정착하는 것을 전제로 한 새로운 민족운동의 한 형태를 보여준다. 또한 이 시기는 일본 사회의 고도 경제성장과 대중문화의 발현 등과 발맞추어 조국의 정치현실보다는 일본 사회에서 '재일'로 살아가는 의미, 재일조선인의 삶의 현장을 직접적인 창작 주제로 형상화한 시기이다. 따라서 이 시기 활발한 활동을 펼친 재일 2세대 문학에는 조국(민족)과 재일이라는 자신의 위치 사이에서 갈등하고 고뇌하는 본격적 재일 세대의 모습이 그려진다. 이회성, 김학영 등으로 대표되는 2세대 작가들은 일본에서 출생하고 성장한 탓에 모국어는 거의 불가능하거나 후천적으로 습득된 것이었으며 따라서 기본적으로 일본어 창작에 근간을 둔다. 조국지향의 재일 1세대와의 직접적인 갈등과 실존적 모색의 과정은 그대로 작가들의 창작 모티브이자 작품 세계를 아우르는 문학적 화두가 된다.

이러한 재일 1세대와의 격절, 갈등과 고뇌의 과정이 가장 직접적으로 표출된 작가는 김학영이다. 김학영은 1938년 일본 군마현(群馬縣)에서 출생했으며 본명은 김광정(金廣正)이다. 신마치(新町)소학교 입학 후 일본성 '야마다(山田)'를 사용하다가 1958년 동경대학교 이과대학에 입학하면서부터 한국성(姓)인 '金'을 사용하기 시작했다. 1965년 동경대학교 문과계열 학생들에 의한 동인지 『신사조(新思潮)』(제17차)에 참여하였으며, 1966년 『신사조』에 첫 작품 「途上」을 발표하고 그 해 9월, 「얼어붙은 입」으로 '문예상'에 당선되면서 작품활동을 시작했다.

김학영은 말더듬이라는 개인의 열등의식이 재일조선인이라는 '부성(負性)'과 맞물리면서 실존적 갈등 상황과 정체성 부재의 현실이 극대화되는 소외적 상황을 치밀하게 그려낸다. 집단적이고 이데올로기적인 민족의 문제들에서 한 발짝 벗어나, 내면의 절박한 울부짖음에 귀기울이고자 했던 김학영은 일본인도 조선인도 아닌 '중간자'로서의 결핍의식과 '아버지'에 대한 좌절된 대항 의지를 문학적으로 천착했으며 이는 「얼어붙은 입」, 「착미(錯迷)」(1971), 「알콜램프」(1972), 「겨울빛」(1976) 등 대다수의 작품에 변주되어 나타나고 있다.

김학영은 이외에도 「완충용액(緩衝溶液)」(1967), 「유리층(遊離層)」(1968), 「눈초리의 벽(壁)」(1969), 「끌」(1978), 「향수는 끝나고 그리고 우리는」(1983), 「서곡」(1984) 등의 작품을 발표하며 자신의 문학적 행보를 꾸준히 이어왔으며, 「겨울빛」(1976), 「끌」(1978) 등 4편의 작품이 아쿠타가와상 후보에 오르는 등 문단의 주목을 받았다. 1985년 1월 4일, 생가(生家)에서 가스자살로 타계했으며 유작으로 「흙의 슬픔」(1985)이 있다. 실존적 고뇌와 내면적 갈등을 유려한 문체로 깊이있게 형상화한 김학영은 이회성과 동시대 작가이면서도 기존 일본 조선인문학의 흐름과는 구별되는, 새로운 문학적 지평을 개척한 작가로 평가된다. 민족 혹은 역사의식과의 결절, 개인적 내면에의 탐구 그리고 재일조선인의 현시대적 갈등과 고뇌의 양상을 문학 안에 그대로 투영시킴으로써 김학영은 이후 재일 3세대 작가의 문학적 경향과 연결되는 교두보로서의 역할을 수행한다.

아쿠타가와상 수상을 통해 일본 조선인문학을 일본사회 안에 각인시킨 작가 이회성은 1935년 사할린에서 출생했으며 1947년 조국 귀환이 실패한 후 가족들과 함께 일본 삿포로에 정착했다. 와세다대학 러시아문학과를 졸업한 후, 총련을 중심으로 작품 활동을 시작한 이회성은 조선총련 중앙교육부, 조선신보사에 근무하면서 『통일평론』, 『새로운 세대』 등의 총련계 잡지에 「그 전야」, 「여름 학교」, 「진달래꽃」 등을 발표했다. 1966년 말 조직을 탈퇴하여 카피라이터, 경제지 기자 등으로 근무하다가 1969년 「또 다시 이 길에」가 제12회 군상신인문학상을 수상하면서 일본문단에 나왔다. 1972년 단편 「다듬이질하는 여인」으로 재일조선인 작가로서는 최초로 아쿠타가와상을 수상했다.

유년시절의 자전적 경험을 바탕으로 쓰인 「다듬이질하는 여인」에는 타국을 떠돌며 신산한 삶을 영위하는 디아스포라로서의 재일조선인의 형상이 드러나 있으며, 「인면암」(1972), 「우리 청춘의 길목에서」(1969), 「반쪽발이」(1971) 등에도 작가의 유년, 청년기의 자기 존재에 대한 치열한 갈등 양상과 정체성 구현의 과정이 그려져 있다. 아쿠타가와상 수상 이후 남한을 방문한 이회성은 「북이든 남이든 내 조국」(1972)이라는 여행기를 통해 '민족은 하나'라는 민족의식을 역설하기도 했으며 이러한 인식을 바탕으로 조국의 민주화 투쟁을 지지하거나 분단 극복을 종용하는 작품을 창작하기도 하였다. 이러한 문제의식은 재일 1세대의 정치지향적 작가의식을 계승, 발전시킨 것으로 이후 이회성은 『금단의 땅』(1979), 『유역』(1992), 『백년 동안의 나그네』(1994) 등을 통해 재일 디아스포라의 자취를 추적하면서 지역적, 정치적 경계를 넘어서 끊임없이 제기되는 민족적 주체성 확립의 문제와 재일조선인의 정체성 회복의 문제에 작가적 관심을 집중시킨다.

재일조선인으로서 자신의 파란만장한 삶의 역정을 재현하고 있는 작가로 고사명이 있다. 고사명은 1932년 야마구치현 시모노세키시에서 출생했으며 본명은 김천삼이다. 고사명의 아버지는 일제의 토지조사사업으로 농토를 잃고 유이민으로 일본에 흘러들어와 석탄 하역 노무자로 일했으며, 고사명은 3세 때 어머니를 여의고 아버지, 형과 함께 극빈한 생활을 하며 자랐다. 어린 시절부터 가난한 조선인이라는 차별적 자의식 때문에 폭력과 수감 생활로 얼룩진 왜곡된 삶을 살았으며 해방 후 일본공산당원이 된 후 새로운 삶을 시작했다. 1971년 전후 혁명운동을 배경으로 하는 장편소설 『밤이 세월의 걸음을 어둡게 할 때』를 간행하면서 주목받는 작가로 문단에 등장하였다. 1974년에는 자전적 소재의 재일 소년의 생활사를 그린 『산다는 것의 의미-어느 소년의 성장 이야기』를 간행하여 독자들의 호응을 얻었다. 이후 노마 히로시의 저서 『탄이초(歎異抄)』를 접하고 정토진종(淨土眞宗)의 가르침에 귀의하면서 그에 기반한 『탄이초와의 만남』 3부작(2004년 『어둠을 삼키다』로 개작)을 발간했다.

김학영, 이회성 등 재일 2세 작가들이 자신의 자전적 작품을 통해 재일 1세 아버지에 대한 대항의식과 갈등양상을 면밀히 그려내고 있는 것과는 달리, 고사명은 자신의 아버지를 일본사회 안에서 강인하게 살아가며 민족적 자긍심을 유지하는 긍정적 대상으로, 혹은 자식들을 위해 헌신하는 부모의 형상으로 그림으로써 재일 1세 아버지와 재일 2세 자식 간의 새로운 유대관계 형성의 가능성을 보여주고 있다. 더불어 일본에서 조선인으로 살아가는 데 있어서 언어적 갈등의 문제, 민족적 차별의 문제, 가난과 세대 간 갈등의 문제 등으로 분열된 자아를 직시하고 그 안에서 스스로의 정체성을 찾아나가는 자기회복의 과정을 문학을 통해 구현해내고 있다.

1923년 경상북도 농가에서 출생한 정승박은 1933년 9세의 어린 나이에 혼자 도일하여 기슈의 공사 현장과 농가의 머슴살이, 수평사운동의 지도자인 구리스 시키로의 서생 생활을 하는 등 30대 중반까지 밑바닥 일을 하면서 생활을 유지하다가 49세의 나이에 뒤늦게 문학에 입문한 작가이다. 1972년 3월, 댐 공사현장의 노동현실과 수용소 탈출을 다룬 「벌거벗은 포로」로 제15회 농민문학상을 수상했으며, 같은 해 7월, 이 작품으로 제67회 아쿠타가와상 후보에 올랐다.

이후 소년시절에 겪은 식민지 상황과 일본에서의 노동체험을 현실감 있게 묘사하는 작품들을 다수 발표했다. 어린 시절 고국과 일본에서 겪은 체험은 「서당」과 「富田川」 등에 형상화되어 있으며, 강제노동수용소에서의 수감과 탈출, 형사에게 쫓기고 공습을 피하면서 공사판을 전전하다 해방을 맞게 된 전쟁시절의 체험 등은 「쫓기는 나날들」, 「벌거벗은 포로」, 「지점」, 「전등이 켜져 있다」 등에 생생히 나타나 있다. 또한 정승박은 재일조선인 잡지 『삼천리』에 조선인 공사장 풍경과 조선인 인부들이 주위 일본인들과 빚어내는 갈등과 마찰을 묘사한 「쓰레기장」(1976), 「균열 후」(1977), 「통나무 다리」(1979) 등을 발표했으며, 그밖에도 「돼지치기」, 「단애」, 「솔잎 장수」 등을 발표하였다. 1973년 그의 문학비가 스모토시에 제막되었으며 1991년에는 외국인으로서 처음으로 효고 현 교직원조합의 예술문화상을 수상하였고, 1993년에는 소설, 시, 에세이 등을 엮은 『정승박저작집』 전6권(1993)을 상재했다.[51]

김학영, 이회성, 고사명, 정승박 외에도 김재남, 박수남, 박중호, 성율자 등의 작가가 이 시기에 등단하거나 활동한 작가들이다. 이 시기의 작가들은 부모 세대인 재일 1세대의 역사적, 정치적 자장 안에 있으면서도 조국으로의 귀환이 아닌 인식적, 추체험적 민족의식을 바탕으로 재일조선인으로서 일본 사회 안에서 어떻게 삶을 영위할 것인가에 초점을 두었다. 따라서 각 작가들의 작품에는 조국의 정치적, 역사적 사실을 형상화하는 대신 일본에서 고통받고 차별받으며 자기 정체성을 구축해나가기 위해 고군분투하는 재일 1, 2세들의 삶의 현장이 직접적으로 그려졌으며, 그러한

51) 양석일 외 5인 지음, 이한창 역, 『在日동포작가 단편선』, 소화, 1996, 215~216쪽 참조.

고투의 과정을 통해 재일조선인으로서의 독자적인 정체성 형성과 발전과정을 모색해가는 데 주력하게 된다.

4. 1980년대 이후 – 문학적 변용과 확장기

1) 조선인 사회의 다원화와 탈경계성

1980년대는 조국의 정치적 현실보다는 일본사회에서 살아가는 재일조선인의 인권과 차별철폐 문제가 가장 큰 이슈로 떠오르고 그중에서 일본사회에서의 공적인 차별, 즉 법적 지위와 처우에 관한 문제가 앞 시기에 비해 좀 더 예민한 현안과제로 부상한 시기이다. '히타치취직차별철회투쟁'이나 김경득의 사법연수생 투쟁 등 70년대의 취직차별에서 시작된 차별철폐와 인권보호를 위한 재일조선인 사회의 운동은 80년대 들어 더욱 다양하고 치열하게 전개되었다. 지문날인 철폐운동, 종군위안부 재판, 외국인 등록법 재판, 본명을 회복하려는 투쟁이 전개되었으며, 지방공무원 임용차별 철폐 운동, 일본학교 내에 '민족학교' 설치요구 운동이 일어났다. 그 결과 1981년 '출입국관리 및 난민 인정법'의 개정으로 한국 국적 재일조선인들에게만 인정되던 특별 영주가 조총련계의 조선 국적 재일조선인에게도 인정되어 각종 사회보장 제도가 적용되었다.

또한 이러한 인권운동의 발흥으로 민단과 조총련 양 정치조직으로 분열되었던 재일조선인 사회의 '하나되기 운동'이 추진되었으며 이는 '원코리아 페스티벌' 같은 민족적 축제로 발현되었다. 또한 이 시기에 이르러 재일 2, 3세대로의 세대교체가 이루어지면서 일본으로의 귀화나 문화적 혼종 현상이 빈번하게 일어나게 되었으며, 조국의 영향력 없이 일본에서 민주 시민으로 살아가는 '제3의 길'이 대두된다.[52] '한국민'도 아니고 '공화국민'도 아닌 '조선 민족'으로서 일본 사회 속에서 '시민'으로서의 권리를 획득해 나가야 한다는 이른바 '제3의 길' 논쟁은 김동명, 양태호, 문경수 등의 논의를 거쳐 80년대 이후 재일조선인의 정체성을 모색하는 데 새로운 방향성을 제시하게 된다. 즉 재일조선인의 다양한 권리 획득 운동을 통해 이민족과의 공존을 일본 사회에 요구하고 일본 사회 또한 '주민=국적'이라는 질곡에서 조금씩 벗어나 '주민'으로서 재일조선인을 의식하기 시작하는[53] 공생에의 가능성과 맞물려, 다원화되어가는 재일조선인의 정체성을 규명하고자 하는 논의들은 적극적으로 대면해야 할 현시대적 과제로 부상한다.

이러한 재일조선인 사회 안의 다변화된 움직임들은 1990년대에 이르러 더욱 확장, 변용되는 양상을 보이는데, 정치지향적, 민족지향적 자아정체성에서 탈경계적, 공생지향적 자아정체성을 추구하는 방향으로 인식의 변화가 일어난다. 87년 민주화운동, 88년 서울올림픽과 문화적 해금조치, 89년 소련 및 동구권의 몰락 등으로 인해 한국사회 안에서 정치적 해빙과 자본주의적 사회구조가 심화되고 북한에서는 김정일 체제로의 개편이 가속화되는 가운데, 재일조선인은 조국과의 균형잡힌 거리 감각을 유지하면서 동시에 일본 사회 안에서 한 구성원으로 더불어 살아가기 위한 방법을 모색하게 된다.

1990년대 이후 뉴커머 재일조선인과 외국인의 증가 및 다양성의 증가, 세대 교체, 그리고 30만 명이 넘는 귀화자의 존재 및 국제결혼에 의한 혼혈아의 증가 등 각 개인이 다양한 민족성을 복합적으로 내포하게 된 현실

52) 이한창, 「재일 교포문학의 작품성향 연구－정치의식 변화를 중심으로－」, 중앙대학교 일어일문학과 박사학위논문, 1996, 95~100쪽 참조.

53) 김태기, 「재일 한인의 정체성과 국가와 민족, 그리고 이데올로기」, 국사편찬위원회, 『일본 한인의 역사 (하)』, 국사편찬위원회, 2010, 290쪽.

속에서 '국적'이나 '민족'과 개인의 정체성을 일체화시키는 것은 사실상 현실적인 의미를 상실하였다. 이제는 '자신 속의 불순성, 다원성, 복합성, 혼혈성, 외부와의 연속성, 무경계성'을 주체적으로 받아들이고 적극적으로 평가[54]하는 가운데 새로운 재일조선인의 정체성을 궁구하는 과정이 요청되고 있다. 이러한 사회적 경향은 문학에도 그대로 반영된다. 이는 국경을 초월하여 초국가주의를 지향하는 전지구적 움직임에 기인하는 것으로 재일조선인의 디아스포라성은 전세계적으로 이슈화되고 있는 이주와 문화적 혼종 경향과 연동하면서 새로운 해석의 지평을 열어가게 된다.

이처럼 1980년대 이후 재일조선인 사회에서는 일본사회로의 동질화가 가속화되고 재일 3, 4세대가 등장하면서 '제3의 길' 등의 새로운 '재일론'이 모색되기 시작하였으며, '중간자'이자 '경계인'으로서 재일조선인의 혼종적 정체성을 인식하고 그러한 자신의 경계적 위치를 발판으로 개인의 실존성과 문학적 보편성을 추구하는 창작 경향들이 대두되었다. 이 시기에 등장한 문학가들은 재일조선인으로서의 자신의 실존적 위치를 적극적으로 규명해가는 가운데 자신의 마이너리티성을 문학적 화두로 삼아 새로운 변용과 탈경계적 사유들을 시도하게 된다.

2) 조선인 잡지의 융성과 담론 확장

1980년대와 90년대는 무엇보다도 재일조선인 잡지들이 융성했던 시기이다. 1970년대 출간된 『계간 삼천리』 등을 이어 『계간 청구』, 『계간 재일문예민도』, 『우리생활』, 『호르몬문화』, 『계간 사이(Sai)』 등 활발하게 재일조선인 잡지가 발간되면서 재일조선인 사회의 다양한 인식의 표출과 정체성 모색이 활성화되었다. 1980년대 이후 창간된 재일조선인 잡지들은 집필진

54) 김태기, 위의 글, 296~297쪽.

과 독자층이 재일조선인 2, 3세대로 교체됨에 따라 일본 전후 세대와의 교류와 공생을 위한 문제제기가 심도깊이 논의[55]되는 계기를 마련하였다.

"우리는 조선과 일본 사이에 복잡하게 헝클어진 실타래를 풀고, 상호간의 이해와 연대를 도모하기 위한 하나의 다리를 놓아 가고자 한다"라는 취지 아래 김달수, 김석범, 박경식, 강재언 등이 주축이 되어 1975년 2월에 창간된 『계간 삼천리』는 한일관계, 조선의 역사와 문화, 재일조선인의 당대 현실에 대한 실증적인 글들을 수록하였으며, 특히 김지하의 문학을 창간호 특집 및 주요 기사로 다룸으로써 한국의 민주화와 평화통일에 대한 열망과 연대의 의지를 표명하고 있다.

『계간 삼천리』가 1987년 5월 제 50호로 종간되면서 그 후계지로 1989년에 『계간 청구』가 창간되었다. 이진희, 강재언, 김달수를 비롯한 『계간 삼천리』의 편집위원과 더불어 강상중, 안우식, 문경수 등 재일 2세대가 합류하여 창간된 『계간 청구』는 조선을 지칭하는 '靑丘'를 제호로 삼고 남북 대화를 통한 평화적 통일을 지향점으로 삼았다. 『계간 청구』는 「냉전하의 분단 45년」, 「미완의 전후책임」, 「태평양전쟁과 조선」 등 남북의 정세와 현황을 진단하고 일본과 조선의 역사적 문제를 다루는 등 폭넓은 시야로 한국과 일본의 관계를 천착하고 있다. 또한 「재일을 살아가다」라는 연재르포를 통해 일본 사회 안에서 일정한 영역을 확보하며 동시대의 삶을 영위해나가고 있는 재일조선인들을 조명하고 있다. 『계간 청구』는 1996년 25호로 종간되었다.

『계간 청구』와 더불어 1987년 11월에 창간된 재일조선인 문예지 『계간 재일문예민도(在日文藝民濤)』는 이회성, 종추월, 김찬정, 박중호, 김창생 등의 재일조선인 2세가 주축이 되어 발행한 잡지로 소설, 시, 시나리오 등의

---

55) 나승희, 「재일한인 잡지의 변화의 양상과 『청구』의 역할」, 『일어일문학』 36, 2007, 229쪽.

문예작품을 중심으로 르포, 다큐멘터리, 서평, 영화평, 시사평론 등 다양한 장르를 섭렵하고 있으며, 재일조선인 작가뿐 아니라 남북한 작가, 재중국, 재소련의 조선인 작가의 작품, 제3세계의 문학 상황 등도 다양하게 소개하고 있다. 1990년 3월 10호로 종간되었다. 이처럼 비중 있는 재일조선인 잡지들을 통하여 재일조선인 문학가들과 지식인들은 조국과 일본, 재일조선인 사회를 통일되고 균형 잡힌 시각으로 바라보고자 노력했으며, 재일조선인 사회 내부의 다양한 문화적 요구들과 인식적 변화들을 발빠르게 해석하고 확장시켜나가고자 하였다.

이러한 재일조선인 사회의 변화를 문학 비평을 통해 투영하고 있는 이론가로서 다케다 세이지를 들 수 있다. 철학자이자 재일조선인 2세 문학평론가인 다케다 세이지는 1983년 『재일이라는 근거』를 간행하여 김석범, 이회성, 김학영에 대한 새로운 시각에서의 비평을 제기하는데, '조국', '민족'의 이데올로기적 지향성을 비판하면서 재일조선인 고유의 정체성을 모색하려는 노력을 보여주었다. 즉 조국, 민족, 사상 등 일면적인 잣대로 재일조선인을 평가하고 구획화하는 기존의 방식에서 벗어나 하나의 실존적 존재로서 재일조선인의 보편적 위치성, 문학적 가능성을 타진하고자 하였다.

이 시기는 또한 60년대부터 발흥하기 시작한 아동문학가들이 활발한 작품활동을 펼친 시기이다. 1959년 '재일본조선문학예술가동맹(문예동)' 결성 이후 『조선신보』를 비롯하여 『문학예술』, 『새로운 세대』, 『싸리꽃』, 『동화』, 『불씨』, 『군성』, 『이어』 등 각종 기관지와 회보 등에 아동문학들이 발표되었으며, 1973년에는 일본어로 창작된 한구용의 장편 『바닷가의 동화』, 『서울의 봄에 안녕을』이 발표되었다. 그후 1980년대에 들어 아동문학가들의 활발한 활동이 대두되었는데, 판타지 동화 『은엽정차화 · 무희타령』으로 제23회 코발트노블 대상을 받은 김연화, 『바이바이』로 일본아동문학자협회 신인상을 받은 이경자, 동물동화 작가 김황 등이 주목할 만하다.

단편에서는 재일조선 아동문학지 『싸리꽃』에서 활약하면서 동화 「하수구」, 「난조도우에」로 교토 아동문학회 신인상을 수상한 김절자, 도쿄에서 '동화'의 모임을 주재해 온 윤정숙, 「하루히메라는 이름의 아기」로 제6회 닛산 동화와 그림책의 그랑프리 우수상을 받은 변기자가 있다. 또한 한국어로 작품활동을 하는 작가로는 아동시 분야에 시집 『아이가 된 한메』로 미쓰코시 사치오상을 수상한 이방세, 시 「한번 사라진 것은」으로 제35회 아카이도리문학상을 받은 이금옥, 그밖에 최영진, 김송이, 김아필, 유창하 등이 있다.[56]

3) 주요 작가 · 작품 : 시

(1) 1980년대-남한 현실의 재구성과 일상의 발견

문예동 시의 일반적 경향이 그렇듯 이 시기 재일조선인 시도 앞 시기와 크게 다른 내용을 드러내지는 않았지만, 전시기의 격앙된 감정만큼은 다소 누그러들고 있었다.[57] 김윤호의 『내고향』, 류인성의 『고향』, 『뜸부기 울면』, 『귀로』, 오상홍의 『산이여, 한나여』, 허옥녀의 『산진달래』, 로진용의 『꽃들의 마음』, 정화흠의 『념원』 등의 표제[58]가 보여주듯이 이 시기에

56) 「아동문학」, 국제고려학회 일본지부 『재일코리안사전』 편찬위원회, 정희선 · 김인덕 · 신유원 역, 『재일코리안사전』, 선인, 2012, 236쪽 참조.

57) 이경수는 1980년대의 총련계 재일조선인시사가 펴 보인 내용을 '조국과 수령에 대한 예찬', '조국 통일을 향한 염원', '민족 교육의 중요성에 대한 역설', '남한 지배계층에 대한 비판' 등으로 제시한 바 있다. 아울러 동구 사회주의가 붕괴되던 1980년대 말 즈음 분위기와 관련하여그들 문학에 나타나는 '일상성의 발견'과 관련된 사안도 주목했다(이경수, 「재일동포 한국어 시문학의 전개과정」, 『한중인문학연구』 14호, 한중인문학회, 2005, 360~383쪽).

58) 김학렬이 「재일 조선인 조선어 시문학 개요」, 『재일조선인 조선어문학의 현황과 과제』, 2004년도 제2회 조선문화연구회 학술대회 자료집, 2004.12, 2쪽에서 소개한 이 총련계 시집들은 당시 문예동 문학이 어느 정도의 미학적 안정권에 접어들었

출간된 문예동 시는 공화국을 향한 열망을 회고 감성이나 전원적 이미저리 속에 녹여내기 시작했다. 1세대 시인들의 작품이 롤모델이 되면서 총련 시인들이 나름의 미학적 어법을 구사할 시간을 확보했기 때문이다. 그러나 남측에서 광주 사태가 터졌던 시기였던 만큼 남측 위정자들에 대한 비판의 수위만큼은 더 높아졌다. 그들은 공화국 주체의 입장에서 남측의 현재와 과거를 재구성하려 했다. 공화국의 시선에 입각한 남한 현실의 극단화가 필요했던 것이다. 좀 더 구체적으로 말하면 과거 재일조선인들을 냉대해 온 박정희 정권으로부터 시작하여 그 이후 전두환과 노태우 정부의 정체까지 집요하게 폭로하기 시작했다. 이 맥락은 『문학예술』에 실린 허남기의 「매국노의 족보－매국노/노예/박정희와 전두환/두갈래의 역적/핏줄」(74호)이라는 시 표제를 봐도 나타난다. 이 사안과 관련하여 빼놓을 수 없는 또 한 시인이 김학렬[59]이다. 대한민국에 누구보다 큰 집착을 보여온 그는 80년대 이전까지 『문학예술』에 「≪네 놈은 명심하라!≫－남조선 청장년들을 남부 월남 침략 전쟁에 내몰려는 미제와 박 정희 도당의 흉책을 규탄하여-」, 「아, 한강!」, 「그대의 호소－≪와이・에취≫무역 녀성로동자가 학살되였다는 비보를 듣고－」 등을 발표한다. 여기에는 한국 지배층과 그 배후인 미제를 향한 욕설이 노골화되어 있다. 제국주의자들을 향한 욕설은 공화국 주체로서 강한 자긍심에서 나온 것이다. 나아가 그 자긍심이

기에 발간될 수 있었던 것으로 판단된다.

59) 시인 김학렬(金學烈)은 일본 교또(京都)시에서 태어났다. 그도 남시우처럼 총련 조직에서 핵심적 역할을 담당해온 시인이었다. 한국 측에 건네진 연보를 보면, 김학렬은 1963년 조선대학교 문학부를 졸업한 후 1980년부터 2005년까지 東京외국어대학, 早稲田대학 강사를 역임했다. 1986년부터 문예동 중앙 문학부장, 부위원장, 고문을 지냈을 정도로 총련 문예 그룹의 핵심 구성원이었다. 시집으로는 『삼지연』(문예동, 1979), 『아, 조국은』(문예출판사, 1990),『朝鮮幻想小説傑作集』(白水社, 1990) 등을 냈고, 연구서로 『조선프로레타리아문학운동연구』(1996, 김일성종합대학출판사) 등을 출간했다.

수령에 대한 경모로부터 나온 것은 당연했다.

가령 「≪김일성원수혁명력사연구실≫에서」, 「경애하는 수령님이시여」, 「찬연하여라 주체의 기발」, 「모진 바람 속에서－기숙사 건설에 일떠선 대학생의 노래－」 등이 그것을 보여준다. 더 나아가 1979년 12월에 발표한 「버드나무－12월 14일, 귀국의 첫배가 떠난지 스무해가 되는 날에 즈음하여－」라는 작품에서는 "모진 겨울의 눈비를 이겨내여 / 봄마다 여름철마다 / 아, 버드나무여 가지를 펼치여라 / 주체조선을 우러르는 / 푸르른 그 마음이 숲을 이루도록 / 거리에 온 하늘에 / 기나긴 가지를 펼치여라"와 같은 구절도 발견된다. 남측을 해방시킬 공화국인의 자긍심이 몇 배 더 표출돼 있는 것이다.[60] 이 목소리는 남측 민중을 간접 지배해 온 미제에 겨눠져 있다. 남측 독재정권에 대한 가열한 비판은 그 잔인한 정권이 밟아서 죽여 온 남측 형제들까지도 언급하면서 이루어진 경우가 많았다. 5·18 사건을 다룬 그의 시 한 편을 살펴보자.

> 손녀같은 녀학생이
> 피흘리며 죽어감을 차마 볼수 없어
> 공수병의 멱살을 잡아 항의한 로파를
> 풀어놓은 군견에 물리워죽인것은
> 바로 네놈
>
> 할아버지의 수염을 뽑아버리고
> 임신부의 배를 갈라

60) 하상일은 김학렬의 시세계를 두 단계로 정리한다. "북한문학의 지도노선에 충실하여 수령 형상 창조와 조국(북한)에 대한 찬양 일변도"의 성향을 보였던 2000년대 이전 시와, 그 방향을 탈피하여 "근원적 고향의식에 바탕을 둔 통일에 대한 열망이나 재일조선인의 생활상을 통해 민족공동체의 모습을 형상화"한 2000년대 이후 『종소리』 시기의 작품이다(하상일, 「<총련>계 재일 디아스포라 시문학 연구－김학렬을 중심으로」, 『한민족문화연구』 36집, 한민족문화학회, 2011, 93쪽).

태아를 꺼내여 죽인것도
바로 네놈

생사람을 총칼로만이 아니라
땅속에 묻어서 죽이고
땅크로 깔아죽이고
독가스로 숨을 막아 죽이고
머리를 까죽이고
목을 매달아 죽이고
기름을 퍼부어 불태워 죽인것도
바로 네놈

피에 젖은
류혈의 지대 광주시
총들고 항쟁에 일떠선
용감한 학생들과 시민들의 선지피로
붉게붉게 물든 분노의 광주천

헤아릴수 없이 많고많은 주검으로 메워진
그 원한의 무등산골짜기에
악명높은 공수부대≪검은 베레≫를 내보낸것은
다름아닌 바로 네놈

박정희를 애비로 아는
미친 개새끼 전두환을 부추겨
죤 웍캄밑의 려단과 사단들과
항공모함, 구축함, 순양함까지 출동시켜
사람을 분별없이 들이치고 학살한
원흉은 바로 네놈
비루먹은 귀축 미제!

그 아무리 악을 써도

조선이 내린 내리막길의 운명에서
네놈은 결코 헤여날길 없거니
인권말살의
그 추잡한 기발을 당장 걷어내리고
태평양 저너머 제 나라 땅 무덤속에
오만가지 무기와 더불어 어서들 처박혀라!
≪저승≫, ≪지옥≫으로 영영 굴러떨어져라!

—김학렬, 「원흉은 바로 네놈」 (1980) 부분—

인용시에서 주목되는 것은 '욕설'의 작동 방식이다. 여타 문예동 시인들도 미제나 남측 위정자에 대한 극단적 불신을 드러낸 경우가 많았지만, 김학렬은 그 핵심 대상을 '미제'로 고정한다. 5·18의 상황을 그만의 방식으로 무대화하고 있는 것이다. 이는 미제의 주구가 돼 온 남측 위정자들에 대한 증오로까지 이어졌다. "박정희를 애비로 아는 / 미친 개새끼 전두환"이라는 대목은 무엇보다 주목을 끄는 대목인데, 정신분석학적 맥락에서 이 욕설은 공화국의 시선을 자신의 시선으로 수용하는 과정에서 도출된 것이라 보아야 한다. 더 나아가 이 맥락은—종전과 같은 감격으로만은 다가오지 않게 된—공화국 현실을 방어하기 위한 의도와 연계된 것으로도 보인다. 가령 이 당시 북송 사업과 관련된 환희만 해도 50-60년대의 그것 같지만은 않았다. 남측 정부에 대한 욕설이 반복될수록 공화국 체제의 정당성이 커졌기에 북송의 당위가 유지될 수 있었던 것이다. 공화국과의 접촉이 무엇보다 필요했고, 그에 입각한 현실 구성이 필요했었다는 뜻이다.

이 당시 오상홍은 『문학예술』에 공화국 방문의 감격을 「영웅의 날개를 달아주는가」(80호), 「오늘은 하늘우에 얹혀주네」(88호)와 같은 시를 통해 드러내기도 했다. 정화수의 경우는 총련에 대한 애착을 민족에 대한 애착과 동일시하기도 했다. 총련의 여전한 결집력을 통해 통일 조국으로 향하겠다는 결의를 드러낸 것이다. 「영광의 총련이여!」(71호), 「여름 너도 같이 가자고」(71호), 「우리 녀성 분국장」(72호)이라는 표제들이 그 점을 보여준다. 김일성 태양절 행사의 감격을 드러낸 「축배잔」(78호)이나 조선을 알아가는 지식이 "영생 불멸의 주체사상"을 통해 가능하다는 믿음을 드러낸 「조선을 알아야 한다」(76호)라는 작품들도 그것이다.

1980년대 후반 총련계 재일조선인 시를 보면 이경수가 지적했던 '일상 및 내면의 발견'이라 할 수 있는 면모도 발견되고 있다. 『문학예술』 70호(1980, 봄)부터 95호(1989, 겨울)에 수록된 시들을 보면 변화하는 80년대적 일상 앞에 서야 했던 총련 주체들의 불안이 실제 감지된다. 동구 사회주의권의 몰락을 초래한 긴박한 글로벌 질서를 그들도 목도해야 했던 것이다. '주체의 낙원'이 '기근의 땅'이었음을 다양한 국내외 미디어가 드러내 보여주었던 때, 남조선 해방을 주도해야 하는 공화국에 대한 의구심이 조금씩 찾아오고 있었다. 민족학교에 큰 관심을 보여 오지 않았던 대다수의 후세대들은 그 이유로 공화국 측의 훈시에 더욱 냉담해졌다. 서서히 사그라져가는 공화국의 광휘 앞에 선 시인의 얼굴이 아래 시에 나타나 있다.

> 새해 아침에
> 고향에서 보내온
> 한장의 년하장
>
> 숫눈보라 하—얀 날개를 퍼덕이며
> 청자빛 하늘을 자유로이 날으는
> 학그림이 그려진 년하장입니다
>
> 꿈에조차 생각못한
> 년하장입니다
> 이국살이 길어도 푸른 하늘밑
> 고향땅 학천을 잊지 말라고

학그림에 부치여
보낸것이 아닙니까

외세 없는 땅
청자빛 파아란 하늘아래
륙천만 백의민족 함께 살자고
그 념원 담아서 보낸것이 아닙니까

가슴 뭉클 젖어드는
년하장입니다
식어가는 아궁이에
다시금 불을 짚는 년하장입니다

어느새 마음은 학을 타고서
새파란 고향하늘 찾아갑니다
오곡백과 산과 들을 넘실거리는
통일된 내조국을 그려봅니다

—정화흠, 「한장의 년하장」(1989) 전문—

한 해가 넘어가는 시점에서 화자는 연하장에 그려진 "학그림"을 보며 "통일된 내조국"을 상상하는 중이다. 종전대로라면 이 상황에서 쓰이는 문예동 시인의 시는 자신감으로 끓어올라야 한다. 그러나 시인의 어조는 한결 가라앉아 있다. 이는 저 시의 무의식에 귀 기울여보면 이해될 수 있다. "년하장"은 단 지금까지 확신해 마지않았던 공화국의 광휘가 사라지고 새 시대가 도래하는 상황 속에서 그에게 도착한 것이다. 이는 전시기와 다른 새로운 시대의 도래를 은유한다. 연하장의 "학" 그림을 보는 화자는 "외세 없는 땅 / 청자빛 파아란 하늘"을 불러오는 "빛"에 대해 생각한다. 지난 날 그에게 쏟아졌던 빛은 '수령'의 광휘로 가득했었다. 그런데 이 시에서 통일된 조국을 열어낼 그 빛은 반드시 공화국 것이라고만은 하기 어려운 자리, 다시 말해 "학을 타고서" 넘어 온 "새파란 고향하늘"에서도 오고 있다. 연하장이 공화국만이 아닌 그의 고향땅 경상북도 학천에서 온 것이기 때문이다. 만경대나 평양 또는 금강산의 장소성을 넘어서는 "륙천만 백의민족"의 목소리가 거기서 새롭게 일어난다. 화자는 "청자"라는 말을 왜 반복하는가. 그것은 조선반도가 면면히 뿜어왔던 '빛'이 수령의 빛을 초과(excess)하는 어떤 정동으로 그에게 경험되기 때문이다.

공화국에 대한 기대를 견지하지 않으면 안 되는 상황과 달라진 80년대 후반 정세를 '사실 수리'해야 하는 상황 사이의 갈등을 보여주는 또 한 편의 시가 아래에 있다.

> 당나귀는 고집쟁이라네
> 초립 쓰고 도포 입은 신랑이 요놈을 타고
> 고개넘어 처가지에 가는데
> 당나귀는 고개길에 이르러
> 발을 버티고 가질 않네
> 채찍질하며 재촉해도 움직이질 않네
> 이렇듯 당나귀는 외고집쟁이라네
>
> ―류인성, 「당나귀」(1988) 전문―

80년대 후반 상황을 염두에 둘 때 '외고집쟁이 당나귀'는 시적 화자의 분신처럼 다가온다. 당나귀는 공화국 사회주의의 "고개길"에서 움직이지 않는다. 시인은 자신이 걸어온 그 길을 여전히 신뢰하려 한다. 이미 "고개길"에 다다른 공화국에서 "발을 버티고 가질 않"는 "외고집"은 쇠락한 주체 조국의 외관을 유지하고자 하는 재일조선인 시의 1980년대적 사투로 읽힌다. 그렇다면 인용시에서 시인에게 가해지는 "채찍질"은 무엇일까? 아마도 공화국을 향해 견지해 온 일관된 진실이 판타지로 밝혀지는 순간을 방어하기 위한 것으로 보인다.

1980년대 이후 재일조선인 시에서 그들을 위협하는 '일상성'은 사실 80년대 중반 즈음 자이니치 가족 내의 현실에 대한 자각에서 비롯한 것이기도 하다.

> 넝마주이신세가 팔자를 고쳐
> 억만장자로 된 최사장
> ≪대한민국≫ 대신봉자인데
> 골치거리는 외아들
>
> 일본대학 나오고선
> 아버지와는 달리 그 외아들은
> ≪대일본≫을 섬기는판
>
> 이 집에도 볓번
> 부자간의 왕고집에 아랑곳없이
> 우리 조은녀성섭외일군
> 웃음가득 바람타고
> 봄빛인양 찾아왔다네
>
> 부자간에 란리난 이 집에
> 고대하던 귀염둥이 첫 손녀를 본 날
> 그날만은 부자간에
> 마음도 어울리여
> 얼씨구나 절씨구
> 들썩들썩하였다네
>
> 그러나 란리고 란리
> 첫딸의 돌을 맞이한 그날
> 일본인으로 귀화하려는 아들과
> 성이 머르끝까지 치밀어오른 최사장

바로 그때
이날도 웃음 싣고
봄빛 담아 찾아온
조은의 녀성섭외일군
그리고 손에 든
빨간 비단주머니

손녀이름—우리 이름 도장을 새겨
365원이 기장된
조은예금통장을 넣은
빨간 비단주머니에
최사장도 그만 싱글
외아들도 그만 벙글

고함소리, 무서운 주먹도
그만 다
자그마한 비단주머니속에 담은 셈

우리 조은녀성섭외일군
최사장 손녀의 복도
최사장과 외아들의 화해도
비단주머니에 싸담고
바람타고 달려간다네

이국땅에 있어도
민족 슬기 찾아 살아가리라—
대대손손 기약된 복
비단주머니에 가득 싸담고
훨훨 달려들 간다네

—홍순련, 「비단주머니통장」(1984) 전문—

인용시에서 주목되는 것은 공화국이 부여한 '팬터지적 현실'과 '사실적 현실' 사이의 갈등이다. 화자는 공화국을 여전히 신뢰하지만, 그 신뢰가 잦아들어가는 동포들에게 종전과 같은 일방적 구호를 들이밀지만은 않는다. 새 시대 기류가 총련계 가정들을 내부로부터 교란하고, 그것이 세대 간 갈등으로 비화하는 것을 보면서도 화자가 제시하는 해법은 전날과 달리 온건하다. 민족 화합을 위해서는 가정 화합이 중요하며, 그 화합은 공화국 조은신용은행의 예금을 통해 답지된 동포들의 민족애로부터 나온다는 사실만을 온화하게 말하고 있는 것이다. "손녀이름—우리 이름 도장을 새겨 / 365원이 기장된 / 조은예금통장을 넣은 / 빨간 비단주머니에 / 최사장도 그만 싱글/ 외아들도 그만 벙글"이라는 구절은 어떤 면에서 북측문학이 경계한 가족주의적 감성으로 읽히기도 하지만, 화자는 크게 개의치 않는 것처럼 보인다. 미제에 대한 증오도, 수령에 대한 신앙도 가시화돼 있지 않은 저 시가 드러내는 '화해' 지향성은 아마도 80년대적 자이니치 세계의 일상과 조우한 시인의 새로운 내면일 것이다.

이 시기 총련 문학장의 바깥에서는 종추월, 최화국, 카야마스에코, 박경미, 최일혜, 오임준 등의 시인들도 활약하고 있었다. 이들은 이데올로기적 정론성과 거리를 둔 위치에서 고국에 대한 그리움과 민족 통일에 대한 염원을 드러냈고 1980년대 일본 조선인문학의 폭을 확대하는 데 큰 역할을 했다.[61]

(2) 1990년대 이후–민족의 재발견과 디아스포라적 보편성

1990년대 총련계 재일조선인 시의 내면은 1980년대와 다시 달라진다. 적어도 1980년대까지 문예동 문학이 북한문학의 아류성을 보였던 것과 다른 기류가 분명히 감지되기 때문이다.[62] 1990년대 동북 아시아에 새롭게

---

61) 김응교, 「1980년대 자이니치 시인 연구－종추월, 최화국, 김학렬을 중심으로」, 민족문학사연구, 민족문학사연구소, 2009, 253~255쪽.

펼쳐진 글로벌 질서는 그들이 북측의 문학장을 80년대와 같은 모양새로도 붙들 수는 없게 했던 것만은 분명해 보인다. 동구 사회주의의 광휘가 사실상 소거된 1990년대 한반도가 글로벌질서로 급속히 재편되던 이 시기의 총련 재일조선인 시의 변화와 관련해서는 이경수의 언급을 참고할 때 큰 도움이 된다. 1991년에 남북기본합의서가 채택되고 남북이 UN에 동시 가입하는 등의 상황이 연출됐다. 1994년 김일성이 사망하고 1997년에 김정일이 총비서로 추대된 후, 김대중 대통령이 북한으로 넘어가 김정일 총비서와 악수를 나누던 6·15남북 공동선언도 그 새로운 정황을 연출하면서 문예동 시인들은 남북 사이에 종전과 다르게 펼쳐지는 기류를 의식했다.[63] 대한민국이 더 이상 '해방'돼야 할 곳만은 아니라는 자각이 다가온 것이다. 이 상황은 문예동 문학의 방향 전환까지도 촉구했는데, 여기에는 그들의 3세들의 문제도 가세했다. 「비단저고리통장」에서 살펴본 것처럼

---

62) 김학렬은 1990년대 재일동포국문시가 시련 속에서 창작을 심화하면서 나온 결실이라 본 바 있다. 그는 이 시기에 나온 발군의 작품집으로서 재일녀류 3인시집 『봄향기』, 김정수 『꿈 같은 소원』, 정화흠 『민들레꽃』, 리방세 동시집 『하얀저고리』를 언급하고 있다. 그리고 총련결성 40돐/45돐기념으로 나온 문학작품집으로 각각 『사랑은 만리에』와 『풍랑을 헤치며』를 들었다(김학렬, 「재일 조선인 조선어 시문학 개요」, 『재일조선인 조선어문학의 현황과 과제』, 2004년도 제2회 조선문화연구회 학술대회 자료집, 2004.12, 2쪽).

63) 이경수는 1990년대 재일동포문학의 특성을 "대립적 이분법의 해소와 분단 극복의 의지", "남한에 대한 인식의 변화", "소수자의식과 차별에 대한 비판", "전통적 정서의 추구와 서정성의 증폭", "여성시인의 약진" 등으로 요약하고 있다. 그가 이 시기 문학을 "전환기의 시문학"이라 명명한 이유도, 동구 사회주의권이 몰락하던 당시 정황이 문예동 문학장에 심대한 충격파로 다가왔음을 시사하기 위한 것으로 보인다. 그는 이 맥락에 대해 더 구체적으로 언급한다. 1988년 한일 양국이 "재일한국인 후손에 관한 제 1차 고위실무자 회의"를 개최하여 1991년에 합의각서에 서명한 후 재일동포의 법적 지위를 '특별영주자'로 일원화시킨 배경, 2000년에 있었던 6·15선언과 2002년 월드컵의 한일 공동개최라는 사건, 더 나아가 재일동포 3, 4세대에게 구세대적 감성만으로는 더 이상 나아갈 수 없게 된 복잡한 형국 등을 그 예로 들고 있다(이경수, 「1990년대 이후 재일동포 한국어 시문학의 변모」, 『민족문화연구』 42권, 고려대학교민족문화연구원, 2005, 219~221쪽).

일본 사회에 깊이 동화된 어떤 총련 후세대 중에는 90년대로 오면서 공화국 현실에는 관심조차 없는 이들도 생겨난다. 그들은 '조선어' 구사에 아주 서툴렀고 '문화'를 '취향' 차원에서 받아들이기 시작하면서 한국 문화에도 열광했다. 그들에게 한국은 미제국주의자에 점령된 땅도 아니었고, 그렇다 하더라도 단죄까지 받아야 할 땅은 더욱 아니었던 것이다.

상기 기류를 목도한 문예동 1, 2세대들에게는 붕괴일로에 놓인 '민족교육'이 우려됐다. 지난 시기까지 후세에게 건넨 공화국 '가치'가 사실상 무용지물로 변하게 될 사태를 직감한 것이다. 문예동에서는 새로운 미학적 전략이 필요했다. 창작 방법 변화가 그것이었다. 그런데 그간 서구 문예이론의 참조를 거부했었고, 고루한 민족주의 이념 속에서 시쓰기를 지속해 온 그들이 주도시킬 변화는 후세들에게 유의미하지 못했다. 그때 가능할 수 있는 문학적 전회란 1인칭적 회고 공간 속으로 들어가거나, 선조로부터 내려온 면면한 핏줄의 끈을 다시 건네 보이는 일 정도였다. '재일'의 상황을 좀 더 현실성 있고 온건한 상황으로 전달해 보려는 그 시도는 공화국 이데올로기의 외관을 여전히 유지하려는 관성적 시도를 극복하지 못했기에 더더욱 효과적일 수 없었다. '그럴수록 우리는 공화국에 충성해야 한다'라는 논리는 이 시기에도 여전히 이어졌다. 1세대 김윤호는 「70만 우리의 마음은」, 「누리가 축복드리는 이 아침에」, 「백두산 고향집 앞에서」 등에서 고루한 민족 이데올로기를 그 상황에서까지도 지루하게 생산해내고 있었다. 2000년대에 『종소리』 시지를 지휘한 정화수도 「수풀을 이루었네－재일본조선문학예술가동맹결성40돐에 부치여－」와 같은 작품에서 그와 유사한 믿음을 써내고 있었다.

그러나 총련 시인이라 하더라도 정화흠이나 오상홍, 홍윤표 등은 종전의 문학적 투식 그대로를 답습하지만은 않았다. 1990년대 세계사적 기류를 그들은 시 속에 간접적으로라도 수용하고자 했다. 마지막까지 공화국의 외관을 유지하려 애썼던 총련 시인들의 시도를 넘어선 곳에서, 그들은 이전에 쉽게 볼 수 없었던 자신의 얼굴 표정과 만나기도 했다. 그 표정이 '죽음 의식'과 연계될 때, 그들 시는 공화국 주체보다 디아스포라 주체의 실존을 보여주는 방향으로 갔다. 정화흠의 「추억」, 「나의 어머니」, 「문병」 등에는 이 점이 여실히 드러나는데, 그 한 편을 살펴보자.

노—란 휘장너머로
침대우에 누워있다
헝크러진 머리칼, 우묵 패인 눈자욱이
영 딴 사람이다

한번도 개화못한
뼈만 남은 꽃대궁이
어질고 고요하고 마음이 꽃씨같은
나에겐 다시 없는 글벗인 그

이렇게 몰라보게 달라질줄이야
혹시나 하고 불러본다
≪박선생!≫
대답이 없다

(…중략…)

천근발길로 문을 닫고 돌아서니
황혼이 깃을 편다
아, 여기는 죽음과 삶이 숨박꼭질 하는곳

—정화흠, 「문병」(1998) 전문—

폐간 즈음 『문학예술』에 실린 작품이다. 아마도 1970-80년대에 생산됐다면 이 잡지 지면에 올라오기 어려웠을 작품이다. 동지인 "박선생"이 병상에 누워있다. 민족사업을 하던 그의 몸은 공화국이 아닌 죽음을 향하여 있다. 삶과 죽음이 서로를 껴안는 일상 공간이 문예동 지면 위에 펼쳐지고 있는 것이다. 문예동 시가 금기시해 온 종교 감성이 가라앉은 시인이 목소리 사이로 흐르고 있다.[64] 이 징후적 내면은 민단 시인 '이승순'이 내비친 죽음의식의 자리에까지도 가 닿는다는 점에서 디아스포라적 장소성을 담지한 것으로 보여진다.[65] 이를 1990년대 이후로 접어든 총련 문학장의 변모라 볼 수 있다면, 여기에는 '일본 조선인문학'을 넘어 이른바 '재일문학'으로 확장되는 하나의 가능성이 엿보인다. 이 시기 총련 시인 손지원은 문예동 문학의 '내일'이 동포의 '생활상'을 그림으로써 독자대상을 확대하는 방법을 통해 가능하다고 보았다. 생활 속에서 민족애를 느끼게 해주는 작품이야말로 변화하는 시대를 따라가는 동포적 감성을 끌어낼 수 있다고 본 것이다.[66]

1990년대 이후 재일조선인 시의 탈경계성은 비총련계 '김리박'[67] 시인

64) 1980년대까지 문예동 문학이 무엇보다 희원해 온 것이 조국통일이었다. 문예동 시의 주제의 거개가 그것 하나를 위해 쓰였다고 말해도 과언은 아닐 것이다. 적어도 『문학예술』 지면에서만큼은 정화흠의 이 시가 드러내는 생사관과 관련된 풍경들은 발견되지 않아온 것이 사실이다. 그러나 「문병」이 보여주는 풍경은, 민족국가 이데올로기가 붕괴돼 가던 1990년대 일본에 살던 그들이 전 시기와는 또 다른 모양새로 다가오는 글로벌 공간을 체험하면서 다시 목도해야 했던 공화국의 교조적 이데올로기와 그로 인해 눈 돌려진 일상에 대한 응시 때문에 나온 것이라고 밖에는 설명할 길이 없다. 이 시에 국가보다 일상, 민족보다 삶이 우선시되는, 탈경계 공간이 전면화된 이유도 그 때문이다.

65) 이승순(李承淳) 시인은 서울대학교 음대 기악과를 졸업하고 도일하여 한글로 시를 써왔다. 시집으로 『나그네 슬픈 가락』(정동출판사, 1990), 『어깨에 힘을 풀어요』(민음사, 1993), 『나는 더 이상 기다리지 않아요』(민음사, 2000) 등이 있다.

66) 손지원, 「재일동포국문문학운동에 대하여」, 『재일조선인 조선어문학의 현황과 과제』, 2004년도 제2회 조선문화연구회 학술대회 자료집, 2004. 12, 앞의 논문, 14쪽.

67) 김리박(金里朴) 시인은 1942년 경남 창원에서 출생하여, 1944년에 도일하게 된다. 1970년 조선대학교 리학부 졸업 후 각종 고생스러운 직업들을 전전하다가 1977년 오사까부 히라까따 시교육위원회 조선어교실의 강사를 맡는다. 1980년에는 범민

에게서 엿보이기도 한다. 그는 총련에 가입했다가 탈퇴하여 '재일한국문인협회'를 만들고 『한흙』(1992)이라는 잡지의 편집장을 맡아왔다. 전반적으로 그의 시는 사라져 버린 '믿나라'('조국')의 슬픔을 맛본 동포의 내면을 짙은 페이소스로 드러냄으로써 총련이나 민단 시인들은 보여주지 못했던 언어 미감을 확보했다. 전반적으로 그의 시는 — 그것이 시조였든 아니었든을 막론하고 — 퇴영적이고 구시대 정서로 충일했던 것이 사실이다.[68] 그러나 그가 『한흙』 창간호(1992)에 "큰 묶음 노래"라는 제명하에 달아놓은 아래 작품은 1990년대 이후 동포 세계에서도 여전히 조선어(한글)로 형상도 높은 시가 창작되었을 수 있다는 가능성에 대해 말해준다.

그래
이 숲은
나무와 풀의 숲이 아니요
돌과 바위의 숲도 아니요
말 그대로 모래와 바람과 흙탕과 썩은내와
불더위와 된추위가 어른짓 하는 땅 없는 大地요.
말라붙은 흰뼈가 줄기와 가지가 되고
서러움과 나라사랑, 겨레사랑이 잎이 되고
피와 땀이 뿌리로 되고 있는
날나라에 붙어 사는,
믿나라 겨레와는 점점 달라지는

족대회추진 일본지역 본부 부위원장을 역임한다. 2002년는 긴키대학교 강사를, 2004년에는 류코쿠대학교 강사를 했다. 그는 다양한 방식의 시쓰기를 시도했으며 『한길』(1987), 『堤上』(1991), 『견직비가』(1996), 『봄의 비가』(2001), 『믿나라』(2005) 등의 시집을 냈다.

68) 김리박의 시는 총련 사회와 대한민국 사회와 교류하는 '한겨레의 노래'라는 디아스포라적 명분 속에서 지어져 왔으나, 이후 냉정하게 검토되어야 할 부분이 있다. 이 글에서 김리박 시의 욕망/충동 구조와 관련된 논의는 최종환 · 김종회 「현대 자이니치 미디어에 나타난 민족담론의 한 가능성『－한흙(大地)』을 중심으로－」, 『한중인문학연구』 36권, 한중인문학회, 2012 참조.

오목거울과 볼록眼境의 숲이니…

흙이 된 이의
말고 뜨거운 뜻을 아는 무당만이,
埃及에서 탈출한 모세만이
이끌어 갈수 있는
숲속의 나무들과 풀들과 이끼.
오오, 숲이여 숲이요, 너는 누구냐 너는 누구냐

—김리박, 「三島의 悲歌」 부분—

인용시는 해방 후 "불더위와 된추위"에 시달려 온 자이니치들의 세계에 대해 말하고 있다. "날나라"(남의 나라)에서 "말라붙은 흰뼈가 줄기와 가지가 되"도록 표박해온 동포들의 자리가 "숲"의 표상으로 나타나고 있는 것이다. "나라사랑, 겨레사랑"이라는 기치로 걸어갔음에도 거기에는 "믿나라 겨레와는 점점 달라지는 / 오목거울과 볼록眼境의 숲"만 있다. 시인은 그 "숲"을 한겨레의 숲으로 만들고자 한다. 그런데 정신분석학적 관점에서 보면, 그가 만들고자 하는 그 "숲"은 대한민국의 것도 공화국의 것도 아닌 언제나 자이니치들의 숲일 뿐이다. 그 숲은 그러므로 끊임없이 만들어지는 숲이다. 이집트인도 아니고 히브리인도 아닌 자들이 새 나라를 건설하려고 떠나는 '출애굽'(exodus)의 의지만이 거기에 있는 것이다. 이 경계인들의 나라는 민족적 정체성을 간직한 자들이, "埃及에서 탈출한 모세"가 되어 "이끌어 갈수 있는" 그런 나라, 다시 말해 그들이 새로 심을 "나무들"과 그로 인해 주변에 무성해질 "풀들과 이끼"들 무성하여 사실상 그곳의 정체성이 모호해지는 자리일 것이다. 그러므로 이 시는 한겨레의 숲속으로 나아가지만, 그 숲이 정확이 무엇인지 모르게 되는 사태와 만나게 되는 디아스포라들의 슬픈 무의식을 텍스트의 저층에 깔고 있는 것이다. 결국 김리박의 시는 그 충동의 자리에 남한과 북한 그리고 일본이 사이의 지리적 섹트성을 넘게 하는 디아스포라성을 드러내고 있는 것이라 보여진다.

2000년대 재일조선인 시의 탈경계의 가능성은 한글 시지인 『종소리』지 속에서도 두드러진다. 『문학예술』 96호(1990, 봄)부터 109호(1999.6) 지면에 실려 온 1990년대 문예동 시는 2000년 이후 『종소리』 지면에서 한결 친근해진 모양새로 변양된다. 『종소리』의 창간이 국내외 연구계로부터 총련 문학의 새로운 획을 긋는 사건으로서 주목받아 온 이유도 이 때문이다.

> 파란 잎사귀에
> 새끼돼지 꼬리만한
> 가느다란 뿌리가 달린 열무
> 엊그저께 고향에서 보내왔네
>
> 내 고향 경상도의
> 시퍼런 기질인가
> 두메산골 산과 들의
> 토배기 숨결인가
>
> (…중략…)
>
> 쩝쩝 입맛을 다시니
> 내 눈앞에
> 그리운 고향산천이
> 와락 달려 온다
> 달려 온다
>
> —김학렬, 「열무김치」(2004) 부분—

총련계 재일조선인 시가 북한문학과 다른 지점은 바로 저 『종소리』지의 문면 속에서 더 확연히 드러난다. 그 까닭은 이 한글시지가 그간 일방향적 소통에 대한 반성적 문제의식을 공유하면서 남측 형제들과도 공감할 수 있는 어떤 '속삭임'을 건네기 시작했기 때문이다.[69] 이 시도는 아래 총련계 시인 홍윤표 등의 내면과도 공명하면서 일본 조선인문학의 새로운 '출발'을 예고한다.

출발할 때는
누가 부르는지
길 나서는 그 뜻이 부르는지
출발의 노래가 들려온다

빛발 뿌리는 아침에
힘차게 떠나는 출발이 있고
어둠이 지지누르는 밤에
묵묵히 떠나는 출발이 있다
사람수만큼 있는 출발의 수
출발의 노래

하나하나의 그 출발도
넘어지면 일어나지 않는 출발이 있고
쓰러져도 쓰러져도
일어서는 출발이 있다
상처 입은 몸이 돌아와
다시 뛰여가는 재출발도 있구나

매달리는
과거를 던지고
새로 출발점에 서는 사람은
어떤 용기 있는 노래를 부를가

69) 이 탈경계적 가능성을 주목한 『종소리』지 관련 연구는 활발히 진행돼 왔다. 이와 관련된 것으로 하상일, 「재일 조선인 시문학 연구 : 『종소리』를 중심으로」, 『한국문학논총』 48집, 2008 ; 김응교, 「재일조선인 조선어 시동인지 『종소리』 연구」, 『현대문학의 연구』 34집, 한국문학연구학회, 2008 ; 조은주, 「재일조선인 디아스포라 시의 경향과 그 의미」, 『어문연구』 164호, 한국어문교육연구회, 2014의 논문이 자세하다.

같은 출발도
가는 땅이 다를수 있다
출발이 달라도
목적의 땅이 같을수 있다

—홍윤표, 「출발의 노래」(2004) 부분—

『종소리시인집』(종소리시인회, 2004)에 수록된 상기 시는 2000년대 총련계 재일조선인의 변화상을 '예시'하는 작품이라는 점에서 각별히 주목된다. 「출발의 노래」라는 표제는 허남기의 서정서사시 「조선해협」에 포함돼 있었던 것이기도 하다. 이 두 편을 비교할 때, 그 '출발'의 의미는 각자 새롭게 읽힌다. 허남기에게 '출발'이 일제로부터 공화국으로 걸어가는 첫 걸음이었다면, 홍윤표에게 그것은 지금 이곳에서 일어나는 "상처투성이"의 사건들을 "노래"로 만드는 순간이다. 전자에서 동포의 굴욕은 공화국의 언어로 극복된다. 후자에서는 "매달리는 과거를 던지고 / 새로 출발점에 서는 사람"들이 나타난다. 그들은 조선인으로서 자신의 정체성을 "용기 있는 노래"로 전환시킨다. 그러므로 여기에는 "같은 출발도 / 가는 땅이 다를 수 있"는 사태가 있고, "출발이 달라도 / 목적의 땅이 같을 수 있"는 지향이 있게 된다. 홍윤표에게 이 '출발'은 좀 더 2000년대적 함의를 띠고 있다. 이전과 같으면서도 다른 맥락으로 읽히는 자이니치적 공간이 열리고 있기 때문이다. "비와 바람만 오가고 / 오늘도 기다리는 소식은 아니 온다 / 기여드는 어둠에 서로 격려하듯이 / 동포들의 집집에서 불이 켜졌다"(홍윤표, 「가을비」, 2000)[70]

70) 홍윤표의 「가을비」는 총련 문예동 시가 내놓은 가장 빛나는 성과의 하나이다. 이 관련 논의는 최종환의 「경계(境界)의 또 다른 가능성 : 시차적 관점으로 읽는 '재일 조선인 시'」, 국제어문 제55집, 국제어문학회, 2012, 425~449쪽을 참고할 것.

4) 주요 작가 · 작품 : 소설

(1) 1980년대 - 문학적 변용과 분화

이양지를 필두로 하여 1980년대에는 직접적인 모국체험을 기반으로 양가적 민족의식, 해체적 · 실존적인 입장에서 재일조선인의 존재성을 탐구하는 문학 작업과 더불어 양석일, 원수일 등 다양한 인물상 창출을 통해 일본 조선인문학의 다양성과 분화양상을 촉진시키는 문학적 경향 등이 두드러지게 나타난다.

이양지는 1955년 일본 야마나시현(山梨縣)에서 출생했다. 1940년에 제주도에서 일본으로 건너온 이양지의 아버지는 그녀가 아홉 살 때 귀화했으며 이양지의 일본명은 다나카 요시에(田中淑枝)이다. 철저하게 일본적인 생활을 영위하면서 일본인으로 성장했던 이양지는 이후 재일조선인으로서의 열등의식과 불안감, 부모의 장기적인 불화와 이혼 소송 등의 이유로 고등학교 2학년을 마치고 중퇴, 교토(京都)의 관광여관에서 일하기도 했다. 교토 오오키(鴨沂) 고등학교 3학년에 편입학 후 역사교사인 가타오카 히데카즈(片岡秀計)선생과의 만남을 계기로 민족의식에 눈뜨게 된 이양지는 이러한 민족적 각성과 정체성에 대한 문제의식을 심화시키기 위해 와세다대학 사회과학부에 입학하여 한국문화연구회(韓文硏)에서 활동하게 된다. 하지만 관념적이고 정치적 이념만을 강조하며 귀화한 재일조선인을 배척하는 한문연의 태도에 실망한 이양지는 한 학기 만에 대학을 중퇴하고 이후 재일조선인이 경영하는 슬리퍼 공장에서 일하거나 재일동포 1세 이득현의 구명운동에 참여하는 등 적극적으로 삶의 운동성을 모색하게 된다.

하지만 이양지가 민족의식을 고취하게 된 직접적 계기는 가야금 연주를 통해서이며 이후 가야금 병창인 지성자, 박귀희 등의 주선으로 한국에 유학할 기회를 얻게 된다. 1980년 5월 한국에 건너와 가야금, 살풀이춤 등을 본격적으로 배우게 된 이양지는 재외국민교육원의 일 년 과정을 마치고 1981년 말 서울대학교 국어국문학과에 입학했으나 두 오빠의 연달은 사망으로 인하여 일본으로 돌아와 소설 집필을 시작하게 되며 이후 『群像』 11월호에 「나비타령」을 발표하면서 작품활동을 시작한다.

「나비타령」(1982), 「해녀」(1983), 「각」(1984) 등의 작품이 연달아 아쿠타가와상 후보에 오르며 문단의 주목을 받기 시작한 이양지는 1988년 「유희」로 제 100회 아쿠타가와상을 수상한다. 1988년 서울대학교 국어국문학과를 졸업하고 이화여자대학교 대학원 무용학과에 입학하였으며 1992년 대학원 수료 후 일본으로 돌아가 장편 『돌의 소리』를 집필하던 중 급성심근염으로 1992년 5월 22일, 37세의 나이로 타계했다. 작품으로 위의 소설 외에 「오빠」(1983), 「그림자 저쪽」(1985), 「갈색의 오후」(1985), 「Y의 초상」(1986), 「푸른 바람」(1987), 미완(未完)의 유작 「돌의 소리」(1992) 등 10편의 소설과 19편의 산문, 그리고 시 한 편이 있다.

이양지는 모국 유학을 통한 낯선 조국 체험을 통해서 실존적 정체성을 모색하며 이러한 실제적인 경험을 기반으로 「나비타령」, 「유희」 등의 작품을 발표한다. 이양지의 첫 소설인 「나비타령」은 자전적 성격이 강한 소설로 부모의 불화, 가출, 서울 방문 등 자신의 불우한 성장과정과 가족사를 기반으로 조국의 문제와 민족적 정체성을 탐색하고 있다. 「유희」 또한 서울대 국문과에 유학했던 자신의 경험을 바탕으로 한국에 유학 온 교포 여학생의 이야기를 다루고 있다.

이양지는 한국의 전통문화와 일본적 문화감각의 충돌 그리고 모어와 모국어라는 두 이질적 언어의 괴리 사이에서 끊임없이 인식적 대립과 혼종의 과정을 주조해나간 작가이다. 모어와 모국어의 상관성 및 '우리말'에 대한 재일조선인의 복합적 시선을 본격적으로 천착한 작품인 「유희」에서 이양지는 근대 국민국가의 도구적 언어이자 강요된 민족의 언어인 '모국어'와, 관념과 대치되는 현실의 언어, 정신과 대비되는 육체성이 구현된 언어, 신체적 실감을 가지며 정서적으로 공감하는 언어인 '모어'를 구분하면서 '숙모의 하숙집'을 통해 모국어가 모어로 체험되는 통합적이고 혼종적인 공간을 희구한다. 일본어와 한국어, 그 경계적 지점에서 다시 시작하는 것, 어느 한쪽으로의 포섭이나 봉합이 아니라 두 언어를 자기 안에 양립시키고 그럼으로써 두 언어가 동시에 작동하는 혼종적 글쓰기를 구현하는 것, 이것이 이양지가 궁극적으로 구현하고자 한 '이중 언어적 글쓰기'의 새로운 형태이다. 이양지의 유고작 『돌의 소리』에는 두 언어가 자아 안에 혼합되고 서로 길항하면서 혼종적 주체 형성의 근간이 되는 과정이 드러나 있다. 일본어를 모어로 삼고 있는 이양지에게 모국유학을 통한 모국어 습득과정과 이중 언어적 글쓰기는 하나의 '의도적인 혼종화'(바흐친)의 수행적 행위이다. 지배자의 언어였던 일본어가 폭력적 모어가 되고, 민족의 언어인 한국어가 이질적인 모국어가 되는 전복적 배경은 두 언어 간의 갈등과 문화적 이질감, 충격, 분열의 순간을 주조하며, 결국에는 재일조선인의 경계성이 두 언어에 동시에 새겨짐으로써 이양지의 문학 행위는 서로의 언어가 서로를 되비추며 저항적 상승의 단계로 나아가는 '의도적 혼종화'의 대화적 단계로 진입한다.[71]

이기승 또한 「0.5(제로한)」, 「잃어버린 도시」 등의 작품에서 차별 받는 재일조선인의 정신적 갈등과 불안의식을 다루면서 현시대에 이들이 당면한 존재적 문제의식을 전면화시킨다. 1952년 야마구치현 시모노세키에서 출생한 이기승은 1975년 후쿠오카대학 상학부를 졸업한 후 1976년 한국에서 언어와 역사를 공부했으며, 1981-1983년까지 민단 중앙본부에서 근무하기도 했다. 1985년 「0.5(제로한)」로 군상신인문학상을 수상하고 아쿠타카와상

71) 윤송아, 「재일 한인 문학의 탈경계성과 수행성 연구」, 『동남어문논집』 38, 동남어문학회, 2014, 281쪽 참조.

후보에도 오르면서 화려하게 등단했다. 재일조선인으로서 존재적 불안감과 한국에서도 정착할 수 없어 배회하는 재일조선인의 현실적 상황을 참신한 언어로 묘파했다. 이후 재일조선인의 역사를 소재로 한 「바람이 달린다」를 비롯하여 「서쪽 거리에서」, 「여름의 끝에」 등의 작품을 발표했다.

1936년 오사카시에서 출생한 양석일은 고등학교 졸업 후 시인 김시종과 함께 시집 동인지 『진달래』에 참여하면서 시작 활동을 시작했으나 26세 때 사업이 도산하면서 각지를 전전하며 방랑 생활을 했으며 그 기간 동안 갖가지 현실적 체험을 겪게 된다. 택시 운전수의 경험을 소설화한 『광조곡』을 발표하면서 양석일은 본격적인 작가의 길로 들어섰으며 1993년 최양일 감독이 『광조곡』을 <달은 어디에 떠 있는가>라는 제목으로 영화화하면서 다시금 그 작품들이 주목받게 된다. 1998년 『피와 뼈』로 야마모토 슈고로상을 수상하고 나오키상 후보에도 오르는 등 대중성과 작품성을 동시에 인정받는 작가로 성장했으며, 『택시 드라이버 일지』, 『족보의 끝』, 『밤을 걸고』 등 강렬한 재일조선인의 형상과 흥미로운 자전적 경험을 바탕으로 한 다양한 소설들을 상재하였다. 또한 『어둠의 아이들』, 『뉴욕 지하공화국』, 『다시 오는 봄』 등의 작품을 통해 자본주의 사회의 잔혹하고 추악한 이면과 왜곡되고 은폐된 역사적 사실들을 정면에서 다루는 사회비판적인 소설들을 꾸준히 발표함으로써 양심적 지식인으로서의 작가적 역할도 충실히 수행하고 있다.

양석일은 『다시 오는 봄』(2010)에서 '일본군 성노예'의 강제연행과 성적 착취 과정, 전쟁하에서의 참혹한 삶의 현장 등을 사실적으로 그려내고 있으며, 『어둠의 아이들』(2002)에서는 국가적 권력의 암묵적 승인 아래 비인간적이고 참혹한 아동성폭력과 인신매매, 장기밀매 등이 자행되고 있음을 세밀하게 재현해내고 있다. 또한 '일본군 성노예'와 '아시아적 신체'의 유린 과정을 문학적으로 재현하는 데서 한발 더 나아가 그들의 목소리를 복원하고 그들을 희망과 연대의 자리로 초대함으로써 타자를 환대하는 재일조선인 작가의 윤리적 수행성을 보여준다. 『어둠의 아이들』에서는 동남아 지역에 횡행하는 아동 성매매의 폭력적이고 부당한 현실을 사회에 알리고 그들을 구출하기 위해 죽음의 위협까지 무릅쓰는 NGO 활동가, 기자 등을 통해 국경과 인종을 넘어 '탈경계'의 지점에서 발흥되는 '윤리적 주체'의 형상을 보여주며, 『다시 오는 봄』에서는 모진 고난과 죽음 이상의 굴욕을 의연히 이겨내고 고향으로 돌아오는 일본군 성노예 '순화'의 모습을 통해서 처절한 절망에 맞서는 희망적 주체로서의 역사적 타자의 현현을 예견한다.

이밖에도 이카이노를 배경으로 생명력 넘치는 재일조선인 여성들의 가감없는 '생리'와 삶의 현장을 맛깔나게 묘사한 『이카이노 이야기』의 원수일, 「붉은 열매」, 「세 자매」, 「피크닉」 등의 작품을 통해서 재일조선인 여성들의 현재적 삶의 모습을 잔잔한 필치로 그려내고 있는 김창생 그리고 「어둠 속에서」, 「수렁에 빠진 사람들」, 「상실」, 「한여름밤의 꿈」 등을 통해 원폭피해자, 병자와 걸인, 장애자 등 이중삼중으로 고통받고 억압받는 인물들의 형상을 그려내고 있는 정윤희 등도 면밀히 검토해봐야 할 이 시기의 작가들이다.

(2) 1990년대 이후－탈경계, 탈민족 문학

김학영, 이양지, 이기승 등을 기점으로 민족적, 역사적 특수성보다는 문학적, 실존적 보편성의 추구에 주력했던 1980년대의 문학적 노력들은 1990년대에 이르러 더욱 심화, 확장되는 경향을 보인다. 이 시기 등장한 유미리, 현월, 가네시로 가즈키, 사기사와 메구무 등의 작가는 명백하게 변별되는 자신만의 문학세계를 뚜렷이 드러내면서 일본 문단 내에서도 일정한 성과와 지위를 획득하며 재일조선인 작가로서의 경계적 위치를 적극적으로 산출해낸다. 재일조선인이라는 하나의 카테고리에 범주화할 수 없는 다양하고 새로운 문학적 시도들이 지속적으로 이루어지고 있으며 이는 유미리 등에서 보이듯이 새로운 역사의식과의 접합을 생산해내기도 한다.

현재 일본 문단 안에서도 비중있는 작가적 위치를 차지하고 있는 유미리는 재일조선인이라는 자신의 기원을 개인의 역사적 특수성이 아닌 왜곡된 현대사회의 단면을 되비추는 하나의 보편적 잣대로 활용함으로써 자신의 실존적 정체성을 사회, 역사적으로 확장, 변용시키는 문학적 작업들을 수행한다. 1968년 가나가와현(神奈川縣) 요코하마(橫浜)에서 출생한 유미리는 어린 시절 부모의 불화와 별거, 학교에서의 이지메 등으로 불안정한 유년시절과 청소년 시절을 보냈으며, 가출과 자살미수 등을 거듭하는 등 고통스러운 성장과정을 보냈다. 고등학교를 중퇴한 유미리는 1984년 극단 <도쿄 키드 브라더스>에 입단하여 배우로 활동했으며, 1988년 극단 <청춘오월당(靑春五月黨)>을 결성하여 극작가, 연출가로 활동하기 시작했다.

1993년 「물고기의 축제」로 제37회 기시다 구니오 희곡상을 수상했으며, 이후 소설을 창작하면서 1994년 처녀작 『돌에서 헤엄치는 물고기』를 비롯하여, 『풀하우스』(1996), 『가족 시네마』(1997) 등의 작품을 상재하기 시작했다. 1996년 『풀하우스』로 제24회 이즈미교카 문학상, 제18회 노마분케 신인상을 수상했으며, 1997년 상반기에 『가족 시네마』로 제116회 아쿠타가와상을 수상했다. 이후 『물가의 요람』(1997), 『타일』(1997), 『골드러시』(1998), 『여학생의 친구』(1999), 『남자』(2000), 『생명』(2000), 『魂』(2001), 『루주』(2001), 『生』(2001), 『聲』(2002), 『돌에서 헤엄치는 물고기(개정판)』(2002), 『8월의 저편』(2004), 『비와 꿈 뒤에』(2005) 등의 작품을 발표했다.

「풀하우스」, 「가족 시네마」, 『골드러시』 등 붕괴된 현대 가족의 허위적 구조를 천착한 유미리의 대표작들은 흔히 재일조선인의 존재적 특수성을 드러내기보다는 현대 사회의 보편적인 병리 현상에 주목하고 있는 것으로 알려져 있다. 하지만 그의 글쓰기의 시초가 되는 희곡 작품이나 최초의 소설 작품인 『돌에서 헤엄치는 물고기』(1994)를 살펴보면 이러한 실존적 억압과 소외의 밑바탕에는 재일조선인으로서 겪어야 했던 차별적 생활상과 이질적인 감각이 공존하고 있다. 작가가 자신의 불행을 직시하고 그것을 자전적 형태로 소설화하는 과정에서 각각의 인물들의 고통스러운 삶의 재현이 보편적 주제의 구현으로 자연스럽게 녹아들어갔다고 할 수 있다. 재일조선인으로서의 존재적 열등성과 결핍의 지점을 인식하고 그 부성(負性)을 극복하고자 하는 작가적 노력은 결국 타자화되고 소외된 인간 군상들에 대한 천착이라는 문학 본연의 보편적 주제의식과 연결된다.

유미리 문학의 시발점이 되는 '가족'은 그의 글쓰기 작업과 등가(等價)에 놓이는 창작의 현장이라 할 수 있다. 유미리에게 '기억=픽션'의 원초적 공간인 '가족'은 창작의 기원이며 동시에 창작의 원료가 된다. 불화한 현실과 '화해'하기 위해서 글쓰기를 시작한 유미리는 자신 안에 내재한 세상과의 불화의 원인이 '한(恨)'이라는 것을 깨닫고 이러한 '한'을 초월하고자 하는 욕망을 소설의 테마로 삼는다.[72] 이때의 '한(恨)'은 "현실은 항상 사람을 위협하지만 그 위협과 대처하지 않으면 살아가는 의미를 알 수 없기 때문에 사람이 태어나면서부터 등에 진 무거운 짐(숙명)같은 것"[73]이다.

---

72) 희곡 창작으로 글쓰기를 시작한 유미리는 『돌에서 헤엄치는 물고기』 이후 소설로 장르를 전환하는데 이에 대해 작가는 "한을 초월한다는 것은 제 소설의 테마입니다만, 연극으로는 좀처럼 표현하기가 힘듭니다. 일본어로 말하는 증오라든가 분노라면 쉽게 무대화할 수 있지만, '한'이라는 자신에게 엄습해오는 것, 일상에서 쌓인 한을 어떤 식으로 풀고 초월해나가는가 하는 부분은 소설로만 가능한 게 아닌가 생각합니다."(李恢成, 柳美里 對談, 「家族, 民族, 文學」, 『群像』, 1997.4, 139쪽.(유숙자, 「타자와의 소통을 위한 글쓰기 : 유미리 문학의 원점」, 홍기삼 편, 앞의 책, 209쪽에서 재인용))라고 언급한다.

73) 유미리, 권남희 역, 『창이 있는 서점에서』, 무당미디어, 1997, 30쪽.

유미리를 '위협'하는 일차적인 현실은 바로 '가족'이다. 유미리가 자전소설 『물가의 요람』에서 밝히고 있듯이 평탄치 못한 유년시절의 기억과 성장 이후에도 끊임없이 자신을 옭아매는 가족의 굴레는 작가가 자신의 존재를 규명하기 위해 명철하게 직시하면서 뚫고 나가야 할 '숙명적 대상'이다. 첫 소설인 『돌에서 헤엄치는 물고기』에서부터 「풀하우스」, 「가족 시네마」, 『골드러시』, 「여학생의 친구」 등의 작품에 나타난 '가족'은 모두 개인의 소외와 좌절, 세계와의 소통 불능의 과정을 주조하는 일차적 배경이면서 동시에 유미리의 작품 세계를 규명할 전제적 단서가 된다. 유미리의 작품에 드러난 '가족'의 형상은 그 구성원 개개인이 모두 이러한 불화와 단절의 상황에 노출된다는 점에서 작가 개인의 특수한 경험을 넘어 현대 자본주의 사회의 병리적 현상과 인간소외의 문제를 환기하는 단계로 나아간다.

이와 같이 현대 사회의 병리적 현상을 공시적으로 진단하는 유미리의 '가족'은 또다른 측면에서 '민족' 혹은 '조국'의 현시적 구현체로 상정됨으로써 통시적이고 역사적인 개념으로 확장된다. 즉 개인의 불행을 촉발하는 왜곡된 가족상의 역사적 기원으로서 재일조선인이라는 디아스포라적, 타자적 존재의식이 부각되는 것이다. 초기작품인 『돌에서 헤엄치는 물고기』에는 작가의 불행한 가족사 및 개인 소외의 문제가 '조국'과의 배타적 상관관계 안에서 고찰된다. 즉 차별과 열등성의 낙인이 주조한 재일조선인 가족의 왜곡된 실상과 난민의식이 일본과 한국이라는 국민국가 안에서 어떻게 소비되며 변별되는가가 냉철한 시각으로 제시된다. 이러한 '조국'에 대한 작가 인식은 최근에 이르러 전폭적으로 변모, 확장된 양상을 보이는데, 최근작인 『8월의 저편』에서 유미리는 자신의 소설적 근원으로서의 '한'의 문제를 개인의 가족사를 넘어선 민족적 '한'의 문제로 승화시킴으로써 '조국'을 바라보는 인식의 범위를 한층 심화시켜 내고 있다. 즉 현대 사회에 있어서의 가족 해체의 문제, 폭력과 성(性)의 문제 등 보편적 주제의 고찰에서 한걸음 더 나아가 식민지 상황이 연출한 역사적 타자, 소수자, 피해자의 목소리를 기층 민중의 미시서사를 통해 구현함으로써 주권 너머에서 고통받는 타자의 목소리를 복원할 환대적 윤리 구현의 문학적 가능성을 제시하고 있는것이다.[74]

1968년 사이타마현에서 출생한 가네시로 가즈키는 '코리안 재패니즈'라는 용어로 자신의 정체성을 구획한다. 「레벌루션 No.3(レヴォリューション No.3)」(1998)로 소설현대신인상을 수상하며 등단한 가네시로 가즈키는 첫 장편소설인 『GO』(2000)로 123회 나오키문학상을 수상하면서 재일조선인의 문제를 '대중 속으로' 침투시켰다. 이후 '박순신'으로 대표되는 재일조선인의 형상은 『플라이, 대디, 플라이』(2003), 『SPEED』(2005), 『레벌루션 No.0』(2011) 등에 비중있는 캐릭터로 등장하며, 가네시로 가즈키는 재일조선인의 형상을 마이너리티의 문제와 결합시키면서 문학적 보편성을 획득한다.

그의 대표작인 『GO』에는 재일조선인을 둘러싼 국적, 민족, 세대, 차별 등의 문제가 '연애 소설'의 외피를 입고 복합적으로 제시된다. 조선학교와 일본학교, 재일조선인 친구와 일본인 여자친구, 재일 1·2세대 부모와의 관계를 중심으로 펼쳐지는 '나', 스기하라(杉原)의 이야기는 재일조선인의 총체적 삶의 국면을 명징하게 보여주면서 그러한 예외적 삶의 경계적 구획을 와해시키려는 혁명적 수사(修辭)를 구사한다. '이제 당신들의 궁상맞은 시대는 끝났다'고 선언하면서 디아스포라로서의 신산한 삶을 영위해온 아버지를 위해 "언젠가는 내가 국경선을 지워줄게"라고 장담할 수 있는 새로운 세대의 '허풍'이야말로 재일조선인의 탈경계적 삶을 가능케하는 신호탄으로서 손색이 없다.

---

74) 윤송아, 「역사적 타자성의 극복과 환대의 윤리」, 이한정·윤송아 엮음, 『재일코리안 문학과 조국』, 지금여기, 2011, 229~231쪽 참조.

그러나 이러한 '가벼운' 재일 인식은 예의 재일조선인의 무거운 역사성, 동시대성을 '뿌리'로 하고 있다는 점에서, 경쾌한 문장 이면에 내장된 작가의 현실 인식을 꼼꼼히 갈무리할 필요가 있다. '재일의 동시대적 일상감각을 가진 엔터테인먼트'[75]이자 '국적에서부터 시작하여 재일의 상황을 전부 설명하려는 의도의 '서장(序章)'[76]으로서 『GO』를 위치 짓는 작가적 태도에는 일차적으로 재일조선인의 역사성을 소설적 기반으로 상정하는 '재일조선인 문학가'적인 감각이 내장되어 있다. 또한 가네시로 가즈키는 『GO』를 통해 한 개인을 변별하고 규정짓는 확정적 범주로 인식되어 온 '국적', '이름', '신체성' 등을 허구적 구성물이라는 관점 아래 의문시함으로써 그러한 불평등한 '경계'로부터 산출되는 차별과 편견의 논리를 파쇄할 문학적 가능성을 제시함으로써 일본 조선인문학이 가진 탈경계적, 탈식민적 측면을 더불어 타진하고 있다.

1949년 제주도에서 출생한 김길호는 1973년 일본 오사카로 이주하여 작품 활동을 하고 있는 뉴커머 작가이다. 김길호는 1979년 『현대문학』 11월호에 단편 「오염지대」가 초회 추천되었으며 1987년 『문학정신』 8월호에 단편 「영가」가 추천 완료되면서 문단에 나왔다. 1980년 <오사카 문학학교>를 수료했으며, 중편 「이쿠노 아리랑」(2003)으로 제7회 해외문학상(2005), 2006년 발간한 소설집 『이쿠노 아리랑』으로 제16회 해외한국 문학상(2007)을 수상했다.

김길호는 일본 조선인문학의 정체성 논의에 새로운 문제의식을 던져준다는 점에서 일종의 '탈경계적' 위치에 놓여있다고 할 수 있다. 즉 30년 넘게 재일 한인들의 본거지인 오사카에 거주하면서 한국어로 한국문단에

---

75) 金城一紀, 小熊英二, 「對談：それで僕は"指定席"を壊すために『GO』を書いた(前篇)」, 『中央公論』 116卷 11號, 東京, 2001.11, p.266.

76) 위의 대담, 267쪽.

작품을 발표해온 점 그리고 그러한 작품들이 철저하게 재일조선인의 현실적이고 구체적인 생활과 문제의식을 담고 있다는 점에서, 기존의 일본 조선인문학이 재구해온 언어와 작품 창작의 문제, 조국 및 정주지인 일본 사회와의 관계성, 작가와 독자의 소통 문제 등 다양한 경계 지점을 산출한다. 이는 일본어로 쓰인 일본 조선인문학 내부에 조총련계, 민단계, 뉴커머 한글문학 등 다양한 분화의 지점이 존재한다는 문제의식을 새삼 일깨우는 것으로, 국가와 민족, 언어 등 재일조선인을 속박했던 억압적 경계선을 역발상적으로 전유함으로써 탈경계의 가능성을 산출하는 계기가 된다.

무엇보다 김길호는 작품 안에서 이러한 경계 지점을 통합적으로 재구축함으로써 가네시로 가즈키의 해체적이고 전복적인 탈경계성과는 또다른 형태의 탈경계적 사유를 보여준다. 김길호의 대표작인 「이쿠노 아리랑」(2003)에서는 제주도와 북한, 홋가이도를 잇는 지역적 월경과 통합적 사유를 '멩지루 할머니'의 개인사를 통해 그려내고 있으며, 「들러리」(1993)에서는 한국과 일본이라는 대립구도를 화해와 공존, 상생의 구도로 재구성한다.

또한 「몬니죠」(2003), 「타카라스카 우미야마」(2004)에서는 민족적 대립과 갈등, 인종 간의 불평등을 해소함으로써 공생적 통합과 배려의 가치관을 피력한다. 김환기는 '김길호의 글쓰기는 (…중략…) 재일문학의 일본어 글쓰기가 고착화된 오늘날 새삼 한국어 글쓰기를 하는 이유와 의미는 무엇이며, 그러한 한국어 글쓰기가 현실적으로 가능한가, 한국어로 쓰고 한국 잡지에 발표한 작품을 재일문학이라 할 수 있는가, 등의 문제를 제기한다.'라고 지적하면서 '재일 한국어문학'과 같은 새로운 재일문학의 범주 안에서 김길호 문학의 정체성과 귀속성을 논해야 함[77]을 피력하고 있다.

77) 김환기, 「김길호(金吉浩) 문학을 통해 본 재일문학의 변용」, 『일본학보』 72, 2007, 155쪽 참조.

즉 김길호 문학을 통해 우리는 언어에 따른 창작주체의 구분, 독자의 언어수용능력을 넘어선 지점까지 접근하는 일본 조선인문학의 한 전형을 구상해볼 수 있는 것이다.

이밖에도 현월, 사기사와 메구무, 김마스미, 김중명 등의 작가들이 주제와 소재, 창작기법에 있어서 새로운 현상을 주도하고 있으며 이는 이 시기의 탈경계적, 해체적 문학 경향을 명료하게 보여주는 시도라 할 수 있다.

『무대 배우의 고독』, 『나쁜 소문』(1999), 『땅거미』 등의 작품을 통해 재일조선인 밀집지역인 오사카 이카이노를 배경으로 현대 사회에 횡행하는 폭력과 욕망의 문제, 세대 간 단절의 문제를 새로운 심미안으로 그려내고 있는 현월은 조국과 연계된 정치, 민족, 이데올로기적 개념을 배경으로 삼으면서도 인간 본연의 현실에 기초한 실존적 의미를 탁월한 문체로 묘파함으로써 새로운 형태의 일본 조선인문학의 한 전형을 보여주고 있다. 아쿠타가와상 수상작인 「그늘의 집」(1999)은 일본 사회의 축소판이라고도 할 수 있는 가공의 집락을 무대로 재일조선인, 뉴커머 한국인, 불법 중국인 노동자 등을 등장시켜 일본의 단일민족 환상을 깨트리면서 인간의 처절한 본성을 적나라하게 고발하고 있으며, 집단과 개인의 거리감과 소외 현장에서의 무자비한 폭력이라는 사회의 어두운 단면을 대담한 필치로 그려내고 있다. 또한 현대인의 일그러진 자화상을 통한 개인의 실존성에 대한 조명을 통해 인간의 보편적 가치를 모색함으로써 제3세대 일본 조선인문학의 향방을 보여준다.[78)]

한국과 일본이 아닌 제3의 공간, 로스앤젤레스(羅聖, ナソン)에서 재일조선인들의 위치성을 고찰하고 있는 김마스미(金眞須美)는 '동화'와 '귀화'라는 재일조선인 현세대들의 현실적 귀속 지점에서 그들의 혼종적 삶의 형식

---

78) 김환기, 「재일 코리언 문학의 계보」, 김환기 편, 앞의 책, 38~40쪽 참조.

과 다국가적 정체성을 천착한다. 이제 재일조선인 디아스포라는 전지구적 횡단과 월경이라는 보편적 맥락 안에서 다양하게 분화되고 확장된 탈경계적 정체성, 혼종적 정체성을 모색하게 된다. 김마스미는 「불타는 초가」(1997), 「로스앤젤레스의 하늘」(2001), 「로스앤젤레스의 축제」(2006) 등 로스앤젤레스를 배경으로 하는 재일조선인들의 이야기를 지속적으로 형상화한다. 로스앤젤레스는 이주한 대부분의 사람들이 인종, 문화, 피부, 종교 등 어느 것 하나 동일하지 않은 이질적인 요소들을 갖고 상호관계를 유지하며, 각기 다른 문화가 서로 접촉하고 갈등하는 유기적 관계 속에 '혼종성'을 드러내면서 끊임없이 변화하는 정체성을 구축하는[79] 공간이다. 일본과 한국이라는 두 나라의 틈바구니에서 정체성의 혼란을 경험하던 재일조선인은 이중, 삼중의 정체성이 동시에 충돌하는 새로운 혼종의 공간, 로스앤젤레스에서 '정체성'이란 끊임없이 부유하고 새롭게 생성되는 수행적 개념임을 깨닫게 된다. 「로스앤젤레스의 하늘」에서, 일본으로 귀화한 후 미국에 거주하게 된 주인공 '나라'가 기모노 안에 한국의 치마저고리를 입고, 미국인들 앞에서 일본과 한국의 혼합된 전통춤을 추며 스스로의 불확실한 정체성을 인식하는 과정은 현세대 재일조선인들이 자신들의 유동적이고 탈경계적인 정체성을 직시하며 '일본어인' 등 좀더 가치중립적인 주체의 위치를 모색하고 있음을 보여준다.[80]

79) 최순애, 「김 마스미(金眞須美)의 『Los Angeles의 하늘(羅聖の空)에 나타난 '재일' 3세의 정체성의 변용」, 『한일민족문제연구』 24, 2013, 193쪽.

80) 윤송아, 「재일 한인 문학의 탈경계성과 수행성 연구」, 앞의 논문, 281~282쪽.

참고문헌

1. 기본자료

국사편찬위원회, 『일본 한인의 역사(상, 하)』, 국사편찬위원회, 2010.
______________, 『재외동포사 연표－일본』, 국사편찬위원회, 2011.
국제고려학회 일본지부 『재일코리안사전』 편찬위원회, 정희선 · 김인덕 · 신유원 역, 『재일코리안사전』, 선인, 2012.
『문학예술』, 재일본조선문학예술가동맹(창간호~105호) 1960.01-1993. 봄.
(‣작품집명을 생략하고 직접 인용한 문예동계 시(詩)들은 총련기관지 『문학예술』에서 가져옴)

2. 단행본

강덕상, 『근현대 한일관계와 재일동포』, 서울대출판부, 1999.
김상현, 『在日韓國人-在日동포 100年史』, 한민족, 1988.
김학렬 외, 『재일동포 한국어문학의 전개양상과 특징 연구』, 국학자료원, 2007.
김환기 편, 『재일 디아스포라 문학』, 새미, 2006.
도노무라 마사루, 신유원 · 김인덕 역, 『재일조선인 사회의 역사학적 연구』, 논형, 2010.
슬라보예지젝, 김서영 옮김, 『시차적 관점』, 마티, 2009.
유숙자, 『재일한국인 문학 연구』, 월인, 2000.
윤송아, 『재일조선인 문학의 주체 서사 연구-가족 · 신체 · 민족의 상관성을 중심으로』, 인문사, 2012.
이한정 · 윤송아 엮음, 『재일코리안 문학과 조국』, 지금여기, 2011.
이한창, 『재일 동포문학의 연구 입문』, 제이앤씨, 2011.
전북대학교 재일동포연구소 편, 『재일 동포 문학과 디아스포라 1, 2, 3』, 제이앤씨, 2008.
하상일, 『재일 디아스포라 시문학의 역사적 이해』, 소명출판, 2011.
한승옥 외, 『재일동포 한국어문학의 민족문학적 성격 연구』, 국학자료원, 2007.
한일민족문제학회 편, 『재일조선인 그들은 누구인가』, 삼인, 2003.
홍기삼 편, 『재일 한국인 문학』, 솔, 2001.

3. 논문

강태성, 「재일조선인 조선어 소설문학」, 『재일조선인 조선어문학의 현황과 과제』, 2004년도 제2회 조선문화연구회 학술대회 자료집, 2004.12.

김응교, 「1980년대 자이니치 시인 연구-종추월, 최화국, 김학렬을 중심으로」, 『민족문학사연구』, 민족문학사연구소, 2009.

______, 「재일 디아스포라 시인 계보, 1945~1979 : 허남기, 강순, 김시종 시인」, 영남대학교 인문과학연구소, 『인문연구』 55, 2008.

______, 「재일조선인 조선어 시동인지 『종소리』 연구」, 『현대문학의 연구』 34집, 한국문학연구학회, 2008.

김학렬, 「시지 『종소리』가 나오기까지-재일조선시문학이 지향하는 것」, 서지 미상

______, 「재일 조선인 조선어 시문학 개요」, 『재일조선인 조선어문학의 현황과 과제』, 2004년도 제2회 조선문화연구회 학술대회 자료집, 2004.12.

김환기, 「김길호(金吉浩) 문학을 통해 본 재일문학의 변용」, 『日本學報』 72, 2007.

나승희, 「재일한인 잡지의 변화의 양상과 『청구』의 역할」, 『일어일문학』 36, 2007.

서경식, 「재일조선인이 나아갈 길」, 창비, 1998, 겨울. (통권102)

손지원, 「재일동포국문문학운동에 대하여」, 『재일조선인 조선어문학의 현황과 과제』, 2004년도 제2회 조선문화연구회 학술대회 자료집, 2004.12.

심원섭, 「재일 조선인 시문학에 나타난 자기정체성의 제양상」, 『한국문학논총』 31호, 한국문학회, 2002.

유숙자, 「'틈새'의 실존을 묻는다」, 『경계의 시』, 小花, 2008.

윤송아, 「재일조선인 한글 문학의 주제양상 – '문예동(文藝同)'과의 상관성을 중심으로」, 『Asia Diaspora』 5, 건국대학교 아시아·디아스포라 연구소, 2009.

______, 「재일 한인 문학의 탈경계성과 수행성 연구」, 『동남어문논집』 38, 동남어문학회, 2014.

이경수, 「1990년대 이후 재일동포 한국어 시문학의 변모」, 『민족문화연구』 42권, 고려대학교민족문화연구원, 2005.

______, 「재일동포 한국어 시문학의 전개과정」, 『한중인문과학연구』 14, 한중인문학회, 2005.

이상갑·정덕준, 「재일 한인문학의 특장(特長)과 균열의 틈새-'문예동' 소설의 전개 양상과 특성을 중심으로」, 『한국언어문학』 76, 한국언어문학회, 2011.

이한창, 「재일 교포문학의 작품성향 연구-정치의식 변화를 중심으로-」, 중앙대

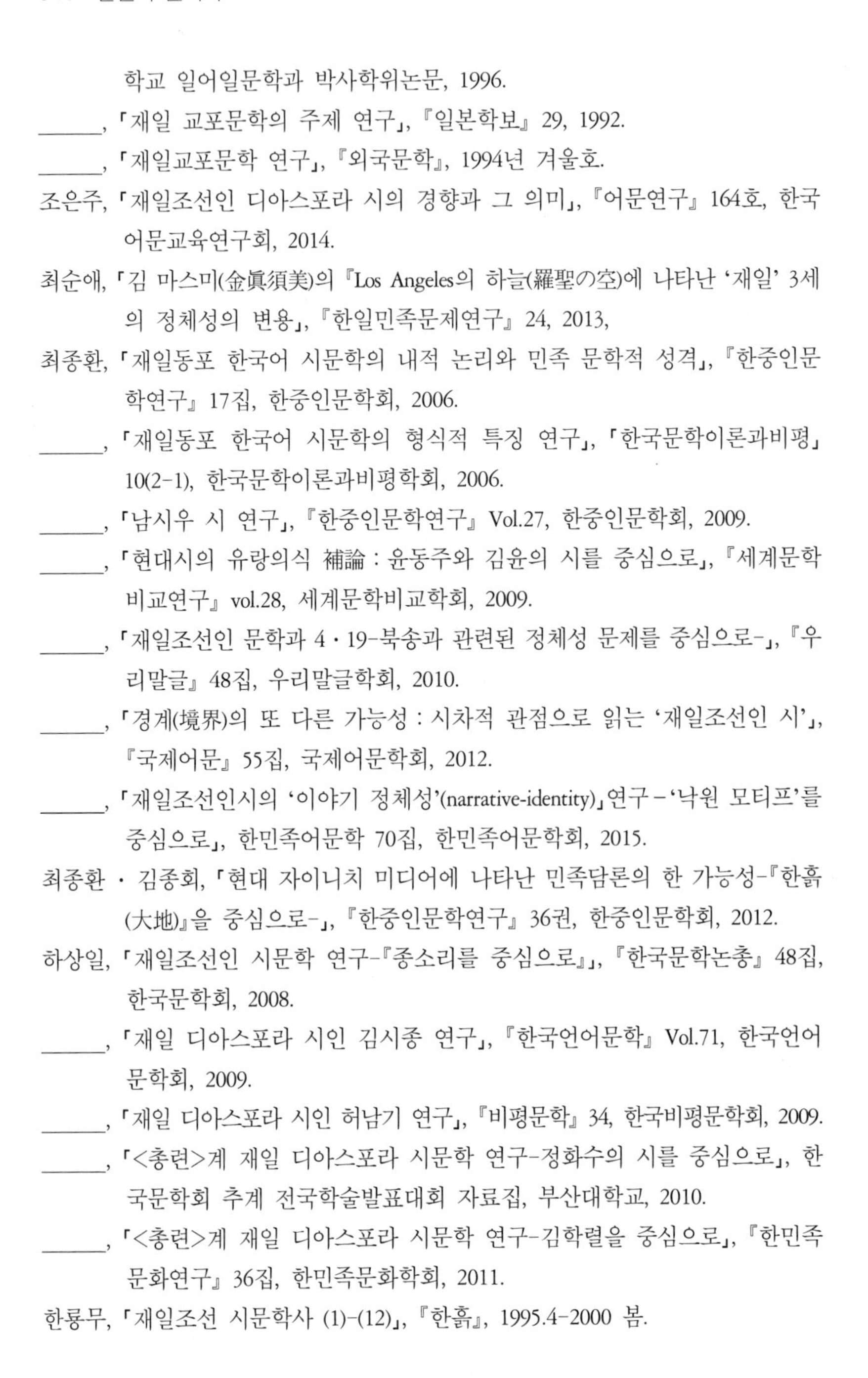

학교 일어일문학과 박사학위논문, 1996.

______, 「재일 교포문학의 주제 연구」, 『일본학보』 29, 1992.

______, 「재일교포문학 연구」, 『외국문학』, 1994년 겨울호.

조은주, 「재일조선인 디아스포라 시의 경향과 그 의미」, 『어문연구』 164호, 한국어문교육연구회, 2014.

최순애, 「김 마스미(金眞須美)의 『Los Angeles의 하늘(羅聖の空)에 나타난 '재일' 3세의 정체성의 변용」, 『한일민족문제연구』 24, 2013,

최종환, 「재일동포 한국어 시문학의 내적 논리와 민족 문학적 성격」, 『한중인문학연구』 17집, 한중인문학회, 2006.

______, 「재일동포 한국어 시문학의 형식적 특징 연구」, 「한국문학이론과비평」 10(2-1), 한국문학이론과비평학회, 2006.

______, 「남시우 시 연구」, 『한중인문학연구』 Vol.27, 한중인문학회, 2009.

______, 「현대시의 유랑의식 補論 : 윤동주와 김윤의 시를 중심으로」, 『세계문학비교연구』 vol.28, 세계문학비교학회, 2009.

______, 「재일조선인 문학과 4·19-북송과 관련된 정체성 문제를 중심으로-」, 『우리말글』 48집, 우리말글학회, 2010.

______, 「경계(境界)의 또 다른 가능성 : 시차적 관점으로 읽는 '재일조선인 시'」, 『국제어문』 55집, 국제어문학회, 2012.

______, 「재일조선인시의 '이야기 정체성'(narrative-identity)」연구 –'낙원 모티프'를 중심으로」, 한민족어문학 70집, 한민족어문학회, 2015.

최종환 · 김종회, 「현대 자이니치 미디어에 나타난 민족담론의 한 가능성-『한흙(大地)』을 중심으로-」, 『한중인문학연구』 36권, 한중인문학회, 2012.

하상일, 「재일조선인 시문학 연구-『종소리를 중심으로』」, 『한국문학논총』 48집, 한국문학회, 2008.

______, 「재일 디아스포라 시인 김시종 연구」, 『한국언어문학』 Vol.71, 한국언어문학회, 2009.

______, 「재일 디아스포라 시인 허남기 연구」, 『비평문학』 34, 한국비평문학회, 2009.

______, 「<총련>계 재일 디아스포라 시문학 연구-정화수의 시를 중심으로」, 한국문학회 추계 전국학술발표대회 자료집, 부산대학교, 2010.

______, 「<총련>계 재일 디아스포라 시문학 연구-김학렬을 중심으로」, 『한민족문화연구』 36집, 한민족문화학회, 2011.

한룡무, 「재일조선 시문학사 (1)-(12)」, 『한흙』, 1995.4-2000 봄.

홍기삼, 「재외 한국인 문학 개관」, 『문학사와 문학비평』, 해냄, 1996.

4. 국외자료

森田 進・佐川亞紀 編, 『在日コリアン詩選集 一九一六年~二〇〇四年』, 土曜美術社出版販賣, 2005.
任展慧, 『日本における朝鮮人の文學の歴史-1945年まで-』, 法政大學出版局, 1994.

(‣ 기타 인용 작품이 실린 작품집명은 각주로 대체하거나 본문에 명시함.)

제4장 미국 한인문학

신정순·채근병

1. 미국 한인문학의 태동

1902년 12월 100여 명의 이민자들이 증기선 갤릭호를 타고 인천항을 떠나 1903년 1월에 하와이 오아후 섬 호놀룰루에 도착함으로써 공식적으로 시작된 한인의 미국으로의 이민사는 다음처럼 나누어 볼 수 있다. ① 1910년 한일병합 이전에 이루어진 인삼장수, 노동자, 망명가, 유학생 등이 하와이나 미국 본토로 건너간 시기이다. ② 한일병합 이후부터 1940년대 해방까지로, 이전 시기보다 많은 숫자의 노동자가 하와이 사탕수수 농장에서 일하기 위해 태평양을 건넌 시기이다. ③ 해방 이전까지의 두 시기를 하나의 시기로 묶어 초기 이민 시기라고 한다면 세 번째 시기는 중기에 해당된다. 이 시기는 해방 이후부터 한국전쟁을 거쳐 1965년 미국 이민법이 개정되기 전까지의 기간으로, 미국이 한국전쟁에 개입한 뒤 한반도에 주둔함에 따라 미군과 국제 결혼한 여성과 전쟁 중에 발생한 고아가 미국으로 입양된 경우가 이 시기 이민자의 상다수를 차지한다. ④ 신이민 시기는 종래의 인종차별적이던 미국 이민법이 개정되어 아시아, 중남미, 동구 유럽, 아프리카 등의 여러 나라에서 미국으로의 이민이 급격히 늘기 시작한 1965년에 미국 이민법이 개정된 이후이다. 이 시기 중 특히 1970년대 이후부터는 고학력자 위주의 전문직 종사자나 중산층의 대규모 이민이 이루어졌다.[1] 네 번째 시기, 즉 신이민 시기에 이루어진 이민에는 그 이전 시기(해방 이후부터 1965년 미국 이민법이 개정되기 이전의 시기)에 이루어진 한인의 이주 및 이민에 미국의 이민법 개정이나 한국 사회 내 중산층이 갖고 있는 욕구의 다양화 등과 같은 동기들이 복합적으로 작용되었다고 할 수 있다. 때문에 해방 이후부터 미국 이민법의 개정이 이루어진 시기를 연속된 시기로 파악하는 것도 미국 한인문학의 특성을 파악함에 있어 유의미하다 하겠다.

상술한 바, 재미한인은 1900년을 전후해서 하와이 사탕수수 농장에 노동자로 고용되어 이주한 부류, 미국 본토로 직접 이주한 부류, 그리고 미국 서부지역의 산업화와 그에 따른 인구의 증가로 많은 일자리가 생긴 시기에 하와이의 한인 노동자들이 미국 본토로 건너가 이미 본토에 건너와 있던 한인과 합류한 부류 등으로 나눌 수 있다. 이러한 재미한인의 계층적 다양성은, 주로 경제적 목적에 의한 동기와 같은 자발적인 성격에 의해 이주가 행해졌다는 점, 초기 시기의 이민을 제외하고는 비교적 고학력자나 중산층 계층이 상당수를 차지하고 있으며, 무엇보다 미주 지역으로의 이주는 현재진행형으로 이어지고 있다는 점과의 상호작용을 통해 미국 한인문학의 고유성을 창출하기에 이른다.

이러한 재미한인의 이주 방식과 동기가 갖고 있는 특수성은 미국 한인

1) 이영민, 「초기 이민 사회의 형성」, 『북미주 한인의 역사』, 국사편찬위원회, 2007, 23~28쪽 참조.

문학이 갖고 있는 고유성과 긴밀히 연관된다. 한글작품과 영문작품이 각기 별개로 창작되는 이원적 양상, 그에 따른 문학 장르에 대한 인식의 차이, 그리고 세대별 정체성의 차이 등이 그것이다.

1900년을 전후해서 하와이 사탕수수 농장으로 건너온 한인들은 작품 창작시 대개 한글을 사용했을 것으로 짐작된다. 이는 미국 이주 전 노동자들의 교육적 환경이 영문 작품을 창작할 정도의 수준은 아니었고, 서구식으로 편제된 근대식 학교나 서양 선교사를 통해 영어를 익혀 영문작품을 창작할 수 있는 사람은 극히 적었으며, 무엇보다 1923년에야 비로소 최초의 영문작품 『나의 한국 소년 시절(When I Was A Boy In Korea)』이 류일한에 의해 창작되어 발표되었다는 사실 등으로 알 수 있다.

때문에 당시 한글로 창작을 했던 한인들은 미국 이주 전 한국에서 접한 문학과 장르에 대한 인식이 그대로 유지되었을 가능성이 크다. 이는 1909년 2월 샌프란시스코의 한인교민단체인 <국민회>의 기관지로 창간된 『신한민보』에 게재된 작품들에서 여실히 드러나는데, 한인들이 이주 전에 접한 전통시가나 산문에서 크게 변화된 형식이나 내용을 드러내지 않은 채 그대로 유지되고 있다는 점에서 확인된다. 이주 전 일상생활 속에서 노래로 불리던 것들이 신문물의 영향(예컨대, 기독교의 찬송가나 일본을 통해 수입된 서구 양식)을 받으면서 얼마간 변이되었고 창가(唱歌)라는 명칭 또한 함께 사용되면서, 공동체 안에서 일정기간 다시 지속되는 양상을 보여주기도 했다. 『신한민보』를 주도하던 지식인들 역시 그런 관습적 범주를 탈피할 수 없었고 내재적 체재를 이론적으로 합리화시키기 위해 구미의 시 양식론을 원용하긴 했으나, 그들 역시 창작에 있어서만큼은 전통시가의 자장에서 결코 자유로울 수 없었다.[2]

2) 조규익, 『해방전 재미한인 이민문학1』, 월인, 1999, 48쪽 참조.

『신한민보』를 중심으로 한인들의 한글작품이 게재되는 동시에, 점차 영어와 미국의 문화에 적응해간 한인들이 영문으로 작품을 창작하는 양상이 전개되어 류일한의 작품 외 강용흘의 『초당(The Grass Root)』 등의 작품이 발표되는 성과로 이어졌다. 한글작품과 영문작품이 각기 창작되고 발표되는 이러한 이원성은 미국으로의 이민이 지속되고 있는 현재까지도 계속 이어지고 있는 미국 한인문학이 갖고 있는 중요한 특징이라 하겠다.

재미한인은 미국으로의 이주 시기에 따라 작품 창작시에 사용되는 언어가 구별되는데, 이런 양상은 재미한인의 세대론과도 연관된다. 한국에서 태어나 청장년기에 미국으로 건너간 한인 1세대, 한국에서 태어나 유소년기에 미국으로 건너가 미국 문화 속에서 성장한 한인 1.5세대, 미국에서 태어나고 성장한 한인 2세대, 한인 1세대나 1.5세대 또는 2세대를 조부모나 부모로 둔 한인 3세대 등이 그것이다.

한인 1세대는 대개 작품 창작 시 대개 한글을 사용하며 언어적 사고 또한 한글로 행한다. 『신한민보』 이후로 현재까지 미국 각지에서 활발하게 발간되고 있는 다양한 형태의 출판물에는 한글작품이 발표되고 있다. <미주한인문인협회>에서 발간하는 『미주문학』이나 <미동부한국문인협회>에서 펴내는 『뉴욕문학』 등에 게재되는 다양한 작품들은 주로 한인 1세대가 겪는 모국을 떠나오면서 발생하는 시공간의 이원화에 따른 일상의 어려움이나 정체성의 혼란 등이 복합적인 양상으로 형상화되어 있다.

물론 한인 1세대 중에는 미국에서 거주하며 익힌 영어로 작품을 창작하는 경우, 즉 강용흘의 『초당』, 『동양선비 서양에 가시다』, 김은국의 『순교자』, 『심판자』, 『잃어버린 이름』, 김용익의 『꽃신』 등도 있지만 그때의 언어적 사고는 한글로 이루어진다고 보아야 할 것이다. 작품 속에 한민족으로서의 정체성이나 모국에 대한 그리움 등과 같은 다양한 감정 혹은 미국 생활 속에서 느끼는 다양한 양상의 분열 등은 한인 1세대 문학의 공통점이기도 하다.

그에 비해 한인 1.5세대는 한글작품과 영문작품을 각기 창작하고 있다. 이는 1세대인 부모에서 받은 모국의 영향이나 성장하면서 얻게 된 미국적 정서 등이 복합적으로 작용한 결과라 하겠다. 현재 미국 주류 문단에서 주목을 받고 있는 이창래, 수잔 최, 노라 옥자 켈러 등은 재미한인 차세대의 대표적인 작가라 하겠다. 이러한 작가들은 다문화사회로 표방되지만 백인 중심의 주류 질서가 공고한 미국 사회 내에서 겪는 동화의 과정과 그에 수반되는 내적 분열이나 혼종적 정체성의 확인 등을 주요한 공통점으로 드러내고 있지만 무엇보다 그들의 작품에 한국과 연관된 소재나 한인만이 포착할 수 있는 주제의식 등은 미국 한인문학 내에서 1.5세대 문학이 갖는 차별성이라 하겠다.

한인 2세대나 3세대의 문학은 1.5세대 문학에서 드러나는 다양한 양상의 분열이 더욱 복합적이며 혼종적인 모습으로 드러나는데, Gary Yong Ki Park의 『The Watcher of Waipuna』, 캐시 송의 『Picture Bride』 등이 대표적이다. 이들은 미국 내에서 소수민족문학이 갖고 있는 백인 주류 질서에 대한 저항을 드러냄에서 있어 주로 혼종성을 토대로 한 다층적 주제의식으로 형상화하고 있고, 재미한인의 발생이 갖고 있는 현재성에 비추어 볼 때 향후 중요한 미국 한인문학의 자산이 될 것이다.

문학작품을 창작하고 발표하는 대다수의 재미한인은 미국 국적을 합법적으로 취득한 상태이기 때문에 단순히 국적 위주로 설정된 한국 국민의 범주에서 벗어날 뿐 아니라 한국문학을 한글로 표기된 문학작품만을 대상으로 삼는다면 한국문학의 영토에서 제외되어야 할 것이다. 따라서 미국 한인문학을 한국문학에 포함하고자 한다면 한국문학의 개념과 범주는 어떻게 규정되어야 하는가, 미국 내 소수민족문학으로도 분류되는 한인의 영문작품은 한국문학에 포함될 수 있는가, 미국 시민권자을 보유하고 있으며 현재도 미국인으로 살아가고 있는 한인의 한글작품은 한국문학에 포함될 수 있는가, 한인과 다른 민족 사이에서 태어난 혼혈인 등을 포함해 다양한 혈연 구성을 가지고 있을 수 있는 여러 부류의 한인 중 어느 선까지 재미한인으로 포함시켜야하는가, 미국 한인문학과 한국문학의 연관성을 어떻게 개념화할 수 있는지 등과 같은 복합적인 문제는 미국 한인문학이 끌어안고 있는 고유한 특질이다. 미국을 포함한 재외 한인문학에 대해, '재외(在外)'라는 어휘가 표방하고 있는 바와 같이 문학의 창작이 이루어지는 강역(疆域)에 대한 규정이 우선적으로 요구되고 창작 주체의 문제, 창작에 소용된 언어의 문제 등에 대한 개념 규정이 필요한 것이다.[3)]

이러한 논의들 중에서도 무엇보다 작품에 사용된 언어가 문제가 가장 큰 쟁점인데, 언어 귀속주의의 엄정성을 인정하면서도 그것은 "그 작가들이 한국인이라는 엄정한 본질적 조건보다는 중요하지 않다. 가장 중요한 것은 재외동포들의 본질이 한국인이라는 사실에 있다"[4)]는 점, 한국문학사를 더욱 풍성하게 만들고 한국문학사를 진정 '경이의 역사', '감동의 역사'로 만들기 위해서는[5)] 문학의 범주에 대한 편협한 기준이나 경계를 걷어내야 한다는 사실 등은 한국문학의 외연을 확장하고 심화시키는 동시에 세계문학으로의 활로를 개척하는 데 기폭제가 될 수 있는 태도라고 하겠다. 특히나 정보화로 대변되는 전지구적 변화의 양상 속에서 속지주의나 속인주의 등의 방식으로 한국문학의 범주를 재단하는 태도는 미래지향적인 태도가 아니라고 할 수 있겠다. 게다가 미국 시민권을 취득하고 있는

3) 김종회, 「한민족 문화권의 새 범주와 방향성」, 『국제한인문학연구』 창간호, 국제한인문학회, 2004, 6～7쪽.

4) 서종택, 「민족 정체성과 실존적 개인」, 김현택 외, 『재외한인작가연구』, 고려대학교 한국한연구소, 2001, 19쪽.

5) 정종진, 「한국현대문학사 기술을 위한 한국계 미국작가들의 작품 연구」, 『어문연구』 55권, 어문연구회, 2007, 524쪽.

엄연한 미국인이자 혈연적 뿌리를 한국에 두고 있는 한인이 창작하고 있는 한글작품의 실재는 편협한 한국문학의 범주에 대해 근본적인 질문을 던진다.

한국문학의 개념과 범주에 대한 다양한 질문이나 그에 대한 합리적 결론만큼 중요한 사실은 1900년대 전후로 미국 이주가 시행된 이래 현재까지도 미국이나 영어권 사용 지역으로의 이주와 이민이 이루어지고 있음에 따라 다양한 문학작품이 활발하게 창작되고 있다는 사실이다. 그리고 실재하고 있는 재외 한인문학에 대한 실제적 평가가 이루어져야 한다는 당위와 그것에 대한 다양한 방식의 연구 성과[6] 등은 한국문학과 미국 한인문학의 연관성에 실재성을 부여한다고 하겠다.

한국문학의 개념은 한민족문학으로 확장되고 격상되어야 하며, 한국문학과 해외 한인문학은 그 하위문학으로 정의되어야함에 따라 국내의 한국문학은 한글문학과 한문문학, 구비문학으로, 해외 한인문학은 한글문학과 구비문학, 현지어문학으로 각각 나뉘어야 비로소 우리 민족이 생산했거나 생산하고 있는 문학들 모두를 포괄할 수 있다는 주장[7]은 설득력이 높다고 하겠다. 또한 재미한인이 창작한 작품의 상당수가 영문 작품이라는 점, 영어가 사실상 세계적 공용어로서의 역할을 담당하고 있다는 점, 영어를 사용하고 있는 다양한 국가에서 살아가고 있는 한인들의 문학작품들은 실로 적지 않을 것이라는 점 등을 고려하면 한국문학의 개념과 범

6) 임헌영, 「해외동포 문학의 의의」, 『한국문학』, 1991.7 ; 윤명구, 「재미한인의 문학활동에 대한 연구」, 『인하대인문과학연구소문집』 19호, 1992 ; 김용직, 「문학을 통해 본 재외동포들의 의식성향 고찰」, 『서울대인문논총』 29호, 1993.6 ; 홍기삼, 「재외 한국인 문학 개관」, 유종회 외, 『한국 현대문학 50년』, 민음사, 1995 ; 이건종, 「재미 교포 문학 연구 이루어져야」, 『문화예술』 246, 2000.1.

7) 조규익, 「해외 한인문학의 존재와 당위 – 한민족문학 범주의 설정을 제안하며」, 『국어국문학』 152, 국어국문학회, 2009, 142쪽.

주에 대한 미래적 논의는 더욱 활발해져야 할 것이다.

2. 조국 상실과 이중적 현실 체험

1) 하와이와 미국 본토로의 이주, 재미한인 사회의 성장

재미한인의 이민사 중 첫 번째 시기에 해당되는 1910년 한일병합 이전 시기의 이민사는 공간적으로 미국 본토로의 이주와 하와로의 이주로 나누어 볼 수 있다. 하와이로의 공식적인 이주는 1902년 12월 22일 102명의 이민자들이 인천항을 출발해 하와이로 떠나게 된 것이 효시이다.[8] 공식적으로 이민이 시작된 1902년을 시작으로 1906년까지 한인의 하와이 이주는 대략 7,300여 명으로 집계된다.[9] 이 시기에 하와이 사탕수수 농장의 노동 인력을 확보하기 위해 하와이 정부와 미국 정부는 세 명의 외교관(알렌(Horace Allen), 비숍(Even Faxon Bishop), 데쉬러(David Desher))과 하와이 농장 간부 등을 한국에 파견하여 고종을 알현함으로써 노동 인력을 얻게 된다.[10] 하지

8) 1895년 하와이 사탕수수 재배조합(HSPA)이 결성되면서 외국인 노동자들의 수요가 하와이 정부와 미국 정부를 통해 본격적으로 제기되었고, 이에 따라 1890년대에는 중국인과 일본인의 미주 이민이 활발하게 이뤄졌다. 1883년 한국 외교관 서재필, 서광범, 유길준, 윤치호 안창호, 민영환, 김규식 등 외교사절이 미국을 경유해 하와이에 도착했고, 1898년에는 두 명의 인삼 상인이 하와이에 도착했다. 이후 1896년부터 1902년 6월까지 상당수의 한인들이 하와이에 비공식적으로 도착했다고 한다(홍경표, 「미주 이민문학의 현황과 전망」, 『국제한인문학연구』 창간호, 국제한인문학연구회, 2004, 231쪽 참조).

9) 고승제, 『한국이민사 연구』, 장문각, 1973년, 211쪽 참조.

10) 1902년 11월 고종은 알렌의 요청에 따라 노동인력 송출을 허락했고, 유민원(일종의 이민청)을 설치했고, 이어서 <동서개발>회사가 데쉬러에 의해 설립되었는데, 이후 이 조직을 통해 1903년 전반기까지 약 600명의 노동자가, 그 해 후반기에는 역시 600여 명이 하와이로 송출되었다. 또 1904년 전반기에는 1,500여 명이, 그 해

만 사탕수수 농장의 가혹한 노동환경에 대한 조선 정부의 제재 조치로 1905년 이민금지령이 내려지고, 이후로는 국가 간 조약에 의한 체결은 아니지만 미국 측의 용인 아래 비공식적인 이주가 간헐적으로 행해졌다.11)

미국 본토에 상륙한 최초의 한인은 1883년 민영익이 이끄는 우호사절단 일행이었으며, 갑신정변에 실패한 서재필, 박영효 등이 일본을 거쳐 샌프란시스코에 상륙한 것은 1885년이었다. 이들은 대개 정치적 망명자로서 당시 개별적으로 태평양을 건넌 유학생들과 함께 미국 본토의 한인 사회를 형성하는데 기초를 마련하였고,12) 1904년 이후 2, 3년 동안 하와이로부터 1,000여 명의 노동자들이 본토로 이주한 것 역시 미국 내 한인사회의 기틀 마련에 큰 계기가 되었다.

하와이로 이주한 한인들에 비해 미국 본토로 이주한 한인의 숫자는 적었지만 고국에서 높은 수준의 교육을 받은 지식인이나 정치가로 산 이력 탓에, 당시 미국 사회에 생소한 조선 혹은 대한제국이라는 나라를 알리는 동시에 한인들에 대한 정신적 지도자 역할을 하는 등 미국 한인 사회에 끼친 영향력은 적지 않았다고 하겠다.

1910년 한일병합 이전 하와이로부터 천여 명의 한인 노동자들이 대거 본토로 이주했고, 한일병합이 강행되자 본토로 건너온 한인의 숫자는 대폭 증가했다.13) 이들은 대개 일제에 대한 저항의식이 강렬했던 청장년들로 한일병합 후 폭압적으로 진행되는 정치적 압력과 경제적 빈곤 등을 피

말에는 2,000여 명이, 1905년 7월까지는 약 7,000여 명의 한인 노동자들의 이주가 시행되었다(위의 책, 233쪽 참조).

11) 한일병합이 이루어진 19010년 이후에는 '사진신부'의 이주가 대거 실현되었는데, 1910년 이전에 이주해온 남자 한인들과 결혼을 하여 가족을 이루는 등 한인사회가 변모할 수 있는 계기를 마련하였다.

12) 표언복, 「미주유이민문학연구」, 『목원어문학』 제15권, 목원어문학, 1997, 8쪽 참조.

13) 1905년에 399명, 1906년에 456명, 1906년에 148명의 하와이 한인 노동자들이 미국 본토로 건너갔다(현규환, 『한국유이민사』(하), 삼화, 1976, 84쪽 참조).

해 중국이나 러시아 등을 전전하다가 미국 본토로 건너간 경우가 다수였다. 이들은 이미 미국 내 한인사회를 대표하는 교민단체로 성장해 있던 <대한인국민회>의 지원과 한인들의 애국활동에 호의적이던 미국 정부의 후원을 얻을 수 있었는데, 이후 재미한인들을 통합하고 항일운동에 앞장서는 역할을 수행했다.[14)]

2) '사진신부'와 현실인식의 변화

이 시기 재미한인 사회의 형성에 '사진신부'는 중요한 역할을 하였는데 그 출발은 일본 노동자의 미국 진출에서 시작되었다. 즉, 사탕수수 농장에서 필요한 노동력의 수급을 위해 중국에 이어 일본의 노동자들이 태평양을 건너 미국에 이주한 것이다. 이들 대다수는 미혼이자 독신인 남성이었는데, 이들의 생활을 안정시키기 위한 조치로 '사진결혼'이 행해졌다. 혼인 상대와 사진을 교환하여 맞선을 보고 서로 응하면 일본에서 혼인신고를 한 뒤 미국에 있는 구혼자가 초청을 하는 방식으로 이루어진 것이었다. 하지만 이러한 조치는 1924년 배일이민법의 시행으로 '사진결혼' 및 모든 형태의 이민이 금지되었고, 그 후속 조치로 조선인 노동자의 수출 그리고 수출된 노동자와 가정을 꾸리기 위한 '사진신부'가 시행되었던 것이다.

1923년 간행된 『개벽』에 의하면 1921년에 5,327명이 하와이로 이주하였는데, 1918년부터 1921년까지 태평양을 건넌 사진신부는 167명이었다. 또한 1924년 일본인의 미국 입국이 금지될 때까지 조선의 사진신부는 모두 951명이었고 그중 미국 본토로 넘어간 여성은 115명이었다.[15)]

---

14) 표언복, 앞의 글, 11쪽 참조.

15) 이경민, 「사진신부, 결혼에 올인하다 – 하와이 이민과 사진결혼의 탄생」, 『황해문학』 56권, 새얼문화재단, 2007, 409쪽.

'사진신부'는 사실상 일본의 제국주의적 야욕에서 출발한 것이었지만, 재미한인 사회에 끼친 영향은 적지 않았다. 이미 하와이로 건너와 홀로 생활을 해나가던 남성 노동자들과 사진신부가 결혼해 가정을 꾸림으로써 민족 정서에 대한 확인이 새삼 이루어졌을 뿐 아니라, 나아가 그전까지 '임시체류자의식'이라고 표현될 수 있는 자아 정체성에 일정한 변화의 계기를 준 것이다. 언젠가 조국으로 돌아가 이전의 생활을 회복할 수 있을 것이라는 '임시체류자의식'이 가족 단위로 꾸려진 일상의 영향을 받아 현재 거주지에서 여생을 마칠 수도 있다는 '정주(定住)의식'으로 변모하기 시작한 것이다.

타국에서의 일상과 모국에 대한 기억으로 이원화되는 재미한인의 의식적 경향과 그로 인한 정체성의 혼란 및 분열 양상은 이후 1965년 미국 이민법이 개방적으로 변화되고 조국에 있던 가족이나 친지를 초청하는 이민의 형식이 활발히 진행되면서 또 다른 차원의 변화를 겪게 되었다. 가족 단위의 이민은 현재까지도 지속되고 있는 미국 이민의 주요한 방식이며 그로부터 파생되는 가족 세대 간의 갈등과 세대 내의 갈등 그리고 그것에 대응하는 방식의 차이점과 정체성을 올바르게 규명하고자 하는 노력 등은 재미한인을 규정짓는 중요한 특질 중 하나라고 하겠다.

3) 주요 작가·작품 : 시

일제강점기 재미한인들의 시문학은 민요, 가사, 창가, 시조 등 조국에서 이어져온 전통적 문학 형식을 계승한 부분과 미국에서 새로운 형식들을 접하면서 변화된 부분으로 나누어 볼 수 있다. 계급이나 지위 고하를 떠나 당시 미국으로 이주한 한인들은 일본제국주의의 식민지로 전락한 조국을 떠나온 망국민으로서 설움 그리고 생경한 미국에서의 생활을 통해 발생하는 다양한 감정에 대한 표현적 도구가 절실했을 것이다. 생활어인 영어로 자신의 내적 감정을 형상화할 수 있는 능력을 배양하기 위한 정신적·시간적 여유가 부족했을 것이라는 상황을 감안한다면, 이들에게 문학은 미학적 완성도를 떠나 국가와 민족 그리고 공동체에 대한 현실적 염원을 드러내기 위한 수단으로 인식되고, 그에 따라 내용과 형식적 변화가 일어날 가능성이 크다고 하겠다.

(1) 노래로서의 시와 자유시의 경향

이 시기 재미한인들은 정확한 자수율에 의존하여 시상을 전개하던 조국의 전통시가 양식에 비해 형태적으로 자유로운 서양의 시 양식을 생활 속에서 체험했다. 국내적으로도 이 시기는 사실상 신체시를 청산하고 자유시의 단계로 이행하고 있을 때였는데, 다만 국내의 경우 이러한 움직임이 문학 내부에서 이루어진 반면 재미한인들은 자유로운 형식의 노래를 다양하게 체험하면서 얻은 효과를 시문학에 적용시켜 새로운 자유시로의 경향을 일궈냈다. 그 변화에 초기적 형태에 대한 구체적인 예는 다음과 같다.

① 즐겁도다 이날이여 / 협회챵립 된날이셰 // 우리동포 공합ᄒᆞ야 / 단톄셩립 ᄒᆞ엿고나
깃뿐날 깃뿐날 / 공립협회 창립ᄒᆞ날 / 우리들의 노릐소릐 / 한곡됴로 놉혀보셰

② 더먼운소듕에 / 펄펄놀히날며 / 만셰영광자랑ᄒᆞ니 / 우리국긔로다 (후렴)
금슈강산 ᄆᆞ읆졍긔 / 젼폭원에 가득싯고 / 만셰영원토록

③ 만유쥬권 고ᄒᆞ샤 / 대단톄를 셩립ᄒᆞ니 / 귀듕ᄒᆞ고 신셩ᄒᆞ샤 / 국민회가 되엿도다
나라운명 계통ᄒᆞ고 / 민족젼톄 ᄃᆡ표ᄒᆞ야 / 독립ᄌᆞ유 목뎍ᄒᆞ엠 / 텬부칙임 무겁도다[16)]

①은 <공립협회 창립기념 노릭>인데 음수율 4·4조를 지키고 있어 당시 한국 내에서 유행하던 창가와 거의 흡사한 것이라 할 수 있다. ②는 <태극긔가>인데 기본적인 음수율인 4·4조와 거리가 있을 뿐 아니라 전통적인 율격으로도 쉽게 설명이 되지 않는다. 이것은 찬송가나 다른 미국 민요의 멜로디에 가사만 올려 부르던 것으로 추정된다. 이에 비해 ③ <북미디방총회 총부회댱의 취임식 노릭>는 4·4조를 지키고 있으며 후렴부가 없는데 이 역시 미국에서 접하게 된 찬송가나 고국에서 듣고 기억해 온 창가 등의 멜로디에 가사을 얹혀 부르던 것으로 추정된다. 이러한 예들은 당시 실생활 속에서 노래로 부를 수 있는 형태의 시가문학이 폭넓게 수용되고 전파되었음을 증명하는 것이라 할 수 있다.

또한 이 시기 재미한인들의 작품이 주로 발표되었던 『신한민보』가 채택한 목적문학적 문학관에 적절히 부합되는 동시에 계몽적 수단으로 사용되었던 문학 장르가 개화기 이전부터 내려온 가사와 창가 등의 형식이라고 본다면 이 시기 재미한인들의 장르적 선택이 주로 창가로 귀결됨은 자연스러운 것이었다고 볼 수 있다.[17)]

그리고 『신한민보』가 논설이나 평론, 광고 등을 통하여 창가를 비롯한 노래들의 개념과 범주 등을 구체적으로 제시한 것은 이 시기 미국 한인문학의 형성에 적잖은 영향을 끼쳤다. 『신한민보』는 형식과 내용에 관한 제한을 광고문에 구체적으로 명시했는데 창가를 중심으로 하는 시문학의

---

16) 조규익, 『해방전 재미한인 이민문학』, 월인, 1999, 67~68쪽 참조.
이하 인용되는 일제 강점기 창가 및 시조 등의 작품들은 조규익의 책에서 재인용한 것이다.

17) 『신한민보』의 핵심적 인물이었던 홍언의 연설을 고려해본다면 『신한민보』에 실린 미국 한인문학의 방향성은 분명해진다. 미국 한인문학의 작품들은 "교육과 실업의 진발/자유 평등 제창/동포의 영예 증진/조국의 독립과 광복"에 봉사할 수 있는 방향으로 내용이나 주제가 설정되어야 하고 장르적 선택 역시 그에 따라 이루어져야 한다는 것이다(위의 책, 48쪽 참조).

장르적 관습을 일정한 방향으로 조정하려는 의지를 가지고 있었던 듯 하다.[18] 그러나 그들이 생각한 창가는 당시 본국의 그것에 비해 의미 범주의 폭이 상당히 넓었다. 당시 『신한민보』에서 언급된 창가란 자수율의 큰 제한 없이 후렴을 갖춘 분절체의 형태로서 일정한 곡조에 올려 부르던 노랫말 일반을 총칭하던 보통명사로 보아도 무방할 듯하다.[19]

재미한인들은 자신들이 창작한 창가를 노래의 곡조에 맞춰 부르는 과정에서 미국의 찬송가, 포크송, 민요 등 다양한 형식의 노래를 체험함으로써, 정형적인 운율에 얽매여 있던 조국의 전통 시문학과 대비되는 서구의 자유로운 시 양식을 점차 수용하는 단계에까지 이르렀던 것이다.

> 됴일이 션명한 나의 동반도 녯집 / 너는 나의 조국이로다 / 션조들이 너를 창립하얏고/ 또 너를 의지하얏네 / 억쳔만대 자손이 우리 위하야 / 그 살과 또 피로 단장한 / 뎌러틋 장엄한 금슈강산은 / 오 나의 조샹나라이로다 // (후렴) 사랑홉다 나의 조국 / 오 나의 혈족들아 / 활동하셰 우리 민족의 자유와 / 조샹나라 운명을 위하야[20]

이것은 미국 민요 「My Old Kentucky Home」의 곡조에 가사만 올려 부른 것으로 「나의 켄터키 옛집」을 「동반도 녯집」으로 지역 이름만 바꾸어 놓았을 뿐 같은 내용의 노래이다. <The sun shine bright in the old Kentucky home>은 첫 행, <Then my old Kentucky home. good night>은 후렴 앞의 마지막 행, 그리고 후렴 <Weep no more, my lady/Oh weep no more today./we will sing on song for the old Kentucky home./For the Kentucky home far away>도 「동반도 녯집」의 후렴과 표현방식이 동일한 것 등을 보면 두 노래는 세부적 의미만 다를 뿐 전체적으로 같은 구조인 것이 확인된다.

---

18) 위의 책, 49쪽 참조.

19) 위의 책, 60~61쪽.

20) 위의 책, 71쪽에서 재인용.

한편, 종래의 시조(창)나 가곡, 창가가 여전히 가창 장르로서의 역할을 수행하면서도 다른 한편에서는 문자만을 사용한 문학작품의 생산이 활발히 이루어졌다. 이 점은 1920년대 후반부터 활발해지기 시작하는 본국의 시조부흥론과 맥락을 같이 하는 현상이기도 하다.

"식벽에 비단니불 / 한귀가 열리오며 // 님씌셔 가신다니 / 옷깃을 잡으오리 // 도라셔 눈물지우고 / 칼을 치워 주더라"와 같은 시는 행이나 연의 구분에 있어 전형적 규율을 탈피한 듯한 모습을 보이며, 특히 마지막 구절을 생략하지 않은 점 등은 작자가 가창을 위해 창작하지 않았음을 알 수 있다. 말하자면 이 시에서 문학 장르로 새롭게 정착한, 이른바 시조의 새로운 모습을 발견할 수 있는 것이다. 그러나 그 내면을 들여다보면 1920년대 국내에서 시작된 시조부흥운동의 여파가 그대로 온존하고 있는 모습 또한 발견된다.[21]

이처럼 해방 전 재미한인들은 현실적 필요에 의하여 전통적인 창가 형식을 계승하여 노래로 불렀으며 그것은 대체로 『신한민보』의 주도하에 이루어졌다. 그리고 거기에 그치지 않고 서양의 시 양식을 긍정적으로 수용하여 자유로운 시 형식을 실험하고 새로운 문학작품을 창작하는 데 노력을 기울였다.

(2) 애국애민과 현실 비판의식

이 시기 시문학 중 주된 창작 장르였던 창가에는 당시의 시대적 상황과 공간적 특성이 그대로 반영되어 있다. 일제강점하의 조국을 강제적으로 떠나온 망국민으로 조국에 대한 그리움과 귀향의 열망을 강하게 표출되어있는데, 이러한 주제의식은 조국 독립에 대한 소망과 일제에 대한 적개

---

21) 위의 책, 83~84쪽.

심 등에 대한 문학적 응전이라 하겠다. 특이한 점은 한인들이 처한 상황의 특수성, 다시 말해 일제의 폭력적 통치행위로부터 비교적 멀리 떨어져 있는 미국에서의 거주로 인해 고국의 전반적인 상황에 대한 비판의 수위가 상당히 높다는 것이다.

시 작품에 드러난 주제의 양상을 살펴보면 ① 일제에 대한 저항과 독립 염원, ② 현실에 대한 반성과 비판, ③ 이민 생활의 애환과 고국에 대한 그리움 등으로 나누어 볼 수 있다. 민족적 자긍심, 일제에 대한 저항, 시간이 흐를수록 부정적인 상황으로 변하고 있는 조국의 정세에 대한 비판 등이 주제의식을 형상화하고 있는데 아래와 같은 작품이 대표적이다.

> 우리 비록 창녀로되 대한빅셩다ᄀᆞᆺᄒᆞ니 / 일촌단심긔회보와 원슈갑고죽으리라 / 하ᄃᆡ마라오입장아 이ᄂᆡ몸이죽은뒤에 / 일흠기리빗나여서 유방빅셰ᄒᆞ리로다[22]

> 死海에散在ᄒᆞᆫ同胞여 / 千古에不忘ᄒᆞᆯ妄覺를 / 二千만民族團合ᄒᆞ야 / 百屈袍不屈愛國心으로 / 四時晝夜쉬이지말고 / 十生九死의 因難참고 / 七宗七洶ᄒᆞᆯ能力엇어 / 年內로報答ᄒᆞ여보세[23]

앞의 작품은 시적 화자가 기생인데, 화자는 자신이 비록 낮은 신분이지만 대한 백성으로서 원수인 일제에 대한 증오심은 다른 신분의 사람들과 전혀 다르지 않다고 주장하고 있다. 일제 앞에서 신분의 귀천 따위는 중요치 않으며 모두가 평등함으로 애국정신을 지녔으므로 자신을 하대하지 말라는 것이다. 표면적으로 가장 하층 계급인 기생도 나라 사랑의 마음을 지닌다는 것을 보여줌으로써 모든 동포에게 애국을 촉구하는 주제를 형상화한 것이다.

---

22) 위의 책, 96쪽.

23) 위의 책, 102쪽.

뒤의 작품은 단기 4247년의 국치일을 맞이하여 '4247년'의 각 행의 첫 글자를 <四千二百四十七年>으로 놓고 지은 노래인데, 그 치욕적인 숫자를 세계 각지에 흩어져 있는 동포들에게 환기시키며 애국심과 민족단합을 강조하는 효과를 노리고 있는 것이다. 또한 한시도 쉬지 말고, 죽음과도 같은 고난을 참으며 힘을 길러 일본에 대한 '복수'할 것, 즉 독립을 할 것을 주장하고 있다.

> 一. 친임틱임정부당 / 국가흥망맛ᄒᆞᆫ후 / 망힐일문하는것 / 가통히야못볼 것
> 二. 유지신사샤회당 / 국민발달ᄒᆞᆫ다고 . ᄆᆞᆯᄒᆞᆫ뿐이로군 / 가증히야못볼 것[24]

> 우리한인 사회듕에 / 별별괴물 허다키로 / 디혜눈을 놉히쓰고 / 경셰포에 장약히야 / 만목일치 미운자를 / 차례ᄃᆡ로 사격ᄒᆞ니 / 그소릭가 굉장ᄒᆞ여 / 산천초목 흔들닌다 / 뎨 - 발포쏘앙소릭 / 가지사가 쓸어딘다 / 슌셜노는 ᄋᆡ국ᄋᆡ국 / 속마음은 편당사업 / 호상튜툭 유인홀제 / 동포이목 현혹ᄒᆞ야/ 공익ᄉᆡᆨ업 방히되니 / 죽을죄가 분명ᄒᆞ고[25]

패망한 국가에 대한 책임이 우리 자신에 있다는 직접적인 반성과 비판은 초기의 노래들에 분명히 드러나기도 하지만 동시에 급변하는 국내외의 상황 속에서 제 역할을 하지 못하고 있는 권력층에 대한 불만과 불안의식이 사회적으로 팽배해 있었음을 반증하는 점이기도 하다.[26] 위 두 편의 작품은 이민생활의 애환과 고국에 대한 그리움을 표한 것이며 풍자적인 기법을 사용하고 있다.

앞의 작품은 가상의 정당을 설정한 뒤 조국의 정치 현실과 사회의 다양한 계층들을 비판하고 있다. 생략된 부분에 "외국문물에 젖어 흰소리만

24) 위의 책, 103쪽.
25) 위의 책, 104쪽.
26) 위의 책, 89쪽.

하는 개화당, 벼슬해보겠다고 가산을 탕진하는 동학당, 신문물에 등 돌리고 자식 교육 소홀히 하는 완고당, 목적 없이 일어나 생명과 재산만 축내는 활빈당, 나라 원수 갚자고 떠돌다 죽을 뿐인 의병당, 아무런 업도 없으면서 공부 안 하고 노는 소년당, 쓸데없이 내외나 하려고 장옷을 둘러쓴 마누라, 구화 신화 따지며 당오푸리하는 자"들을 모두 들고 있는 것을 보면 사회 비판 의식의 깊이를 알 수 있다.

뒤의 시는 이민사회의 부조리를 풍자하며 비판하고 있다. 화자는 지혜로운 눈을 크게 뜨고 모두가 지목하는 미운 자들에게 차례로 사격을 가하겠다는 경고의 메시지를 전하고 있다. 그 미운 자들로는 위에 있는 <가지자(仮志者)> 외에도 소인학생, 게으른 자, 노름꾼, 아편쟁이, 탐색자 등을 들고 있다.

일어학교경셩학당 십년을졸업힛지만 / 원슈문직슬ᄃᆡ잇ᄂᆞ ᄐᆡ셔렬국유람ᄒᆞ야 / 나의문견넙히랴고 ᄐᆡ평양을건넛더니 / 가ᄉᆡ밧헤모라넛코 어젹위로등을치니 / ᄒᆞ랴넌일쑴결되고 업든걱정ᄉᆡ려왓네[27]

캄캄한 밤중에 별들은 반짝이네 / 아 - 나홀로 언져셔 ᄉᆡᆼ각하노니 / 가슴이 쓸아리고 ᄋᆡ통할 ᄲᅮᆫ이로다 // 오ᄅᆡ동안 나라 일코 방황하는 이 ᄂᆡ몸 / 언제나 ᄯᅩ다시 우리나라에 도라갈가나 / ᄂᆡ나라 차져 도라가게 하여주옵소셔 // 나라 차즈려면은 오날 하로만이라도 / 한마음 한몸 한덩어리 되어지이다[28]

앞의 작품은 학식 있는 화자가 견문을 넓히기 위해 태평양을 건너 미국에 왔으나 그곳에는 엄청난 시련과 고난이 있을 뿐이라는 것을 말하고 있다. 노예이민이라고 일컬을 만큼 혹독했던 당시 이민생활의 참상을 "가시밭"이라는 비유를 통해 드러내고 있는 것이다.

---

27) 위의 책, 97쪽.

28) 위의 책, 98쪽.

뒤의 작품은 태평양전쟁이 한창이던 1942년 3·1절 경축식에서 부른 독창곡[29]으로 방황하는 망국민의 애통함을 노래하며 고국으로 다시 돌아갈 날을 기원한다. 그러면서 마지막 연에서 나라를 찾기 위해 단결할 것을 주장하며 독립을 지향하는 의지를 드러내고 있다.

이외에도 선진문물과 정신에 대한 추구, 삶의 즐거움을 표현한 노래 등도 나타나지만 대체적으로 일제에 대한 저항과 독립 염원, 애국심 촉구, 현실에 대한 반성과 비판, 이민 생활의 애환과 고국에 대한 그리움, 귀향에의 의지 등이 당시 창가의 주된 주제였다.

4) 주요 작가·작품 : 소설

이 시기 재미한인들의 소설문학에 드러난 주제적 경향은 3·1운동을 기준으로 나누어 볼 수 있으며, 사용 언어면에서 영문 작품과 국문 작품으로 분류해 볼 수도 있다.

3·1운동 전에는 주로 낭만적 애국심과 계몽사상을 드러낸 작품이 주류를 이루는데, 이는 한일병합이 체결된 지 얼마 지나지 않은 시기여서 현실적 인식이 강하게 드러난 것이라고 볼 수 있다. 또한 일제에 의한 검열이 없는 지역적 특수성이 바탕이 되어 강도 높은 현실 비판과 애국사상이 직설적으로 표현된 것이라 판단된다.

반면, 3·1운동 이후에는 당대 한인들이 일상에서 경험하는 체험적 사실에서 비롯된 정서적 반응이 모국의 비극적 현실을 타파하고자 하는 의식과 결합하여 드러나기도 하고, 더 나아가 인간 본질에 대한 탐구가 이루어지기도 한다.

이렇게 3·1운동을 전후해 소설의 주제적 양상이 이원화된 것에는 우

29) 위의 책, 98쪽.

선, 3·1운동 직전부터 1920년 말까지 2여 년 동안 『신한민보』에 소설작품이 게재되지 않은 것에 일차원적인 원인이 있다고 할 수 있지만, 더불어 3·1운동의 실패 이후 좀 더 냉철한 현실 인식을 도모하여 소설의 미학성을 높이고자 하는 문학적 열망 또한 간과할 수 없다.

(1) 낭만적 애국주의 : 3·1운동 이전 국문소설

이 시기의 작품들은 모두 1909년부터 1918년 사이에 발표된 것들이다. 이 가운데 완결된 것은 13편, 완결되지 못한 것이 4편이다.[30] 이 작품들 중 어느 정도 소설적 형상화에 성공하고 있다고 판단되는 작품은 「애국쟈셩공」, 「텰혈원앙」, 「남강의 가을」, 「옥란향」, 「난쳐난쳐」 등이다.

「애국쟈셩공」은 전쟁을 배경으로 해 애국정신을 드러낸 작품이다. 전제자 카다지의 탐욕에 맞서 로마국민의 애국심으로부터 발효된 전쟁이 일어나고, 결국 로마가 승리하기까지의 경과를 자세하게 담은 일종의 군담소설이다. 주인공 '우릐굴루쓰'를 등장시켜 개인의 삶과 집단간의 상관성에 특히 주목하고 있다. 숭고한 희생을 결행하는 주인공을 통해 작가는 국가의 위기에 처해 자신을 희생함으로써 민족을 구할 수 있다는 메시지를 한인들에게 전달하려 했다. 그 구체적인 방안을 로마국민들이 자발적으로 병선제조를 위해 재원을 모았다거나 의용병으로 참전한 사실로 제시한다.

동해수부의 「텰혈원앙」 역시 외국의 전쟁을 배경으로 하고 있지만, 남녀 간의 애정이 좀 더 비중 있는 서사적 위치를 차지한다. 작가는 플로렌쓰와 코라라는 영웅적인 두 여성을 등장시켜 전쟁이라는 극한적인 상황

30) 이 작품들은 대개 소품적인 성격을 띠고 있는데, 『신한민보』에 게재된 작품들은 1화(5편), 2화(2편), 3화(1편), 5화(1편), 6화(1편), 12화(1편), 17화(1편), 37화(1편) 등이다. 완결되지 못한 작품들도 5화(1편), 12화(2편), 30화(1편) 등 상당수에 달한다. 조규익의 위의 책 참조.

에서 애국의 정신이란 무엇인지를 역설한다. 이 작품은 발칸 전쟁이라는 역사적 사건 속에서 실제로 벌어졌던 현실적인 사건을 사료로 취해, 그로부터 부각되는 인간 군상을 형상화했다. 때문에 이 작품은 군담 소설의 형식 위에 염정 소설의 내용을 취했다는 점에서 일정한 문학적 성취가 이루어진 경우라고 할 수 있다

「옥란향」은 본격적 추리소설의 형식을 취하고 있는 작품으로, 주인공이 복잡한 사건의 해결을 위해 분투하는 과정과 사랑의 확인이라는 두 가지 목표를 지향하는 서사적 구성을 취하고 있다. 특히 이 작품은 「애국쟈셩공」, 「텰혈원앙」과 같은 작품이 서술자의 무리한 해설적 개입이 이루어지는 것에 비해, 일인칭 시점을 이용해 시종일관 주인공 윌리암의 시각을 통한 서술을 행하고 있다. 자국의 이익을 위해 목숨을 걸고 첩보전을 벌이는 주인공을 통해 애국심이라는 일정한 주제적 양상을 그려냈다고도 할 수 있으나, 이보다는 복잡한 첩보전을 벌여 국가적 이익을 취하려 하는 민족국가의 근대적 특성을 일정 부분 그려냈다는 점에서 앞선 두 작품과의 차별성을 지닌다고 하겠다.

남궁시예라의 「난쳐난쳐」는 단 1회의 짧은 작품이면서도 소설 내에서 벌어지는 사건을 그려내는 묘사의 사실성에 어느 정도 성공하고 있다. 또한 등장인물의 형상화, 주제의식의 예술적 승화 등 상당한 문학적 성취가 이루어진 작품이다. 특히 서술자인 '나'는 아내로 등장하는 인물인데, 시종일관 차분하게 이어지는 그녀의 어조는 하나의 사건을 객관적으로 바라볼 수 있는 것에 상당한 기여를 한다. 명성황후 시해 사건, 어머니의 죽음, 의병으로 죽음의 문턱에 있는 청년이 외국인 목사로부터 도움을 받는 장면 등이 회상의 기법으로 압축적으로 처리된 것은 당시 모국이 처한 역사적 상황과 그 속에서 일상을 꾸려가야 하는 민초들의 삶을 탁월하게 형상화 했다는 점에서 상당한 문학적 성취가 이루어진 작품이라고 하겠다.

이상의 작품들은 설정된 배경이나 사건 등이 외국의 것으로 처리되긴 했지만, 모두 애국의 정신과 방향을 상징적으로 보여준다는 점에서 일정 부분 현실적인 목적의식을 전제로 했다고 할 수 있다. 치밀한 사실성의 추구와 주체적 형상화에 대한 노력보다는 낭만적 애국주의에 상당 부분 기대고 있다. 하지만 이는 당시의 시대적인 상황과 미국에 거주하는 한인이라는 작가의 환경에서 비롯한 필연적인 결과라고도 볼 수 있다. 이러한 낭만적 애국주의에 경사된 작품 경향은 3·1운동이 실패로 돌아간 뒤 좀 더 냉철하고 객관적인 시각을 취해보고자 하는 작품들로 이어지는 일종의 가교 역할을 한다.

(2) 주제의식의 다양성과 미학의 추구 : 3·1운동 이후 국문소설

작가로서의 전문성보다는 한일병합에 의해 손상된 민족적 자존심을 관념적으로나마 보상받으려는 지사적 지식인들의 욕망이 소설 형식을 빌려 구체화 된 것이 3·1운동 이전의 작품경향이라면, 좀 더 차분하게 민족적 현실을 직시하고 그에 대한 합리적 대안을 제시하거나 본질적인 인간 내면을 미학적으로 형상화 하는 경향이 3·1운동 이후 소설 작품의 주류라고 하겠다. 특히 남녀 간의 애정 문제나 윤리적인 갈등은 이 시기 작품들에 공통적으로 드러나는 면인데, 이는 미국이라는 전혀 다른 사회적 체계에서 경험된 새로운 윤리적 인식이 작품 속에 투영된 결과라고 판단된다.

이 시기 소설 작품에 드러난 주제적 경향을 묶어본다면, ① 투쟁정신과 애정윤리의 미적 합일 : 「고향의 꿈」, 「동지」, 「무덤에 꽃을 붓쳐」 ② 애정윤리의 변화와 인간 본질의 탐구 : 「사랑하는 S누님께」, 「자유혼인」, 「현미경」, 「희당화」 ③ 인종적 편견과 사회적 모순에 대한 비판 : 「특이」 ④ 기독교적 구원과의 미적 형상화 등으로 나누어 볼 수 있다.[31]

「고향의 꿈」은 주인공 정인호가 꾸는 꿈 안팎의 현실로 이원화된 구성

을 취하고 있다. 정인호의 연설로 인한 대중의 격동, 그로 인한 정인호의 투옥, 그 후의 탈옥과 리정숙과의 만남이 꿈속의 이야기 얼개이고 꿈속에서의 각성을 바탕으로 현실세계에서의 의로운 투쟁에 대한 다짐이 꿈밖의 이야기이다. 작품의 전반적인 주제가 애국계몽에 있다고도 볼 수 있지만, 정인호의 현실 세계에 대한 각성이 이루어지는 주된 계기를 리정숙이 제공한다는 면에서, 이 작품은 현실 세계에 대한 주체적 대응 의지와 애정 윤리의 결합이 적절히 이루어진 성과를 보여주고 있다고 하겠다.

「자유혼인」은 이상적인 결혼과 자유연애의 상관성에 대한 인식이 작품의 전반적인 흐름이어서 자칫 통속적인 연애담으로 보일 가능성이 있지만, 작가는 주인공의 현실적인 욕망과 자유연애 사이의 갈등을 섬세한 심리적인 기술로 드러냄으로써, 당시에 한인들이 미국이라는 새로운 가치체계에서 경험하는 윤리의식 변모를 잘 형상화하고 있다. 그러한 면은 주인공이 미국에서 자유연애를 경험한 뒤 그에 대한 현실적인 답을 구하고자하는 공간이 한국으로 설정됨으로써 구현된 것이라 볼 수 있다.

위의 두 작품이 애국계몽과 남녀 간의 애정의 문제를 결합시켜 나름의 주제 의식을 표출한 것이라면, 「특이」는 당대 사회가 안고 있는 사회적인 무제, 즉 인종적 편견과 사회 모순에 대한 비판을 드러냈다는 점에서 주목을 요하는 작품이다. 이 작품의 제목 「특이」는 혼혈아, 곧 '트기'를 지칭하는데, 미국 내에서 경험하는 인종적인 편견에서 빚어지는 갈등과 한국에서 경험했던 지주-소작인의 갈등이 이원적으로 드러난다. 단일민족으로 문화적 자부심이 상당했던 모국의 식민지적 상황이 혼혈이라는 미국에서의 인종 갈등적 상황으로 전이되어 새로운 작가적 인식을 도모한 작품이라 하겠다.

31) 위의 책 참조.

또한 미국에서 경험한 기독교라는 종교에 기대어 인간 본질에의 탐구를 드러낸 작품으로는 「사랑의 빛」, 「탈선의 최후」 등이 있다.

미국이라는 낯선 사회 속에서 경험하는 윤리적인 충돌과 그에 대한 인식은 이 시기 작품들의 주된 주제적 경향을 결정짓는 데 상당한 영향을 끼친 것으로 판단된다. 그러한 모티브가 남녀 간의 애정관과 인간 본질에 대한 질문으로 이어지는 것은 어찌 보면 당연한 귀결이라고 할 수 있다. 또한 모국의 식민지 현실을 인종적 편견과 갈등이라는 문제와 연결해 인식한 것이나, 기독교적인 내세관을 빌어 인간 존재의 항구성을 탐구하고자 하는 노력 등은 소설 미학적 완성도를 높이고자 하는 의지로 볼 수 있을 것이다.

(3) 창작어로서의 영어와 내용으로서의 한국 : 영문소설

① 조국의 고유한 문화에 대한 회상 : 류일한

1895년 평양에서 태어난 류일한(Il-Han New)은 러일전쟁 직후이자 일본에게 국권이 피탈되기 직전인 1904년 9세의 나이로 미국으로 건너갔다. 1919년 4월 미국 필라델피아에서 열린 <한인자유대회>에 적극 참여하는 등 고학으로 생계를 꾸려나가는 와중에도 조국과 민족의 참담한 현실에 대한 의식을 키워나갔다. 1926년 귀국한 류일한은 유한양행을 창립하고 사업가로 활동하면서 조국의 식민지 현실을 미국 독자에게 알리기 위해 『나의 한국 소년 시절(When I Was a Boy in korea)』을 출판했다. 이후 1941년 하와이에서 열린 <해외 한민족대회>에서 집행위원으로 활동하였고, 미 육군 전략처(OSS) 한국담당 고문으로 활약하며 미 국방부 요청으로 비망록 형식의 많은 글을 썼으며, 1971년 76세의 나이로 서울에서 생을 마감했다.

『나의 한국 소년 시절』은 미국에서 발표된 최초의 재미한인 1세대 작품이라는 문학사적 의미 외에도 떠나온 조국에 대한 강한 향수와 모국애가 그려지고 있다는 점에서 미국 한인문학이 갖고 있는 보편적 정서를 선취하고 있다고 하겠다. 일인칭 화자인 주인공이 소년기에 한국에서 겪었던 경험을 회상하는 형식과 한국의 고유한 문화를 제3자적 관점에서 소개하는 방식을 혼용해 사용하고 있는데, 이는 자전적 소설의 형식을 빌려 미국인들에게 한국의 문화를 알려주는 일종의 논픽션적 요소 또는 목적문학적 성격을 드러낸 것이라고 볼 수 있다.

『나의 한국 소년 시절』에는 한국의 명절에 행해지는 다양한 놀이, 음식, 요리 방식, 작명 방식, 무당, 굿, 출생, 결혼 등 한국의 다채로운 문화에 대한 소개가 내용의 대부분을 차지한다. 그때 사용되는 고유명사를 한국어 발음 그대로 영어로 표기하는데, 모시(mo-see), 버선(po-sons), 두루마기(do-roo-magic), 김치(kim-chee), 송편(Shang pyen), 지게(jiggies), 엿 사세요(yut-sa-see-oh!) 등이 그 예이다. 또한 "그들은 한국어로 화로라고 불리는 작은 숯불난로를 피우는데 화로는 주로 놋쇠나 쇠로 만들어졌으며 약 30cm 정도의 4개의 다리로 받쳐져 있다. 불이 피워지는 동안 군밤장수의 외침소리가 들린다." "군밤이요, 군밤이요, 설설 끓는 군밤이요."라는 식의 서술은 『나의 한국 소년 시절』의 창작 동기가 한국의 문화를 서구인들에게 소개시켜 주기 위한 것임을 반증한다.

정겹고 평화로운 한국 문화 전반에 대한 제3자적 관점에서의 소개를, 일본 제국주의에 의해 한국의 정치·경제·사회·문화의 거의 모든 것들이 침탈당하고 있는 현실에 대한 비판적 제시라고도 볼 수 있다. 동양적인 그 무엇에 대한 신비감을 자극하여 인류 문화적 보편성을 은연중에 삭제하는 오리엔탈리즘적 시각과 민족지적 태도가 비판적 대상이 될 수도 있지만, 한국의 고유한 문화와 인간적 삶에 대한 객관적 제시가 제국주의적 침략의 야만성을 간접적으로 고발하는 기능을 갖고 있다고 작가 류일한은 보고 있는 것이다.

② 이원적 세계와 초민족 주체 : 강용흘

강용흘은 1903년 함경남도에서 태어나 유교적 분위기의 가족 속에서 성장했다. 이후 1919년 3 · 1운동에 참여했다는 이유로 일 년간 복역한 뒤 1921년 미국으로 건너가 보스턴대학과 하버드대학 등에서 의학과 영미문학을 전공했으며 1931년 『초당(The Grass Roof)』을 출판해 주류 문단의 호평을 얻었고, 1937년 『동양선비 서양에 가시다(East Goes West)』라는 두 번째 장편소설로 문학성을 인정받았다.

『초당』은 자전적 성장소설로, 작품 전체가 2편으로 구성되어 있으며 과거의 기억을 뒤돌아보는 회고의 형식으로 서술되어 있다. 제1편은 러일전쟁 무렵부터 한일병합까지의 시간적 배경 속에서 총 11개의 장에 걸쳐 한청파의 출생과 개인적 이상, 가족들과 주변인들의 일상, 어린 시절의 친구들의 교유 관계, 당대의 풍속 등의 내용이 담겨져 있다. 제2편은 한일병합 방부터 3 · 1운동 직후까지의 기억이 총 13개의 장에 서술되어 있는데 주로 일제의 야만적 행위와 그에 따른 우리 민족의 고난 어린 일상, 서울과 일본에서의 힘겨웠던 유학 생활, 독립운동 상황, 그리고 미국으로 가는 꿈 등의 내용이 그려져 있다. 형식적으로 특이한 점은 각 장의 초입에 아서 오쇼오니시, 로버트 브라우닝, 김천택 등 조선은 물론 일본과 서양의 유명 시인의 작품이 부분적으로 실려 있으며 본문 안에서도 서술자 한청파가 창작한 시 작품이나 유명 시인들의 운문 작품들이 실려 있어 동서양을 아우르는 인문적 교양에 대한 열정을 드러내고 있다는 것이다.

『초당』의 1부에 그려진, 전통적 방식의 삶을 평화롭게 구가하고 있던 한청파의 가족들과 주변 인물들의 일상은 일본 제국주의 만행에 의해 심각하게 훼손당한다. 작품 속에서 그런 상황은 서구 근대화로 대변되는 세계사적 변화에 민감하게 대응하지 못한 조선과 대한제국의 폐쇄적 국가관, 그리고 무능한 정치력 등에서 기인한 것으로 진단되지만, 무엇보다 일인칭 서술자인 한청파는 일본의 제국주의적 야욕에서 중대한 원인을 찾고자 한다.

독자적인 역사와 문화를 보유하고 있는 조선 혹은 대한제국의 쇠망을 제국주의 폐해라고 규정하면서도 그것을 불가피한 세계사적 흐름이라고 인정하는 듯한 서술자의 현실인식과 그것에 연동되는 행적은 어린 시절부터 준비된 것이라고도 볼 수 있다. 가난하지만 전통적 삶의 방식이 평화롭게 유지되고 있는 송둔치에서 태어나고 성장한 한청파는 7세 경 이미 자신의 이상을 '박사'로 설정하고 자신의 존재감을 특별하게 인식하는 등 자의식이 강한 인물이다. 하지만 그가 꿈꾸는 '박사'는 전통 사회에서 계급적인 형태로 이식된 것일 뿐 현실적인 좌표가 설정되어 구체성을 갖춘 상태는 아니었다.

그런 한청파의 이상에 구체적 동기를 부여하고 실체감을 제시해준 인물은 당숙과 박수산이다. 당숙은 집안사람들뿐 아니라 마을 사람들 모두에게 선망을 받으며 부와 명예를 누렸던 인물이다. 어린 한청파는 그런 당숙을 이상적 인물로 받아들이며 꿈을 키워가는 도중 박수산이라는 인물을 만나게 되는데, 박수산은 독립운동을 하다가 귀향한 인물로 독립에 대한 확고한 의지뿐 아니라 서양학문에 대해 갖고 있는 확신으로 한청파의 세계관에 깊은 영향을 끼친다.

『초당』에는 동양에 비해 모든 면에서 우위를 점하고 있다고 전제된 서양의 시각에서 한국의 풍습을 소개하거나 심지어 비난하는 표현이 적지 않다. 이런 태도는 한국 전통 문화의 중요한 유산으로 서술자가 인식하고 있고 그것에의 함양에 상당한 자부심을 표하고 있던 작품 초반부에서 보여주던 한청파의 시각과는 매우 상이한 태도이다. 조국을 패망시킨 일본의 힘이 서구식 근대로부터 왔으며 그것의 폭력성에 대해 비판적 태도를 견지하던 작품 초반부의 주체적인 목소리가 소멸된 원인으로는 서구 중심적 시각이 점차 내면화되고, 해방에 대한 요원함, 미국에 대한 맹목적인 동경 등이 복합적으로 작용되었다고 판단된다. 한청파에게 미국으로 대표되는 '서양'은 자체로서 긍정적이고 진보적인 동시에 가치 판단의 기준이다. 그런 '서양' 중심적 관점에서 식민지로 전락한 조국은 후진적이며 미개하게 보일 수밖에 없다. 자신의 유년 시절을 비롯해 '박사'의 꿈을 꾸게 해주었던 고국의 문화는 역사적 가치뿐 아니라 현실적 응전력을 전혀 발휘하지 못한 것으로 인식된다.

또한 『초당』은 국가가 패망하고 주변국의 식민지로 전락한 상황에서 개인적 이상을 추구하고 있다는 점, 이민자의 목소리로 한민족의 일상과 풍속을 서양인에게 소개해주는 것 같은 태도를 보이고 있다는 점, 특히 서구로부터 받아들인 근대적 과학 지식을 이용하여 주변국을 식민지로 전락시킨 일제의 제국주의적 만행을 비판하고 극복하기 위해, 근대성에 대한 치밀한 고민 없이 일본보다 올바른 근대성을 갖추고 있다고 믿는 미국을 열망하고 있다는 점 등을 형상화하고 있다.

『동양선비 서양에 가시다』는 『초당』의 주인공 한청파가 한국을 떠나 미국에 도착한 이후 캐나다와 미국 등을 오가며 겪은 일들을 서술한 작품이다. 총 3부 17권으로 구성된 『동양선비 서양에 가시다』의 제1부는 한청파가 일자리를 찾아 뉴욕에 온 후 오랫동안 미국뿐 아니라 유럽 사회까지 경험한 한국인 김도원과 한때 한국 정부 대사를 지냈지만 현재는 단역 배우 생활을 하고 있는 조지 점 등 여러 한국인과 한인단체들을 접하는 과정을 그리고 있다. 제2부는 한청파가 미국에 올 때 도움을 주었던 선교사 루터가 알선해준 선교 장학금을 받고 캐나다의 매리타임 대학교로 유학가 겪는 인종차별과 그 후 다시 보스턴으로 돌아와 생활하게 된 대학 이야기를 담고 있다. 제3부는 한청파가 김도원과 재회하게 되는 과정과 김도원의 자살의 정황, 한청파가 백인 여성 트립과 나누는 연애의 과정 그리고 보스턴과 필라델피아의 백화점 등에서 점원으로 일하며 겪은 일화 등이 서술되어 있다.

『동양선비 서양에 가시다』에서는 『초당』의 한청파가 올바른 서구 근대성의 표준이라고 믿었던 미국의 이면이 낱낱이 드러난다. 한청파가 체험한 '미국적인 것'들은 인위적이며 물질주의의 현실적 재현들이다. 한청파가 처음으로 도착한 미국의 중심 도시 뉴욕이 그 인위성을 대표하는데, 그것은 편리하고 실용적이며 속도가 빠르지만 생명이 부재하고 자연이 억압되며 따라서 다채로운 생명력이 존재하기 어렵게 한다. 반면 그와 대조적인 동양에는 자연과 생명이 왜곡되지 않은 채 살아 숨 쉬는 곳이며, 그런 곳은 딱히 한국에만 있는 것이 아니라 동양적인 것의 일반으로 확대되어 인식된다. 또한 한청파가 체험한 미국은 생명의식이 단절된 곳이며 인간은 단지 물건을 다루는 기계로 치부되는 곳이다.

『초당』에서 그토록 고대하던 미국의 실상이 『동양선비 서양에 가시다』에서 본격적으로 해부된다. 이때 한청파는 단지 미국의 부조리한 면들을 고발하는 것에서 머무르지 않고 서구 근대의 폭력성을 뛰어넘는 정신적 논거를 마련하는데, 그것에 중요한 단초를 마련한 인물이 김도원이다. 김도원은 중국어, 영어, 독일어 등 여러 언어를 구사할 수 있으며 문학, 철학, 예술 등 다양한 분야에 대한 지식을 갖추고 있는 인물이다. 그의 집 서가에는 동서양을 아우르는 교양서적들이 꽂혀 있고 셰익스피어, 칸트, 아인슈타인 등 서양의 지성인들에 대한 이해도 남다르다. 작품 속에 드러나는 김도원의 면모는 동양과 서양, 현대와 고전, 학문적 경계 등으로 분할된 경계를 넘나들며 인류가 가꾸어온 문화와 학문과 예술과 지성에 대한 가치를 이해하고 있으며, 나아가 그러한 가치를 자신의 삶으로 끌어들여 내면화하려는 모습을 보여주고 있다. 그러한 김도원은 작품 말미에 죽음을 암시하며 실종되는데, 그것의 표면적인 이유는 김도원 가문의 몰락과 애인인 헬렌과의 결별로 제시된다. 이것에는 일본의 제국주의 침략과 인종주의가 작동된 탓이기도 하지만, 김도원의 삶을 좀 더 살펴보면 그의 소멸에는 좀 더 심층 깊은 원인이 작용하고 있다. 그는 새로운 가능성을 찾기 위해 미국 생활을 시작했지만 미국은 이미 희망을 상실한 상태로 인식된다.

강용흘은 『초당』에서 서구 근대가 재현한 이분법적 세계관과 오리엔탈리즘에 순응하는 듯한 태도를 일면 보여주기도 하지만 일본 제국주의로 대표되는 근대의 파괴적 만행을 간접적인 방식으로 비판한다. 이어 『동양 선비, 서양에 가시다』에서는 좀더 성숙한 태도로 미국 사회에 뿌리 내린 서구 근대의 실상을 직접 체험하면서 그 이면에 대한 실상을 본격적이면서도 다양한 인물들을 활용한 간접적인 방식으로 비판하는데, 그 비판적 정신의 토대에는 다양한 삶의 방식을 수평적으로 융합하고자 하는 인류 보편적 인본주의와 다문화주의가 깔려 있으며 초국가적이고 초민족이며 초인종적인 탈근대적 자세가 중요한 동력으로 작용하고 있다.

3. 조국의 기억과 영문 한인문학

1) 재미한인 사회의 발전과 문학의 이원성

해방 이후 한국전쟁을 거치는 동안 미국으로의 이주는 주로 전쟁고아, 미군과 결혼한 여성 등이 대다수를 차지했다. 이것은 해방 이전 시기에 주로 독신 남성이 노동자 신분으로 이주해 미국 내 한인사회를 형성했던 것에 가족이 구성될 수 있는 계기를 제공해주면서 계층과 연령이 다양해지는 변화를 야기했다고 할 수 있다. 또한 경제적 동기에 의한 자발적 이민이 현재까지 이어지면서 재미한인 사회가 갖고 있는 특징, 예를 들어

가족 단위의 이민이 많다는 점, 자발적 이민이 지속되면서 자연스레 한인 1.5세대나 2세대 등 차세대의 발생이 끊이지 않는다는 점 등에 일정한 영향을 끼쳤다고 하겠다.

1948년 미국 내 시민권 자격이 없는 외국인들의 토지 소유권을 제한하는 법에 개정이 이루어지면서 인종적 평등과 시민의 권리를 요구하는 민권운동이 확산되었고, 그에 따라 미국 내 한인들의 법적 지위 향상에 도움이 되었다. 1965년에 개정된 미국의 이민 국적법은 재미한인의 수적인 증가뿐 아니라 한인사회 내부의 질적 변화에도 커다란 영향을 미쳤다. 연간 이민 한도의 증가와 더불어 미국 시민권자의 부모, 배우자, 미성년 자녀와 같은 직계가족은 연간 한도에서 제외되었기 때문에 실제 이민자의 수는 크게 증가할 수 있었다. 또한 미국에서 필요한 직업 기술의 소유 여부에 근거해 영주 비자를 발급받을 수 있는 기회가 제공되었기 때문에 재미한인 사회에 상당한 변화를 초래하게 되었다. 단순 노동자로 이루어졌던 한인들이 가족을 구성할 수 있을 뿐 아니라 다양한 직종에서 종사할 수 있는 기회가 주어진 것이기 때문에 미국 사회 내에서 한인들의 사회적 지위도 향상될 수 있는 계기가 된 것이다.

이른바 '차세대'의 증가는 1980년대에 본격적으로 진행되었지만, 1965년 이민법이 개정된 이후 미국으로 이주하는 한인이 크게 증가하면서 기틀이 마련된 것이라 보아야 할 것이다. 한국에서 태어나 유소년기와 청년기를 보낸 후에 미국으로 이주한 한인 1세대가 1960년대 이전의 재미한인의 주축을 형성했다면, 1965년 이민법 개정 이후에는 한인 1세대뿐 아니라 1세대의 자녀 세대가 함께 이주하여 한 가족을 이루는 방식의 이민이 본격화된 것이다. 이러한 재미한인의 세대 분화는 곧바로 미국 한인문학의 특수성과도 연결된다는 점에서 중요성을 지닌다.

해방 이후 미국 한인문학의 중요한 특성은 모국어인 한국어와 생활 언어인 영어가 혼재되어 사용되면서 발생하는 이중성에 있다고 하겠다. 한인 1세대는 생활 언어로 익힌 영어를 사용해서 일상을 영위하지만 그들의 언어적 사유는 모국어인 한국어에 기반을 두고 있으며, 따라서 문학작품은 한국어를 사용해 작품을 창작하게 된다.[32] 그와는 달리 어린 나이에 부모를 따라 미국으로 건너왔거나 아예 미국에서 태어난 한인 1.5세대나 한인 2세대는 영어를 통해 언어적 사유를 함은 물론이고 문학작품 또한 영어 작품을 생산해내고 있다. 한 가족이라고 해도 각 세대의 사유 기반이 되는 언어가 다르다는 것은 가족 내부에서 발생할 수 있는 다양한 갈등의 기초가 될 수 있다는 점에서 그리고 그러한 세대 간의 불화가 재미한인이 미국 사회에서 겪는 인종적 편견 등과 맞물리며 미국 한인문학에서 주요하게 드러나는 정체성의 혼란이라는 주제의식은 재미한인이 현실적 삶에 뿌리를 내리고 있는 근본적인 성격의 것이라 하겠다.

2) 주요 작가 · 작품

(1) 격변기 신여성에 대한 미시적 기록으로서의 자서전 : 박인덕

박인덕(Induk Pahk)은 1896년 평안남도에서 태어나 불교에서 기독교로 개종한 어머니의 교육적 열의에 힘입어 1916년 이화학당 대학부를 졸업하고 이후 미국 유학을 다녀오는 등 당시로는 몇 안 되는 신여성의 삶을 살았다.

박인덕은 『9월의 원숭이(September Monkey)』(1954), 『호랑이 시(時)(The Hour of the Tiger)』(1965), 『닭은 아직도 운다(The Cock Still Crows)』(1977)라는 세 권의 자서전을 미국에서 출판하여 미국 한인문학사의 초석을 마련하였고 조국의

---

32) 강용흘이나 김은국처럼 한인 1세대로 미국 이주 후에 익힌 영어를 사용해 작품을 창작하는 예외적 경우가 있기도 하지만, 상당수의 한인 1세대는 한국어 작품을 창작하고 있다.

식민지 현실을 미국을 비롯한 서양에 알리는 데 공헌을 하였다.[33] 식민지 지식인으로서 일본에 협력한 면도 없지 않지만 여권 신장, 농어촌 생활 개선, 계몽 교육 등 조국의 근대화에 이바지한 면도 있다 하겠다.[34]

계몽운동의 일환으로 쓴 책이나 기독교적 신앙심을 표출한 책을 제외하고 박인덕의 주요한 저작은 세 편의 자서전인데, 그중 첫 번째로 저술되어 출간한 『9월의 원숭이』는 나머지 두 자서전의 내용과 형식에 토대를 제공한 첫 번째 작품이라는 점뿐만 아니라 박인덕의 개인적 삶과 문학적 세계를 읽어낼 수 있는 작품이다.

박인덕은 『9월의 원숭이』의 서문을 통해 저술의 목적을 "하나님의 능력이 마음과 정신과 영혼을 사로잡을 때 삶에서 어떠한 일이 일어날 수 있는지 증언하기" 위해서라고 밝힘으로써, 식민주의 시대를 살아가고 있는 여성의 삶을 기독교적 세계관을 통해 설파하려했다는 점을 분명히 하고 있다. 박인덕의 어머니는 박인덕의 아버지와 남자 형제들이 모두 사망하였을 때 양자를 들이자는 문중의 제안을 거절함으로써 모든 재산을 빼앗긴 대신 박인덕에게 기독교적 삶의 자세와 새로운 시대에 부합하는 교육적 열의를 제공했다. 이러한 상황 속에서 성장한 박인덕은 『9월의 원숭

33) 이 중 1954년에 출간한 『9월의 원숭이(September Monkey)』는 출간되자마자 초판이 3주 만에 5천 부가 팔리면서 비소설 부분 베스트셀러가 되고 영국, 오스트레일리아, 남아메리카 등 6개국에 판매되기도 했다. 이 책의 이익금과 강연회의 수입금으로 박인덕은 워싱턴에 <한국 버리어 재단>을 설립했으며, 1963년에는 인덕실업학교, 1971년에는 인덕대학을 설립하기도 하였다. 박인덕은 1980년 84세의 일기로 조국 땅에서 세상을 떠났다.

34) 『농촌교역지침』(1935), 『덴마크의 공민고등학교』(1935), 『세계 일주기』(1935) 등의 책을 출간하여 농촌계몽운동 등에 노력하였고, 『예루살렘에서 예루살렘으로(From Jerusalem to Jerusalem)』, 루시 피바디(Lucy W. Peabody)의 『어린 주 예수(Little Lord Jesus)』과 같은 신앙 서적을 번역하여 출간해서 식민지 개신교 활동에도 공헌한 바가 적지않다(김욱동, 「박인덕의 『구월 원숭이』-자서전을 넘어서」, 『로컬리티 인문학』 3, 2010, 272쪽 참조).

이』에서 전근대적 가부장제에 희생당하는 여성의 삶을 제시하는 동시에 그것을 이겨낼 수 있는 동력으로 기독교를 제시하고 있다. 이는 식민지 현실과 전근대적 가부장 질서라는 이중적 억압에 맞설 수 있는 저항과 자존의 근거를 기독교적 진리에서 찾고자함으로써, 기독교적 신여성이라는 새로운 여성성이 구현된 모계적 서사를 형상화했다고 하겠다.

또한 박인덕은 자신의 저술을 통해 미국을 비롯한 서양 여러 나라에 조선의 문화와 풍습을 소개하려 했으며 동시에 미국의 생활방식과 문화적 특징들을 적극적으로 담아내고자 노력했다. “우리 문화는 뒤를 돌아보지만 미국 문화는 앞을 바라본다.”고 밝히는데 이는 한국 문화의 남존여비 사상을 비판하고자 한 것이다. 물론 박인덕의 세계인식이 오리엔탈리즘에 기반한 서구 중심적 사고에 치우쳐 있음을 부인할 수 없지만, 자신이 성장한 전통 사회의 부조리와 모순을 비판하고 새로운 시대의 흐름에 조응하고자 하는 변화를 도모하고 했다는 점과 현실의 삶 속에서 자신이 원하는 이상을 위해 분투했다는 점 등도 동시에 고려해야 할 긍정적 면모라 하겠다.

또한 박인덕은 학교 설립을 위한 기금을 마련하는 실제적이고 구체적인 동기로 『9월의 원숭이』을 집필했음을 분명히 밝힘으로써, 근대적 학원 설립을 통해 다양한 계몽 운동을 하고자 했던 식민지 시대 여성 교육가로서의 면모를 보여주고 있다. 두 번째 자서전인 『호랑이 시』에서 박인덕은 “일 년을 내다보고 싶으면 농사를 짓고 십 년을 내다보고 싶으면 나무를 심어라. 그러나 백년을 내다보고 싶으면 학교를 세워라”라고 기술하는 등 해방 이후에도 교육가로서의 행적을 쌓아갔다.

박인덕의 자서전에는 한 여성이 여성 운동가로 성장하는 고단한 삶의 여정을 기록함과 동시에 20세기 전반기 한반도를 둘러싼 정치와 역사적 격변의 상황을 자서전이라는 개인의 성장사라는 한계를 뛰어넘어 민족과 국가의 차원으로 확장하는 차원에서 그리고 있다. 『9월의 원숭이』에 베를린 올림픽에서 손기정이 일본 선수로 참가하여 마라톤에서 금메달을 받은 일, 일제가 강압하는 내선일체의 깃발 아래 조선어를 사용하지 못한 일, 창씨개명, 학도군 지원병제 등 당대의 중요한 정치사회적 상황들을 세세히 기록하고 있다는 점은 박인덕의 자서전적 문학이 갖는 미시사적 가치를 뒷받침하는 것이라 하겠다.

(2) 서정성의 단편 미학 : 김용익

1920년 경상남도 통영에서 출생한 김용익은 일본에서 수학한 뒤 귀국하였다가 1948년에 미국으로 건너갔다. 이후 여러 대학을 거치는 동안 영문으로 작품 활동을 하다가 다시 귀국하여 대학 강단에서 강의를 하며 한글로 작품 활동을 이어갔다.

「The Wedding Shoes」를 통해 미국에서 작품 활동을 시작한 김용익은 특히 단편소설에서 주목을 받아 미국의 유수한 월간지와 문예지에 게재되었고 1958년에는 「From Below the Bridge」는 미국 최고 단편소설(Best American Short Stories of 1958)에서 외국인 부문에 선정되었다. 또한 『The Happy Day』는 1960년에 미국 도서관 협회에서 우수 청소년 도서와 <뉴욕 타임스> 연말 우수 도서에 선정되었고 「The Sea Girl」는 고등학교 영어 문학 교과서에 게재되기도 했다. 김용익은 영어로 쓴 자신의 작품을 직접 한국어로 다시 써서 한국 문단에 발표하여 미주문학상, 충무시 문화상 등을 수상하였다. 이는 김용익이 한국어와 영어라는 이중 언어로 성공적인 작품 활동을 한 작가라는 점을 여실히 증명한다.[35] 국내에서는 『꽃신』과 『푸른 씨앗』 두

35) 김용익은 단편집 『꽃신』의 작가 노트에서 "나는 영어와 한국말로 글 쓰는 것을 계속했다." "영어로 쓰기 이전의 본연으로 돌아가 한국말로 재창작한 것을 단행본으로 준비하니 마치 산에서 혼자 오랫동안 노래 부르다가 내려와 마을사람 앞에 처

권의 단행본이 출간되어 있다.[36)]

김용익은 청년기를 일제 식민시대에서 보내다가 미국으로 건너가 이후 다시 국내로 귀국하여 대학 강단에서 섰지만 얼마 후 다시 미국으로 건너갔다. 김용익이 갖고 있는 모국에 대한 정서적 기억은 일제가 식민지로 지배하고 있던 어린 시절 그리고 중년기에 귀국하여 국내에 머물던 1957년부터 1964년까지의 7년 동안의 중년기에 존재하기 때문에 한국전쟁의 경험과 기억은 간접적이라 할 수 있다.

이러한 개인적인 성장 이력은 김용익의 소설에서 주로 드러나는 토속적인 소재와 인류 보편적인 주제의식 그리고 그것을 드러내는 서정적인 문체와 관련이 있다고 할 수 있다. 김용익 소설의 배경은 시간적으로 전후적이요 공간적으로 토속적인 것으로 크게 나눌 수 있다.[37)] 전자가 변해버린 세상에 대응하지 못해 하는 사람들의 안타까움과 상실감을 그렸다면 후자는 본래적인 것에 대한 향수와 애정을 그렸다고 볼 수 있다. 이러한 면은 그의 소설에서 전쟁의 참화에 연관되는 잔혹한 현실이나 인간성의 파멸을 직접적으로 표현하지 않는 대신, 전쟁은 주로 원경으로 처리되거나 기억 속의 아픔으로 설정되는 것으로 드러난다.

과거지향적인 공간에 대한 그리움이 서정적인 문체를 통해 표현되고 있는 김용익 소설은 단편집 『꽃신』에 실려 있는 단편소설에 잘 특징화되

음 서는 것 같다."라고 술회했다. 이는 영문작품을 창작한 여타 재미한인작가들이 주로 미국에서 활동하다가 번역본이 국내에 출간되는 경우와는 달리, 한글작품과 영문작품에 대해 각기 독자적인 의식을 갖고 작품활동을 한 이중언어를 사용한 작가라는 점을 보여준다.

36) 김용익의 작품은 국내에서 단행본으로 세 권(『꽃신』, 『푸른 씨앗』)이 간행되었고, 미국에서는 다수의 책이 출간되었고 덴마크나 오스트리아 등의 국가에서도 번역되어 출간되었다. 김용익의 작품 발표 현황은 김민영의 논문에 잘 정리되어 있다(김민영, 『김용익 문학의 서지 연구』, 고려대학교 석사논문, 2011.)

37) 종택, 「향수와 페이소스의 세계 : 김용익의 단편소설」, 『한국학연구』 10권, 1998, 6쪽.

어 있다.[38] 「꽃신」에는 꽃신장이의 외동딸을 연모하던 백정의 아들이 한국전쟁으로 뒤바꾼 두 집안의 형편을 계기로 청혼하는 이야기가 담겨 있다. 꽃신이란 쇠가죽으로 만드는 것인데 이런 관계를 파멸시킨 것이 전쟁이며, 그 전쟁은 꽃신장이와 백정의 관계마저 역전시키는 것이기 때문에 한국전쟁이 갖고 있는 특수성은 인류의 전쟁이라는 보편성으로 확장될 수 있다. 한국전쟁 중 해안가 다방 커피숍(「겨울의 사랑」), 수소에게 씨를 얻는 암소(「종자돈」), 황해 바닷가의 해녀(「해녀」) 등 김용익은 토속성이 짙은 내용의 소재를 적극 활용하면서 동시에 인류 보편적인 가치를 전달하고자 노력한다. 미국 교과서에 실리는 등 미국을 비롯한 서구의 독자에게 호평을 받는 이유도 이와 같이 특수성과 보편성을 동시에 성취한 면에서 기인한다고 하겠다.

파란 눈을 가진 소년 천복이의 일상을 다룬 「푸른 씨앗」이나, 송아지값을 잃어버린 뒤 이를 복구하기 위해 애쓰는 모습이 그려져 있는 「씨값」 등 작품집 『푸른 씨앗』에 실려 있는 소설들은 모두 전통사회와 함께 해왔던 자연, 그리고 그 속으로 파고들기 시작하는 근대적 제도, 하지만 맨몸으로 자신의 삶을 영위하기 위해 분투하는 순박한 시골 아이들의 모습이 서정적인 문체로 형상화되어 있다.

동양과 한국을 신비화시키거나 타자화시키는 김용익의 소설적 태도는 오리엔탈리즘과 서구 중심적 세계관에 복무한다고 비판받을 수도 있지만, 한국과 동양의 특수성을 통해 인류적 보편성을 추구하려는 주제의식도 동시에 평가를 받아야 할 것이다. 김용익 소설에서 사용되는 서정적인 문체와 그를 통해 드러나는 인류 보편적인 가치에 대한 소설적 응전이야말로 문학 고유의 것이기 때문이다.

---

38) 작품집 『꽃신』에는 「꽃신」, 「겨울의 사랑」, 「종자돈」, 「해녀」, 「동짓날 찾아온 사람」, 「밤배」 등이 실려 있다.

(3) 진리와 정의를 위한 실존과 보편 지향의 주체 서사 : 김은국

1932년 함경남도 함흥의 기독교 집안에서 태어난 김은국은 1950년 한국전쟁에 해병대로 참전했다가 1955년에 미국으로 건너간 뒤 1964년에 한국전쟁과 관련된 개인적 체험[39]을 바탕으로 하여 진실 혹은 진리와 구원을 문제 다룬 장편소설 『순교자』(The Martyred) [40]를 펴냈다. 1961년에는 한국에서 벌어진 5 · 16군사정변을 소재로 해서 『심판자(The Innocent)』를, 유년기에 겪은 일제강점기의 기억을 토대로 1970년에 『잃어버린 이름(The Lost Names)』을 펴냈다.

한국전쟁 당시 목사 12명이 북한군에 의해 처형되었지만 절망을 전파시키지 않기 위해 그 사실 혹은 진실을 제대로 알리지 않는다는 소설적 상황에서 출발한 『순교자』는 발표 직후 미국 주류 문단에서 "한국전쟁이라는 특정한 상황을 떠나 보편적 인간의 양심을 다루는 데 성공한 작품이고 카뮈의 작품들과 비교할 만하다"[41]는 내용 등과 같은 호평을 받았으며 한국인으로서는 최초로 노벨문학상 후보로 거론되었는데, 이는 미국 문단 및 영어권 독자에게 한국전쟁에 대한 철학적 고찰뿐 아니라 미국 한인문

39) 김은국의 부친은 지주계층 출신이자 항일운동 경력이 있는 지식인이었는데, 해방이 되자 북한의 탄압을 받다가 한국전쟁이 터지기 전 가족과 함께 월남했으며, 공산주의자였던 삼촌은 출신성분 때문에 북한에서 숙청당했다고 한다. 김은국의 부친은 월남한 뒤 동향 사람들의 모함 때문에 간첩으로 몰려 엉뚱한 고초를 겪는데, 이때 김은국은 남한의 정치적 부패와 혼란을 생생하게 보고 들었다고 전해지며 그러한 해방 후 혼란기와 전쟁의 체험을 자신의 작품에 반영하였다(김욱동, 「김은국 소설에 나타난 자서전적 요소」, 『새한영어영문학』 제49권 1호, 새한영문학회, 2007, 32~34쪽 참조).

40) 김은국의 『The Martyred』(New York : Gorge Braziller, 1964)는 한국에서 장왕록에 의해 처음 번역되었고(삼중당, 1964), 도정일에 의해 두 번째로 번역되었다가(시사영어사, 1978), 김은국 본인의 번역으로 세 번째 출간(을유문화사, 1990)되었고, 다시 도정일에 의해 네 번째로 번역되어 출간되었다(문학동네, 2010).

41) 송창섭, 「이상한 형태의 진리 - 김국의 『순교자』」, 『한국학연구』 10권, 고려대한국학연구회, 1997 재인용.

학에 대한 존재를 부각시키는 데 중요한 계기를 마련했다.

『순교자』에서 거짓(당당히 순교를 받아드렸다고 증언하지만 사실은 북한군의 살해 위협 앞에서 목숨을 구걸한 목사들)을 설파하는 신 목사는 신의 구원 없이 자기 의지를 절대화시켜 실존의 의의와 가치를 찾으려는 노력을 드러내고 있는 인물이라고 할 수 있다. 또한 신 목사의 무신론적 실존주의를 목격하면서 전쟁이라는 극한의 혼돈 상황 속에서 올바른 가치 판단이란 무엇인지 고민하는 신 중위를 서술자로 설정했다는 점은 이 소설의 주제의식이 인류 보편적인 가치를 추구하는 것에 기여하고 있다. 『순교자』에서는 식민지 치하에서 벗어났지만 분열된 조국, 곧바로 이어지는 동족간의 전쟁, 그 전쟁의 촉발에 가담한 주변 강대국 간의 제국주의적 긴장 등과 같은 구체적 현실 상황에 대한 비판적 의식보다는 전쟁이라는 참담한 상황을 내면적으로라도 이겨낼 수 있는 희망의 메시지를 제시하는 것에 주력하는데 이것 역시 한국전쟁이라는 제한적인 역사를 넘어서 재난에 처한 인류에게 보편적으로 적용될 수 있는 실존과 자기 구원의 메시지로 확장시키고자 하는 작가적 노력이라고 할 수 있다.

『순교자』를 발표한 지 4년 후 발표된 『심판자』는 한국전쟁 이후 부패한 남한정권을 처단하려는 혁명군 수뇌부를 이끄는 민 소령과 올바른 혁명의 방법을 고민하는 이 대위 간의 갈등이 주로 담겨져 있다. 하지만 남한사회가 구체적으로 어떻게 옳지 못한 방향으로 흘러가고 있는지, 그것에 군인이 개입하여 강제적인 방식으로 변화를 이루고자하는 것이 과연 옳은 일인지 등에 대한 소설적 제시는 거의 이루어지지 않고 있다. 다만 군사정변을 성공시키려고 하는 민 소령의 독단적 판단과 일제 식민지 시기와 한국전쟁 당시의 행적에 대한 일방적 진술이 압도적인 비중으로 작품을 차지하고 있고, 『순교자』와 거의 동일한 인물로 느껴지는 이 대위가 민 소령의 진술을 들어주는 형식을 취함으로써 『심판자』는 영웅의식에 휩싸인 군인들의 자기도취적 진술서로 읽힐 가능성이 적지 않다. 1961년 5·16군사정변으로 정권을 잡은 "박 정권의 반공과 자유민주주의 이념을 충실하게 반영하고 있다는 점에서 5·16군사정변의 역사적 의미를 박 정권의 욕구에 맞게 재구성한 텍스트"[42]라는 평가와 5·16군사정변에 대한 연관성은 작가 자신이 역설적으로 인정하고 있다는 점 그리고 소설적 상황의 설득력 있는 제시보다는 군사정변의 정당성 등에 대한 민 소령과 이 대위의 발언이 일방적으로 진술되는 경우가 대단히 많다는 점 등은 『심판자』의 문학적 한계를 보여주고 있다고 하겠다.

일제의 창씨개명과 해방을 전후한 자신의 유년체험을 토대로 1970년에 발표된 『잃어버린 이름』[43]은 제국주의의 식민지라는 사회사적 변동과 그러한 시대적 상황에서 행해지는 개인사적 성장의 의미를 통일시킨 작품이라 할 수 있다. 이는 특수한 역사적 소재로부터 보편적인 주제의식을 형상화하고자하는 작가적 노력의 소산이라 하겠다. 특히 『잃어버린 이름』에서 사용되는 과거의 미성숙한 서술자와 현재의 성숙한 서술자의 이중적 사용이 소설적 긴장감을 약화시킨다고도 볼 수 있지만 『순교자』에서 성취해낸 특수한 역사적 현실을 통해 보편적 원리를 일구어내려는 작가의식이 적극적으로 작용된 작품이라 할 수 있다. 당장은 피식민자로서 현실적 고통 속에서 삶을 영위하고 있지만, 식민지라는 옳지 못한 질서는 정의와 도덕을 갖추고 있는 개인 혹은 집단에 의해 반드시 소멸될 것이라

---

42) 송창섭, 「낭만적 허구와 역사적 진실 – 김은국의 『심판자』와 『잃어버린 이름』」, 『한국학연구』 11, 고려대학교한국학연구소, 1999, 44쪽.

43) 국내에서는 도정일에 의해 『빼앗긴 이름』(시사영어사, 1970)이라는 제목으로 번역되어 출간된다. 하지만 김은국은 1991년에 제목을 『잃어버린 이름』으로 고쳐 "한국어판 결정판"이라고 칭하며 새롭게 출판했다. 작품의 저작 의도가 "일제의 악몽에서 깨어나기 위한 것"인데, "빼앗긴 이름"이라는 것은 그 의도에 어긋난다는 이유에서였다(김욱동, 『김은국, 그의 삶의 문학』, 앞의 책, 146~148쪽 참조).

는 주제의식은 특수성을 뛰어넘는 보편성에 대한 작가의식에 준거라 하겠다.

여타 다른 재미한인작가와는 달리, 김은국은 미국에서 생활하며 영어로 모든 작품을 창작했음에도 한국 외 다른 공간을 작품의 배경으로 삼지 않았다. 이것은 역사적 현실과 그에 따른 특수한 상황을 활용하여 소설이 갖고 있는 사실성과 핍진성에의 요구를 만족시키는 한편, 개별적 사건이나 한정된 상황에 국한되지 않는 인류 보편적인 주제의식을 성취하고자 하는 작가적 전략이라 하겠다.

또한 김은국의 작품 속에 시공간적 배경으로 설정된 한국전쟁, 군사정변, 식민시기 등은 모두 서로 상반되는 가치가 폭력적인 행위를 동반하며 강렬하게 충돌하고 있거나, 이미 어느 한쪽의 가치가 사실상 승리를 거두어 지배적인 체계를 유지하고 있는 상황들이라고 볼 수 있다. 이는 갈등과 반목이 지속되는 인간 사회를 은유하는 동시에 그 참담한 현장을 체험하며 배우는 삶의 진리를 구현하고자 노력하는 작가의식의 소산이라 할 수 있는데, 이 역시 국가와 민족을 뛰어넘는 보편적 주제의식을 향한 김은국 작품의 성취라 하겠다.

4. 미국 한인문학의 확산

1) 한인 1세대 문학

(1) 지역별 문인회와 문예지의 활성화

1965년 존 F 케네디 대통령이 개정한 새 이민법으로 인해 미국의 한인 이민자들의 숫자는 급격히 증가하여 1980년대에는 약 35만 7천 명에 이르게 되었다.[44] 이들은 생계유지에 급급했던 이민 초기의 궁핍을 벗어났으므로 자신들의 이민자로서의 경험, 고국에 대한 향수, 실존적 자아 추구 등을 글로 표현하고자 하는 욕구를 자연스레 가지게 되었을 것이다. 하지만 이민 1세대인 재미한인들은 한국에서 이미 학교 교육을 다 마친 상태가 대부분이었으므로 아무래도 현지어인 영어보다 모국어인 한글을 보다 편하게 사용할 수 있었기에 자연스레 국문으로 창작을 하게 되었다. 창작에의 열망은 있었으나 전문 한글 창작 지도가 부족했던 1980년대에 한국에서 이미 등단을 한 고원과 송상옥을 비롯한 여러 전문 작가들[45]이 미국 이민생활을 시작하면서 재미한인 문인회를 조직한 것은 참으로 놀라운 결과를 낳는 일이 되었다. 로스앤젤레스 중심의 서부뿐 아니라 뉴욕과 워싱턴 중심의 동부 그리고 시카고 중심의 중서부, 애틀랜타 중심의 남부 등 속속 각 지역별 문인 단체가 조직되면서 각 단체들은 정기 문예지를 발간하였는데 이는 발표할 지면이 거의 없었던 국문 창작 문인들에게 기쁜 소식이 되었고 창작열을 고취시키는 데 전에 없던 활력소를 제공하게 된 것이다. 물론 1980년대에 마종기의 『안 보이는 사랑의 나라』(1981), 김용익의 『꽃신』(1984), 송상옥의 『아메리카 통신소리』(1987) 등 한국문단에서도 좋은 평가를 받은 전문 작가들에 의한 수준 높은 작품들도 더러 출간이 되긴 했지만 대부분 미주 작가들의 작품들은 전문적 문학 작품이라고 하기에는 다소 못 미치는, 감상적 수준에 머문 작품들이 많았고 고국에서도

44) 1983년 창설된 <한미연합회> 정보센터에서 실시한 인구통계자료 분석에 의하면 1970년도 재미동포는 7만 명, 1980년도에는 35만 7천 393명, 1990년에는 79만 8천 849명, 2010년에는 142만 3천 784명으로 집계된다. 2012년 9월 30일 한국 외교부 발표에 의하면 미주한인은 209만 명이다. 미국 센서스 통계와 차이를 보이는 이유는 미국 센서스에는 시민권자만 주로 참여했기 때문이라고 추정할 수 있다(강성철, 「미주 한인 40년간 20배 증가」, 『연합뉴스』 2013년 12월 30일자 참고).

45) 고원, 송상옥 외에 한국에서 등단을 마친 주요 전문작가로 곽상희, 마종기, 명계웅, 박남수, 배미순, 송상옥, 전달문, 조윤호, 최연홍, 최태응 등을 들 수 있다.

이들 문학에 큰 관심이나 특별한 반응을 보이지는 않고 있었다.[46] 그런데 1990년대 이후로 접어들면서 전과는 달리 국문 작품에서도 전문적 수준의 문학작품들이 드물지 않게 출간됨으로써 영문 문학계와 마찬가지로 국문 문학계에서도 바야흐로 미국 한인문학의 번영기에 이르렀다고 말할 수 있다. 이러한 성장을 낳게 된 데에는 크게 세 가지 요인을 들 수 있을 것이다. 첫째, 1990년대 이후 한국에서 활동하던 전문 작가들이 미주 내 문학 프로그램 강사로 초청되면서 한글권 작가들의 창작 수준을 높이는 데 많은 기여를 한 것이다.[47] 둘째, 미국 한인작가들의 작품이 본국 문예지에 소개되면서 한국문단과 미주문단 서로 간의 교류가 활발해지고 창작의 열기가 높아진 것이 그 이유라 하겠다. 이 두 가지 이유는 고국과의 연계성을 토대로 한 것이라면 셋째 이유는 재미동포문학계 자체 내 움직임에서 찾아볼 수 있다.

재미동포문학계 자체 내 움직임에서 가장 큰 역할을 한 것은 무엇보다도 문예지 발간일 것이다. 각 지역별로 구성된 문인회들은 각각 문예지를 정기적으로 발간하면서 창작열을 고취시켰는데 소설가 김유미가 "한글권 문학이 미주에서 본격적으로 자리 잡은 것은 『미주문학』이 탄생하면서부터이다."라고 말할 정도로 미주문학 활동에 있어서 문예지가 차지하는 역할이 컸다는 것은 주지의 사실이다. 물론 문예지 중에는 계속적으로 명맥을 유지하지는 못 하고 발행을 중단하는 것도 많았다. 『울림』은 3회로 마감하였으며, 뉴욕 중심의 『가교문예』와 시카고 동아일보의 신춘문예 수상

46) 이 시기에 문예지 외의 공동저서로는 재미시인선집 『바람의 고향』(1986), 재미문인수필집 『고향 긴 그림자』(1987), 개인 작품집으로 소설집 10여 권, 시집 10여 권, 수필집 10여 권 정도를 출판하는 것에 그쳤을 뿐이었다.

47) 미주 문학계의 발전을 위해 미국을 직접 방문한 평론가로 김종회, 홍용희, 이봉일, 이동하, 정효구, 김환기, 전문창작 작가로 조병화, 서정주, 구상, 김기택, 문태준 등을 들 수 있다.

작을 묶은 시카고 문인들의 『둥지』는 창간호가 곧 최종호가 되기도 했다. 현재까지 비교적 꾸준히 출간되고 있는 문예지들도 매년 1권 혹은 2년에 1권씩 정도 발행되는 것이 대부분이며 『미주문학』을 제외한다면 계간지는 거의 찾아볼 수 없을 정도이다. 그럼에도 불구하고 미주 문인들의 문예지는 글쓰기에 대한 열정을 고무하고 해를 거듭할수록 장르별 특수성을 드러내는 전문 문예지의 모습을 갖추며 출간되면서 재미동포문학 활동의 원동력이 되어왔다. 이 중, 『미주문학』은 차츰 서부라는 지역별 특성을 벗어나 미주 전체 작가들을 회원으로 두는 문예지로 발전하였다는 고무적인 현상을 낳았다. 이에 구체적으로 재미한인 문인회와 문예지를 지역별로 나누어 살펴보면 다음과 같다.

<서부지역>

① 『지평선』 : 1973년부터 발행인 이선주, 편집인 황갑주를 중심으로 미 서부지역에서 가장 먼저 발간된 문예지이며 4호까지 발행되었는데 『미주문학』의 전신이라 할 수 있다.

② 『미주문학』 : 1982년 창립된 <미주한국문인협회>는 한국 문인과의 계속적인 교류활동을 하면서 시, 시조, 소설, 수필, 평론, 아동문학 등 각 분과별 정기모임과 전체 모임을 갖고 있으며 미주 문인 단체 중 가장 활발한 활동을 하는 단체라 할 수 있다. 시인 고원, 곽상희, 마종기, 배미순, 송순태, 조윤호, 전달문, 최연홍과 소설가 김광주, 김유미, 김지연, 박요한, 송상옥, 신예선, 최백산, 아동문학가 남소희, 황영애, 희곡작가 장소현, 수필가 위진록, 이계향, 이재상 등이 이 단체의 회원으로 속해 있다. 이 협회는 <미주한국문인협회>이 창립되던 1982년에 송상옥의 주도하에 『미주문학』을 창간하였다. 이 문예지는 처음에는 서부지역 중심으로 출발하였다고 할 수 있으나 현재 뉴욕의 박요한, 한영국, 시카고의 명계웅, 신정순, 주숙녀, 달라스의 김수자, 손용상, 하와이의 임영록, 콜로라도의 전지은

등 서부 이외 지역의 작가들까지 참가하고 있어 전 미주지역으로 확대되었다고 할 수 있다. 1980년대에는 150명 정도였으나 2010년대에는 400명 정도로 회원이 증가된 이 문예지는 전문 평론가들의 작품 평을 게재하기도 하고 <미주문학 신인상 공모전>, <미주문학상>을 통하여 미주 작가들의 창작욕을 고취시키며 문예발전을 도모하고 있다. 첫 20년 동안은 매년 한 권씩 출간하였으나 2002년 통권 19호부터 일 년에 4차례씩 계간지로 모습을 바꾸었다.

③『크리스찬 문학』: 1983년에 <미주크리스찬문인협회>가 발족되었고 이 협회는 1984년에『크리스찬 문학』을 창간하였다.

④『해외시조』: 1984년에 발족된 <시조연구회>는 1994년 <미주시조시인협회>를 재발족하면서『해외시조』를 간행하였다.

⑤『시조월드』: 1985년 김호길을 주축으로 <미주 시조연구회>를 조직하고 1989년『사막의 달』을 발간하였는데 후에 김호길, 반병섭, 변완수, 이정강, 한혜영 등이『시조월드』로 개명, 재발족한 것이며 1997년 <추강해외문학상>, <시조월드 문학대상>을 제정하였다.

⑥『외지』: 1987년 창립된 <재미시인협회>에서는 전달문 회장을 중심으로 1989년부터 작품집『외지』를 발간하였는데 2004년부터는『미주시세계』까지 펴내기 시작하였다.『외지』는 한국어로 쓴 회원들의 시를 영어로, 미국 주류 시인들과 남미시인들의 시를 한글로 번역, 수록하기도 하면서 한민족의 시문예지라는 특수성을 보다 확대하는 움직임을 보이고 있다.

⑦『문학세계』: 1987년 미주동포 시인인 고원은 미주동포들을 위해 <글마루>를 열고 문학에 대한 강의를 하면서 종합문예지인『문학세계』를 발행하였다. 고원 시인이 2008년에 작고함으로써『문학세계』는 19호를 최종호로 마감하였지만 <글마루>는 안창해, 최용한, 정해정 등의 노력으로 월 2회 모임을 계속 진행하고 있다.

⑧『미주기독문학』: 1994년 목회자 주축으로 발족한 <미주기독문학회>는 1996년 제3대 회장인 장동섭 회장이 취임하면서『미주기독문학』을 창간하고 매년 꾸준히 발행하고 있다.

⑨『해외문학』: 조윤호는 1997년, <해외한민족작가협회>를 창립하고 기관지『해외문학』을 정기적으로 발행하고 있다. 우수한 한민족 작가들의 작품을 수록하자는 창간 취지에 따라 재미동포 작가뿐 아니라 전 세계 한인 디아스포라, 즉 미국, 캐나다, 아르헨티나, 중국, 일본 등에 흩어진 한인 작가들의 작품을 수록하고 있으며 비한인 작가들의 작품까지 번역하여 수록한다는 특색이 있다.

⑩『재미수필』: 1999년 전달문, 김문희 등이 모여 <재미수필가협회>를 창립하였으며 같은 해 김영중을 회장으로 선출하고『재미수필』을 창간하였다.

⑪『미주시인』: <미주시인회>에서는 시인 배정웅을 발행인이며 편집인으로 하여『미주시인』을 발행하고 있는데 미주 한인 시인들의 시를 한글과 영어, 이중 언어로 수록하기도 한다는 특색이 있으며 <미주시인문학상>과 <미주시인신인상> 공모전을 통하여 미주 한인들의 시 쓰기를 격려하고 신인 시인들을 배출하는 데 기여하고 있다.

⑫『오렌지 문학』: 캘리포니아 주 오렌지 카운티에서 기영주, 김엔젤라, 로사 김, 김장섭 등이 모여 <오렌지 글사랑 모임>을 결성, <오렌지 문학제>를 제정하고 2003년『오렌지 문학』창간호를 발행하였다.

<동부 및 기타 지역>

①『신대륙』: 미 동부지역에서는 1985년부터 문예지『신대륙』을 발행, 3호까지 출간하였으며『뉴욕문학』의 전초 단계를 마련한 것으로서도 가치가 있다.

②『뉴욕문학』: 1989년에 초대회장으로 이계향을 추대하면서 창립된

뉴욕 중심의 <미동부한국문인협회>는 시인 곽상희, 신지혜, 하운, 황미광, 소설가 박요한, 임혜기, 한영국, 수필가 김명순, 이계향 등이 회원으로 활동하고 있다. 이 단체는 약 100여 명의 회원을 두고 있으며 1991년 『뉴욕문학』을 창간호를 출간하였고 <뉴욕문학 신인상> 공모전을 펼치기도 하면서 매년 정기적으로 발행하고 있다. 2000년부터 <뉴욕문학 신인상>에 영어작품을 포함시켜 2세대 영어권 작가들을 배출시키기 위해 노력하고 있다. 이 단체는 미국 한인문학의 발전과 한국과 미국 간의 문학 교류를 넓힌 공적을 인정받아 본국으로부터 2014년도 <제7회 이병주 국제 문학상> 대상을 수여받기도 하였다.

③『모임 Moim』: 1981년 창립된 시카고대학 내 한인학생들 소속 문학단체는 한국시를 영어권 독자들에게 알리기 위해 주로 한국의 현대시를 번역하여 『모임 Moim』을 발행하고 있다.

④『시카고 문학』: <시카고 문인회>는 1983년 명계웅을 초대 회장으로 추대하면서 시카고를 중심으로 출발하였으며 명계웅의 적극 주도로 1996년에는 『시카고 문학』을 창간하였다. 1996년 창간호부터 1999년 4호가 나오기까지는 연간지로 정기적으로 발행되다가 2001년에 5호, 2004년에 6호 발행 등, 중간 중간에 휴지 기간을 갖기도 하였다. 최근 몇 호는 한 해 걸러 2년에 한 권씩 출간되는 경향을 보이고 있다. 같은 지역의 여성문예단체인 <예지문학>은 시인 배미순이 창립, 약 30여 명의 회원이 왕성하게 문학 활동을 하면서 『예지문학』을 발행하고 있다.

⑤『한돌문학』: <한돌문인회>는 1989년 동남부 지역 최초의 문학 동호인 모임으로 시작되었으며 2000년에 모임 명칭을 <애틀란타 문학 동인회>로 개명했다. 이 단체는 동인지 『한돌문학』을 1999년까지 총 9권, 2006년부터 2008년까지 『문예시론』을 발간한 바 있다. 이 단체의 대부분의 회원은 한국문단에 등단한 경력을 갖고 있다는 특색이 있다.

⑥『애틀란타 시문학』: 애틀란타 <한돌문학회>에서는『아틀란타 시문학』을 발간, 2014년까지 총 8권을 펴냈다.

⑦『워싱턴문학』: <워싱턴 문인회>는 최연홍을 초대회장으로 추대하면서 1990년에 창립되었다. <워싱턴 문인회>에는 시인 최연홍, 임혜신, 소설가 주경로를 비롯 약 80여 명의 회원이 활동하고 있다. 1990년, 문인회가 창설되던 해부터 <워싱턴 문학상>을 공모하고『워싱턴문학』을 발간하였으며 매해 1권씩 정기적으로 출간해오고 있다.

⑧『워싱턴 뜨기』: 1990년에 <워싱턴 수필가협회>에서는『워싱톤 뜨기』를 출간하였다.

⑨『미주에세이』: 2001년부터 <미주한국수필가협회>에서『미주 에세이』를 발간하고 있다.

⑩『미주아동문학』: 2003년, 초대 회장에 남소희 아동작가를 추대하고 <미주 한국아동문학가 협회>가 발족되면서 정해정, 최성근 등이 미국에 한인아동문학의 뿌리를 내리고자 연간, 혹은 2년에 한 번씩『미주아동문학』을 간행하고 있다. 또한 이 문예지는 <미주아동문학신인상> 공모전을 통하여 신인 아동문학가 발굴에 힘쓰고 있다.

이 외에도 크고 작은 10여 개의 문학 단체가 각각 문예지를 발행하고 있기 때문에 미주 전체 문예지는 약 20개가 발행되고 있다고 할 수 있다. 그리고 필자가 각 지역별 문인회에서 발간하는 2014년에서 2015년에 걸친 문예지를 대상으로 조사한 결과 아마추어 문인들을 포함하여 재미한인 작가들의 숫자는 500여 명에 다다른 것으로 보인다.

(2) 외지에서 피어난 모국어 문학

국문으로 표기된 미국 한인문학에서 짚고 넘어가야 하는 문제는 영어를 주 언어로 소통하는 미국에서 한글로 창작을 하는 태도를 어떻게 볼 것인가 하는 것이다. 혹, 현실을 망각한 태도나 편한 모국어로 창작하고자 하는 게으른 태도에서 기인한 것은 아닌가, 하는 의혹도 물론 제기할 수 있을 것이다. 하지만 『미주문학』 창간호의 발행인이었던 송상옥이 창간사에서 "우리가 어느 하늘 아래 살 건 우리들의 타고난 살결, 마음씨까지 감출 수가 없"는 것이며 "이만큼 살아올 때까지 우리의 사고를 지배해 온 것은 모국어이다. 우리는 모국어로 생각하며 온갖 오묘한 감정표현도 모국어가 아니고서는 불가능하다."라고 밝힌 것처럼 모국어로 글쓰기를 하는 것은 조국의 얼을 지키고 작품으로서의 완성도에 기여하는 한 방법이라고 평가하는 것이 더 옳을 것이다. 또한 이들이 영어와 한글, 이중 언어권에서 생활하는 자들임을 고려할 때에 이들의 문학이 기술적 측면에서는 다소 부족할 지라도 경계선상에서 꽃피운 문학으로 그 가치를 존중해야 함은 두말 할 필요도 없다고 생각한다.

1980년대 이후 국문 미국 한인문학이 번영기를 맞이하는 데 있어서 전문 소설가 송상옥의 공적은 결코 간과해서는 안 된다. 일본 도야마현에서 1938년에 출생한 송상옥은 서라벌 예술대학 문예창작학과에 재학 중이던 1959년, 동아일보 신춘문예에 「검은 이빨」이 입선을 하고 단편 「제4악장」이 『사상계』에 추천되면서 등단하였다. 이어 1968년 「열병」으로 <현대문학상>, 1976년 「어둠의 끝」으로 <한국소설문학상>을 수상하였으며 『환상살인』(1973), 『흑색 그리스도』(1975), 『성 바오로의 신부』(1977), 『작아지는 사람』(1977), 『떠도는 심장』(1979), 『겨울 무지개』(1981)를 출간하는 등 활발한 작품 활동을 보였다. 『조선일보』 기자로 재직하던 그는 1981년 3월에 도미하여 1982년 <미주한국문인협회>를 결성하고 초대회장, 14, 15, 16대 회장을 역임하였다. 그가 미주문학계에 기여한 커다란 업적 중 하나는 무엇보다, 종합문예지인 『미주문학』을 펴내는 일을 주도하여 미주동포 작가들이 작품을 발표할 지면을 마련한 것이라 하겠다. 작가는 도미 후의 작품을 모아 『소리』(1987)와 『세 도시 이야기』(1995)를 펴냈고 이어 미국 현지의 삶과 한국으로의 역이민이라는 복합적 삶을 조명한 단편모음집 『광화문과 햄버거와 파피꽃』(1996)을 출간하였다. 그는 2010년 72세의 나이로 미국에서 생을 마감하였지만 작고한 후에도 유고집 출판 및 그의 문학혼을 기리는 행사들이 『미주문학』 회원들을 중심으로 이어지기도 했다.

김지원은 1973년 도미하여 뉴욕에 정착하였다. 이듬해 1974년, 「사랑의 기쁨」과 「어떤 시작」이 『문예시론』에 게재되면서 등단하였는데, 그 후 『폭설』(1979), 김채원과 함께 자매소설집 『먼 집 먼 바다』(1990) 그리고 단독 작품집인 『소금의 시간』(1996)을 출판하였다. 1997년에는 「사랑의 예감」으로 <이상문학상>을 수상하였다. 「사랑의 예감」은 1장과 2장으로 구성되어 있는데 1장에서는 장미, 2장에서는 갈희에 역점을 두고 있고 이 사이에 한신옥과 이서환 부부가 자리한다. 장미는 10년 연상의 남편과 뉴요커로서의 안정된 생활을 살아가지만 부부 사이에 진정성이 결여된 인물로 등장한다. 2장의 갈희는 직장일로 유럽에 갔던 남편이 제네바에서 강제 납북된 후 남편 부재라는 상실감을 경험하지만 기억을 통해 사랑을 확인하게 된다. 이 두 인물, 즉 장미와 갈희 사이를 오가는 한신옥과 이서환 부부는 부부간의 사랑의 공허함을 느끼다가 둘 사이에 아이가 생기자 사랑의 상호교감이 일어난다. 이와 같이 김지원은 사회적 자아보다는 감성적 자아를 중시하고 문제의 해결을 사랑에서 찾고 있다[48]는 특성을 보이고 있다.

1941년에 태어난 김유미는 소설가 김영수 씨의 딸로서 이화여대 국문과를 졸업하고 같은 해, 1963년 도미하였다. 시카고 근교에 자리한 내셔널 루이스 대학에서 교육학을 수료하고 제미슨 학교의 이중 언어 교사를 역

48) 김현실, 「운명적 사랑과 자아성취에 대한 현대적 물음」, 『한국 패러디 소설 연구』, 국학자료원, 1996 참조.

임한 김유미는 자신의 삶을 소재로 한 수필집 『미국학교의 한국아이들』을 1988년에 발표하였으며 1989년 장편소설 『칭크』와 1991년 『억새바람』 1·2권을 출간하였다. 이 중 『억새바람』은 『칭크』의 주인공이 성인이 되어서 겪는 이민자로서의 정체성과 사회의식을 드러낸 작품으로 미국 내 한인 타운, 흑인과의 인종 분규 사건, 세대 간의 갈등 등을 자세하게 다룬다. 이 책은 발문에서 이호철이 밝힌 것처럼, "이 책은 재미 작가 가운데 가장 왕성하게 현역으로 활동한 김유미의 정체성과 조국관을 드러낸 것으로 교민문학의 차원을 넘어서며 21세기 우리 소설의 국제화 시대에 기여한 작품으로서" 의의를 갖는다. 또한 이 작품은 1992년 11월 23일부터 1993년 1월 12일까지 매주 월요일과 화요일에 방영되었던 드라마 <억새바람>의 원작이기도 하다.

김광주는 고려대학교 국문학과를 졸업하고 1972년 미국으로 이주, 1981년 <미주 한국일보 공모전>에 「나성 방문기」라는 단편소설이 당선되면서 작품 활동을 시작하였다. 그는 미주 중앙일보에 연재 형식으로 발표했던 작품들을 1992년 홍성사에서 『무거운 새』라는 제목으로 출판하였는데 이 작품은 세 명의 여자를 등장인물로 하고 있으며 인생의 허무함을 극복하는 데는 하나님의 손길이 필요함을 보여주고 있다. 그런데 이 작품은 기독교 소설에서 종종 발견되는 추상적 교훈과 관념적 표현에 머물지 않고 '무거운 새', '시랑의 굴과 타조', '광야의 당아새', '춤추는 불새', '영원으로 가는 새', '사랑의 새' 등, 새의 이미지를 다양하게 창출하면서 묘사의 미학성을 확보하고 있다는 특징이 있다.

김혜령은 1980년에 외국어대 불어과에 재학하다가 도미하여 1988년 『문학세계』 창간호를 통하여 등단하였다. 이어 1993년 미주판 <한국일보 문예작품 공모>에 소설 「깃털」, 1994년 <현대문학 중편소설 공모>에 「두 개의 현을 위한 협주곡」이 당선되었고 2003년에 중단편소설집 『환기통 속의 비둘기』를 출간하면서 문장력이 뛰어난 미주동포소설가로 자리매김을 하게 되었다. 작가가 발표한 다수의 작품들 중, 『미주문학』 제16호(1999)에 발표한 「반달」이란 작품은 개털, 보도블록 위로 솟아 있는 뿌리, 견인되어 가는 자동차 이미지 등을 통해 해고당한 이민자의 모습을 그리고 있는데 김혜령 작가의 세련된 수사학적 기법을 잘 드러낸 작품이라는 점에서 특히 주목할 만하다.

주수자는 서울대학교 미술대학을 졸업하고 1976년 22세의 나이로 도미, 22년간 미국에서 이민자로 살았으며 이민자들의 삶을 소재로 한 「버펄로 폭설」로 2001년 <한국소설 신인상>을 수상하였다. 『버팔로 폭설』의 표제작이기도 한 단편 「버펄로 폭설」은 미군과 결혼하여 도미한 한인 이민자 김점순이 미국인들 사이에서 언어와 문화적 장애를 일으키고 한국 교포들에게서도 소외를 당하면서 정신병을 앓게 된다는 서사를 전개하고 있다. 작가는 1999년 다시 귀국하여 현재까지 한국에서 살고 있으나 「연어와 들고양이」, 「자음동화」를 비롯하여, 다수의 작품이 이민자들의 이중적 정체성에 초점을 두고 있다.

이 외에 이 시기, 『날개소리』(1976)의 작가 박시정이 발표한 「역류」(1983)가 제7회 『이상문학상 수상작품집』에 <독자추천우수작>으로 수록되고 신영철의 『가슴 속에 핀 에델바이스』가 2005년도 <문학사상사 장편문학상>에 당선되는가 하면, 주경로의 단편 「거실풍경」이 2008년 <미주동포문학상>, 이어 같은 작가의 「여우 별을 사랑하다」가 2009년 <천강문학상> 대상을 수상한 것은 재미문학계가 눈부신 발전을 하고 있다는 것을 보여준 주요 사례로서도 의미가 있다. 또한 신정순의 단편 「폭우」가 2011년 <재외동포문학상> 대상, 『에뜨랑제여 그대의 고향은』의 작가 신예선이 2012년 <이병주 국제문학상> 대상, 김영강이 2013년 <해서문학소설> 대상을 차지한 것은 본국에서도 미국 한인문학을 일정 수준을 유지한 문학으로 받아들이게 되었음을 확인하는 계기가 되었다. 그리고 이 외의 한글권 소설가로 곽설리, 권소희, 김동원, 김영문, 김유미, 김지연, 박요한, 백해철, 송숙영, 연규호, 윤금숙, 이덕자, 이언호, 이여근, 전상미, 정규택, 정해정, 최문항, 최백산, 황숙진 등이 있음을 밝힌다.

해방 이후 거의 맥이 끊어졌던 시의 재등장은 이민의 역사가 길어지면서 이민자들의 생활이 안정권에 접어들고 모국어로 글쓰기 활동이 왕성해지면서 자연발생적으로 태동된 움직임이라고도 하겠다. 재미한인 시인으로 본국에서 가장 많은 문학상을 수상한 마종기는 1939년 일본 도쿄에서 태어났으며 1959년, 21세의 나이에 『현대문학』에 추천을 완료함으로써 일찍이 등단하였다. 연세대 의대 서울대 대학원을 다니면서 『조용한 개선』(1960), 『두 번째 겨울』(1965)을 출간했던 그는 1966년 조국 현실의 정치적 암담함으로 인하여 도미하였다. 그는 미국 대학병원에서 의사로 종사하는 바쁜 삶을 살면서도 『평균율』(1968, 1972), 『변경의 꽃』(1976), 『안 보이는 사랑의 나라』(1980), 『모여서 사는 것이 어디 갈대들뿐이랴』(1986), 『그 나라 하늘빛』(1991), 『이슬의 눈』(1997), 『새들의 꿈에서는 나무 냄새가 난다』(2003), 『우리는 서로 부르고 있는 것일까』(2006), 『하늘의 맨살』(2010), 『마흔두 개의 초록』(2015) 등, 다수의 시집을 출간하였다. 또한 <한국문학작가상>, <편운문학상>, <이산문학상>, <동서문학상>, <현대문학상>을 수상했다. 마종기 시인의 시세계에 나타난 가장 두드러진 특징은 끊임없이 고국 혹은 본향으로 돌아가고자 하는 방향성을 지닌다는 것이라 할 수 있다.

시인 고원은 1925년 충북 영동에서 출생하고 동국대 전문부 문학과를 졸업하였는데 1952년, 고성원이라는 본명 대신 고원이란 필명으로 글을 발표하기 시작하였다. 시인은 『이율의 항변』, 『태양의 연가』를 출간한 후, 1956년 영국 퀸메리 대학을 거쳐 1964년 미국으로 유학을 가서 아이오와대학 대학원 문예창작과를 졸업하고 뉴욕대학 대학원에서 비교문학과 박사학위를 받았다. 시집으로는 『물너울』(1985), 『나그네 젖은 눈』(1990), 『다시 만날 때』(1993), 『무화과나무의 고백』(1999), 『춤추는 노을』(2003) 등이 있으며 한글 시조집으로 『새벽별』(2001), 영시집으로 『*The Turn of Zero*』(1974), 『*With Birds of Paradise*』(1984), 『*Some Other Time*』(1990) 등이 있다. 그의 시와 산문은 2006년 『고원문학전집』 다섯 권으로 묶어 출판되기도 했다. 또한 고원은 <미주한국문인협회> 회장(1988-1990), <미주시인회>의 상임고문(2004-2008), <세계한민족작가연합회> 고문(2003-2005) 등을 역임하면서 미주 한인문학의 발전을 위해 부단히 애 쓴 작가로도 알려져 있다. 이러한 문학적 공적을 가진 시인은 <캔저스 시 스타 시인 상>, <미주문학상>, <해외한국문학상> 등 미국 한국 양국에서 다수의 문학상을 수상하기도 하였다.

고원 시인이 데뷔 초기에 발표한, 즉 한국에서 썼던 시들은 모더니즘의 경향과 저항의식을 강하게 드러낸다. 초기의 시 「철로」에서는 "숱한 신호와 경계 사이를 빠져가며, 불러서 가는 길에 쫓겨서 가는 길에, 지도를 업신여기고 달리는 철도"(「철로」, 1952)라고 하면서 사회 부조리에 타협하지 않는 일탈의 정신을 나타낸다. 이러한 저항정신은 도미 이후, "왕의 머리에 부은 기름으로/ 핵무기들을 녹이시고/ 겨자의 원자가 더 울게 해주십시오."(「겨자씨의 눈물」, 1984)라고 노래하면서 전 지구적 사회비판으로 확대된다. 그러면서도 "먼 길 가다 가다/ 물을 비우고/ 세상 비우고/ 울어 울어 눈물/ 가득해지면/ 다시 비우고"(「물방울」, 1990)와 같은 관조의 세계를 균형 있게 드러내기도 한다. 뿐만 아니라 "네모난 벽이/ 여섯 개나 에워싼 곳에서/ 그는 제 자신을 보고 있다."(「거울 뒷면의 얘기」, 2006)에서와 같이 실존적 자아를 강조한 시를 보여주기도 한다. 이렇듯 시인의 시세계는 이민자적, 현실 참여적 성격 뿐 아니라 관조적, 실존적인 면모를 다층적으로 드러낸다는 특징이 있다.

박남수는 1918년 평양에서 태어나 1·4 후퇴 때 월남, 1939년 『문장』지를 통해 문학 활동을 정식으로 시작했다. 새를 소재로 한 시인으로 널리 알려져 있던 그는 네 번째 시집, 『새의 암장』을 발표한 후 1975년 도미하였다. 그의 미국생활은 청과상 혹은 잡화상과 같은, 문학과는 다소 거리가 먼 소규모 자영업을 운영하는 것에서 시작되었다. 하지만 도미 후 11년째 되던 해, 『사슴의 관』(1981)을 발표하였으며 그 후 1992년에는 『서쪽, 그 실은 동쪽』을 출간하였다. 『사슴의 관』에 수록되어 있는 「바람」은 "바람은 울고 있었다/ 이룰 수 없는 현상을 끌고/ 나무 그늘에서/ 나무 가지에서/ 흐렁 흐렁 울고 있었다"라며 유랑자의 고독을 노래한다. 또한 「서쪽, 그 실은 동쪽」에서는 "산타 모니카 해안에 앉아/ 멀리 서역을 바라보면서/ 동방의 사람, 나 박남수는/ 여기서는 서쪽, 그 실은 해뜨는 동쪽/ 조국을 생각한다."라고 고국과 멀리 떨어진 외지에서의 고독을 노래하기도 하면서 실향민으로서의 외로움을 드러내고 있다. 이처럼 그의 도미 후의 시는 이미지와 감각을 중시하는 모더니즘의 미학을 추구한 초기 시와는 달리 다소 직설적이고 진솔한 심정을 토로하고 있으며 미국 생활에서 느꼈던 방랑과 회귀의식, 아웃사이더에 대한 관심 등을 주제로 삼고 있다는 특징이 있다.

곽상희는 서울대학교 불문학과를 졸업하고 미국 오하이오대학교와 에드가에벌스 대학, 벵크스트리트 대학원에서 수학하였으며 1980년 『현대문학』을 통해 등단하였다. 시집으로 『바다 건너 木管樂』, 『끝나지 않는 하루』, 『고통이여 너를 안는다』 등을 펴냈으며, 한글 장편소설 『바람의 얼굴』과 영어 소설 『두 얼굴』(Two Faces)을 출간하기도 하였다. 1984년부터 뉴욕에서 창작 클리닉을 경영하면서 영한시 워크숍을 진행하기도 하고 미주교포 사회에서 치유의 문학 강의에 힘쓰고 있는 곽상희는 제1회 <박남수 시인 문학상>, 제1회 <미주시의회대상>을 수상하였으며, UPLI 계관시인이기도 하다. 시인은 낯선 뉴욕 땅에서 살아가는 디아스포라 시인으로서의 외로움을 "지구의 한쪽 귀퉁이/ 점보다 작은 의자에 앉아/ 시를 쓴다"라고 표현하기도 하고 이민자로서의 삶을 "하늘의 난민"에 비유하면서 메타포의 미학을 확연히 드러내기도 한다. 또한 인간 본연의 근원적 고독에도 예민한 감수성을 가진 시인은 "관목이 제 몸 흔드는/ 뼈마디 소리"에 그냥 좌절하지 않고 "눈물이/ 길을 닦는다", "고통이여/ 너를 안는다"라고 노래하면서 삶에 대한 애정으로 결핍과 고독을 극복하고 승화하는 시세계를 보여주기도 한다.

1947년 대구 출생으로 연세대 국문학과 시절 중앙일보 신춘문예를 통해 등단한 배미순은 1976년 도미, 시카고 한국일보와 중앙일보 기자를 역임하면서 창작에 대한 열정을 끊이지 않고 쏟아냈다. 2006년 <해외문학상> 대상을 수상하였고 시카고 여성문학 단체인 <예지문학>을 창립하기도 한 시인은 『내가 날아가나이다』, 『풀씨와 공기돌』, 『보이지 않는 하늘도 하늘이다』, 『낙헌제』 등의 시집을 출간하여 재미동포 시세계의 수준을 한층 더 높이는 데 기여하였으며 현재 문예지 『해외문학』 주간으로 일하면서 신인 시인들의 발굴 및 고국과 미국 현지에서 활동하는 시인들과의 교류에 힘쓰고 있다. 그의 작품은 디아스포라로서 살아가는 현실과 고국에 대한 향수, 가족에 대한 애정, 이웃을 사랑하지 못 한 자아에 대한 반성과 같은 주제에 천착한다. "해마다 정붙여 꽃을 심으면서도/ 마음이 시린 나라, 남의 땅", 혹은 "긴 긴 혹한의 끝/ 깊고 어두운 심연에서 끌어올린 정수를/ 지붕에, 언덕, 무겁게 쌓인 잿빛의 눈더미"와 같은 시구에서 보이는 시인의 이방인 의식은 현실 직시를 바탕으로 하고 있지만 우울한 정서에만 머무르지 않고 "어둠 없이 볼 수 없는 만개"를 지혜롭게 터득하고 있으며 "이 세상 첫 봄비가 되어 흘러내리고 싶다"라는 소망을 보여주기도 한다. 이에 배미순 시인은 무거운 주제를 최대치의 고요한 서정적 시어로, 화합의 정신과 함께 표현한다는 특징이 있다고 할 수 있다.

2002년 『현대시학』을 통해 등단한 신지혜는 2007년 『밑줄』을 출간, 2008년 <미주시인상>을 수상한 바 있다. 「색의 경계를 넘다」에서 "다인종 색색 얼굴들이 내 곁을 지나"가도 이들은 "한때 내 억겁 전생이었을 사람들"이며 "나는 한때 흑인이었고 백인이었으므로 색의 경계를 넘는 우주인임을 인지한다"라고 하면서 인종의 편견을 넘어서는 지구공동체적 자아를 이상적 자아로 제시한다. 또한 「금강경 이야기」에서는 "사랑스러운 거, 증오스러운 거/ 다 한 구멍에서 나왔다는 거"라는 깨달음을 노래하고 「웃음경」에 이르면 "세상에 갇힌 내가 바람의/ 채찍 두들겨 으깨져도 한 웃음밖에 없단다 없단다"라고 말하면서 웃음과 울음이 하나가 되는 진리를 보여준다. 또한 시 「밑줄」에서는 "소중한 말씀들은 다 어디 가고/ 밑줄만 달랑 남아/ 본시부터 비어있는 말씀이 진짜라는 말씀"이라는 문구를 통해 있음과 없음이 하나라는 진리를 드러낸다. 이러한 득도의 미학은 "달마", "우담바라", "소신공양", "금강경" 등의 불교적 시어와 함께 이민자로서의 참선이 무엇인가를 실험적 기법으로 보여주기도 한다.

1952년 강원도 삼척 출생으로 중앙대학교 의과대학을 졸업하고 도미하여 현재 의과대학 정신과 교수로 재직하고 있는 심성술은 1997년 『문학예술』로 등단하여 1998년 『생명이 빈 중심』, 2013년 『악, 꽁치 비린내』를 출간하였다. 심성술의 시는 존재의 불안감과 소멸성에 대한 철학적 고찰을 드러내고 있는데 이제까지의 재미동포 시인에게서 볼 수 없었던 독특한 실존주의적 미학을 형상화하고 있다는 점에서 주목할 만하다.

충남 서산에서 태어나 1990년 미국 플로리다 주로 이민한 한혜영은 1994년 『현대시학』과 1996년 중앙일보 신춘문예 당선으로 등단하면서 작품 활동을 시작하였다. 6권의 장편동화집을 낸 작가이기도 한 한혜영은 2002년 『태평양을 다리는 세탁소』, 2006년 『뱀 잡는 여자』, 2013년 『올랜도 간다』와 같은 시집을 출간하였고 <미주문학상>을 수상한 바 있다. 한혜영의 시는 디아스포라적 각성과 함께 삶과 죽음 사이에서 치열하게 싸우는 실존적 자아를 보여주고 있다는 특색이 있다.

이 외에, 이 시기의 한글권 시인으로는 강학희, 고영준, 고원, 곽상희, 곽설리, 권귀순, 권순창, 김문희, 김경호, 김병현, 김신웅, 김송희, 김유인, 김용팔, 김준철, 김행자, 김호길, 문금숙, 문인귀, 박남수, 박찬옥, 박효근, 배정웅, 송순태, 안경라, 안주옥, 염천석, 오문강, 이숭자, 이승희, 이일초, 이재학, 이창윤, 임혜신, 장종의, 전달문, 최루시, 최정자, 하운, 황갑주, 황우현 등을 들 수 있겠다.

재미수필가 김옥기는 강화에서 태어나 대구에서 성장기를 보냈고 학창시절 <학원문학상>을 수상하기도 했다. 작가는 1988년 미국으로 이민을 떠난 후, 뉴욕에서 언론인으로 신문사 편집부국장, <미동부한국문인협회> 회원으로 활동하기도 하고 갤러리 운영자로 일하면서 "뉴욕 한인 예술가들의 대모"라고 불리기도 하였다. 작가는 이민생활의 애환과 고국에 대한 그리움, 예술에 관한 명상을 적은 『바람이 부는가』라는 수필집과 이어 4년 후에 『수평선 그 너머에는』이라는 수필집을 펴냈다. 이 수필집에는 '노랑머리 만들기', '지구촌 풍물시장', '사진 몇 장', '햇살 밝은 날에'와 같이 4장으로 나뉘어 있으며 총 40편의 글이 실려 있는데 문화예술인들과의 만남이 소개되어 있고 '풍경소리', '한국인형', '민화 속에 흐르는 대금소리' 등 한국의 전통문화의 혼을 보여주고 있다는 특징이 있다.

정옥희는 신의주에서 출생하여 고등학교 2학년 때 월남, 이화여대 국문과를 졸업하고, 문맹퇴치운동에 힘쓰다가 1977년 미국으로 이주하였다. 미주 『문학세계』 수필이 당선되었고, 한국 『에세이문학』(隨筆公苑)을 통해 추천을 완료한 작가는 수필집으로 『유칼립투스 나무가 있는 마을』, 『로우링힐스의 女人들』, 『언덕 위의 마을(CITY ON THE HILL)』, 『보랏빛 가지에 내 生을 걸고(6·25전쟁 手記)』, 『전란 중에도 꽃은 피었네』 등의 수필집을 출간하였으며 제2회 <미주동포문학상>을 수상하기도 하였다.

이계향은 1945년 만주 하얼빈 성공여자중학교를 졸업하였으며 1959년 『자유문학』으로 등단하고 수필집으로 『부운의 변두리』(1963)를 펴냈는데 1970년 미국으로 이주한 후에는 『세월의 그림자』(1974), 『이 마음 푸른 파도』(1975), 『뉴욕 하늘 서울 하늘』(1976), 『춘추전국시대』(1983), 『나미아미타불』(1988), 『중공에 다녀왔습니다』(1988)와 『윤계향 전집』(2001)을 출간하였다.

이 외의 한글권 재미수필가로는 김동평, 김명순, 김영중, 김옥기, 윤금숙, 위진록, 이계향, 이영주, 이영옥, 이재상, 전지은, 정재옥, 정목일, 정옥희, 조만연, 주숙녀 등을 들 수 있다.

이 시기에 한글로 쓴 아동소설이 나타났다는 것도 주목할 만한 사실이다. 1938년에 태어나 1961년 이화여자대학교 불어불문학과를 졸업한 황영애는 1970년 로스앤젤레스로 이주 후 동화 쓰기에 골몰, 1983년 <새싹문학상>을 수상한 『꽃나라에서 온 소녀』를 편찬하였다. 또한, 1991년 제12회 <한국 어린이 도서 상>을 수상한 『나는 누구예요?』는 미국 백인 가정에 입양된 소년이 양부모의 모습을 그대로 닮은 백인 동생이 태어나면서 겪는 갈등을 구체적으로 보여준다. 이 작품은 당시 사회문제로 대두되었던 입양아 문제 중 하나인 한인 혈통의 아이가 피부색이 다른 환경에서 어떻게 살아가는가를 구체적으로 리얼리즘에 입각하여 형상화하는 데 성공한 작품으로서 그 가치가 있다 하겠다.

또한 2000년대로 들어서면서 몇몇 아동작가들이 본국의 권위 있는 아동문학상을 수상하면서 재미동포문학은 동화부문에서도 전문성을 확보하며 본격적으로 꽃을 피우게 되었다고 할 수 있다. 플로리다에서 살고 있는 한혜영 작가는 2001년 『팽이꽃』으로 제17회 <계몽어린이 문학상>을 수상하였고 이어서 『뉴욕으로 가는 기차』(2001), 『붉은 하늘』(2003) 등을 펴내면서 전문 동화작가로 자리매김을 하게 되었다. 또한 1983년도에 시카고로 도미하여 2003년 <조선일보 신춘문예> 동화부문에 당선한 신정순은 2009년에 출판한 『착한 갱 아가씨』로 <경희문학상>을 수상하였다. 이 작품집에는 '강민'이란 예쁜 이름이 '비열한 갱'이란 영어로 잘못 해석되어 미국에서 놀림을 당하는 아이, 장애인 동생을 부끄럽게 여겨 거짓말을 하게 된 아이 등을 주인공으로 한 다섯 편의 단편동화가 수록되어 있다. 또한 2012년에 한글과 영어로 출간한 『Hello, 도시락 편지』는 2013년 <문화체육관광부 우수교양도서>에 선정되었으며 2014년 중국어로 번역되기도 하였다. 이 두 작가의 작품은 한인 이민자 가정에서 자라나는 아이들이 미국 학교와 사회에서 겪게 되는 아픔을 리얼리즘에 입각하여 보여주고 있다는 공통점이 있다.

이 시기, 대표적인 재미 평론가로는 박영호를 들 수 있다. 박영호는 『미주문학』 문예지에 게재한 평론들을 묶어 2009년 『미주한인소설연구』를 펴냈다. 이 평론집은 영어권에서는 박인덕, 김은국, 김용익, 한글권에서는 송상옥, 최태응 등 재미한인 작가들을 개별적으로 검토하면서 그들의 디아스포라 문학의 특성을 상세히 드러내고 있을 뿐 아니라 미주한인 문학계 전반적 흐름을 보여주는 기본 자료로서도 가치가 있다 하겠다.

희곡작가로는 장소현을 들 수 있다. 서울대학교 미술대학과 일본 와세다 대학교 대학원 문학부를 졸업한 장소현은 1977년 미국으로 이주하였다. 제3회 대한민국 연극제 수상작품인 『종이연』으로 전통 마당극의 성공적인 현대적 변용이라는 평가를 받았던 그는 이어 『서울 말뚝이』와 『김치국 씨 환장하다』라는 희곡집을 출간하였다. 작가는 『김치국 씨 환장하다』에서 한국전쟁 혼혈아를 등장시키기도 하고 1992년 인종폭동으로 인해 희생되었던 한인들의 이야기를 조명하기도 한다. 또한 중국인 갱단 두목의 살해범으로 오해되어 억울하게 감옥생활을 하는 한인청년을 등장시켜 재미한인 교포들의 실상을 보여주기도 하고 이북에 어머니를 두고 피난을 떠났던 자들의 이야기를 들려주기도 하면서 한인 교포들의 삶과 애환을 그려내고 있다는 점에서 주목할 만하다.

이상과 같이 살펴본 번영기의 국문으로 쓴 미국 한인문학은 다음과 같은 특징을 갖는다.

첫째, 한글로 창작을 하는 작가들은 주로 문예지 중심으로 작품 활동을 펼친다는 특징이 있다.

둘째, 고국에 대한 향수, 귀환에의 욕망이라는 주제가 강조되어 나타난다. 그런데 소설 장르에서는 문화충격에 대한 고백, 현실 비판, 주류문화에 대한 저항의식이 강한데 비해 시 장르에서는 고국에 대한 향수, 과거에 대한 그리움, 사랑, 자연친화 등 전통적 서정주의를 노래한 것이 많다는 특징을 보인다.

셋째, 국문 작품들 역시 영문으로 쓴 재미 작가들의 작품과 마찬가지로 주로 대도시를 배경을 하고 있는데 이는 작가들이 한인들의 실제 삶과 문학의 거리를 가깝게 유지하고자 하는 리얼리즘에 입각한 태도에서 작품을 쓰고 있는 데서 기인한 현상이라고 이해해 볼 수 있다.[49]

넷째, 미주 문단에서는 수필문학이 특별히 활성화되어 있다는 특징이 있다. 이는 이민생활의 애환을 있는 그대로 생생하게 표현하고 직접적인 체험을 바탕으로 글을 쓰는 데에는 수필보다 더 효율적인 것이 없기 때문이기도 하다. 따라서 미주에서 수필 문학이 발달한 것은 당연한 일이라고 할 수 있다.[50] 이와 함께 소설 창작보다 시 창작 비율이 월등히 높다는 것도 특징

---

49) 한미연합회(KAC) 정보센터에 의하면 2010년 전체 미주한인 인구는 209만 명 정도인데 이중 35%가 캘리포니아, 11%가 뉴욕 주, 7%가 뉴저지에 거한다고 한다(강성철, 앞의 글 참조).

50) 이형권, 「미주 문학장의 보편성과 특수성」, 『*Comparative Korean Studies*』, 21권 3호, 국제비교한국학회, 88쪽. 서부문화권의 송상옥은 주로 로스앤젤레스, 뉴욕문화권의 김지원과 한영국은 뉴욕을 배경으로 서사를 전개하고 있다.

중 하나라 할 수 있다. 이는 영문 문학계에서 일어나는 현상과 반대된다.

다섯째, 기독교 전문 문예지가 활발하게 간행되고 있으며 대부분의 지역 중심 문예지에도 기독교 관련 시편들이 상당수 게재되고 있다는 특징이 있다.

여섯째, 대부분 등단은 미국 현지 일간지인 『미주한국일보』와 『미주중앙일보』 등의 신춘문예 공모전이나 미주문예지인 『미주문학』, 『해외문학』 등을 통해 등단하는 경우가 많다. 하지만 일부에서는 고국의 신춘문예나 문예지를 통해 등단하는 것을 선호하기도 하는데 이는 아무래도 한국 내 문예공모전이 보다 전문적이고 권위 있다는 생각에서 기인한 것이라 짐작한다.

일곱째, 재미동포문학과 고국과의 연계성은 1990년대와 2000년대로 접어들면서 뚜렷하게 증대되고 있다는 점이다. 1997년부터 실시된 재외동포재단의 <재외동포문학상>, 2007년부터 실시된 경희사이버대학과 한국문학평론가협회가 공동으로 주최한 <미주동포문학상> 이어 <경희해외동포문학상> 공모전 그리고 2013년 11월호의 『유심』에 실린 미주문인들의 시 소개와 같은 기획은 발표의 기회를 넓힐 뿐 아니라 동포들의 창작열을 고취시키고 있다는 점에서 큰 가치가 있다 하겠다.

2) 미국 주류 문단과 한인 영문 작가들

(1) 소수 민족 작가로서의 정체성

미국의 문학사에서 1980년대란 앵글로 색슨 계통의 백인 작가 중심으로 일관되었던 미국 문학계가 새로운 국면으로 접어든 때이기도 하다. 아브람슨(Abramson)의 기본 다원주의, 본격적으로 소수민족 문화를 옹호하는 평등적 다원주의(Equalitarian Pluralism), 유태인들의 민족동원이론(Ethnic Mobilization Theory) 등의 사상들은 백인 작가 중심의 미국 문학계에 소수민족문학의 활성화와 다원주의 문학을 형성하는 데 막대한 영향을 끼쳤다. 엘리스 워커가 1982년 흑인으로선 최초로 퓰리처상을 수상하였을 뿐만 아니라 토니 모리슨이 1994년 흑인으로서 최초로 노벨문학상을 차지한 것, 중국계 작가인 맥신 홍 킹스턴과 애미 탠, 인도의 바라티 모케리, 필리핀계 작가 제시카 해지돔 등이 자신들의 고유한 전통문화를 문학에 적극 반영하면서 소수 민족 작가로서의 정체성을 보여주는 새로운 문학을 선보이게 된 것은 바로 이러한 움직임과 무관하지 않을 것이다.

이 시기 1960년대 전후로 가족과 함께 이민을 왔던 차학경, 이창래, 노라 옥자 켈러 등의 작가들은 1980년대에 이르러서는 20대 후반, 혹은 30대 초반이 되면서 작가로서 데뷔할 연령층이 되었고 이들 영어권 작가들은 1950년, 60년대의 이민 1세대 유학파 작가들, 즉 강용흘, 김은국, 김용익이 제2언어로서의 영어로 작품을 쓴 것과는 달리 1.5세 혹은 2세, 3세들이기에 영문으로 작품을 쓰는 데 언어적 장애가 거의 없었을 것이므로 보다 창작활동에 자유로웠을 것이라고 짐작할 수 있다. 1982년에 출간된 차학경의 『딕테』와 캐시 송의 『사진 신부』를 시작으로 1986년에 김난영의 『토담』, 1990년대에 이르러서는 이창래의 『네이티브 스피커』, 노라 옥자 켈러의 『종군 위안부』, 수잔 최의 『외국인 학생』 등은 미국 주류 문단에 그 존재감을 드러내면서 권위 있는 문학상을 많이 수상하였는데 이는 우리 문학이 미국에서도 활력 있게 자리 잡음을 증명하는 것으로 고무적인 일이라 아니 할 수 없다.[51] 이 시기의 영어권 작가들은 이민 1세대들과는 달리 특정 문학단체에 소속되어 활동하기보다는 개별적으로 작품을 발표하고 있다는 특징을 드러낸다. 이들의 작품은 이민 1세대들의 작품과는 달리 영문으로 되어 있기 때문에 앞으로 우리 문학을 세계에 알리는 전초병으

51) 류선모 교수는 1990년대를 '한국계 미국 문학의 르네상스 시대'라고 표현하고 있다.

로서의 역할도 기대해 볼 수 있을 것이다.

(2) 이민 후손들에 의한 영문 작품들

이 시기 영어권 미국 한인문학을 소설과 시 부문으로 그리고 연대기 순으로 살펴본다면, 먼저 김난영을 검토해 볼 수 있겠다. 1926년 미국 로스앤젤레스에서 출생한 2세 작가 김난영(Ronyoung Kim, 미국명 Gloria Kim)은 캘리포니아 스테이트 샌프란시스코 대학에서 미술사 학위를 받았으며 1986년 11월에는 하와이 이민자였던 부모님의 이야기를 토대로 한 소설『토담(Clay Walls)』을 발표하여 퓰리처상 후보작품으로 선정되었다. 크리스천 사이언스 지는 "초창기 한국계 미국이민자들의 이야기를 쓴『토담』이 알렉스 헤일의 베스트셀러『뿌리』의 한국판으로 추천되고 있는 것은 놀랄 만한 일이 아니다."(『Christian Science Monitor』, 1986년 10월 3일)라는 기사를 싣기도 하였다. 하지만 작가는 암과 투병하다가 안타깝게도『토담』이 발표 된 그 다음 해에 61세의 나이로 세상을 떠났다.

『토담』은 1920년대에 캘리포니아에 오게 된 한인 이민자 혜수를 통하여 식민지 조국의 현실, 소수이민자로서 미국 사회에서 겪는 고난 등을 보여주고 있다. 주인공 혜수는 한국의 정신적 가치를 높이 평가하고 가문의 체면을 손상시키지 않기 위해 애쓰는 유교적 가치관을 가진 인물이다. 이민자 혜수는 이러한 한국의 전통적 가치관 때문에 미국적 사고방식을 가진 자녀들과 상충되면서 갈등을 빚기도 하는 이중적 타자이기도 하다. 한편 그의 남편 전씨는 신분이 낮은 농부 가정에서 태어나 혜수와 결혼하게 되었는데 라스베이거스에서 온 도박 전문가에게 재산을 탕진하고 호텔에서 벨보이로 일하다 병들어 죽는다. 혜수의 세 자녀 중, 아들 헤롤드는 공군장교 양성단에 합격하였으나 유색인종이라는 이유로 합격이 취소되기도 하면서 인종차별을 절감하게 된다. 이 작품의 주제는 미국의 인종차별주의 이민자들의 고난과 함께 한국의 전통미학 등으로 요약할 수 있다.

차학경(Theresa Hak Kyung Cha)은 1951년 부산에서 태어나 1963년 도미하였다. 미국에서 불문학 비교문학 영화학 등을 공부하고 프랑스에서는 영화학을 공부하기도 한 작가이자 비디오 미술가 영상제작가여서 가히 종합예술가라 할 수 있는 그녀는 1982년 실험적이며 탈장르적인 글인 『딕테(Dictee)』를 펴냈는데 그로부터 며칠 후 자신이 살던 뉴욕 아파트 근처에서 피살되어 생을 마감하였다.

현재 영어권 재미한인 작가 중 가장 많은 문학상을 차지한 작가로 알려진 이창래(Chang-rae Lee)는 1967년 서울에서 태어나 세 살 때 부모를 따라 뉴욕으로 건너갔고 데뷔작 『네이티브 스피커(Native Speaker)』(1995)로 6개의 권위 있는 문학상을 받았으며 그 후, 『제스처 라이프(Gesture Life)』(1999), 『가족(Aloft)』(2005), 『생존자(The Surrendered)』(2010), 『만조의 바다 위에서(On Such a Full Sea)』(2014) 등 다수의 장편소설을 발표하여 미국문단의 주목을 받고 있다.

그런가 하면, 한국인 어머니와 독일계 미국인 아버지 사이에서 태어나 12세에 가족을 따라 캘리포니아 주에 정착하게 된 이민 1.5세대인 하인즈 인수 펜클(Heinz Insu Fenkl)은 자전적 소설인 『유령 형의 기억(Memories of My Ghost Brother)』(1996)[52]을 발표하여 한국의 고유 미학을 드러낸 작가로 인정받았다. 이 작품은 일제 식민의 역사와 1960년대 경기도 부평에 자리한 기지촌을 배경으로 주한 미군, 기지촌, 양색시, 암거래상, 혼혈아, 입양아, 영아 살해 등의 문제를 다루고 있는데 여기에 등장하는 샤먼은 작가의 홈페이지에 실린 「샤머니즘에 대한 회상(Reflections on Shamanism)」을 통해 짐작컨대 작가 자신의 체험과 상당히 밀접한 관계가 있다고 보아도 좋을 것이다. 기지촌에서 혼혈아로 태어나 정체성의 혼란을 겪는 주인공 인수는 죽은

52) Fenkl, Heinz Insu, 『*Memories of My Ghost Brother*』, New York : Dutton, 1996.

자의 언어를 들을 수 있는 어린 샤먼이라고도 할 수 있다. 물론 이 작품에서 샤먼의 기능은 침묵하는 자들의 이야기를 끄집어내기 위함이다. 또한 기지촌은 한국 내에 존재하는 미국 공간이라는 혼종적 공간으로서만 기능하는 것이 아니라 한국의 민담과 유령의 언어 등을 통해 한국 고유의 정서를 표출하는 공간으로서도 그 의미가 있다 하겠다. 그리고 인수의 백인 아버지는 원숭이 민담, 그리스 로마 신화, 독일의 동화, 성경 이야기와 같은 서구문화와 깊숙이 관련되어 있는데 혼혈아 아들인 인수를 일방적으로 미국인으로 교육하고자 하여 "편안하기보다는 두려운", "금발의 거인", "무시무시할 정도의 큰 키"를 가진 자로 묘사되고 "온 방안을 이상한 동물 냄새로 가득 채우는" 말로 비유되면서 미국제국주의의 부정적 이미지를 표출한다.

한국인 어머니와 독일계 미국인 아버지 사이에서 태어난 노라 옥자 켈러(Nora Okja Keller)는 1993년 하와이 대학 인권 강연회에서 종군위안부로 억압을 당했던 일제강점기의 한인 여성들의 경험담을 듣고 일본 군인들의 성 노예를 소재로 한 「모국어(Mother Tongue)」라는 단편소설을 발표하였다. 이 작품은 후에 『종군위안부(Comfort Woman)』라는 장편소설을 낳았고 이 장편은 1997년 「로스엔젤리스 타임즈」 최우수도서로 선정되기도 하였다.

이같이 수준 높은 영문 작품이 봇물처럼 쏟아져 나온 80년대와 90년대를 지나 2000년대로 접어들면서 영문문학은 보다 더 다양한 이민 세대에 의한, 보다 더 다양한 주제와 소재의 선택이라는 특징을 드러낸다. 이민 3세 작가, 게이 혹은 자유로운 성의 문제를 다룬 새로운 주제, 다양한 인종의 주인공 등장 등은 1990년대 문학에서는 볼 수 없었던 것들임이 분명하다.

중단편 소설집 『옐로(Yellow)』(2001)와 장편 『고국(Coutry of Origin)』(2005)을 발표한 돈 리(Don Lee)는 이민 3세대에 해당한다. 『옐로』의 주인공 대니는 제목에서도 알 수 있듯이 '바나나' 즉, 겉은 동양인이고 속은 백인인 정체성이 흐려진 자아이며 피부색을 제외한다면 흠잡을 데 없는 미국인이다. 이민 3세인 대니는 한국의 문화나 역사, 혹은 이민자로서의 정체성을 명확히 드러내지는 않고 있는데 이는 이민의 역사가 오래되면서 나타나는 뿌리에 대한 결여감이 작용한 탓으로 볼 수도 있을 것이다. 하지만 주인공의 무의식 속에 잠재해 있던 자신의 이중적 정체성에 대한 불안감은 여자친구와의 문제, 혹은 직장에서의 승진 문제와 같은 구체적 계기를 만나면서 현실태로 나타나고 동양인으로서 미국을 살아가는 것의 어려움을 보여주기도 하면서 이민의 역사가 길어져도 이민자로 살아가는 일은 만만치 않음을 보여준다. 장편 『고국』의 주인공은 일본계 혈통이면서 미국 흑인 가정에 입양된 리사라는 여성이다. 리사는 버클리 대학 대학원생으로 일본 여행 중 실종된다. 이 여성과 함께 백인과 한국인의 피가 섞인 톰, 일본인 경찰 겐조가 등장하면서 사랑, 성, 인종, 정치적 문제가 전개된다. 이와 같이 돈 리의 작품은 이민 3세대 작품에서 흔히 나타나는 특성, 곧 사뭇 국제적이고 보편적인 세계를 다루고 있다는 점에서 다른 이민 작가들의 작품과 구별된다고 하겠다.

1976년 한국에서 태어난 이민진은 7살에 도미, 가족들과 함께 뉴욕 퀸스 지역에서 이민생활을 시작하였다. 작가의 첫 번째 소설, 『백만장자를 위한 공짜 음식(Free Food for Millionaires)』(2007)은 논픽션 <라이트상>, 픽션 부문 <비치상>, 신인작가를 대상으로 한 <내러티브상>을 수상하였다.

알렉산더 지의 첫 장편 소설인 『에딘버러(Edinburgh)』(2002)는 <제임스 미체너 상>, <코페르니쿠스 학회 상>, <램보다 문학 재단 편집자 상>을 수상하였는데 이 작품의 주인공 '피'(Fee)는 한국인과 스코틀랜드 인 사이에서 태어난 혼혈아이다. 피는 어렸을 때 할아버지로부터 사랑에 빠진 여우가 결국 불 속으로 뛰어들어 죽임을 당한다는 이야기를 듣고 사랑의 비극성을 감지한다. 또한 피는 아름다운 소프라노 목소리를 가져 소년합창단에 가입하는데 합창단 단장인 빅 에릭이 소아 성도착증을 있는 것을 알게 되었고 성인이 되어서는 자신이 게이임을 깨닫고 자기 속에 빅 에릭의 악마성이 존재함을 발견하면서 괴로워한다. 이 소설의 구조는 비교적 단순하지만 서정적인 문체, 수사의 기교로 문학성을 획득하며 게이의 문제를 본격적으로 다룬 최초의 미주동포 소설이라는 점에서 주목할 만하다.

제니스 리(Jenice Lee)의 부모는 둘 다 한국인인데 제니스는 홍콩에서 태어나 청소년기 이후에는 미국에서 교육을 받았다. 그녀의 『피아노 선생(The Piano Teacher)』(2009)은 출간 2주 만에 뉴욕 타임즈 소설 부문 베스트셀러 11위에 오르고 홍콩의 체인 서점인 다이목스 서점이 선정한 소설부문 1위를 점령하면서 세계 출판계의 주목을 끌었다. 이 소설은 세계 제2차 대전이라는 시간과 홍콩이라는 공간을 배경으로 설정하고 있는데 전쟁 중에는 영국인 윌 트루드데일과 홍콩 상류층 여인 투루디 리앙, 전쟁 후에는 중국 대부호의 집에 피아노 교사로 고용된 영국인 유부녀 클레어를 중심으로 사랑, 정치, 전쟁, 상류층의 위선 등의 문제를 치밀하게 파고든다. 이 작품은 잘 짜인 구조와 정교한 문체가 돋보이는 수작이라 할 수 있다.

나미 문(Nami Mun)은 서울에서 태어나 도미하였다. 미시간 대학에서 미술학 석사 학위를 받기도 한 그녀는 노상 행상, 양로원의 특별활동 담당자, 형사 등의 다양한 직업을 가진 점이 무척 특이하다. 나미 문은 2009년 첫 장편소설로 『너무나도 머나먼 곳(Miles from Nowhere)』으로 <시카고 공립도서관의 21세기 상>을 수상하였으며 <오렌지 신인작가상>과 <아시아계 미국인 문학상> 최종후보에 선정되기도 하였다. 이 작품의 주인공 준은 브롱스에 있는 집에서 열세 살에 가출한 문제투성이 소녀이다. 준은 노숙자 수용소에서 지내는 사람, 거리의 부랑자, 마약중독자, 좀도둑, 매춘하는 소년, 자기 집의 크리스마스 장식용 트리를 훔치는 걸 돕는 자 등 다양한 사람들을 만나면서 1980년대를 배경으로 한 미국 주변인들의 삶을 그려낸다. 이 소설은 에피소드 나열식의 구조를 따르면서 짧은 호흡의 문장을 유지하며 소외 계층의 특별한 삶의 현장을 리얼리즘에 입각하여 생생하게 보여준다는 특징을 갖는다.

동화 영역에서는 린다 수 박(Linda Sue Park)을 대표 작가로 들 수 있다. 일리노이 주에서 태어난 2세 작가, 린다 수 박은 2002년, 『사금파리 한 조각(A Single Shard)』(2002)으로 미국의 권위 있는 아동문학상인 <뉴베리 메달상>을 획득하였는데 이 수상 소식은 주목할 만한 한인 미주동포의 작품이 아동소설 장르에까지 확대된 것으로서도 의미가 있다 하겠다.[53] 이 작품의 주인공 목이는 도공 민영감의 집에서 도공의 꿈을 키우고 있는 고아 소년이다. 목이는 몸이 허약해진 스승을 대신하여 직접 매병 청자를 송도에 있는 왕실로 옮기는 일을 맡게 되었는데 송도로 가는 도중, 강도를 만나 그만 매병이 깨어지고 만다. 하지만 절망하지 않고 깨어진 사금파리 조각을 들고 감도관을 만나 마침내 도자기 주문을 성공적으로 받아낸다는 것이 주요 서사이다. 이 작품에서 뿐만 아니라 린다 수 박은 『널뛰는 아가씨』, 『연싸움』과 같은 작품에서도 한국의 전통문화의 미학을 강조함으로써 아동문학을 통하여 미국이라는 토양에 한국의 전통문화를 소개하는 데 앞장서고 있다고 해도 과언이 아니다.

이 외에 대표적인 재미한인 동화 작가로 『윤 준이 없었더라면(If It Hadn't Been for Yoon Jun)』(1993)의 작가 마리 G. 리, 『이름 항아리(The Name Jar)』(2001)를 쓴 최양숙, 『할머니와 소풍(Halmoni and the Picnic)』(1993)의 최숙렬 등을 들 수 있다. 이 작가들의 작품은 어린이를 주 독자층으로 하는 동화임에도 불구하고 환상성이 거의 배제되어 있고 리얼리즘에 입각한 서사라는 공통점을 갖는다. 또한 주인공들은 처음에는 한국문화가 주류 문화와 다르다는

53) 신정순, 「『사금파리 한 조각』에 나타난 인물과 공간 구조」, 『국제한인문학연구』 제3호, 국제한인문학연구회, 2006, 157~176쪽.

것 때문에 부끄러워하다가 차츰 한국문화에 긍지를 느끼는 단계로 나아간다는 점에서 유사하다.

이 시기 영문으로 시를 쓴 대표 작가로 최연홍, 김명미, 캐시 송을 들 수 있겠다. 시인 최연홍은 1941년 충북 영동에서 출생하였으며 연세대 재학 시절에 『현대문학』을 통해 등단하였고 1968년 미국 인디애나 대학으로 유학길에 올랐다. 인디애나 대학에서 정치학 박사 학위를 받은 그는 미국 국방장관 환경정책 보좌관직과 워싱턴 대학 교수직을 역임하였으며 90년대 <워싱턴 문인회> 초대 회장으로 추대되기도 하였다. 전공은 환경정책, 정치학, 행정학 등이었지만 "유년 시절부터 사랑해왔던 문학이 자신의 인생을 지배해왔기 때문에 시인이나 문필가의 삶을 놓치지 않았다"고 고백하는 그는 한글시집으로 『정읍사』, 『연가』, 『아름다운 숨소리』, 『어머니의 사랑』, 영문시집으로 『가을 사전(Autumn Vocabularies)』, 『뉴욕의 달(Moon of New York)』 등을 출간하였다. 2010년 출간한 코펜하겐 여행을 주제로 한 시와 산문이 수록된 『코펜하겐의 자전거(Copenhagen's Bicycle)』는 한글본뿐 아니라 영어본으로도 펴냈으며 또한 1세대 재미한인 시인인 백준, 이병기, 이천우 등 12명의 작품을 편집하여 영문시집 『내가 모국이다(I am Homeland)』를 출간하기도 하였다. 이 작품집은 이민 1세대 시인들의 작품을 영어로 번역 수록함으로써 한글권뿐 아니라 영어권 독자들에게도 한민족의 시를 알리기 위한 시도로서도 가치가 있다 하겠다.

캐티 송(Cathy Song)은 1955년, 비행기 조종사였던 한국인 아버지, 앤드류 송과 재봉사였던 중국인 어머니인 엘라 사이에서 태어난 3세대 아시아계 미국인 시인이다. 1982년에 출간한 첫 시집으로서 <예일 젊은 시인상>을 수상한 『사진 신부(Picture Bride)』는 31편의 시가 일련의 꽃 그림으로 나누어진 5장으로 배열되어 있다. 이 시집의 제목은 처음에 조지아 오키페의 작품에 영감을 받아 "From the White Place"라는 제목을 붙이려고 했으나 미국 독자들의 눈길을 끄는 것이 중요하다고 생각한 편집자의 권유로 "사진 신부"라는 아시아 여성들의 암울한 역사성을 드러낸 제목으로 바꾸게 되었다.[54] 시인은 1993년 시인협회의 <미국 셸리 기념상>, <하와이 문학상> 등을 수상하였고 그녀의 시는 애틀란타 시의 버스와 뉴욕의 지하철에도 붙어있을 뿐만 아니라 『*Heath*』와 『*Norton Anthology of American Literature*』에 수록되어 있을 정도로 미국 주류 문학계에서는 잘 알려져 있지만 국내에서는 아직 우리말로 번역된 시집이 나오지 않았고 시인의 시세계의 미학을 본격적으로 드러낸 평론이나 논문도 거의 없는 실정이다. 시인의 시세계의 주된 특징은 시인 자신의 실제 가족사와 이민자로서의 애환이 시적 운율의 아름다움과 함께 작품 속에 밀도 있게 녹아있다는 것이라 할 수 있다.

아홉 살에 도미한 김명미는 샌프란시스코 주립대학에서 교수로 재직하였으며 그 후 뉴욕주립대로 옮겨가 아시아계 미국문학과 창작과목을 가르쳤다. 포스트모던 수법의 글쓰기로 잘 알려진 김명미는 그의 첫 작품집 『깃발 아래에서(Under Flag)』(1991)를 통하여 한국전쟁상황을 소재로 한 자아 상실감, 배고픔을 나타내고 있으며 디아스포라적 상황들을 파편적인 문구, 난해하고도 실험적 시어들로 표현하고 있다는 특징이 있다.

지금까지 살펴본 1980년대 이후 영문 미국 한인문학은 대략적으로 다음과 같은 특징을 보인다고 할 수 있다.

첫째, 영어로 쓴 미국 한인문학에서 가장 뚜렷한 특징 중 하나는 탈제국적 언어의 등장이라 할 수 있다. 이창래의 『네이티브 스피커』에서 느닷없이 침투하는 한국말, 영어와 한국어를 섞어 만든 영어식 이두, 캐티 송의 시에 사용된 아시아 전통문화를 드러내는 언어, 하인즈 인수 펜클의 『유령 형에 대한 기억』과 노라 옥자 켈러의 『종군위안부』에 나타나는 한국의

54) Chung Eun-Gwi, 「Cathy Song's Picture Bride abd Transpacific Imagination」, 『*List : Books from Korea*』, Vol.25 Autumn 2014, LTI Korea, 2014, p.36.

민담과 전설, 유령의 언어 등은 틀을 벗어난 탈제국적 언어라 할 수 있다.

둘째, 이 시기, 직접 경험을 토대로 한 자전적 요소가 강한 작품도 대거 출간되었다는 것이 또 다른 주된 특징이라 할 수 있다. 그 대표적인 예로 하인즈 인수 펜클의 『유령 형의 기억』, 이창래의 『네이티브 스피커』, 이민진의 『백만장자를 위한 공짜 음식』, 문나미의 『너무나도 머나먼 곳(Miles from Nowhere)』을 들 수 있을 것이다. 이와 관련하여 1.5세대 이상 이민 역사를 가진 작가들이 한국의 역사나 문화를 보여주는 작품을 구상할 때 책이나 증언, 혹은 주위 한인들로부터 들은 간접 경험이 토대가 되는 경우가 많다는 것도 그 특징으로 들 수 있겠다. 실제로 『종군 위안부』를 쓴 노라 옥자 켈러, 『천 그루의 밤나무』의 미라 스튜어트, 『외국인 학생』의 수잔 최는 모두 작가 자신이 한국의 역사나 문화를 직접 한국 땅에서 경험하지 못 했기 때문에 간접적 경험이나 습득된 지식을 토대로 작품을 구상하였다고 밝히고 있다.

셋째, 미국 현지인의 삶을 다루는 작품들의 배경은 주로 대도시라는 특징을 갖는다.[55] 이는 실제로 대부분의 재미한인들이 뉴욕을 비롯, 대도시에 밀집되어 있기 때문에 리얼리즘 풍인 영문 재미동포문학에서 그 배경으로 대도시를 설정한 것은 자연스러운 현상이라 하겠다.

넷째, 다수의 작품에서 종교성을 강하게 드러내고 있다는 특징이 있다. 차학경, 이민진의 작품에는 기독교가 직접적 구원의 종교로 뚜렷하게 나타날 뿐 아니라 이창래의 『네이티브 스피커』에서도 간접적으로나마 기독교가 구원의 종교임을 암시한다.[56] 그리고 노라 옥자 켈러의 작품과 하인

---

55) 돈리의 『옐로』의 배경은 캘리포니아 대도시 근교이지만 이창래의 『네이티브 스피커』, 캐롤라인 황의 『스물일곱, 내 청춘이 수상하다』(*In Full Bloom*), 이민진의 『백만장자를 위한 공짜 음식(*Free Food for Millionaires*)』 등, 대부분의 이민자들의 현지 삶을 다룬 작품의 배경으로 뉴욕이 등장한다.

56) 『네이티브 스피커』에서 기독교는 이상적인 한인 이민자, 존 강의 이미지와 연결되

즈 인수 펜클의 작품에는 한국의 전통 민속 종교라 할 수 있는 샤머니즘이 강하게 나타나 포용과 화해, 위로의 기능을 한다.

다섯째, 앞 장에서 살펴본 바와 같이, 이 시기에 영어로 창작을 하는 작가들은 대체로 소설을 쓰는 작가들이고 전문적 시인은 소수에 불과하다는 특징을 갖는다.

여섯째, 2000년대에 들어서면서 나타난 두드러진 현상 중 하나는 영어권 아동 소설 작가가 대폭 쏟아져 나왔다는 것을 들 수 있다.

3) 주요 작가 · 작품 : 시

(1) 하늘의 맨살에 이르기 : 마종기

마종기는 1959년, 이십일 세의 나이에 『현대문학』 추천으로 일찍이 등단한, 기대가 촉망되는 시인이었다. 그러나 1966년 조국 현실의 정치적 암담함으로 인해 도미하여 미국 대학병원에서 의사로서의 길을 걷게 되었다. 바쁜 일상 속에서도 시 창작 활동을 게을리 하지 않은 그는 『안 보이는 사랑의 나라』(1980), 『모여서 사는 것이 어디 갈대들뿐이랴』(1986), 『하늘의 맨살』(2010), 『마흔두 개의 초록』(2015) 등 다수의 시집을 펴냈다.[57] 그의 작품은 한국 평론가들 사이에서도 칭송을 받았으며 2008년 「현대문학상」을 수상하기도 하였는데 시인의 시세계에 나타난 가장 두드러진 특징은 끊

어 있다. 하지만 『네이티브 스피커』에 나타난 바벨탑에서의 언어적 재앙은 긍정적인 것으로 해석되기도 하면서 구약에 나타난 본래적 의미를 전복시키기도 한다.

57) 마종기의 도미 후 시집으로는 『평균율』(1968, 1972), 『변경의 꽃』(1976), 『안 보이는 사랑의 나라』(1980), 『모여서 사는 것이 어디 갈대들뿐이랴』(1986), 『그 나라 하늘빛』(1991), 『이슬의 눈』(1997), 『새들의 꿈에서는 나무 냄새가 난다』(2003), 『우리는 서로 부르고 있는 것일까』(2006), 『하늘의 맨살』(2010)이 있다. 그는 「한국문학작가상」, 「편운문학상」, 「이산문학상」, 「동서문학상」, 「현대문학상」 등을 수상했다.

임없이 고국으로 돌아가고자 하는 방향성을 지닌다는 것이라 할 수 있다.

마종기의 시세계에 나타난 이민자로서의 시적 자아의 존재론적 특성은 아무리 미국에서 안정된 생활을 할지라도 실향민으로서의 헛헛함을 벗어나지 못 한다는 것에서 그 출발점을 삼는다. 물론, 삶의 목적을 벤자민 프랭클린 식의 미국의 꿈, 즉 경제적 측면에만 둔다면 「편지 3」에 나와 있는 것처럼 미국에서 "얼마든지 살 수야 있다." 하지만 시적 자아가 품고 있는 고국에 대한 절절한 그리움은 생활의 안락함으로도 대체하지 못 하고 긴 이민 세월로도 희석되지 않는다.

> 참 인연이네요. / 전생에 나는 한 마리 서양개였는지 / 여기는 미국의 오하이오입니다.
>
> 참 인연이네요. / 오대호 속에 사는 서양 이무기 한 마리, / 오대호 물살에 밀려다니고
> 골프를 치고 정구를 치고 / 치고받는 얼간 고등어가 되어 갑니다. / 참 인연이네요.
>
> —「일상의 외국 3」[58] 부분

시적자아는 오하이오에서 의사로 살고 있는 자신을 "개", "이무기", 혹은 "고등어"에 비유한다. 이러한 시어들은 "서양" 혹은 "얼간"이란 단어로 수식되면서 빈정 혹은 멸시의 대상이 되는 자아를 드러낸다. 이러한 이민자로서의 자아는 미국에서 경제적 안정을 얻고 골프를 치고 정구를 치면서 "갈수록 안정되는 생활"을 얻지만 여전히 "불안정한 외지의 신"(「외지의 새」)의 상태에서 벗어나지 못하고 "오랜 손님"(「밤노래 1」)으로만 살아갈 뿐이다. 외지에서 "두려움에 떨며 울고 있는" 불안한 자아는 한국적 문화를

58) 마종기, 「일상의 외국 3」, 『모여서 사는 것이 어디 갈대들뿐이랴』, 문학과지성사, 1986.

미국에 이식함으로써 자신을 위로하는 방법론을 모색하기도 한다. “한국에 있을 때는 고개 돌리던” “이미자의 노래”가 이제는 “가슴 아파서 떨”(「전축」)면서 듣는 음악이 된다. 여기서 고국의 것들은 다만 고국을 상징하는 것이기 때문에 거의 무조건적으로 가치가 상향되고 절대적 가치가 부여된 고국의 문화는 “남은 것은 단수의 세계,/ 단수의 조국, 단수의 가족,/ 그 하늘 아래 사계절,”(「밤운전」)과 같은 단수의 세계라는 개념으로 정점화된다. 단수의 세계로서의 조국, 그 조국에 대한 그리움은 고향으로 돌아오지 않으면 전격적으로 해결되지 않기 때문일까? 시인은 실제 귀국을 통해 그동안 가졌던 고국에 대한 그리움을 해결하고자 하지만 너무 늦게 찾아온 고국은 시적 자아가 그리워하던 공간이 아니고 “처음 만난 파도”처럼 새로운 공간이 되고 또 다른 거리감만 낳을 뿐이다. “소나무 언덕” 대신 “고층 아파트와 전철 레일”이 들어선 압구정동에서는 자신이 “한 마리 집 잃은 뱀”임을 자각하고 그야말로 “텅 빈 중심의 환상통”[59]을 앓게 된다. 그렇다면 돌아오지 말아야 했던 것일까? 그렇지 않다. 시인의 긍정적 역동성은 바로 이 지점에서 발휘된다. 고국으로 길 떠나기가 일차적 고향 찾기라면 여기서 실패감을 맛본 시인은 이제 나침판의 방향을 바꾸어 이차적 고향 찾기를 시도한다.

이 새로운 본향 찾기는 국경을 초월할 뿐 아니라 죽음과 삶의 경계조차 와해시키는 것이어서 초공간적 본향 찾기라고 할 수 있다. 삼십육 년 만에 귀국한 시인은 고향을 더 이상 한국 땅에만 국한시키지 않는다. 귀국을 기점으로 발표한 『우리는 서로 부르고 있는 것일까』라는 시집과 그 이후 시집에는 그 전과는 다른 본향 의식이 나타난다. 이차적 본향 찾기가 바로 그것인데, 이는 초국가적 본향 찾기인 것이며 구체적 장소를 초월한

59) 조강석, 「바깥으로의 귀환」, 『하늘의 맨살』 해설, 119~130쪽.

본향의 본질에 이르고자 하는 움직임이라 할 수 있겠다.60) 그런데 여기서 시적 자아가 「알라스카 시편」에서 그리도 떠나고 싶어 하던 외지인 미국, 그곳의 북부인 "알래스카"에서 이제까지 찾고자 하던 본향을 찾는다는 것은 다소 역설적인 것처럼 느껴지기도 한다. 하지만 초공간적 방향성은 모든 경계를 허무는 것이어서 자신에게 이민자로서의 외로움을 느끼게 한 미국이나 귀국을 통한 실패감만 가중시킨 "내 나라"도 새로운 방향의 목적지에서 결코 제외되지 않는다. 이러한 제한 없는 새 방향성의 설정은 "하나가 아닌 여러 개의 빛이 모여 춤추는 날,/ 김씨도 이씨도 박씨도 아닌 모든 인파의 춤"(「이별」)이라는 연합을 이루고 "나는 이제 아무 데나 엎드려 잠잘 수 있"(「북해의 억새」)는 수준에 이르게 된다. 또한 이러한 움직임은 삶과 죽음의 경계를 넘어서는 데서 극대화된다.

> 큰 바오밥을 만나니 무섭기보다는 목이 메인다. 둥치를 뚫고 나무에 구멍을 만들어 시체를 그 속에 밀어넣고 판막이로 입구를 못질해 막으면, 열대의 초원에 우뚝 선 바오밥은 시체를 잠재워 준다.(…중략…) 천 년 이상 이렇게 사람을 안아주었으니 얼마나 많은 시체가 한 나무에서 살다가 나무가 되었을까.
>
> —「바오밥의 추억」61) 부분

아프리카 평원에 서식하는 바오밥은 새들의 보금자리, 물 탱크, 음식 저

---

60) 마종기, 『하늘의 맨살』에서 「국경은 메마르다 2」, 「노르웨이 폭포」, 「네팔에서 온 편지」, 「국경은 메마르다 2」, 「파타고니아의 양」, 「갈릴레아 호수」 참고. 국경의 모순은 국가적 차원에서 이해되어지는 엄중한 곳이기도 하지만 실제로는 "고무줄보다 허술한 것으로" 이루어져 있다는 것에 있다. 넘으면 아무 것도 아닌데 넘기 전까지는 무척 어려워 보이는 그 선, 바로 그것이 국경이다. 이러한 국경의식 약화는 "노르웨이", "네팔", "남미", "이스라엘"과 같이 세계 전체를 향하여 뻗어나가도 무방하다는 새로운 본향 찾기의 변침점을 가능케 한다.

61) 마종기, 「바오밥의 추억」, 『우리는 서로 부르고 있는 것일까』, 문학과지성사, 2006.

장소, 시체 묻어두는 곳 등으로도 사용된다는 것은 주지의 사실이다. 이 중, 시적 자아는 특별히 서아프리카 사람들이 바오밥이라는 나무에 시체를 묻어두는 풍습에 유의한다. 시적 자아의 시선이 "죽기에 이보다 좋은 것이 없을" 나무, 혹은 "천 년 이상" 수많은 시체를 안아줘 왔던 "큰 바오밥"에게 향한다는 것은 실향민으로서의 본향 찾기가 국경을 초월할 뿐만 아니라 이제 죽음과 삶의 경계를 넘어서는 본향으로, 새 방향성을 가졌다는 것을 의미한다. 이러한 확장된 본향의식은 "나무가 따뜻하다는 것을"(「겨울 아이오아」) 깨닫는 생명의식과도 연결이 되며 "사면과 팔방이 하얗게 밝아지는"(「네팔에서 온 편지」) 것을 느끼며 "모든 하늘 중에서 제일 생각이 깊은 하늘"을 향한 여정을 통하여 "드디어 하늘의 맨살에" 이르게 된다.

(2) 이민사적, 동양철학적인 시세계 : 캐티 송

캐티 송(Cathy Song, 1955-)은 한국인 아버지와 중국인 어머니 사이에서 태어난 3세대 아시안계 미국인 시인으로 1982년에 출간한 첫 시집, 『사진 신부(Picture Bride)』로 <예일 젊은 시인상>을 수상하였다. 시인은 그 후, 『창틀 없는 창들, 빛의 사각형들(Frameless Windows, Squares of Light)』(1988), 『스쿨 피겨(School Figures)』(1994), 『행복한 나라(The Land of Bliss)』(2001), 『구름을 움직이는 손들(Cloud Moving Hands)』(2007)을 잇따라 출간하였는데 1993년 시인협회의 <미국 셸리 기념상>, <하와이 문학상>을 수상하면서 미국 주류 문학계에 널리 알려진 시인이 되었다.

무엇보다 캐티 송의 시세계의 주된 특징은 시인 자신의 실제 가족사와 이민자로서의 애환이 시적 운율의 아름다움과 함께 작품 속에 밀도 있게 녹아있다는 것이라 하겠다. 작가의 대표작이라고도 할 수 있는 「사진신부」는 스물세 살의 나이에 사진 신부로 하와이로 이민을 온 캐티 송의 할머니의 삶을 그대로 투영하고 있다.

> 나보다도 / 한 살 어린 스물세 살의 나이에 / 그녀는 아버지 집 문을 닫고 / 어떻게 담담하게 그곳을 떠날 수 있었던 걸까? / 부산의 양복점 가게들을 지나 / 이름을 안 지 얼마 되지 않은 섬으로 자기를 데려다 줄 / 부두를 향해 가는 / 그 길은 얼마나 멀었을까? / 와이아루아 사탕수수 공장 바깥 캠프에 불이 켜지고 / 불빛에 그녀의 사진을 들여다보는 그 남자, / 그의 방 안에 흐르는 빛은 / 사탕수수 줄기에서 나온 나방들의 날개에서 / 나온 것일까? / 할머니는 그때 무엇을 / 가져왔을까? 그리고 그때 / 그곳에 도착해서 / 자기보다 열세 살이나 많은 / 남편을, 낯선 그 사람의 얼굴을 / 보았을 때 그녀는 / 윗도리에 달린 비단 옷고름과 / 남자들이 사탕수수를 태운 / 들판에서부터 불어온 / 마른 바람으로 채운 텐트처럼 부풀어 오른 치마를, 그 끈을 / 순순히 풀 수 있었을까?[62]

이 시에 나오는 '사진 신부'는 캐티 송 할머니의 개인적 자화상인 동시에 초기 이민 시절의 여성들을 대표하는 역사적 자아이기도 하다. 셜리 곡리 림(Shirley Gok-Lin Lim)은 아시아계 미국시는 사회적 정황을 반영하는 것이 중요하다[63]라고 말하는데 이 작품은 여성성과 함께 이민사를 동시에 조명하고 있기에 소수민족문학으로서의 가치가 충분히 있다고 하겠다. 또한 캐티는 초기 이민사에만 관심을 가지고 있을 뿐만 아니라 그 후의 이민자들의 현지의 삶에 대해서도 균형감각을 유지하며 조명한다. 예를 들면, 「여자 재봉사」(Seamstress)라는 시에서 "창문이 없는 막힌 벽/ 양철 지붕의 방에서/ 어둔 불빛 아래서/ 재봉질로" 살아가다가 "재봉틀 위로 구부러진 척추는/ 수년 간 코트 옷걸이의 그림자로 변해 버"린과 같은 이민자들의 현재 삶에 대한 묘사를 통해 단적으로 미국의 꿈의 허상을 폭로한다.

캐티의 시세계의 또 하나의 특징은 여성들뿐 아니라 남성들의 삶에 대해서도 애정 어린 시선으로 바라봄으로써 전체적으로 음양의 조화를 갖

62) Cathy Song, 「Picture Bride」, 『*Picture Bride*』, Yale University Press, 1983. pp.3~4. 필자 번역.
63) Lim, Shirley Geok-lin, 「Reconstructing Asian-American Poetry : A case for Ethnopoetics」, 『*MELUS*』, 14.2 (1987), p.55.

추고 있는 것이라 하겠다. 「손대지 않은 나그네의 사진(Untouched Photograph of Passenger)」에서 스무 살이 채 안 된 나이로 미국으로 이민을 온 "남자"[64]는 철도 공사를 하며 하루 일당으로 1달러를 벌면서 늘 자신의 나라를 그리워하면서 유령의 도시 같은 곳에 머물러 살고 있다. 또한 「하늘나라」의 중국계 소년 역시 회귀에의 소망을 드러내고 있다. 이렇듯 캐티는 여성 작가이면서도 여성과 남성의 세계를 균형 있게 다루는데 이는 작가의 여성성이 성차별에 거칠게 항거하는 과격한 페미니즘에 근거를 두고 있는 것이 아니라 남성과 여성이 음양의 조화를 이루는 화합적 여성성에 토대를 두고 있기에 가능한 것이라 할 수 있겠다.

시인의 시세계의 또 하나의 특징은 중국이라는 공간의 이미지가 미국 도시와 비교될 때 중국은 대체로 긍정적인 공간, 미국은 부정적인 공간으로 대비되어 나타난다는 것이다. 「하늘나라」에 나타나는 중국은 "파란 꽃"으로 표시되고 시적 화자가 현재 살고 있는 로키 산맥의 동쪽은 팬 케익처럼 납작한 까만 점으로 표시되며 "무너진 담장", "짜증내는 개", "덜거덩거리는 경화차"의 이미지를 가진다. 내가 살고 있는 미국은 현실적 고난을 지닌 장소라면 이와 대조적으로 동양적 가치를 지닌 중국은 "하늘나라"와 동일시되는 공간으로 나타난다.

> 우리가 죽으면 중국으로 갈 거라고 / 그는 생각했지 / 그의 금발 머리를 제외하고 아버지를 닮은 부분들은 / 모두 중국의 하늘나라로 / 그와 비슷한 사람들이 모인 그곳으로 / 중국, 지도에 파란 꽃으로 나와 있는 바다보다 더 파란 그 곳 / 한 뼘 손을 뻗치면 다리가 되어 닿는 / 한 옥타브 떨어진 그 곳.[65]

---

64) "20살이 넘지 않은 남자의 사진은/ 그로서는 난생 처음 찍은 사진이며/ 뒤에 붙은 통로의 등불 아래서 박음질을 한 주름 잡힌 양복/ 비단실로 만든 넥타이를 맨 그 사진", 「Untouched Photograph of Passenger」 부분.

65) Cathy Song, 「Heaven」, 『*Frameless Windows, Squares of Light*』, W. W. Norton & Company,

죽어서야 갈 수 있는 중국은 하늘나라의 이미지와 융합되면서 "바다보다 더 파란" 꿈꾸는 공간, 미래적 소망의 공간, 귀환과 구원의 장소로 발전한다. 그런데 자신의 신체 부분 중 주류와 혼종 된 부분인 금발머리는 비중국적 성향을 가지고 있으므로 이곳에 들어가지 못한다고 하는 것은 주류 문화에 속하는 것을 자격 없는 것으로 평가함으로써 주류 문화를 풍자하고 이민자로서의 아픔을 희극화하는 효과를 갖는다.

그리고 이 땅에서 현지의 삶과 대조를 이루는 중국의 이미지는 「잃어버린 자매(Lost Sister)」에 나타나는 뿌리 공간으로서의 중국과도 상통한다. "중국에서는/ 농사꾼이라 하더라도/ 장녀는 옥이라고 이름 짓고/ 먼 들판에 있는 그 옥은 가문 계절에 습기를 주고/ 언덕에 자라나는 약풀이 겨울 참외 조각처럼 반짝거리도록/ 남자들이 산을 움직이게"[66]한다. 그런데 미국에서는 "거대한 뱀들이 덜거덕거리고/ 뿜어져 나온 검은 구름이 부엌으로 쳐들어오고/ 얼굴이 푸석푸석한 집 주인이/ 열쇠 구멍에 당신이 이해하지도 못 하는 고소장을 집어 넣"기도 한다. 이에 중국은 생명력과 치유의 근원을 제공하는 공간으로 물질주의와 자본주의가 팽배한 미국과 대별된다.

이와 함께 시인의 시세계에 나타난 전통 문화를 나타내는 단어들은 아시아계 미국 시의 특성을 보다 더 강화하고 있다. 한국의 "부산", "만두피", "밝은 색의 누비 보자기", "중국거리", "옥", "생강 뿌리", "참깨", "대나무 젓가락", "난초", "비단", "발효된 구근", "천 개의 학", "후지 산", "쌀 종이"와 같은 단어들이 바로 그것이다. 이뿐 아니라 "침묵을 지키며 밥 먹기", "차와 밥으로 차려진 제사", "찻잔만한 신발 속에 발을 집어넣고 걷기", "배추를 절여 마늘과 빨간 고춧가루를 넣고 일주일에 걸쳐 완성한 김치를 며느리에게 보내는 여자"와 같은 동양 전통문화의 관습을 구체적으

Inc., 1988. 필자 번역.

66) Cathy Song, Lost Sister, 『*Picture Bride*』, Yale University Press, 1983, p.51. 필자 번역.

로 보여주는 문구가 대폭 삽입되어 전통문화의 미학을 드러내기도 한다.

또한 죽음으로 인한 상실과 고통이라는 주제는 시인의 시집 전반에 걸쳐 나타나면서 죽음과 관련된 철학적 깊이를 더하고 있다. 다섯 번째 시집인 『구름을 움직이는 손』에는 어머니의 죽음 혹은 죽어가는 시간을 둘러싼 시들이 압도적으로 많이 나온다.[67] 표제작인 「구름을 움직이는 손들(Cloud Moving Hands)」이라는 시는 죽음의 고통과 승화라는 죽음의 이중성을 드러내고 있다. 병실에 갇힌 어머니는 "십 대 소녀가 부모님 방을 빠져나가듯" "간호실을 지나" 자유에 이르게 되고 시적화자는 한 번의 동작으로 "부드럽게 공기를 쓰다듬기도 하고/ 물속을 날며/ 어머니를 본향으로 인도" 한다. 이는 죽음의 고통이 허무함으로 귀결되는 것이 아니라 어둠에서 빛으로 나아가며 깨달음의 기쁨, 구원으로 전환되는 것을 보여준다. 또한 「그들이 당신의 유방을 제거했을 때(When They Removed Your Breasts)」라는 시는 유방암에 걸려 항암치료를 받고 유방 임플란트 수술을 한 어머니의 모습을 묘사한다. 이 외에도 대부분의 시집에서 죽음을 소재로 한 시들이 많이 발견된다. 「내가 아는 그 날이 왔다(The Day Comes as I know)」에서는 어머니의 죽음이 임박한 걸 깨닫고 효도하지 못 했던 삶을 반성하는 딸의 시선이 그려져 있고 「그 어느 날이 오니 우리 엄마는(The Day Has come When My Mother)」이라는 시에서는 "엄마가 나를 더 이상 알아보지 못 하는 날이 왔다"라고 읊조리면서 엄마와의 이별을 슬퍼하기도 한다. 또한 「막내 딸」, 「여정(Journey)」, 「천국으로 들어간 나의 중국인 삼촌의 마지막」 등은 이민자들의 죽음이 가족, 친척들과 어떠한 관계에 있는가를 보여준다.[68] 이같

---

67) 이 시의 제목인 "구름을 움직이는 손들"은 "단 한 번의 움직임으로 땅과 하늘을 가볍게 움직이"기도 하는 타이찌의 동작 나타내는 용어에서 따온 것으로 이 동작들은 일종의 구원의 신호이기도 하다.

68) 「우리 어머니의 마지막 선물」 (My Mother's Last Gift)에서 "우리 어머니의 마지막 선물은/ 천천히 죽어가는 것이었다/ 우리가 충분히 지켜볼 수 있도록"이라고 고백

이 캐티 송의 작품세계는 과거와 현재를 넘나들면서 이민자들의 역사와 삶의 애환을 재창조하고 가족애와 동양고유문화의 미학을 드러내면서 동시에 음양의 조화와 죽음에 대한 사색을 중시하고 있다는 것에 그 가치가 있다 하겠다.

4) 주요 작가 · 작품 : 소설

(1) 공간 이동과 자아정체성 : 송상옥

1968년 「열병」으로 「현대문학상」, 1976년 「어둠의 끝」으로 <한국소설문학상>을 수상했던 소설가, 송상옥은 1981년 미국으로 이주하였다. 그의 도미 이전의 작품들[69]은 의식의 흐름과 환상성의 기법으로 자의식이 강한 작품세계를 드러내어 읽기에 난해한 감이 없지 않아 있었다.[70] 하지만 미국 이주 후에 쓰인 작품들은 전문 작가로서의 문학적 의식과 작품 사이의 긴밀성과 긴장성이 어느 정도 이완된 반면 작가의 자전적 요소와 재미한인들의 구체적 삶의 애환이 리얼리즘 수법으로 분출되고 있어, 한인들의 실제 삶을 근거리적으로 살펴볼 수 있고 진정성을 획득하고 있다는 점에서 나름의 장점을 지니고 있다. 1981년 미국 이주 이후의 작품을 수록한 소설집 『소리』, 『세 도시 이야기』, 『광화문과 햄버거와 파피꽃』을 출간한 후 문예지에 발표한 중단편 소설, 「불타는 도시」, 「산장으로 가는 길」, 「사막구경」 등은 재미한인작가로서의 특성을 드러낼 뿐 아니라 재미한인 교

함으로써 시적자아가 죽음이라는 문제에 얼마나 천착하고 있는지 그리고 죽음에 대한 사색을 얼마나 중시하고 있는지를 극단적으로 보여준다.

69) 『환상살인』(1973), 『흑색 그리스도』(1975), 『성 바오로의 신부』(1977), 『작아지는 사람』(1977), 『떠도는 심장』(1979), 『겨울 무지개』(1981) 등.

70) 이태동, 「작가의 꿈과 현실 사이」, 『광화문과 햄버거와 파피꽃』, 창작과비평사, 1996, 317쪽 참조.

포들의 삶을 엿볼 수 있는 자료로서의 가치도 있다 하겠다.

미국 이주 이후의 송상옥의 작품에서 나오는 로스앤젤레스 한인촌은 고국을 대체한 곳이며 미국공간의 정상적 배치를 바꾸어놓은 횡적으로 끼어든 공간이다. 그런데 여기서 한인밀집 주거지나 상가 거리는 한국의 공간을 그대로 이식해 놓은 것 같아 보일지라도 한국에서처럼 단일적 효과를 생성하지는 않는다는 것에 유의해야 한다. 전형적인 한인 이민자가 미국 내 한인 가게에 들러 시장을 보고 비디오를 빌려오는 일상적 행위는 한국이라는 영토에서와는 달리, 혼종적 문화라는 새로운 의미를 갖게 된다. 영어가 주류 언어인 곳에서 소수인종으로서의 한인들이 살고 거니는 이 공간은 미국문화 속으로 한국문화가 끼어들어가 만들어낸 틈새공간이자 짜깁기 공간인 것이다.

그런데 소수인종으로 살아가는 한인들이 여러 인종의 집합지인 미합중국이란 곳에서 자기 얼굴을 당당하게 드러내는 것은 아직 시기상조인지도 모른다. 「산장으로 가는 길」에 나타난 백인촌에 사는 백인들은 은밀하고 지능적인 방법으로 한인들을 위협한다. 이 작품의 주인공은 미국으로 건너와서 밤낮을 가리지 않고 노동을 한 덕택에 거의 백 퍼센트 중류층 이상 백인들이 사는 곳으로 이사를 갈 수 있었다. 그는 그곳을 "산장"이라고 부르고 "오랜 고생 끝에 드디어 낙을 찾았다"라고 느끼며 "자신이 이승에서 맛볼 수 있는 최상의 상태에 이르렀다"고 생각한다. 하지만 이곳에 사는 백인들은 자기들만의 영역에 소수인종이 끼어 들어옴을 참을 수 없어 하며 그에게 떠나가라고 협박을 한다. 인종차별과 제국주의적인 생각에 사로잡힌 백인들은 자신들이 사는 동네를 "더럽혀져서는 안 되는" 공간으로, 유색인종이 발 들여 놓을 수 없는 성역으로 간주한다. 백인들의 성역의식이 강하면 강할수록 유색인종 이민자들의 좌절감은 깊어만 간다.[71)]

백인뿐 아니라 흑인에 의해서도 한인 이민자들은 불이익을 당한다. 「불타는 도시」는 실제 흑인폭동사건을 소재로 삼고 있다.[72] 작가는 이 작품을 통하여 한인들이 삶의 터전으로 삼는 흑인 지역에서 한인들이 "고성능 폭탄이 숨겨져 있는" 것 같은 위험을 느끼며 안정적으로 공간을 확보하기가 어려운 것은 한인들 개개인의 노력이 부족해서가 아니라 흑인들의 집단적인 억압과 횡포에서 비롯된다는 것임을 뚜렷하게 보여준다.

백인과 흑인의 위협에 자기 공간을 빼앗기고 허무감을 느낀 작품 속 주인공들은 두 가지 형태로 공간을 회복하는데 "한국 재상륙 작전"이 그중 하나이며 또 다른 하나는 미국 내에서 새롭게 자기 공간을 확보하고자 하는 도전이다. 하지만 본국 재상륙 작전은 성공적이지 못한 것으로 귀결되고 만다. 「첫 번째의 고국 방문」과 「광화문과 햄버거와 파피꽃」의 주인공은 이민자로서의 삶의 애환이 "폭발"될 때 귀국을 감행하지만 막상 한국에 도착했을 때는 자신의 존재가 "이미 잊힌 존재"에 지나지 않음을 실감한다. 이런 까닭으로 한국재상륙 작전은 두 공간의 '머뭇거림'으로 귀결되고 만다.

이에 비해 미국 내에서의 새 공간 확보는 건강한 정체성의 회복과 이어진다는 점에서 한국 재상륙 작전과 구별된다. 「산장으로 가는 길」의 '그'는 백인들만 모여 사는 동네로 이사를 갔다가 백인들의 협박에 못 이겨 그곳을 포기하고 다인종 공간, 즉 그가 처음 로스앤젤레스에 와서 살던, 바로 그곳으로 돌아간다. 이 다인종 공간은 한때 너무나 편안해서 벗어나고 싶었던 곳이지만 바로 이곳이야말로 이민자들의 미국이며 "많은 인종과 민족이 섞여 사는", 종류가 변한 모나드의 공간인 것이다. 들뢰즈는

71) 송상옥, 「산장으로 가는 길」, 『문학수첩』, 2004년 봄호, 156~157쪽.

72) 한밤중에 모터사이클을 타고 달리다 속도위반을 한 흑인을 로스앤젤레스 경찰국 소속의 네 백인 경찰이 경찰봉으로 두들겨 팬 것이 카메라에 잡혀 알려지면서 흑인들이 폭동을 일으켰고 이로 말미암아 한인상가가 불타버린 사건이 있었는데 작가는 이 실제 사건을 작품화한 것이다.

"진정한 사유함이란 질서를 넘어서서 각 분자, 즉 각 모나드가 존재하는 숫자만큼의 수많은 세계가 존재하며 무한한 지각작용이 인정되어야 한다"[73]고 말하는데 이런 의미에서 이 별종 미국이야말로 미국의 핵심 공간에서 결코 제외되어서는 안 되는 이민자들의 공간이라 할 수 있다. 이쪽과 저쪽의 기웃거림, 틈새 공간에서 자리매김을 하는 이민자로서의 송상옥의 문학은 사이 공간의 특성을 지닐 수밖에 없다.

그런데 송상옥의 미국 이주 후의 작품에 나오는 주인공들은 대부분 로스앤젤레스를 삶의 터전으로 삼고 있는데 비해 가장 나중에 발표한 작품인 「사막 구경」이나 「눈 구경, 또는 알래스카」에서는 도시를 벗어난 사막지대나 도시에서 벗어난 공간이 새로운 주요 배경으로 등장한다는 것에 유의할 필요가 있다. 이러한 비도시적 공간들로의 이동은 억압과 배척에 대처하는 이민자들의 도시적 저항성이 초월과 관조라는 새로운 출구를 향해 나아간 것과 관련이 있는 것은 아닐까 추측해 볼 수도 있을 것이다.

(2) 탈장르적 글쓰기 : 차학경

차학경(Theresa Hak Kyung Cha)은 1951년 부산에서 부친 차형상과 모친 허영순 사이에서 5남매 중 셋째로 태어났다. 부산에서 살다가 1961년 하와이로 이주하였으며 1964년에 가족과 함께 샌프란시스코로 다시 이사한 그녀는 가톨릭 계통의 학교에서 공부하면서 종교적 감화를 받으며 성장하였고 버클리 대학에서 미술, 불문학, 비교문학, 영화 등 예술 전반에 걸친 수업을 받았으며 1973년 비교문학사 학위를 받았다.[74] 작가는 1982년에는

73) 클레어 콜브룩, 한정헌 옮김, 『들뢰즈 이해하기』, 그린비, 2007, 33쪽.

74) 차학경은 버클리 대학 부속시설인 영화 예술관에서 안내원으로 일하면서 1975년 미술학 학사 학위를 받고 대학원 공부를 하기도 하였다. 이 시기, 한국어를 발음할 때의 입술의 이미지와 물 흐르는 소리의 변화 그리고 모국어 상실에 대한 고통을 표현한 "입에서 입으로"라는 8분 길이의 영화를 제작하여 <아이즈너> 상을 수상

뉴욕에서 리차드 반즈와 결혼하고 이어서 탈장르적 글쓰기를 보여준 『딕테(Dictee)』를 출간하였으나 그로부터 며칠이 지나지 않아 자신이 살던 아파트에서 피살당하였다. 차학경은 안타까운 요절로 인해 다른 작품들을 세상에 보여줄 수 없었지만 『딕테』 하나만으로도 간과할 수 없는 문학적 업적을 남겼다고 할 수 있다.

『딕테』는 1982년 영문으로 출판되었을 때,[75] 아프리카계 미국인인 벨 훅스(Bell Hooks)로부터 여성성을 잘 드러낸 작품이라며 찬사를 받았고 『금지된 바늘 땀(The Forbidden Stitch)』에서는 시로 분류되어 소개되기도 하였다. 한국에서는 15년이 지난 1997년, 김경년 번역으로 한글본이 출간되었고 2003년 재출간되었으며 극단 미토에서는 1999년 『딕테』를 <말하는 여자>로 각색하여 연극으로 상연하기도 하였다.

『딕테』는 모두 열 장으로 구성되어 있는데 서두에 그리스 시인 사포의 이름으로 "살보다도 더 벌거벗고, 뼈보다도 더 단단하고, 힘줄보다 더 질기고, 신경보다 더 예민한 이야기를 쓸 수 있기를"이란 기원문이 나오고 이어 그리스 신화 속에 나오는 시와 관련된 아홉 명의 신들의 이름이 소개된다. 첫 장의 내용은 받아쓰기를 하는 자아에 집중되어 있다. 받아쓰기 행위는 주체성과 창조성을 포기하고 타인의 요구에 그대로 복종만을 하는 타자성이 강요된 행위라 할 수 있다. 그런데 이 작품에서는 받아쓰기의 문장기술법을 해체함으로써 이 행위의 지배자-피지배자와의 관계성을 어느 정도 전복한다.

하였다. 1976년 프랑스로 건너가 영화 전반에 관한 전문 수업을 받기도 한 그녀는 고국에서 2년간 머물면서 『딕테』의 영감을 받았다. 1980년에는 미국 뉴욕으로 거처를 옮겼으며 영화에 대한 책 『*Apparatus*』를 1981년 출간하고 <몽고로부터의 하얀 먼지>라는 영화를 촬영하였다.

75) 『딕테』는 뉴욕의 Tanam 출판사에서 처음 출간되었는데 1995년, 2001년 두 차례에 걸쳐 버클리 대학의 Third Woman Press에서 다시 펴냈다.

문단 열고 그 날은 첫 날이었다 마침표
그녀는 먼 곳으로부터 왔다 마침표 오늘 저녁 식사 때
쉼표 가족들은 물을 것이다 쉼표 따옴표 열고
첫날이 어땠지 물음표 따옴표 닫을 것 적어도 가능한 한
최소한의 말을 하기 위해 쉼표 대답은 이럴 것이다
따옴표 열고 한 가지밖에 없어요 마침표
어떤 사람이 있어요 마침표 멀리서 온 마침표
따옴표 닫고[76)]

위의 본문은 문장 쓰기의 일반적 형식을 탈피하여 기호화된 문장부호들의 자리에 “쉼표”, “마침표”, “따옴표”와 같은 풀어쓴 문자언어를 대치함으로써 표준화된 문장 기술법에 반역을 꾀한다. 이는 주류의 언어를 배우기 위해 이민자들이 하는 받아쓰기가 타자성을 벗어나 주체적 움직임으로 탈바꿈하는 것을 미묘하게 드러낸 것이라 해석해도 무방하겠다. 이어 이민자들 앞에 과제로 놓인 불어로 번역해야 할 문장들을 통하여 이민자들의 언어학습이 곧 지배자들의 “압력”임을 전폭적으로 드러낸다.

<불어로 번역하시오.>
1. 나는 당신이 말하기를 원한다.
2. 나는 그 남자가 말하기를 원했다.
3. 나는 당신이 말하기를 원하게 될 것이다.
4. 그 남자가 말을 할까 두려워요?
5. 당신은 그들이 말을 할까 두려웠어요?

본문에 나타난 번역해야 할 문장들 중, “그 남자가 말을 할까 두려워요?”, “당신은 그들이 말을 할까 두려웠어요?”와 같은 문장들은 일반적으로 이민자들에게 번역 연습용으로 주어지는 문장들이 아니다. 이에 이러

76) 차학경, 김경년 옮김, 『딕테』, 어문각, 2004, 11쪽.

한 문장들은 "진실이 아닌 말을 말하기는 불가능"한 자아에 의해 의도적으로 삽입된 문장들로서 제국주의적 언어에 항거하기 위한 언어라 할 수 있다.

<클리오 역사>에서는 '女・男'이라는 한자어가 나타나기도 하면서 암울했던 일제강점기 역사 속에서 여성들이 어떻게 그 시간을 관통했는가를 보여준다. 함께 등장하는 잔 다르크와 안중근의 이름, <루즈벨트 대통령에게 보내는 하와이 한인들의 탄원서>, 일본군의 동학군 학살 장면 사진 등은 조국과 민족의 중요성과 여성성을 드러내며 일본제국주의를 고발한다. 서술자는 이러한 고발을 위해 "시간이 멈추어 준다"고 말한다. 정지된 시간은 "부패되지 않는" 기억을 낳고 이 기억은 성스러운 이름들 즉, 유관순이나 잔 다르크를 불러일으키고 그들의 정신이 영원으로 이어지는 것을 꿈꾸게 한다고 말한다.

이어 <칼리오페 서사시>에서는 일제강점기 민족 수난의 아픔과 미국 이민자들의 고통을 나란히 배치함으로써 현재에도 수난의 역사가 계속되고 있음을 시사한다. 서술자는 "그들은 당신에게 미국 여권을 줍니다. 미합중국. 어디에선가 누군가가 나의 정체를 뺏고 그 대신 그들의 사진으로 대치시켰습니다."라고 하면서 미국 정부가 이민자들에게 가하는 정체성 침략에 항의한다. 이는 일제암흑기의 "울 밑에 선 봉선화"의 아픔이 재현되고 있음을 의미하기도 한다. <우라니아 천문학> 장에서는 사람의 인체와 음성기관의 해부도를 통해 생물학적 인간에게 있어서 언어의 의미가 얼마나 중요한가를 부각시키고 <멜 포모네 비극>에서는 4・19와 6・25에 일어났던 한국의 암울했던 역사와 미국의 남북 전쟁에 대한 이야기와 어머니에게 보내는 서신형식의 글을 수록한다.

<에라토 연애시>에서는 유관순, 차학경 자신의 어머니 차형순 여사, 잔 다르크, 성 테레사 등과 같은 여성들을 등장시켜 시공을 넘나들며 여

성에 대한 억압과 차별에 항거한다. 또한 성 테레사의 사랑의 기도문을 통하여 여성성 회복을 기원하면서 절망과 희망, 어두움과 밝음의 조화를 시도한다. 나아가 예수가 고난당할 때 그의 얼굴을 닦아준 사람들이 다름 아닌 여성들임을 강조하는데 이는 위기의 순간에는 고난의 체험이 있는 여성들이 남성들보다 더 진정한 인간애를 발휘할 수 있다는 사실을 제시한 것으로 의미가 있다 하겠다. 이어 <탈리아 희극>에서는 초상화, 타이핑을 한 편지 사본, 필기체 편지글의 사진이 실려 있으며 언어와 기억의 상관관계가 심도 있게 서술되고 있다.

다음 장인 <텔프시코레 합창 무용>은 소리, 소음, 음조, 음성, 언어, 피진어, 멈춤 등 언어와 관련된 소재들을 다루고 있다. 마지막 장인 <폴림니아 성시>에서는 먼저 우물가를 둘러싼 여성들의 이야기를 서술한다. 어린 소녀가 앓고 있는 어머니를 위한 약을 우물가에서 구하게 된다는 것은 물과 여성의 생명력이 근원을 같이 하고 있다는 사실을 내포한다. 또한 이 우물가는 바리데기와 심청 서사에서 물이 갖는 의미와 마찬가지로 여성적 치유의 원형성을 지닌 공간이라 할 수 있다. 여기에 "하얀 수건", "흰 헝겊", "사기 그릇" 등과 같은 언어들로 한국의 전통적 미학을 더하고 있으며 마지막으로 창문 높이로 올라간 어린아이의 시각으로 바라본 골목길의 모습을 바라봄으로써 미래적 구원에 대한 예언을 보여준다.

이렇듯 『딕테』는 한 작품 안에 영어, 불어, 한자 등이 혼재되어 있으며 낙서, 사진, 초상화, 해부도 삽입과 같은 표현기법의 파괴를 통해 실험적이며 탈장르적인 성격을 드러내고 있다. 이러한 형식의 난해함은 단순한 형식적 파괴라고 하기보다는 그동안 금기시 되어 있었던 내용, 즉 일제강점기의 한국의 역사, 금지된 언어, 여성의 억압, 이민자들에게 가해졌던 제국적 탄압 등을 말하기 위해 작가가 새롭게 창조해낸 양식이라고 일컬어도 좋을 것이다. 이에 이 작품에 나온 어휘를 빌리자면, 차학경은 어떠한 정형화된 틀에 묶일 수 없어 "이것도 저것도 아닌 제3의 부류"인 탈장르 탈글쓰기라는 자유에 이르렀다고[77] 보아도 무방하겠다.

(3) 금기의 빗장을 연 여성들의 진혼굿 : 노라 옥자 켈러

노라 옥자 켈러(Nora Okja Keller)는 1965년 한국인 어머니와 독일계 미국인 아버지 사이에서 태어났으며 3살 되던 해인 1968년 미국으로 이주하였다. 도미 후, 하와이에 정착하여 그곳에서 성장기를 보낸 켈러는 첫 단편 소설인 「모국어(Mother Tongue)」를 쓰게 된 동기가 1993년 하와이 대학에서 일본군 종군 위안부로 끌려갔던 황금주 할머니의 강연을 듣고 이 이야기를 전 세계 사람들에게 알려야겠다는 생각에서 출발한 것이라고 한국에서 열린 제 9차 <세계여성학대회>에서 밝힌 적이 있다. 작가는 이 단편 소설로 <푸쉬카트 상>을 받았는데 이 작품을 서두로, 죽어도 제대로 시신조차 거두지 못 했고 살아 돌아와도 자신들의 과거를 숨기며 살아야 했던 종군위안부들의 목소리를 본격적으로 드러낸 장편 『종군위안부(Comfort Woman)』(1997)를 완성하였다. 작가는 『종군위안부』로 인하여 마술같은 서정적인 산문을 쓰는 페미니즘 작가로 주류 문단에서도 주목받게 되었으며, 이어 2002년에 출간한 『여우 소녀(Fox Girl)』(2001)는 1960년대, 70년대 미군 기지촌을 배경으로 살아가는 여성들의 삶에 초점을 두고 있는데 『종군위안부』의 후속작이라고 할 수 있다. 『여우 소녀』는 페미니스트 소설에 수여되는 영국 <오렌지 상> 후보작에도 선정되기도 하였다.

작가의 현재까지의 두 장편소설, 『종군위안부』와 『여우 소녀』에는 같은 구조의 사건이 모녀에게 대를 이으며 반복되고 있다는 공통점이 있다. 『종군위안부』에서 어머니 순효(아키코)가 일본 군인들과 그녀의 남편, 백인 목

77) 차학경, 앞의 책, 30쪽.

사에게서 성노예 생활을 한 것, 딸 베카 역시 남자친구의 성적 탐욕의 대상이 된다는 것, 어머니와 딸이 다같이 무속인, 혹은 무속적 체험을 하게 된 것 등은 대를 달리하며 모녀가 같은 삶을 반복하며 살아가고 있음을 보여준다. 『여우 소녀』에서도 이러한 구조가 나타나는데 주요인물에 해당하는 덕희와 그녀의 두 딸이 기지촌에서 대를 이으며 매춘을 세습하게 된다는 것이 바로 그것이다. 특별히 『종군위안부』의 모녀관계는 순효－베카에 그치지 않고 같은 종군위안부였던 다른 여성과 연합하면서 그 집단성이 보다 증폭되고 발전한다. 순효에게 일본 군인에게 항거하다 죽어간 인덕의 옷이 입혀지고 일본 군인들에게 순효가 "새로운 음부"라 불린다는 것은 인덕－순효, 두 사람의 연합을 말하는 것이기도 하다.

> 그녀는 인덕이었다가 내 엄마로 변하기도 했으며, 옛날 한복을 입은 외할머니였다가 노파로 변하기도 했다. 나는 조상들과 함께 걷고 있다는 생각이 들었다.

> "나(인덕)는 한국인이며 여자다. 나는 살아 있고 열곱 살이다. 나에게는 너와 같은 가족들이 있다. 나는 딸이며 누이이다."[78]

이와 같이 순효는 인덕과 연합하면서 개인적 자아에서 벗어나 일제강점기를 살아가던 억울한 여성 전체를 대표하고 한민족 전체 여성, 나아가 온 인류의 딸이며 누이를 대표한다는 집단성을 갖는다.

또한 『종군위안부』와 『여우 소녀』, 이 두 작품은 한국 설화를 상징적 모티프로 삼으면서 한국 전통 미학을 구축하고 있다는 공통점을 갖는다. 『종군 위안부』에 나타나는 만신아지매는 서양의 기독교보다 더 구원의 능력이 있는 존재로 묘사된다. 기독교인이라 자처하는 브레들리 목사는

---

78) 노라 옥자 켈러, 앞의 책, 83, 37쪽.

자기 아내와 딸을 구하려 할 때에 지나치게 “밝은 푸른 빛”으로 인하여 의도와는 달리 아내와 딸을 구할 수가 없는데 비해 만신아지매는 자신의 한이 능력이 되어 상처 입은 영혼들을 위로하고 회복시켜준다.

『여우 소녀』에 나오는 ‘여우 소녀’는 현진의 아버지에 의해 소년들의 목숨을 앗아가는 악한 존재로 평가되지만 한때 종군위안부였고 현재는 기지촌 매춘부로 살아가는 현진과 숙이의 생모인 조덕희의 시선은 다르다. ‘여우 소녀’는 남자들이 자기 혀 밑에 숨겨둔 지혜의 보석을 삼켜버려서 그 보물을 되찾으려고 남자들을 찾아다닌다는 것이다. 이는 피해자인 여성의 눈으로 ‘여우 소녀’를 재해석해 본 것이라 할 수 있다. 이런 맥락에서 『종군위안부』와 『여우 소녀』, 이 두 작품은 전쟁과 관련하여 짓눌렸던 여성들의 몸과 영혼을 위로하는 한바탕의 진혼굿이며 저항으로서도 의미가 있다 하겠다.

(4) 타자적 자아에서 혼종적 주체로 나아가기 : 이창래

1965년 서울에서 태어난 이창래(Chang-rae Lee)는 3살 때 가족과 함께 미국 이민생활을 시작했으며 예일대 영문학과를 졸업하고 오리건대 대학원에서 문예창작 석사 학위를 받았다. 월스트리트의 주식 분석가로 1년간 일한 적도 있었으나 곧 전업 작가로 전향하였다. 전업 작가가 되는 것은 위험을 무릅쓰는 것이긴 하지만 그렇게 하지 않으면 평생 후회할 것 같아 그리 결정했다고 고백하기도 한 그는 1995년에 발간한 첫 장편소설 『네이티브 스피커(Native Speaker)』로 <헤밍웨이 재단 펜 도서 상>, 콜럼버스 이전 재단의 <미국 도서 상>, <오리건 도서 상>, 반즈 앤드 노블의 <위대한 새로운 작가상>, QPB의 <새로운 목소리 상> 등, 미국 문단의 권위 있는 문학상을 6개나 수상하였다. 1999년에 발표한 두 번째 소설인 『제스처 라이프(A Gesture Life)』는 <아니스필드-볼프 문학 상>, <구타부스 마이어즈

도서 상>, 소설부문 <NAIBA 도서 상>, <아시아계 미국인 문학상>을 수상했으며, 2005년에 발표한 세 번째 작품 『가족(ALoft)』은 타임지에 <교양인이 읽어야 할 필독서>로 소개되기도 했다. 이후 2010년에 발표한 『생존자(The Surrendered)』는 2010년 퍼블리셔스 위클리의 <올해의 10대 소설>, 2011년 <퓰리처상> 최종후보작으로 선정되기도 하였다. 가장 최근작인 『만조의 바다 위에서(On Such a Full Sea)』(2014)는 로스앤젤리스 타임즈의 포로키스타 카크푸르로부터 "이 시대에 이창래보다 더 나은 소설가가 있겠느냐?"라는 극찬을 받을 정도였다.

작가의 첫 장편인 『네이티브 스피커』의 주인공 헨리는 한국계 미국인 2세 이민자이며 정보 스파이라는 직업을 갖는데, 여기서 스파이는 단지 주인공의 직업으로서만 의미를 갖는 것이 아니라 자기 자신을 노출하지 않으면서 주류 사회에 남아 있기 위한 은폐된 자로 살아가는 삶을 상징하는 것이기도 하다. 곧 자기 자신의 특징을 드러내지 않고 살아가는 이민자, 즉 "자기 스스로를 제왕절개한 자"의 또 다른 비유인 것이다. 1세인 헨리의 아버지는 한국에서 대학 교육을 받은 지식인이지만 미국 현지에서는 야채 장사를 하며 경제적 부를 축적한다. 하지만 주류 사회에 들어가지 못 하고 그들과 대면할 때는 다만 침묵하는 존재가 된다. 그런가 하면 2세인 헨리는 미국에서 교육을 받았으므로 언어의 장벽을 자연스레 극복하고 주류사회에 진출은 한다. 하지만 여전히 이민자의 한계를 넘어서지 못하고 "착한 이민자"인 척 하며 "납작 엎드린" 그림자 같은 존재로 살아갈 뿐이다.

또한 두 번째 출간한 소설 『제스처 라이프(A Gesture Life)』(2000)의 주요인물인 하타는 한국인으로 태어났지만 일본인 가정에 입양되었다가 미국으로 이민을 와 미국에서 제법 부유한 동네에서 의료기기상을 운영하며 마을 사람들로부터 존경받으며 살아가는 자이다. 그런데 하타는 세계 2차대전 때 일본군 군의관으로 참전하였는데 자신이 사랑했던 한인 위안부,

끝애가 죽어가는 모습을 지켜보면서도 끝내 구해주지 못 한 과거를 가진 자이기도 하다. 이에 하타가 구현한 "착한 이민자" 이미지는 항거를 포기한 자아의 또 다른 얼굴이라 할 수 있겠다.

이어 발표한 세 번째 작품, 『가족(ALoft)』(2005)은 은퇴 후 경비행기를 구입하여 소일하는 것으로 무료하게 살아가는 '불만투성이' 남자인 이탈리아계 백인 남성인 제리 배틀을 중심으로 겉으로는 완벽해 보이는 미국 중산층 가정이 갖는 헛헛함과 모든 인류의 보편적 공감대인 가족의 서사를 보여준다. 이 작품에서 한인 여성은 제리 베틀의 사별한 부인으로 잠깐 소개되긴 하지만 서사가 주로 이탈리아계 미국인을 중심으로 하고 있기에 한국인의 이야기는 거의 배제되어 있다고 해도 과언이 아니다. 가장 최근작인 『만조의 바다 위에서』도 주인공으로 중국계 이민자 소녀가 등장한다. 여기서 비한국인이 주인공으로 설정된다는 것은 한인동포문학이 갖추어야 할 특수성을 놓친 것이 아닌가라는 의문을 품어 볼 수도 있을 것이다. 하지만, 재미동포문학이 한인 혈통을 가진 자만을 주요인물로 등장시킨다는 것은 그 특수성이 될 수도 있지만 재미동포문학의 영역을 축소시키는 제한 요소가 될 수도 있음을 또한 상기해야 할 것이다. 이런 맥락에서 이창래 작품에서 여러 민족의 주인공이 등장하는 것은 어쩌면 지구촌 시대에서 재미동포문학이 앞으로 어떻게 확대될 것인가, 그 폭과 방향성을 보여주는 것으로서도 의미가 있다 하겠다.

네 번째 발표한 『생존자(The Surrendered)』(2010)는 이창래 작가의 아버지가 한국전쟁 때 피난 기차가 갑자기 멈추는 바람에 동생이 죽는 체험을 한 것이 모티브가 되어 탄생한 작품으로서, 한국전쟁을 화두로 삼고 있다. 이 작품은 한국전쟁으로 인해 고아가 되어버린 준과 만주국에서 일본군에 의해 선교사 부모를 잃게 된 실비, 미군으로 한국전쟁에 참여하였다가 전쟁이 끝난 후 고아원에서 일하게 된 헥터 등의 인물을 통해 전쟁이 인간의 내면세계에 미치는 영향 혹은 상흔을 중점적으로 보여준다.

작가의 다섯 번째 장편소설, 『만조의 바다 위에서(On Such a Full Sea)』(2014)는 "우리"라는 독특한 시점으로 서사를 서술해나가는 것이 사뭇 이채롭다. 1인칭 복수형인 "우리"는 때로는 전지적 작가 시점처럼 모든 인물의 내면에 침투해 들어가기도 하고 더러 "여러분"이란 단어를 사용하면서 독자들에게 질문을 던지기도 하면서 이전의 작품에선 볼 수 없었던 새로운 어조로 서사를 이끌어간다. 이 작품은 또한 미래의 미국 사회상을 배경으로 설정했다는 점에서도 다른 작품과 구별된다. 이 소설에 나오는 가상의 미래 사회는 부유층이 모여 사는 차터, 중산층 B-모어, 저소득층 자치주로 엄격하게 나뉘어 있다. 이 세 지역은 높은 장벽이 가로막혀 있어 서로 넘나들 수 없는 없는 영역으로 자리한다. 특별히 부유층 차터 사람들은 B-모어 지역에 모여 사는 중국계 이민자들이 자신들에게 싱싱한 채소나 어류를 제공하기 위한 존재라고 인식할 뿐 결코 자신들과 동등한 자들이라고 인정하지 않는다. 그런데 중국계 이민자의 후예인 16세의 소녀, 판이 갑자기 사라진 남자 친구를 찾기 위한 과정에서 B-모어를 벗어나 다른 지역으로 이동하게 된다. 여기서 계급의 장벽을 넘나드는 그녀의 여정의 의미는 어쩌면 인종과 사회계급 타파의 가능성을 보여주는 것에 역점을 두고 있는 것인지도 모른다. "미래에 대해 너무 많은 것을 바라면서 쓸데없는 것으로 무겁게 짐을 꾸리고" 사는 평범한 "우리"와는 달리 "아무 것도 들고 있지 않은 채로 결의에 찬 모습"으로 "세계의 구성 요소들을 변형시킬 다른 종류의 힘을 불러들이려 하는 가능성을 믿고 있는" 자아로 묘사되는 판이야말로 작가가 조심스레 제시해보는 미국의 미래를 바꾸어줄 새로운 영웅상인지도 모른다.

이 소설은 언뜻 이창래 문학의 주제가 이민자들의 정체성 탐구에서 미국 사회 구조의 모순을 파헤치는 것으로 옮겨간 것처럼 보이지만 부분적으로는 여전히 이민자들의 애환과 정체성의 문제를 그냥 지나치지 않고 촘촘히 드러내고 있다는 점을 간과해서는 안 될 것이다. 사실, 이 작품에서 서술되는 중국계 이민자들의 성격은 한인 이민자의 성격과 거의 구별되지 않는다. 다만 실제 미국에서, 중국 이민자들이 한인 이민자들에 비해 월등히 많아 숫자상으로 아시아계 이민자들을 대표하는 민족이라 할 수 있으므로 가상사회의 한 영역으로 중국계 혈통을 채택한 것은 리얼리즘에 입각하여 어쩌면 자연스런 일이 아닌가 생각한다.

(5) 사회의식과 도덕적 반성 : 수잔 최

수잔 최는 1969년 한국인 아버지 최창과 러시아계 유태인의 혈통을 가진 어머니 비비안 모서 사이에서 태어난 이민 2세 작가이다. 수잔의 아버지 최창은 영문학자 최재서의 아들로서 1955년에 미국으로 건너가 미시건 대학교에서 수학을 전공했고 딸 수잔이 9살 되던 해에 비비안과 이혼했으며 인디애나 대학교에서 수학과 교수를 역임했다. 최창 교수의 삶은 『외국인 학생(The Foreign Student)』(1998)에서는 '안 창', 『요주의 인물(A Person of Interest)』(2008)에서는 '리' 교수를 통하여 간접적으로 드러나고 있다. 수잔은 1990년 예일 대학, 1995년 코넬 대학 문예창작과를 졸업하였는데 그녀의 첫 소설 『외국인 학생』은 1998년, LA 타임지 <미국에서 가장 좋은 소설 베스트 10>에 선정되었고 <아시아계 미국인 문학상>을 수상하였으며, 반스 앤 노블 <신예작가 상> 최종 후보작에 오르기도 했다. 또한 세 번째 소설인 『요주의 인물』은 퓰리처 상 후보에 선정되기도 하면서 미국 주류 문단에서 주목받는 작가로 자리매김을 하게 되었다.

수잔 최 작품 세계의 특징으로는 무엇보다도 역사 혹은 사회의식이 서사에 강하게 드러나는 것이라 하겠다. 작가는 인터뷰에서 "내 이야기 속에 일어나는 일들은 한국과 미국이 모두 깊이 관련되어 있으며, 이런 일련의 사건들은 또한 미국 역사의 일부인 관계로 미국인들이 좀 더 철저하게 인식해야 할 사건이라"[79]고 표명하기도 했는데 작가의 이러한 태도는 4편의 장편소설, 즉 『외국인 학생』, 『미국 여자』, 『요주의 인물』, 『나의 교육』 전반에 걸쳐 잘 나타나 있다.

『외국인 학생』의 주인공 창이 한국전쟁 중에 미군 사령부의 통역으로 일하지만 첩자로 오인되어 수용소에서 고문을 당하다가 전쟁 후, 남한도 북한도 아닌 제3세계인 미국을 선택한다는 것은 작가의 사회적 역사적 의식이 작품의 흐름을 주도하고 있음을 보여주는 좋은 예이다. 또한 『미국 여자』는 1974년 미국에서 일어났던, 극좌파 공생해방군(SLA)이 재벌가 가문의 19세 상속녀인 패티를 납치하고 패티가 납치범들과 함께 은행 강도일에 가담하는 이상 행동을 보인 실제 사건을 소재로 삼고 있다. 이 사건이 벌어졌을 때 실제로 웬디 요시무라라는 일본계 미국인 급진주의자 여성이 FBI에 쫓겨 숨어 사는 패티와 납치범들을 도와주었는데 이 소설에서는 패티는 폴린으로, 웬디는 제니 시마다라는 이름으로 변형하여 등장시킨다. 그런데 사실, 이 소설은 폴린보다, 제니 시마다라는 일본계 미국인 인물에게 더욱 중점을 둔다. 이들이 경찰에 붙잡혔을 때 폴린은 "자기 의지와는 상관없이 세뇌에 의한 행동"으로 변호가 되고 신문에 대서특필 되지만 일본계 미국인인 제니에 대해서는 사람들이 관심조차 표하지 않는다라고 꼬집어 말하는 것은 주류 미국인들의 제국주의적 태도에 비판을 가하는 것에 다름 아니다. 또한 작품 말미에 강조되어 있는 제니의 아버지인 사마다에 대한 이야기 역시 미국 제국주의를 강력하게 고발한다. 그는 UCLA 장학생으로 선발되지만 1942년 가을, 일본계 미국인이라는 이유로 연방정부에 의해 전쟁 격리 수용소에 강제로 수용되고 연방감옥으로

79) 유선모, 『미국소수민족 문학의 이해 – 한국편』, 신아사, 2001, 386쪽.

이송된다. 또한 『요주의 인물』에서는 1970년대와 80년대, 수학 천재 시어도르 카잔스키가 과학자들과 심리학자들을 비판하기 위해 미국의 대학과 항공사를 대상으로 연쇄 우편 폭발물 사고를 일으켰던 유나보머(Unabomer) 사건을 작품의 화두로 사용하면서 작가의 사회적 의식을 강하게 드러낸다. 이렇듯 수잔 최의 소설은 리얼리티에 입각하여 이민자들의 역사성과 사회성을 적극 반영하고 있다는 특성이 있다.

작가의 작품세계에 나타난 또 하나의 특징은 도덕적 반성과 고찰이라고 할 수 있다. 『미국 여자』의 화자는 사회 부조리 개선이라는 대의명분을 위해 혁명론자들이 저지른 납치나 은행 강도짓은 결국 더 이상 변명할 수 없는 명백한 "도덕적 과오"였다고 말한다. 그들이 "주류에서 밀려난 언저리에서 스스로를 내맡긴 행위가 정당했을지라도 도덕적인 과오를 낳았다."[80]라고 하고 젊은이들이 "스스로 역사를 만들어 갈 수 있다고 생각했"으나 자기들의 머릿속에서 예상하지 못 했던 현실적 과제와 부딪히면서 돌이킬 수 없는 실책을 범했다고 비판을 가한다. 또한 폴린이 자신을 납치한 자들과 동지애를 나눈 것은 "그때 그녀의 나이 열아홉이었고 고매한 이상을 위해 헌신하는 존재들이 결집된 집단과 사랑에 빠졌기 때문"(『미국 여자』 2, 161쪽)이라고 설명하면서 도덕적 과오가 젊음의 무분별한 감성이나 욕망, 혹은 실수와 무관하지 않음을 보여준다. 이러한 도덕적 과오는 『요주의 인물』의 리교수를 통해서도 잘 나타난다. 폭탄 사건의 용의자로 지목된 리교수는 자신이 미국에서 외톨이로 지낼 때 자신을 따뜻하게 대해준 개신교 친구 게이더를 배반하고 그의 아내를 빼앗아 결혼한 것은 도덕적 과오임에 틀림없었음을 깨닫고 죄책감과 정면으로 마주한다. 이러한 반성은 젊은 여성의 성과 사랑의 문제를 다룬, 작가의 최근작 『나의 교육

80) 수잔 최, 유정화 역, 『미국 여자』(하), 문학세계사, 2005, 179쪽.

(My Education)』(2013)에서도 예외 없이 드러난다.[81] 대학원에서 문학을 전공하는 21살 난 여학생 레지나 고트리브(Regina Gottlieb)는 동성애를 바라보는 사회의 시선을 아랑곳하지 않고 유부녀와 성관계를 한다. 그녀는 "우리가 사랑하면 그만이지 여기에 뭐가 잘못된 게 있어요?"라고 하면서 자신의 성적 본능과 열망에 집중한다. 하지만 시간이 경과하면서 성욕과 도덕적 의무는 병행할 수 없다는 것을 인지한다. 이와 같이 수잔 최의 작품은 이민자로서의 자아정체성뿐만 아니라 실제 사회와 작품의 간격을 좁히며 강한 사회의식을 드러내고 동시에 젊은이들의 욕망과 인간이 갖추어야 할 덕목인 도덕과 그 실천적 과제에 관해서도 강한 관심을 표출하고 있다는 특성을 지닌다.

(6) 인물들의 다양성과 이중성 : 이민진

이민진은 한국에서 태어나 7살 되던 해인 1976년 가족과 함께 도미하여 뉴욕 퀸즈 지역에서 성장하였다. 부모님은 퀸즈에서 보석도매상을 하였고 이민진은 예일대학교 역사학과를 졸업, 조지워싱턴 대학 법대를 나와 변호사로 활동하였다. 이민진은 단편소설 「모국(Motherland)」(2004)으로 <페단 최우수 단편소설상>을 「행복의 축(Axis of Happiness)」(2004)으로 <네러티브상>의 영광을 차지하였다. 또한 첫 번째로 출간한 장편소설, 『백만장자를 위한 공짜 음식(Free Food for Millionaires)』(2007)은 미국 <No.1 Book Sense Pick>, <뉴욕 타임스 편집자 선정 도서>, <월스트리트 저널의 북클럽 선정 도서>, <올해의 베스트셀러>, 영국 <더 타임즈 올해의 도서>와 <USA 투데

81) 수잔 최는 인터뷰에서 "에로틱한 소설을 쓰려고 『나의 교육』을 쓴 건 아니고요. 젊은이들의 열정과 자칫 저지르기 쉬운 실수에 대해 쓰려고 한 거예요."라고 밝힌다. www.npr.org, npr staff, 「Steamy Novel An 'Education' In Youth, Love And Mistakes」, 2013년 6월 29일 오전 8시.

이 올해의 도서>로 선정되었다.

『백만장자를 위한 공짜 음식』은 한국뿐 아니라 영국, 이탈리아에서도 번역본이 출간되었는데 이 작품은 2014년 6월 24일, 부지영이 인터뷰한 「워싱턴 초대석 : 첫 소설 '백만장자를 위한 공짜 음식'을 펴낸 이민진씨」라는 제목의 토크쇼에서 작가가 밝힌 대로 자전적 소설은 아니다.[82] 하지만 1.5세인 이민자로서 작가가 직접 느꼈던 감정, 즉 "드러내기 부끄러운 분노, 욕망, 부러움"과 같은 것들을 작품 내 인물들을 통해 리얼하게 표현하고 있고 주인공 케이시가 가난한 유년시절을 보냈으며 법대생이라는 것 등이 실제 작가의 삶과 유사하므로 자전적 요소가 다분히 반영된 작품이라고는 말할 수 있겠다.

주인공 케이시는 가난한 이민자의 딸이면서 동시에 사립학교의 학생이고, 미국적 문화를 잘 이해하면서 동시에 한국문화의 특수성도 잘 감지하는 이중 문화 속의 자아로 등장한다. 그녀는 백 퍼센트 백인 문화에 물들여져 있는 것 같지만 그렇지만도 않다. 백인 남자 친구인 제이와 자신의 아버지가 서로 감정적으로 대립하게 되었을 때 평소에는 한국문화에 대해 비판을 서슴지 않았지만 이번에는 "너무나도 이국적인 낙관주의적 사고"를 가진 제이가 자기와 함께 할 수 없는 사람이라고 판단하고 단호하게 헤어질 것을 결심한다.

제이가 아첨을 하는 사람이라는 것, 그의 믿음이 너무나 비현실적이라는

---

82) 부지영, 「워싱턴 초대석 : 첫 소설 '백만장자를 위한 공짜 음식'을 펴낸 이민진씨」, 2014년 6월 24일. www.voakorea.com 참고. 부지영 : 실제 모델이 있습니까? 혹시 작가 본인의 얘기는 아닌가요?/ 이민진 : 아니오. 전혀 없었습니다. 하지만 주변에 그런 사람들을 많이 봤죠. 그들이 느끼는 분노와 불공평한데 대한 불만의 감정, 또 대화가 부족하다는 느낌, 그런 감정을 충분히 이해가 갔습니다. 자전적인 소설이냐고 물으면 아니라고 답하겠지만 감정적인 면에서는 그렇다고도 할 수 있을 것 같습니다.

> 것, 그리고 케이시로 산다는 것이 어떤 것인지 제이가 전혀 이해하지 못한다는 것, 그것이 문제였다. (…중략…) 너무나도 미국적인 낙관주의적 사고를 갖고 있는 제이는 케이시가 선한 의도와 단도직입적인 말이 모든 상처를 덮어주지 못하는 문화권에서 태어나 자랐다는 것을 보기를 거부하고 있었다.83)

이민자인 케이시는 자기 성인 "한"과 동음이의어인, 억눌린 감정으로서의 "한(恨)"을 가지고 있는 존재이다. 하지만 주류에 속하며, 밝음만을 강조하는 파란 눈을 가진 제이는 이민자로 살아가는 그녀의 아픔을 이해할 수 없다. 이러한 간극 때문에 그녀는 마침내 매력적인 제이보다 인생에서 실패한 경험을 가지고 있는 한국 남자, 은우를 택한다. 여기서 케이시는 한국과 미국 문화라는 이중 문화 사이에 존재하는 틈새적 존재일 뿐 아니라 인생의 양지와 음지를 모두 교차하는 이중항적 존재라 할 수 있다. 이는 김종회가 지적한 대로 작가 자신이 한국적이면서도 동시에 미국적인 양자의 정체성을 함께 붙들 수 있는 지점에 서 있었기에 가능했을 것이다.84)

케이시는 또한 종교적이며 동시에 세상적인 성격을 가진 복합적 자아이기도 하다.

> (케이시는) 결혼할 의사도 없고 또 사랑하지도 않은 남자들과 아무렇지도 않게 잠자리를 같이 했다. 또한 아무런 후회 없이 낙태 수술을 받았다. 마약도 해 보았다. 술을 마시고 취하는 것을 즐겼으며 정열과 충동을 따라 행동하는 것도 즐겼다. (…중략…) 사빈느의 백화점에서 반환된 물품을 슬쩍 훔치기도 했다. 기독교인들을 미워하기도 했다. 케이시는 기독교인들이 못 견딜 정도로 지루하게 느껴지고 참을 수가 없었던 것이다.85)

---

83) 이민진, 앞의 책, 284쪽.

84) 김종회, 「미주한인 디아스포라 문학에 나타난 민족 정체성 고찰」, 『현대문학이론연구』, 현대문학이론연구회, 2011년 참조.

> 케이시는 "우리가 우리에게 죄지은 자를 사하여 준 것같이 우리 죄를 사하여 주옵시고"라는 부분을 암송하면서 그 의미가 절실하게 와 닿았다.[86]

언뜻 성적으로 문란하다고 할 정도로 여러 남자와 잠자리를 같이 하며 낙태도 서슴지 않고 마약을 하는 행동을 하지만 기도문의 뜻을 진지하게 묵상하는 케이시의 이러한 기독교인으로서의 면모는 작가의 두 단편소설, 「모국」과 「행복의 축」의 여주인공들과 맥락을 같이 한다.

이 작품의 또 다른 특징으로 인물들의 다양성과 평등성을 들 수 있다. 작가는 『백만장자를 위한 공짜 음식』의 「한국의 독자들에게」라는 서문에서 "복잡한 개인"에 대해 그들의 "아름다움뿐만 아니라 결점까지 모두 다" 표현하기 위해 이 책을 쓰게 되었다라고 밝히고 있다.[87] 이러한 작가의 의도는 이 소설의 특징인 다양한 인물의 설정에서도 구체적으로 드러난다.

이 작품은 모두 40장으로 구성되어 있는데 각 장에서는 주인공 케이시 외에 각각 다른 주변인물들이 주인공 못지않게 생동감 있게 상세하게 서술되고 있다. 주변 인물들의 이 같은 무게감 있는 설정은 이들도 주인공에 못지않게 중요하게 다루어져야 한다는 작가의 평등을 지향하는 욕구에서 비롯된 것이라 보아도 무방하겠다.

---

85) 이민진, 『백만장자를 위한 공짜 음식』 1권, 이미지박스, 2008, 195쪽.

86) 이민진, 위의 책, 194~195쪽.

87) 대부분의 재미동포 소설에 등장하는 이민 1세대 인물들은 육체노동을 할지라도 경제적으로는 안정된 인물로 그려지는 경우가 허다하다. 대표적인 예로 송상옥의 「산장으로 가는 길」의 주인공과 이창래의 「네이티브 스피커」에 나오는 헨리의 아버지를 들 수 있다. 하지만 『백만장자를 위한 공짜 음식』에 나오는 이민 1세대인 케이시의 부모는 가난을 벗어나지 못 하는 이민자일 뿐이다. 이러한 설정 또한 작가가 한인이민자들의 삶을 다양하게 그려보고자 하는 의도에서 비롯된 것이라 할 수 있다.

참고문헌

1. 단행본

권택영, 「종군위안부 : 노라 옥자 켈러와 이창래의 고향의식」, 『한민족문화권의 문학2』, 2003.

권혁웅, 「너무 먼 이쪽」, 『우리는 서로 부르고 있는 것일까』, 문학과지성사, 2006.

______, 「투명한 시의 깊은 밤」, 『그 나라 하늘빛』, 문학과지성사, 1991.

김성곤, 「'해외 동포 700만 명, 국내 외국인 100만 명' 이 시대를 살아가는 우리의 필독서」, 『백만장자를 위한 공짜 음식』 해설, 이미지박스, 2008.

김용권, 「「재외 한국인 문학 개관」에 대한 토론」, 유종호 외, 『한국현대문학 50년』, 민음사, 1995.

김용직, 「문학을 통해 본 재외동포들의 의식성향 고찰」, 『서울대인문논총』 29호, 1993.6.

김욱동, 『강용흘－그의 삶과 문학』, 서울대학교출판부, 2004.

______, 『김은국－그의 삶과 문학』, 서울대학교출판부, 2007.

김의락, 「강용흘의 『동양인 서양사람 되다』 : 좌절된 이상향, 미국의 꿈」, 『경계를 넘는 새로운 글쓰기』, 신아사, 2003.

오생근, 「한 자유주의자의 떠남과 돌아옴」, 『이슬의 눈』, 문학과지성사, 1997.

이광호, 「이별 혹은 축제의 표적」, 『새들의 꿈에서는 나무 냄새가 난다』, 문학과지성사, 2005.

이영민, 「초기 이민 사회의 형성」, 『북미주 한인의 역사』, 국사편찬위원회, 2007.

이옥용, 「아메리칸 드림의 진상」, 『백만장자를 위한 공짜 음식』 옮긴이의 글, 이미지박스, 2008.

이태동, 「작가의 꿈과 현실 사이」, 『광화문과 햄버거와 파피꽃』, 창작과비평사, 1996.

임헌영, 「격조 높은 흥미와 긴장감」, 김은국, 나영균 옮김, 『심판자－세계 문학속의 한국 5』, 정한출판사, 1975.

정은영, 『디아스포라 문학』, 이룸, 2007.

조강석, 「바깥으로의 귀환」, 『하늘의 맨살』, 문학과지성사, 2010.

홍기삼, 「재외 한국인 문학 개관」, 유종회 외, 『한국 현대문학 50년』, 민음사, 1995.

홍두승·서관모, 「한국 사회 계층의 실태와 개념상의 재구성 문제」, 『북미주 한인의 역사』, 국사편찬위원회, 2007.

2. 논문

강성천, 「한국문학의 또 다른 영역－송상옥 단편집 소리」, 『문학정신』, 1987년 6월호.
고부웅, 「이창래의 『원어민』－비어있는 기표의 정체성」, 『영어영문학』 제48권 3호, 2002.
구은숙, 「문화/인간 엿보기－『네이티브 스피커』에 나타난 인생 스파이로서의 작가」, 『현대영미소설』 제7권 1호, 2000.
김병익, 「작은 시작의 의미」, 『문학과 지성』, 1970, 12월.
김승희, 「차학경의 텍스트 『딕테』 읽기 : 탈 식민주의적, 페미니즘적 독해」, 『서강인문논총』 제13집, 2000.
김욱동, 「김은국 소설에 나타난 자서전적 요소」, 『새한영어영문학』 제49권 1호, 새한영문학회, 2007.
_____, 「박인덕의 『구월 원숭이』－자서전을 넘어서」, 『로컬리티 인문학』 3, 2010.
김종회, 「두 개의 꿈, 한국문학과 미주한국문학을 보는 눈」, 『미주문학』, 2004년 가을호.
_____, 「미주 한인 디아스포라 문학에 나타난 민족 정체성 고찰」, 『현대문학이론연구』 제44호, 현대문학이론학회, 2001.
_____, 「미주 한인문학의 현황과 과제」, 『인문학연구』 7권, 2003.
_____, 「재외 한인 디아스포라 문학과 민족의식」, 『비교한국학』 17집, 국제비교한국학회, 2009.
_____, 「한민족 문화권의 디아스포라 문학」, 『세계한국어 문학회』, 세계한국어문학회, 2010.
_____, 「한민족 문화권의 새 범주와 방향성」, 『국제한인문학연구』 창간호, 국제한인문학회, 2004.
민은경, 「차학경의 Dictee, Dictation, 받아쓰기」, 『비교문학』 제24권, 1999.
민진영, 「강용흘의 『초당』에 나타난 전략적 글쓰기 연구」, 『근대영미소설』 제15집 제2호, 근대영미소설학회, 2008.
_____, 「『초당』과 『동양, 서양으로 가다』에 나타난 강용흘의 코스모폴리타니즘」, 『미국소설』 17권 2호, 2010.

서종택, 「민족 정체성과 실존적 개인」, 김현택 외, 『재외한인작가연구』, 고려대학교 한국한연구소, 2001.
_____, 「향수와 페이소스의 세계 : 김용익의 단편소설」, 『한국학연구』 10권, 1998.
송창섭, 「낭만적 허구와 역사적 진실-김은국의 『심판자』와 『잃어버린 이름」-, 『한국학연구』 11, 고려대학교한국학연구소, 1999년,
_____, 「이상한 형태의 진리-김은국의 『순교자』」, 『한국학연구』 10권, 고려대 한국학연구회, 1997, 재인용.
신정순, 「『사금파리 한 조각』에 나타난 인물과 공간 구조」, 『국제한인문학연구』 제3호, 국제한인문학연구회, 2006.
_____, 「미주동포 소설의 주제와 기법 연구 : 『동양선비 서양에 가시다』와 『네이티브 스피커의 탈식민적 요소와 문화 혼종성을 중심으로」, 경희대학교 박사논문, 2011.
_____, 『미주동포 소설의 주제와 기법 연구』, 『경희대학교 국어국문학과 박사학위 논문』, 2011.
유소연, 『주변인의 시각으로 본 미국의 현실-강용흘의 『동양이 서양으로 가다』를 중심으로』, 이화여자대학교 석사학위 논문, 2002.
유정란, 『김은국 소설 연구』, 중앙대학교 석사논문, 2012.
윤명구, 「재미한인의 문학활동에 대한 연구」, 『인하대인문과학연구소문집』 19호, 1992.
이건종, 「재미교포 문학 연구 이루어져야」, 『문화예술』 246, 2000.1.
이경민, 「사진신부, 결혼에 올인하다-하와이 이민과 사진결혼의 탄생」, 『황해문학』 56권, 새얼문화재단, 2007.
이귀우, 「『딕테』에 나타난 탈식민적 언어와 파편적 구조」, 『영미문학 페미니즘』 제8권 1호, 2000.
이동하, 「재미 한인 소설을 통해서 본 한국문화와 미국문화의 만남-강용흘과 김은국의 경우를 중심으로」, 『전농어문연구』 15・16합집, 서울시립대, 2004.
이보영, 「기묘한 숙명」, 『현대문학』, 1969.9.
이수미, 『한국의 아시아계 미국문학 연구와 아시아계 미국 소설 다시 읽기』, 고려대 영어영문학과 박사학위 논문, 2006.
임선애, 「강용흘의 『초당』 연구」, 『인문과학연구』 제4집, 대구카톨릭대학교인문과학연구소, 2003.
_____, 「탈식민과 또 하나의 식민」, 『온지논집』 제15집, 온지학회, 2006.

______, 「한국 이야기하기와 미국 찾아가기」, 『한국사상과 문화』 제30집, 한국사상문화학회, 2005.
______, 「옥시덴탈리즘과 복제된 오리엔탈리즘의 한국적 기원 : '초당' 연구」, 『한국사상과 문화』 제54집, 한국사상과문화학회, 2008.
임영천, 「신 죽음의 문학과 우상 파괴 정신」, 『기독교사상』 35, 대한기독교서회, 1991.
임헌영, 「해외동포 문학의 의의」, 『한국문학』, 1991.7.
장양수, 「사랑, 신 없는 세계에서의 구원의 길 - 김은국 작 『순교자』론」, 『한국문학논총』 제17집, 한국문학회, 1995.
장영우, 「해방 후 재미동포소설 연구」, 『상허학보』 18권, 2006.
정미옥, 「포스트식민적 페미니즘의 글쓰기」, 『대구 카톨릭대 박사학위논문』, 2003.
정은숙, 「강용흘의 『동양인 서양에 가다』에 나타난 인종, 젠더, 계급, 제국주의」, 『현대영미소설』 제15권 2호, 2008.
정종진, 「김은국 소설의 문학사적 가치에 대한 연구」, 『인문과학논집』 36권, 청주대인문과학연구소, 2007.
______, 「한국현대문학사 기술을 위한 한국계 미국작가들의 작품 연구」, 『어문연구』 55권, 어문연구회, 2007,
정현종, 「삶의 어둠과 시의 등불」, 『문학과사회』, 1997년 여름호.
조갑상, 「이주자의 꿈과 삶 - 송상옥 작품을 중심으로 -」, 『한국문학논총』 제35집, 2003년 12월호.
조규익, 「해외 한인문학의 존재와 당위 - 한민족문학 범주의 설정을 제안하며」, 『국어국문학』 152, 국어국문학회, 2009.
지봉근, 「이창래의 『원어민』에 나타난 한국계 미국인의 정체성 - 문화적 차이와 잡종성」, 『비교문학』 34집, 2004.
진형준, 「멀고 긴 여행」, 『상상』, 1996년 겨울호.
채근병, 『재미한인문학에 나타난 탈식민성 연구 - 강용흘, 김은국, 이창래의 작품을 중심으로』, 경희대학교 국어국문학과 박사학위 논문, 2014.
표언복, 「미주유이민문학연구」, 『목원어문학』 제15권, 목원어문학, 1997.
홍경표, 「미주 이민문학의 현황과 전망」, 『국제한인문학연구』 창간호, 국제한인문학연구회, 2004.
황은덕, 『한국계 미국소설의 디아스포라 주체』, 부산대학교 대학원 영어영문학과 박사학위 논문, 2010.

3. 국외자료

Ashcroft, Bill, Gareth Griffiths, and Helen Tiffin, Eds. The Empire Writes Back : Lee Rachel, 「Reading Contests and Contesting Reading : Chang-rae Lee's Native Speaker and Ethnic New York」, 『*Melus*』, Volume 29, Number 3/4 (Fall/Winter) 2004.

Choi Insoon, 「Flannery O'Connor and the Analogical Vision」, 『*British and American Fiction : The Korean Society of British and American Fiction*』 Vol.16. No.2. Summer, 2009.

Choi Susan, 『*A Person of Interest*』, Viking, 2008.

_________, 『*My Education*』, Viking, 2013.

Chung Eun-Gwi, 「Cathy Song's Picture Bride abd Transpacific Imagination」, 『*List : Books from Korea*』, Vol. 25 Autumn 2014, LTI Korea, 2014.

Cooke Emily, 「Sunday Book Review : Academic Affairs 'My Education' by Susan Choi」, 『*The New York Times*』, July 19, 2013.

Goldberg David Theo, 『*Multiculturalism : A Critical Reader*』, Oxford : Blackwell, 1994.

Lee Chang-rae, 『*A Gesture Life*』, New York : Riverhead Books, 1999.

___________, 『*A Loft*』, New York : Riverhead Books, 2004.

___________, 『*Native Speaker*』, New York : Riverhead Books, 1995.

___________, 『*On Such a Full Sea*』, Little Brown, 2014.

___________, 『*The Surrendered*』, New York : Riverhead Books, 2010.

Lee Min Jin, 「Axis of Happiness」, 『*Narrative Magazine*』, 2004. www.narrativemagazine.com

__________, 「Motherland」, 『*The Missouri Review*』, University of Missouri, 2004.

Li Young-Lee, 「Song Cathy」, 『*Frameless Windows, Squares of Light*』, Norton(New York, NY), 1988.

Song Cathy, 『*Cloud Moving Hands*』, University of Pittsburgh Press(Pittsburgh, PA), 2007.

_________, 『*Frameless Windows, Squares of Light*』, Norton(New York, NY), 1988.

_________, 『*Picture Bride*』, Yale University Press(New Haven, CT), 1983.

_________, 『*School Figures*』, University of Pittsburgh Press(Pittsburgh, PA), 1994.

_________, 『*The Land of Bliss*』, University of Pittsburgh Press(Pittsburgh, PA), 2001.

Williams Steve, 「An Interview with Min Jin Lee」, 2012년 4월 25일, thelitpub.com/an-interview-with-min-jin-lee.

▌저자 소개(게재순)

1권

김종회_ 경희대학교 국어국문학과

홍용희_ 경희사이버대학교 미디어문예창작학과

고봉준_ 경희대 후마니타스칼리지

강정구_ 경희대학교 인문학연구원

고인환_ 경희대학교 후마니타스칼리지

백지연_ 경희대학교 후마니타스칼리지

이 훈_ 경희대학교 후마니타스칼리지

이성천_ 경희대학교 후마니타스칼리지

남승원_ 경희대학교 후마니타스칼리지

오태호_ 경희대학교 후마니타스칼리지

노희준_ 경희대학교 후마니타스칼리지

2권

차성연_ 경희대학교 후마니타스칼리지

장은영_ 조선대학교 기초교육대학

이정선_ 경희대학교 후마니타스칼리지

문경연_ 동국대학교 다르마칼리지

윤송아_ 경희대학교 후마니타스칼리지

최종환_ 경희대학교 후마니타스칼리지

신정순_ 미국 노스이스턴 일리노이대학교

채근병_ 경희대 후마니타스칼리지

한민족 문학사 2

– 재외 한인 문학사 –

인 쇄 2015년 12월 14일
발 행 2015년 12월 22일
지은이 김종회 외
펴낸이 이대현
편 집 오정대
디자인 이홍주
펴낸곳 도서출판 역락
서울시 서초구 동광로 46길 6-6(문창빌딩 2F)
전화 02-3409-2058(영업부), 3409-2060(편집부)
팩시밀리 02-3409-2059
이메일 youkrack@hanmail.net
역락블로그 http://blog.naver.com/youkrack3888
등록 1999년 4월 19일 제303-2002-000014호

ISBN 979-11-5686-281-9 94810
979-11-5686-279-6 (세트)

정 가 30,000원

* 파본은 구입처에서 바꾸어 드립니다.

이 도서의 국립중앙도서관 출판예정도서목록(CIP)은 서지정보유통지원시스템 홈페이지(http://seoji.nl.go.kr)와 국가자료공동목록시스템(http://www.nl.go.kr/kolisnet)에서 이용하실 수 있습니다.(CIP제어번호 : CIP2015033643)